Tot aan de sterren

Eerder verschenen van Sarah Lark:

De vrouwen van Kiward-serie
Het land van belofte
Het lied van de wolken
De roep van het land

De sterren van Matariki-serie
Het land met de gouden kust
De schaduw van de kauri-boom
De dag van de zonnewende

Cascarilla Gardens-serie
Het eiland van duizend bronnen
Dochter van de mangroven

De vuurbloemen-serie
De tijd van de vuurbloemen
De zang van de hoornschelp
De legende van de vuurberg

Het nieuwe land-serie
Grote dromen
Goede hoop
Een moedig besluit

Ivy-serie
Dochter van twee werelden
Vriendinnen voor het leven

Een nieuwe wereld
De geheimen van het winterhuis
Het familiegeheim
Alle sterren aan de hemel

Sarah Lark

Tot aan de sterren

Vertaald door Anne-Marie Vervelde

De Fontein

Eerste druk februari 2025
Dit is het eerste deel in de serie Wereldvrouwen.

Oorspronkelijke titel *Himmelsstürmerinnen 1: Wir greifen nach den Sternen*
Oorspronkelijke uitgever Bastei Lübbe AG

Vertaling Anne-Marie Vervelde
Omslagontwerp Bij Barbara
Omslagillustratie © Kirstin Osenau, Bastei Lübbe AG, © beeld: Shutterstock
Opmaak binnenwerk Crius Group, Hulshout
ISBN 978 90 261 7481 0
ISBN e-book 978 90 261 7482 7
ISBN luisterboek 978 90 261 7483 4
NUR 302

www.uitgeverijdefontein.nl

Uitgeverij De Fontein vindt het belangrijk om op milieuvriendelijke en verantwoorde wijze met natuurlijke bronnen om te gaan. Bij de productie van het papieren boek van deze titel is daarom gebruikgemaakt van papier waarvan het zeker is dat de productie niet tot bosvernietiging heeft geleid.

Kinderwensen

Schotland, 1873 - 1880

Ailis

Thorgale House, voorouderlijk huis van de Hards, zomer 1873

De allereerste keer in haar leven dat Ailis naar de sterren keek, was toen haar kindermeisje de tijd uit het oog was verloren. Larna was een voormalig dienstmeisje van Thorgale House. Ailis' moeder had haar eenvoudig bevorderd zodra haar dochter uit de luiers was. De aanvankelijk aangestelde babyverzorgster werd ontslagen toen de hoop op nog een kind was vervlogen.

Voor Ailis betekende de wisseling dat het strenge dagritme van voedingen, verschoningen, wandelwagenritjes door het park en de korte dagelijkse ontmoeting met haar ouders verleden tijd was. De pas vijftienjarige Larna had dolblij de verzorging van de dreumes op zich genomen en behandelde Ailis als haar lievelingspop. Ze zeulde met haar rond, kietelde haar en deed spelletjes. Ze leerde haar liedjes en toen Ailis wat ouder werd, vertelde ze haar verhaaltjes. Met een zachte borstel haalde ze zorgzaam de klitten uit Ailis' fijne bruine krullen. Ze vergeleek Ailis' bruingroen gespikkelde ogen met mereleitjes en zei steeds hoe schattig ze haar dopneusje vond.

Larna en Ailis waren nu zeventien en vier jaar oud, en nog net zo innig met elkaar als in het begin. Wel was er sinds een paar maanden een jonge tuinman in Larna's leven. Larna en Ailis ontmoetten Aidan in de parkachtige tuin van het landgoed, waar hij houten paardjes sneed voor Ailis en kusjes gaf aan Larna.

Ook deze heldere, warme zomermiddag hadden ze samen in de tuin doorgebracht. Aidan had een paar bloembedden beplant met 'hulp' van Larna en Ailis. Het meisje was enthousiast met een harkje en een gieter in de weer geweest en was doodop toen ze gezellig met z'n drieën op dekens in het gras ploften. Larna had Ailis' avondeten bij zich. Het meisje at een boterham op en viel op haar deken in slaap.

Larna en Aidan profiteerden van het vrije uurtje en strekten zich uit op een tweede deken.

Ailis was een beetje verbaasd toen ze haar ogen opende en niet in haar kinderkamer maar nog steeds in het park bleek te zijn, waar de blauwe lucht rood kleurde en de zon zich achter een heuvel verstopte. Ze keek gefascineerd naar boven en besefte dat met de zon ook het licht verdween. Het blauw van de lucht werd donkerder en toen zwart – en opeens kwamen er lichtpuntjes tevoorschijn. Alleen of in groepjes verlichtten ze een oneindige weidsheid die zich boven Ailis uitspreidde. In vervoering keek ze toe. Ze was voor het eerst buiten in het donker en had dit schouwspel nog nooit meegemaakt.

'Larna!' schreeuwde ze opgewonden.

Het kindermeisje lag op de deken naast haar te slapen in de armen van haar vriendje. Bij het horen van Ailis' stem schrok ze wakker en schoot in de paniekstand.

'Aidan, Aidan, in hemelsnaam, we hebben ons verslapen! Ailis had allang in bed moeten liggen – en daarvoor had ik haar nog bij mevrouw moeten brengen... eigenlijk ook al gewassen en in pyjama... We moeten opschieten. Misschien heeft nog niemand het gemerkt!'

Larna sprong op, ruimde de restjes van Ailis' picknick op en nam het meisje op de arm – al kon Ailis natuurlijk makkelijk zelf lopen.

'Ze mogen ons niet samen zien!' Aidan leek te twijfelen of hij zich direct uit de voeten kon maken of eerst Larna moest helpen de spullen in huis te krijgen.

Ailis trok zich niets van de opwinding aan. Gefascineerd bleef ze naar de lichtjes in de lucht kijken, die vele malen boeiender waren dan het haastige opbreken van Larna en Aidan.

'Wat is dat?' Ze wees naar de lucht.

De jonge vrouw keek even omhoog. 'Sterren, liefje. Dat zijn de sterren...'

Voor Ailis waren dit de laatste woorden van haar geliefde kindermeisje. Later herinnerde ze zich van die avond alleen nog dat Aidan en Larna in de armen waren gelopen van een groep bedienden die met lantaarns het park doorzochten.

Alison Hard was in paniek geraakt toen Larna het kind niet was komen brengen. Tegen beter weten in – want waar konden het kindermeisje en de kleuter anders zijn dan in het park of ergens op het landgoed? – had ze een huiszoeking georganiseerd en zelf ook roepend en huilend het huis doorzocht. Toen Larna met Aidan opdook, trok ze haar conclusies en slingerde ze de jonge vrouw wilde verwijten naar het hoofd. Ailis, die geschrokken in huilen uitbarstte, werd zonder verdere plichtplegingen in de armen van een keukenhulp geduwd en uiteindelijk door Alison zelf in bed gestopt. Hevig snikkend had het verwarde meisje om Larna geroepen. Uiteindelijk had ze zichzelf in slaap gehuild.

Larna en Aidan waren nog diezelfde nacht de laan uitgestuurd, zonder diploma en zonder salaris. De leiding over de kinderkamer werd overgenomen door de strenge, niet meer zo jonge gouvernante Peterson. Haar altijd smetteloze uniform met vers gesteven hoofdkapje was niet de ideale uitrusting voor onstuimige spelletjes en picknicks in het park. Vanaf dat moment had Ailis' weer een ijzeren dagritme en gingen de dikke fluwelen erkergordijnen dicht voordat de sterren tevoorschijn kwamen. Ailis begon al te geloven dat ze de lichtjes gedroomd had, totdat ze op een nacht ontdekte hoe vast Peterson sliep. Ze kon uit haar kinderbed klimmen en onder de gordijnen door naar de erker kruipen zonder dat de gouvernante wakker werd. Door de grote ramen had ze een vrij uitzicht op de hemel.

Ailis kon geen genoeg krijgen van het nachtelijke schouwspel van stralende sterren. Niet dat ze ze elke dag zag. Soms was de lucht helemaal donker of kon ze alleen dat grotere licht zien, waarvan ze pas later begreep dat het de maan was. Ze kende de maan wel uit de verhaaltjes die Peterson dagelijks plichtmatig aan haar voorlas, maar dan was hij een rond gezichtje, en dat herkende ze niet. Ook was het hemellichaam meestal niet rond, maar halfrond of een sikkeltje. Ailis wilde weten waarom dat was. En waar de sterren vandaan kwamen. Daarom was ze bijna blij toen Peterson haar op een dag in de erker betrapte. Natuurlijk kreeg ze gemopper over zich heen, maar ze kon nu wel haar vragen kwijt.

'Heeft de maan zich verstopt?' informeerde ze voorzichtig toen Peterson haar terug naar bed bracht.

'Natuurlijk!' antwoordde de gouvernante snel. 'Hij wil geen stoute kinderen zien!'

Ailis zei maar niet wat er op haar hart lag: hoe vaak ze de maan al in volle glorie had bewonderd.

'En de sterren?' vroeg ze. 'Waar komen die vandaan?'

Peterson stopte haar geroutineerd in. 'Elke ster is de ziel van een net meisje dat God tot zich heeft genomen in de hemel. Daarom moeten kinderen gehoorzamen, een lichtend voorbeeld zijn...'

'Moeten die kinderen dan eerst doodgaan?' Ailis had helemaal geen zin om een lichtje aan de hemel te worden.

'Ga nu maar slapen,' zei de gouvernante ontwijkend. 'Als God het wil, is morgen voor ons allemaal een nieuwe dag.'

Ailis zweeg. Ze had een onbevredigd gevoel omdat ze Peterson niet geloofde. Ze had de wetmatigheden al ontdekt in het ritme van dag en nacht, in de verschuivingen van maan en sterren aan de hemel, de opkomst en ondergang van de zon. En die trokken zich beslist niets aan van haar gedrag.

Mevrouw Peterson zag zichzelf graag als het middelpunt van hemel en aarde. Ailis Hard niet.

Haily

Old Lane Manor, herfst 1873

'Haily wil baby!'

De vierjarige Haily Hard sprak gewoonlijk al in hele zinnen, maar als iets bijzonder belangrijk voor haar was, viel ze terug op babytaal. Anna Coxwold, de moeder van de baby waarom het ging, die in de keuken van de Hards in Old Lane Manor werkte, dacht dat het meisje het opzettelijk deed om de aandacht van haar omgeving te trekken. Met name vrouwe Mairead Hard scheen altijd in de buurt te zijn als haar dochter in kinderachtig gedrag terugviel en was er vaak als de kippen bij om haar tevreden te stellen.

Anna was echter vastbesloten hier korte metten mee te maken.

'Je kunt naar Emily'tje kijken, juffrouw Haily, en je mag haar zachtjes aanraken, maar ze is en blijft mijn baby,' legde ze uit aan het schattige blonde meisje, dat haar gezicht vertrok en in tranen uitbarstte. Anna had de kleine Emily, die niet veel ouder leek dan een paar maanden, vandaag voor het eerst meegenomen naar het landhuis. Ze deed het met tegenzin, maar ze had geen oudere kinderen of familieleden die op de kleine konden passen toen ze weer aan het werk ging. Een langer verlof was er niet bij; vrouwe Mairead had vlak na de geboorte van Emily al ongeduldig naar haar gevraagd. Anna was verantwoordelijk voor taarten en toetjes en Haily had om haar lievelingskoekjes gevraagd.

Nu was er op zich geen bezwaar tegen als Emily in de keuken in het bedmandje sliep wanneer haar moeder bezig was met koken en bakken. De sfeer was er harmonieus en het andere personeel vond het niet erg als de baby af en toe huilde. In de kamers van de bewoners van het landhuis was het toch niet te horen. Iedereen wist dat de kleine Haily met haar kindermeisje in de keuken zou opduiken om te zien wat Anna aan het maken was. Ze deed dit vaak en wist haar altijd wel een paar koekjes of snoepjes af te troggelen. Maar dat Haily haar zinnen op Anna's baby zou zetten, hadden ze niet zien aankomen.

'Wil je een muffin proeven, Haily?' vroeg kindermeisje Tamlin om de kleine juffrouw af te leiden. Ze keek Anna verontschuldigend aan. Ze durfde het kind niet tegen te spreken. Vrouwe Mairead verwachtte van het kindermeisje niet dat ze haar dochter zou opvoeden, maar wel dat ze haar zou bezighouden en haar wensen zou vervullen.

'Haily baby meenemen. Baby slapen in poppenbed.' Opgewonden boog Haily zich over de mand waarin Emily lag te slapen om te proberen haar te pakken.

'Baby op arm!' eiste ze.

'Mag ze haar niet even vasthouden?' smeekte het wanhopige kindermeisje. 'We kunnen er toch voor zorgen dat ze de baby niet laat vallen?'

'Daar gaat het niet om, Tamlin,' zei Anna streng. 'Natuurlijk kan ze Emily even vasthouden, maar ze moet leren dat een kind iets anders is dan een pop. En dat ze niet alles kan krijgen wat ze wil.'

Het kindermeisje was het met haar eens, maar moest ook oppassen dat ze haar baan niet kwijtraakte.

'Dat ga ik tegen mammie zeggen!' Haily zag in dat haar gezanik niet werkte en veranderde van strategie. Met het jammerende kindermeisje in haar kielzog begaf ze zich naar de woonvertrekken van haar ouders.

Anna en de andere kokkinnen keken hen hoofdschuddend na.

'Ik moet nog zien of onze arme Tam steun krijgt,' merkte Laurie op, een keukenmeisje dat van haar hart geen moordkuil maakte. 'Ik vrees dat die kleine ook vandaag het woord "nee" niet zal leren!'

Anna zuchtte. Ze had een vervelend voorgevoel. Vrouwe Mairead was dol op haar dochter. Haily was haar jongste en waarschijnlijk laatste kind. Met de drie jongens die ze hiervoor had gebaard, had ze meer dan voldaan aan haar plicht ten opzichte van de Hard-clan. Anders dan veel andere families van Schotse adel volgden de Hards elkaar op volgens de mannelijke lijn. Als de markies van Thorgale geen zoons had, werd hij opgevolgd door een broer, neef of mannelijke nakomeling daarvan. Charles Hard was nu titeldrager, maar hij had slechts een dochter: Ailis, die even oud was als haar nichtje Haily. Vrouwe Alison leek niet meer kinderen te kunnen krijgen en het lag voor de hand dat een van de zoons van vrouwe Mairead en heer William ooit de titel zou erven. Ook Connor, de oudere broer van William en Charles, had al een zoon: de zesjarige George. Dus vrouwe Mairead kon het zich veroorloven om van haar dochter te houden en haar tot op het bot te verwennen. Van heer William hoefde ze geen tegenspraak te verwachten, hem interesseerde de opvoeding van zijn dochter niet.

Het duurde niet lang of de vrouw des huizes kwam de keuken in, zonder Haily en het kindermeisje. Blijkbaar wilde ze het probleem zelf oplossen met Anna. Ze bekeek de kleine Emily van dichtbij en toonde zich verrukt over de mooie baby. Toen kwam ze ter zake.

'Haily was meteen verliefd op haar,' zei ze. 'Ze zou haar graag in haar kinderkamer hebben, als een zusje.'

Anna was wel jong, maar niet onzeker. 'Als een pop,' zei ze zonder glimlach.

Vrouwe Mairead lachte nerveus. 'Ach, natuurlijk niet, Anna. Een baby is geen speelgoed. Maar als je het goedvindt dat Emily elke dag wat tijd met Haily doorbrengt, zou dat beide kinderen goeddoen. Tamlin kan oppassen en jou een hoop werk uit handen nemen.'

Daar zat wat in. Anna zou zich ongestoord aan haar bakkerstaken kunnen wijden.

'Ik geef mijn kind borstvoeding,' bracht ze er echter tegenin.

De dame glimlachte. In haar kringen was het gebruikelijk een voedster in te huren.

'Je kunt Emily opzoeken wanneer je wilt,' zei ze toegeeflijk.

Sceptisch keek Anna haar aan. Met de schortjurk die ze in de keuken aan had kon ze zich niet in de woonvertrekken vertonen. De dienstmeisjes droegen een uniform. Anna zou lelijk uit de toon vallen met haar vlekkerige schort.

'Of het kindermeisje brengt de kleine hier beneden.' De dame had dezelfde gedachte.

'Ik zal het met mijn man moeten bespreken,' zei Anna ontwijkend.

Vrouwe Mairead straalde. 'Doe dat! Ik wilde trouwens zelf ook nog iets met hem bespreken. Zoals je weet is de functie van butler vrijgekomen en we overwegen om die te laten vervullen door een van onze vertrouwde bedienden in plaats van te adverteren.'

'Ze wil zich het kind toe-eigenen,' zei Anna die avond. Samen met haar man woonde ze in het gehucht dat bij Old Lane Manor hoorde. Hun huis was niet groot, maar Anna had het gezellig gemaakt. In de open haard brandde een houtvuur en Emily lag vredig te slapen in de mand die Anna zelf had gevlochten.

'Overdrijf nou niet meteen zo.' Ben Coxwold, die huisbediende was bij de Hards, borstelde zijn uniform zorgvuldig af voordat hij het in de kast hing voor de volgende dag. 'Het gaat toch alleen om de uren dat je in het huis aan het werk bent? 's Avonds neem je haar weer mee naar huis.'

'Nu nog wel,' zei Anna. 'Maar als ze willen dat Emily blijft? En wat als Emily het daar veel leuker vindt dan bij ons, en zelf niet meer terug wil?'

Ben wuifde haar zorgen weg. 'Tot nu toe lijkt het haar niet uit te maken waar ze overdag slaapt. Huilen doet ze vooral 's nachts. Daar heeft Tamlin vast geen zin in en de kleine juffrouw Haily heeft haar slaap ook nodig.'

Zelf kon Anna ook wel wat meer slaap gebruiken. Emily hield haar en Ben halve nachten wakker. En als de levende pop waar Haily zo vurig naar verlangde overdag niet meer zo lief lachte en ging krijsen als iets haar niet aanstond, zou de liefde van Haily snel voorbij zijn.

'En stel dat ze Emily straks willen ondersteunen,' ging Ben verder, 'dan zou dat niet erg zijn, toch? Je weet zelf hoe slecht het onderwijs op de dorpsschool is. Van de dominee moeten we het niet hebben als het over lezen en schrijven gaat. Juffrouw Haily krijgt natuurlijk een huisleraar. En samen met een vriendinnetje zal ze het leuker vinden om te leren. Dat zou een kans zijn voor Emily, ook al is ze jonger dan Haily!'

'Een kans? Om net zo'n verwend kreng te worden als de eigen dochter van de vrouwe?' hoonde Anna terwijl ze het prachtige donkere haar borstelde dat ze overdag opgestoken onder haar muts verborg. 'Dan komt er een dag waarop ze ons niet meer ziet staan.'

Ben schudde zijn hoofd. 'Het is onze taak om dat te voorkomen,' verklaarde hij.

Met grote tegenzin legde Anna haar dochtertje de volgende ochtend in het met linnen opgemaakte bedje waarin tot dan toe de levensgrote babypop van Haily had gelegen. Ze wilde luiers achterlaten voor het kindermeisje, maar Tamlin liet haar de stapels zachte, met het familiewapen geborduurde luiers zien en de babykleertjes van Haily die nog in de kast lagen.

'Juffrouw Haily wil de baby graag mooi aankleden,' zei ze verlegen.

Tandenknarsend trok Anna zich terug.

Donella

Cliff Tower, lente 1880

Donella was op de vlucht. Zoals eigenlijk bijna altijd. Als de huisleraar van haar broer niet oplette, liet George haar geen moment met rust. Zusje-pesten was zijn lievelingsspel, gevolgd door bedienden sarren en huisdieren kwellen. De katten en honden van het landgoed deden net zo hard hun best hem te ontlopen als zijn zusje.

Vandaag wilde Donella al helemaal niet in zijn handen vallen. Het gezin stond op het punt om naar Thorgale House te vertrekken voor de verjaardag van de markies. Charles Hard vierde die graag te midden van de hele clan en talrijke hoogwaardigheidsbekleders van het hertogdom – en daar was Donella ook naar gekleed. Haar moeders kleedster had haar in een witte kanten jurk met blauwe linten geholpen. Donella's steile rossige haar was opgestoken in een ingewikkeld gevlochten kapsel waarvoor ze urenlang stil had moeten zitten, en versierd met een kleurrijke bloemenkrans.

Zodra George dat in de gaten kreeg, opende hij de jacht op de hoofdtooi van zijn zus. Hij zou het tere bloemstuk onmiddellijk kapottrekken en daarna beweren dat Donella het zelf had gedaan. Hun ouders geloofden hem bijna altijd. Niet alleen omdat hun dochter inderdaad de neiging had om spullen uit elkaar te halen en weer in elkaar te zetten. De elfjarige wilde altijd graag weten hoe iets werkte, of het nou een koffiemolen of een muziekdoosje was. Het lukte niet altijd om de losse onderdelen weer goed in elkaar te zetten. Maar ze maakte nooit opzettelijk iets kapot en ze gaf altijd meteen toe dat ze iets verkeerd had gedaan. George daarentegen was gewiekst en gaf altijd anderen de schuld van zijn fouten. Iedereen in huis wist dit, maar haar ouders zagen het altijd door de vingers. George was immers de erfgenaam, de oudste jongen van de volgende generatie. Als de markies van Thorgale geen zoon kreeg, zou Donella's vader Connor en vervolgens haar broer George de titel erven. Charles was gezond, dus misschien werd zijn huwelijk nog gezegend met een mannelijke erfgenaam. Maar die kans nam met de jaren af en George liep nu al met zijn neus in de lucht.

Donella liep de trap op naar de woonvertrekken van haar grootouders. Cliff Tower, een kasteel boven zee, was het familiehuis van de Balincourts. Er waren geen mannelijke erfgenamen. Hun dochter Winifred, Donella's moeder, zou het huis erven. In feite verliep de overerving bij de meeste Schotse adellijke families via de vrouwelijke lijn; de Hards waren een uitzondering. In de wetenschap dat Connor waarschijnlijk geen erfgenaam zou zijn, hadden Winifred en hij zich na hun bruiloft gevestigd in de burcht op de klif. Ruimte was er genoeg. Cliff Tower was een middeleeuwse woontoren, een combinatie van vestingwerk en woning. Vooral op de bovenste verdiepingen boden de ramen, hoewel klein, een adembenemend uitzicht op zee.

De vertrekken van haar grootouders waren dankzij de erkers en balkons mooier en lichter dan die van de Hards. Donella was er graag en veel; ze wist dat ze altijd welkom was.

Omdat er niemand in de salon was liep ze door naar de bibliotheek, van waaruit haar grootvader nog steeds veel van zijn landgoedzaken beheerde. Ze hield van deze kamer, die naar pijptabak en oude leergebonden boeken rook. Frederick Balincourt bezat een uitgebreide verzameling boeken en had er niets op tegen dat de elfjarige door zijn boeken bladerde. Donella was een goede lezer – ze had de eerste beginselen opgedaan in de lessen die George thuis kreeg – maar na klachten van de huisleraar over de voortdurende ruzies met haar broer kreeg ze sinds een jaar les van juffrouw Durant, in Frans, pianospel en tekenen. Alleen dat laatste vak vond ze leuk, in tegenstelling tot haar juf, die geen tekentalent had en haar niet meer kon bijbrengen dan de basisbeginselen.

Donella verwachtte haar grootvader achter zijn bureau aan te treffen, maar hij stond bij de kaarttafel in het midden van de ruimte naar de inhoud van een pakket te kijken dat gisteren was bezorgd. Terwijl hij het weer dichtdeed, hoorde hij haar en draaide zich om.

'Dona! Wat zie je er mooi uit vandaag!' Hij glimlachte en noemde haar bij de verkorte naam die ze zelf ook graag gebruikte.

Frederick Balincourt was een lange, nog steeds vrij slanke man. Met zijn bakkebaarden en platte gezicht leek hij op de zeeman in een van haar kinderboeken. Hij had vriendelijke groenbruine ogen en in zijn grijze haar zaten nog steeds een paar bruine lokken. Men zei dat zijn kleindochter op hem leek.

'Kijk, dit is het cadeau voor je oom Charles. Ik hoop dat hij het mooi vindt. Het is weer eens wat anders voor de herenkamer dan al die paarden en landschappen.' Hij tilde het deksel van de doos om Donella een blik te gunnen op een schitterend afgedrukte kopergravure. Stomverbaasd bestudeerde ze de afbeelding: een gedetailleerd geïllustreerde bol die van boven taps toeliep terwijl aan de onderkant een mand bevestigd leek. Vreemd genoeg zweefde het ding in de lucht. Het leek wel of er een vuur in brandde, gezien de rook of damp die zich vanonder de bol verspreidde.

'Wat is dat?' vroeg Donella gefascineerd. 'Het lijkt wel of het... vliegt!'

Grootvader glimlachte. 'Dat is de montgolfière, de eerste bemande heteluchtballon ter wereld. In 1783 lieten de broers Montgolfier hem opstijgen in de paleistuin van Versailles met drie dieren aan boord, om te testen of levende wezens zo'n vlucht wel zouden overleven.'

'En?' vroeg Donella. 'Is hij neergestort?' Want anders zou de lucht intussen bezaaid zijn met dit soort ballonnen, redeneerde ze. Stel je toch voor dat je kon vliegen! Ze zag voor zich hoe ze net voordat George haar te grazen zou nemen opsteeg in haar eigen kleine luchtballon en daarmee gewoon over hem heen zou zweven.

Grootvader schudde zijn hoofd. 'Integendeel. Het ontwerp is verder ontwikkeld. De montgolfière vloog eerst met hete lucht, later werd de ballon gevuld met gas. In ieder geval bracht hij zijn passagiers in korte tijd vele kilometers ver.'

Donella keek hem verbaasd aan. 'Waarom reizen we dan nog steeds met de koets naar Thorgale House?'

Frederick Balincourt lachte. 'Ik geloof dat die dingen zich niet goed laten besturen. Het schijnt ook veel moeite te kosten om ze de lucht in te krijgen.'

'Waardoor vliegen ze eigenlijk?' Gebiologeerd boog Donella zich over het schilderij. 'Hoe hoog komen ze? En hoe ver precies? Kan er niet iets van besturing gemaakt worden? Waar is de ballon eigenlijk van gemaakt, van stof?'

Grootvader moest haar die antwoorden schuldig blijven. 'Zoveel weet ik er niet van, Dona. Ik ben geen technicus en ook geen avonturier. Onze paarden hebben me altijd gebracht waar ik naartoe wilde. Maar er zullen zeker boeken zijn over de montgolfière. Ik zal eens rondkijken als ik weer in Edinburgh ben. Ik heb de gravure alleen gekocht omdat ik hem bijzonder vond. En nu moeten we hem snel weer inpakken. Je grootmoeder kan me elk moment roepen, het is tijd om te gaan.'

Donella hielp hem om het kostbare geschenk weer toe te dekken met vloeipapier. Daarna liep ze met haar grootouders mee de brede eikenhouten wenteltrap af. Op de oprit stonden al twee koetsen te wachten. De reis naar het voorouderlijk huis van de Hards zou ongeveer anderhalf uur duren.

Tijdens de reis gaf Donella alleen eenlettergrepige antwoorden op de pogingen van haar moeder om een gesprek te beginnen. Ze stelde zich voor dat ze in de mand van een montgolfière stond. Reizen zou zoveel sneller en leuker zijn als je kon vliegen.

Emily

Thorgale House, een paar uur later

Het was een stralende lentedag en de tuin van Thorgale House was feestelijk versierd voor het verjaardagsfeest van Charles Hard. In de bomen hingen kleurige papieren lampionnen en Donella vroeg zich af waarom deze niet zweefden. Ailis zou vast blij zijn dat het feest tot diep in de nacht door zou gaan. Met een beetje geluk konden ze sterren kijken. Donella wilde haar nieuwe idee bespreken met haar nicht die ook haar vriendin was. Als het mogelijk was om over Frankrijk heen te vliegen, waarom dan niet naar haar geliefde sterren aan de hemel?

Ailis op haar beurt stond te popelen om Dona te begroeten. De Hards van Old Lane Manor waren er al eerder, maar met Haily en haar onopvallende schaduw Emily had Ailis niet zoveel. Al was Emily heus niet dom. Als Haily haar aan het woord liet, kon ze heel intelligent uit de hoek komen. Maar dat kwam zelden voor. Meestal ratelde Haily zoals ze nu deed; over haar nieuwe jurk en haar nieuwe pony en dat haar ouders het goed vonden dat ze op dansles ging. Daar konden Ailis en Donella op hun elfde alleen maar van dromen – als ze er tenminste van droomden om net als hun moeders in een korset geperst te worden en jongens als George toe te staan een arm op hun schouder te leggen.

Of Emily ook ergens van droomde, wisten Ailis en Donella niet. Het meisje was bijna vier jaar jonger dan zij, maar zag er veel ouder en wijzer uit met haar smalle gezicht, zachtbruine ogen en donkere haar dat ze in een dikke vlecht droeg, terwijl de lange krullen van Haily los over haar roze kanten jurk hingen. Emily droeg een eenvoudige witte jurk die Ailis meende te herkennen van vorige zomer. Haily had hem toen gedragen, maar dan met allerlei ruches en linten. Emily droeg er een wit schort op. Het was afgezet met kant en zag er mooi uit. Maar Ailis wist wat het betekende. Het schort maakte het verschil tussen meesteres en dienares, ook al noemde vrouwe Mairead het meisje Haily's 'speelkameraadje'.

Ailis en Donella zouden niet kunnen zeggen welke status Emily in het huis van de Hards had. Haily commandeerde haar alsof ze een bediende was, maar leek ook van haar te houden als van een zusje. Soms moest Donella aan haarzelf en George denken, met dat verschil dat Emily niet kon ontsnappen aan Haily's pesterijtjes.

Terwijl Charles Hard zijn gasten stond te verwelkomen bij de ingang van het uitgestrekte park van Thorgale House gaven zijn dochter Ailis en haar neven en nichten de nieuwkomers een keurig knicksje of lichte buiging. De jonge Emily stond langs de kant geduldig te wachten. Een paar passen voor haar stond Haily's broer David. Hij keek uit naar zijn neef George, die even oud was als hij. Paul en Edward, de oudere broers van Haily en David, zaten op kostschool en konden niet komen.

'Daar zijn ze!' riep David naar de meisjes toen de koets van George en Donella en hun ouders aan kwam rijden. Ongeduldig wachtten ze tot de begroetingsrituelen klaar waren en hun neef en nicht zich eindelijk bij hen voegden.

'Kom op, het park in!' riep George tegen David en binnen een paar minuten waren de twee neven nergens meer te bekennen.

Donella omhelsde Ailis uitbundig en Haily wat vluchtiger. Zoals altijd wist ze niet goed hoe ze Emily moest begroeten.

'Ik dacht: laten we gaan picknicken in het park.' Ailis had hooguit een vage herinnering aan de picknick met haar vroegere kindermeisje Larna, maar alleen het woord klonk al heerlijk. De gasten van haar vader verspreidden zich rond het kasteel, waar verschillende paviljoens waren ingericht en bedienden drankjes en hapjes klaar hadden staan. Niemand zou de meisjes missen als ze ertussenuit piepten.

'Heb je een picknickmand? En een kleed waarop we alles

kunnen serveren, zoals bij de volwassenen?' Haily was de enige met ervaring. Haar moeder zat bij damesclubs en kerkgroepen en nam haar vaak mee naar picknicks en feestjes. 'En wijn?' Ze deed voorkomen alsof vrouwe Mairead haar tijdens deze uitstapjes mee liet drinken. Niemand reageerde. Iedereen wist dat Haily er een handje van had om te bluffen.

'Alles staat klaar,' zei Ailis. 'Onze kokkin heeft de mand ingepakt en beslist overal aan gedacht.'

De kokkin moest wel erg gesteld zijn op de dochter des huizes als ze de tijd had genomen om naast alle voorbereidingen van het verjaardagsfeest ook dit nog te verzorgen. Ailis had er nog altijd profijt van dat Larna haar vroeger zo vaak had meegenomen naar de keuken. Ze had het hart van alle vrouwen gestolen, en iedereen had medelijden met haar gehad toen Peterson de touwtjes in handen kreeg en Ailis vervolgens niets meer mocht.

'Heeft je juf een vrije dag?' vroeg Donella aan haar nicht nadat ze een zware mand overhandigd hadden gekregen door een welwillend glimlachend keukenmeisje. Ailis had geen Franse maar een Engelse gouvernante, die haar net zo streng opvoedde als Peterson destijds. Maar vandaag leek ze er niet te zijn.

'Een vrije week!' jubelde Ailis. 'Een sterfgeval in de familie. Juf Tarton moest naar Liverpool. Natuurlijk heel vervelend voor haar,' voegde ze er plichtsgetrouw aan toe.

Haily zuchtte overdreven. 'Hebben jullie even geluk! Onze juffrouw is nooit ziek, hè, Emily?'

Emily wreef over haar voorhoofd. 'Ze was afgelopen maand twee keer niet in orde,' corrigeerde ze. 'Dat was nogal saai...'

Ailis en Donella wisselden een snelle blik. Ze kenden de jonge gouvernante van Haily en hadden verbaasd vastgesteld dat haar functie meer bestond uit het vermaken dan uit het opvoeden van de meisjes. Natuurlijk sprak ze Frans met ze, maar verder bleven de lessen beperkt tot eenvoudige educatieve spelletjes, muziekles en wandelen. Dat Haily nu deed alsof ze Ailis benijdde om de afwezigheid van haar huislerares kon maar één reden hebben: interessantdoenerij.

'Kom, we gaan naar het meertje,' zei Ailis om ze aan te sporen. Donella hielp haar met het dragen van de picknickmand en Emily pakte de kleden waar ze op konden zitten. Thorgale was een uitgestrekt landgoed; een landschapspark met goed onderhouden bloemperken en heggen, maar ook vrijwel natuurlijke weiden, heuvels en stukjes bos, en een grote vijver met riet langs de oevers.

'In het riet broeden grauwe ganzen,' vertelde Ailis terwijl ze zich op het gras installeerden. 'Misschien laten ze zich wel zien. De kuikens zijn heel schattig als ze achter hun moeder aan waggelen.'

'Zit daar niet een of andere vogel te broeden?' vroeg George. Hij en David kwamen vanaf de overkant richting het meer, nadat ze geprobeerd hadden om de beek die in het meer uitkwam af te dammen. Terwijl ze zich een weg baanden door het riet om bij het water te komen, vlogen verschillende watervogels op.

'Hé, misschien vinden we wel een paar eieren!'

Op de kliffen die tot het landgoed van George en Donella's ouders behoorden broedden veel vogels en George had inmiddels een grote verzameling eieren in verschillende kleuren. Een paar had hij na een uitdagende klim uit nesten geroofd. David was jaloers en wilde nu ook op expeditie.

'Je moet kijken waar de vogels opvliegen,' instrueerde George hem. 'Waar ze vandaan komen, dus, en niet waar ze je naartoe lokken. Dat is een truc, weet je. Ze hebben liever dat een vijand achter henzelf aangaat dan dat hun eieren gejat worden.'

De meisjes hadden kunnen horen hoe de vogels door de jongens werden verjaagd. Ze maakten flink kabaal, sisten en maakten trompetachtige geluiden. Maar Ailis en de anderen waren druk bezig met het uitpakken en mooi op de kleden schikken van de kleurrijke picknickgerechten uit de mand. Donella haalde schaaltjes met kippendijen en pakjes met sandwiches tevoorschijn. Haily ontkurkte een fles en schonk appelsap in de wijnglazen.

Intussen vertelde Donella over de montgolfière en haar droom om te vliegen. 'Je gaat veel sneller dan met een koets. Het moet geweldig zijn om de wereld van bovenaf te zien. Wist ik maar hoe dat werkt met zo'n ballon.'

'Als de lucht warm wordt, zoekt die een weg naar boven of naar buiten', wist Emily tot ieders verbazing te vertellen. 'Daarom zegt mijn ma altijd dat we de deur en ook de ramen thuis een stukje open moeten houden als we het vuur aan hebben. Anders gaat alle warmte meteen door de schoorsteen naar buiten.'

'Aha,' dacht Donella hardop, 'dat verklaart waarom de lampions niet opstijgen. Er zit een gat in de bovenkant. Maar als je ze omdraait en de kaars eronder zet...' Ze keek om zich heen. 'Dat gaan we straks uitproberen!

Terwijl Ailis opmerkte dat zo'n papieren lampion snel vlam zou vatten en Haily bedacht dat je vogels zou kunnen africhten als paarden om een koets door de lucht te trekken, vonden de jongens een nest grauwe ganzen. De oudervogels fladderden angstig om hen heen en eentje leek aan te willen vallen. David schrok, maar George greep snel een van de vier eieren en slingerde het naar de gans. Het ei sloeg tegen zijn veren kapot en ontlokte het dier een akelig gekrijs. Daarop greep ook David naar het legsel.

'Die ene komt al uit!' zei hij. In het ei bewoog iets. Waarschijnlijk deed het kuiken pogingen om uit het ei te komen.

'Drommels!' riep George. 'Dan kan ik het niet uitblazen en in mijn verzameling stoppen.' Geërgerd gooide hij nog een ei naar de schreeuwende gans – en zag toen door de rietstengels heen op de andere oever de meiden sandwiches eten op het gras. Hij grijnsde. 'Kijk nou, de dames houden een picknick. Hoort daar geen roereitje bij?' Hij raapte het gebroken ei op en gaf David het laatste ei. Zo stil mogelijk kropen de jongens door het riet.

'Ik jouw zus, jij die van mij,' instrueerde George zijn neef toen ze zo dichtbij waren dat ze de meiden hoorden giechelen. 'Go!' Hij stond op. 'Eénmaal de geklutste eieren!' joelde hij en hij smeet het ei tegen Haily's schouder.

De meiden gilden van schrik, en Haily van walging toen er

niet alleen dooier en eiwit van haar roze jurk droop, maar ook een dood kuiken.

'Nu jij!' riep George tegen zijn neef.

David leek wel net zo geschrokken als de meisjes. Toch stond hij op, klaar om te gooien, tot hij Emily zag die hem verwijtend aanstaarde.

'Meneer David!' riep ze geschrokken.

'Ik ga het tegen mammie zeggen!' riep Haily toen ze hem ook zag.

Dat was te veel voor de brave David. Hij liet zijn ei in het gras rollen. De schaal barstte, maar het ei bleef intact. 'Het… spijt me,' stamelde hij voordat hij de benen nam. George kon niet anders dan hem volgen.

En zo renden ze samen terug naar het huis, David in paniek, George naarstig zoekend naar een smoes of alibi. Als ze zich meteen onder de feestgangers mengden, zouden die het verhaal van de meisjes misschien niet eens geloven.

Ailis en Donella bekommerden zich om de snikkende Haily. Ailis haalde het dode kuiken weg en Donella pakte een servet om Haily's jurk te fatsoeneren.

Emily liep naar het ei dat David had laten vallen en zag dat er onder de gebarsten schaal iets bewoog. Voorzichtig pelde ze een stukje af. Achter het piepkleine raampje werd een minuscuul snaveltje zichtbaar. Emily vroeg zich af of ze het kuiken moest helpen of alleen moest laten om uit te komen. Uiteindelijk ging ze op het gras zitten, legde het ei op schoot en wachtte tot het beestje zich langzaam naar buiten werkte. Twee zwarte kraaloogjes keken naar haar op. Het kleine ding was nat en leek uitgeput. Het roeide met zijn vleugeltjes en pootjes, terwijl het Emily niet uit het oog verloor.

'Emily!' Tegen de tijd dat Emily de anderen hoorde roepen, was het vogeltje in haar schoot een beetje opgedroogd. Het had iets schattigs.

De nichtjes hadden de picknickspullen ingepakt en wilden naar huis. Hun plezier was vergald, Haily snikte nog steeds. Ailis was vastbesloten om de jongens erop aan te spreken. Erfgenaam of niet, George gedroeg zich verwend en onbeschoft. Wat hij vandaag had gedaan ging alle perken te buiten. Ailis' vader jaagde graag en schoot altijd een paar wilde ganzen voor ze in de herfst naar het zuiden trokken. Maar een ganzennest uithalen was niets meer of minder dan stroperij.

'Hij verzint wel iets,' zei Donella pessimistisch toen Ailis haar vertelde wat ze van plan was. 'George komt altijd overal mee weg...' Ze haalde haar schouders op. 'Waar is Emily eigenlijk?'

Ailis ontdekte het meisje vlak bij het riet.

'Kijk eens wat ik hier heb,' fluisterde Emily met een gelukzalige glimlach.

Haily hield meteen op met huilen en wilde het kuiken aaien. De meisjes hurkten naast Emily in het gras en bewonderden het babyvogeltje dat onhandig zijn eerste stapjes probeerde te zetten. Zodra iemand het probeerde op te pakken, bewoog het zich meteen terug naar Emily's schoot.

'Mijn baby!' riep Emily vertederd uit. 'Ik hou het.'

Haily fronste. 'Je moet aan mammie vragen of we het mogen houden,' zei ze. 'Dan kan het van ons allebei zijn en...'

'Het is van mij,' hield Emily vol. 'Ik vraag het wel aan mijn eigen moeder.'

Haily grijnsde. 'Als ik het wil, dan krijg ik het toch wel,' verklaarde ze. 'Ik heb jou toen ook gekregen.'

Ailis en Donella hielden hun adem in. Intussen waggelde het kuikentje al wat behendiger vastberaden terug naar Emily. Ze aaide het en liet het in haar schortzak verdwijnen.

'Ik kon toen nog niet lopen,' zei ze. 'Maar deze, die zal kunnen vliegen!'

Leren voor het leven

Thorgale House
St. Leonards School in St. Andrews
Boston, Massachusetts
1880 - 1886

1

'Wij waren gewoon hier!' beweerde George. Hij deed net of hij verbaasd was toen de meiden op het feest verschenen en een relletje veroorzaakten. Haily stortte zich huilend in de armen van haar moeder, terwijl Ailis met luide, zakelijke stem vertelde wat er bij de vijver was gebeurd. Het kuiken dat Emily als bewijs uit haar schort haalde, bracht de aanwezige dames in een lichte shock.

'De meisjes hebben het ei natuurlijk zelf kapotgemaakt,' ging George verder. 'Donella waarschijnlijk, die moet altijd alles uit elkaar halen...'

'En vervolgens de resten van het dode kuiken en de eierschalen op de jurk van haar vriendin smeren?' klonk een heldere, kalme vrouwenstem.

'Misschien heeft ze ermee gegooid omdat het zo smerig was.' George zat nooit om een verklaring verlegen.

'Is dat zo, Donella?' Vrouwe Winifred keek haar dochter streng aan.

Verbijsterd keek Donella terug. Hoewel ze het had zien aankomen, kon ze de reactie van haar moeder op de schaamteloze leugen van George nauwelijks geloven.

'Nee, dat is niet zo,' hield Ailis vol. 'Het ging precies zoals ik zei. Waarom zeg je niets, Haily?'

Haily hief haar hoofd heel even van haar moeders schoot en snikte: 'Emily wil me het kuiken niet geven.'

'Dus Haily is opnieuw geplaagd en aan de kant gezet,' legde vrouwe Mairead theatraal uit. 'En de jongens krijgen de schuld. Zoiets zou jij toch nooit doen, David?'

Davids schuldbewuste blik sprak boekdelen, maar hij had niet de moed om alles toe te geven.

Ailis keek om zich heen en zocht de andere getuigen, maar Donella was met een luide snik weggelopen en ook Emily had zich uit de voeten gemaakt, waarschijnlijk om te voorkomen dat ze het kuiken aan Haily moest geven. Ailis begreep dat ze een verloren strijd voerde.

'Ik blijf bij mijn verhaal,' zei ze desondanks ferm, al leek niemand naar haar te luisteren.

'We hebben het er nog over,' besloot vrouwe Alison uiteindelijk.

Ailis wist niet of haar moeder haar echt niet geloofde, maar het was duidelijk dat ze het niet voor de meisjes op zou nemen. Niet belangrijk genoeg. Alleen de vrouw die het verhaal van George in twijfel had getrokken, keek haar aan met een blik waarin Ailis medeleven vermoedde. Ze bekeek de onbekende dame vluchtig: streng maar sympathiek. Vlak gelaat, bleke huid, grote alerte bruine ogen en strak opgestoken donker haar. Het lila kostuum met bijpassend hoedje was goed gemaakt, maar leek een beetje gewoon voor de gelegenheid. Ailis had de dame nooit eerder gezien, maar kennelijk had ze iets met Ailis' moeder te bespreken, want de twee zaten nu aan een van de sierlijke theetafeltjes op het gazon. Vrouwe Alison schonk thee.

Met een zucht pakte Ailis de picknickmand om het nauwelijks aangeraakte eten terug te brengen naar de keuken. Daar trof ze Emily aan, die met een paar verrukt toekijkende meisjes om zich heen met een theelepeltje en veel geduld haar kuiken zat te voeren. De kokkin had brood verkruimeld in melk, en dat duwde Emily met heel kleine beetjes in het snaveltje. De vogelbaby leek het papje lekker te vinden.

Ailis overwoog Emily erop aan te spreken dat ze haar niet gesteund had, maar besloot haar met rust te laten. Als Ailis als dochter van het clanhoofd niet werd geloofd, zou naar Emily, het dienstkind, waarschijnlijk niet eens worden geluisterd. Ze ging op zoek naar Donella en vond haar vriendin verderop in de tuin onder een heester, waar ze haar woede van zich af huilde.

'Ik zei het toch!' jammerde Donella toen Ailis naar haar toe kroop en troostend een arm om haar heen sloeg. 'George kletst zich overal onderuit, en mijn ouders accepteren het gewoon. Als hij echt de titel erft, krijg jij het voor je kiezen. Dan schopt hij je eruit.'

'Zo ver is het nog lang niet,' meende Ailis. 'Ik krijg heus nog wel een broertje, zegt mama. Peterson laat me er elke dag voor bidden. Al vraag ik me af waarom ze niet een paar nestelplaten op het dak laten zetten om ooievaars te lokken, want die zie ik hier nooit. En die worden toch verondersteld de baby's te brengen.'

Donella kon een giechel niet onderdrukken. 'Ik denk dat dat een fabeltje is.'

Van alle neven en nichten was Donella de nieuwsgierigste. Ze hing graag rond in de stallen en de tuin; en niet alleen om George uit de weg te gaan. De wolfshonden die haar grootvader fokte fascineerden haar mateloos. Over hoe puppy's in de buik van een vrouwtjeshond kwamen of kuikens in een ei had ze slechts vage ideeën, maar ze wist zeker dat er geen ooievaar aan te pas kwam.

'Maakt niet uit,' zei Ailis, die intussen had bedacht hoe ze haar vriendin kon troosten. 'Zullen we dat lampion-idee uitproberen? Misschien kunnen we er eentje aan het vliegen krijgen.'

Donella vergat haar broer en zijn misdragingen onmiddellijk.

'Daar hebben we ook een kaars voor nodig,' verklaarde ze. 'En de montgolfière had een soort voetstuk; aan de onderkant was een mand bevestigd.'

De meisjes liepen naar de oprit, pikten een van de ronde lampions met brandende kaars en al uit een boom en maakten zich uit de voeten. Op een schuilplek tussen de bosjes haalde Ailis de kaars er voorzichtig uit en zette hem op de grond. Donella hield de lampion er op z'n kop boven.

'Wat lager,' zei Ailis. 'Tot je voelt dat de ballon warm wordt, denk ik.'

Een paar minuten keken ze vol spanning toe. Daarna liet Donella de lantaarn los.

'Hij doet het!'

Inderdaad zweefde het geïmproviseerde luchtscheepje een paar centimeter omhoog, waarna het een eindje meevoer op de bries en vervolgens terugzakte naar de grond.

'Dat was wel heel kort,' zei Ailis teleurgesteld. 'Maar...' – haar ogen lichtten op – 'het idee werkt!'

'De lampion koelt natuurlijk snel af,' mijmerde Donella. 'Misschien moet de brandende kaars er langer onder blijven.' Ze boog zich over de lampion en zocht met haar hand het houdertje op de bodem. Handig weefde ze van het lint waarmee de lampion in de boom had gehangen een soort netje. Zorgvuldig plaatste ze de houder en de kaars zó dat papier noch lint in brand zou vliegen.

Het volgende moment keken de nichtjes ademloos toe hoe de lampion steeds hoger de lucht in ging. Op een windvlaag dreef de lampion in de richting van het tuinfeest. Donella keek hem gefascineerd na, maar Ailis voorzag al dat het mis zou kunnen gaan.

'We hadden hem beter bij de vijver kunnen testen,' mompelde ze.

Frederick Balincourt was de enige die zijn kleindochters 'uitvinding' kon waarderen, nadat de door de lampion veroorzaakte brand in de feesttent geblust was. Het dunne tentdoek was direct in brand gevlogen en binnen een paar seconden in vlammen opgegaan. Gelukkig was er niemand gewond geraakt en waren zelfs de schalen met sandwiches gered. Twee dappere bedienden hadden het tentdoek meteen op de grond getrokken en de vlammen gedoofd.

Desondanks was het feestende gezelschap volkomen van de kaart. Toen duidelijk werd wie de brandstichters waren, regende het verwijten. Van Donella's uitleg dat ze alleen maar een montgolfière hadden nagebootst wilden haar ouders niets weten. Samen met Ailis werd ze verbannen naar de kinderhoek, waar ze de rest van de avond onder toezicht moesten blijven. Donella's ouders beloofden een passende straf te bedenken. Terneergeslagen gingen de nichtjes op de hen toegewezen stoelen zitten, waar ze weinig anders konden doen dan de gesprekken van de gasten afluisteren, voor zover die te volgen waren.

Donella's moeder stak haar wanhoop niet onder stoelen of

banken. De twee nichtjes konden haar woordelijk verstaan.

'Wat moeten we in hemelsnaam beginnen?' vroeg vrouwe Winifred dramatisch, zonder echt een antwoord te verwachten van haar schoonzussen met wie ze aan de punch zat. Na al die toestanden konden ze wel een versterkertje gebruiken. 'Donella kan niet met haar broer omgaan. Ze hangt liever in de stallen rond dan dat ze haar handwerk oppakt. Als ze al leest, zijn het van die onzinnige boeken over uitvindingen en expedities naar de vreemdste landen. En jij steunt haar ook nog!'

Dat laatste was gericht aan Frederick Balincourt, die een poging had gedaan om Donella's experiment met de vliegende ballon toe te lichten. Maar nu zijn dochter hem de wind van voren gaf, hield hij zijn mond. Als vrouwe Winifred in zo'n stemming was, was ze niet voor rede vatbaar.

In plaats daarvan mengde de dame die aan George' verhaal over de ganzeneieren had getwijfeld zich in het gesprek.

'Wellicht, vrouwe Winifred, zou die wakkere geest van uw dochter in goede banen geleid kunnen worden.'

Ailis en Donella spitsten hun oren toen de vreemdelinge zich voorstelde als Louisa Innes Lumsden, directrice van de meisjesschool in St. Andrews.

'St. Leonards staat voor kwalitatief hoogstaand meisjesonderwijs. We geven les in vakken die vergelijkbaar zijn met de bekende kostscholen voor jongens. Dit betekent dat we onze leerlingen in eerste instantie niet voorbereiden op een leven aan het hoofd van een huishouding, maar hen ook in staat stellen om naar de universiteit te gaan als ze dat willen.'

Haily's moeder keek haar argwanend aan. 'Bent u soms een van die suffragette-types?' vroeg ze streng. 'Militante vrouwen die meisjes van hun vrouwelijkheid willen beroven?'

Juffrouw Lumsden lachte. 'Absoluut niet, mevrouw. Ik vind alleen dat meisjes niet van hun verstand mogen worden beroofd. Wijsheid is een vrouwelijke deugd, zoals we weten. Als vrouwen voldoening vinden in het runnen van een huishouden, de opvoeding van hun kinderen en het gelukkig maken van hun echtgenoot, is daar natuurlijk niets mis mee. Maar de keuze moet wel bij henzelf liggen. Ze moeten ook kunnen studeren als ze gedreven worden door een overduidelijke dorst naar kennis, zoals uw voortreffelijke dochter en nicht. Op St. Leonards geven we niet alleen de klassieke vakken van het meisjesonderwijs, zoals Frans, muziek en kunstgeschiedenis, maar ook natuurwetenschappen en sport. De meisjes krijgen een gevarieerde opleiding, afgestemd op hun individuele interesses en capaciteiten.'

'Charles en ik overwegen om Ailis onder te brengen bij de school van juffrouw Lumsden,' verkondigde vrouwe Alison tot ieders verbazing. 'Vorige week mocht ik met haar kennismaken tijdens een theevisite bij vrouwe Bentworth.'

Uit de voortgang van het gesprek bleek dat Louisa Lumsden met haar moeder in de buurt van Thorgale House logeerde bij haar neef en zijn inwonende moeder. Mevrouw Lumsden wilde graag haar zus bezoeken en zij, als haar dochter, hield haar gezelschap.

'Ik ben in de eerste plaats naar Schotland teruggekeerd om voor mijn moeder te zorgen,' zei de directrice. 'Ik heb in Brussel en Londen gestudeerd en gaf daar les. En ja, ik was actief in de vrouwenbeweging, maar dat maakt me nog geen militante suffragette.' Ze glimlachte vooral naar vrouwe Mairead. 'Ik denk toch dat iedereen hier het met mij eens is dat de vrouw het lichamelijk vaak aflegt tegen de man, maar geestelijk beslist niet. Vrouwen hebben de wereld meer te bieden dan geborduurde zakdoeken en ovengebraad. Kijk naar jonge Donella: in plaats van haar te straffen omdat ze nadenkt over God en de wereld kunnen we haar ook stimuleren haar capaciteiten op juiste wijze te ontplooien. Dan zal ze geen tent meer in brand steken, maar wie weet op een dag naar de maan vliegen!'

Iedereen lachte om haar grapje. Juffrouw Lumsden was toch wel charmant. Een beetje excentriek misschien, maar wat kon je anders verwachten van een vrouw die liever ging studeren dan trouwen?

'Maar wat halen die meisjes zich bij u niet allemaal in het

hoofd?' vroeg vrouwe Winifred. 'Brengt u ze niet op... ongepaste ideeën?'

Juffrouw Lumsden haalde haar schouders op. 'Ik heb uw dochter niet beïnvloed om – kennelijk tegen uw zin – in de stallen rond te hangen in plaats van te handwerken. Of boeken te lezen over uitvinders en avonturiers en niet over feeën en elfjes. Dergelijke voorkeuren ontstaan vanzelf. En als u onder "ongepaste ideeën" verstaat dat de meisjes misschien niet zullen trouwen omdat ze iets over natuurkunde en scheikunde hebben geleerd, dan kan ik u verzekeren dat de overgrote meerderheid van mijn schoolmeisjes daar toch voor kiest. Vaak is dat juist een bevredigender en gelukkiger huwelijk dan dat van hun lager opgeleide zussen, omdat ze met hun echtgenoot over andere onderwerpen kunnen praten dan over feeën en elfjes.'

Opnieuw schoten de vrouwen in de lach.

'Mij hebt u overtuigd,' zei vrouwe Alison. 'Als mijn echtgenoot toestemt en Ailis het wil, schrijven we haar in op St. Leonards. Gezien haar positie hier... Kijk, de titel kan ze niet erven. En ik wil geen doemscenario schetsen, maar als mijn man overlijdt voordat zij gaat trouwen, zal haar bruidsschat afhankelijk zijn van een mannelijk familielid...'

Haar woorden werden overstemd door de luidkeelse ontkenningen van haar schoonzussen, de moeders van de betreffende familieleden. Hun zoons zouden, daarvan waren ze overtuigd, ruimhartig en fair zijn naar Ailis. Maar de blikken van vrouwe Alison en juffrouw Lumsden dwaalden naar George.

'Ik denk dat het voor ieder meisje belangrijk is om een alternatief te hebben voor een huwelijk, wanneer ze twijfelt, of als het om een of andere reden niet doorgaat,' zei juffrouw Lumsden. 'Ik kijk in elk geval uit naar Ailis, net zoals ik me zou verheugen op Donella. Denkt u er rustig over na!'

Nu was vrouwe Mairead de eerste die juffrouw Lumsden iets wilde vragen. Ze vond het niet leuk dat het alleen over Ailis en Donella ging. Werd Haily soms onderschat?

'En Haily dan?' vroeg ze lichtelijk verontwaardigd. 'Zij was niet betrokken bij die streek met de lampion, het kind is goed opgevoed. Maar zeker zo pienter!'

Juffrouw Lumsden knikte. 'Daar twijfel ik niet aan. Onze school is zeker ook geschikt voor uw dochters. De jongste lijkt me ook heel innemend. Alleen nemen we meisjes pas vanaf elf jaar aan.'

Vrouwe Mairead wuifde het weg. 'Emily is geen dochter, ze is een dienstkind. We houden haar als speelkameraadje voor Haily. Ons landgoed ligt nogal afgelegen, we hebben verder alleen zoons en Haily moet niet vereenzamen.'

'Dan zou een kostschool zeker een goed alternatief zijn,' beaamde juffrouw Lumsden. 'Ik zal u allen wat informatie doen toekomen. En natuurlijk bent u van harte welkom om de school te komen bekijken. Mochten er meer vragen zijn: ik ben hier nog een paar dagen. Mijn moeder wil zo veel mogelijk profiteren van het bezoek aan haar zus.' Met die woorden draaide de directrice zich om, want het diner werd zo opgediend en ze moest zich nog even tot haar tafelgastheer wenden.

Donella en Ailis keken elkaar aan.

'Samen naar kostschool,' zei Donella opgewonden. 'Hoe geweldig zou dat zijn!'

Ze ving een knipoog op van haar grootvader, die net opstond uit de kring met mannen bij wie hij had gezeten. Misschien had hij iets opgevangen van het gesprek van de vrouwen of had ook heer Charles verteld van het voornemen om Ailis naar St. Leonards te sturen.

'Komt goed,' fluisterde hij tegen Donella. 'Mijn steun heb je. Al was het maar om te voorkomen dat we over honderd jaar nog steeds met de koets reizen in plaats van te vliegen!'

2

Opnieuw was vrouwe Mairead de eerste die contact opnam nu juffrouw Lumsden nog in de buurt was. Ze vroeg de directrice op de thee op Old Lane Manor en vertelde haar over haar zorgen.

'We hebben Haily voorgesteld om samen met haar nichtjes naar St. Leonards te gaan, maar dat weigert ze. Zonder haar speelkameraadje wil ze niet weg. Ze staat erop Emily mee te nemen.'

'Het is natuurlijk zeer prijzenswaardig dat uw dochter haar vriendin ook een opleiding gunt, ook al kunnen de ouders die waarschijnlijk niet betalen,' zei juffrouw Lumsden. 'Emily lijkt me wel wat jong. We nemen meisjes aan vanaf elf jaar. Hoe oud is ze?'

'In de zomer wordt ze zeven,' gaf vrouwe Mairead toe. Haar gezicht betrok toen juffrouw Lumsden opmerkte dat Emily haar een intelligent meisje leek.

'Zeven is echt te jong,' zei de directrice met een spijtige blik. 'Hoe dan ook, ik weet zeker dat Haily nieuwe vriendinnen zal vinden.'

Vrouwe Mairead streek over haar voorhoofd. 'U begrijpt het niet. Zonder Emily gaat Haily niet. Ze eist dat ze haar mee mag nemen.'

Er verscheen een rimpel in het voorhoofd van juffrouw Lumsden. 'Moet u niet een beetje strenger zijn?' vroeg ze. 'Een elfjarig kind kan nog niet beslissen om wel of niet naar kostschool te gaan. Laat staan voorwaarden te stellen. Wat vindt Emily er zelf van? En haar ouders?'

Vrouwe Mairead haalde haar schouders op. Hun was duidelijk niets gevraagd.

'Voor Emily zou de opleiding een voorrecht zijn,' zei ze uiteindelijk. 'Als dat niet kan... Haily wil haar meenemen, maar zal niet eisen dat Emily als leerling wordt aangenomen. Hoe zit het met bedienden, juffrouw Lumsden? Een kleedster kan de meisjes toch niet ontzegd worden.' Vrouwe Mairead klonk zelfverzekerd en vastberaden. Niemand moest het wagen Haily's wens te negeren. Ze zou dit wel even oplossen.

Nu koos juffrouw Lumsden toch een directere toon. 'Mevrouw Hard, mijn school wil de zelfstandigheid van haar leerlingen stimuleren,' zei ze. 'In onze filosofie is geen plaats voor personeel dat hen naar de ogen kijkt. En we zouden al helemaal nooit toestaan dat ze een ander meisje behandelen als... als een slaafje! Zoals u de wens van uw dochter om het meisje mee te nemen verwoordt, klinkt het bijna alsof Emily een huisdier is. Zo werkt dat niet! Het meisje kan uw dochter vergezellen als medeleerling, als vriendin, als gelijkwaardige. Maar niet als speelkameraadje en al helemaal niet als bediende.'

'Dus u zou het kunnen regelen?' vroeg vrouwe Mairead. 'Ondanks de leeftijd?'

Juffrouw Lumsden zuchtte. Ze zou nu beslist moeten weigeren, maar feit was dat het door Haily Hard op sleeptouw genomen meisje op het verjaardagsfeest meteen haar aandacht had getrokken. Emily's toewijding aan het ganzenkuiken had haar ontroerd. Ze vond het verdrietig dat dit kind in het huishouden van de Hards onder de knoet van een ander kind moest leven. Daarom wilde ze Emily dolgraag helpen haar eigen pad te vinden.

'Wat ik zou kunnen doen,' begon ze, 'is eens met Emily en haar ouders gaan praten. Mocht Emily zich bij uw dochter willen aansluiten, en haar ouders hebben geen bezwaar om haar zo jong al naar kostschool te sturen, dan zou ik, als ze er mentaal rijp voor is, bij hoge uitzondering kunnen overwegen om...'

Vrouwe Mairead glimlachte tevreden. 'Zo zie je maar!' riep ze. 'Ik zal het Anna en Ben Coxwold onmiddellijk laten weten. Die zullen blij zijn dat ze een middag vrij krijgen. Schikt het morgen?'

Emily's ouders ontvingen de directrice aan de blankgeschuurde houten tafel in hun cottage. Het huisje had oorspronkelijk uit één kamer bestaan, maar toen er een broertje en vervolgens een zusje voor Emily kwamen, hadden ze toestemming gekregen voor een uitbouw waar de kinderen konden slapen.

Met plezier keek Louisa Lumsden rond in de gezellig ingerichte kamers. Op de bedden lagen kleurrijke, waarschijnlijk door Anna zelf gemaakte quilts. Het servies op tafel was goedkoop keramiek, maar ongeschonden – er werd duidelijk zorgzaam mee omgegaan. Anna droeg een blauwe jurk – haar zondagse, vermoedde ze – en Ben zijn butleruniform. Als een voorname gast kreeg ze thee met dezelfde scones als op de tafel van vrouwe Mairead hadden gestaan. Ze herinnerde zich dat Emily's moeder bij de Hards verantwoordelijk was voor het banket en de desserts.

Anna en Ben stuurden de kinderen naar buiten nadat ze juffrouw Lumsden beleefd hadden begroet.

'Ga maar met Gooby spelen,' spoorde Anna de drie aan.

Louisa had het kuiken al opgemerkt toen Emily haar een hand gaf. Vanuit de schortzak van het meisje keek het nieuwsgierig de wereld in. Het was duidelijk niet de bedoeling dat de dochter het gesprek tussen haar ouders en het hoofd van de kostschool zou horen.

Anna en Ben wachtten tot hun gast een slok thee had genomen voordat ze over de school begonnen.

'Mijn man en ik zijn het niet helemaal eens,' bekende Anna. 'Ben denkt...'

'Eigenlijk keken we er van begin af aan anders tegenaan,' vertelde Ben openhartig. 'Mij leek het gunstig als Emily een paar uur per dag bij het dametje doorbracht, maar Anna had moeite haar af te geven.'

'Ben denkt dat een deftige opvoeding haar later van pas komt bij het vinden van een goede betrekking, terwijl ik bang was dat ze verwend en van ons vervreemd zou raken als ze veel tijd in het huis doorbracht.'

'En hoe is het gegaan?' vroeg Louisa glimlachend.

'Ik denk dat mijn man gelijk had. Emily is een goed opgevoed, lief meisje en we verbazen ons er vaak over hoe goed ze kan lezen en wat ze allemaal weet! En verwend wordt ze ook niet. Ze is... Nou ja, door het samenzijn met de kleine juffrouw heeft ze zich heel goed leren aanpassen.'

De directrice knikte. Anna drukte zich voorzichtig uit, maar bevestigde haar vermoedens. Emily was allesbehalve Haily's gelijkwaardige vriendinnetje. Ze was eerder een gezelschapsdametje dat net zo makkelijk aan de kant gezet als verwend kon worden, net hoe de pet van haar bazinnetje stond.

'Wat zou erop tegen zijn om haar met Haily naar onze school te sturen?' vroeg ze en ze herhaalde tegenover de Coxwolds wat ze de Hards en andere geïnteresseerde ouders had verteld. Op St. Leonards werden de leerlingen individueel begeleid en kregen ze een brede opleiding.

'Nou, ten eerste wil Emily helemaal niet,' onthulde Ben. 'We hebben al langer de indruk dat ze 's ochtends met tegenzin naar het kasteel gaat. Ze ziet het als haar plicht, maar ik vrees dat ze niet zo graag bij Haily is.'

Dat verbaasde Louisa niks. Toch haalde ze haar schouders op. 'Zoals ik gisteren tegen de moeder van Haily zei, denk ik niet dat kinderen op deze leeftijd zelf kunnen beslissen of ze naar kostschool gaan of niet. De meesten vinden het moeilijk om van huis weg te gaan, maar de voordelen van een opleiding wegen daar ruimschoots tegenop.'

Ze verwachtte dat de Coxwolds nu zouden aanvoeren dat Emily veel jonger was dan Haily, maar aan het niveau van hun dochter leken ze niet te twijfelen. Ze realiseerde zich dat ze te maken had met hogere bedienden; als kokkin en butler verdienden ze genoeg om hun kinderen te eten te geven. Ongetwijfeld waren sommige buren van de Coxwolds gedwongen hun dochters op Emily's leeftijd ergens in dienst te doen.

'We vragen ons af of Emily baat zal hebben bij de opleiding,' zei Ben. 'U weet ook dat juffrouw Haily niet haar hele leven een speelkameraadje nodig zal hebben. Op een gegeven moment wordt Emily opzijgezet. Wat heeft ze dan aan de Franse taal? En u zegt zelf dat ze op uw school niet als aanhangsel van juffrouw Haily wordt gezien, maar net zo onderwezen wordt als de rijke kinderen. Misschien is het beter als ze hier blijft, bij haar eigen mensen, en een vak leert. Ze zou als keukenmeisje kunnen beginnen en in de leer kunnen gaan bij de kokkinnen. Of dienstmeisje worden en zich opwerken tot kleedster of hofdame.'

Louisa vond het een moeilijk te weerleggen argument. Maar Anna was het niet met haar man eens.

'Emily is heel slim,' merkte ze op. 'Ik weet zeker dat ze de school met succes zal afmaken en dan... iets beters kan worden. Lerares misschien, of gezelschapsmeisje van een oudere dame. In elk geval iets waarbij ze haar handen niet vies hoeft te maken en niet steeds hoeft te bukken!' De laatste woorden kwamen er verbitterd uit.

Anna Coxwold had het nooit kunnen verkroppen dat vrouwe Mairead zich destijds zo vanzelfsprekend over haar kind ontfermd had. Ze begreep maar al te goed dat Emily meer dan genoeg had van Haily.

Louisa knikte. 'Ik denk dat ik met Emily moet praten. In dit geval lijkt het me raadzaam om het meisje haar zegje te laten doen. Ik wil heel graag horen wat zij vindt. Mag ik me bij uw kinderen voegen? Emily zal dan waarschijnlijk openhartiger zijn dan als we haar hier ondervragen.'

Anna knikte en gaf de directrice een bord met scones mee voor de kinderen. Dat zou de kleintjes bezighouden terwijl zij ongestoord met Emily kon praten.

Emily speelde met haar broertje en zusje voor het huis met het ganzenjong en een hondenpup. Beide dieren lieten zich graag door de kinderen achterna rennen, waarbij het kuiken natuurlijk altijd aan het kortste eind trok. Het kwekte en snaterde luid als de afstand tot Emily te groot werd.

'Wat is dat beestje gegroeid!' prees juffrouw Lumsden. 'Ongelooflijk, in die paar dagen.'

'Ik voed haar elke paar uur,' vertelde Emily. 'Steeds als ze erom vraagt... Als het mag van Haily.'

'Bepaalt Haily wat jij doet?' vroeg Louisa met voorgewende verwondering. 'Ik dacht dat jullie graag samen speelden en leerden.'

Emily knikte plichtsgetrouw. 'Jawel,' zei ze stroef. 'Alleen... Haily zegt meestal wat zij wil, en dat gaat onze juffrouw dan met ons doen. Ik kan niet weg.'

'Is jullie juffrouw de huislerares? Wat leren jullie van haar?'

Emily knikte. 'Lezen en schrijven en rekenen. Maar Haily vindt dat niet zo leuk. En dan gaan we tekenen. Of pianospelen. O, en we praten Frans. En we zingen.'

Louisa glimlachte het meisje bemoedigend toe. 'En nu, Emily, kun jij iets beslissen: of je naar een echte school wilt gaan, om nog veel meer dingen te leren. Je weet dat ik de St. Leonards School leid, in St. Andrews. Zou jij daar naartoe willen met Haily? Vind je het leuk om te leren?'

Emily beet op haar lip. Ze was in dubio. Aan de ene kant wilde ze heel graag van alles leren. Aan de andere kant leek het haar vreselijk om voortaan altijd bij Haily onder de duim te zitten – niet een paar uur per dag, maar dag en nacht.

'Papa zegt dat je niet zoveel hoeft te leren, behalve lezen en schrijven,' zei ze ontwijkend. 'En dat kan ik allebei al best goed.'

'Rekenen hoort er ook bij,' zei Louisa ernstig. 'Dat zou iedereen moeten kunnen. Maar als je naar jezelf kijkt... Is er dan niets waarover je meer wilt weten?'

Emily dacht na terwijl haar hand automatisch het ganzenjong aaide. De pup zat nu bij haar broertje en zusje om stukjes scone te bedelen.

'Jawel,' zei Emily uiteindelijk, 'maar dat leer ik niet op school. Niet bij *mademoiselle*. En ook niet van Davids lessen.'

Louisa besefte dat het jonge meisje ook lessen van de broer van Haily bijwoonde.

'Misschien heeft David ook niet zoveel interesse?' viste ze. Mogelijk mocht ook de zoon zelf bepalen welke vakken hij volgde. 'Je kunt het mij gewoon zeggen.'

Er verscheen een denkrimpel in Emily's voorhoofd. 'Ik... Ik

hou van dieren,' zei ze uiteindelijk. 'En ik wil graag weten waaróm mensen en dieren zo zijn, zo eh...'

'Zo wát zijn?' vroeg de directrice. 'Bedoel je qua lichaamsbouw? Dan heb je het over het vak anatomie. Of bedoel je meer het gedrag? Dat hoort dan weer bij biologie. We geven les in beide.'

Emily schudde haar hoofd. 'Nee. Het is eh... Weet u, honden zijn altijd lief.' De pup kwam net naar haar toe. Ze stopte het ganzenjong in haar schortzak en begon het zwart-witte hondje te aaien. 'Maar mensen... die zijn soms wel aardig, maar vaak ook heel stom.'

'Het ligt eraan hoe je het bekijkt,' merkte Louisa op, maar ze grinnikte. 'Als je het eens aan een paar katten vroeg?'

Emily giechelde – opnieuw een aanwijzing dat het meisje snel van begrip was.

'Maar alle gekheid op een stokje,' zei Louisa serieus. 'Wat jij daar zegt, Emily, gaat over een heel nieuw wetenschappelijk vakgebied. Het heet psychologie. Dat betekent kennis van de ziel. Tot onze klaslokalen is dat vak nog niet doorgedrongen, maar er zijn al universiteiten waar je het kunt studeren. Als je straks wat ouder bent, moet je bijvoorbeeld Charles Darwin lezen. Dat is een beroemde wetenschapper die onderzoek heeft gedaan naar overeenkomsten en verschillen tussen mensen en dieren. Op onze school kunnen we misschien nog niet al je vragen beantwoorden. Maar we kunnen je wel leren hoe je onderzoek doet en uiteindelijk antwoorden op je vragen kunt vinden. Dat is misschien nog wel belangrijker, denk je niet?'

'Ik moet toch doen wat Haily wil,' zei Emily met een diepe zucht. 'Mijn moeder zegt dat ik dankbaar moet zijn.'

De directrice rechtte haar schouders. 'In dit geval hoeft dat niet. Als je echt niet naar St. Leonards wilt, hoef ik alleen maar tegen vrouwe Mairead te zeggen dat je nog niet oud en rijp genoeg bent.'

Emily keek haar bedenkelijk aan. 'U bedoelt... dommer dan Haily?'

De ervaren pedagoge grinnikte in zichzelf. 'Nou...'

'Dat gaat u niet zeggen!' Emily richtte zich op. 'Dan ga ik wel naar uw school. Maar dan moet mijn gans wel mee.'

3

De St. Leonards School lag vlak bij het dorpje St. Andrews in het zuiden van Schotland, omringd door weelderige, met gras begroeide heuvels. De kostschool had een ruim park, een stal en een koetshuis voor de rijtuigen van de school. Stalmeester Harris, een goedmoedige reus, hield zelf pluimvee en was bereid geweest om een stukje van de kippenren af te zetten voor Emily's gans.

'Ik vrees alleen dat ze weg zal vliegen,' zei hij vriendelijk, terwijl hij Emily hielp met het vullen van een waterbak zodat Gooby kon baden bij haar nieuwe schuilplaats. De naam, een combinatie van *goose* en baby, had Ailis bedacht.

'De ren is niet heel hoog,' voegde hij eraan toe.

Emily schudde haar hoofd terwijl ze het hek opende en Gooby voorging, de nieuwe ren in. Het ganzenjong volgde haar op de voet.

'Ze kan niet vliegen,' zei ze spijtig. 'Ik weet niet wat er mis is met haar, maar ze vliegt niet.'

De stalmeester bekeek het dier een tijdje fronsend. 'Zou ze nog te jong zijn?'

Het was inmiddels bijna herfst en de gans was vijf maanden oud. Haar ouders zouden binnenkort naar het zuiden trekken, en normaal gesproken zou het jong meegaan.

'Ze lijkt me niet ziek,' mijmerde Harris. 'Kan ze wel zwemmen?'

Emily knikte. Ze had de stalmeester vanaf het eerste moment gemogen. Hij leek haar minder streng en uit de hoogte dan juffrouw Lumsden en de huismoeder. Beide vrouwen hadden haar en de nichtjes Hard kort begroet bij aankomst, en Emily was rechtstreeks naar de stallen gestuurd met haar gans. De stalmeester leek oprecht geïnteresseerd in Gooby. Dit was iemand met wie ze haar bezorgdheid om de kleine vliegweigeraar kon delen.

'Ik heb haar leren zwemmen,' vertelde ze. 'In de vijver in het park van de Hards. Ik ging gewoon het water in, en toen kwam ze achter me aan. Vrouwe Mairead was heel boos en mijn moeder ook, omdat ik helemaal nat was.'

Harris lachte. 'Dan zul je het kuiken ook moeten leren vliegen,' zei hij. 'Het lijkt erop dat het jou als moeder ziet.'

Emily glimlachte blij. 'Ja, ze volgt me overal. Alleen mij. Niemand anders. Altijd al, vanaf dat ze uit het ei kwam.' Uitgebreid vertelde ze haar nieuwe grote vriend hoe ze aan Gooby was gekomen. Bij bedienden was ze niet half zo verlegen als bij dames en heren, of zelfs bij Haily en de nichtjes.

De stalmeester luisterde met belangstelling naar haar verhaal. Hij vond het meisje en haar ongewone huisdier prettig naturel en openhartig. Andere leerlingen van het internaat met wie hij contact had – sommige meisjes brachten hun pony mee, en daar moest hij natuurlijk voor zorgen – waren vaak kortaf tegen personeel, soms zelfs uit de hoogte.

'Dan moet ik eerst zelf leren vliegen, op de een of andere manier,' mijmerde Emily hardop. 'Ik ga het aan Donella vragen. Zij praat de hele tijd over een soort ballonnen. Misschien weet zij iets. Maar nu ga ik naar binnen. Ik moet Haily's koffers uitpakken.'

Harris schudde zijn hoofd. 'Jij bent hier toch als student, niet als dienstmeisje?' Hij begreep het niet helemaal. Het kwam vaker voor dat meisjes al op Emily's leeftijd in dienst werden genomen, maar dan droegen ze niet zulke mooie kleren als de kleine ganzenmoeder, en dan zou de directrice zich er niet persoonlijk mee hebben bemoeid dat ze een dier mee mocht brengen.

'Jawel,' zei Emily ernstig. 'Maar de ouders van Haily betalen mijn schoolgeld. Ik moet een beetje dankbaarheid tonen, zegt mijn ma.'

Even later wist de stalmeester dat Emily al sinds haar babytijd bij Haily in huis woonde als speelkameraadje. Alleen de nachten had ze thuis bij haar ouders doorgebracht. Hij kreeg een beetje medelijden met haar.

'Dan zal je familie je wel missen. En ben jij niet jonger dan de meeste meisjes die hier beginnen? Voor een elfjarige ben je nogal klein.'

Emily lachte. 'Ik ben al zeven,' zei ze. 'En ik ben slim!'

Wie haar opeens moest missen was Gooby, die vanachter een gesloten hek de afstand tot Emily steeds groter zag worden. De jonge gans gilde en snaterde naar haar, wierp zich tegen het hek en wapperde met haar vleugels, maar tot Harris' verbazing deed ze geen vliegpoging om haar pleegmoeder door de lucht te volgen. Emily maakte zich met moeite maar vastberaden los, tot groot respect van de stalmeester. Welk kind zou zich met lievelingsdier en al zo vastberaden onderwerpen aan de noodzakelijkheden van het leven?

Emily draaide zich om naar het gigantische grijze schoolcomplex, een middeleeuwse constructie van verschillende gebouwen met hoge ramen, torens, erkers en spitsbogen. Het was veel groter dan het kasteel van de Hards, zelfs Thorgale House zou er twee keer in passen.

Vaag herinnerde ze zich in welk gebouw Ailis, Donella en Haily waren verdwenen nadat de huismoeder Emily en haar gans had weggestuurd. Ze ging naar binnen en herkende meteen de mollige vrouw in haar nette donkere middagjurk en schone schort. Ze stond nog steeds bij de ingang om de nieuwe meisjes welkom te heten. Er vloeiden tranen bij kinderen en ouders die afscheid namen in de grote hal.

Emily was blij dat ze Haily's afscheid van haar moeder had gemist. Vrouwe Mairead had erop gestaan haar dochter naar kostschool te begeleiden. De ouders van Ailis en die van Donella hadden thuis al afscheid genomen.

De huismoeder wendde zich tot Emily en vroeg haar naam. 'O ja, Emily, jij deelt je kamer met de Hard-meisjes. Tweede verdieping, de Copernicus-kamer: derde links. Wees welkom, meiske. Ik hoop dat je je thuis zult voelen bij ons!'

Haily voelde zich niet prettig en dat liet ze luid en duidelijk merken. Na een lange huilbui zat ze nu onder in een van de twee stapelbedden te klagen over de petieterige kastjes, de verschrikkelijke bedden en het primitieve lampetstel.

Ailis kon er niet meer tegen en barstte in woede uit. 'Allemachtig, Haily, wat een drama maak je weer! Je hoefde alleen maar twee schooluniformen, sportkleren en een paar schorten mee te nemen, dat past allemaal makkelijk in de kastjes. En je hebt best gehoord wat de huismoeder zei. Er zijn grote moderne badkamers, die we met anderen moeten delen. De lampetkan en -schaal staan er alleen voor als je je even wilt opfrissen. En beslis nou eindelijk eens of je boven- of onderin wilt slapen.'

Ailis en Donella hadden duidelijk voorkeur voor de bovenbedden en vonden de krappe slaapplekken juist wel lollig. De twee waren in een uitgelaten stemming. Al van jongs af aan waren ze hartsvriendinnen en nu gingen ze eindelijk hokken. Ze hadden hun bagage al uitgepakt en hun kast en bureau ingericht. Alleen de koffers van Haily en Emily stonden er nog.

Terwijl Emily als eerste haar veel kleinere koffer opendeed, bestookten de twee haar met vragen over Gooby.

'Misschien kunnen we voor het eten even naar haar toe,' stelde Donella voor toen ze zag hoe bezorgd Emily was over het ganzenjong. 'Ze went vast snel als ze merkt dat je altijd terugkomt.'

Haily had natuurlijk veel meer kleding ingepakt dan de school voorschreef. De anderen moesten ruimte maken in hun eigen kledingkasten om alles op te kunnen bergen. Tot ieders vreugde was vrouwe Mairead niet alleen bang geweest dat haar dochter in St. Leonards dood zou vriezen, maar ook dat ze om zou komen van de honger. Emily pakte cake en koeken uit, die Donella meteen tot groepsbezit bombardeerde. Emily nam een hap van een wafel die haar moeder gisteren had gebakken en kreeg voor het eerst heimwee.

Uiteindelijk liepen ze met z'n vieren naar de eetzaal, waar alle leerlingen aan lange tafels zaten met aan elk hoofdeind een docente. Voor de maaltijd werd er gebeden, en op deze aankomstdag hield de directrice een toespraak om alle nieuwe meisjes te verwelkomen.

'Volgens de filosofie van onze school hoeft geen enkel meisje minder te leren dan haar broers,' sprak ze stellig. 'Als jullie broers zich op de borst kloppen omdat ze op Eton zitten, dan kun je gerust met evenveel trots zeggen dat jij op St. Leonards zit. Want geloof me: er is geen enkele reden waarom je straks op de universiteit, waar je misschien wel samen met hem naartoe gaat, geen hogere cijfers zou halen. Dat verwacht ik wel van jullie! Alle docenten en ik gaan er alles aan doen om jullie daarin te laten slagen!'

Donella zat enthousiast te knikken, Haily keek ongeïnteresseerd. Emily gunde haar broertje welke carrière dan ook, maar wist dat hij nooit verder zou komen dan de dorpsschool. Ailis was nog enig kind.

Haily had tranen met tuiten gehuild, maar het waren Emily en haar ganzenjong die de eerste weken op kostschool pijn leden om hun scheiding. Vrijwel alle meisjes waren eraan gewend hun ouders zelden te zien. Ze waren grootgebracht door kindermeisjes en huisleraren, en met hen had slechts een enkeling een hechte band gehad.

Emily miste haar ouders, broertje en zusje heel erg. Haar moeder bad voor het slapengaan altijd met de kinderen en luisterde naar hun zorgen. Als ze zich slecht voelden of wakker werden uit een nachtmerrie mochten ze bij papa en mama in bed kruipen. Bovendien sliep Gooby thuis in een mand naast Emily's bed. Ze vond het net zo erg als Gooby zelf dat het dier nu in een ren naast het andere pluimvee moest slapen.

Uit schuldgevoel smokkelde Emily de gans overdag weleens mee, maar de meeste docentes wilden geen dieren in de klas. Ook de huismoeder was er niet blij mee, al poetste Emily Gooby's sporen nog zo netjes weg. Haily klaagde steeds vaker over ganzenstank in hun kamer – totdat Donella haar het principe bijbracht van de ene hand die de andere wast. Donella en Ailis wilden best geheimhouden dat het meeste huiswerk van Haily door Emily werd gedaan, als Haily aan niemand doorvertelde dat Gooby soms bij Emily bleef wanneer de zevenjarige te moe was om de gans terug naar haar hok te brengen.

Het viel Haily zwaar om te wennen aan de dagelijkse routine op kostschool. Ze haatte het verplichte sportlesje waarmee elke dag begon, het eten smaakte haar niet en ze had moeite met leren. Voor Donella en Ailis konden de lessen niet uitdagend genoeg zijn. Emily zoog alle kennis op als een spons. Haily werd pas actief toen ze kennismaakte met de kunstvakken. St. Leonards wilde haar leerlingen in de eerste plaats intellectueel uitdagen, maar culturele vorming mocht niet achterblijven. De school organiseerde uitstapjes naar kunsttentoonstellingen en concerten, en wie dat wilde kon muzieklessen volgen. Het hoogtepunt van het jaar was het zangspel vlak voor de kerstvakantie dat de leerlingen zelf in elkaar zetten; van de teksten tot de zelf ontworpen en door handige meisjes in elkaar getimmerde en beschilderde decorstukken.

Haily vroeg piano- en zanglessen aan en eiste nu eens niet dat Emily meedeed. Ook werd ze lid van de theatergroep, al was ze aanvankelijk boos dat er niet op haar was gewacht met het casten van de hoofdrol. Al in het eerste schooljaar ontwikkelde ze manieren om zichzelf op de voorgrond te plaatsen, wat haar docentes zowel amusant als zorgwekkend vonden.

'Haily Hard vertelde me zowaar dat ze bij de opera wil.' De opmerking die juffrouw Lumsden in het tweede trimester maakte tegen muziekjuffrouw Porter klonk meer als een vraag. Het gebeurde niet vaak dat de directrice zo'n bijzondere ambitie werd voorgelegd. Toch ging ze altijd met de leerlingen in gesprek om erachter te komen waar hun interesses en talenten lagen.

Juffrouw Porter zuchtte. 'Ja, dat zegt ze tegen iedereen sinds ze het operagezelschap uit Edinburgh heeft gezien in St. Andrews. Haar stem is goed, maar ik zou niet kunnen zeggen of ze voldoende talent heeft voor het grote podium. Wel heeft ze alles in huis om een diva te zijn. Ze vleit, manipuleert en valt anderen genadeloos af als ze daar voordeel uit denkt te kunnen halen.'

Juffrouw Porter trok een grimas. 'Als alternatief ziet Haily ook een theatercarrière wel voor zich, waarbij ze overigens meer aan variété lijkt te denken dan aan Shakespeare. Ze vindt dat ze mooi is en kan zingen, en dat dat genoeg moet zijn.'

'We mogen wel uitkijken dat ze er niet tussenuit piept als het circus in de stad is.' Juffrouw Lumsden lachte, maar voegde er meteen aan toe: 'Probeer het meisje in toom te houden, we willen niet dat ze problemen krijgt met haar ouders. Al zou Haily de mooiste stem ter wereld hebben, ze is en blijft een Hard. Zelfs een operacarrière zal de familie nooit toestaan. Het zou me niet verbazen als de clan nu al overweegt om haar aan een neef uit te huwelijken om de macht en rijkdom te behouden. Tenslotte heeft Ailis, voor zover ik weet, nog steeds geen broer. De kwestie van de mannelijke opvolging ligt nog open.'

4

St. Leonards, herfst 1882

Haily Hard stapte ijverig naar voren toen juffrouw Alliston het lokaal van de derdejaars in kwam. De ogen van de biologielerares vielen direct op de microscoop die uit elkaar lag. Het apparaat, dat ze vorig jaar pas had aangeschaft, was haar grote trots. Ze vond het geweldig om er in de klas mee te werken en de meisjes kennis te laten maken met moderne wetenschappelijke onderzoeksmethoden.

'Juffrouw Alliston! Juffrouw Alliston! Donella en Ailis hebben de microscoop uit elkaar gehaald. Ze wilden er een eh... tele... hoe heet zo'n ding van maken en nu is hij kapot.'

'Telescoop, klikspaan!' beet Donella haar toe. 'En hij is helemaal niet kapot. Ik had alleen niet genoeg tijd om hem weer in elkaar te zetten.'

Juffrouw Alliston dwong zichzelf tot kalmte en zag toen meteen dat er geen sprake was van vandalisme. De onderdelen lagen geordend op een doek, klaar om teruggeplaatst te worden.

Donella en Ailis Hard behoorden tot haar favoriete leerlingen. Ze hield van hun scherpe geest en van Donella's vindingrijkheid. De Hard-nichtjes en de stille Emily in hun kielzog waren beslist de interessantste meisjes van hun jaar, maar nu moest ze toch even ingrijpen.

'Is dat waar, Ailis?' vroeg ze. 'Heb jij zonder het te vragen aan dat dure apparaat gezeten?'

Ailis stond op en knikte schuldbewust. 'Het was mijn idee. Omdat er een komeet te zien is die maar heel zelden voorbijkomt. En toen dacht ik: een telescoop...'

'Nee, ik stelde voor om er een voor haar te bouwen,' kwam Donella tussenbeide. 'Jammer genoeg is dat niet gelukt. Ik wilde de microscoop weer in elkaar hebben voordat u binnenkwam, maar Ailis en ik hadden ook klassendienst en toen is het niet gelukt.'

Juffrouw Alliston zuchtte. 'Dan gaan we onderzoeken waarom het niet werkte. Haily, wat is het verschil tussen een microscoop en een telescoop?'

Haily beet op haar lip. 'Met een microscoop kun je dingen zien die eh... heel klein zijn.'

'Precies. En met een telescoop?'

Een ander meisje gaf antwoord: 'Dat is een soort verrekijker!'

'Dat klopt. Je kunt er dingen mee zien die misschien wel heel groot zijn, maar ver weg. Zoals sterren, manen en zonnen. Het zijn dus allebei optische instrumenten en allebei werken ze met een lens.'

Juffrouw Alliston pakte een van de losse onderdelen van de microscoop en hield het omhoog. 'Er zit ook een oculair in. Dat dient als vergrootglas. Wat je moet weten is dat het objectief en het oculair op verschillende manieren worden gebruikt. Gewoon maar uitproberen heeft onze Donella niets opgeleverd.'

Ailis nam het woord. 'Het heeft met de brandpuntsafstand te maken.'

De jonge docente glimlachte naar haar. 'Exact. En voor straf, omdat jullie met mijn microscoop hebben geknoeid, verwacht ik morgen een opstel over wat precies de verschillen zijn. En jullie blijven straks na, om de microscoop weer in elkaar te zetten. Hij is niet kapot, Haily, je hoeft je geen zorgen te maken. Het lijkt me goed dat jij ook nablijft, dan kun je het zelf zien. Als je aantekeningen maakt van wat wij doen, kun je me morgen een kort verslag geven over de bouw van een microscoop.'

Haily's gezicht betrok.

Plichtsgetrouw stak Emily haar hand op. 'Mag ik ook langer blijven?' Het klonk eerder berustend dan leergierig.

De lerares schudde haar hoofd. 'Jij hebt niets verkeerd gedaan. Je mag na de les voor je gansje zorgen. Ik bedoel natuurlijk "gans", ze is allang volwassen. Weigert ze nog steeds te vliegen?'

Emily knikte. 'Meneer Harris zegt dat ik moet leren vliegen zodat ik het haar kan voordoen.'

Juffrouw Alliston lachte. 'Vergeet het maar, Emily, je weet toch hoe het Daidalos vergaan is?'

'Hij gebruikte bijenwas als lijm en dat smolt in de zon, dus werd het niets met dat vliegen,' merkte Donella afwijzend op. 'Je moet iets anders...'

'Fysiek gezien komt het door een gebrek aan spierkracht dat mensen niet kunnen vliegen, en door onze stevige lichaamsbouw en grote botdichtheid,' wist Ailis. Blijkbaar hielden ook haar kamergenoten zich met het probleem van Emily's gans bezig. 'Vogels zijn gestroomlijnd en hebben een licht skelet met holle botjes.'

Juffrouw Alliston knikte. 'Nog een interessant onderwerp voor een werkstuk. Maar nu gaan we verder met de lesstof. Emily, waar waren we gisteren gebleven?'

Juffrouw Alliston vond dat ze de kwestie pedagogisch briljant had opgelost. Ze was zowaar een beetje trots op zichzelf toen ze in een vrij uur na de middagpauze door het schoolpark wandelde. Haar gedachten gingen opnieuw terug naar de meisjes Hard en vooral naar Emily, die als een schaduw achter Haily Hard aan liep, terwijl ze veel meer gemeen had met de andere twee. Ailis en Donella toonden allebei een grote interesse in de bètawetenschappen. Ook haar collega van wiskunde had verrassende dingen verteld over Ailis' talenten op dit gebied. Hun observaties kwamen overeen: Ailis was een echte theoretica, die dingen eerst uitzocht, doorrekende en analyseerde voordat ze iets ondernam. Donella was juist geneigd dingen meteen uit te proberen. Zij had de moed en de inventieve geest die daarvoor nodig waren. Bovendien was ze handig – die microscoop had ze ook zonder hulp wel weer in elkaar gekregen.

Haily was in heel andere dingen geïnteresseerd. Juffrouw Alliston had niet zoveel met dit meisje op, dat haar een intrigante leek, maar ze wist dat Haily uitblonk tijdens de muziek- en kunstlessen. Ze was goed in zingen en acteren, ontwierp decorstukken voor de zangspelen waaraan ze meedeed en wist er altijd een show van te maken. Ze was iemand die mensen om haar vinger wond. Ze had zelfs de aandacht van de directrice nu ze op lacrosse zat. Juffrouw Lumsden had haar lievelingssport in Schotland geïntroduceerd en was altijd op zoek naar nieuw talent voor het schoolteam. Dankzij jarenlange danslessen was Haily lenig en behendig, wat haar op het veld goed van pas kwam. Juffrouw Alliston had de indruk dat ze niet veel om de sport gaf, maar des te meer om de welwillendheid van de directrice.

Op de terugweg naar het schoolgebouw passeerde de jonge lerares een grasveld waar een paar speeltoestellen waren neergezet voor de jongste leerlingen. De schommels, de wip en het klimrek stonden er op dit tijdstip meestal verlaten bij, omdat de eerste klas gym had, en de meeste tweedeklassers zich al te groot voelden voor een speelplaats. Maar vandaag hoorde juffrouw Alliston stemmen, en tot haar verbazing herkende ze Donella Hard en Emily Coxwold. Ze bleef achter een bosje staan en zag dat Emily's gans de activiteiten van de meisjes nieuwsgierig volgde. Het deed haar plezier dat de meisjes weer met het onuitputtelijke onderwerp 'vliegen' bezig waren.

Emily ging op de schommel zitten, zette zich af en probeerde de gans ook de lucht in te lokken.

'Hoger dan dit kan ik niet!' riep ze naar Donella. 'En het wordt niks, Gooby rent alleen maar heen en weer.'

Dat klopte. De gans volgde haar pleegmoeder opgewonden naar voren en naar achteren, maar deed geen enkele poging de lucht in te gaan.

'Je komt ook niet echt hoog, en al helemaal niet vooruit,' redeneerde Donella. 'Dat ziet Gooby ook. Ze is wel een gans, maar ze is niet dom!'

Juffrouw Alliston glimlachte om Donella's interpretatie. Zelf zag ze het heen en weer rennen van de gans onder de schommel niet per se als een teken van intelligentie.

'Je zou je moeten voortbewegen in de lucht,' meende Donella. 'Want vliegen doe je met het doel snel ergens naartoe te gaan.

Misschien kunnen we een touw spannen tussen twee bomen. Een daarvan moet op een heuvel staan, ik bedoel hoger dan de andere boom. Van tevoren halen we het touw door een ring. Daar maken we later een stok aan vast. Dan kun je van de hoge boom naar de lage zweven, net als met een kabelbaan.' Ze wreef over haar voorhoofd. 'Maar dan hebben we waarschijnlijk een stalen kabel nodig,' peinsde ze. 'Henneptouw gaat kapot door de wrijving.'

Emily wekte niet de indruk veel zin te hebben om aan een geïmproviseerde kabelbaan vanuit de hoogte naar beneden te zweven.

'Of we hangen touwen in de bomen, dan kun je door de lucht slingeren als een aap,' bedacht Donella.

Emily schudde haar hoofd. 'Dat lijkt me eng. Haily vindt dat ik Gooby gewoon van de toren moet gooien. Dan moet ze wel vliegen.' Maar ook dat leek haar geen goed idee.

Donella vertrok haar gezicht van afschuw. 'Of niet, en dan breekt ze haar nek. We hebben dat al eens geprobeerd, weet je nog? Toen we haar in die boom hadden gezet en naar beneden probeerden te lokken?'

'Jij duwde haar zelfs,' corrigeerde Emily licht verwijtend.

'Een heel klein beetje maar!' Donella rolde met haar ogen. 'En er gebeurde niets. Ze sloeg haar vleugels uit, fladderde een keer en toen stond ze al op de grond. Vliegen kon je het niet noemen, jammer genoeg.'

Emily slaakte een berouwvolle zucht. 'Laten we er maar mee stoppen voor vandaag. We hebben ook nog huiswerk.'

'Behalve dat telescoop-opstel alleen een essay voor Engels. Dat hebben we zo op papier, en dat telescoopding doen we morgen. Ailis is al in de boeken gedoken. We kunnen nog best even met Gooby naar de vijver.'

Donella wist dat de regelmatige vijverbezoeken onderdeel waren van Emily's strategie om Gooby zich wat meer als een gans te laten gedragen. Er zaten een paar nesten van wilde ganzen. Emily hoopte dat Gooby aansluiting zou vinden, verliefd zou worden op een leuke jonge gans en mee zou vliegen naar

Afrika. Tot nu toe was ze altijd juist naar Emily toe gekomen als ze soortgenoten zag, en andersom leken die ook niet open te staan voor een kennismaking.

Emily schudde haar hoofd. 'Ik moet nog twee essays schrijven,' zei ze. 'Dat van mij en dat van Haily. Ze heeft me nog niet eens verteld wat haar favoriete toneelstuk is van die meneer Shakespeare. Welk stuk neem jij?'

De meisjes moesten een stukje over hun lievelingstoneelstuk schrijven en duidelijk maken waarom dit hun favoriet was.

'*Midzomernachtsdroom*,' zei Donella. 'Ik vind het vooral mooi als de feeën vliegen. Nou, en voor Haily kan het natuurlijk alleen maar *Macbeth* zijn. Schrijf maar op: "Ik vind het leuk omdat ik zowel met de dame als met de heksen een spirituele verwantschap voel."'

Juffrouw Alliston wist niet wat ze hoorde. Ze had er begrip voor dat Haily hulp vroeg bij de exacte vakken, maar als ze Emily ook haar huiswerk voor Engels liet maken, kon dat niets anders zijn dan luiheid. Want Haily was net zo goed in de taalvakken als haar nichtjes. De docente wist dat het niet zo nobel van haar was, maar ze voelde een vals genoegen bij het idee dat ze dat intrigantje aan kon geven bij haar lerares Engels.

5

De jaren vlogen voorbij op St. Leonards. In het vierde jaar ging Ailis' grootste wens in vervulling. Juffrouw Lumsden kocht een telescoop voor de school en nam een natuurkundedocente in dienst die zich ook in astronomie had verdiept. Ailis had in eerste instantie haar liefde voor de sterren een beetje verwaarloosd, vooral sinds haar moeder zich op de pseudowetenschap van de astrologie had gestort en astrologen in Thorgale House was gaan uitnodigen om de toekomst te voorspellen. In feite ging het haar alleen maar om de aloude vraag: zou ze haar man nog een zoon schenken? Ailis had met haar ogen gerold als de astrologen uitgebreide berekeningen hadden gemaakt waar weinig tot niets van klopte omdat ze voornamelijk gebaseerd waren op allang weerlegde theorieën.

Ailis had alle boeken over de sterrenhemel in de schoolbibliotheek allang uit. Gelukkig mocht ze van juffrouw Lumsden ook naar de universiteitsbibliotheek in St. Andrews. Over horoscopen ging het nooit. Wel over zonnen en manen, vaste sterren en sterrenbeelden, nevels, kometen en nova's. Natuurlijk probeerde ze het allemaal aan haar moeder uit te leggen, maar vrouwe Alison wilde er niets van horen. Haar astrologen voorspelden de voorspoedige geboorte van een jongen – er was niets op de wereld waarin ze meer wilde geloven.

In de periode waarin Ailis zich steeds intensiever en met groeiend plezier op hemelverschijnselen stortte, had Donella een moment van puur leedvermaak toen haar moeder haar schreef dat George terug was gevlogen uit Eton. Al in het eerste jaar bleek de elitekostschool voor jongens te hoog gegrepen voor haar broer. Haar ouders gingen op zoek naar een universiteit waar de lat minder hoog lag. Zelf volgde Donella fanatiek alle krantenberichten over vliegpogingen van avonturiers over de hele wereld. Ze verslond Jules Vernes roman *Vijf weken in een luchtballon* en al zijn andere werken.

Emily hield zich intussen bezig met de fysieke principes van het vliegen van vogels. Ze begon Gooby en andere vogels nauwgezet op te meten om erachter te komen of Gooby's onvermogen om te vliegen te maken kon hebben met een lichamelijk gebrek. Gooby liet haar geduldig begaan, maar de ganzen van Harris waren minder bereid zich te laten bevoelen voor de wetenschap. De stalmeester was zo vriendelijk haar een levenloos exemplaar aan te bieden alvorens het te plukken voor de slacht. Emily kon alleen maar huilen terwijl Ailis en Donella het ganzenlijk nieuwsgierig onderzochten. Natuurlijk onder de bezielende leiding van de fanatieke juffrouw Alliston, die Emily verweet te emotioneel te zijn. Een wetenschapper moest zich kunnen beheersen.

Emily vroeg zich vervolgens af of biologie wel echt haar onderwerp was. Misschien kon ze beter overstappen op psychologie, een nog jonge wetenschap, waarop ook zij van de directrice toegang kreeg tot de universiteitsbibliotheek. Toen ze op onderzoek uitging, bleek psychologie de studie van menselijke ervaringen en gedrag te zijn.

Waarom gaat psychologie alleen over mensen, vroeg ze zich teleurgesteld af. Om vervolgens te proberen de concepten van rationalisme en empirisme ook toe te passen op ganzen en honden.

Haily bleef vol passie bezig met muziek en toneel. Ze was uitgegroeid tot de onbetwiste ster van de theatergroep en de hoofdrol ging nooit meer aan haar voorbij. Ze was een ware podiumpersoonlijkheid aan het worden. Eerder dan de meeste meisjes kreeg ze vrouwelijke rondingen, haar stem werd steeds expressiever en als ze danste kon het publiek de ogen niet van haar afhouden.

'Maar dit is toch geen behoorlijke dans meer,' merkte juffrouw Lumsden op tijdens de feestelijke afsluiting van Haily's vierde jaar. In de bewegingen op muziek herkende de directrice vrijwel geen klassieke balletposities. Ze wist niet of de onverhulde lichamelijkheid van de voorstelling haar nou charmeerde of afstootte.

De dans- en muzieklerares, juffrouw Perigord, maakte omtrekkende bewegingen. 'Nee, dit is meer eh... expressieve dans, het Delsartesysteem,' onthulde ze uiteindelijk. 'Ontwikkeld door François Delsarte. Het is een combinatie van taal, muziek en beweging bij wijze van... uitdrukking van sensatie en lichamelijk gevoel.'

De directrice fronste. 'Ik heb hier nog nooit van gehoord,' gaf ze toe.

'Het is nogal in de mode,' verdedigde juffrouw Perigord zich. 'Delsarte geeft cursussen die zelfs beroemde zangers en acteurs hebben aangesproken. Als u wilt, kan ik u een boek lenen.' Ze haalde een boekje uit haar tas: *Delsarte System of Expression* van Genevieve Stebbins, alsof ze de kritiek al had zien aankomen.

Juffrouw Lumsden nam het boek aan. 'Het zou wel zo vriendelijk van u zijn om mij van tevoren te informeren over eventuele veranderingen in uw curriculum,' merkte ze op. 'Ik sta best open voor nieuwe dingen, maar wat zullen Haily's ouders hiervan vinden?'

Haily's ouders waren vooral blij dat de jonge George Hard voor het eerst met enige interesse naar zijn nichtje keek. Ailis' vader leek dit ook op te merken, maar bepaald niet tot zijn genoegen.

Eindelijk brak het laatste jaar van de opleiding van de meisjes aan. Ailis en Donella hadden het er al over om naar de universiteit te gaan nadat ze hun examens hadden gehaald, ongetwijfeld cum laude.

'Maar ik vrees dat we niet ontkomen aan de debutantenbals.' Donella zuchtte. 'Volgens mijn ouders is het belangrijk dat ik in elk geval één keer voor de koningin buig en dan minstens een winter, zo niet een heel jaar lang, op het ene na het andere bal ga dansen.'

'Je moet maar denken: je vliegt van de ene arm in de andere,' grapte Ailis. 'De hoge adel onder elkaar. Misschien wil je uiteindelijk toch liever trouwen.'

Donella rolde met haar ogen. 'Alsof er iemand met mij wil trouwen.' Ze was ervan overtuigd dat ze niet mooi was. Hooguit leuk om te zien. Niet dat ze ongelukkig was met haar uiterlijk en schamen deed ze zich al helemaal niet. Maar tegen Ailis' klassieke schoonheid – haar gelijkmatige, aristocratische gezicht, bruine ogen en nu steile mahoniekleurige haar – kon ze niet op, zoals ze jaren geleden al met enige jaloezie had geconcludeerd.

Donella was kleiner dan haar nichtjes, maar niet zo slank als Ailis en zonder de vrouwelijke rondingen van Haily. Ze was eerder atletisch en lenig dan sierlijk. Haar donkerblonde, bijna rossige haar was te weerbarstig om netjes op te steken – al moest ze toegeven er weinig geduld voor te hebben. Ze had alerte bruine ogen en haar huid was een tint donkerder dan die van haar nichtjes. Ze was gelijkmoedig van aard en meestal vrolijk in plaats van narrig zoals Haily of somber zoals Ailis soms kon zijn. Als enige knoopte ze vriendschappen met anderen aan. Als Ailis werd uitgenodigd voor nachtfeestjes of picknicks was het altijd met Donella samen. Maar dat waren geen redenen voor welke charmante prins dan ook om verliefd op haar te worden.

'Ik ga toch het liefst meteen naar de universiteit,' beëindigde ze de discussie, die niet serieus was maar toch steeds opnieuw gevoerd werd.

Ailis lachte terwijl ze een schoon St. Leonards-schort over haar jurk aantrok. 'Weet jij waarom ik naar juf Lumsden moet?' vroeg ze.

De meisjes waren naar hun kamer gegaan om huiswerk te maken, maar de huismoeder was net langsgekomen om te zeggen dat Ailis Hard zich zo snel mogelijk bij de directrice moest vervoegen.

Donella schudde haar hoofd. 'Ik heb niets gedaan,' zei ze, 'mocht je ondervraagd worden als getuige.' Ze grinnikte. De tijd dat ze ongevraagd dingen uit elkaar haalde om uit te zoeken hoe ze werkten, was voorbij. De jonge vrouw haalde de hoogste cijfers bij natuurkunde en de werking van een mechanisch apparaat was haar meestal op het eerste gezicht duidelijk.

'Ik ook niet,' zei Ailis. 'Ik ben benieuwd wat er aan de hand is. Misschien hebben een paar eerstejaars geprobeerd om van de telescoop een microscoop te maken.'

De nichtjes gingen lachend uit elkaar en een paar minuten later stond Ailis voor de kamer van de directrice. Zonder aarzeling klopte ze aan. Ze had niets te vrezen van juffrouw Lumsden, die ze bewonderde en sympathiek vond.

De directrice riep haar meteen binnen. Vanachter haar enorme bureau keek ze haar wat bezorgd aan.

'Ailis,' begon ze vriendelijk. 'Wat is er aan de hand? Ik bedoel, is het een trieste gebeurtenis?'

Ailis was verbaasd. 'Hoe bedoelt u, juf Lumsden, wat voor gebeurtenis? Ik heb alleen maar gehoord dat u me wilde spreken.'

'Aha.' De directrice gebaarde naar een stoel. 'Ga maar even zitten, Ailis. Sorry als ik je liet schrikken. Ik nam aan dat jij zelf ook bericht had gekregen, met misschien meer details. Je ouders hebben me gevraagd je naar huis te sturen. Zo snel mogelijk. Vandaar dat ik dat dacht.'

'Niemand heeft mij iets gestuurd. Er is ook niets bijzonders, voor zover ik weet.' Ailis haalde verbaasd haar schouders op. 'Wat staat er in dat bericht?'

'Nou, er wordt geen reden gegeven. Maar het is duidelijk dat je ouders willen dat je onmiddellijk terugkeert naar Thorgale House.' De directrice knikte Ailis bemoedigend toe. 'Ik zal ze vandaag antwoorden. Je kunt morgenochtend de trein van halftien nemen, Harris zal je naar het station brengen. En dan hoop ik je natuurlijk heel snel terug te zien.'

'Zo snel als ik kan,' beloofde Ailis. 'Ik heb een proefwerk en ik wil het sterrenkijken met juffrouw Pearse niet missen.'

Het was maandag. Ailis ging ervan uit dat ze uiterlijk woensdagmiddag terug zou zijn.

6

De treinreis vanuit St. Andrews verliep vlot, maar vanaf het station was het nog behoorlijk ver naar Thorgale House, over niet al te best onderhouden wegen. Ailis hoopte dat het antwoord van de directrice haar ouders snel genoeg had bereikt, zodat ze een koets konden sturen.

Opgelucht zag ze op het perron al een rijtuig van Thorgale House staan. Rover, de oude koetsier van haar vader, had het zich gemakkelijk gemaakt op de bok. Misschien stond hij al een paar uur te wachten op Ailis. Daar had hij ook alle tijd voor. Omdat Rover te oud was om hele dagen te werken, deed hij kleine klusjes in huis of andere lichte werkzaamheden, zoals vandaag. Beiden waren blij elkaar te zien.

'Nou nou, juffie, je moet voor dag en dauw opgestaan zijn om hier zo vroeg aan te komen!' begroette hij haar familiair. Hij kende Ailis al sinds haar geboorte. Hoewel hij besefte dat hij haar voornaam moest noemen, kon hij het afstandelijke 'juffrouw Ailis' niet uit zijn mond krijgen.

Ailis glimlachte. 'Bij het kraaien van de haan, Rover,' bevestigde ze. 'Ik heb trouwens van de zenuwen nauwelijks kunnen slapen. Is alles in orde thuis?'

De oude koetsier knikte en nam de tas van haar over. 'Jazeker, iedereen is gezond.'

'Ik bedoel, omdat ik opeens zo snel moest komen,' vroeg Ailis door.

'Nou, vrouwe Alison zal blij zijn u te zien,' mompelde hij. Als ouwe rot in het vak beheerste hij de kunst van het zwijgen. Beleefd beantwoordde hij Ailis' vragen zonder antwoord te geven.

Ten slotte gaf Ailis het op en nam plaats in de koets. 'Dan

moeten we ze maar niet te lang laten wachten.'

Ze doorkruisten het dorpje Thorgale en ratelden vervolgens tussen bossen, velden en weiden door in de richting van Thorgale House. Het was herfst en de boeren waren op de velden aan het ploegen en zaaien. Sommigen groetten toen het rijtuig van de markies voorbijreed en Ailis zwaaide vriendelijk terug. Ze hield van het vredige landgoed, van de eenvoudige mensen op het platteland en van de donkere nachten. Je kon hier veel beter sterren kijken dan in St. Andrews, waar veel huizen 's nachts verlicht waren door olielampen of kaarsen als de bewoners nog op waren.

Uiteindelijk bereikten ze haar ouderlijk huis, dat in een vergelijkbare stijl was gebouwd als St. Leonards. Beide bouwwerken dateerden uit de middeleeuwen, maar Thorgale House had veel meer speelse kenmerken dan het imposante functionele gebouwencomplex van de kostschool. Af en toe herinnerde Ailis zichzelf eraan dat haar huis oorspronkelijk Thorgale Castle had geheten, wat veel statiger klonk dan Thorgale House. Als kind had ze hier prinsesje gespeeld met Donella.

De koets hield halt op de oprit en mevrouw Townsend opende de voordeur. De dienstbode had een huisknecht en een dienstmeisje meegenomen om Ailis' mantel en bagage aan te nemen. Hoofdschuddend keek ze naar de enige tas die Ailis bij zich had.

'Welkom, vrouwe Ailis,' groette ze beleefd. 'Uw vader had u later verwacht, maar ik dacht al wel dat u de eerste trein zou pakken.' Mevrouw Townsend waardeerde Ailis om haar ernst, betrouwbaarheid en gelijkmoedige aard. De moeder was wispelturiger en de vader vaak slecht gehumeurd.

'Ik denk dat heer Charles u meteen zal willen ontvangen. Ik zal de thee met sandwiches naar zijn vertrek laten brengen, u hebt vast wel trek. Of wilt u zich eerst even opfrissen? Uw kamer is al gereed.' Ze maakte een lichte buiging.

'O, bedankt, mevrouw Townsend, maar ik ben niet van plan lang te blijven,' zei Ailis. 'Als het kan, ga ik met de nachttrein terug en anders uiterlijk morgenochtend. Anders mis ik te veel lessen.' Ailis wilde niet riskeren dat haar eindcijfer omlaag ging omdat ze een proefwerk moest missen.

'Zoals u wilt, vrouwe Ailis,' zei de dienstbode. 'Ik zal u meteen aanmelden bij de markies. Maar doe toch uw mantel uit en warm even op. Het is altijd zo koud hier in Schotland!' Mevrouw Townsend was een Engelse en kon het niet laten te mopperen over het zogenaamd veel slechtere weer in Schotland.

Ailis overhandigde het dienstmeisje haar hoed en jas, schikte haar haar een beetje en wachtte bij het knapperende houtvuur in de enorme open haard achter in de verder schaars ingerichte grote hal, tot de huishoudster terugkwam met een bediende.

'Uw vader verwacht u in de herenkamer,' zei ze.

Ailis volgde de bediende naar de tweede verdieping. Niet dat ze niet wist waar de kamer van haar vader was, maar mevrouw Townsend hield de oude tradities graag in stand, en bovendien was het vaak zo donker op de trappen en in de gangen dat het prettig was als iemand je bijlichtte.

Op de galerij, vlak voor de kamer van haar vader, botste de bediende bijna tegen haar moeder op. Hij verontschuldigde zich onmiddellijk en stapte opzij. Vrouwe Alison leek haast te hebben, maar hield haar pas in toen ze haar dochter zag.

'Ailis!' Ze omhelsden elkaar op hun gebruikelijke, ietwat formele manier. Toen Ailis zich losmaakte, zag ze dat haar moeders ogen roodomrand waren, alsof ze had gehuild.

Op gedempte toon zei vrouwe Alison wat ze wilde zeggen zonder Ailis ruimte te geven iets te vragen.

'Ailis, ik wil... ik moet... nou goed, ik wil dat je weet dat je vader en ik dit hebben besproken. Ik neem hem niets kwalijk, hij neemt mij niets kwalijk. Het is gewoon... de enige oplossing. Ik hoop dat je... dat je dat beseft.'

De bediende klopte, opende de deur en stapte opzij zodat Ailis naar binnen kon. Vrouwe Alison liet haar dochter achter en beende de gang in.

Ailis stapte de kamer in en zag haar vader achter zijn schrijftafel zitten, een wanstaltig, met leer bekleed meubelstuk. Waarom ontving hij haar eigenlijk niet in zijn leunstoel voor de open haard, vroeg ze zich af. Misschien had het te maken met de thee die de bedrijvige mevrouw Townsend al had laten brengen en die op de schrijftafel stond.

Ailis zag theeservies voor twee personen en twee etagères met zoete en hartige lekkernijen. Bij de aanblik van de sandwiches met ei liep het water haar in de mond. Ze had sinds de vroege ochtend niet meer gegeten.

Haar vader kwam uit zijn stoel en begroette haar onhandig met op beide wangen een kus. 'Zo kennen we je weer. Je bent altijd plichtsgetrouw geweest.' Terwijl hij duidelijk naar woorden stond te zoeken, schonk Ailis thee in, zoals het de dochter des huizes betaamde. Omdat ze wist wat een zoetekauw hij was, serveerde ze zijn thee met drie scheppen suiker. In haar eigen kop deed ze suiker en room. Toen ging ze zitten, pakte een van die verrukkelijke eiersandwiches en nam een hongerige hap, terwijl haar vader zich leek te herpakken.

'Zo, Ailis, ik heb je laten komen om... De kwestie waar het om gaat is de opvolging. Het ziet ernaar uit dat je moeder me geen zoon zal kunnen schenken,' begon hij uiteindelijk.

'Ach, wat sneu.' Ailis probeerde haar medeleven te betuigen, ook al geloofde ze allang niet meer dat vrouwe Alison zwanger zou worden.

'Inderdaad, Ailis. Op basis van deze vaststelling hebben je moeder en ik besloten ons huwelijk te ontbinden. Ik ga opnieuw trouwen. Ik –'

Ailis' brood bleef in haar keel steken. 'Wat!' bracht ze uit.

Haar vader speelde met zijn theelepel. Hij had de thee en het gebak nog niet aangeraakt.

'We hebben alles gedaan, maar het lukt gewoon niet. Je moeder kan geen opvolger baren. En omdat het niet in jouw belang zou zijn als de titel naar je neef George zou gaan, moet er een andere oplossing komen.'

Ailis bloosde van schaamte, omdat haar vader zo openhartig tegen haar was. St. Leonards was minder ouderwets en preuts dan andere meisjesinternaten, de meeste leerlingen geloofden na een paar biologielessen niet meer in de ooievaar, maar toch was dit een gênante situatie. Ze vroeg zich af waarom haar vader geïnteresseerd was in haar mening over zijn opvolgingsplan.

'Kun jij je dan laten scheiden?' vroeg ze uiteindelijk toen ze over de eerste schrik heen was. 'Ik bedoel, we zijn katholiek. Ik dacht dat scheidingen not done waren bij de katholieken,' voegde ze eraan toe toen haar vader niet meteen antwoordde.

Nu was het haar vaders beurt om te blozen.

'Nee, een eh... echtscheiding is natuurlijk vrijwel onmogelijk. Maar ik heb een aanvraag ingediend in Rome. En nou ja, de Romeinse curie heeft ingestemd met de nietigverklaring van het huwelijk.'

Ailis keek hem met grote ogen aan. 'Maar vader, jullie huwelijk is geconsummeerd. Jullie hebben mij toch?'

Charles Hard wreef over zijn voorhoofd. 'Ja, dat is dus precies het probleem.'

Stomverbaasd keek Ailis hem aan.

'Ik kan jou dan niet meer erkennen.' Eindelijk was het hoge woord eruit. Het had de markies moeite gekost, maar hij had het toch over zijn lippen gekregen.

Ailis was verbijsterd. Ze moest een misselijk gevoel wegslikken toen ze besefte wat de gevolgen waren van haar ouders' besluit. Ze vond het al schokkend dat haar vader haar moeder wilde vervangen door een vreemde vrouw. Maar nu stond ook haar naam, haar titel, haar hele bestaan op het spel. Vader wilde haar alles afnemen. Het leek wel of hij haar wilde uitwissen.

Ondanks dat ze haar hart voelde bonzen, wist ze haar gebruikelijke kalmte te behouden. 'Laat me eens kijken of ik dit goed begrijp,' sprak ze langzaam. 'Je gaat mijn moeder dwingen een overspel te bekennen waaruit ik zou zijn voortgekomen, terwijl jij haar in twintig jaar huwelijk niet zou hebben aangeraakt. Dat maakt mij een bastaard en mijn moeder een hoer. Jij en de heren in Rome verbannen ons uit de maatschappij, alleen maar om jou de kans te geven een erfgenaam voort te brengen met een andere vrouw.' Ailis keek haar vader met vuurspuwende ogen aan.

Charles Hard werd nu ook rood, maar dan van woede. 'Matig je woorden, Ailis, je stelt het wel heel zwart-wit voor. Ik zit in een noodsituatie. Je moeder begrijpt het wel. Natuurlijk zal er goed voor haar worden gezorgd. Ze wil verhuizen naar Frankrijk, niemand hoeft ervan te weten. En jij... Nou, ik heb een mogelijkheid gevonden om je uit te huwelijken.'

'Wát?!'

Ailis vroeg zich af of ze in een nachtmerrie terecht was gekomen, of dat ze waanbeelden had als gevolg van een plotselinge hoge koorts.

Haar vader stak geruststellend zijn hand op. 'Geen zorgen, Ailis, het wordt een eervolle verbintenis. Je toekomstige echtgenoot is van adel. Een Hay.'

De Hays vormden een van de meest gerespecteerde en grootste clans in Schotland. Het lag echter niet voor de hand dat Charles Hard zijn dochter had beloofd aan een erfgenaam van de titel van clanhoofd.

'Cuthbert Hay is om precies te zijn een achterneef van de huidige titelhouder.'

Ailis had nog nooit van hem gehoord. Achterdocht en scepsis weerspiegelden zich in haar ogen en in de toon van haar stem.

'Waarom zou deze man met jouw bastaarddochter trouwen? En wanneer moet dit allemaal gebeuren?'

'Nou, de ontbinding van een huwelijk gaat niet van de ene op de andere dag,' zei haar vader, schijnbaar onaangedaan door de emotionele toestand van zijn dochter. Integendeel, hij leek zich weer te hebben herpakt. 'Een paar maanden gaat er wel overheen, en in die tijd verandert er niets. Als we de bruiloft over laten we zeggen zes weken plannen...'

'Zes weken?!' Ontzet incasseerde Ailis deze volgende klap. Gewoonlijk werd de verloving van een edelvrouw ongeveer een jaar voor het huwelijk aangekondigd. 'Dan denkt iedereen dat ik... dat we moeten trouwen.' Ze kromp ineen van schaamte, alleen al bij de gedachte aan de medelijdende blikken van de bruiloftsgasten, die ongetwijfeld meer op haar man dan op haar gericht zouden zijn.

'Dat maakt niet uit,' merkte Charles Hard op. 'Want je gaat emigreren.'

Ailis keek haar vader niet-begrijpend aan. 'Emigreren?' vroeg ze toonloos.

'Ja.' Charles ging snel verder. 'Cuthbert stelt als voorwaarde dat jouw bruidsschat voldoende is voor een overtocht naar de Verenigde Staten. Plus een bepaald startkapitaal waarmee hij zijn opleiding tot fotograaf kan voortzetten. Er is een studio in Boston waar hij zou willen werken en leren. Zijn familie wil dat niet financieren. Dus je gaat naar Boston. Jullie zullen hier snel vergeten zijn. En daar ben je gewoon een Hay, niemand zal zich voor je meisjesnaam interesseren.'

Ailis probeerde een hevige duizeligheid te boven te komen. Haar vader was dus inderdaad van plan haar uit te wissen – en de Hay-clan zou ook geen traan laten om deze Cuthbert. Haar vingers kromden zich in de stof van haar reiskleding. Ze ging nu niet huilen!

'En als ik met neef George zou trouwen?' Binnen in haar trok alles samen bij de gedachte. Ze haatte George. Maar de dochter van een markies uithuwelijken aan de erfgenaam van de titel was een gebruikelijke manier om het probleem op te lossen.

Charles Hard beet op zijn lip. 'Dat was natuurlijk ook mijn eerste gedachte,' zei hij zachtjes. 'Maar George wil niet. Hij vindt jou een boekenwurm, je bent hem te mager en bovendien een vriendin van zijn zus. Hij wil zelf een vrouw kiezen, zegt hij. En zoals je weet heeft hij voorlopig alle troeven in handen.'

Het werd Ailis zwart voor de ogen. Dus dit beeld had haar familie van haar. Ze was lelijk, zelfingenomen en ze had de verkeerde vrienden. Nog maar een paar uur geleden was ze op de trein gestapt als iemand die gelukkig was met haar leven: een toegewijde, door docenten en klasgenoten gewaardeerde studente, die ook tevreden was met wat ze in de spiegel zag. En nu was in één gesprek alles kapotgemaakt. Voor haar vader was ze een wormvormig aanhangsel waar hij zo snel mogelijk vanaf moest zien te komen.

Alleen de gedachte aan juffrouw Lumsden gaf haar een sprankje hoop. Een sterke vrouw…

'Als u mijn bruidsschat aan mij geeft in plaats van meneer Hay te… betalen, zou ik zelf iets kunnen opbouwen,' zei ze langzaam. 'Dan kan ik studeren en misschien later lesgeven, net als juf Lumsden.'

Charles Hard gaf een harde klap op de tafel. 'Geen sprake van. Je zult altijd willen terugvallen op het ouderlijk huis als er iets misgaat. Jouw juffrouw Lumsden kwam ook terug naar Schotland. Wie weet hoe je ons te schande zou kunnen maken. Nee, Ailis, je gaat trouwen. Punt uit. Maak kennis met Cuthbert, misschien worden jullie nog wel verliefd op elkaar ook. Er is geen andere mogelijkheid, leer ermee te leven.'

Ailis wist niet hoe ze in haar kamer was gekomen, waar ze eindelijk haar tranen de vrije loop kon laten.

7

Vrouwe Alison was degene die Ailis de volgende dag kwam vertellen wat het plan dat ze voor hun dochter hadden gesmeed precies inhield.

'Je vader heeft het beste met je voor,' zei ze, waarop Ailis haar zoveelste huilbui kreeg. 'En ik natuurlijk ook. We hebben lang nagedacht hoe we dit konden oplossen zonder dat het nadelen voor jou zou hebben.'

'Financier dan mijn studie!' riep Ailis. 'Voor mijn part in Engeland of waar dan ook. Daarna kan ik mezelf redden. En hoe ik heet kan me niet schelen!'

Vrouwe Alison schudde haar hoofd. 'Dat is onmogelijk, daar heeft je vader gelijk in. Deze hele geschiedenis... We willen er zo weinig mogelijk ruchtbaarheid aan geven. William en Connor zullen moord en brand schreeuwen als ze horen van de huwelijksontbinding. Zij zagen hun eigen zoon al op de troon van de markies zitten. We hebben veel geluk dat de kerk –'

'We?' onderbrak Ailis haar. 'Hoe kun jij het eens zijn met dit perverse plan? Je laat je wegsturen, vals beschuldigen, vervangen!'

Haar moeders ogen werden vochtig. 'Het ligt nou eenmaal aan mij. Jouw vader is... Hij kan kinderen verwekken. Maar ik kreeg de ene miskraam na de andere. En nu word ik te oud.'

Ailis keek haar aan. 'En hoe oud is de nieuwe? Vers bloed en toch van oude adel? Was ze makkelijk te vinden?'

'Het is Muriël Armstrong-Baird,' zei haar moeder zachtjes. 'Ze wordt twintig, maar ze is al weduwe. Ze is twee jaar geleden getrouwd met Thomas Baird, maar hij kwam om bij een paardrijongeluk. En ze heeft al een zoon.'

Ailis kreeg meteen medelijden met het jongetje, dat net zo

weinig zou erven als zij. Thomas was tweede of derde in de lijn van opvolging van de Baird-clan geweest, en zijn zoon zou zeker een hoge status hebben gehad in de familie. Maar nu groeide hij op met een stiefvader die alleen maar bezig was met de mannelijke erfgenaam die zijn moeder zou baren. Voor Charles Hard was het kind van zijn toekomstige vrouw niet meer dan het bewijs dat ze in staat was om zoons te baren.

'Ze is maar vier jaar ouder dan ik,' merkte Ailis op.

'Dus zij heeft alle tijd. Maar we hebben het over jouw toekomst.' Vrouwe Alison had haar kalmte hervonden en wilde vooruitkijken. 'Zondag ga je Cuthbert ontmoeten. Het is een aardige jongeman, dat zul je wel zien.'

'Al was het de kroonprins!' riep Ailis. 'Ik wil mijn school afmaken voordat ik ga trouwen. Waarom stuur je me naar St. Leonards als ik toch een domme huisvrouw moet worden, in een of ander godvergeten gat in Amerika!'

'Volgens mij is Boston best een grote stad.' Vrouwe Alison bleef kalm. Zij had natuurlijk de tijd gehad om zich bij de situatie neer te leggen. 'Bovendien maakt trouwen niet dom. Het spijt me van de school. Niemand had dit kunnen vermoeden.'

Dat is waar, dacht Ailis. Deze ontwikkeling had ze zelfs in een nachtmerrie niet kunnen bedenken, en haar moeder waarschijnlijk ook niet.

Tot aan zondag bracht Ailis veel tijd bij de naaister van haar moeder door, die niet alleen een trouwjurk, maar ook een geschikte garderobe voor Boston moest maken. Het klimaat aan de oostkust, zo leerde ze, leek op dat van Midden-Europa. De zomers konden heet zijn en in de winter viel er sneeuw. Ailis had dus geen speciale kleding nodig, maar de afgelopen jaren had ze vrijwel uitsluitend haar schooluniform gedragen en haar eigen kleding was te meisjesachtig, vond vrouwe Alison.

Vanaf de bruiloft zou ze volwassen zijn, realiseerde Ailis zich plotseling. Dat betekende dat ze zich anders moest kleden en gedragen. Dat was misschien nog wel erger dan al die wolken witte zijde en tule bij elkaar. Vrouwe Alison en mevrouw Barrister, de naaister, bespraken uitvoerig elke strik op haar trouwjurk. Ailis' bezwaren dat ze de bruidegom nog moest leren kennen, en of het niet wat voorbarig was om haar een jurk aan te meten, werden door de oudere vrouwen lachend van tafel geveegd.

De aanstaande bruidegom was stipt op tijd voor de thee. Hij bleek welgemanierd en zelfs best knap. Cuthbert Hay, zes jaar ouder dan Ailis, was het rossige type dat je veel ziet in Schotland en Ierland. Zijn haar krulde, wat misschien de reden was dat hij het zo kort droeg, anders zou het waarschijnlijk alle kanten op staan. In plaats van een baard had hij gekozen voor bakkebaarden, die hem goed stonden en contour gaven aan zijn gezicht. Hij had lichtbruine ogen, zijn wenkbrauwharen krulden ook en de kleur van zijn volle, misschien wat zachte lippen neigde naar oranje.

Cuthbert Hay begroette hen met een scheef glimlachje, dat je kon opvatten als welwillend ondeugend, maar misschien ook wel sluw. Hij droeg een driedelig pak, zeer geschikt voor de gelegenheid, dat hem goed stond. Hij was slank, maar niet mager. Het viel Ailis op dat hij niet lang was; met hakken aan zou ze boven hem uitsteken. Ze hoefde dus niet naar hem op te kijken als ze met hem sprak.

'Juffrouw Hard! Het is me een groot genoegen u te ontmoeten,' zei hij nadat hij, zoals het hoorde, Ailis' ouders had begroet.

Ailis wilde hem de hand schudden, maar hij bracht haar hand naar zijn lippen en drukte er een kus op. Het voelde niet onaangenaam.

'Meneer Hay,' was het enige wat ze kon uitbrengen. Het klonk schor.

Vrouwe Alison nodigde de gast uit te gaan zitten en vroeg Ailis de thee uit te schenken. Ze morste een beetje omdat haar handen weigerden te stoppen met trillen. Tijdens het theedrinken deed ze haar best te kalmeren. Cuthbert had het met haar ouders even over wederzijdse kennissen en familieleden, om daarna over zijn passie, de daguerreotypie, te beginnen.

‘Dit gaat de geschilderde portretten vervangen,’ beweerde hij. ‘En het proces wordt steeds verder ontwikkeld. Denkt u bijvoorbeeld aan het collodiumprocedé en de zilvergelatinedruk – ik denk dat ik een van deze nieuwe richtingen zal kiezen. Whipple and Black gebruiken ze al.’

‘Zijn dat die daguerreotypisten in Boston?’ vroeg Ailis.

Cuthbert knikte. ‘De beste studio ter wereld,’ pochte hij. ‘Het is een eer om met hen te mogen werken.’

Ailis vroeg zich af of hij misschien van plan was een deel van haar bruidsschat in de fotografie te steken. Ze kon zich bijna niet voorstellen dat zulke beroemde fotografen hun werknemers in het verre Schotland zochten. Afgezien daarvan vond ze de nieuwe kunstdiscipline fotografie bijzonder interessant en zag ze er meteen wetenschappelijke toepassingen bij. Om iets vast te leggen hoefde je het niet meer te tekenen. En als je de camera op de een of andere manier kon combineren met een telescoop...

Het onderwerp fotografie verveelde vrouwe Alison. Ze maakte een einde aan het gesprek met het voorstel dat Cuthbert wellicht een daguerreotype van haar dochter kon maken. Dat zou een leuk aandenken zijn als de jongeren van plan waren te emigreren.

Cuthbert stemde in, terwijl Ailis zich afvroeg hoe de onbekende jonge vrouw op de foto genoemd zou worden als de toekomstige erfgenaam ernaar vroeg. Tot ze bedacht dat haar moeder de daguerreotype waarschijnlijk mee zou nemen als ze in ballingschap ging. Ailis zou dan immers door haar huwelijk al uit de Hard-familie zijn gewist.

‘Misschien wil je meneer Hay de tuinen laten zien, Ailis?’ vroeg haar moeder terwijl ze het dienblad met thee pakte. ‘Een korte wandeling...’

Dat was wel het laatste waar Ailis behoefte aan had. Het was een natte, koude herfstdag. In een waxjas zou ze droog en warm blijven, maar dat was natuurlijk geen geschikte outfit voor de kennismaking met je aanstaande echtgenoot. In plaats daarvan overhandigde een dienstmeisje haar een stoffen cape, die ze over haar wollen middagjurk trok, en een paraplu.

Cuthbert greep de kans om haar een arm te geven en de paraplu galant boven hen beiden vast te houden. Het was maar een motregentje, toch droeg het allemaal niet bij aan Ailis' humeur.

'Schitterende tuin,' verklaarde Cuthbert al na een paar stappen. 'En nu?'

Ailis hoopte dat hij niet bedoelde dat hij wilde zoenen. 'En nu,' herhaalde ze kortaf, 'nu gaan we elkaar leren kennen. Wilt u beginnen, meneer Hay? Of zal ik meneer Cuthbert zeggen?'

'Waarmee moet ik beginnen?' vroeg hij geprikkeld.

Ailis zuchtte. 'Misschien kunt u iets over uzelf vertellen. Over uw leven, zeg maar.' Ze had zich voorgenomen beleefd te doen, maar toch ontglipte haar de vraag die haar al dagen bezighield. 'Waarom kan uw familie uw opleiding in de Verenigde Staten niet financieren? De Hays staan over het algemeen niet bekend als een armlastige familie.' Ailis hoopte hem niet meteen boos te maken – en gelukkig nam Cuthbert het met een glimlach op.

'Nee,' zei hij kalm. 'Mijn vader bezit ook zo'n kast.' Hij wees in de richting van Thorgale House, dat majestueus boven het park uittorende. 'Ons familiehuis is misschien een tikkeltje minder groots en prachtig, maar het is een heel aardige plek, en ik zal er niets van erven.'

'Het klinkt niet alsof dat u erg vindt,' zei Ailis.

Cuthbert lachte. 'Nee, eerlijk gezegd maal ik niet om het huis, het jachtveld en het dorp die in feite gefinancierd worden door de pachters. Ik ben het zwarte schaap van de familie, ik hoor nergens bij. Dat begon al op school in Gordonstown, als dat je iets zegt. Een traditionele kostschool. Oud-leerlingen vallen over elkaar heen van enthousiasme als ze herinneringen ophalen. Aan mij waren de koude douches en de halfnaakte ochtendwandelingen door weer en wind niet besteed.'

Ailis zag dat hij huiverde bij de herinnering. Dan wandelde hij hier nu vast ook niet voor zijn plezier.

'En wat deed u daar nog meer, in Gordonstown?' vroeg ze in de hoop dat hij haar wetenschappelijke nieuwsgierigheid deelde.

'Twee oude talen geleerd die door niemand meer gesproken

worden, boeken gelezen, laudanum vervangen, leren omgaan met hamer en spijkers en een beetje rekenen: de kans dat je met een hamer je vingers plat slaat neemt evenredig toe met de daling van de omgevingstemperatuur. Ik had het daar altijd ijskoud,' voegde hij er met een zelfspotlachje aan toe.

Ailis moest toegeven dat ze hem wel amusant vond.

'Dit alles heeft me natuurlijk wel gehard. Mijn toekomstige vrouw zal zelden een grieperige man hoeven te verplegen.'

'Gelukkig maar,' zei Ailis, die geen enkele behoefte voelde om te verzorgen of te verplegen. 'En toen?'

'Nou ja, ik heb het overleefd. Maar daarna was ik nog steeds de jongere zoon die op de een of andere manier bezig moest worden gehouden om het gezin niet tot last te zijn. Een militaire carrière was natuurlijk ideaal.' Hij rolde met zijn ogen. 'Maar op mensen schieten is niets voor mij. Zelfs de jacht staat me tegen. Waarom zou ik bij regen en wind door een bos gaan sluipen om een hert te doden? Ik ga voor mijn steak toch ook niet zelf een koe slachten?'

Ailis lachte. 'Je bent duidelijk geen vegetariër.'

De jonge Hay schudde zijn hoofd. 'Ik hou van goed eten en hanteer daarbij graag een mes en vork, maar ik voel geen aandrang met een sabel of bajonet een tegenstander aan stukken te snijden. Vechten of doden is niets voor mij. Wat dat betreft zou de diplomatieke dienst me beter passen, maar daar heeft mijn familie de connecties niet voor. Bovendien verlies ik vrij snel mijn geduld. En studeren, tja… Had ik al verteld dat ik niet tegen bloed kan? Geneeskunde viel dus af, en zo werd het rechten. Vanaf het eerste college heb ik me dood verveeld. Daar staat tegenover dat ik van het studentenleven met volle teugen heb genoten.' Cuthbert trok een veelbetekenende grimas. 'Tot het mijn vader op een gegeven moment te duur werd om mij te financieren. Al verdiende ik zelf ook geld. Dat kwam door een medestudent die had bedacht om voor het raam van zijn aanbedene te gaan zingen… Ik heb een mooie stem en heb snel luit leren spelen. Mensen betaalden grif voor mijn concertjes.'

Ailis moest weer lachen. Het leek erop dat haar toekomstige echtgenoot een innemend leeghoofd was die het leven niet al te serieus nam.

'Ik bleek ook heel snel een portret of karikatuur te kunnen tekenen van medestudenten en hun vriendinnen. Daarom leek een kunstopleiding me logischer dan rechten. Maar mijn familie was niet enthousiast, en de docenten vonden dat ik te weinig talent had. Tja, en toen was er op de trouwerij van mijn broer een fotograaf om een daguerreotype te maken en wist ik meteen: hier ligt mijn toekomst. Mijn vader zag er helaas niets in, maar die van u wil me best... nou ja, royaal steunen.' Cuthbert keek haar trouwhartig aan. 'Alleen met uw toestemming, natuurlijk.'

Ailis begon er vertrouwen in te krijgen dat ze deze onderhoudende charmeur gegeven de omstandigheden wel aardig zou kunnen gaan vinden. Ze glimlachte naar hem.

'Nu ben ik aan de beurt. Wat wilt u van mij weten?'

Cuthbert dacht even na. 'Ailis,' zei hij toen. 'Ga je ja zeggen?'

Toen Ailis eindelijk haar kamerdeur achter zich had gesloten, liet ze zich op haar bed vallen en probeerde te vechten tegen de kille leegte vanbinnen. Steeds opnieuw zei ze tegen zichzelf dat Cuthbert op zich sympathiek leek, een goede verteller was en haar aan het lachen had gemaakt. Hij wekte geen weerzin op, zoals haar neef George, en hij was beslist niet dom, zij het een beetje grillig.

Maar al die dingen konden niet verhullen dat Cuthbert geen enkele belangstelling had getoond voor haar verhaal of haar interesses. Ook had hij haar geen blik waardig gegund. Kennelijk had ze zichzelf altijd voor de gek gehouden. Ze was mooi noch interessant. Misschien hadden haar ouders het goed gezien. Ze was geen persoonlijkheid zoals juf Lumsden; in haar eentje zou ze er niets van bakken. Ze kon naar de sterren kijken zoveel ze wou, dichterbij zou ze nooit komen.

8

Ailis had graag nog een paar weken naar school gewild. In Thorgale House was immers niets te doen behalve nieuwe kleren passen. In eerste instantie was het plan geweest dat zij en haar moeder twee dagen naar Edinburgh zouden gaan om inkopen te doen, maar ze besloten dat het handiger was om de nodige huisraad in Boston te kopen, zodat niet alles in kisten overzee vervoerd hoefde te worden. Nu hoefde Ailis alleen nog maar een hutkoffer met uitzet mee te nemen, voornamelijk bed- en tafellinnen en wat zilver dat al eeuwen in de familie van haar moeder was.

In principe zou ze tot haar huwelijksdag naar school kunnen. Misschien zou juffrouw Lumsden er zelfs voor zorgen dat ze vervroegd eindexamen kon doen. Maar daar wilden haar ouders niets van weten. Ze mocht alleen haar spullen ophalen en afscheid nemen.

Zo kwam Ailis een week na haar vertrek pas terug op St. Leonards. Ze kreeg meteen een verzoek om naar juffrouw Lumsden te gaan. Ze hoopte maar dat ze haar niet het hele verhaal hoefde te vertellen. Inderdaad bleek juffrouw Lumsden al op de hoogte. Kennelijk hadden haar ouders al een brief gestuurd. Want toen Ailis binnenkwam, stond de directrice onverwacht op en sloeg spontaan haar armen om haar oogappel heen.

'Ailis, lieverd, ik vind het zo erg! Want het kan bijna niet jouw wens zijn om ons te verlaten, wel?' Er klonk verdriet in haar stem.

'Is dat wat hij heeft geschreven? Staat er in de brief dat ik wil...?' Opnieuw overviel Ailis het wanhopige gevoel verraden te zijn.

'Je vader heeft me laten weten dat jij erover denkt te gaan

trouwen,' zei juffrouw Lumsden. 'Dat kan ik niet geloven. Uitgerekend jij! En een week geleden was er nog geen sprake van. Niet dat het me iets aangaat, natuurlijk, maar...'

Ailis had haar best gedaan, maar kon zich niet langer inhouden. Met haar hoofd tegen de schouder van juffrouw Lumsden deed ze huilend haar verhaal.

De directrice luisterde aandachtig en meelevend.

'Kun je niet weigeren?' vroeg ze uiteindelijk zachtjes.

Ailis schudde haar hoofd. 'Hoe dan? Ik zou nee kunnen zeggen voor het altaar, maar wat moet ik dan? Ik ben zestien, ik heb geen geld, geen opleiding, niks. Wanneer het huwelijk van mijn ouders nietig is verklaard ben ik zelfs mijn naam kwijt. Ik ben een nul, juf Lumsden, ik maakte mezelf maar wat wijs. Dankzij u. U bent daarmee begonnen!' Het kwam er verwijtend uit. 'U liet ons geloven dat we iets konden bereiken, studeren, iets veranderen, ook al zijn we een vrouw. Maar dat is niet zo. Ik heb geen enkele keus. Mijn toekomst ligt in handen van Cuthbert Hay, een man die me niet eens wil leren kennen.'

Snikkend begon Ailis verslag te doen van de eerste ontmoeting, waarop de directrice haar naar de stoel voor haar bureau leidde en zelf op haar eigen stoel ging zitten.

'Dat klinkt inderdaad behoorlijk miserabel, Ailis,' zei ze uiteindelijk. 'Maar laat het geen reden zijn om op te geven. Je toekomstige echtgenoot lijkt me niet al te conservatief.'

'Mij lijkt het een gelukzoeker en een flierefluiter,' oordeelde Ailis streng.

'Dat zou weleens minder erg kunnen zijn dan een edelman of een rijke koopman, arts of advocaat,' zei de directrice. 'De kans dat hij je opsluit in een gouden kooi om huisvrouw te spelen lijkt me kleiner. En de Verenigde Staten zijn een jong land. Wetenschap en onderzoek zijn in opkomst. Je gaat zelfs naar Boston, een universiteitsstad. Je hebt toch weleens van Harvard gehoord? Daar geven de knapste koppen ter wereld hun colleges. Het is enorm zonde dat je hier niet kunt afstuderen, maar ik ga je een uitzonderlijk getuigschrift meegeven. Hopelijk kun je lid worden van een bibliotheek of cursussen volgen die je verder helpen. Je gaat het waarschijnlijk moeilijker krijgen dan je vriendinnen, maar wie weet wat Boston je te bieden heeft. Je bent allesbehalve een nul, Ailis Hard!'

Ailis voelde zich een beetje getroost toen ze de directrice verliet. Nu stond ze voor de taak haar klasgenoten en vooral haar nichten op de hoogte te brengen van haar aanstaande huwelijk. Donella en Haily wisten nog van niets. Haar ouders wilden de nietigverklaring van hun huwelijk natuurlijk zo lang mogelijk stilhouden. Maar het kon Ailis niet schelen of haar nichten het door zouden vertellen. Vooral tegenover Donella kon en wilde ze niet zwijgen.

De meisjes waren zeer begaan met haar lot. Zelfs Haily, die weinig om haar schoolopleiding gaf, verafschuwde de beslissing van Ailis' ouders.

'Ik zou me niet zo makkelijk laten uithuwelijken,' zei ze resoluut. 'Ik kies mijn toekomstige echtgenoot zelf uit. Het wordt zeker geen saai Schots edelmannetje.'

'Saai zou ik Cuthbert Hay niet noemen.' Ailis dacht aan de woorden van juffrouw Lumsden dat ze misschien nog niet eens zo'n slechte partij getroffen had. 'En Boston schijnt een leuke stad te zijn.'

Donella, die nog aan het bekomen was van de schok, stond op en sloeg haar armen om Ailis heen. 'Ik ga je schrijven,' beloofde ze. 'We verliezen elkaar niet uit het oog – nooit! Wat er ook gebeurt.'

Emily bleef stil in het gesprek. Het wond haar minder op dan de anderen. Nu zou Ailis ook gaan begrijpen hoe het was om niet alleen van jezelf te zijn.

Het clanhoofd van de Hards organiseerde een grootse bruiloft voor zijn dochter, waar ook belangrijke leden van de Hay-clan bij aanwezig waren. Natuurlijk was er niet genoeg tijd om de Schotse adel te verzamelen, zoals gebruikelijk bij bruiloften als deze, maar het was Kerstmis en er hing ondanks alles een feestelijke stemming. Tijdens de receptie na de ceremonie vertelde Ailis haar nichten over het mooie getuigschrift dat ze van St. Leonards had gekregen.

'Onder normale omstandigheden genoeg reden om het te vieren,' zei ze bitter. 'Een diploma met zulke cijfers zou een aanleiding zijn voor zo'n feest.' Ze maakte een armgebaar naar de feestelijkheden om hen heen.

Donella gaf haar een knuffel met een kus op de wang. 'Misschien brengt deze bruiloft je uiteindelijk wel geluk,' zei ze bemoedigend. 'Dat is in elk geval mijn grootste kerstwens, en als je wilt, stuur ik hem met een heteluchtballon de hemel in!'

Ailis lachte door haar tranen heen. Ze koesterde weinig hoop op een gelukkig leven met Cuthbert. In elk geval gedroeg de bruidegom zich hoffelijk en welwillend tegenover de anderen. Hij bleek ook een uitstekende danser te zijn en maakte daarmee goede sier bij Donella en Haily, haar bruidsmeisjes. Cuthbert leek zelfs een beetje te flirten met Haily.

'Hij houdt meer van blond,' zei de oplettende observator Emily tegen Donella. 'Naar Ailis kijkt hij anders dan naar haar.'

Toch vervulde Cuthbert in de huwelijksnacht zijn echtelijke plichten. Ailis had er angstig naar uitgekeken. Haar leven met een vreemde moeten delen was al erg genoeg. Zich ook nog voor hem uitkleden en hem toestaan haar intiemste delen aan te raken ging haar eigenlijk te ver. Cuthbert leek haar zorgen te begrijpen. Hij vroeg haar niet zichzelf naakt te laten zien. Hij schoof haar kanten nachtjapon omhoog om dichter bij haar te komen. Zelf droeg hij ook een nachthemd, zodat ze niet meteen geconfronteerd werd met zijn onderlichaam. Hij nam de tijd om Ailis te strelen en zo veel mogelijk op te winden voordat hij voorzichtig bij haar naar binnen drong. Het deed pijn, maar het was niet zo walgelijk en onwaardig als ze had gevreesd.

'Mettertijd zal het beter worden,' zei hij troostend terwijl hij wegkeek toen Ailis opstond om het bloed van haar dij te wassen. 'Ik zal je hoffelijk behandelen.'

De reis naar Londen en de vaartocht over de Atlantische Oceaan volgden vlak na de bruiloft, en ook op die lange reis bewees Cuthbert dat hij een heer was. De kleine hut die ze deelden met een ander stel had twee stapelbedden, en gelukkig was Cuthbert zo kies om zijn jonge vrouw tijdens de reis ongemoeid te laten. Ze zou zich doodgeschaamd hebben in het bijzijn van hun kamergenoten. Meneer en mevrouw Rand voelden zich kennelijk niet geremd. Hij dook bijna elke avond op haar terwijl Ailis hard probeerde om de geluiden niet te horen.

Cuthbert ontweek de situatie op zijn eigen manier. Hij maakte steeds langere avonden die hij in de herenkamers van het schip doorbracht. Hij bleek een goede poker- en blackjackspeler te zijn, die zich niet liet verleiden hoger in te zetten. Van zijn kleine winsten trakteerde hij Ailis aan dek op champagne, waardoor andere reizigsters aan boord haar al snel benijdden om haar charmante, beminnelijke echtgenoot.

Ailis genoot tijdens donkere avonden vooral van de sterrenhemel. In de volledige duisternis boven de oceaan schitterden de hemellichamen veel intenser dan aan land. Ze wou dat ze een telescoop had om nog dieper in deze wondere wereld te duiken – en begon zelfs uit te kijken naar Boston. Intussen had ze ontdekt dat Harvard over een observatorium beschikte en dat de faculteit Astronomie een uitstekende reputatie had. Ene professor Edward Pickering stond aan het hoofd van het instituut. Hij had al talloze ontdekkingen gedaan en daarover gepubliceerd. Ze had als afscheidscadeau van juffrouw Lumsden een paar tijdschriften gekregen met zijn artikelen.

'Niet dat ik er iets van zal begrijpen,' had Ailis bescheiden gezegd, maar juffrouw Lumsden had dat weggewuifd. 'Je gaat ze leren begrijpen. Verstop je talenten niet!'

Zo bracht Ailis haar dagen door in een ligstoel met zeezicht, wetenschappelijke artikelen lezend. Woorden die ze niet kende zocht ze op in het meerdelige woordenboek dat ze in de scheepsbibliotheek had ontdekt. Ze kon niet alle termen vinden en begreep niet altijd alle verbanden, maar het was fijn om iets te doen te hebben, in plaats van urenlang te kletsen met andere passagiers of rond te slenteren op het dek.

Pas 's avonds stelde ze zich open voor medepassagiers, vooral voor degenen die ook geïnteresseerd waren in de sterrenhemel. Toen ze merkte dat anderen soms de meest avontuurlijke interpretaties hadden van het sterrenbeeld dat ze meenden te zien, verzamelde Ailis elke avond een groep enthousiaste sterrenkijkers om zich heen om met groeiend plezier lezingen te geven over sterrenbeelden, zonnen en manen. Cuthbert deed ook mee en leek trots te zijn op zijn vrouw. In elk geval genoot hij van de bewondering die op hem afstraalde.

9

Na ruim twee weken legde het moderne stoomschip aan in New York en doorliepen ze de immigratieprocedures op Ellis Island. Niet iedereen kwam het land in, maar Cuthbert kon laten zien dat hij een uitnodiging van Whipple and Black had en een Amerikaanse bankrekening waarop hij voldoende geld had gestort om het niet slechts een paar weken maar minstens een paar maanden in Amerika te kunnen redden. Beiden waren jong en gezond. Niets stond hun immigratie in de weg en ze werden doorgestuurd naar Manhattan.

Cuthbert wilde Ailis achterlaten in een café aan de haven om zich, zoals hij zei, te oriënteren. Ailis was het er niet mee eens. Zij wilde eerst een hotelkamer zoeken voor de nacht en de volgende dag doorreizen naar Boston om daar meteen op zoek te gaan naar woonruimte. Maar haar man was ervan overtuigd dat zijn nieuwe werkgever al iets voor hen geregeld had. Ailis kreeg een vluchtige kus op de wang en weg was hij. In de City verwachtte hij nadere berichten te krijgen.

Naarmate de tijd verstreek, groeide Ailis' onrust. Met het café was niets mis, de uitbaatster en de serveerster maakten een vriendelijke en eerlijke indruk. Het was duidelijk geen standaard havenkroeg. Toch viel het op als een jonge vrouw in haar eentje urenlang in haar koffie zat te roeren. Toen het begon te schemeren voelde ze argwanende blikken op zich gericht.

'We gaan zo sluiten, juffrouw,' zei de serveerster. 'Bent u alleen met al die bagage?'

De hutkoffer met Ailis' uitzet was door Cuthbert in bewaring gegeven, maar hun twee grote reiskoffers stonden bij haar in het café.

'Mijn man komt me zo ophalen,' antwoordde Ailis, wat haar een meelevende blik opleverde. 'We zijn net aangekomen. Hij is op zoek naar een onderkomen of mogelijkheden om door te reizen. We willen naar Boston. Sorry dat... Ik weet niet waar ik anders op hem moet wachten.'

'Hier in elk geval maar tot zeven uur,' zei de uitbaatster. 'Daarna wordt het voor Amy en mij te gevaarlijk om naar huis te gaan. Na het donker loopt hier veel gespuis rond. Voor een vrouw alleen is het dan niet veilig.'

Ailis begon wanhopig te worden, ook al leken de vrouwen er nu wel op te vertrouwen dat ze geen meisje van lichte zeden was. De serveerster was zo aardig om het adres van een betrouwbaar pension voor haar op te schrijven.

'Hebt u wel geld op zak?' vroeg ze.

Ailis knikte. Ze had het geld voor de inrichting van het huis, dat haar moeder aan haar in plaats van aan Cuthbert had gegeven, tussen haar eigen spullen gestopt. Waarom wist ze niet precies, maar ze had er haar man niets over verteld.

'We regelen een kruier die u met uw koffers naar pension Westwood begeleidt. En voor uw man kunnen we een briefje op de deur plakken,' stelde Amy voor. 'Dan vindt hij u wel. En anders zal hij zich moeten redden tot morgenochtend, wanneer hij hier naar u kan komen vragen. Hij had u hier niet in uw eentje moeten laten zitten. Mocht hij zich nu zorgen maken om u, dan is dat zijn verdiende loon.'

Ailis vond eigenlijk wel dat de jonge vrouw gelijk had, maar toen ze opstond om weg te gaan kwam Cuthbert net aanlopen. Hij was zwaar teleurgesteld dat er vanuit Boston niets voor hem geregeld was.

'Ze wisten nota bene met welk schip we aankwamen!' mopperde hij. 'Ze hadden de doorreis makkelijk kunnen organiseren.'

'Alsof die mensen niets beters te doen hebben dan de rode loper voor jou uitrollen,' merkte Ailis pinnig op. 'Je bent hun werknemer, Cuthbert, geen familielid op wie ze met smart hebben zitten wachten. Hoe je in Boston komt, moet je zelf uitzoeken. Je hebt toch weleens een dienstregeling gelezen of een hotel geboekt tijdens al die reisavonturen van je?'

Ailis begon te vermoeden dat hij zulke dingen nooit had hoeven doen. Waarschijnlijk had hij in Edinburgh studentenhuisvesting gehad en tijdens zijn korte artistieke loopbaan had hij natuurlijk bij vrienden of familie gelogeerd of wie weet waar rondgezworven. Ongetwijfeld was er altijd wel iemand geweest die hem mee had genomen naar een volgende stad. Overal in Schotland woonden Hays en niemand zou een clanlid dat dringend een onderkomen zocht de deur wijzen.

'Nu gaan we eerst naar dat pension,' besliste Ailis. 'Het is niet ver. En nu je er toch bent, kunnen we ons de kruier besparen.'

Ze werden allerhartelijkst ontvangen in het kleine pension, maar dat weerhield mevrouw Westwood er niet van het jonge stel naar hun huwelijksakte te vragen voordat ze hun een tweepersoonskamer toewees. Cuthbert kon de akte eerst niet vinden, en Ailis hoopte in stilte op een kamer voor haar alleen. Na de lange reis verlangde ze naar een uitgebreide wasbeurt en een goede nachtrust zonder een stoorzender in de buurt.

Uiteindelijk viste haar man het document toch tevoorschijn en namen ze hun intrek in een schone tweepersoonskamer. Na twee weken onthouding vond Cuthbert dat hij recht had op Ailis' lichaam, waarmee hij, slechtgehumeurd na de teleurstellende dag, niet zachtzinnig omging. Ailis onderging het gelaten en kon vervolgens urenlang niet slapen, ook al was ze doodmoe.

Wat zou de volgende dag brengen? De treinreis naar Boston was eenvoudig te regelen; ze had navraag gedaan bij de pensionhoudster. Maar hoe zou Cuthbert reageren als zijn werkgever geen herenhuis te bieden had? Ailis besefte hoe weinig ze van hem wist. Kon hij met teleurstellingen omgaan of werd hij snel boos en grof? Stel dat hij net zo snel genoeg had van fotografie als van kunst en rechten? Ailis wilde zich geen zorgen maken, maar inmiddels hield ze rekening met het ergste. Pas tegen de ochtend viel ze in een onrustige slaap.

Mevrouw Westwood had een goed ontbijt voor ze klaargemaakt. Cuthbert was weer zijn charmante zelf en kletste honderduit met haar, terwijl Ailis op hun vertrek aandrong. De treinreis zou enkele uren duren en ze wilde niet te laat in haar nieuwe thuisstad aankomen.

Inderdaad bereikten ze Boston pas aan het eind van de middag. Ze hadden alleen hun koffers bij zich, Cuthbert wilde de hutkoffer vanuit New York laten bezorgen zodra ze een eigen adres hadden. Omdat hij er nog steeds op rekende dat zijn werkgever voor woonruimte zou zorgen, weigerde hij Ailis' voorstel om de eerste nacht in een hotel door te brengen en de volgende ochtend een onderkomen te zoeken.

'We gaan gewoon even bij Whipple and Black langs,' riep hij bij het verlaten van het station. 'Ze zijn vast nog open. Even horen wat ze zeggen.'

'Heb je het adres?' vroeg Ailis met tegenzin. Haar koffer was zwaar en haar man leek niet van plan te zijn beide koffers te dragen.

'Tuurlijk,' zei hij. 'Op de hoek van Washington en Temple Street. Het kan niet ver zijn.'

Ailis vroeg zich af hoe hij dat wist, maar ze kon niet anders dan achter hem aan richting het centrum lopen. Gaandeweg klaarde ze op. Boston was een van de oudste steden van de Verenigde Staten, maar veel moderner dan Londen of Edinburgh, zoals ze aan de architectuur kon zien. De meeste gebouwen waren opgetrokken uit rode baksteen, maar er waren ook mensen die hun voorkeur voor kleur hadden uitgesproken door hun huis rood of geel te schilderen of hun balkon op te fleuren met bloeiende planten.

Ailis had gelezen dat de stad was gesticht door streng protestantse kolonisten, maar die stonden niet bekend om hun voorliefde voor speelse architectuur. Pas sinds Boston een nieuwe reputatie had opgebouwd als wetenschapsmetropool die studenten en onderzoekers van over de hele wereld trok, was het stadsbeeld veranderd. Inmiddels was er een breed aanbod van winkels met grote etalages en indrukwekkende naamborden, en opvallend veel boekhandels! Parken en plantsoenen brachten leven in het stadsbeeld en nodigden bezoekers uit om onder oude bomen te wandelen.

De fotostudio lag midden in het centrum en dat bleek een flink eind lopen vanaf het treinstation. Toch genoot Ailis na de lange treinreis van de wandeling door deze nieuwe stad die haar zo goed beviel. Toen Cuthbert een paar keer de weg vroeg naar Whipple and Black en van iedereen die hij aansprak vriendelijk antwoord kreeg, begon Ailis zich al thuis te voelen in haar nieuwe woonplaats. Uiteindelijk bereikten ze hun bestemming en Ailis was onder de indruk van het grote reclamebord dat naar de fotostudio verwees.

De zaak was gevestigd in een groot gebouw dat op het eerste gezicht niet veel verschilde van andere winkelpanden. In de etalage hingen daguerreotypen waarop niet alleen mensen maar ook gebouwen en straten afgebeeld waren. Bij binnenkomst in de studio werd haar blik echter meteen getrokken door het beeld dat een ereplaats boven de balie had gekregen.

'Dat is de maan!' Ailis kon bijna niet geloven wat ze zag. Maar het was toch echt een sterk uitvergrote opname van de maansikkel omringd door een zee van sterren. Ze stapte dichterbij. Het liefst wilde ze hem even aanraken.

'We kunnen u ook een ster aanbieden!' Uit een aangrenzende ruimte – waarschijnlijk de eigenlijke studio, want er stonden attributen voor het maken van portretten – stapte een lange slanke man, wiens gezicht en kapsel haar aan Abraham Lincoln deden denken. Hij had bruin haar, alerte donkere ogen en een prettige glimlach. Hij wees naar een kleiner beeld aan een andere muur. 'De Vega. Een mijlpaal in de astrofotografie – zonder mezelf op de borst te willen kloppen.'

'Hebt u dit gemaakt?' vroeg Ailis vol ontzag.

De man knikte. 'John Adams Whipple,' stelde hij zich voor. Toen viel zijn blik op Cuthbert. 'Waarmee kan ik u helpen?'

Cuthbert drong naar voren. 'Ik ben Cuthbert Hay,' zei hij trots. 'We hebben gecorrespondeerd.'

Whipple dacht na. De naam leek hem niets te zeggen.

'Uit Schotland!' voegde Cuthbert er ongeduldig aan toe.

Whipple fronste en glimlachte toen er plotseling een belletje ging rinkelen.

'Aha, de jongeman uit Schotland die bij ons wil werken. Neem me niet kwalijk, ik denk dat u contact hebt gehad met meneer Black. Ik kan al die namen van stagiairs niet onthouden. Afijn, we zijn blij dat u er bent. Maar wilt u mij nu excuseren? We verwachten een uiterst heldere nacht, en professor Pickering wacht op ons bij het observatorium.'

'Werkt u samen met het observatorium?' vroeg Ailis verrast. 'O Cuthbert, dat wist ik niet! Ik dacht dat je hier alleen maar mensen zou gaan fotograferen.'

'Ailis, hou nou even je mond,' zei Cuthbert nors, waarop zowel Ailis als Whipple hem geïrriteerd aankeken. 'Neem me niet kwalijk, meneer Whipple. Mijn vrouw, eh... Astrologie is haar stokpaardje, zogezegd.'

Whipple lachte. 'U schrijft horoscopen?' vroeg hij.

Ailis' wangen gloeiden van schaamte. 'Nee, natuurlijk niet,' verweerde ze zich. 'Mijn man bedoelt astronomie. Ik ben geïnteresseerd in sterren, nevels, de maan, alles wat de hemel te bieden heeft. Ik had dat graag willen studeren, maar...'

'Meneer Whipple,' onderbrak Cuthbert haar. 'We hebben nog geen onderdak. Is het de bedoeling dat we hier zelf voor zorgen? En wanneer kan ik hier beginnen? Ik sta vanaf nu tot uw beschikking. Ik beschik al over enige ervaring en mijn foto's... Afijn, als u hulp nodig hebt, kan ik meteen beginnen.'

Whipple fronste weer. 'En wat doet u in die tijd dan met uw charmante echtgenote?' vroeg hij. 'Nee, we beginnen rustig aan. Ons plan is om u in te zetten bij de ontwikkeling van onze opnames. U hebt vast nog nooit met glasdaguerreotypen gewerkt.'

Cuthbert moest toegeven dat dit nieuw was voor hem, maar opnieuw was Ailis' interesse gewekt. 'Wordt er met glasplaten gewerkt? In de astrofotografie, bedoel ik,' wilde ze weten. 'In de klassieke daguerreotypie worden koperen platen gebruikt, toch?'

Verrast besefte ze hoeveel ze had onthouden van Cuthberts eindeloze monologen over zijn vak. 'Verzilverde koperen platen,' verbeterde ze zichzelf. Ze kon haar blik niet van de gefotografeerde Vega afhouden.

Whipple knikte en wendde zich tot Cuthbert. 'Uw jonge vrouw is al net zo slim als dat ze mooi is,' vleide hij zijn nieuwe medewerker. 'U mag zich gelukkig prijzen.' Hij wachtte tot Cuthbert dit beaamde voordat hij zich tot Ailis richtte.

'Mevrouw Hay, ik heb wel een beetje haast, maar nu u er toch bent zou ik graag een foto van u maken. Zoals u hier staat, voor de foto van Vega, met die gezichtsuitdrukking van u...'

Ailis werd vuurrood. 'Ik vrees dat we ons een portret van een meester als u niet kunnen veroorloven,' zei ze. Cuthbert had in Schotland een foto van haar gemaakt die ze niet goed vond. Ze had zichzelf wel herkend, maar haar blik was onzeker en opgejaagd geweest. Ze was ervan geschrokken hoe een foto stemmingen en angsten kon onthullen. Haar moeder had het wel een mooie foto gevonden en was blij geweest met het afscheidscadeau.

Whipple wuifde haar antwoord weg. 'Mevrouw Hay, ik beschouw mezelf als kunstenaar. Als ik u vraag om model te staan, ben ik u iets verschuldigd in plaats van andersom.'

Verlegen richtte Ailis haar blik weer op de Vega. Opnieuw werd ze overvallen door verbazing en geluksgevoelens.

'Ja, zo!' complimenteerde de fotograaf haar. 'Misschien kunt u uw hoed afzetten. Dan pak ik intussen de apparatuur. Kom mee, Hay, u kunt me helpen dragen.'

Cuthberts mond verstrakte. Te snel naar zijn zin liet John Adams Whipple de beleefde aanspreekvorm 'meneer' vallen, alsof hij het tegen een arbeider had.

Ailis zette haar hoed af en voelde dat ze haar kapsel lostrok. Uit het strak opgestoken haar vielen een paar lange lokken langs haar gezicht en hals. Ze keek om zich heen, op zoek naar een spiegel, maar Whipple schudde zijn hoofd.

'Nee, laat het zo! Het is alsof er een briesje staat, dat brengt levendigheid in de opname, het wordt prachtig!'

Cuthbert vond het kennelijk een goed moment om bij zijn nieuwe baas en misschien ook wel zijn vrouw in het gevlei te komen.

'U kunt het werk *Venus* noemen,' stelde hij voor. 'Een vrouw in aanbidding van de godin van de schoonheid.'

Ailis keek hem aan. Haar gefascineerde blik was omgeslagen in verontwaardiging.

'Het is Venus niet, het is Vega,' zei ze. 'Een ster in het sterrenbeeld Lier. Venus is een planeet in ons zonnestelsel. Luister jij eigenlijk wel als ik iets vertel?' Tijdens de avondwandeling over het dek had ze hem zo vaak over de sterrenhemel verteld. 'Of tijdens mijn lezingen?'

Whipple moest lachen. 'Vega staat voor stotende adelaar,' legde hij uit. 'Als ik een portretfoto van uw lieftallige echtgenote had genomen, had uw naam zeker gepast. Maar alstublieft, mevrouw Hay, poseert u nog eens voordat u uw man verscheurt. De namen klinken ook bijna hetzelfde.'

Toen Ailis opnieuw naar de Vega keek, loste haar verontwaardiging als vanzelf op. De mogelijkheden van astrofotografie waren zo inspirerend! Natuurlijk had ze Vega al door de schooltelescoop gezien, maar nooit langer dan een paar seconden, tot de volgende leerling aan de beurt was geweest. En dan had je altijd slechts één ster in beeld. Met astrofotografie kon je meerdere sterren en sterrenbeelden fotograferen, de foto's naast elkaar leggen en ze vergelijken. Toen Whipple zijn foto had gemaakt, maakte ze zich met tegenzin los van de foto van Vega.

'Ik kijk ernaar uit om de foto te zien,' zei ze uiteindelijk.

De fotograaf glimlachte. 'U krijgt de foto niet alleen te zien, ik zal ook een afdruk maken die u mag houden. Zoals ik al zei, Hay...' Hij wendde zich weer tot Cuthbert: 'We werken inmiddels met glasplaten, collodium natte platen, tannineprocedés. De platen zijn zes maanden houdbaar. Het is best sensationeel. Maar nu moet ik u helaas wegsturen. De professor wacht op mij.'

Nadat ze de fotostudio hadden verlaten dwaalden Ailis en Cuthbert doelloos door de stad. Ze spraken geen woord. Voor het eerst was Ailis echt teleurgesteld in haar man. Natuurlijk wist ze dat haar uiterlijk noch haar kennis enige opwinding bij hem teweegbracht, maar toch had ze op iets meer aandacht gehoopt. Ze zag nu wel in dat zijn belangstelling geveinsd was geweest, waarschijnlijk om indruk te maken op andere passagiers, die oprecht enthousiasme hadden getoond voor Ailis' uitleg.

Ten slotte vonden ze een goedkoop hotel tussen het station en de fotostudio, waar de vorige nacht min of meer herhaald werd. Cuthbert was chagrijnig en Ailis nog chagrijniger, maar toch eiste hij dat ze haar huwelijkse plicht vervulde. Zwijgend trok ze haar nachtjapon omhoog. Voor het eerst vond ze de daad echt weerzinwekkend.

's Ochtends kochten ze verschillende dagbladen om via de advertentiepagina's naar een huurwoning te zoeken die niet te ver van Cuthberts werk lag en vooral ook niet te duur was. Eenvoudig was dat niet omdat Whipple and Black in een welgestelde buurt gevestigd was. Uiteindelijk vonden ze twee geschikte woningen in de buurt van de universiteit. Ailis' hart ging sneller kloppen bij de gedachte op loopafstand van de grote bibliotheek en misschien ook het observatorium te wonen. Ook de buurt beviel haar goed toen ze kennis gingen maken met de verhuurders.

Cuthbert deed charmant en wond de verhuurster van het eerste appartement meteen om zijn vinger. Hij zou het contract meteen getekend hebben als Ailis er niet op had aangedrongen om ook het tweede appartement te bekijken. Dat bleek niet alleen gunstiger gelegen maar ook groter en goedkoper te zijn. Cuthbert liet zich snel overtuigen en ze besloten er zo snel mogelijk in te trekken.

De rest van de dag besteedden ze aan het kopen van meubels en huishoudelijke artikelen, al werd al snel duidelijk dat dit niets voor Cuthbert was. Hij was niet het type om zorgvuldige afwegingen te maken en prijzen te vergelijken. Ailis stelde uiteindelijk voor dat hij naar Whipple and Black zou gaan. Ze zou de rest van de inkopen zelf doen en ook de levering van haar hutkoffer uit New York regelen. Toen haar man vertrokken was, haalde ze opgelucht adem.

De tweede avond van het echtpaar Hay in Boston verliep eindelijk eens in harmonie. Toen Cuthbert na sluitingstijd naar huis kwam, was hij tevreden over wat hij die dag bereikt had. Ailis had het appartement al voor een groot deel ingericht. Ze had de meeste meubels nog dezelfde dag geleverd weten te krijgen. Gekookt had ze echter niet. Niet alleen was ze er niet aan toegekomen om boodschappen te doen, het fornuis in de keuken boezemde zoveel ontzag in dat Ailis het in stilte 'het gietijzeren monster' noemde. Ze had vroeger vaak toegekeken bij het koken, maar zelf nog nooit vuur gemaakt in een fornuis. Tot haar opluchting had de vrouw van de huisbaas vriendelijk beloofd haar de volgende dag te laten zien hoe het monster werkte.

Cuthbert vond het allang goed. Samen liepen ze terug naar het pension om de kamer op te zeggen en daarna nam hij haar mee naar een uitstekend restaurant waar hij tot haar verbazing kreeft bestelde. Zeevruchten in alle soorten bleken hier aanzienlijk goedkoper dan in de oude wereld. Cuthbert stond erop samen te proosten met champagne. Hij leek iets goed te willen maken met Ailis en probeerde haar te verwennen.

Ailis besloot hem te vergeven. Wat kon ze anders? Geïnteresseerd luisterde ze naar zijn verslag over het werk in de fotostudio. Hij zou voortaan niet meer zo vroeg naar huis komen als deze eerste dag, kondigde hij aan. Bij daglicht maakten de fotografen hun daguerreotypen en calotypieën – dit laatste volgens een nieuwe techniek met negatieven – en 's avonds moest alles worden ontwikkeld. John Adams Whipple had er geen twijfel over laten bestaan dat dit tijdrovende en door de vele chemicaliën niet ongevaarlijke werk de taak van de nieuwe stagiair was. Cuthbert was er niet enthousiast over, maar had die eerste dag al zoveel van de beroemde fotografen geleerd dat hij vooralsnog bereid was alles zonder morren aan te pakken.

'Alleen al de manieren om levendige opnamen te maken! Ze

fotograferen van opzij, spelen met de lichtval en vragen de modellen om verschillende houdingen aan te nemen. Klanten doen dat niet altijd even graag, maar hier ligt juist de toekomst. Jouw foto's worden trouwens op dit moment ontwikkeld. Morgen kunnen we ze bekijken,' zei Cuthbert met een stralende blik.

Ailis begon zich nu ook gelukkiger te voelen. De nieuwe stad was mooi, de mensen vriendelijk en de winkeliers actief en flexibel. Ze geloofde niet dat ze het in Schotland voor elkaar zou hebben gekregen om een woning in één dag zo ver ingericht te krijgen als haar vandaag was gelukt. Alles bleek op voorraad te zijn en direct geleverd te kunnen worden. De winkeliers moesten met elkaar concurreren en deden graag extra moeite om de klanten tevreden te stellen.

Op de terugweg naar huis stond ze Cuthbert toe een arm om haar heen te slaan. Toen hij in bed met haar wilde vrijen, was het minder pijnlijk en onaangenaam omdat er ook een licht gevoel van verbinding was gegroeid. De man aan haar zij zou de sterren niet uit de hemel plukken, maar misschien zou hij ze ooit voor haar fotograferen. Ailis zag de toekomst met nieuwe hoop en vertrouwen tegemoet.

10

Ailis had inmiddels voldoende moed verzameld om het avontuur 'keuken en koken' aan te gaan. De verhuurster kwam volgens afspraak langs en liet merken dat ze teleurgesteld was geen kop thee of koffie aangeboden te krijgen. Ze had niet kunnen geloven dat haar nieuwe huurster nog nooit van haar leven een fornuis had aangestoken. Nu legde ze Ailis uit hoe aanmaak- en iets dikkere houtjes op kranten- of ander papier gestapeld en vervolgens aangestoken moesten worden, en hoe je een hoog oplaaiend of juist klein gloeiend vuur kon krijgen.

'Het makkelijkste is om het vuur nooit te laten uitdoven,' raadde ze Ailis aan en ze wees erop dat de beste verwarming met kolen en briketten bereikt werd. Uiteindelijk dronken ze samen thee, waarbij Ailis over het boeiende werk van haar man vertelde, en over de foto's van de manen en Vega.

'Ja, dat stond toen in de krant,' herinnerde mevrouw Herbert zich. 'Alweer een tijdje geleden, toen meneer Bond het observatorium nog leidde. Ze hebben er nog een prijs mee gewonnen bij een tentoonstelling in Londen.'

'Bent u geïnteresseerd in astronomie?' vroeg Ailis. Het verbaasde haar hoeveel deze Bostonse huisvrouw ervan afwist.

Mevrouw Herbert lachte. 'Kind, de universiteit en wij zijn zowat buren. En wij verhuren vaak aan studenten. Als u kennismaakt met uw buren zult u zien dat de meeste appartementen bewoond worden door twee of drie jonge mannen, die de huur delen. En ik heb ook al eens schoongemaakt in de bibliotheek.'

Aha, dacht Ailis. Als de bibliotheek haar geen leeskaart wilde geven, kon ze altijd nog solliciteren als poetsvrouw om binnen te komen. Al had ze, afgezien van de kamer op kostschool die de meisjes samen schoon moesten houden, nooit enig poetswerk hoeven verrichten.

Die avond probeerde ze eerst maar eens iets te koken. Ze had het vuur de hele dag ijverig bijgehouden tot het bijna niet meer uit te houden was in het bloedhete huis. Ook voor de spiegeleieren, haar eerste probeersel, was de temperatuur te hoog. Ze verbrandden voordat Ailis ze om kon draaien. Het lukte haar wel om aardappels te koken in een grote pan. Ze wist alleen niet wat ze erbij moest zetten op tafel. Op een gegeven moment herinnerde ze zich de worstjes die tijdens de jachtdagen op Thorgale altijd boven een houtvuur werden geroosterd. Misschien kon ze dit proberen met de worstjes die ze eigenlijk voor het ontbijt van de volgende dag gekocht had. Aan een vork hield ze ze boven de vlammen in de oven. Ze brandde zich een paar keer, maar slaagde erin om ze gaar te krijgen. Hier en daar waren ze een beetje verkoold, maar dat was met de jachtworstjes destijds net zo. Ze hoopte dat haar man er niet over zou klagen.

Cuthbert had al geen geweldig humeur toen hij tegen elf uur thuiskwam. De inmiddels afgekoelde aardappels en worstjes maakten het er niet beter op.

'Wat een ellendig geploeter met die glasplaten! Niet zo gevaarlijk als met kwikzilver en cyaankali bij de daguerreotypen, maar het is gewoon een hels karwei voordat je alles uitgewassen en gefixeerd hebt.' Met een ongelovige blik keek hij naar de aardappels en de worstjes.

'Is het moeilijk te leren?' vroeg Ailis.

Cuthbert grijnsde. 'Makkelijker dan koken, zo te zien. Mijn hemel, Ailis, moet dit een avondmaaltijd voorstellen?'

'Mijn eerste poging,' verklaarde Ailis. 'Eerlijk gezegd zou ik liever glasplaten ontwikkelen. Heb je de foto gezien die Whipple van mij gemaakt heeft?'

Cuthbert knikte en haalde met een theatraal gebaar de al ingelijste foto uit zijn jaszak. 'Met de complimenten van de fotograaf.' Aan zijn stem was te horen dat hij ook wel inzag dat de foto veel beter was dan de daguerreotype die hij zelf van Ailis gemaakt had.

Verbijsterd bestudeerde Ailis het portret van de vrouw voor de sterrenhemel. Ze twijfelde of ze zichzelf herkend zou hebben als de foto in een tentoonstelling aan de wand had gehangen. De jonge vrouw was veel mooier dan zij, in het totaal ontspannen gezicht herkende ze gevoelens van heimwee en gelukzaligheid, gretigheid en aanbidding. Wie naar het werk keek, kon dat niet anders dan met ingehouden adem doen.

'Ongelooflijk,' zei ze zacht. 'Alleen... ben ik dat helemaal niet.'

Cuthbert sprak haar niet tegen. 'Dit is Whipple. Dit is kunst. Hij belicht een kant van zijn modellen die niemand anders ziet. Maar ik denk dat ik begin te begrijpen hoe hij het doet. Als ik niet de hele tijd met ontwikkelen bezig hoefde te zijn...'

Ailis negeerde hem. Ze kon haar blik niet losmaken van het portret. In haar hoofd klonk een stem die leek op die van juf Lumsden: *Toch wel, Ailis, dit is precies wie jij bent.*

Toen Cuthbert de volgende dag naar zijn werk was, besloot Ailis langs de universiteit te lopen. En het observatorium! De eenvoudige huizen en ronde gebouwen op de campus die vroeger onder leiding van professor Bond en nu van Edward Pickering stonden, maakten geen grote indruk op haar. Maar Ailis wist natuurlijk dat zich hier sinds jaar en dag de grootste en modernste telescoop ter wereld bevond. Met behulp van die telescoop had Whipple zijn opnamen van hemellichamen kunnen maken.

Jaloers keek ze de studenten die naar binnen gingen na. Het liefst zou ze achter ze aan lopen. Maar wat dan? Bij de ingang zou vast iemand vragen wat ze zocht. Even overwoog ze om de stoute schoenen aan te trekken en zo zelfverzekerd mogelijk naar de bibliotheek te vragen. Maar misschien bevond die zich helemaal niet in het hoofdgebouw, en dan zou Ailis direct door de mand vallen. Ze vroeg zich af of ze haar jonge buurmannen kon vragen of ze astronomie studeerden. Maar Harvard had zoveel verschillende studierichtingen dat dit haar een zeer onwaarschijnlijk toeval leek.

Ten slotte ging ze groente en vlees kopen om een nieuwe kookpoging te wagen op het monster dat ze deze keer wat minder gul gevoed had. Uiteindelijk wist ze een soort stoofpot te maken terwijl ze nadacht over de glasplaten waarop na bepaalde handelingen op wonderbaarlijke wijze een afbeelding van sterren tevoorschijn kwam.

Cuthbert werd ook in de maanden die volgden niet gelukkig van zijn werk bij Whipple and Black. Nog steeds was hij tot diep in de nacht bezig met het ontwikkelen van de platen. Ailis vermoedde dat hij gewoon langzaam was of geen zin had om zich in te spannen.

In het fotograferen zelf had hij wel plezier, alleen waren zijn werkgevers niet altijd even blij met het resultaat. Cuthbert had zijn eigen stijl ontwikkeld om leven in de beelden te blazen. Hij stimuleerde klanten om te spelen met de camera en legde vooral jonge vrouwen in uitdagende poses vast. Waarop het klachten regende van boze ouders. 'Letitia zou de foto naar haar verloofde sturen. Maar hiermee kunnen we een fatsoenlijke jongen toch niet verrassen. Wat moet Gerald wel niet van haar denken?'

Whipple hoorde de klaagzang van de bruidsmoeder aan en beloofde een nieuw beeld te laten maken. Hij riep Cuthbert bij zich.

'Dit is een gezin met een lange familiegeschiedenis die nog teruggaat naar de *Mayflower*, Hay. Bostonse adel, zeg maar. En u beeldt dat meisje af... nou ja, "als een hoer" wil ik niet zeggen, maar toch in een wat onbetamelijke pose.'

'U hebt zelf gezegd dat ik het innerlijk van het model moet vastleggen,' verdedigde Cuthbert zich. 'En dit meisje heeft een uitstraling die een zekere, eh...'

'Ze is zeventien!' bracht Whipple ertegen in. 'Ze heeft ongetwijfeld nog iets onschuldigs, zachts, ontluikends... Ieder mens heeft meerdere facetten, Hay. En als u betaald wordt om een portret te maken, dan licht u er de eigenschappen uit die de klant graag in zichzelf terugziet. Ongeacht welke duistere kantjes u mogelijk ook nog in iemand ontdekt.'

Toen Cuthbert 's avonds thuiskwam, brieste hij nog steeds van woede. Hij had ook weer platen moeten ontwikkelen, deze keer opnamen van een sterspectrum. De fotograaf was ene Henry Draper, die nauw samenwerkte met het observatorium en studio Whipple and Black. Hij was vooral geïnteresseerd in het lichtspectrum van sterren en probeerde met lange belichtingstijden ook spectrogrammen van kometen en sterrennevels te maken. Ailis had over zijn werk gelezen in de tijdschriften die ze van juffrouw Lumsden had gekregen, zonder er ook maar een seconde bij stil te staan dat ze zo dicht bij de briljante onderzoeker in de buurt zou komen.

'Wat spannend!' Haar ogen schitterden. 'Zou ik die platen een keer mogen zien, denk je?'

'Voor mijn part ga je straks mee.' Cuthbert was nog niet klaar met zijn werk en de ontwikkelde platen werden de volgende dag verwacht. Na het late diner moest hij terug naar de studio. 'Als jij er zo gek op bent, ontwikkel die dingen dan ook maar.'

Dat was een duidelijke overtreding van de regels van zijn werkgever. Niemand mocht vreemden binnenlaten in de ontwikkelruimtes. Die vormden het hart van de studio, want hier werden nieuwe technieken uitgeprobeerd die strikt geheim moesten blijven voor de concurrentie.

Ailis nam aan dat Cuthbert zijn baas terug wilde pakken, ook al zou die nooit te weten komen dat zij haar man had geholpen bij zijn werk. Het maakte haar niks uit, de verleiding was zoveel groter! Opgewonden volgde ze Cuthbert door de donkere straten naar het heiligdom van Whipple and Black.

Nadenkend bestudeerde ze de etiketten op alle flessen en kuipen met chemicaliën. Vervolgens verplaatste haar aandacht zich bijna eerbiedig naar de belichte platen.

'Zijn ze dat?' vroeg ze met ingehouden adem.

Cuthbert zuchtte. 'En er moeten er nog acht ontwikkeld worden. Bovendien moet ik nieuwe platen voorbereiden.'

Hij liet haar zien hoe ze in het donker, bij het licht van een rood lampje, een ijzersulfaatoplossing over de platen moest gieten. Daarop verscheen een eerste beeld, alsof het getekend werd met donker poeder.

'Dit is zilver,' verklaarde Cuthbert. 'Metallisch zilver. Het ijzersulfaat haalt het uit het zilvernitraat waarmee de plaat eerder geprepareerd is.'

Hij bracht een mengsel van zilvernitraat en een citroenzuuroplossing aan, waardoor het beeld scherper werd.

Ailis herkende het sterrenpatroon meteen. 'Het is Orion!' riep ze. 'Maar dan ondersteboven.'

'Het is een negatief,' legde Cuthbert uit. 'Wat op de uiteindelijke foto licht is, is hier donker, en andersom.'

Het negatief moest nog worden gefixeerd. Het werd eerst behandeld met natriumthiosulfaat, daarna afgewassen en ten slotte bedekt met alcoholvernis. Tot Ailis' verdriet werkte Cuthbert snel en slordig.

'Laat mij eens,' zei ze toen hij de volgende plaat pakte. Zorgvuldig en bijna liefdevol fixeerde ze de opname van het volgende sterrenbeeld.

'Zo is het veel duidelijker,' zei ze tevreden.

Cuthbert rolde met zijn ogen. 'Goed, als jij denkt dat je het beter kunt...'

De eerste paar avonden had Ailis nog veel vragen, maar algauw beheerste ze zowel de techniek van het ontwikkelen als het prepareren van de glasplaten beter dan haar man. Cuthbert nam uiteindelijk niet langer de moeite om met haar mee te gaan naar de studio. Als hij thuiskwam gaf hij haar de sleutels en genoot van zijn vrije avond. Hij ging ook weleens uit. In het begin merkte Ailis het niet eens, maar toen ze het na een tijdje in de gaten kreeg, maakte ze er geen punt van. Wat was er mis met een biertje na het werk of een theater- of variétévoorstelling? Ze had geen behoefte om met hem mee te gaan.

Ailis nam nu al zijn werk in het lab voor haar rekening, al betrof het helaas zelden astrofotografie. Meestal ontwikkelde ze portretten van mensen of beelden van straten en huizen in Boston. Ze wist haar technieken steeds verder te verfijnen en voerde incidentele observatoriumopdrachten met nog meer zorg en toewijding uit. Vaak was ze tot in de vroege ochtend in de studio bezig. Dan moest ze zich naar huis haasten om Cuthberts ontbijt klaar te maken.

Toen ze een paar weken later foto's ontwikkelde van sterren die ze niet herkende, had ze een reden om toegang te vragen tot de universiteitsbibliotheek. Ze was erachter gekomen dat het observatorium een eigen bibliotheek had die gespecialiseerd was in astronomie. Eindelijk wist ze de moed te verzamelen om ernaartoe te gaan.

Het was rustig in de bibliotheekzaal toen Ailis rond het middaguur binnenliep. Aan de balie zat een verveeld uitziende medewerker, misschien een student-assistent, indexkaarten te ordenen. Bij een boekenkast helemaal vooraan stond een wat oudere man met een rond gezicht, een sikje en dunner wordend haar.

Ailis groette verlegen, wendde zich tot de jongeman aan de balie en vroeg om een bibliotheekpas.

Hij keek haar afwijzend aan. 'U bent geen studente,' constateerde hij.

Ailis wist dat er op dat moment geen vrouwen bij de faculteit ingeschreven stonden, al was het inmiddels wel mogelijk om als vrouw aan Harvard te studeren.

'Inderdaad,' antwoordde ze. 'Ik werk in de fotostudio van Whipple and Black aan de foto's van meneer Draper. Ik ontwikkel ze, om precies te zijn. Maar mijn werk zou nog beter kunnen worden als ik me meer kon verdiepen in het onderwerp.' Ze glimlachte vriendelijk.

De medewerker trok zijn wenkbrauwen op. 'Hoezo?'

'Nou, kijk, eh... Als ik bijvoorbeeld wist hoe helder deze sterren zijn, zelfs als je ze zonder telescoop ziet, dan zou ik misschien eh... meer uit de foto's kunnen halen.' Ailis bleef een beetje dralen. Wat ze uitkraamde was complete onzin, dus ze hoopte maar dat de medewerker niets van astrofotografie afwist.

Tot haar verbazing zei de oudere man, die al licht had staan grijnzen bij haar uitleg: 'Stel u niet zo aan, Berger! We mogen juist ingenomen zijn met publieke belangstelling voor ons onderzoek. Dus als de jongedame iets wil leren, welnu, ze ziet er niet uit alsof ze er met onze wetenschappelijke instrumenten vandoor gaat om ze op de vlooienmarkt te verkopen.' Hij keek Ailis aandachtig aan. 'Waarin bent u precies geïnteresseerd, juffrouw...'

'Mevrouw,' verbeterde Ailis hem. 'Mevrouw Cuthbert Hay. Mijn man werkt ook voor meneer Whipple. Als assistent.'

De man deed een paar stappen in haar richting. 'Ik heb het gevoel dat ik u eerder heb gezien,' begon hij, terwijl Berger met duidelijke tegenzin een bibliotheekpas aanmaakte nadat Ailis hem ook haar adres had gegeven. 'Wacht eens, heeft onze alom geprezen meester Whipple geen portret van u gemaakt?'

Ailis bloosde. Ze had niet geweten of ze trots of schaamte voelde toen ze haar portret in de etalage van Whipple and Blacks agentschap had zien hangen. Uiteindelijk knikte ze.

De man glimlachte vriendelijk en plotseling herkende Ailis zijn gezicht ook ergens van.

'Dan wens ik u veel vreugde bij uw theoretische greep naar de sterren,' zei hij terwijl hij bij het weggaan een titellijst voor Bergers neus legde. 'Deze boeken graag nog eens bestellen – de nieuwste drukken!'

De jongeman kwam iets omhoog om een buiginkje te maken. 'Tot uw dienst, professor,' antwoordde hij.

Nu schoot het Ailis te binnen: uit de tijdschriften van juf Lumsden!

'Professor Pickering?' fluisterde ze met ingehouden adem.

Berger knikte.

Ailis werd opnieuw rood. Professor Pickering – haar idool! En hij had het nog voor haar opgenomen ook! Blij nam ze haar bibliotheekpas in ontvangst en met een gelukzalig gevoel stortte ze zich in de wereld van de astronomie. Alle boeken, van die van Ptolemaeus tot aan die van Fraunhofer en Herrschel, stonden nu tot haar beschikking.

Met boeken over planeten, asteroïden en het sterrenbeeld Orion verliet ze een uur later de bibliotheek, verheugd dat ze ze diezelfde middag nog open kon slaan. Thuis vond ze echter een brief van haar nicht Donella die ze meteen besloot te beantwoorden. Er was zoveel te vertellen na haar avontuur van vandaag.

Donella gaf een levendig verslag van haar laatste trimester op St. Leonards. Uit eerdere brieven wist Ailis dat Donella en Emily na haar vertrek meer naar elkaar toe getrokken waren. Het bed in hun kamer was niet opnieuw bezet, en Donella had met Emily veel meer gemeen dan met Haily.

De nieuwe brief ging over haar afstudeerproject. Donella en Emily hadden besloten samen te werken aan een scriptie over het vliegen van vogels. Ze onderzochten de structuur van de vleugels, het belang van lichaamsgewicht en de spanwijdte voor het vliegvermogen. Donella schreef over zwaartekracht en luchtweerstand, vleugelvorm, stuwkracht en dynamische opstijging.

Natuurlijk bestuderen we Gooby nog steeds, ook al vliegt zij niet. Eerlijk gezegd denk ik dat de gans inmiddels ook wat aan de dikke en logge kant is. Ik betwijfel of ze omhoog zou kunnen komen. Ze volgt Emily nog altijd op de voet en is niet geïnteresseerd in de eenden van de stalmeester. Als je het mij vraagt, denkt ze dat ze een mens is. Ze slaapt het liefst in onze kamer en Emily vindt dat prima, vooral nu jouw bed vrij is. Maar Haily schreeuwt natuurlijk moord en brand en zou Emily meteen uitfoeteren. Het lijkt wel of de gans in de gaten heeft wie haar niet mag, want ze heeft Haily al twee keer in de kuit gebeten. Het is grappig om te zien hoe Gooby en Haily strijden om de aandacht van Emily.

Voor Emily zelf is het allesbehalve grappig dat Haily haar bij alles voor haar karretje spant. Ze wil als afstudeerproject een toneelstuk maken samen met de schooltoneelclub. Maar het is meer tegen- dan samenwerking. Je kent Haily, zij bepaalt alles. En in dit geval heeft ze misschien geen ongelijk. Ze is fanatieker dan de rest en brengt zowaar enige discipline op. Maar het werk wordt door Emily gedaan, of het nou gaat om de planning voor de repetities of het netjes uitschrijven van toneelteksten of partituren, wat echt lastig is omdat Emily geen noten kan lezen. En natuurlijk houdt zij de kamer bij, ruimt ze Haily's spullen op en maakt ze Haily's huiswerk. Die arme meid is van 's ochtends vroeg tot 's avonds laat in de weer. Ik heb erover gedacht om Haily te verlinken. Het is toch geen stijl hoe ze zich onttrekt aan bijna al haar schooltaken. Maar dan zouden ze waarschijnlijk allebei gestraft worden en dat kan ik Emily niet aandoen. Ze is gewoon te aardig en te goed voor deze wereld.

Ailis kon het hier alleen maar mee eens zijn, al was haar medeleven met Emily minder groot dan dat van Donella. Natuurlijk had ze het zwaar met Haily, maar uiteindelijk zou ze zich van haar losmaken, en dan zou ze een diploma hebben van een van de beste meisjesscholen van het land – plus ervaring als dienstmeisje, kleedster en gezelschapsdame. Donella had eerder al geschreven dat vrouwe Mairead haar dochter adviseerde het meisje tijdens de vakanties aan te houden, zodat Haily professionele hulp had bij het aankleden en haar kapsel. Donella had zich hierover opgewonden omdat ze Emily ook haar vrije tijd gunde, maar Emily's ouders hadden het ondersteund. Als het meisje niet naar school was gegaan, had ze in het grote huis moeten gaan werken. Volgens Anna en Ben bood een opleiding tot dienstmeid Emily de beste toekomstperspectieven.

Ailis was ook realistisch. Zelfs als Emily geen beurs voor een universiteit zou krijgen, kon ze werk zoeken en geld opzijleggen om later zelf haar studie te kunnen bekostigen. Al was het niet de makkelijkste weg, het was al meer dan voor Ailis zelf openlag. Zij zat voor altijd aan Cuthbert vast. En ook al maakte ze er het beste van, een universitaire studie zat er voor haar niet in.

Toch markeerde de bemachtigde bibliotheekkaart het begin van een spannende reis door de wereld van de hemellichamen. Ze zat elke dag urenlang met haar neus in de boeken. Af en toe moest ze astrofotografische platen ontwikkelen, en dan probeerde ze de beelden te analyseren op basis van haar nieuwe kennis. Dit lukte niet altijd, maar ze merkte wel dat ze vooruitgang boekte.

In elk geval deed ze dingen waar ze plezier in had en die haar afleidden van de saaie huishoudelijke taken.

Doordat ze vaak tot diep in de nacht in de studio werkte, had Cuthbert nog maar weinig gelegenheid om vervulling van echtelijke plichten te eisen. Ailis vond dit een prettige bijkomstigheid. In eerste instantie dacht ze er net zo weinig over na als over zijn steeds frequentere bar- en variétébezoek. Natuurlijk kreeg ze op een gegeven moment het vermoeden dat hij andere vrouwen ontmoette, maar daar zei ze niets over. Hij had dit huwelijk immers ook niet echt gewild. Ze vond het niet meer dan normaal dat ze allebei het beste van hun leven probeerden te maken.

Wel ergerde Ailis zich aan de toenemend slechte relatie van Cuthbert en zijn werkgevers. Al was hij het zwarte schaap van zijn familie, Cuthbert voelde zich een Hay. Hij was er trots op deel uit te maken van een van de belangrijkste clans van Schotland. Dat meneer Whipple en meneer Black hem nog altijd ondersteunend werk lieten doen en ook nog commentaar leverden, kon hij moeilijk accepteren, wist Ailis. Zijn werkgevers bleven over het algemeen beleefd. Ze wilden hem met hun opmerkingen niet beledigen, maar juist begeleiden in zijn ontwikkeling als fotograaf. Ailis probeerde hem dat weleens uit te leggen, maar dan richtte zijn boosheid zich op haar.

Langzaam kwam ze tot de conclusie dat de man met wie ze was getrouwd niet alleen een gelukzoeker, maar ook een chronische betweter was. Ze vreesde dat zijn leermeesters het op den duur niet meer zouden pikken. Dat zou ook het einde betekenen van haar boeiende werk in de studio.

Helaas bleek juist haar werk de druppel die de emmer deed overlopen. Ailis legde op een avond net de laatste hand aan een paar sfeervolle trouwfoto's toen John Adams Whipple de studio binnenkwam.

'Mevrouw Hay.' Hij klonk niet erg verbaasd, eerder teleurgesteld en spijtig. 'Ik eh... Eerlijk gezegd wilde ik het niet geloven.'

Ailis, opgelucht dat hij niet de doka binnen was gegaan, werd rood.

'Ik, eh, ik...' Ze wist niet hoe ze zichzelf, of eigenlijk Cuthbert, hieruit moest redden.

'U verricht hier de werkzaamheden van uw man,' vatte Whipple de situatie samen. 'Tot ieders tevredenheid, mag ik wel zeggen. Professor Pickering sprak me er vandaag op aan toen ik even bij het observatorium langsging. Of ik een vriendelijke groet wilde overbrengen aan mijn uitmuntende medewerkster mevrouw Hay. Hij is bijzonder te spreken over de platen die u ontwikkelt voor Draper en het instituut. De opnames zijn sensationeel en perfect bewerkt. Probeert u mij er alstublieft niet van te overtuigen dat vandaag een uitzondering is. Iemand die zo professioneel werkt moet ruime ervaring hebben.'

Ailis luisterde met gebogen hoofd naar de lof. 'Ik doe het graag,' zei ze uiteindelijk.

Whipple knikte. 'In tegenstelling tot uw echtgenoot,' stelde hij vast. 'Het spijt me, mevrouw Hay, zo goed als uw werk ons bevalt, zo ontevreden zijn we over dat van hem. Eerlijk gezegd hebben we hem uitsluitend behouden vanwege zijn geniale talent voor het ontwikkelen en bewerken van beelden. Vanwege uw werk dus. Nu ik u hier heb aangetroffen, moet ik hem beschuldigen van fraude en het schenden van de geheimhoudingsovereenkomst.'

'Ik heb nooit...' Ailis wilde zeggen dat ze nooit bedrijfsgeheimen had prijsgegeven, maar Whipple wimpelde haar af.

'Natuurlijk hebt u niets verkeerds gedaan. Maar uw man heeft ons bedrogen. Het spijt me dat we hem morgen moeten laten gaan, en u dus ook.' Hij keek haar met oprechte spijt aan.

Ailis had een idee. 'En als ik aan zou blijven?' vroeg ze gretig. 'U zou mij in dienst kunnen nemen. Alleen voor het ontwikkelen... Nou ja, en als u op het observatorium moet zijn, zou ik u misschien kunnen assisteren.'

Whipple glimlachte. 'U houdt echt van de sterren,' zei hij vriendelijk. 'En over een aanstelling valt zeker te praten. Maar denkt u dat uw echtgenoot het u zal toestaan? Na het ongetwijfeld minder prettige afscheidsgesprek dat we morgen met hem zullen hebben?'

De gedachte dat Cuthbert nu besliste over haar doen en laten ging als een mes door Ailis heen. In principe had ze natuurlijk wel geweten waarmee ze instemde toen ze haar jawoord gaf, maar bij getrouwde stellen die ze kende had ze nooit zoveel tegengestelde belangen gezien als nu tussen haar en Cuthbert.

'Hoe moet ik nu verder?' mompelde ze.

Whipple haalde zijn schouders op. 'Dat zult u met uw echtgenoot moeten bespreken. Ik kan alleen maar zeggen dat ik het heel, heel verdrietig vind.'

Naar de sterren

Boston, 1886-1889
Schotland, 1886-1888
Grand tour, 1888-1889

1

Dat Cuthbert ook nog niet thuis was toen ze hun appartement binnentrad, kwam Ailis goed uit. Het leek haar beter dat hij van zijn werkgever te horen kreeg dat ze ontmaskerd waren. Ze besloot te doen alsof ze sliep, zowel straks als hij binnenkwam als de volgende ochtend voordat hij naar zijn werk ging. Het kwam wel vaker voor dat ze zich versliep als ze tot laat had gewerkt. Cuthbert maakte dan zelf zijn ontbijt klaar. Wat dat betreft was hij niet zo autoritair. Misschien zou hij haar wel toestaan voor Whipple and Black te blijven werken.

Die hoop vervloog direct toen Cuthbert de volgende dag laaiend van woede thuiskwam. Zijn boosheid betrof niet alleen zijn voormalige werkgevers.

'Hoe haal je het in je hoofd om die Pickering te vertellen dat je zijn foto's ontwikkelt!' tierde hij. 'Moest je jezelf zo nodig op de borst kloppen? Wilde je je weer laten gelden? Nou, dat is gelukt. Het lijkt erop dat je mij daarmee naar beneden hebt gehaald. Nu is het opeens jouw werk dat wordt gewaardeerd.'

'Daar kan ik niets aan doen,' verdedigde Ailis zich. 'Ik heb alleen maar mijn best gedaan.'

'En ik niet, zeker?' bulderde Cuthbert. 'Ik heb me gedrukt, bedoel je? Jij wordt geprezen, je kunt je nuttig voelen...'

'En dat beschouw jij niet als een compliment?' vroeg Ailis sardonisch. Langzaam groeide ook haar boosheid. 'Ik wilde me helemaal niet laten gelden tegenover Pickering. Ik had alleen maar een goed argument nodig om een bibliotheekpas te krijgen...' Ze liet hem de kartonnen kaart zien die al klaarlag om de geleende boeken terug te brengen.

Cuthbert greep hem uit haar hand en scheurde hem bliksemsnel in vieren.

'En het kwam niet in je op om dit eerst aan mij te vragen? Je gaat er zomaar naartoe, beweert iets willekeurigs en dringt gewoon die bibliotheek binnen.'

'Natuurlijk ben ik daar niet binnengedrongen,' riep Ailis. 'En wat heb jij ermee te maken? Moet ik jou vragen wat ik mag lezen?'

'Een fatsoenlijke vrouw zou dat doen,' beweerde Cuthbert. 'Een bescheiden, deugdzame...'

Ailis moest bijna lachen. 'Dat meen je toch niet, Cuthbert. Bedoel je dat ik jou moet vragen of ik een boek mag lezen of met iemand in gesprek mag gaan of wat dan ook? Wil je me soms in een kooitje stoppen?'

'Dát zou ik moeten doen!' Even kwam er iets melodramatisch in zijn stem. 'Je vraagt gewoon om een bestraffing. Ach...'

Ailis zag dat zijn boosheid al afnam. Cuthbert was snel van streek, maar het duurde nooit lang. Het zou te veel inzet van hem vragen om strafmaatregelen te bedenken en haar te controleren.

'Laten we stoppen met die onzin en bedenken wat we gaan doen.' Ailis zag zijn stemming verbeteren. Kalmer dan ze vanbinnen was legde ze hem haar idee voor: 'We moeten op de een of andere manier geld verdienen. Ik weet niet of Whipple met je besproken heeft...'

'Dat hij jou wil houden terwijl hij mij eruit gooit?' Cuthberts woede steeg opnieuw naar het kookpunt. 'Dat zou precies in zijn straatje passen! Ik had de eerste keer al in de gaten dat hij zich op jou wilde storten. Geen sprake van dat ik jou alleen laat met al die mannen daar. Zeker niet 's nachts!'

Ondanks haar teleurstelling vond Ailis zijn woorden vermakelijk. Al een halfjaar werkte ze elke avond in de studio zonder ook maar één keer lastiggevallen te zijn. Maar voor redelijke argumenten was Cuthbert op dit moment niet vatbaar.

'Goed,' zei ze met een zucht. 'Wat ga je dan doen om mijn deugdzaamheid te bewaren zonder dat ik omkom van de honger?'

Cuthbert rechtte zijn rug. 'We worden zelfstandig,' kondigde hij aan. 'Ik koop een moderne camera en ga portretfotografie doen. Voor jou kunnen we hier een donkere kamer inrichten om de foto's te ontwikkelen.'

'En hoe ga je klanten werven?' vroeg Ailis.

Cuthbert schonk haar een zelfvoldane glimlach. 'Die heb ik al! Tot nu toe heb ik met mijn oude camera gewerkt en daguerreotypen gemaakt, die ik tussendoor in de doka ontwikkelde als er niemand was. Maar nu is het tijd voor het echte werk.'

Verbaasd vroeg Ailis: 'Waar heb je die mensen dan gevonden? Je hebt ze toch niet weggekaapt bij Whipple and Black?' Daarmee zou hij het vertrouwen van zijn werkgevers helemaal geschonden hebben.

Cuthbert schudde zijn hoofd. 'Niet nodig. Ik heb mijn eigen acquisitie,' zei hij gewichtig. ''s Avonds in de bars en variététheaters. Die bezoekers kunnen Whipple and Black niet betalen, en die stijl is ook niet hun smaak. Maar mij vinden ze fantastisch! Je zal zien, wij gaan goede zaken doen.'

De volgende dag werd er een flinke hap uit Ailis' bruidsschat genomen voor de aanschaf van een hypermoderne camera en een doka-inrichting. Ze hadden de ruimte die bedoeld was als kinderkamer tot dan toe alleen voor opslag gebruikt. Vlak na het huwelijk had Ailis verwacht snel zwanger te raken omdat Cuthbert regelmatig met haar naar bed wilde. Maar sinds zij 's nachts werkte en hij op stap ging, gebeurde dat nauwelijks nog. Dus waarom zouden ze de kamer geen andere bestemming geven?

Ook in de nieuwe situatie was Cuthbert tot in de vroege uurtjes weg, op zoek naar klandizie voor hun fotostudio. Tegen de tijd dat hij bij haar in bed kroop, viel hij meestal uitgeput in slaap. Ze was er blij om, want vaak stonk hij naar bier of whisky, en soms ook naar wijn. Volgens hem verwachtten zijn klanten een drankje bij de voorbereidende besprekingen.

'Dan worden ze wat losser,' beweerde hij.

Ailis had al snel door wat hij daarmee bedoelde. De beelden die langzaam tevoorschijn kwamen toen ze Cuthberts eerste werk ontwikkelde joegen haar het schaamrood naar de kaken. Haar man specialiseerde zich duidelijk in de vlinders van de nacht: actrices, danseressen of wat de dames die voor hem poseerden ook deden voor de kost. Niet alleen waren het stuk voor stuk schoonheden, ze leken zich heel vrij te kunnen bewegen voor de lens. Cuthbert had zich Whipples stelregel dat er leven in een foto moet zitten helemaal eigen gemaakt.

Een paar dagen later schreef Ailis haar volgende brief aan Donella.

Het lijkt een beetje alsof hij haar heeft betrapt bij het uitkleden of door het sleutelgat heen heeft gefotografeerd. Whipple zei eens dat een goede foto een verhaal vertelt. Wat dat betreft zou je Cuthberts werk geslaagd kunnen noemen. Ook al schrok ik nogal bij de eerste lichting foto's! Maar deze vrouwen, of de regisseurs of theaterbazen voor wie ze werken, betalen niet slecht. Cuthbert verdient aanzienlijk meer dan bij Whipple and Black. Hij is erg trots. Alleen realiseert hij zich niet dat een ondernemer de kosten tegenover de opbrengsten moet zetten. Die dure camera moet zich wel terugverdienen en hij heeft torenhoge drankrekeningen. Toch doen we het niet slecht. Maar ik mis de astrofotografie van Draper wel, en ook van Whipple zelf.

De boeken hoefde ze niet te missen. Ze had meteen een nieuwe bibliotheekpas laten maken en las nu in het geheim, om Cuthbert niet opnieuw tegen zich in het harnas te jagen.

In haar antwoord schreef Donella hoe opwindend de diploma-uitreiking was geweest. Emily en zij waren allebei in de prijzen gevallen en hun afstudeerproject over het vliegen van vogels was uitstekend beoordeeld. Haily had uitgeblonken met haar zangspel. Van haar leiderschapskwaliteiten deugde niet veel, volgens Donella verliet Haily de school als zo'n beetje de meest gehate leerling, maar ze had de mensen wel op de been gekregen. De voorstelling had professioneler geoogd dan alles wat de toneelclub ooit had opgevoerd. Haar docentes waren erg onder de indruk. Haily had niet alleen haar talent als zangeres en regisseur bewezen, maar ook als tekstschrijver en componist. Niet dat haar ouders er ook maar een moment over dachten om haar naar het conservatorium te sturen.

Ook Donella zelf kon voorlopig alleen maar dromen van studeren.

> *Ze staan erop dat we gaan debuteren! De hele herfst en winter zitten we in Londen. Tante Mairead is er helemaal vol van, ze wil tot het eind van de winter bij ons blijven. Mijn moeder komt maar een paar weken, samen met mijn broer. George is niet bepaald een uitblinker op school. Maar de universiteit van Edinburgh laat aristocratische studenten niet vallen, zeker geen aankomend clanhoofd, wat George nog steeds is.*

Ailis glimlachte honend bij die woorden van Donella. Ze wist dat haar vaders tweede huwelijk met de jonge Muriël groots was gevierd, kort na de nietigverklaring van het eerste huwelijk. Nu deed haar vader ongetwijfeld zijn best een erfgenaam te krijgen, maar voor zover ze wist, tot nu toe zonder resultaat. Ze pakte Donella's brief weer op.

> *George zal in het najaar wel aan Haily wennen en andersom, maar tot nu toe heeft geen van beiden interesse in de ander getoond. Op het eindexamenbal hebben ze wel samen gedanst, maar dat ging niet van harte, als je het mij vraagt. Haily is minder enthousiast over haar aanstaande debuut dan ik had verwacht. Het is nog steeds een tuthola, maar ze is ook ambitieus. Wat dat betreft is ze niet anders dan wij… Ze wil iets doen met haar talenten, maar krijgt geen kans. Haar ergernis reageert ze af op Emily. Zij zou graag op Old Lane Manor blijven om een tijdje bij haar ouders en broertje en zusje te zijn, samen met Gooby. Ook wil ze graag een beurs aanvragen bij een paar hogescholen. Wie niet waagt die niet wint, en haar leeftijd is nu een voordeel. Een meisje dat op dertienjarige leeftijd cum laude afstudeert aan St. Leonards verdient alle steun. Alleen wil*

Haily haar het hele najaar bij zich houden, waar ze natuurlijk in gesteund wordt door haar moeder. Emily mag voor de twee dames zorgen. Vrouwe Mairead beweert dat ze daarmee ervaring opdoet en de aandacht op zich vestigt, die haar van pas komt als ze naar een goedbetaalde baan gaat solliciteren. Haar ouders zien dat ook zo. De Coxwolds kunnen zich gewoon niet voorstellen dat hun dochter gaat studeren. Juf Lumsden heeft er met hen over gesproken, ook over het feit dat nu aanmelden haar de meeste kans geeft, maar ze willen er eigenlijk niets van weten. Emily moet dankbaar zijn voor al het goeds dat haar dankzij de Hards is overkomen. Dus waarschijnlijk gaat ze mee naar Londen, ook al zal ze zich daar dood vervelen. Nou ja, in het park leven veel duiven, dus misschien vindt ze wel een nieuw onderwerp voor onderzoek.

Ailis kon zich niet voorstellen dat Emily haar verloren gegane studiekansen zou vergeten door duiven in Hyde Park. Aan de andere kant verloor ze maar een halfjaar. Als ze volgend jaar een beurs aanvroeg, zou ze nog steeds veel jonger zijn dan alle andere meisjes die eindexamen hadden gedaan aan meisjesscholen.

2

Terwijl Donella en Haily dansten op debutantenbals, verliepen de maanden voor Ailis over het algemeen rustig. Donella schreef levendige brieven waarin ze de draak stak met de kringen waarin ze zich bewoog. Ze vertelde over koningin Victoria die geamuseerd of zelfs verveeld reageerde op de debutantes met hun vaak onhandige knicksjes. Haily daarentegen was verschenen alsof ze een podium betrad: stralend mooi, glimlachend en met een perfect buiginkje. Vrouwe Mairead glom van trots.

Net zo groot was het aanbod van veelbelovende jonge mannen wier aandacht Haily vooral gebruikte om zich George Hard van het lijf te houden. Zij noch Donella werd verliefd. Maar waar Haily tenminste genoot van haar optredens, vermaakte Donella zich hooguit als ze gingen picknicken of een ritje door Hyde Park maakten.

Donella schreef ook over een paar vossenjachten. De nichtjes hadden van jongs af aan leren paardrijden en waren prima in staat om de meute in rengalop te volgen. Alleen vond Donella het, evenals Ailis, verschrikkelijk om de vos de dood in te jagen, terwijl Haily de paardrijkleding niet flatteus vond. Met haar gehuil om een dode vos had Emily de spot van de prikkelbare Haily over zich afgeroepen, waarop Donella het meisje in de armen had genomen om haar te troosten: niemand van de debutantes werd gedwongen om mee te doen aan vossenjachten of andere jachtpartijen, dus Emily hoefde ook niet bang te zijn dat iemand uit hun kring op vogels ging schieten.

Cuthbert bracht zijn tijd steeds meer buitenshuis door en ontdekte nieuwe talenten. In juni 1887, de maand waarin Donella en Haily uit Londen terugkeerden naar Schotland, nam hij Ailis mee naar de première van een zangspel in een van de kleinere theaters. De eenvoudige enscenering ging over een student die tegen betaling liedjes zong voor het liefje van een rijke medestudent, wat natuurlijk voor de nodige complicaties zorgde. Aan het eind kon het meisje kiezen tussen de aantrekkelijke muzikant en de rijke erfgenaam en koos niet heel verrassend voor de eerste. Ailis vond het verhaal een beetje wereldvreemd, maar was toch onder de indruk toen Cuthbert haar trots vertelde dat hij het stuk zelf had geschreven en ook betrokken was bij de enscenering. Hij werd in die weken steeds enthousiaster over het theater, terwijl Ailis bezorgd ontdekte dat haar menstruatie uitbleef. Uiteindelijk ging ze op aanraden van mevrouw Herbert naar een vroedvrouw en kwam erachter dat ze zwanger was.

'We moeten er iets op verzinnen,' begon ze toen ze Cuthbert op de hoogte had gebracht. Hij had niet bepaald euforisch gereageerd, maar ook niet afwijzend en hij verzekerde haar plichtsgetrouw dat het hem verheugde en niet uitmaakte of het een meisje of een jongen was.

'We kunnen geen kind grootbrengen in een huis waarvan de helft een donkere kamer is,' ging Ailis verder. 'De chemicaliën kunnen al schadelijk zijn voor volwassenen. Dus we moeten een groter appartement zoeken of, wat ik wil voorstellen, een huis kopen. Dat was vanaf het begin het plan; je hebt het geld van mijn vader gekregen. We kunnen op zoek gaan naar een herenhuis of een huis in de buurt van de universiteit, wat meer in het groen. Als we op de begane grond een fotostudio inrichten, kunnen we zelf boven wonen.'

Cuthbert reageerde niet enthousiast. 'Ik weet het niet,' zei hij. 'We wonen hier zo centraal. Maar als je wilt rondkijken, ga je gang. We vinden er wel iets op.'

Daarna nam hij haar mee naar een restaurant om het te vieren, en Ailis verzoende zich maar weer met haar huwelijk. Natuurlijk had ze zich haar leven anders voorgesteld, maar dit was nou eenmaal de realiteit, en ze keek uit naar haar kind. Ze zou het verwennen en ermee spelen zoals haar eerste kindermeisje met haar had gedaan. En ze zou het de sterren laten zien.

De dagen daarop bekeek ze advertenties en struinde door straten, op zoek naar huizen die te koop stonden. Ze had nog niets geschikts gevonden toen Cuthbert haar een paar dagen later voor een voldongen feit stelde.

'Ailis, ik heb dé oplossing voor ons,' zei hij vrolijk bij het thuiskomen. 'Niet schrikken, ik ga mijn bedrijf opgeven.'

Ailis keek hem verbaasd aan. Waarvan dacht hij dan te gaan leven?

'Dan hoef jij niets meer te ontwikkelen, en komen er ook geen chemische stoffen meer vrij die het kind kunnen schaden,' verklaarde hij. 'Maar we geven het appartement niet op, tenminste niet meteen. Ik heb een theater gekocht, Ailis. We hebben ons eigen theater!'

'Wat?' Het werd Ailis zwart voor de ogen. Wat moest hij met een theater?

'De Boston Music Hall. Het is een gerenommeerd theater, opgericht in 1852. Al moeten we er na ruim dertig jaar natuurlijk wel wat aan doen. De laatste jaren is het voornamelijk gebruikt door amateurtoneelgroepen en verenigingen die daar samenkomen. Het is, nou ja, een beetje vergane glorie. Maar niets wat niet snel opgeknapt kan worden.'

'En hoe kom je aan het geld?' vroeg Ailis, die de bui al aan voelde komen. Maar een theater kostte heel wat meer dan een woonhuis. En als het ook nog gerenoveerd moest worden...

'Nou ja, van de bruidsschat, natuurlijk. En de verkoop van de camera en de hele doka-inrichting. Misschien moeten we wat bijlenen. Ik weet zeker dat geen bank moeilijk zal doen over het verstrekken van een lening voor zo'n instituut.' Cuthbert stond te stralen alsof hij hoogstpersoonlijk voor haar de helderste ster uit de hemel had geplukt.

Ailis was verbijsterd. 'Had je niet met mij kunnen overleggen?' bracht ze uit. 'Het gaat om mijn bruidsschat, mijn toekomst... We krijgen een kind!'

Cuthbert rolde met zijn ogen. 'Begin nou niet over wat van jou is en wat van mij. Ik ben je man, en ik weet heus wel wat goed voor ons is. De Music Hall wordt een succes, daar ben ik zeker van. Het geld is goed geïnvesteerd.'

Ailis had grote twijfels. Cuthbert had geen enkele ervaring als theaterdirecteur of artistiek leider, en van boekhouding wist hij hoegenaamd niets. Zij had de boekhouding van zijn fotografiewerk op zich genomen, en dat werk was bepaald geen goudmijn geweest; ze konden net rondkomen. Hoe moesten ze een grotere onderneming financieren met waarschijnlijk tientallen werknemers en acteurs die regelmatig hun loon of honorarium wilden?

'Wat ben jij toch een chagrijn,' verweet Cuthbert haar toen ze haar zorgen uitte. 'Jij ziet het altijd zo somber in. In jouw ogen kan niemand iets goed doen, maar zelf krijg je ook niets voor elkaar.'

Ailis' adem stokte. Hij werd wel vaker vals als ze ruzie hadden, maar toch. Wat kon ze doen? Hij had duidelijk gemaakt dat hij over haar doen en laten ging, en hij had al haar mogelijke kansen tegengehouden. Ailis droomde nog steeds van een baan bij Whipple and Black, en van werken voor Draper en voor Pickering. Misschien had ze zich wel kunnen specialiseren in astrofotografie...

Woedend slingerde ze hem die argumenten toe. 'Ik had net zo goed als jij een camera kunnen bedienen! Als ik net als jij een meester had gehad als Whipple, of als Draper het me had laten zien. En ik had mijn school willen afmaken, en studeren.'

Cuthbert lachte. 'Daar gaan we weer, Ailis, hou toch op. We zijn het er allemaal over eens dat je een knap ding bent, waar ene meneer Whipple ook heus van gecharmeerd was. Maar die ideeën over natuurkunde en astrologie...'

'ASTRONOMIE!' riep Ailis.

Hij wuifde het weg. 'Is toch allemaal één pot nat. Hersenspinsels. Je vader had me al verteld dat ik je in de gaten moet houden. Op die school hebben ze waanbeelden in je hoofd gestopt. Denk jij nou echt dat je de hersens hebt om bij professor Pickering te studeren? En natuurkunde – zijn vrouwen daar wel toegestaan?

Hoe dan ook moet je nu stoppen met die onzin. Je krijgt een kind en ik zal jullie onderhouden. Meer hoef je niet te weten en meer hoef je niet te doen.'

Voor Ailis was de discussie nog lang niet klaar, maar ze wist dat ze er niets mee zou opschieten. Dat Cuthbert met haar vader over haar ambities had gesproken en erom had gelachen, was een klap in haar gezicht. Er was niets wat ze kon doen, behalve haar lot accepteren. Opnieuw kwam de angstige vraag in haar naar boven of de mannen gelijk zouden kunnen hebben. Misschien had ze zich vergist, en was de lof van Whipple niet serieus bedoeld?

Voor de zoveelste keer huilde Ailis zichzelf in slaap. Cuthbert merkte er weinig van. Kort na hun ruzie sloeg hij de deur achter zich dicht om die nacht niet meer terug te komen.

De Boston Music Hall bleek een indrukwekkend gebouw te zijn op Hamilton Place, versierd met zuilen en ronde bogen. De zaal bood plaats aan meer dan duizend mensen, was licht en moest prachtig zijn geweest. Inmiddels was de verf afgebladderd en moesten de speelse stucdecoraties worden gerepareerd. Ook nieuwe stoelen zouden geen overbodige luxe zijn.

Het duizelde Ailis toen ze bij de bezichtiging van het gebouw probeerde in te schatten hoeveel de renovatie zou kosten en hoeveel werknemers ze nodig zouden hebben om dit theater te runnen. Zaalmedewerkers, schoonmakers, kaartverkopers, toneelknechten, lichttechnici... Het was een gigantisch project en Ailis betwijfelde of Cuthbert of zijzelf het ooit winstgevend zou kunnen maken.

Ailis dwong zichzelf optimistisch te zijn. Ze besloot meteen een planning te maken. De opening moest zo snel mogelijk plaatsvinden om zo min mogelijk geld te verliezen. Daarom stelde ze Cuthbert voor dat ze hem zou helpen bij het vinden van vakmensen en arbeiders. Ze had in Thorgale House jarenlang opgelet hoe zo'n groot huis gerund werd. Haar moeder had haar laten meeluisteren met sollicitatiegesprekken en Ailis had geleerd om mensen beleefd maar vastberaden instructies te geven. Het organiseren van het theaterbedrijf was haar wel toevertrouwd.

Cuthbert hoefde dan alleen nog maar voor de artistieke invulling te zorgen.

Al tijdens de verbouwing moest Ailis vaststellen hoe moeilijk het was om met haar man samen te werken. Cuthbert weigerde elk compromis, zelfs als een aanpassing van het verbouwplan onvermijdelijk was omdat een wand die hij wilde laten wegbreken een dragende muur bleek te zijn. Ailis, die de constructieberekeningen wel begreep, probeerde dan tussen hem en de architect te bemiddelen, met als gevolg dat Cuthberts woede zich ook op haar richtte.

Uiteindelijk verbood hij haar zich met de verbouwing te bemoeien en gaf hij haar de opdracht de stoffering en inrichting van het theater te verzorgen: stoffen kiezen voor de gordijnen, stoelen, tapijten en andere decoratieve elementen. Dit lag Ailis veel minder dan technische zaken. Ze interesseerde zich niet voor stijlen en kleuren en zag niets in de ongebruikelijke combinaties die Cuthbert in gedachten had voor de theaterfoyer. Met als gevolg dat hij van de ene woedeaanval in de andere viel als ze hem stof- en kleurstalen voorlegde, en haar uiteindelijk ook dit werk afhandig maakte. Zelf bleek hij er wel talent voor te hebben. In de weken die volgden veranderde hij het theater in een betoverende wereld van licht en kleur waarin het publiek zich kon onderdompelen en kon opgaan in zijn dromen. Ailis stak haar waardering niet onder stoelen of banken, al merkte ze meer en meer dat hij zich niets van haar mening aantrok.

Toen zijn 'Alsof jij dat kan beoordelen' een van zijn vaste dooddoeners was geworden, legde ze zich neer bij haar rol als mopperaar en kunstbarbaar.

Intussen was Cuthbert begonnen met het zoeken naar artiesten voor het variététheater waarmee hij de speelzaal feestelijk wilde openen, en naar acteurs en zangers voor een vast ensemble. Na de succesvolle première van zijn zangspel had hij het plan opgevat zijn eigen toneelstukken op te voeren in zijn eigen theater.

Ailis begon met de werving van toekomstige medewerkers voor de kassa, het toneel, de schoonmaak en de zaalwacht. Hoe graag ze ook wilde dat Cuthbert dit aan haar zou overlaten, hij bemoeide zich er steeds weer mee door jongedames naar haar toe te sturen die zich aangetrokken voelden tot het theater, maar geen podiumtalent hadden. Ook op andere terreinen bleken ze vaak onbekwaam, wat opnieuw tot echtelijke ruzies leidde.

'Cuthbert, die Juliët is een schatje, maar ze kan nog niet tot tien tellen. Die kan ik toch niet aan de kassa zetten? En haar opleiden tot zaalmedewerker gaat maanden kosten. Ze was stomverbaasd toen ze hoorde dat er stoelen met dezelfde nummers in de zaal en in de loge waren. En die Joe Waters, ik weet dat hij je heeft verteld dat hij op Broadway heeft gewerkt als decorbouwer. Misschien klopt dat, maar inmiddels is hij een zuipschuit bij wie de whisky uit zijn poriën komt. Die kun je niet inzetten; bij de eerste de beste klus valt hij van de ladder! Als je wilt dat het hier op rolletjes loopt, heb je gekwalificeerd personeel nodig dat ook zelfstandig kan werken.'

Cuthbert nam niets van haar aan. Of hij werd boos en beledigend tegen Ailis, of hij liet haar praten zonder te luisteren of te antwoorden. Ailis werd er doodmoe van, maar kon nergens anders terecht dan in haar brieven aan Donella. Al werd ze van Donella's antwoorden ook niet vrolijker.

Daar beleef je inderdaad weinig lol aan, maar in elk geval heb je iets te doen. Ik daarentegen kan alleen maar wachten. Ik heb me ingeschreven aan ongeveer elke universiteit die in theorie vrouwen toelaat. Maar het lijkt wel alsof ze bij technische vakken zoals luchtvaart of zelfs natuurkunde en scheikunde huiverig zijn om vrouwelijke studenten aan te nemen. Misschien zijn ze bang dat meisjes slimmer blijken te zijn dan jongens. Of dat meisjes in het lokaal de jongens te veel afleiden van de lesstof. Ik weet niet waarom, maar ik word nergens toegelaten.

Emily vergaat het al net zo. Er zijn al wel vrouwelijke studenten biologie, maar er zijn geen beurzen voor vrouwen. Dus Emily wacht en hoopt en zoekt ook geen andere baan dan bij de Hards, uit angst dat ze die weer moet opgeven als ze toch wordt toegelaten tot de universiteit.

En uitgerekend Haily is er misschien nog wel erger aan toe. Er valt voor haar niets te hopen. Ze heeft zich niet bij een universiteit ingeschreven, alleen bij één of twee conservatoria. Maar haar ouders wijzen dat af en geven haar niet eens toestemming om auditie te doen. Voor het eerst is tante Mairead streng voor haar oogappeltje. Ze wil niet dat ze zangeres wordt of, zoals ze het zelf zegt, variétémeisje. Ze geven hun pogingen om haar aan George te koppelen niet op. Wist je trouwens dat vrouwe Muriël is bevallen van een schattig dochtertje?

Zo kwam Ailis erachter dat ze een halfzusje had. Haar vader was waarschijnlijk te teleurgesteld om de geboorte aan te kondigen. Haar moeder bewoonde intussen een prachtig landgoed in Zuid-Frankrijk en had zich gespecialiseerd in de rozenkweek en windhonden. Beide deden het goed in het mediterrane klimaat. In haar naar rozen geurende brieven klonk vrouwe Alison ontspannen en tevreden. De laatste jaren in Thorgale House hadden ongetwijfeld hun tol geëist. De verantwoordelijkheid voor de opvolging liet ze graag aan haar opvolgster over.

3

Zonder zich illusies te maken opende Donella een brief van een universiteit. In de envelop zat een enkel velletje papier, dus een afwijzing. Als je geaccepteerd was, kreeg je een dikke envelop met heel veel informatie. Het was de zoveelste teleurstelling. Donella stopte de brief in haar zak en ging naar de woonkamer, waar haar moeder net de thee geserveerd kreeg.

'Weer niets?' vroeg vrouwe Winifred zonder medeleven te veinzen.

Donella wist dat ook háár ouders de studieplannen van hun dochter afkeurden. Ze waren teleurgesteld dat Donella zich tijdens het balseizoen niet had verloofd en lieten geen middel onbeproefd om haar tijdens de zomer met geschikte jonge mannen in contact te brengen.

Donella zuchtte. 'Het mag kennelijk niet zo zijn. Althans niet dit jaar. Als ik maar iets wist om de tijd door te brengen; iets zinvols, bedoel ik, niet het bijwonen van de volgende picknick bij tante Mairead.'

Vrouwe Winifred glimlachte. 'Daar hebben je vader en ik iets op bedacht. Iets wat je leuk vindt. Je bent toch zo geïnteresseerd in reizen?' Ze was niet vergeten dat Donella als kind liever reisverslagen en avonturenverhalen had gelezen dan meisjesromans.

'Reizen?' vroeg Donella argwanend. 'Waar wil je me naartoe sturen?' Haar reis naar Londen als debutante lag nog vers in haar geheugen. Ze ging echt niet nog een seizoen op debutantenbals dansen.

'Niet in je eentje, maar met je broer. Men moet reizen om te leren, zeggen ze toch?' zei haar moeder.

'Dan is het echt iets voor George,' merkte Donella venijnig

op. George was inmiddels gestopt met zijn studie. Zijn weinig overtuigende cijfers waren net hoog genoeg geweest voor de universiteit van Edinburgh.

Het was maar goed dat hij zich had ingeschreven voor rechten in plaats van medicijnen, had Donella aan Ailis geschreven. Zelfs als het hem gelukt was een scriptie te schrijven, had hij als advocaat tenminste niemand per ongeluk om kunnen brengen.

'Praat niet zo laatdunkend over je broer,' berispte haar moeder haar. De Hards hadden George' vroegtijdige uitval van de universiteit met welwillendheid geaccepteerd. Van een jongeman van zijn stand werd weliswaar verwacht dat hij een paar semesters op de universiteit zou doorbrengen, maar niemand vroeg om een graad. 'Zoals je wellicht weet, is het de gewoonte om jonge aristocraten op wereldreis te sturen om hun opleiding af te ronden. De zogenaamde grand tour. Je hebt er vast weleens van gehoord.'

Hier keek Donella van op. Een grand tour duurde minstens een jaar, vaak langer, en voerde door de boeiendste landen van Europa, zoals Frankrijk, Italië en Spanje. Tot voor kort ging de reis zelfs helemaal naar Nieuw-Zeeland, om het natuurwonder van de roze en witte terrassen te aanschouwen. De rotsformaties waren echter een jaar geleden na een vulkaanuitbarsting overstroomd met lava en stonden niet meer op de lijst. In plaats daarvan gingen sommige reizigers nu naar de Verenigde Staten. De Niagarawatervallen schenen het bezichtigen waard zijn. Misschien konden ze Ailis opzoeken in Boston!

'Dus je wilt George en mij op wereldreis sturen? Alleen wij tweeën?' vroeg Donella verrast. 'Waarom?' Ze wist dat het in de Engelse hogere klasse gebruikelijk was om jonge mensen op zo'n reis te sturen met een geschikte mentor. In de meer nuchtere Schotse aristocratie was dit echter niet doorgedrongen.

'Niet alleen, natuurlijk,' zei haar moeder. 'Jullie worden begeleid door je grootouders. Allebei zijn ze nog vitaal, en met name je grootvader kijkt uit naar nieuwe avonturen. Haily reist ook mee.'

'Ah, nu snap ik het!' Met Donella en haar toekomst had de hele onderneming niets te maken. Alles draaide om George en

Haily. 'Grootvader, grootmoeder en ik worden geacht George en Haily te chaperonneren,' zei ze uitdagend. 'En op het juiste moment weg te kijken, mocht er volgens plan iets opvlammen tussen die twee?'

'Donella, let op je woorden!' waarschuwde haar moeder. 'Natuurlijk zouden we er niet op tegen zijn als er iets ontstaat tussen George en Haily. Maar dat betekent nog niet dat...'

'En wat vinden de tortelduifjes er zelf van?' Binnen in Donella wisselden boosheid en vermaak elkaar af, maar verdere provocaties hield ze voor zich.

'Je broer en je nicht zijn ons dankbaar voor deze kans om meer van de wereld te zien,' zei vrouwe Winifred. 'Jou schijnt het weinig te doen.'

Donella kon zich niet voorstellen dat Haily haar ouders ooit ergens dankbaar voor was. Ze was gewend te krijgen wat haar hartje begeerde. George had natuurlijk wel enthousiast gereageerd. Hij was altijd op zoek naar avontuur. Eerlijk gezegd was zij net zo. Ze was altijd nieuwsgierig geweest naar natuurwonderen over de hele wereld. En nu misschien nog wel meer naar de technologische hoogstandjes die ze zou zien als ze naar de wereldsteden reisde. Londen had al zoveel indruk gemaakt: de eerste auto's, de voordelen van stromend water en riolering voor huishoudens, en de enorme schepen op de Theems. Wat zouden Parijs, Madrid, Rome en New York wel niet te bieden hebben?

Ze schudde zichzelf wakker. 'Ik ben ook dankbaar,' zei ze. 'Het was alleen een beetje een verrassing. Maar ik verheug me er echt op. Zo'n reis wil ik natuurlijk niet missen.' Behalve als ze toch nog aangenomen zou worden door een universiteit. Maar dat zei ze natuurlijk niet hardop.

Haily en George waren opgetogen over de aankomende reis. Haily hoopte in landen buiten Schotland en Engeland mogelijkheden te vinden om een carrière op te bouwen. Ze was echter niet van plan om ook maar een stap te zetten zonder haar gezelschapsmeisje en kleedster Emily. Wie moest anders haar kapsel verzorgen, haar helpen met aankleden en er gewoon dag en nacht voor haar zijn?

Bij Emily vielen de plannen niet in goede aarde. Ook al vond haar moeder Anna haar ondankbaar, Emily was inmiddels veertien en begon zich af te zetten tegen de plek waar ze vandaan kwam. Ze had altijd geweten dat ze goed kon nadenken – veel beter dan Haily – maar tot nu toe was ze ervan uitgegaan dat ze altijd een bediende zou zijn. Nu wilde ze dat niet meer, tenminste niet als dat betekende dat ze Haily Hards slaafje moest blijven spelen.

Emily was vastbesloten om te gaan studeren. En omdat een studiebeurs niet leek te lukken, moest ze het geld voor een studie zelf verdienen. Dat betekende dat ze ergens een betrekking moest zoeken of als arbeider in een van de nieuwe fabrieken moest gaan werken, wat misschien nog wel beter betaalde ook. In elk geval wilde ze daar meteen mee beginnen en niet eerst een jaar of langer verliezen aan een wereldreis. Daar kwam bij dat ze al heel lang haar buik vol had van Haily en haar buien.

Haar moeder accepteerde het niet. 'Emily, iedere heer of juffrouw is weleens humeurig en onrechtvaardig. Ieder mens is dat.'

Emily zuchtte en dacht aan de fundamentele vragen waarop ze tijdens haar schooltijd op St. Leonards antwoord had proberen te vinden. Waarom gedroegen mensen zich zo vaak kwaadaardig en onlogisch? Dieren leken een logischer lijn te volgen. Maar wat dat betreft was de kostschool een teleurstelling geweest. Ze had nog steeds geen idee hoe al die grillige en grimmige stemmingen en wreedheden bij mensen ontstonden.

'Ouders zijn niet altijd rechtvaardig tegen hun kinderen, en kinderen niet altijd tegen broertjes en zusjes, zo is het nou eenmaal, Emily. Je hebt zoveel te danken aan de Hards. De vrouwe heeft er vandaag nog met me over gesproken.' Anna onderwierp haar dochter aan een onopvallende inspectie. Vrouwe Mairead had een gesprek met Emily aangevraagd, of liever gezegd, haar ontboden voor die middag. Anna verzocht Emily zich zorgvuldig te kleden en geen weerwoord te bieden.

'Vergeet niet dat je de Hards veel verschuldigd bent,' drukte ze haar op het hart.

'En dat mag ik de rest van mijn leven afbetalen?' Emily schudde vastberaden haar hoofd. 'Ik heb het lang genoeg uitgehouden met de geweldige Haily. Zonder mij had ze St. Leonards nooit gehaald. Zonder Ailis zou ze zelfs het kleine beetje muziektheorie dat ze nodig had niet hebben begrepen.'

'Van levenslang is geen sprake,' suste Anna. 'We hebben het over één, maximaal twee jaar, waarin je niet ergens opgesloten zit, maar wat van de wereld zult zien. Dat is veel waard. Je bent en blijft ondankbaar, Emily. Welke redenen je ook aanvoert.'

Emily voegde zich uiteindelijk, al was het met tegenzin. In feite had ze geen keus zolang ze minderjarig was. Zonder toestemming van haar ouders zou toch niemand haar aannemen.

Zoals altijd gevolgd door Gooby, die buiten op haar had gewacht, liep Emily uiteindelijk naar het landhuis. Daar was een sappige groene wei. Gooby, die wist dat ze niet mee naar binnen mocht, dook er meteen in.

Haily kwam terug van zangles. Ze had haar ouders in elk geval zover gekregen dat ze door mocht gaan met haar muziekopleiding. Toen ze voor het huis uit de koets stapte, besloot ze achterom via de keuken naar binnen te gaan. Haar maag rammelde en in de keuken viel altijd iets te snaaien.

Voor de achteringang zag ze Gooby staan. Meteen kwam haar ergernis weer boven over Emily, die Haily's genereuze aanbod om mee te gaan op wereldreis niet op waarde wist te schatten. Sowieso was Emily de laatste tijd brutaal tegen haar. In Londen had ze zelfs een keer bij haar moeder geklaagd dat Haily haar in het gezicht had geslagen. Terwijl haar hand Emily nauwelijks geraakt had. En dat ze Emily weleens pestte of voor gek zette, ach, dat gebeurde toch ook tussen broers en zussen? George greep elke kans aan om Donella te plagen. Haily vond dat tegenwoordig eigenlijk best grappig. Onder andere omstandigheden waren George en zij misschien niet eens zo'n slechte match geweest, maar zij had nou eenmaal andere plannen. Het leven aan de zijde van een landheer was te saai voor haar. George zou onderwerping van haar verlangen en dat was wel het laatste wat ze zou doen.

Gooby had haar inmiddels gezien en siste – het beest mocht haar niet. Op hetzelfde moment zag Haily haar vaders jachthonden in hun kennel bij de paardenstal. De twee brakken wilden net de poort opendrukken. Hun oppasser was niet de slimste en lette vaak niet op, hij vergat wel vaker de kennel af te sluiten. Dat was niet erg, er zat een omheining om de stal. De honden konden hooguit een paar paarden aan het schrikken maken.

Maar wat als Haily per ongeluk zonder nadenken het hek van de wei open liet staan? Ze zou kunnen zeggen dat ze na terugkomst van zangles haar paard wilde zien, omdat de merrie afgelopen dagen een beetje kreupel was geweest. Vrouwe Mairead zou heus wel begrijpen dat ze zich zorgen maakte.

Haily zette het hek op een kier en stapte via de keukeningang het huis binnen alsof er nooit iets was gebeurd. Ze was allang in haar kamer toen Emily's schreeuw klonk.

4

Na vier maanden zwangerschap constateerde Ailis opgelucht dat ze van de ochtendmisselijkheid af was, al voelde ze zich afgepeigerd omdat ze 's nachts nog steeds nauwelijks sliep. Intussen waren in het theater de voorbereidingen voor de opening in volle gang.

Cuthbert had befaamde variétéartiesten aangenomen voor zijn openingsshow eind september 1887 en hij begeleidde de repetities van een jonge vrouw die indruk op hem had gemaakt bij de audities voor het ensemble. Zij zou als zangeres en actrice in het theater komen werken en zichzelf bij de opening aan het publiek voorstellen door een paar chansons te zingen.

'Felice Roberts is een ware ontdekking!' vertelde Cuthbert de nog niet enthousiaste Ailis. 'Een stembereik van drie octaven, heel expressief en een echte podiumpersoonlijkheid.'

Sinds wanneer had haar man verstand van muziek en stembereik, vroeg Ailis zich af. Goed, hij speelde luit en een beetje piano, maar een conservatorium had hij nog nooit vanbinnen gezien. Als het om muziektheorie ging, wist Ailis nog meer dan hij; ze had Haily vaak geholpen termen als 'contrapunt' te leren begrijpen. Haar ging dat gemakkelijk af, want harmonieleer was gebaseerd op wiskundige regels.

Zang of het bespelen van een instrument had haar nooit getrokken, maar Cuthbert had duidelijk een artistiek talent en het lukte hem steeds beter haar er ondanks haar scepsis van te overtuigen dat dit het enige was wat telde. Partituren analyseren en foto's ontwikkelen kon iedereen leren, maar een ontroerend lied schrijven of mensen levendig portretteren was voorbehouden aan kunstenaars – in de regel mannen.

'Vrouwen voelen dat vaak goed aan,' legde Cuthbert graag uit. 'Zoals Felice, hoe zij de muziek interpreteert...'

De vroegere Ailis zou uit haar vel zijn gesprongen, nu koesterde ze hooguit enige twijfel aan zijn uitlatingen en besloot ze dat ze de legendarische Felice graag wilde leren kennen. Omdat ze het niet druk had, stelde ze voor één van Cuthberts oefenuurtjes met Felice bij te wonen, maar dat wilde hij beslist niet hebben. Felice, zei hij, was uiterst perfectionistisch en een toehoorder zou haar van de wijs brengen.

'Vooral een niet bijzonder welwillende,' voegde hij eraan toe. 'Want jij gaat toch weer spijkers op laag water zoeken.'

Een paar dagen later kwam Ailis op de terugweg van de universiteitsbibliotheek door het centrum. Ze was in een vrolijke stemming omdat er net een paar exemplaren van Pickerings nieuwste boek binnen waren gekomen. De bibliothecaris was bezig geweest met het uitpakken en catalogiseren van de boeken. Ze had de gloednieuwe bundel natuurlijk meteen geleend. Als een van de eersten in Boston zou ze zich verdiepen in de laatste ontwikkelingen in het onderzoek naar sterrennevels.

Haar opgetogenheid gaf haar nieuw zelfvertrouwen en maakte haar een tikkeltje overmoedig. Hoezo zou het juffrouw Roberts storen als iemand naar haar repetitie met Cuthbert kwam luisteren? Binnenkort zou ze op het grote toneel voor meer dan duizend mensen staan. Dan kon je toch niet al te schuchter zijn.

Vastberaden sloeg Ailis af in de richting van het theater. In de foyer stak een medewerkster net de kaarsen aan. Ailis groette vriendelijk. Ze had Doris zelf aangenomen en was blij dat de zaalmedewerkster zich al nuttig maakte nu er nog geen voorstellingen waren.

'Waar kan ik mijn man en juffrouw Roberts vinden?' vroeg ze en ze zag dat de jonge vrouw begon te blozen.

'In eh... repetitieruimte 5, denk ik,' antwoordde Doris, inmiddels vuurrood.

Ailis was verbaasd. Tijdens het sollicitatiegesprek had Doris helemaal niet verlegen geleken. En ze had haar nu toch ook nergens op betrapt? Om de jonge vrouw gerust te stellen prees ze haar kleurkeuze voor de kaarsen en liep door naar de eerste verdieping, waar de repetitieruimtes zich bevonden.

Ze hoorde geen muziek toen ze voor kamer 5 stond. Stond daar eigenlijk wel een piano? Pas bij het openen van de deur voelde Ailis argwaan. Opeens kon ze Doris' rode hoofd plaatsen. Natuurlijk, iedereen in het theater wist wat er gaande was tussen Cuthbert en Felice Roberts. Behalve zij, de echtgenote.

De scène waar ze middenin viel, maakte alles meteen duidelijk. Op een chaise longue, waarschijnlijk een toneelattribuut, lag een vrijwel naakte jonge vrouw. De man die zich met zijn broek op de knieën over haar heen boog was Cuthbert. Een klassieke scène, maar allesbehalve een repetitie.

'Een stembereik van meer dan drie octaven, hè?' Het was het eerste wat in Ailis opkwam. 'Ze kreunt ook heel melodieus.'

Cuthbert en vooral de jonge vrouw onder hem staarden haar sprakeloos aan. Felice Roberts was erg mooi en helemaal Cuthberts type: blond, blauwe ogen en zachte gelaatstrekken.

Cuthbert herstelde zich verrassend snel. Terwijl hij zich oprichtte, snauwde hij haar toe: 'Wat doe jij hier! Kom je me controleren soms?'

Ailis' ogen spuwden vuur. 'Ik had veel eerder langs moeten komen.'

'Alsof ik niet wist dat je me wantrouwt!' wierp hij haar voor de voeten, terwijl hij zo onopvallend mogelijk zijn broek optrok.

'Daar vergis je je in. Dat heb ik tot nu toe niet gedaan,' sprak Ailis hem tegen. 'Ik hield je voor een... nou goed, misschien wel een gelukzoeker en een chaoot, maar toch een man van eer. Er was een duidelijke overeenkomst tussen jou en mijn ouders. Het werd als mijn plicht beschouwd om met je te trouwen, zoals het jouw plicht was om mijn eer te behouden en mij niet te schande te maken. Maar ik zie nu dat je me voor de ogen van het hele theater bedriegt, wie weet van de halve stad zelfs. En deze bijzonder getalenteerde jongedame is misschien niet eens de eerste.

Dit gaat niet goed, Cuthbert! Ik heb alles voor jou opgegeven, ik financier al jouw grillen...'

'Jij financiert mij?' Cuthbert lachte. 'Word wakker, Ailis! Ik heb het geld van je vader gekregen. Niet wij en zeker niet jij. En wat betreft jouw tolerantie ten opzichte van mijn levenswandel: heb je enig idee hoe het voor mij is dat jij niets anders doet dan op mij vitten, wat ik ook doe? Dat je onder me ligt als een koude vis als ik je wil nemen, en dat je nooit een vriendelijk woord voor me overhebt?'

'Dat is niet waar!' zei Ailis. Ze probeerde juist altijd haar waardering te tonen als er iets te waarderen viel.

'Je doet er alles aan om mijn gezag te ondermijnen!' beweerde Cuthbert. 'Jij dringt je altijd op. Eerder bij Whipple en bij Pickering en nu hier. Mijn personeelskeuzes bevallen je niet...'

Ailis grimaste. 'Inderdaad zou juffrouw Roberts niet mijn eerste keus zijn voor de rol van groen blaadje. Ze heeft net iets te veel ervaring opgedaan hier en daar.'

'Nu is het genoeg, Ailis!' Cuthbert zag eruit alsof hij elk moment kon ontploffen, met hoog opgehouden broek en al. 'Ik heb je mijn naam gegeven en ik heb mijn best gedaan om met jou iets eh... warms op te bouwen. Maar het is voorbij. Ik wil je nooit meer zien. Achter de schermen al helemaal niet meer. En als je wilt komen kijken naar wat ik hier allemaal neerzet, dan koop je maar een kaartje.' Het was hem eindelijk gelukt zijn broek weer dicht te maken. Zo stond hij tussen Ailis en Felice in.

Ailis wist niets uit te brengen, verlamd door verbijstering. Ze probeerde helder na te denken. Gooide hij haar er echt uit? Uit het project dat met haar geld was gefinancierd? En hun huwelijk dan? Toen ze geen aanstalten maakte om te vertrekken, duwde Cuthbert haar resoluut terug naar de deur.

'Ga weg, alsjeblieft. Juffrouw Roberts wil zich aankleden,' zei hij afgemeten.

Als in trance stapte ze even later hun appartement binnen. Ze moest met hem in gesprek. Ze verwachtte tenslotte zijn kind. Maar niet nu. Ze was doodop. Het voelde alsof hij haar had geslagen. Zelfs de nieuwe bibliotheekboeken brachten geen troost. Huilen kon ze ook niet. Ze liet zich op bed vallen en bleef daar liggen. Ze moest rustig zien te worden, haar tollende gedachten stopzetten.

Het lukte niet. Ze was kapotgemaakt, haar bruidsschat was weg en Cuthbert gaf haar de schuld van al zijn fouten. Ze had vrienden noch familie in Boston. Even dacht ze eraan om Donella te schrijven, maar ze had geen puf. Uiteindelijk viel ze in een diepe, droomloze slaap.

De volgende ochtend werd ze wakker met een bonzend hoofd, haar hart zwaar van verdriet. Bijna al Cuthberts persoonlijke bezittingen waren weg. Dus hij had het echt gemeend. Nu hij zijn theater en een minnares had, gaf hij zijn vrouw en ongeboren kind op.

5

Ailis kon bijna niet geloven dat Cuthbert in het geniep was verhuisd zonder zelfs maar een gesprek met haar te voeren. Maar het was duidelijk: hij wilde zijn leven niet langer met haar delen. Haar bruidsschat beschouwde hij als zijn bezit, als een soort wederdienst voor de tijd dat hij het met haar had uitgehouden.

Waar moest ze van leven? Hoe moest ze de maandelijkse huur betalen als Cuthbert dat niet meer deed? Er zat nog maar een paar dollar in haar portemonnee. Even vroeg ze zich af of de Amerikaanse wet zoiets als alimentatie voor verlaten vrouwen en kinderen voorschreef, maar dat leek haar onwaarschijnlijk. Bovendien had Cuthbert grote kosten gemaakt voor de renovatie van het theater. Hij zou er makkelijk onderuit komen door te zeggen dat hij het geld gewoon niet had. Daarbij schrok Ailis ervoor terug zich bij een instantie, de politie of een advocaat te melden als verlaten vrouw. Ze was een Hard. En Hards losten hun problemen zelf op.

Ailis besloot dat ze op eigen benen wilde staan. Ze moest een baan zoeken en besloot te beginnen op de plek waar ze haar een tijdje terug graag hadden willen hebben. Op een zonnige oktoberdag verzamelde ze al haar moed, kleedde zich zorgvuldig aan en ging op weg naar Whipple and Black.

Whipple maakte meteen tijd voor haar. Hij begroette haar vriendelijk, hielp haar uit haar jas en bood haar een stoel aan. Het gesprek eindigde in een teleurstelling.

'Ik zou u graag helpen, mevrouw Hay, maar we hebben inmiddels een stagiair over wie we heel tevreden zijn. Hij ontwikkelt de platen consciëntieus en we krijgen geen klachten over zijn fotografie. Bovendien, ik wil me niet met uw persoonlijke omstandigheden bemoeien, maar ik meen te zien dat u in gezegende omstandigheden verkeert. Wilt u wel met cyanide en andere giftige chemicaliën werken in uw conditie? Het is nog niet met wetenschappelijk onderzoek aangetoond, maar als iemand jarenlang daguerreotypen heeft ontwikkeld, krijgt hij vaak een ziekte die tot de dood kan leiden. Ik vraag me af of een moeder zichzelf en haar kind aan deze risico's moet blootstellen.'

Ailis beet op haar lip. Hij had gelijk. Had zijzelf Cuthbert niet ook al gewezen op de mogelijke risico's van de chemicaliën? Het was de aanzet geweest tot de aankoop van het theater en daarmee haar huidige situatie. Ze sprak haar begrip uit, bedankte hem en vertrok.

Op straat kocht ze een krant om de personeelsadvertenties door te nemen. Ze vond een aantal banen die haar wel geschikt leken: verkoopster van dameskleding in een warenhuis, medewerkster in een delicatessenzaak, gouvernante voor een dertienjarig meisje en een paar schoonmaakbaantjes die ze als laatste kon proberen. De baan als lerares sprak haar het meest aan, maar de huishoudster in het elegante herenhuis waar ze op gesprek kwam, had genoeg aan één blik van haar smalle gezicht naar haar opbollende buik in de getailleerde mantel. Ze schudde haar hoofd.

'U bent zwanger,' zei ze zonder omhaal. 'Wat voor voorbeeld zou u zijn voor de jonge juffrouw?'

'Ik solliciteer niet naar de functie van voorbeeld, maar naar die van gouvernante,' antwoordde Ailis. 'En ik ben getrouwd. Er is derhalve niets verwerpelijks aan mijn toestand.'

De huishoudster was een magere vrouw van middelbare leeftijd met een monocle dat haar een strenge gezichtsuitdrukking gaf. Ze gnuifde.

'En waar mag de echtgenoot dan wel zijn? De vrouw des huizes verwacht dat de gouvernante van de jonge juffrouw haar intrek neemt in het huis. Komt uw man dan met u mee? Nee, het spijt me, maar ik zie geen reden voor nadere kennismaking.'

Er trok een huivering langs Ailis' ruggengraat toen de deur voor haar neus dichtviel. Ze stapte terug de straat op en trok haar jas strakker om zich heen, ondanks de verwarmende zonnestralen. Ze ging op weg naar het warenhuis waar ze een verkoopster van dameskleding zochten. Dit keer werd ze ontvangen door een man, de afdelingsmanager, en Ailis voelde dat ze geen slechte indruk op hem maakte. Pas toen hij haar voorstelde aan haar toekomstige collega's zag ze gezichten met gefronste wenkbrauwen.

'Dat meent u toch niet, meneer Baker,' wendde een dappere oudere vrouw zich tot het afdelingshoofd. 'Hoelang kan ze nog werken voordat ze bevalt? Hoe ver bent u?' vroeg ze zonder gêne aan Ailis. 'In het begin zouden klanten het wel door de vingers zien, maar over een paar weken zou het gênant worden.'

Voor het eerst keek de afdelingsmanager naar Ailis' buik. 'Klopt dat, mevrouw Hay? Bent u in eh... blijde verwachting? Dat had u me moeten vertellen. Als u maar een paar weken beschikbaar bent, hebben we daar niets aan. Dan hebben we u net ingewerkt, en moeten we u alweer laten gaan.'

Ailis besefte dat deze baan evenmin zou werken. In de delicatessenzaak ging het al net zo. Bovendien werd ze misselijk van de geur van ham en specerijen die ze hier overal rook. En natuurlijk herkende de cheffin meteen haar bolle buik. Ze wilde absoluut geen zwangere vrouw in dienst nemen.

'Het werk zou veel te zwaar zijn voor u,' legde ze uit, niet eens onaardig. 'We verwachten dat u rekken bevoorraadt, dozen optilt, ladders beklimt. Dat kunt u niet van uzelf verwachten in uw toestand. Het spijt me, mevrouw Hay.'

Ailis was al moe en koud, maar ze sleepte zich voort om ook nog te informeren naar de banen als schoonmaakster en huishoudelijke hulp. Deze gesprekken verliepen niet anders dan de vorige, en Ailis moest toegeven dat ze zelf ook geen zwangere vrouw zou aannemen als die solliciteerde naar een baan als kassière of zaalmedewerker in het theater. Het was immers al ongepast om in gezegende toestand in het openbaar te verschijnen, vooral naarmate de zwangerschap vorderde.

Omdat ze van nature lang en slank was, zou Ailis haar buik nu nog aardig kunnen verbergen. Maar over een paar weken zou haar toestand onmogelijk over het hoofd te zien zijn. Ze overwoog werk te zoeken op een kantoor. Voor een baan als assistent of boekhouder werd slechts sporadisch een vrouw aangenomen, ook al was het algemeen bekend en geaccepteerd dat echtgenotes van zakenmannen vaak de boekhouding van de zaak deden. Moe en koud als ze was besloot ze deze zoektocht te bewaren voor de volgende dag.

Opeens realiseerde ze zich dat ze die ochtend vergeten was het fornuis bij te vullen. Waarschijnlijk waren de gloeiende kolen inmiddels uit en zou ze niet eens kunnen opwarmen of een kopje thee zetten. Bijna in tranen liep Ailis als vanzelf in de richting van de enige plek in Boston waar ze zich veilig en gelukkig voelde, en waar het bovendien lekker warm was.

Nat en uitgeput bereikte ze een halfuur later de bibliotheek van het observatorium. Hier zou ze opwarmen, misschien het boek over zonnevlekken lezen dat ze onlangs had ontdekt, en dan bedenken wat ze verder kon doen. Inmiddels begon ze ook trek te krijgen, maar hopelijk zouden de sterren het haar allemaal helpen vergeten. Met een vriendelijke groet liep ze langs de jonge bibliothecaris, die haar inmiddels kende en het niet langer vreemd vond dat een huisvrouw geïnteresseerd was in astronomie. Ze vond het boek en ging aan een van de leestafels zitten.

De rust en de warmte waren precies wat ze nodig had, al kon ze zich niet op de zonnevlekken concentreren. Deze dag had al haar hoop weggeslagen. Zelfs de sterren konden haar niet opmonteren.

Toen ze professor Pickering zag binnenkomen boog ze zich ver over haar boek, opdat hij haar niet zou zien. Meestal vond ze het leuk om even met hem te praten, maar nu had ze het gevoel dat elk woord haar te veel kon worden. De professor bleek echter in een praatgrage bui.

'Goedenavond, mevrouw Hay,' groette hij vriendelijk. 'Wat doet u hier op dit uur van de dag? Behoort u om halfzeven 's avonds niet bij uw man te zijn?' Hij glimlachte. 'Zit hij niet op zijn avondeten te wachten?'

Ailis wilde zijn begroeting rustig beantwoorden, maar toen ze opkeek en zijn open, brede gezicht zag, dat ondanks de flauwe grapjes vriendelijkheid uitstraalde, kon ze zich niet inhouden en barstte in tranen uit.

Professor Pickering keek haar verward aan. Hij was geen huilbuien gewend van zijn leerlingen. Uiteindelijk overhandigde hij haar hulpeloos een zakdoek.

'Ach, mevrouw Hay toch,' sprak hij onzeker. 'Wat is er gebeurd? Zo erg kan het toch niet zijn allemaal?'

Ailis probeerde rustig te worden. Ze moest ook uitkijken dat er geen tranen op het kostbare boek vielen. 'E-E-Excuses, professor, het gaat zo wel weer, ik m-moet gewoon...' Het snikken werd alleen maar erger.

'Zal ik haar eruit zetten?' vroeg de bibliothecaris.

De professor keek hem bestraffend aan. 'Dat zou behoorlijk harteloos van u zijn, meneer Frazer,' zei hij. 'Hebt u nooit geleerd een wanhopige vrouw met ridderlijkheid te behandelen? Kom maar, mevrouw Hay, u gaat even mee naar mijn kantoor. Mijn assistent gaat thee voor ons zetten, en dan kunt u me vertellen wat u zo van streek heeft gemaakt.' Hij glimlachte bemoedigend. 'U ziet eruit alsof uw lievelingsster uit de lucht is gevallen.'

Ailis richtte haar behuilde gezicht naar hem op. 'Sterren vallen niet. En vertrouw nooit iemand die ze voor je uit de hemel belooft te plukken.'

Pickering lachte. 'Ah, zo ken ik u weer. En ik ben bang dat we ook al dichter bij het probleem komen. Liefdesverdriet?'

Ailis schudde haar hoofd. 'Was dat het maar.' Ze kwam overeind om de professor te volgen. Onder deze omstandigheden schaamde ze zich er niet eens voor. Ze zou zichzelf te schande maken tegenover de meest bewonderde en gerespecteerde persoon die ze kende. Dieper kon ze in elk geval niet meer zinken.

In het kantoor van de professor bekeek ze gefascineerd de vele daguerreotypen en foto's aan de muur. Ze wees naar een foto van de Orionnevel.

'Die heb ik ontwikkeld,' zei ze, toch wel een beetje trots.

Pickering gaf een paar instructies in de volgende kamer. Al

snel verscheen een jongeman die een pot thee, kopjes, bordjes en een schaal koekjes op het bureau zette. Pickering ging aan zijn bureau zitten en vroeg Ailis om tegenover hem plaats te nemen.

'Daar heb ik over gehoord,' zei hij met een knik naar de Orionnevel. 'Ik heb ook begrepen dat u helaas door mijn toedoen uw werk bent kwijtgeraakt. Al was u daar destijds niet helemaal eerlijk over.'

Ailis bloosde. 'Ik wilde heel, heel graag een bibliotheekkaart,' legde ze uit. 'En ik werkte ook echt voor meneer Whipple. Alleen was ik niet in dienst.'

'Ik weet het,' zei Pickering. 'U deed het werk van uw wat vrijpostige echtgenoot. Nee, nee, verdedigt u hem niet. Hij is hier een paar keer geweest. Whipple wilde hem met Draper laten samenwerken om meer inzicht te krijgen in de astrofotografie.'

Ailis was verbaasd. Hier had Cuthbert nooit iets over gezegd.

'We waren niet tevreden over hem – een notoire betweter die zich te goed voelde om wat voor hulp dan ook aan te nemen. En nu probeert hij een theater te runnen, is het niet? Liggen daar geen werkzaamheden voor u?'

Ailis voelde de tranen alweer opkomen. Maar ze slikte ze weg en vertelde het verhaal van haar gedwongen huwelijk en vergeefse zoektocht naar werk.

'Ik weet niet wat ik verder nog kan doen,' besloot ze. 'Ik ben terug bij af.'

Pickering dacht na. 'Misschien,' sprak hij uiteindelijk, 'misschien heb ik iets voor u. Waarschijnlijk bent u overgekwalificeerd, maar als u interesse hebt?' Voordat Ailis kon reageren ging hij verder. 'Ik heb een groot huis, ziet u. Het is mij ter beschikking gesteld door de universiteit, maar veel te groot voor mijn vrouw en mij. We hebben alleen een huisknecht in dienst, en tijdelijk ook zijn vrouw. Zij heeft geen aangenaam karakter, ze is babbelziek en grof, maar mijn vrouw kon met haar overweg. Onder Lizzies toezicht functioneerde ze prima. Nu is mijn vrouw helaas sinds een paar weken in Ohio wegens familieomstandigheden. Ze zorgt voor een ernstig zieke tante. Maar dat kan nog wel een paar maanden duren en al die tijd zit ik thuis met de Barcleys op mijn lip. Ofschoon zij de hele dag in huis zijn, komt er van het huishouden weinig terecht. Ik zou eigenlijk wel een bekwame huishoudster kunnen gebruiken. Bent u bekend met huishoudelijke taken?'

Ailis slikte. Ze had pas leren schoonmaken, wassen en koken sinds ze met Cuthbert naar Boston was verhuisd. Hij had nooit geklaagd.

'Ik doe thuis het huishouden, maar buiten dat heb ik geen praktische kwalificaties,' zei ze eerlijk. 'En ik...' Ze stokte, maar wist dat ze de vriendelijke professor moest vertellen wat andere werkgevers direct hadden opgemerkt. 'Ik ben zwanger.' Ze keek naar de vloer.

Pickering haalde zijn schouders op. 'Tja, wat dat aangaat heb ik dan weer geen praktische kwalificaties. Maar we beschikken hier in Boston over een uitstekend ziekenhuis, waar u kunt bevallen. Tot die tijd, en ook daarna, staan de personeelsvertrekken in mijn huis leeg. Ze bevinden zich onder het dak. Ik denk niet dat ik er veel van zal horen als de baby huilt. En overdag ben ik meestal hier.'

Ailis wist niet hoe ze op zoveel vrijgevigheid moest reageren. Voor het eerst begreep ze waarom mensen soms uit dankbaarheid de handen van hun werkgever kusten.

'Ik ga voor u doen wat ik kan,' fluisterde ze. 'Ik zal u niet teleurstellen.'

6

De villa van professor Pickering lag vlak bij de universiteit. Zo'n groot huis kon niet zonder een minimum aan personeel onderhouden worden. Ailis besefte dat ze zich beter kon inzetten als huishoudster of hoofd van de huishouding dan als huisvrouw die voor alles verantwoordelijk was. Ze zag meteen dat er al langere tijd met de pet naar was gegooid. Niemand had de moeite genomen stof af te nemen, laat staan het zilver te poetsen. De huisknecht leek de haarden wel te stoken, maar zelden of nooit schoon te maken. Waarschijnlijk rookten en walmden ze. Ook met de vloeren was alleen het hoogst noodzakelijke gedaan.

Ailis concludeerde dat het personeel ervan uitging dat de heer des huizes geen verstand had van een goed functionerend huishouden en niet de tijd en de energie zou nemen om hun werk te controleren. Dus deed ze wat ze van haar moeder had geleerd: ze confronteerde het echtpaar nog diezelfde dag met haar bevindingen. Het ging haar niet makkelijk af. In de korte tijd dat ze getrouwd was, had ze geleerd ruzies te vermijden. Als ze Cuthbert een probleem voorlegde, draaide hij de zaken steevast om zodat de schuld bij haar kwam te liggen.

De vrouw van de huisknecht – precies de onbetrouwbare kletskous die Pickering had geschetst – hanteerde een soortgelijke tactiek. Ze begon te huilen en te schelden en wilde niets van Ailis aannemen, al helemaal geen instructies. Ze wilde de professor zelf spreken.

'Dus jij wilt de nieuwe huishoudster worden, mevróúw Hay? Wat is dat voor trouwbriefje als je moet werken, met jong geschopt nog wel? En dan mij vertellen wat ik moet doen! Terwijl ik mijn hele leven als fatsoenlijke vrouw...'

'U bent een fatsoenlijke vrouw,' onderbrak Ailis het geschreeuw, 'maar helaas geen goede schoonmaakster. Ik vraag u alleen om uw taken serieus te nemen en grondiger te werken. Kijkt u dan zelf, hier! En hier!' Ailis wees haar op de laag stof die over de meubels lag en op de schimmel in de keuken.

Mevrouw Barcley deed alsof ze doorzag dat Ailis haar alleen maar een loer wilde draaien en droop beledigd af. Even overwoog Ailis om zelf de handen uit de mouwen te steken, maar ze besloot eerst met de professor te gaan praten. De rest van de dag maakte ze zich vertrouwd met de keuken, vooral met het moderne fornuis, en het aanvullen van de voorraadkast. 's Avonds verwelkomde ze de heer des huizes met een goede maaltijd aan een mooi gedekte tafel.

Pickering was aangenaam verrast. Hij was in een niet al te beste stemming thuisgekomen en mopperde nog een tijdje op zijn student-assistenten, maar na een steak met bijbehoren en twee glazen wijn stond hij open voor Ailis' zorgen. Ze wees hem op de tekortkomingen van de Barcleys en stelde voor ze te ontslaan.

'Voor hen in de plaats zou ik een dienstmeisje aannemen – een jong meisje voor wie dit de eerste betrekking is. Zo'n dertienjarige kost niet veel. Ik zou haar zonder problemen kunnen opleiden. Er kan niets onbetamelijks gebeuren, ze deelt de dienstvertrekken tenslotte met mij. Voor zwaardere werkzaamheden kunnen we een vakman of een klusjesman inhuren voor een paar uur. Er is eigenlijk niet genoeg werk voor een huisknecht. Meneer Barcley doet hier niet meer dan de open haarden en het fornuis aanhouden, en nogal slecht voorzien van brandhout, en wachten tot u 's avonds thuiskomt.'

Pickering luisterde aandachtig naar haar, dronk nog een glas wijn en vroeg hoe ze dit allemaal wist terwijl ze toch maar een klein huishouden had gerund.

'Ik vertelde u gisteren dat ik van adel ben,' begon Ailis, die zich al schaamde bij het idee dat de professor zou denken dat ze vaardigheden voorwendde die ze niet bezat. 'Ik ben opgegroeid in een groot huishouden met veel bedienden. Maar koken, schoonmaken en de was doen heb ik pas geleerd toen ik met mijn man naar Boston verhuisde.'

Pickering glimlachte. 'Voor koken hebt u in elk geval talent.'

Ailis wuifde het weg. 'Ik heb een kookboek gekocht en doe gewoon precies wat er staat. Zo moeilijk is dat niet. Wie kan lezen, kan ook koken.'

'Makkelijker dan astronomie?' vroeg hij.

Ailis grinnikte. 'Bij de sterren kom je niet zo dichtbij dat je je eraan kunt branden,' zei ze. 'Bij het fornuis helaas wel. Eerlijk gezegd vind ik studeren makkelijker dan koken. Ik ben altijd graag naar school gegaan.' Ze vertelde over St. Leonards en hoe ze vlak voor het eindexamen moest stoppen. 'Ik wilde graag studeren, maar het heeft niet zo mogen zijn. Zal ik een dienstmeisje zoeken, professor? En wilt u dan de Barcleys ontslaan?'

Ailis vroeg zich af of ze dat ongetwijfeld zeer onaangename gesprek op Pickering kon afschuiven. Personeel ontslaan was een taak van de huishoudster, maar het was Ailis vandaag al niet gelukt om respect af te dwingen. Als dat morgen weer zo ging, zou ze falen in haar taak.

Gelukkig kende Pickering de taakverdeling in een landhuis niet. Hij stemde er meteen mee in om met de Barcleys te praten.

Zelf ging Ailis de volgende dag naar de advertentieafdeling van de *Boston Herald*, plaatste een personeelsadvertentie en kwam toen op het idee om een ommetje door Pickerings woonbuurt te maken. In de naburige huizen werkten natuurlijk ook bedienden. Misschien waren er wel gezinnen, zoals dat van Anna en Ben Coxwold, van wie de kinderen op een bepaald moment ook ergens in dienst moesten. Ze konden niet altijd terecht in het huishouden waar de ouders werkten. En voor een jong meisje zou het leuk zijn een baantje in de buurt te vinden.

Nog diezelfde avond stond ene meneer Raben voor de deur om zijn dertienjarige dochter aan te bevelen.

'Annie is vlijtig en sterk. En van goede wil. Alleen een beetje verlegen. Ze is erg bang om ver van ons weg te gaan. Maar onze werkgevers hebben genoeg dienstmeisjes. Bovendien zei de dame des huizes dat ze niets kon met een meisje dat zich nog steeds vastklampt aan haar moeders rok. Als u het eens wilt proberen met onze Annie?'

Ailis knikte en schudde de man de hand. Hij was stalknecht in een landhuis in de buurt en zijn vrouw werkte in de keuken. Toen Ailis zijn dochter Annie meteen uitnodigde om op proef te komen, kon hij niet ophouden haar te bedanken.

De professor was stomverbaasd toen er de volgende ochtend een lang, wat bonkig blond meisje naar hem toe kwam dat vriendelijk door Ailis werd geïntroduceerd. Het was hem nog niet opgevallen dat de vloeren brandschoon waren en het meubilair stofvrij. Ailis wees hem daar meteen op.

'Annie heeft me al geholpen met vloeren schrobben. En ze kan ook haarden aansteken. Haar vader gaat ons van hout voorzien – na zijn werk, drie huizen verderop.'

Annie glimlachte verlegen, waardoor haar ietwat grove gezicht bijna knap werd. Ze zou opgroeien tot een sterke vrouw, wat belangrijk was geweest voor Ailis toen ze haar uitkoos. Vaak genoeg had ze in de landhuizen van Schotland tengere meisjes zwoegend water zien dragen, vuren zien aansteken en ander zwaar werk zien doen. Dat wilde ze een kind niet aandoen. Maar Annie zou zich prima redden en Ailis was van plan om haar goede maaltijden voor te zetten zodat ze sterk en gezond opgroeide. Ook deze avond had ze voor haar werkgever gekookt en Annie uitgelegd hoe ze de tafel moest dekken.

'Ze leert snel,' prees Pickering.

Ailis glimlachte. 'Jong geleerd, oud gedaan,' zei ze. 'En hoe ging het met uw studenten vandaag?'

De professor zuchtte. 'Ze vinden het moeilijk om de foto's te analyseren. We onderzoeken het spectrum van de sterren om ze uiteindelijk te kunnen classificeren. Daarvoor moet dat spectrum uitgedrukt worden als een wiskundige functie. Die beschrijft de relatie tussen licht en golflengte, waaruit dan een en ander afgeleid kan worden.'

'Zoals lichtkracht en rotatiesnelheid,' zei Ailis enthousiast. 'Ja, dat heb ik gelezen. Dat klinkt enorm interessant.'

'Mijn medewerkers vinden het vooral een ingewikkelde rekenarij. Ze willen nieuwe sterren ontdekken, die dan misschien wel naar hen worden vernoemd. Maar het werk vereist vooral veel geduld en dat hebben ze niet. Afijn, laten we het over iets anders hebben. Ik verveel u.'

Ailis zou zich nooit vervelen bij nieuwe kennis en informatie over de sterren, maar ze hield zich in en bracht lichtere onderwerpen ter sprake. Voor nu was ze blij met wat ze had bereikt. Er zou vast een gelegenheid komen om professor Pickering te laten zien dat wiskundige functies haar niet vreemd waren.

De weken kabbelden rustig voorbij. Met hulp van de jonge Annie hield Ailis het huis van de Pickerings schoon en netjes, en dankzij een ongecompliceerde zwangerschap kon ze genoeg tijd aan haar zelfstudie astronomie spenderen.

Zelfs het dagbladartikel over de succesvolle opening van de Boston Music Hall kon haar gemoedsrust niet verstoren. De variétéshow op de openingsavond was uitverkocht geweest en Cuthberts eerste zelfgeproduceerde zangspel had positieve recensies gekregen. Ook de zangeres Felice Roberts met haar vermeende drie-octavenbereik ontving de hoogste lof. Het verleidde Ailis tot de opmerking dat de verslaggever van de *Boston Herald* zich mogelijk meer had laten leiden door visuele dan door muzikale indrukken, waarmee ze Pickering aan het lachen maakte.

Ailis genoot van de gesprekken die ze 's avonds met de erudiete, vriendelijke oude man had. Intussen kwam de bevalling in zicht en ging ze niet veel meer naar buiten. Des te leuker vond ze het om met Pickering te praten over de universiteit en het culturele leven in Boston. Hij erkende haar serieuze interesse in astronomie en bracht steeds weer een nieuw boek voor haar mee, waarover ze later dan weer konden praten. Eindelijk kreeg Ailis antwoord op al haar vragen.

'Ik zou u ook graag een keer meenemen naar de sterrenwacht,' zei hij op een avond. 'Om u een paar foto's van meneer Draper te laten zien. De eerste kent u, die hebt u tenslotte zelf ontwikkeld.'

'Maar niet geanalyseerd,' zei Ailis. 'Daar had ik de achtergrond niet voor. Ik heb me alleen maar verwonderd over de beelden. Maar nu...' Ze trok een grimas naar haar buik. 'Nu kan de baby elk moment geboren worden.'

Pickering glimlachte. 'Onder een goed gesternte, hoop ik, een gelukkig gesternte.'

De sterren stonden in elk geval helder aan de winterse hemel van Boston toen de weeën van Ailis in de nacht van 8 februari 1888 begonnen. De geschrokken Annie kon niets anders bedenken dan de professor wakker maken, ook al had Ailis haar gezegd hem niet lastig te vallen. Ze had zijn hulp niet nodig om naar het ziekenhuis te gaan. Waar ze geen rekening mee had gehouden waren de intense pijnscheuten die als messteken door haar heen gingen. Ze had zich net kreunend uit bed gesleept en zich in de eerste de beste jurk gewurmd toen de professor schuchter op de deur klopte.

'Annie haalt een rijtuig!' riep hij door een kier. De situatie was vast net zo gênant voor hem als voor haar.

'Maar dat hoeft toch niet!' Ailis hoopte dat het niet te duur werd. Ze verdiende niet veel, en haar schamele spaargeld zou vast opgaan aan de ziekenhuisrekening en de eerste spullen voor het kind.

Annie bleek in haar paniek niet richting het centrum te zijn gerend om een rijtuig te zoeken, maar naar de sobere etage boven een stal, slechts drie huizen verderop, die door de eigenaars ter beschikking van haar ouders was gesteld en waar Annie was opgegroeid. Haar vader had niet de moeite genomen iemand om toestemming te vragen, maar meteen het paard aangespannen. Zo stopte er in een mum van tijd een wagen voor het huis van Pickering.

'Ik wou geen rijtuig nemen. Als het kind komt...' De vader van Annie deed zijn best om niet met zoveel woorden te zeggen dat er geen bloed en andere lichamelijke vloeistoffen op de bekleding mochten komen.

'We zullen het netjes houden,' zei Ailis. Ze zag dat de stalknecht de wagen had ingericht met dekens waarop ze comfortabel kon liggen. Bovendien was zijn vrouw meegekomen. Ze was geen vroedvrouw, maar had zelf al meerdere kinderen gebaard. Ze wist hoe ze Ailis moest aanmoedigen en geruststellen.

'Het is juist goed dat de pijn meteen zo hevig is,' legde ze uit. 'Dan duurt het niet zo lang. Als je uren en uren weeën moet opvangen, word je doodmoe. Dan liever ergere pijn die sneller voorbij is.'

Ailis had niet het idee dat ze een keuze had. Ze kon maar één ding doen en dat was proberen de pijn te verdragen. In elk geval was ze al snel in het ziekenhuis, waar bleek dat Annies moeder gelijk had gehad. Ailis had maar zes uur weeën, wat voor haar een eeuwigheid leek, maar volgens de verloskundige erg kort was.

'Vooral bij de eerste,' zei ze, terwijl de baby onder een laatste pijnkreet van zijn moeder in haar handen gleed. 'Hou op met schreeuwen, dadelijk maakt u hem nog bang.'

'Hij?' vroeg Ailis schor.

De vroedvrouw knikte en hield het kind ondersteboven, waarop het begon te huilen.

'Een prachtig jongetje!' riep ze uit. 'Wat zal uw man trots zijn!'

Dat betwijfelde Ailis, al leek het haar niet onmogelijk dat Cuthbert interesse in zijn kind zou tonen. En haar kon hij nu tenminste nergens van beschuldigen. Er kwam een overweldigende tederheid in haar los toen ze de kleine even later in haar armen hield.

'Hoe gaat hij heten?' vroeg de vroedvrouw.

Ailis kuste het met pluishaar bedekte babyhoofdje.

'Nicolas!' zei ze. 'Naar Nicolaus Copernicus.'

'Heeft hij iets met koper te maken? Wat passend. Me dunkt dat die kleine later rossig wordt,' redeneerde de vroedvrouw.

Ailis lachte. 'Eigenlijk niet. Maar u hebt gelijk. Alles past in elkaar.'

De professor vond het prachtig toen ze hem en Annie later over het gesprekje vertelde. En Annie ging ervan uit dat het kind echt met de Engelse naam Copper gedoopt zou worden.

Zo werd de kleine Nicolas algauw Copper. Bijna niemand zou hem ooit bij zijn echte naam noemen.

7

Emily kon niet meer stoppen met huilen toen ze de honden het lijk van Gooby afhandig had gemaakt.

'Het was opzet,' snikte ze. 'Haily heeft de paddock opengelaten. Ze wist dat de honden uit hun kennel konden.'

'Onzin, Emily, dat kon ze niet weten.' Anna wilde haar dochter troosten, maar haar ook uit het hoofd praten dat Haily het gedaan had. Het was not done om de dochter des huizes openlijk te beschuldigen. 'En zo wel, dan moet het per ongeluk zijn gegaan.'

'Absoluut niet! Haily vond Gooby altijd al stom. Natuurlijk heeft ze gezien dat de honden losliepen – als ze de kennel al niet zelf van het slot heeft gehaald.' Dat laatste was waarschijnlijk niet nodig geweest, wist Emily. Het was algemeen bekend dat de hondenverzorger slordig was. Hij sloot de kennels vaak niet goed af. Sir William had hem al vaak berispt, en ook het andere personeel en zijn gezin eraan herinnerd dat de kennels en de hekken altijd dicht moesten zitten. Hij wilde niet dat zijn honden op strooptocht zouden gaan.

'Waarom zou juffrouw Haily zoiets nou doen?' vroeg Anna. 'Ze is je vriendin!'

'Wat je een vriendin noemt!' zei Emily tussen twee snikken door. 'Ze wil me straffen. Omdat ik niet mee op reis wilde. Het is een soort bedreiging!'

Anna schudde haar hoofd. 'Je bent gek, Emily. Waarom zou ze jou bedreigen? Bovendien, je hebt nu toch ja gezegd tegen vrouwe Mairead? Je gaat toch mee?'

Emily begon nog harder te huilen. 'Ja. Ik heb toegezegd. Omdat jij het per se wilt. Maar nu, na Gooby… Mam, als ik één kansje zie om bij Haily weg te gaan, dan grijp ik dat met beide handen aan. Misschien vind ik in Frankrijk of waar dan ook wel iemand die een dienstmeisje zoekt. Of misschien is er wel ander werk.'

'Jij bent nog veel te jong om dienstmeisje te zijn,' hield Anna haar opnieuw voor. Emily had deze mogelijkheid immers ook al overwogen voordat haar band met Haily escaleerde. 'Geen volwassen vrouw zal zo'n jong meisje aannemen.'

'Er komt vanzelf iets voorbij,' zei Emily stellig. 'Ik heb het lang genoeg verdragen allemaal. Dit zal ik haar nooit vergeven!'

Haily ontkende natuurlijk in alle toonaarden dat ze iets met de dood van Gooby te maken had. Haar moeder stond achter haar, maar verontschuldigde zich tegenover Emily en haar ouders toch voor het trieste ongeval dat mogelijk door een klein moment van onoplettendheid van Haily had plaatsgevonden. Uiteindelijk beweerde Haily dat ze zich niet kon herinneren of ze het hek had gesloten.

De enige die Emily onvoorwaardelijk geloofde was Donella. Zij schreef Ailis wat er volgens haar was gebeurd.

Ik weet zeker dat Haily de honden heeft losgelaten op de gans. Vooral omdat Emily steeds zei dat Gooby een van de redenen was om niet met ons mee op wereldreis te gaan. Haily was woest dat Emily tegen haar inging. Dit was haar straf, dat ziet Emily goed. Al denk ik niet dat Haily het van tevoren uitgedacht heeft. Ze handelde gewoon in een opwelling, zoals ze wel vaker doet.

Haily's vader schijnt haar een strenge berisping te hebben gegeven. Volgens mij heeft hij ook wel door dat het niet per ongeluk ging. Sowieso is hij nogal ontevreden over haar. Hij vindt die reis helemaal niets. Mijn vader ook niet. Het is duidelijk dat onze moeders dit bekokstoofd hebben.

Wat betreft oom William en papa: ik heb ze laatst afgeluisterd toen ze in de herenkamer aan de whisky zaten. Ze mopperden dat tegenwoordig de meest onorthodoxe trucs uitgehaald moeten worden om een stel om dynastieke redenen bij elkaar te krijgen. Waar moet het naartoe, zei mijn vader, als meisjes mee mogen beslissen bij de keuze van hun echtgenoot? Nooit hebben de dochters van de clan inspraak gekregen voordat ze uitgehuwelijkt werden.

En weet je wat ze over de jongens zeiden? Dat die zich meestal makkelijk laten overtuigen van de voordelen van een gearrangeerd huwelijk. Want het gaat tenslotte altijd om macht en geld. Wat ze natuurlijk niet benoemden, omdat ze het als vanzelfsprekend beschouwen, is dat de man altijd vrij is om er een of meer minnaressen op na te houden, naast zijn misschien onbeminde echtgenote. Zij daarentegen moet kinderen baren. Natuurlijk alleen met de ongewenste echtgenoot als vader. Afijn, daar weet jij alles van.

Het ging trouwens ook nog even over jou. Heel positief. Jij bent een goede dochter. Alsof jij door Cuthbert te nemen de enige juiste keuze hebt gemaakt. Is hij trouwens al terug, of run jij nog steeds het huishouden van de professor?

Cuthbert mag wel trots zijn op zo'n zoon. Ik was op slag verliefd op dat jochie. Dank je wel voor de foto! Hij is ongelooflijk snoezig. Misschien maakt zo'n schattig kereltje het een beetje minder erg dat je niet kunt studeren en niets meer leert. Echt geloven doe ik het niet, maar het is een troostrijk idee.

Ik begrijp inmiddels wel dat de reis voor mij slechts uitstel van executie is. Zo gauw we terug zijn zal mijn vader me uithuwelijken, liefst zonder mij iets te vragen. Ik zie de bui dus al hangen, maar wel in de verte. Het organiseren van de reis gaat maanden duren, en niet alleen omdat er een uitgebreide reisgarderobe genaaid moet worden. Het kost heel veel tijd om alle paspoorten en visa te regelen om naar de verschillende landen te mogen reizen. Mijn grootpapa heeft zich hier helemaal op toegelegd. Hij is razend enthousiast, het schijnt dat hij al zijn hele leven van zo'n wereldreis droomt. Ik kijk ernaar uit om veel met hem op te trekken. Wij gaan de wereld ontdekken! Dan kan grootmama chaperonne spelen voor Haily. Dat doet ze graag, geloof ik, ze is een dame van tradities. Ze was geschokt dat mijn ouders me naar St. Leonards stuurden. Ik ben heel benieuwd hoe ze haar duide-

lijk gaan maken dat ondeugende toenaderingen tussen George en Haily zéér gewenst zijn. Het gaat heel boeiend worden allemaal en ik verheug me op ons weerzien wanneer we jou in Boston opzoeken.

Het waren spannende ontwikkelingen in Schotland, vond Ailis. Zoals altijd had ze genoten van Donella's levendige verslag, al vond ze het verlies van Gooby heel verdrietig voor Emily. Ze deelde Donella's overtuiging dat Haily de dood van de gans opzettelijk had veroorzaakt. Maar zelf had ze andere dingen aan haar hoofd. Een paar dagen geleden had professor Pickering haar stralend van vreugde verteld dat zijn vrouw eindelijk terug naar huis zou komen. Tegen alle verwachtingen in was haar tante hersteld van de ernstige ziekte en kon ze zich weer zelfstandig redden met haar huishoudster.

Voor Ailis was dit geen goed nieuws. Mevrouw Pickering was waarschijnlijk een goede huisvrouw. Ze had het huishouden kennelijk altijd met de lastige Barcleys gerund en beschikte dus ook over de nodige diplomatieke vaardigheden. Een extra huishoudster had ze vast niet nodig, ze kon het werk samen met Annie makkelijk af.

Ailis zag als een berg tegen haar ontslag op. Met een kind was het nog moeilijker om een nieuwe baan te vinden. De werkomstandigheden bij professor Pickering waren ideaal voor haar. Niet alleen omdat ze naast haar werk prima voor Copper kon zorgen, maar ook omdat ze het werk kon combineren met haar persoonlijke interesse.

De professor moedigde haar grote belangstelling voor het hemelgewelf graag aan. Hij was er inmiddels toe overgegaan haar de literatuur ter beschikking te stellen waarvan hij hoopte dat de studenten ze voorafgaand aan zijn hoorcolleges zouden lezen. Als ze vragen had, beantwoordde hij die graag wanneer hij 's avonds met een glas wijn voor de open haard zat. Bijna elke avond na het avondeten vroeg hij of Ailis bij hem kwam zitten. Dan vroeg hij naar haar zelfstudie en genoot van haar wakkere geest.

Toen hij Ailis op een dag aan zijn bureau zag zitten, verdiept in een van de proefwerken uit een stapel die hij nog moest corrigeren, kwam hij lachend naar haar toe.

'Zo zo, mevrouw Hay! Gaat u mij alle vervelende klusjes uit handen nemen? Eerst het huishouden en nu ook de correcties? Ik zou u meer dan dankbaar zijn voor uw bekwame hulp.'

Ailis bloosde. 'Vergeeft u mij, professor. Mijn oog viel erop, zodoende. Maar wat ik hier lees... Als ik het goed begrijp, gebruikt deze student niet alleen de verkeerde formule, maar verrekent hij zich ook nog eens.'

Pickering wierp een blik op het papier en begon te lachen. 'De heer Bernard Wiegand is inderdaad niet de helderste ster aan het academisch firmament. Ik vrees dat hij het tentamen over moet doen. Bekijkt u gerust ook een paar andere en schrijf op een stuk papier wat u erop aan te merken hebt. Dan zal ik de proefwerken met uw opmerkingen ernaast doornemen.'

Met Copper gelukzalig slapend aan haar zij bracht Ailis de nacht door met het opgewonden nakijken van de tentamens. De vereiste berekeningen gingen haar nog net zo makkelijk af als vroeger op school. Ze hield van natuur- en wiskunde en de formules die nodig waren voor spectraalanalyse had ze allang onder de knie. Ze had dolgraag betrokken willen zijn bij de analyse van de fotografische platen waarop de berekeningen waren gebaseerd.

Professor Pickering stak zijn complimenten de volgende ochtend niet onder stoelen of banken. 'Kijk nou toch eens! Mijn Schotse huishoudster is nog beter dan mijn studenten. Dat zal ik de heren eens even fijntjes onder de neus wrijven als ik ze het werk teruggeef!'

Jaren later zou Ailis ter ore komen dat dit een gevleugelde uitspraak was geworden in de colleges van de professor, telkens wanneer iemand spectaculair faalde.

Ailis had zich goed voorbereid op de thuiskomst van mevrouw Pickering. Ze was er trots op dat alles brandschoon was en dat de huishouding op rolletjes liep. Toch vreesde ze de inspectie van de vrouw des huizes. Mevrouw Pickering had redenen genoeg om haar te ontslaan.

Met bonzend hart wachtte Ailis op haar komst, keurig gekleed in haar donkere jurk en met Annie in haar nieuwe dienstbode-uniform aan haar zij. Ook professor Pickering was opgewonden bij het vooruitzicht zijn vrouw eindelijk terug te zien. Hij had een dag vrij genomen en zorgde dat hij er op tijd bij was om zijn Lizzie galant uit de koets te helpen.

'Ik heb je zo gemist!' zei hij warm terwijl hij de hand kuste van een kleine, wat bleke vrouw, wier ronde gezicht eveneens straalde van vreugde.

Ailis mocht mevrouw Pickering meteen, ook omdat ze snel op haar af kwam toen Ailis net als Annie een knicksje wilde maken.

'Nee, nee, mevrouw… U bent toch mevrouw Hay? Ik heb zoveel over u gehoord. En ik moet u bedanken dat u mij hier zo geweldig vertegenwoordigd hebt!' Ze gaf Ailis een hand en begroette ook Annie hartelijk. 'Ik heb gehoord dat je een keurig meisje bent en een heel goede hulp voor mevrouw Hay. Daar ben ik blij om. Ik had me al voorgenomen een meisje voor de huishouding in te werken, maar toen kwam de ziekte van mijn tante ertussen. Ik ben dankbaar dat ik er gerust op kon zijn dat er goed voor Edward gezorgd werd toen ik weg was.'

'Nu doe je net alsof ik niet in staat was om te overleven voordat mevrouw Hay kwam,' bromde Pickering.

Ailis hield haar proestlach in, maar mevrouw Pickering lachte haar man vrolijk uit. 'Je bent uitgehongerd door je spectrale analyses,' beweerde ze. 'Altijd met je hoofd tussen de sterren. Maar ik begrijp dat u ook geïnteresseerd bent in astronomie, mevrouw Hay. Daar wil ik alles over weten, en ook over uw zoon; mijn man heeft zowaar grootvaderlijke gevoelens voor hem ontwikkeld. Is het een idee om morgen samen thee te drinken bij een goed gesprek van vrouw tot vrouw?'

Ailis stemde natuurlijk toe en deed haar best het mevrouw Pickering naar de zin te maken. Ze was zich ervan bewust dat de vrouw des huizes op haar lette. Af en toe maakte ze een opmerking.

'Ruimt u het bureau van mijn man op, mevrouw Hay? Tot nu

toe was dat heiligschennis! Ik of de hulp hoefde maar één velletje papier verkeerd terug te leggen of het was helemaal mis. Hoe krijgt u dat voor elkaar?'

Ailis kleurde. 'Ik denk dat ik hetzelfde opruimsysteem hanteer als de professor. Het werk waar hij mee bezig is ligt altijd in het midden, de analyses van de nieuwste sterrenfoto's liggen rechts en de stapel correcties...'

Mevrouw Pickering maakte een wegwerpgebaar. 'Laat maar, voor mij ziet het er allemaal hetzelfde uit,' zei ze met een lach. 'Hij kon witheet worden van mijn willekeurige gestapel. Dus ga vooral uw gang.'

Eindelijk was het tijd voor de thee, waar Ailis ook Copper mee naartoe zou nemen. Gelukkig was de kleine in zijn slaapmandje in diepe slaap. Mevrouw Pickering bekeek hem aandachtig.

'Van wie heeft hij die schattige lokken?' vroeg ze. 'Was zijn vader roodharig?'

Ailis slikte even, maar besloot eerlijk te zijn tegen de vrouw van de professor. 'Mijn echtgenoot is rossig. Ik praat liever niet over hem, soms zeg ik gewoon dat hij overleden is. Dat maakt het zoeken naar werk en een woning minder ingewikkeld. Maar uw man heb ik natuurlijk verteld hoe het zit. Ik ben getrouwd om mijn bruidsschat en verlaten voor een andere vrouw. In het leven van mijn man is geen plaats voor zijn vrouw en zijn kind. Cuthbert Hay is iemand die je misschien een bohemien zou noemen. Hij leidt een van de plaatselijke toneelhuizen, de Boston Music Hall.'

Mevrouw Pickering trok haar wenkbrauwen op. De naam van het theater zei haar kennelijk niets.

'Nu u terug bent in de stad zult u zijn naam zeker tegenkomen,' zei Ailis. 'Hij is zeer succesvol met zijn combinatie van variété met gastoptredens van allerlei artiesten en de vaste programmering van zijn eigen gezelschap. Het is veel zangspel, muzikale komedie – licht amusement dus.'

Ailis moest toegeven dat Cuthbert het als theaterdirecteur beter deed dan ze ooit had verwacht. Zijn boekhouding was ongetwijfeld een chaos, maar artistiek was hij helemaal in zijn element. Hij leidde een uitbundig sociaal leven, Ailis kwam zijn naam vaak tegen in de krant. Met altijd weer een nieuwe jonge actrice of zangeres aan zijn arm dook hij op bij liefdadigheidsevenementen, vernissages en concerten. Hij oogstte bewondering bij de notabelen van Boston en stond altijd in het middelpunt van de belangstelling. Hij leidde het leven dat hij wilde. Ailis was er nog niet uit of ze het hem moest gunnen – tenslotte was zij in het huis van de Pickerings ook gelukkiger dan in hun huwelijk – of dat ze moest volharden in haar kritiek omdat hij Copper en haar vergeten was.

'Voor mij is gewoon geen plaats meer in zijn leven,' zei ze uiteindelijk. 'Maar ik wou dat hij niet al mijn geld in zijn zaak had gestoken, zonder ook maar iets met mij te delen.'

'Misschien moet u hem aanklagen,' stelde mevrouw Pickering voor. 'Overweegt u geen echtscheiding?'

Ailis schudde haar hoofd. 'Ik ga toch niet hertrouwen. Wat dat betreft kan de situatie blijven zoals hij is. Maar ik zou me niet verzetten als hij een scheiding aan zou vragen.' Vooralsnog leek haar dat echter niet waarschijnlijk. Het kwam Cuthbert juist goed van pas een getrouwde man te zijn. Nu kon geen van zijn minnaressen ergens aanspraak op maken.

Mevrouw Pickering veranderde van onderwerp – 'en hoe raakte u geïnteresseerd in astronomie?' – en maakte daarmee een stortvloed aan verhalen los bij Ailis. Ze vertelde hoe ze als jong kind al in de ban raakte van de sterren, hoe haar interesse zich op school verder ontwikkelde, hoe ze direct gegrepen was door de astrofotografie en hoe fascinerend de technieken waren waarmee hemellichamen geanalyseerd en geclassificeerd konden worden.

'Uw man heeft een fantastisch beroep,' besloot ze haar relaas. 'Zijn studenten beseffen niet hoe bevoorrecht ze zijn van hem te mogen leren.'

'Nou, wie weet wat voor kansen zich nog zullen voordoen.' Mevrouw Pickering nam nog een koekje van de schaal. 'Onweerstaanbaar, die kaneelsterren van u,' zei ze met een schalks lachje.

De volgende dag werd Ailis ontboden op kantoor waar professor Pickering haar een baan als secretaresse aanbood. 'Ik kan u niet veel meer betalen dan nu,' zei hij spijtig. 'Het instituut heeft weinig budget. Maar u kunt hier voorlopig blijven wonen en mijn vrouw zal graag af en toe op de kleine Copper passen.'

Ailis was stomverbaasd. 'Dat is... Dat is geweldig!' bracht ze uit. 'Ik weet gewoon niet hoe ik u moet bedanken.'

Pickering wuifde het weg. 'Ik ben u dankbaar voor uw inzet. En voor al het werk dat u mij uit handen zult nemen. Als u per se wilt, bedank dan mijn vrouw. Het was haar idee. Ik zou gewoon op dezelfde voet zijn doorgegaan. Met mijn kop in de sterren, zoals Lizzie altijd zegt. Maar daar gaat u mij vanaf nu voor behoeden.'

Ailis maakte een vreugdedans toen ze terug was op haar kamer in het bediendenverblijf. Ze nam Copper in haar armen en draaide rondjes met hem totdat hij het uitschaterde van plezier. Hij leek te voelen dat zijn moeder gelukkig was. Hun pad naar de sterren lag eindelijk open.

8

Aan het einde van de herfst van 1888 begonnen Donella, George, Haily en de onwillige Emily aan hun wereldreis. Vrouwe Mairead huilde een beetje toen Haily en Emily zich bij de anderen in de koets voegden. Haily droeg een elegant reiskostuum, terwijl Emily demonstratief in een eenvoudige jurk met een donkere stola eroverheen achter haar bleef. Dit irriteerde Haily. Ze had een compleet nieuwe garderobe gekregen voor de reis en wilde dat Emily haar oude kleren zou afdragen, zoals ze haar hele leven had gedaan. Maar deze keer had Emily de kleren geweigerd. Ze ging mee als Haily's kleedster en had haar rol van speelkameraadje en gezelschapsmeisje afgelegd.

Bij Donella liet ze haar afstandelijkheid echter meteen varen. Het was onmogelijk om niet aangestoken te worden door het enthousiasme van de jonge vrouw en haar grootvader, vooral omdat Emily hun interesses deelde. De grootvader van Donella en George was nog enthousiaster dan de jongeren. De afgelopen maanden had hij vele uren doorgebracht met plannen en voorbereiden van de grand tour met zijn kleindochter. Op hun lijst stonden natuurhistorische en technologische musea, gevolgd door kunsttentoonstellingen, architectuur en concerten.

Hun grootmoeder had heel andere bestemmingen voor ogen. Ze had last van jicht en artritis en hoopte verlichting te vinden in Europese geneeskrachtige baden. Ook keek ze er als gelovige naar uit om de talrijke kathedralen en kerken op het continent te bezoeken.

Haily en George hielden hun favoriete bestemmingen stil voor de groep, maar zowel Emily als Donella hoorden de woorden 'variété' en 'casino' vallen als die twee zich onbespied waanden.

Traditioneel begon de grand tour in Frankrijk. Iedereen had het zwijmelend over de lente in Parijs. Maar de familie Hard-Balincourt startte aan het begin van de winter en daarom stond grootmoeder erop eerst door te reizen naar Ischia voor een kuur. Het Italiaanse eiland had de jongeren weinig te bieden, maar voor hen was er veel te ontdekken in het nabijgelegen Napels en ook de archeologische vindplaatsen Herculaneum en Pompeii waren vlakbij. Zo werd Midden-Italië het eerste reisdoel. Ze voeren naar Calais en vervolgden de reis per trein en bus richting het zuiden.

Een paar dagen na het begin van de reis ontving Ailis de eerste brief van Donella.

Wat een beproeving moet deze reis vroeger zijn geweest, toen mensen alleen maar koetsen hadden om zich te laten vervoeren. Het gaat nu zoveel makkelijker! Er is een goed spoorwegnet aangelegd in Europa en er zijn zelfs slaap- en restauratierijtuigen. En ik kan me voorstellen dat het in de toekomst nog makkelijker zal gaan als de automobiel zijn intrede doet, en uiteindelijk als we gaan vliegen. Natuurlijk werd ik weer eens uitgelachen toen ik die gedachte uitsprak, maar ik ben er echt van overtuigd. En grootpapa is er ook optimistisch over.

We zijn zo snel mogelijk door Frankrijk en Zwitserland heen gereisd en maakten pas in Milaan een eerste stop. De kathedraal is gigantisch en ongelooflijk mooi, grootmoeder ging er meteen bidden. Grootpapa heeft ons een beroemde muurschildering van Leonardo da Vinci laten zien: Het laatste avondmaal, een van zijn meesterwerken. Emily en ik zijn eigenlijk meer geïnteresseerd in Leonardo's wetenschappelijke werk, vooral zijn ideeën over het vliegen van vogels en mogelijke vliegmachines voor mensen. Maar dit schilderij bekijken was toch ook een ervaring. Het hangt in een kerk – natuurlijk, waar anders. Er zijn heel veel kerken in Milaan, misschien wel overal in Italië. Beroemd is ook het theater La Scala, waar we een operavoorstelling mochten zien. Ze voerden La Traviata op: heel mooi, maar ook oneindig tragisch. De volgende dag bleef Haily de aria's zingen, al is haar stem niet zo mooi en natuurlijk ook niet zo getraind als die van de prima donna. Vooral George werkte het nogal op de zenuwen. Tot nu toe heb ik bij geen van beiden enig teken van ontluikende verliefdheid kunnen ontdekken.

Aan de route naar Napels ligt Florence, waar we een tweede stop maakten. Florence is echt een stad van de kunsten. We zijn naar het Uffizi geweest, waar meer werk van Leonardo te zien is, maar ook van Michelangelo. Zijn belangrijkste beelden kun je bewonderen in de Galleria dell'Accademia, waaronder de David. Grootmoeder was natuurlijk ontzet door zijn naaktheid en sindsdien maakt George er een sport van in musea het ene ongeklede beeld na het andere te vinden en er commentaar op te leveren. Kennelijk kleedden mensen in de oudheid zich zelden netjes aan als ze zich lieten portretteren, of misschien waren de kunstenaars bijzonder geïnteresseerd in naakte lichamen. Het went eigenlijk heel snel. Om eerlijk te zijn werd ik de meesterwerken wel een beetje beu. Natuurlijk, het is allemaal prachtige kunst, maar ik vind de natuur hier in het zuiden veel boeiender. Alleen het licht al! Je kunt je niet voorstellen hoe de zon hier alles verlicht en vervult met leven! De botanische tuinen zijn een droom, zelfs al is het nu december. In Schotland is alles grijs en verregend, maar hier bloeien sinaasappel- en citroenbomen. We bewonderen olijfbomen van soms wel honderden jaren oud. In de parken lopen pauwen – waar Emily natuurlijk helemaal weg van is. En in de tuin van ons pension leven twee papegaaien. Ik zwijmel nu al helemaal weg bij deze kleuren en dan moet de flora verder naar het zuiden nog kleurrijker en prachtiger zijn.

Donella schreef bijna elke dag, zodat Ailis haar bijna van plaats tot plaats kon volgen. Andersom kon ze haar nicht niet vertellen wat haar bezighield, omdat de reizigers nog geen postadres hadden. Maar volgens het reisplan zouden ze een tijdje in Napels of die omgeving blijven, dus misschien was er dan gelegenheid om brieven van Boston naar Italië te sturen.

Ailis had bijna net zoveel te schrijven als Donella. Haar hart liep over van alle indrukken die ze op het Harvard Observatorium had opgedaan. Als secretaresse van Pickering kon ze zo'n beetje overal binnenkomen. Ze had toegang tot de werkruimtes van de medewerkers die de fotografische platen, die Draper en andere astrofotografen hem regelmatig leverden, volgens de instructies van Pickering moesten analyseren. Jammer genoeg had ze bijna nooit tijd om zich in deze heelalbeelden te verdiepen, maar wel wierp ze af en toe een blik door de enorme telescoop van de professor, die de sterren dichter bij de wetenschappers bracht.

Ze liet zich graag overweldigen door de uitgestrektheid van het heelal en de vele galactische verschijnselen zoals de Melkweg, sterrennevels en planetenstelsels. Hier viel nog zoveel te ontdekken! Er was nog zo weinig bekend over de ruimte, waarin de aarde slechts een stofje was! Ailis zou dolgraag betrokken worden bij de verschillende onderzoekstaken in plaats van aan de zijlijn toe te kijken en Pickering te assisteren. Ze corrigeerde nu vrijwel zelfstandig de tentamens van zijn studenten, schreef door de professor gedicteerde wetenschappelijke bevindingen uit en maakte ze gereed voor publicatie. Pickering was zeer tevreden over haar werk. Maar hoe langer Ailis werkzaamheden voor hem deed, hoe meer ze ernaar ging verlangen zelf onderzoek te doen. Ze raakte nog altijd in de ban van nieuwe fotografische platen. Zo vaak ze kon keek ze mee met de analyses van de medewerkers en op een dag kwam ze tussenbeide toen Pickering weer eens een bijzonder ongetalenteerde analist aan het afkraken was.

'Hoe is zo'n spectrum dat u daar probeert te analyseren nou tot stand gekomen? U moet een meetfout hebben gemaakt.' De professor vroeg of hij de plaat nog eens kon bekijken met behulp van de spectrometer. Ailis wist dat hij het door zijn slechte zicht nauwelijks kon zien, ondanks zijn bril. Op een bepaalde leeftijd werd het moeilijk om de platen te analyseren.

'Er zijn wat afwijkingen,' probeerde de student zich te verontschuldigen. 'Ik begrijp het ook niet, maar...'

Ailis wierp een blik op de plaat en vervolgens op het meetinstrument van Pickering. 'Zou het niet een dubbelster kunnen zijn?' vroeg ze opgewonden. 'Kijk, professor, het lijkt een afwijking, maar in feite liggen er twee spectra over elkaar heen. Het verschil in helderheid is minimaal. Maar hier, ziet u, aan deze kant is de lijnverschuiving nog net te onderscheiden!' Ailis stond letterlijk te trillen van opwinding.

Pickering keek nog eens goed en begon toen zijn student uit te foeteren.

'U hoort de hypothese van mijn assistent,' zei hij. 'Hoe kunt u dat gemist hebben? Weet u eigenlijk wel wat een dubbelster is?'

De jongeman dacht ingespannen na. 'Dat zijn twee sterren die zo dicht bij elkaar staan dat de waarnemer ze bijna als een enkele ziet. Ze zijn verbonden door zwaartekracht, wat betekent dat ze om elkaar heen draaien. Al kan de omloopbaan sterk verschillen, van een paar uur tot duizenden jaren.'

'Aha.' De professor klonk al milder. 'En wat staat ons nu te doen om dit nader te onderzoeken?'

De student beet even op zijn lip voordat hij antwoord gaf. 'Een dopplereffect proberen te detecteren?'

'We doen onderzoek naar periodieke golflengteverschuivingen,' voegde Ailis eraan toe. 'Eerst vragen we de fotograaf om meer foto's van de sterrenformatie te maken zodat we kunnen vergelijken. Dan kijken we of de helderheid verandert door die te meten middels fotometrie.'

Pickering knikte. 'Heel goed, gaat u dat maar doen.'

De leerling sprong op. 'Ik eh... Ik zal zo meteen de juiste instructies geven.'

'Ik had het niet tegen u,' zei Pickering streng. 'Het lijkt me dat de eer van het ontdekken van deze dubbelster aan mevrouw Hay toekomt. En ik denk dat zij uitstekend in staat is om de juiste berekeningen te maken om het fenomeen te beschrijven. U kunt haar natuurlijk assisteren. Waar is uw collega eigenlijk?'

Gewoonlijk werkten twee mensen samen aan een foto; de een bekeek de opname en deed metingen, de ander schreef de resultaten op.

'Pinter wilde, of nee, hij moest, eh...' De student draalde.

'Als meneer Pinter weer opduikt, stuur hem dan naar mij. Vanaf nu werkt u voor mevrouw Hay. Het opschrijven zal u wel lukken. Wilt u de hele plaat opnieuw bekijken, mevrouw Hay? Wie weet wat er nog meer over het hoofd is gezien.'

De professor liep weg en liet Ailis compleet verbouwereerd achter met haar nieuwe taak en de onwillige student. Even vroeg ze zich af of ze nu promotie had gemaakt of alleen maar een rol speelde in de bestraffing van de student – de Schotse huishoudster maakte een scherpere analyse dan hij. Maar daarna wijdde ze zich aan het onderzoeken van de fotoplaat en vergat ze de wereld om zich heen.

De plaat was een negatief: de sterren waren zwarte stippen op een witte achtergrond. Dat zou de analyse makkelijker moeten maken. Ailis pakte het vergrootglas, onderzocht de sterren een voor een, bracht hun spectra in kaart en dicteerde haar resultaten aan de student. Zelden in haar leven was ze zo gelukkig geweest.

Een paar dagen later schreef ze dolenthousiast een brief aan Donella in de hoop dat deze haar nicht nog zou bereiken in het verre Napels.

Ik heb ander werk! Ein-de-lijk mag ik wetenschappelijke taken verrichten: fotografische platen van sterrenstelsels analyseren. Ik ontdek elke dag nieuwe wonderen! De professor geeft de interessantste platen aan mij. En hij vraagt me analyses van anderen over te doen als hij twijfelt aan de resultaten. Het is compleet overweldigend allemaal. Voor mijn gevoel ga ik elke dag op reis in het heelal! Helaas zijn de andere computers, zoals ze ons hier noemen, niet al te vriendelijk. Mijn directe collega meneer Gabriel probeert me zelfs fouten in de schoenen te schuiven door verkeerd op te schrijven wat ik hem dicteer. Ik moet hem de hele tijd controleren. En er is geen enkel overleg tussen ons. Soms is het prettig om een tweede visie te hebben over een spectrum, maar meneertje weigert zijn puur passieve rol op te geven. Eigenlijk moet elk tweetal om de beurt analyseren en dicteren. Nu denk ik erover om de professor te vragen mijn collega te vervangen, maar ik ben bang dat ik mezelf dan nog minder geliefd maak.

Ik heb het ook nog niet aangedurfd Pickering een meer fundamenteel idee voor te leggen. Volgens mij zouden analyses als deze, die zoveel zorgvuldigheid en geduld vragen, heel goed door vrouwen gedaan kunnen worden. Tenslotte ben ik niet de enige die kan rekenen. Inmiddels zijn er ook vrouwelijke sterrenkundestudenten. Maar zij hebben veel moeite om werk te vinden – de redenen zijn ons bekend. Zouden ze voor dit werk niet juist vrouwen moeten werven?

Ailis durfde dit niet aan de professor voor te leggen, maar het toeval wilde dat uitgerekend haar onwillige collega hem zelf op het idee bracht. Pickering verloor zijn geduld met de jongeman nadat hij zelf had gezien dat deze niet correct opschreef wat Ailis hem dicteerde. Toen hij hem daarop wees, in de veronderstelling dat het om een vergissing ging, meldde Ailis, inmiddels geïrriteerd tot op het bot, een hele reeks van dit soort incidenten. Pickering vroeg Gabriel mee te komen naar zijn kantoor, waar hij inzicht noch berouw toonde en de laan uit werd gestuurd. Woedend verliet hij het kantoor van de professor, terwijl hij schreeuwde: 'Als ik niet voldoe, weet u vast ergens een dienstmeisje of kokkin vandaan te plukken die veel beter is dan de studenten en ik!' Vervolgens sloeg hij de deur dicht. Zijn medestudenten applaudisseerden toen hij wegliep.

Even later riep Pickering Ailis bij zich. 'Mijn lieve mevrouw Hay, ik weet dat u zich op uw plek voelt als computer. Maar mag ik u nog een keer vragen in de rol van secretaresse? Ik ken niemand die beter gekwalificeerd is dan u om een paar vacatures op dit instituut te vervullen. Wilt u mensen voor ons werven en beoordelen wie het meest geschikt zijn? Misschien wilt u ook het inwerken van mij overnemen. Ik heb besloten voortaan vrouwen aan te nemen voor deze functie. Wilt u die voor mij zoeken, alstublieft?'

Terwijl de grootmoeder van Donella en George, vrouwe Denise Balincourt, vakantie vierde op Ischia en Donella en Emily

Herculaneum en, huiverend, Pompeii verkenden, sprak Ailis met wis- en natuurkundestudentes. Omdat er maar weinig waren, benaderde ze ook vrouwencolleges om jonge vrouwen te vinden die geïnteresseerd waren in astronomie. Ze waagde het zelfs om aan het begin van het nieuwe jaar een advertentie in de krant te plaatsen.

WETENSCHAPPELIJK INSTITUUT ZOEKT VROUWELIJKE MEDEWERKERS
Vereist zijn een scherpe blik, plezier in rekenen, een geduldige en onderzoekende aard en interesse in de sterrenhemel! Ervaring is niet noodzakelijk.
Een gedegen opleiding is gegarandeerd en wordt vergoed.

Op dat laatste had ze speciaal aangedrongen bij Pickering. Het salaris voor vrouwen was laag; tot Ailis' ergernis verdiende ze maar de helft van een student-assistentsalaris. Toch betaalde het instituut nog altijd beter dan de meeste andere bedrijven, als ze al vrouwen in dienst namen. Bovendien was het werk interessanter dan eentonige fabrieksarbeid en lichter dan een ongeschoolde huishoudbetrekking.

Een dag na de advertentie lag er al een stapeltje sollicitatiebrieven op Ailis' bureau. Hoewel ze sommige vrouwen moest afwijzen wegens onvoldoende wiskundige aanleg, had ze tegen het einde van de week al drie zeer gemotiveerde jonge vrouwen die graag haar introductie wilden volgen. Niet veel later voegde zich een vierde bij hen die al geruime tijd huisvrouw was en al even lang verlangde naar een baan die haar geest uitdaagde.

Ailis gaf elke vrouw die over basisvaardigheden beschikte en bereid was om zich te bewijzen een kans. Ze prentte de vrouwen een gemeenschappelijk doel in: de sterrencatalogus. Dit enorme, ambitieuze en unieke project had professor Pickering zich tot doel gesteld. Iedere medewerkster zou er met trots aan bijdragen.

Op de vleugels van de liefde

Parijs en Boston,
lente – zomer 1889

1

Op weg naar Parijs deden de wereldreizigers Rome en Venetië aan. Opnieuw leidde grootvader Balincourt de jongeren enthousiast van de ene archeologische site naar de andere. Grootmoeder bad in de ene kerk na de andere en allemaal brachten ze hele dagen door in de musea van het Vaticaan. In dogenstad Venetië deelden Haily en George zowaar een gondel. Haily's heldere stem mengde zich met het gezang van de gondelier. Ofschoon Donella het best mooi vond klinken, leek haar broer in verlegenheid gebracht. George gaf echter geen commentaar. Hij en Haily hadden al bekokstoofd dat een verstandshuwelijk van nut kon zijn voor de levensdoelen van hen beiden.

De Balincourts gaven toestemming voor vrijwel alle activiteiten waarvoor hun kleinzoon Haily uitnodigde, ook als ze hen niet zelf wilden chaperonneren. Na de vermoeiende daguitjes hadden ze 's avonds geen zin meer om uit te gaan, en dan stuurden ze Emily en Donella mee, die ze volledig vertrouwden. Die twee gingen echter hun eigen weg als het beoogde echtpaar richting hun favoriete wijken ging. George en Haily waren dol op de Venetiaanse wijk Trastevere met zijn tavernes en danszalen en lieten al snel de Ponte delle Tette achter zich om de rosse buurt van de lagunestad te verkennen.

Donella en Emily slopen dan terug naar het hotel of vermaakten zich op een evenement waar Haily en George eigenlijk naartoe zouden zijn gegaan. Zo woonden ze klassieke concerten bij in romantische parken, waren getuige van kleurrijke processies ter ere van de madonna of een andere heilige en vergaapten zich aan verlichte gondels op het Canal Grande. Emily voerde de duiven op het San Marcoplein en lachte als ze op haar handen en schouders landden en zelfs op haar hoofd.

'Vormen duiven een zwerm of zouden ze in familieverband leven?' vroeg ze zich af, terwijl ze naar nesten zocht. 'Kijk, daar eten er twee harmonieus samen, maar die derde jagen ze weg. Het zou interessant zijn om hun gedrag te observeren in plaats van ze alleen maar te bewonderen.'

'Dan zou je ze wel eerst moeten merken,' zei Donella. 'Anders verlies je ze uit het oog in de drukte.'

'Misschien zou je ringetjes om de poten kunnen doen,' mijmerde Emily. 'In verschillende kleuren of zo. Het kan niet moeilijk zijn om ze even te vangen.'

Donella was verguld toen ze in een museum schilderijen van een luchtballon ontdekte. Ze kwam erachter dat de kunstenaars zich hadden laten inspireren door een ballonvaart die in 1784 was georganiseerd door de doge van Venetië, ongeveer een jaar na de eerste lancering van de montgolfière. De door Domenico Zanchi ontworpen ballon met zijn gedetailleerd bewerkte gondel landde na een vlucht van tweeënhalf uur veilig in een moerassig gebied.

'Ik begrijp niet waarom ze dit niet vaker doen,' zei Donella opgewonden. 'Hoeveel mensen zouden er geen geld voor overhebben om Venetië van bovenaf te zien? Waarom biedt niemand het aan?'

Haar grootvader lachte. 'Ik weet niet hoeveel mensen zo avontuurlijk zijn als jij, Donella. En ze moeten al zoveel neertellen voor een vaartochtje met een gondel. Voor een uurtje varen op de kanalen kun je je wel drie keer een uur over Loch Ness laten roeien.'

'En dan krijg je er nog een monster bij ook!' grapte Emily.

George en Haily toonden geen interesse in draken of vliegende objecten. Zij verkenden nog altijd liever de uitgaansgebieden. George had bijna elke avond in danszalen en bars een andere jonge vrouw bij zich met wie hij zich vermaakte – en die meestal aan het eind van de avond betaald wilde worden. George deed dit graag. Natuurlijk kon hij respectabele meisjes zoeken en misschien ook wel verleiden, maar dat zou tijd en moeite kosten en bovendien het risico met zich meebrengen dat een teleurgestelde minnares erachter zou komen waar hij verbleef. Het laatste wat hij wilde was dat een van zijn meisjes voor een nacht zou opduiken in het hotel van zijn grootouders.

Haily vergezelde hem niet meer in de bars en tavernes zoals ze in het begin had gedaan. Ze was meer geïnteresseerd in kleinkunsttheaters en lichte muziek. Als ze dergelijke gelegenheden bezocht, vond ze meestal snel gezelschap. Binnen no time had ze oog ontwikkeld voor het type oudere welgestelde man dat zich met liefde opwierp als beschermer voor de nacht en haar van champagne voorzag zonder er iets voor terug te willen. Ze hingen aan haar lippen als ze vertelde over haar wereldreis en hoe haar neef George haar de demi-monde in had gelokt om haar vervolgens alleen achter te laten. Ze hield van muziek en dans maar geneerde zich voor wat ze hier op de podia zag. Meestal begeleidde haar metgezel haar dan naar de wat duurdere theaters. Zo leerde Haily het chique nachtleven van Italië goed kennen.

Niet dat ze bijzonder onder de indruk was. Het publiek bestond grotendeels uit mannen, terwijl op de podia vrouwen zongen en dansten in weinig verhullende kledij. Het waren geen bijster originele optredens. Haily had gehoopt op iets avant-gardistisch, iets nieuws waarbij ze zich kon aansluiten in haar ontwikkeling als zangeres. In tegenstelling tot neef George was ze op zoek naar iets speciaals, iets unieks, iets waardoor ze boven de massa uit kon stijgen en uiteindelijk een ster kon worden. Iets wat ze in het aartskatholieke Italië niet zou vinden.

Frederick en Denise Balincourt vonden het niet prettig dat hun pupillen 's avonds zo lang wegbleven, maar het troostte hen dat het plan van de Hards leek te werken. Haily en George vertrokken tenslotte altijd met z'n tweetjes.

'Het ergste wat er kan gebeuren is dat hij een kind bij haar verwekt,' zei Frederick tegen zijn vrouw, die van afschuw meteen een kruis sloeg. 'Dan moet hij met haar trouwen en is iedereen gelukkig. Laten we dus maar niet vragen wat die twee allemaal uitspoken.'

Donella, die in de kamer ernaast hoorde wat er gezegd werd, was minder naïef. Ze geloofde er niets van dat neef en nicht samen plezier hadden. Dus als Haily zo dom zou zijn om zich tijdens haar nachtelijke avonturen te laten bezwangeren, zou dat op een tragedie uitlopen.

Maar Haily was niet dom. Geen van de mannen die ze leerde kennen, vond ze de moeite waard, laat staan het risico. Ze was benieuwd hoe het zou zijn om met een man naar bed te gaan, maar het moest wel iemand zijn die haar op de een of andere manier iets zou brengen. Was het niet in haar carrière, dan moest hij haar toch in elk geval werkelijk opwinden. Aan liefde dacht Haily daarbij niet. Voor zover ze gezien had, leidde dat alleen maar tot een leven als huisvrouw en moeder. Geen van beide trok haar aan.

De jonge reizigers waren alle vier blij Italië eindelijk te verlaten. Na een kort verblijf in Zwitserland staken ze de grens met Frankrijk over. Parijs zou veel meer te bieden hebben dan oude stenen en grote kunst. Donella keek reikhalzend uit naar een bezoek aan het Musée des Arts et Métiers. Eindelijk een museum gericht op technologie! Misschien zou ze hier ook Leonardo da Vinci's ontwerpen voor vliegmachines kunnen bekijken.

'Hij schijnt zich niet zozeer op vogels maar op vleermuizen te hebben georiënteerd,' zei Emily in de trein naar Parijs. 'Ik zou graag willen weten waarom. Wegen vleermuizen meer? Want ik denk dat het grootste probleem eruit bestaat dat een mens te zwaar is om met armbewegingen op te stijgen, hoe goed de vleugels ook gebouwd zijn.'

'Ik weet niet of ze jullie inzage zullen geven in dergelijke kostbare documenten,' probeerde Donella's grootvader het enthousiasme van de meisjes te dempen. 'Eén blik is natuurlijk niet genoeg, je zou ze op je gemak moeten kunnen bestuderen.'

'Én natekenen!' riep Emily enthousiast. 'Misschien moeten we... kan Donella dat even vragen. Of wilt u dat voor ons doen?' Ze had in de loop van de reis het vertrouwen van heer Balincourt gewonnen. Hij nam Donella en Emily serieus, moedigde hun interesse in techniek aan en deelde hun fascinatie voor het vliegen. Hij keek Emily aan en beloofde het te proberen.

'We gaan niet wéér alleen maar naar saaie musea, hè?' Haily nam tot nu toe geen deel aan het gesprek, maar moest nu wel voor zichzelf en haar interesses opkomen. 'De Moulin Rouge staat toch ook op het programma? Sowieso naar Montmartre, met al die cabarets...'

Frederick Balincourt knikte. 'Natuurlijk, de Moulin Rouge willen we niet missen. Maar al die andere plekken waar mensen de zonde vieren en vreselijke orgieën houden... Dat hoeft voor ons niet zo, toch? Liever gaan we naar het Louvre, en natuurlijk...'

Haily pruilde, maar George gaf haar een knipoog. Beiden waren van plan om het Parijse nachtleven in te duiken. De Moulin Rouge was slechts het begin.

Het Musée des Arts et Métiers was gehuisvest in een oude kloosterkerk op de grens van het tweede en het derde arrondissement. Donella en Emily hadden Donella's grootvader overgehaald hier als eerste naartoe te gaan en ze voelden zich er direct thuis.

'De slinger van Foucault!' riep Donella eerbiedig. 'Het bewijs van de draaiing van de aarde zonder dat je naar de zon en de sterren hoeft te kijken. En kijk daar: de stoomwagen van Cugnot! Jullie lachen me altijd uit als ik zeg dat de automobiel de toekomst is. Cugnot wist dat al in 1769!'

'Sommige mensen zijn hun tijd ver vooruit,' merkte haar grootvader op. 'Denk maar aan de heteluchtballon...' Hij knipoogde naar haar en volgde haar gewillig naar de afdeling die helemaal gewijd was aan vliegonderzoek, ontwerpen en uitvindingen, van Da Vinci tot aan de gebroeders Montgolfier.

Donella wist meteen hoe ze haar tijd in Parijs zou besteden toen bleek dat het museum een uitgebreide, ook voor publiek toegankelijke bibliotheek had. De tijd die de Balincourt-Hard-familie in de stad zou doorbrengen zou zij aan haar studie wijden.

Emily had hetzelfde idee, maar dan in het Muséum national d'histoire naturelle. Vliegtechnieken boeiden haar ook, maar liever concentreerde ze zich op vogels, op hun ontwikkeling sinds de eerste vliegende sauriërs en hun verwantschap met reptielen. Een fossiele archeopteryx zette haar aan tot het maken van talloze tekeningen waarin ze deze 'oervogel' met vogels van nu vergeleek.

'Archeopteryx was eigenlijk meer een zweefvlieger,' legde Emily uit aan Donella na een dag studeren. 'Hij klom ergens naar boven en zweefde dan langzaam naar beneden.'

Donella knikte. 'Zo moet de pterosaurus het ook gedaan hebben, want die was veel groter en zwaarder dan vogels. Op eigen kracht kon hij waarschijnlijk niet in de lucht blijven. Net zomin als mensen. Constructies zoals die van Leonardo kunnen nooit werken. Met kunstmatige vleugels kun je waarschijnlijk een eindje zweven en bij een gunstige opwaartse wind mogelijk zelfs een stukje stijgen. Maar echt vliegen? Nee, dan zie ik veel meer in de heteluchtballon.'

Emily haalde haar schouders op. 'Iets vliegt als het lichter is dan lucht of met behulp van een of andere mechanische lift. Hoe werkt die luchtschroef van Leonardo eigenlijk?' Ze doelde op een ander door Leonardo da Vinci ontworpen luchtvaartuig met een rotor bovenop.

Donella dacht na. 'Die werkte geloof ik niet zoals hij had bedacht. Hij ging ervan uit dat vier mannen de schroef konden aanzetten tot een zo snelle rotatie dat hij zou opstijgen. Het lukte niet. Zelfs met tien man zou je niet genoeg draaisnelheid ontwikkelen. Maar toch, Leonardo baseerde zijn ontwerp waarschijnlijk op een Chinees stuk speelgoed dat wel kon opstijgen. Ken je dat?'

Op Emily's hoofdschudden vervolgde Donella: 'Het werd wel de vliegende draaitol genoemd.' Ze glimlachte. 'In het oude China hadden ze al heel slimme ideeën over vliegen!'

Donella was er inmiddels achter gekomen dat er in Azië ook 'vliegende lichten' waren ontwikkeld, die veel leken op de lampion waarmee de tent in de tuin van de Hards in brand was gevlogen.

Emily wist waar ze aan dacht. 'En?' vroeg ze. 'Wil je het ook eens proberen met zo'n luchtschroef?'

'Ik kan er in elk geval geen brand mee stichten.' Donella trok een grimas. 'Er zijn wel uitvinders die verder hebben geëxperimenteerd met het principe van Leonardo, maar niemand weet hoe je aan voldoende aandrijfkracht komt om zo'n grote vliegmachine de lucht in te krijgen. De laatste keer is het geprobeerd met een stoommachine, en die bleek te zwaar.'

Terwijl Donella en Emily opgewonden hun bevindingen uit de favoriete musea deelden, begon Haily haar eigen zoektocht tijdens hun eerste bezoek aan de Moulin Rouge. Het elegante restaurant met amusement stond – op uitdrukkelijk verzoek van George en Haily – boven aan de avondagenda van het reisgezelschap. Emily had zich met succes verontschuldigd. Donella en haar grootouders namen met verbazing kennis van de zang- en dansoptredens, vooral dat van de topattractie van het theater: La Goulue. De jonge cancandanseres in haar onthullende kleding wond het publiek om haar vinger met haar frivole dans. Vrouwe Balincourt was geschokt, maar Haily had het gevoel eindelijk in de buurt te komen van de artistieke expressievorm die ze zocht.

De volgende avond ging ze met George op stap en aan het eind van de avond haalde ze hem over de danseres op te wachten bij de artiestenuitgang van de Moulin Rouge.

'Eerst vraag ik haar handtekening,' zei Haily. 'En dan wil ik weten waar mensen zoals zij uitgaan. Ze gaat vast niet meteen naar huis na zo'n voorstelling. Het grote publiek gaat naar de Moulin Rouge omdat het zo beroemd is. Maar er moeten spannender cabarets en revues zijn.'

Een halfuur na het einde van de show verscheen de zangeres eindelijk. Ze droeg een oudroze zijden japon met een strak bovenlijfje en een weelderige, met veren getooide hoed in dezelfde kleur. Haily voelde zich opeens volslagen ouderwets in haar nieuwe jurk.

Louise Weber, zoals La Goulue ('de gulzige') echt heette, voldeed routinematig aan de handtekeningenverzoeken voordat ze in een rijtuig stapte en 'Chat noir!' riep naar de koetsier.

'Zwarte kat?' George sprak niet zo goed Frans als zijn nichtjes en zus, maar deze woorden had hij toch verstaan.

'Een codewoord, denk ik.' Haily hield snel het volgende rijtuig aan. 'Chat noir!' sprak ze mysterieus terwijl ze instapte, waarop de koetsier zonder blikken of blozen vertrok. Even later, nog in Montmartre, hield hij halt bij een theater of cabaret. Het had niet de pracht en praal van de Moulin Rouge, maar de koetsen verdrongen zich voor de ingang.

Binnen zaten mensen aan tafels champagne te drinken terwijl een conferencier optredens van diverse pluimage aankondigde en tussendoor grapjes maakte met het publiek. Er bleken meerdere zalen te zijn met podia die verschillende tijdperken leken te vertegenwoordigen.

Ze zagen een spectaculaire show met, nogal ongebruikelijk, een schimmenspel en een glimmend zwarte piano op het podium. Haily liet zich niet alleen meeslepen, ze keek ook aandachtig naar het publiek. Louise Weber ontmoette hier duidelijk haar vriendinnen. Geboeid keek Haily naar de zwaar opgemaakte vrouwen die elkaar begroetten met een zoen. Louise nam een sigaar aan en liet zich een vuurtje geven door een ober.

'Ze rookt!' zei Haily verbluft.

George trok een afkeurend gezicht. Voor het eerst in zijn leven zag hij een vrouw roken. Het was niet iets wat een dame deed.

Haily vond dat het de danseres heel goed stond. Ze rookte heel nonchalant, de blauwige rook kringelde mysterieus door de lucht. Alle vrouwen in de zaal droegen jurken met een strak lijfje, pof- of juist wijdvallende kanten mouwen en een weelderig geplooide rok. De vrouwen aan de tafel van Louise waren nog opvallender uitgedost. Het leek wel of sommigen kortere jurken over langere heen droegen. Hun decolletés zouden haar moeder het bloed naar de wangen doen stijgen. Haily besloot de volgende dag direct een paar beroemde Parijse haute-couturezaken te bezoeken.

De danseressen en zangeressen op het podium waren luchtig gekleed. Hun jurken waren wat korter en daaronder waren zwarte zijden kousen en soms zelfs hun broekje te zien. Bijna elk optreden eindigden de danseressen in spreidzit op het podium.

Nu was ook George in de ban. Net als Haily kon hij niet stoppen met kijken toen een van de danseressen naar Louises tafel wandelde en een van de vriendinnen ongegeneerd een lange intieme kus op de mond gaf. Het was bevreemdend en tegelijk onweerstaanbaar.

De dagen daarop ging Haily op zoek naar dans- en zanglessen en kocht ze een uitdagende kanten jurk, een mondaine hoofdtooi en een kistje sigaren. Zich de rook van pijpen en sigaren herinnerend leek het haar verstandig om de tabaksproducten eerst in haar eentje uit te proberen voordat ze het in gezelschap waagde. Van de eerste sigaar hoestte ze zich de longen uit het lijf, de tweede gaf haar een rauwe keel, de derde begon haar zowaar te smaken. Ze liet Emily haar haar opsteken in een bolle knot met een paar losse lokken langs haar gezicht – en schold haar uit toen dat niet meteen lukte.

Ze vertrok samen met George, maar al snel ging ieder zijn eigen weg. Haily wilde naar de Chat Noir. Tijdens een pauze tussen twee voorstellingen verscheen ze in de zaal en schreed rechtstreeks naar een damestafel.

'*Excusez-moi*, hebt u een vuurtje?' vroeg ze met hese stem, waarop een van de vrouwen opsprong, precies zoals geïnteresseerde mannen altijd deden, om Haily's sigaar met een ivoren aansteker van vuur te voorzien.

Haily bedankte met een glimlach, ging aan een vrij tafeltje in de buurt zitten en bestelde champagne. Na twee nummers van de volgende act stond de vrouw opnieuw op en kwam naar haar toe.

'Verwacht u misschien nog iemand?'

Haily schudde haar hoofd. 'Nee,' zei ze. 'Ik ken nog bijna niemand in Parijs.'

De vrouw glimlachte. 'Marie de Poison,' zei ze. 'Aangenaam.'

Was dat een artiestennaam? Haily vroeg zich af of ze 'Marie van het gif' of 'giftige Marie' bedoelde.

'Haily Hard.' Dat klonk eigenlijk ook als een artiestennaam.

'Wilt u niet bij ons zitten?' vroeg Marie de Poison. 'Dan zit u dichter bij het vuur.' Met een knipoog wees ze op Haily's bijna opgerookte sigaar.

Haily knikte minzaam en pakte haar glas.

'Aangenaam om kennis met u te maken,' zei ze nadat de andere vrouwen zich ook hadden voorgesteld. Haar Britse accent maakte de vrouwen nieuwsgierig en al snel ontstond er een gesprek.

'Uit Schotland helemaal,' zei Marie. 'Wat heeft u hier gebracht?'

Haily vertelde over haar grand tour en wat haar ouders daarmee wilden bereiken. De vrouwen reageerden met interesse.

'Je gaat toch zeker niet met hem trouwen?' vroeg Marie, die Haily al met 'je' aansprak.

'Absoluut niet! Ik pas niet in die wereld. Ik wil... nee, ik bén zangeres!'

Tot Haily's opluchting kwam er niet één hoonlach. De vrouwen namen haar serieus. Een van hen was schilderes, een ander danste en Marie had haar eigen goochelshow.

'Je moet beslist een keer voor ons zingen,' zei Marie toen ze een paar glazen champagne verder waren. Ze streelde een losse krul terug in Haily's knot. Haar ogen glansden.

De anderen zagen het en lachten. 'Olala, Marie, misschien moet je deze keer voordat je verliefd wordt aan het meisje vragen of ze zich niet uitsluitend tot mannen aangetrokken voelt en alleen haar saaie neef afwijst!' merkte een vrouw die zich had voorgesteld als Claudette op. 'Hoe zit het, Haily?' vroeg ze op de vrouw af.

Haily bloosde. 'Eh... Dat weet ik eigenlijk niet.'

Ze werd liefdevol uitgelachen.

'Ze is nog maagd,' raadde Claudette. 'Dus wie weet maak je een kansje, Marie, om haar aan de goede kant te krijgen.'

Marie pakte Haily's hand. 'Als je het leuk vindt,' fluisterde ze. 'Ik woon niet ver hiervandaan.'

Haily wist niet waar ze moest kijken. Ze had geen flauw idee van de liefde, en al helemaal niet van die tussen mensen van hetzelfde geslacht. Hier in de Chat Noir had ze voor het eerst twee vrouwen zien zoenen. Toen ze een keer met George uit was, had ze twee mannen samen zien dansen. In elk geval hoefde ze niet bang te zijn als ze haar nieuwe vriendin een plezier deed. Zwanger zou Marie haar niet maken.

Nog twee glazen champagne later liet ze zich door de vrolijke groep vrouwen naar een oud huis in het centrum van Montmartre begeleiden, waar Marie haar appartement had. Aangeschoten neurieden Claudette, Louise en Germaine de huwelijksmars en stelden Marie voor dat ze Haily over de drempel zou dragen. Bij wijze van antwoord gooide Marie de deur voor hun neus dicht en draaide zich om naar Haily om haar hoofdtooi af te doen.

'Je zult zien hoe mooi het kan zijn,' fluisterde ze terwijl ze Haily begon uit te kleden.

Haily liet haar begaan en stelde vast dat Marie klein maar gezellig woonde. Het bed was breed en bedekt met een kleurige deken. Om de elektrische lampen had ze doeken gedrapeerd waardoor de kamer warm verlicht werd. Ze was bang geweest dat Maries toenadering haar zou afstoten, zoals ze eerder gemerkt had bij mannen die te dichtbij kwamen of zich aan haar opdrongen. Maar de manier waarop Marie haar naakte lichaam streelde en kuste was allesbehalve onaangenaam. Haily genoot en probeerde Marie iets terug te geven, al voelde ze geen speciaal verlangen om Maries lichaam te verkennen.

Marie glimlachte toen ze elkaar uiteindelijk loslieten. 'Darling, je hebt een heerlijk lichaam, maar ik geloof niet dat je net zo bent als ik. Ooit ga je een man, of meerdere mannen, heel gelukkig maken. En vrouwen jaloers.'

'Het spijt me,' mompelde Haily.

Marie schudde haar hoofd. 'Niet nodig. De een houdt van haar, de ander van hem. We kunnen toch vriendinnen zijn?' Ze stond op. 'Zal ik met je meelopen om een koets te vinden? Ik laat je niet midden in de nacht in je eentje door Montmartre lopen.'

Pas op dat moment realiseerde Haily zich met een schok dat ze haar afspraak met George een uur geleden had gemist. Haastig kleedde ze zich aan. Voordat ze in een koets stapte, gaf ze Marie een kus op haar voorhoofd.

'Ik sta morgen in de Folies Bergère,' zei Marie nog. 'Kom je kijken? Dan haal ik speciaal voor jou een extra konijn uit mijn hoed.'

Natuurlijk wilde Haily erbij zijn, als het mogelijk was. Maar nu kon ze pas opgelucht ademhalen toen George geduldig op haar bleek te wachten voor het huis waar Frederick Balincourt een hele verdieping had gehuurd voor hun verblijf in Parijs.

Hij grijnsde toen ze zich verontschuldigde. 'En, ben je nog maagd?' vroeg hij.

Haily grijnsde terug. 'In feite niet, nee,' bekende ze terwijl ze samen langs de conciërge naar de tweede verdieping liepen.

2

De ontmoeting met Marie en haar vriendinnen pakte goed uit voor Haily. Het viertal nam haar graag onder hun hoede en Marie toonde zich werkelijk zorgzaam. In het gezelschap van een of meer van de vriendinnen bezocht Haily de Folies Bergère en andere bekende en minder bekende cabarets en variététheaters. De Françaises namen haar mee naar Cabaret du Ciel en Cabaret de l'Enfer, 'de hemel' en 'de hel', die met hun bizarre vormgeving en burleske voorstellingen de draak staken met geschokte bezoekers. Haily zag Liane de Pougy dansen, van wie bekend was dat ze zowel mannelijke als vrouwelijke geliefden had. En ze bleef La Goulue bewonderen om haar legendarische interpretatie van de cancan. Claudette, die zelf ook danste, bracht Haily in contact met haar lerares Mariquita, die zelf ook enige beroemdheid had vergaard.

Intussen had George het Casino de Montmartre ontdekt. Hij speelde de bon vivant aan de roulettetafel.

Uiteindelijk begonnen de Balincourts zich toch zorgen te maken over hun protegés.

'Misschien moeten we overwegen eerder uit Parijs te vertrekken dan gepland,' zei Frederick Balincourt op een dag tegen Donella. 'Ik weet hoe gelukkig het studeren in het museum je maakt, een bibliotheek als deze zul je misschien nooit meer tot je beschikking hebben. Maar Haily gaat, zowel uiterlijk als in haar gedrag, een kant op die me niet bevalt. Bovendien lijken George en zij geen speciale gevoelens voor elkaar te ontwikkelen. Ik heb een vaag vermoeden dat ze ons al weken in het ootje nemen. Weet jij daar iets van?'

Donella zette een neutrale blik op. 'Ik ben nooit zo close geweest met Haily,' zei ze – wat de waarheid was, maar geen antwoord op de vraag. 'En met mijn broer al helemaal niet.'

Ze zou het vreselijk vinden om Parijs vroegtijdig te moeten verlaten. Maar toen overkwam haar iets wat haar leven een andere wending zou geven.

Toen ze na opnieuw een dag van geconcentreerd lezen en studeren in de museumbibliotheek naar buiten liep, trof ze tot haar verrassing pal voor het eerbiedwaardige gebouw een grootse uitvinding aan. Een nieuw museumstuk, dacht ze.

Tegen de stoeprand stond een elegant driewielig voertuig. Het had een klein voorwiel, een stuurstang, een uitnodigende zitbank en twee hoge achterwielen waartussen de motor zat. Donella, die het voertuig direct herkende, liep er met grote ogen naartoe. Terwijl ze zich over de viertaktmotor boog en de onderdelen probeerde te benoemen, klonk er een mannenstem achter haar.

'Hebt u belangstelling voor gemotoriseerde rijtuigen?'

Geschrokken draaide ze zich om. Voor haar stond een slanke, goedgeklede jongeman met achterovergekamd donker haar, een getinte huid en amandelvormige, bijna zwarte ogen. Met lichtjes erin, zag Donella. De jongeman maakte een wakkere, belangstellende en vriendelijke indruk op haar.

Ze schonk hem een glimlach. 'Ja, zeker! Eigenlijk ben ik nieuwsgierig naar alles wat sneller voortbeweegt dan een koets. Dit is een Benz Motorwagen, hè? Fantastisch! Ooit wil ik daar een keer in rijden.'

De jongeman beantwoordde haar lach en maakte een uitnodigende armzwaai. 'Stapt u maar in!'

Donella aarzelde. 'Bent u van het museum? Kunt u zomaar... Ik bedoel, normaal gesproken mag men een museumstuk niet aanraken.'

De man lachte. Hij was niet veel ouder dan zij, zag ze nu.

'Ik hoor niet bij het museum, net zomin als de Benz,' vertelde hij. 'Dit pronkstuk is van mij, Hernando Sánchez-Duboire, aangenaam kennis te maken voordat u bij mij instapt voor uw eerste automobielrit.'

'Donella Hard,' zei Donella ademloos, terwijl ze met een vinger over de rubberen band van een wiel streek. 'Dus dit is de eerste...'

'...van zijn soort in Frankrijk,' vulde Hernando trots aan. 'Bent u genegen om een tochtje te maken met mij?'

Alsof Donella zoiets kon afslaan. Met bonzend hart liet ze zich op de bok helpen, waar hij ook plaatsnam nadat hij met een slinger de motor had aangezwengeld. Bijna in trance ervoer Donella de trillingen van de draaiende motor.

Hernando greep de stuurstang en haalde de rem eraf. 'Daar gaan we!'

Donella genoot. Met een lichte vaart voegde de automobiel zich tussen de paardenkoetsen. Het voelde vreemd leeg om op een wagen te rijden zonder paarden ervoor.

'Het is een ééncilinder-viertaktmotor, nietwaar,' herinnerde ze zich uit het artikel dat ze over het voertuig had gelezen. 'Hoeveel paardenkracht – dat is toch de meeteenheid?'

'Twee tot drie pk,' antwoordde Hernando. 'Hij kan heel hard, maar in de stad bereik je natuurlijk geen topsnelheid. Hoe komt een jongedame aan zoveel kennis van motoren? Dit is een prototype, zoals u dan ook wel zult weten. Hij is speciaal voor mij gebouwd, naar de door Carl Benz zelf geteste wagen, natuurlijk. Ik móést hem gewoon hebben!'

Dat kon Donella zich voorstellen. Maar hoeveel zou de vervulling van deze buitengewone wens hem wel niet gekost hebben, vroeg ze zich in stilte af.

'Ik lees er veel over,' legde ze uit. 'Gisteren nog, in de museumbibliotheek, in een techniektijdschrift. Daarom dacht ik ook dat het museum de wagen had aangekocht om als baanbrekende uitvinding tentoon te stellen.'

'Hij is nog niet helemaal uitontwikkeld,' zei Hernando. 'Vooral de ketting slijt snel. Het is meer een fietsketting. Misschien kan ik experimenteren met sterkere exemplaren, mits ze niet te zwaar worden.'

'Gewicht is altijd een probleem,' beaamde Donella. 'Misschien een andere vorm? Van fietskettingen heb ik geen verstand, maar verschillend gevormde halskettingen kunnen sterker of juist breekbaarder zijn. Experimenteert u zelf met uw auto?'

'Ik studeer. Scheikunde, natuurkunde, sterrenkunde en mechanica. Vooral dat laatste trekt me. En dingen uitvinden heeft me altijd gefascineerd. Ik heb een werkplaats in het souterrain onder mijn appartement.'

'Geweldig!' Stralend van opwinding keek Donella hem aan. 'Ik hou erg van sleutelen. Vooral vliegtechnieken vind ik interessant.'

Al vertellend lette ze op Hernando's rijtechniek. Op de stuurstang zat een wieltje om mee te sturen. De remstang leek op die van een paardenwagen, maar stuurde ook de motor aan. Eigenlijk verving hij de paardenleidsels; niet alleen om stil te staan, maar ook om vooruit te gaan.

Na een tijdje begon haar aandacht op te vallen.

'Wilt u ook eens rijden?'

Ze hadden het stadscentrum inmiddels achter zich gelaten en reden over rustige wegen.

Donella keek hem ongelovig aan. 'Als het mag... Ik bedoel, ik wil hem natuurlijk niet kapotmaken.'

Hernando glimlachte. 'Dat gebeurt niet. Kijk, met deze hendel regelt u de snelheid. Hoe verder de hendel naar voren wordt geduwd, hoe harder we gaan. Om te remmen trekt u de hendel naar achteren. Alles met gevoel, alsjeblieft, niet in één keer. Als de hendel recht in het midden staat, draait de motor alleen stationair. Sturen doet u met het wiel op de stuurstang. U ziet, het is veel makkelijker dan mennen.'

Evengoed begon Donella voorzichtig en met respect voor de verschillende onderdelen van de automobiel, nadat ze waren gestopt zodat zij daadwerkelijk achter het stuur kon plaatsnemen. Maar algauw kreeg ze meer zelfvertrouwen. Wat een geweldig gevoel was dit!

'De auto is trouwens gebouwd voor dameshanden,' vertelde Hernando, die zich op zijn gemak leek te voelen als passagier. 'Berta Benz, de vrouw van de uitvinder, heeft hem getest op lange afstanden.'

Donella was dolenthousiast over het rijden. 'Dus ik hoef verder nergens op te letten?'

Hernando haalde zijn schouders op. 'Nou ja, de brandstoftoevoer moet in de gaten worden gehouden, het ligroïneniveau dus. Zonder motorbrandstof staat alles stil. En de motor is watergekoeld. Daar moet ook rekening mee worden gehouden. Al heeft Carl Benz dat geniaal opgelost: de damp van het koelwater wordt door een buizensysteem geleid en condenseert dan weer.'

'Mag ik dat straks bekijken?' vroeg Donella. 'Ik zou zo'n motor weleens uit elkaar willen halen. Vroeger deed ik dat met alle apparaten, mijn moeder werd er gek van!'

'Natuurlijk kan dat,' zei Hernando en hij wees Donella waar ze kon parkeren bij een café. 'Maar eerst drinkt u een kopje koffie met mij, toch? Op uw eerste autorit?'

'Daar zou ik eerder champagne op drinken!' Donella was dolgelukkig. 'Ik ben gewoon verliefd op die wagen!'

De jongeman trok een wenkbrauw op. 'Stel dat ik verliefd op u zou worden. Loop ik dan ook het risico door u ontleed te worden?'

Donella barstte in lachen uit. Ze mocht hem wel, deze Hernando Sánchez-Duboire, die niet alleen van techniek hield maar ook gevoel voor humor had.

'Ik wil techniek studeren, geen anatomie,' kaatste ze terug. 'Zou zo'n motor ook een vliegmachine in de lucht krijgen?'

'Waarom probeert u het niet?' Met een brede lach hield Hernando de deur van het café voor haar open. Toen ze een plekje gevonden hadden bestelde hij koffie en champagne. 'Als u werktuigbouwkunde gaat studeren, kunt u het zelf uitvinden.'

Donella rolde met haar ogen. 'Uw anatomiekennis houdt ook niet over, wel?' plaagde ze. 'Hebt u niet gezien dat ik een vrouw ben? De combinatie vrouw en natuurkunde, vrouw en scheikunde, techniek of astronomie bestaat niet op de universiteit. Er zijn vrijwel geen technische faculteiten die vrouwelijke studenten toelaten.'

'Is dat waar?' Het scheen Hernando niet opgevallen te zijn dat ze op de universiteit altijd met mannen onder elkaar waren. 'Maar daar moet toch iets aan te doen zijn?' Hij nam een slok koffie en huiverde van afschuw. 'Dat bocht is niet te drinken. Beperkt u zich liever tot de champagne.'

Donella had allang een slok koffie genomen en niets vreemds geproefd. 'Dus u weet ook alles van koffie en champagne?' vroeg ze.

'Ik ben opgegroeid met dat eerste,' antwoordde hij. 'Mijn vader heeft koffieplantages in Brazilië.'

Vandaar dat ze een Spaans of Portugees accent meende te horen. Hernando sprak vloeiend Frans, maar Donella had zich al afgevraagd of het echt zijn moedertaal was.

'En gelooft u mij, wat u hier zoal geserveerd krijgt, kunt u meteen weggieten – in tegenstelling tot champagne, wat een echte specialiteit is van Frankrijk. Wilt u nog een glas? En koffie zal ik eens voor u bereiden. Dan proeft u het verschil wel.'

Donella's hart sloeg een slag over. Het leek opeens heel logisch dat ze elkaar weer zouden zien.

'Maar nog even terug naar het studeren, ik heb morgen college mechanica. Om elf uur. Laten we afspreken om halfnegen. Op de kruising van de Boulevard Haussmann en de Rue de Bretagne. Kunt u dat vinden?'

Donella knikte. 'De plattegrond van Parijs heb ik ook bestudeerd,' zei ze. 'En deze plek is een heel eind van de universiteit vandaan.'

Hernando gaf haar een knipoog. 'We hebben toch een automobiel?'

'De jongeman moet zeer vermogend zijn,' reageerde Donella's grootvader toen ze hem vertelde over de ontmoeting en het uitje met de automobiel. Dat ze zelf achter het stuur had gezeten en dat Hernando het idiote plan had opgevat om haar mee te nemen naar college had ze wijselijk verzwegen. 'Ik hoop dat het een gentleman is.'

'O, dat is hij zeker!' zei Donella meteen. 'Hij was uiterst beleefd en hoffelijk, en hij...'

'Laat me raden, hij wil je weer zien', zei Frederick Balincourt streng. 'Zonder de moeite te nemen zich even te komen voorstellen.'

Dat was niet eens in Donella opgekomen. Ze was ervan uitgegaan dat ze net zo vrij zou worden gelaten als George en Haily, die nooit hoefden te vertellen met wie ze omgingen. Nu moest ze snel iets bedenken.

'Morgen treffen we elkaar in de bibliotheek van het Techniekmuseum,' verzon ze. 'Gewoon overdag. Hij is op zoek naar een onderwerp voor een scriptie. Misschien kan ik hem overhalen om de luchtschroef van Leonardo da Vinci na te bouwen. Op schaal natuurlijk, om te testen of hij echt zou kunnen vliegen. Bij zo'n kleine versie zou de aandrijving misschien met een sleutel gemaakt kunnen worden, zoals bij opwindspeelgoed...' Ze gloeide bij de gedachte alleen al. 'U moet me geloven, grootpapa, de heer Sánchez-Duboire en ik delen dezelfde interesses. Meer is het niet. Niet wat u denkt...'

Haar grootvader keek streng. 'Als het om jongens en meisjes gaat, is het bijna altijd wat een volwassene denkt. Is hij echt van jouw leeftijd?'

Donella knikte. 'En als we ooit een avondafspraakje maken, komt hij zich voorstellen. Beloofd!' Natuurlijk kon ze dit slechts hopen, maar haar voorgevoelens over Hernando Sánchez-Duboire zouden haar niet in de steek laten. Het was duidelijk een welopgevoede jongeman die zich niet zou onttrekken aan zijn sociale plichten.

3

Verwachtingsvol arriveerde Donella de volgende ochtend op het kruispunt waar ze met haar nieuwe vriend had afgesproken. De wegen die elkaar kruisten waren exclusieve winkelstraten. De automobiel stond voor een herenmodehuis. Hernando zat op de bok op haar te wachten.

'Juffrouw Hard, wat fijn dat u kon komen! Ik maakte me een beetje zorgen of ik u niet te veel had overrompeld met mijn uitnodiging gisteren. Tenslotte zou men elkaar eigenlijk beter moeten kennen alvorens samen op avontuur te gaan.' Hij sprong van de bok en begroette haar galant met een handkus.

'Avontuur?' Even vroeg Donella zich af of hij misschien bedoelde dat ze via het raam bij de universiteit naar binnen zouden gaan. 'Nou, iets spannenders dan een automobiel besturen kunt u mij eigenlijk niet geven.'

'We zullen zien,' zei hij met een knipoog. 'Maar voor nu: komt u binnen.' Hij hield de deur van het herenmodehuis voor haar open.

Verbaasd stapte Donella naar binnen. Meteen kwam er een jonge, zeer goed uitziende verkoper op hen af.

'*Bonjour monsieur-dame!* Waarmee kan ik u vandaag helpen, meneer Sánchez-Duboire? Als u een maatkostuum wenst, zal ik de kleermaker onmiddellijk laten komen; hij is nog niet in huis.' Hij boog onderdanig en wierp Donella een licht verbaasde blik toe.

'Een transformatie,' zei Hernando. 'Een metamorfose, Gaston, ik vertrouw op uw toverkracht. Het gaat om... laten we het een weddenschap noemen. Mijn lieftallige vriendin juffrouw Donella wil zich in het kader van een weddenschap voordoen als mijn neefje Donald. Hebt u een kostuum dat deze jongeman past en de minder mannelijke vormen enigszins aan het oog onttrekt?'

Donella kreeg een knalrood hoofd, terwijl de verkoper zijn uiterste best deed om kalm te blijven. Een verzoek als dit had hij nooit eerder bij de hand gehad. Hij slikte iets weg en piepte: 'Zoals u wilt, meneer Sánchez-Duboire en mev-meneer...'

'Hard,' fluisterde Donella.

Hernando keek hen beiden onschuldig aan, alsof zijn opdracht de gewoonste zaak van de wereld was. Een halfuur later had Donella drie pakken gepast. Hernando koos een bruin driedelig pak met een wijde, recht gesneden broek, een ruimvallende mantel en een iets donkerder gilet over een effen wit overhemd. Een donkere stropdas en een jeugdig ogende baret maakten het beeld van de aankomende student compleet. Bij een schoenmaker in de buurt kocht Gaston gladlederen herenschoenen.

Op het eerste gezicht zag Donella eruit als een jongen, maar toen ze wat langer voor de spiegel stond, zag ze dat haar gelaatstrekken en zachte huid de vermomming tenietdeden. Ze had duidelijk geen enkele snor- of baardgroei en haar weelderige haardos was moeilijk te verbergen onder haar pet.

'Geeft niks,' wuifde Hernando haar bezorgdheid weg. 'Kom nu, anders zijn we te laat. Schrijft u het op mijn rekening, alstublieft, Gaston. Zeer goed gedaan, hartelijk dank!'

'Zullen we elkaar bij de voornaam noemen?' vroeg Donella uitdagend toen ze weer op straat stonden.

Hernando trok één mondhoek op. 'Kan ik mijn Schotse neef niet beter met "sir" aanspreken?'

Donella gaf meteen toe. 'Goed dan,' zei ze. 'Ik begrijp nog steeds niet wat de bedoeling is, maar...' – ze gaf hem een hand – 'de naam is Hard, meneer Donald Hard.'

'Hernando.' Hij drukte haar hand als een man. 'En nu moeten we gaan, ik wil professor Barlot spreken voor zijn hoorcollege.'

'Wil je me officieel inschrijven?' vroeg Donella toen de Benz optrok. 'Dat gaat nooit lukken. Van veraf is het een prachtige vermomming, maar dichtbij hou je niemand voor de gek.'

'Je zult zien,' zei Hernando zelfverzekerd, 'dat er meer manieren zijn om te krijgen wat je wilt. De vraag is niet of, maar hoeveel.'

Schuchter volgde Donella hem even later door de heilige gangen van de Sorbonne, een van de beroemdste en oudste universiteiten van Europa. De collegezalen van de faculteit Natuurwetenschappen bevonden zich op de begane grond, maar Hernando leidde haar twee trappen op naar een verdieping met docentenkantoren. Hij klopte op de deur van professor Barlot.

'Ja!' Een oudere heer, die duidelijk op het punt stond te vertrekken, deed de deur open. Zijn hoorcollege ging bijna beginnen. Hernando liet zich niet opjagen.

'Het spijt me dat we zo laat zijn, maar ik wil u even aan mijn neef voorstellen voordat ik hem meebreng naar uw hoorcollege.' Hernando toonde de professor zijn ontwapenende glimlach.

Barlot wierp een korte blik op Donella. Ze sloeg haar ogen neer.

'Maar...' begon hij.

'Inderdaad is Donald te jong,' onderbrak Hernando hem, alsof hij beaamde wat de professor wilde zeggen. 'Hij moet nog eindexamen doen. Maar hij is zeer geïnteresseerd in wetenschap, en aangezien hij nu hier bij mij in Parijs logeert, vond mijn vader...'

'Dat is...' De stem van de professor klonk scherper. Zijn verbazing maakte plaats voor ergernis.

'Natuurlijk begrijpen we dat een onvolwassen student, zeker als u hem ook toelaat in uw werkcolleges, enige extra belasting betekent; zeker voor u, gezien de enorme druk waaronder u moet werken. Mijn vader en ik vinden de bezuiniging op uw onderzoeksbudget meer dan schandalig.' Hernando legde de vinger feilloos op de gevoelige plek van de professor.

'Dat is zeker zo,' beaamde Barlot.

'Daarom overwegen wij om onze bijdrage aan het onderzoeksbudget van uw faculteit te verhogen met bijvoorbeeld een derde, om de druk enigszins te verlichten.' Hernando sprak ontspannen, alsof hij het over het weer had.

Barlots woorden leken vast te zitten in zijn keel. Donella's mond was opengevallen.

Uiteindelijk gooide de professor zijn tegenwerping eruit, al klonk zijn stem niet langer boos of verbaasd, maar eerder ongelukkig. 'Maar dat is een meisje!' zei hij.

'Met de helft dan,' zei Hernando alsof geld het enige was wat telde. 'Maar dan mag mijn neef uw hoor- én uw werkcolleges bijwonen. Ik zal hem onder mijn hoede nemen, geen zorgen. Er komen geen klachten.' Hernando sprak die laatste woorden zorgvuldig uit. In feite beloofde hij bezwaren van medestudenten op te vangen, als Donella ontmaskerd zou worden.

'Zij, of eh… hij komt niet in aanmerking voor proefwerken,' stelde professor Barlot vast. 'En ook niet voor aanwezigheidsregistraties of tentamens.'

'Natuurlijk niet,' zei Hernando. 'Mijn neef zal toehoorder zijn. Meer niet.'

Barlot schraapte zijn keel. 'Goed dan. Dan heet ik u van harte welkom als gast bij mijn colleges, monsieur…?'

'Hard,' zei Donella. 'Donald Hard.'

'Binnen enkele dagen zal het bedrag op de rekening van de universiteit staan,' beloofde Hernando glimlachend.

Met een knikje liet Barlot het tweetal achter om naar zijn college kinematica te gaan. Hernando en Donella liepen achter hem aan, glipten net na hem de collegezaal in en vonden nog twee plaatsen op de eerste rij.

Het bonsde zo hard in haar borstkas dat de eerste tien minuten van haar eerste college op de stoel naast Hernando volledig aan Donella voorbijgingen. Maar daarna raakte ze geboeid door Barlots uitleg over baan, snelheid en versnelling van bewegende lichamen. Tevreden constateerde ze dat ze alles kon volgen, al duizelde het haar wel een beetje toen de professor zijn betoog beëindigd had.

'We hebben nog tijd voor koffie voordat het werkcollege begint,' zei Hernando. 'Of heb je liever champagne?'

'Zie je wel, alles is mogelijk,' zei Hernando toen Donella ook haar eerste werkcollege had bijgewoond. Ondanks haar tot ver over haar ogen getrokken pet waren de argwanende blikken van de andere studenten haar niet ontgaan, maar niemand had openlijk commentaar gegeven. Hernando Sánchez-Duboire werd door iedereen met veel respect behandeld.

Donella nam een slok champagne. In de pauze had ze natuurlijk geweigerd, maar nu was het tijd om hun coup te vieren in een café aan de Seine.

'Maar dit gaat je een vermogen kosten,' zei ze. 'Ik vind het gênant. Want wij zijn ook niet arm, maar ik zou me dit niet kunnen veroorloven. Nog afgezien van het feit dat mijn vader niet voor me zou betalen.'

Hernando wuifde haar twijfels weg. 'Voor mijn vader speelt geld geen enkele rol. En het budget van die arme professor Barlot is echt dramatisch verlaagd. Ik was toch al van plan om het wat aan te vullen. We hebben er tenslotte zelf ook baat bij als hij nieuwe apparatuur kan kopen en zijn onderzoek kan voortzetten. Hij is erg geïnteresseerd in vliegtechniek, je kunt veel van hem leren.'

Dit leek Donella het moment om hem voor te stellen een model te maken van Leonardo DaVinci's ontwerp van de 'luchtschroef' als project voor het nieuwe semester.

'Het is zó'n origineel idee,' zei ze. 'Iedereen denkt dat gemotoriseerd vliegen de toekomst heeft, maar ik ben toch meer geïnteresseerd in luchtvaartuigen.'

Hernando moest lachen toen ze hem over haar eerste experiment met de lampion als heteluchtballon vertelde. Hij stelde voor de volgende dag samen in het museum de haalbaarheid van het experiment te onderzoeken aan de hand van de museumstukken. Hij twijfelde er niet aan dat de originele tekeningen en geschriften van DaVinci aan hen beschikbaar zouden worden gesteld, dus liet Donella haar twijfels maar varen. Voor een Sánchez-Duboire schenen er geen grenzen te zijn. Behalve misschien...

'Hernando, als wij met elkaar om blijven gaan – kijk, ik ben nou eenmaal een vrouw, "een Hard" zeggen mijn ouders als ze me aanprijzen als huwelijkskandidaat.'

Hernando lachte weer.

'Dus mijn grootouders willen weten met wie ik omga, ook al is het alleen maar voor een gezamenlijk studieproject. Kun je je misschien aan hen voorstellen?'

Hernando nodigde Donella de volgende avond uit voor een diner in het restaurant van Hotel Balzac en haalde haar op bij hun tijdelijke woonadres. Hij verscheen keurig met bloemen voor haar en haar grootmoeder, voerde beleefd een geanimeerd gesprek met haar grootvader en vertelde van alles over zijn familie en hun bedrijven. Zijn vader was Braziliaan en erfgenaam van grote koffieplantages, zijn moeder kwam uit Portugal. Hij had een oudere broer en een jonger zusje en zijn familie ondersteunde zijn wens om onderzoek en uitvindingen te doen. Er werd niet van hem verwacht dat hij de leiding over de plantages zou overnemen, noch dat hij zou bijdragen aan het familiefortuin.

'Wat natuurlijk niet betekent dat mijn familie geen ambities koestert voor mij,' legde hij uit. 'Mijn vader verwacht dat ik iets bereik, maar mijn beroepskeuze laat hij aan mij over.'

Donella hoorde voor het eerst dat hij in zijn jeugd succesvol aan sport had gedaan en zelfs op nationaal niveau was uitgekomen als hardloper. Verder sprak hij natuurlijk meerdere talen en was hij op de prestigieuze scholen die hij had bezocht altijd een van de besten geweest.

Uiteindelijk liet Frederick Balincourt zijn kleindochter met hem op stap gaan – maar niet voordat ook hem alles was verteld over de automobiel en ook hij uitgenodigd was om eens een ritje te maken.

'En?' vroeg Hernando toen hij Donella op de bok van de Benz hielp.

Stralend knikte ze hem toe. 'Je deed het geweldig. Nu hoef ik alleen nog maar een goed moment te vinden om grootpapa over Donald te vertellen,' zei ze tevreden.

Hernando's aandachtige blik ontging haar niet. Ze had extra aandacht besteed aan haar uiterlijk. Haar haar was door Emily volgens de laatste mode opgestoken en ze droeg een delicate zachtgroene lange jurk met sierlijk kant die haar taille accentueerde. Emily had haar korset extra strak aangesnoerd om haar vormen beter te laten uitkomen, en nu Donella de twinkeling in de ogen van haar gezelschap zag, vond ze het de beproeving waard. De mouwen van de jurk waren gerimpeld en op het hoedje dat erbij hoorde zaten een paar bloemen.

'Ik vind Donella leuker dan Donald,' merkte Hernando op.

Ze wierp hem een uitdagende blik toe. 'En mij bevalt Hernando beter dan meneer Sánchez-Duboire.' Voor alle zekerheid had ze hem in het bijzijn van haar grootouders zo genoemd.

'Dan houden we het daarop,' zei hij glimlachend. 'Wil je meteen naar het variété of heb je in die prachtige strakke jurk toch nog wel ruimte om iets te eten?'

Hernando bewees zich die avond als een echte gentleman. Voor het eerst verveelde Donella zich niet met een tafelheer. Het gesprek ging over van alles en nog wat en ze raakten niet uitgepraat. Hernando had zelfs haar ideeën over ballonvaren onthouden en er een en ander over opgezocht.

'Er is een ballonfabriek in Vaugirard,' vertelde hij. 'Dat is een voorstad van Parijs. Als je wilt, kunnen we daar een keer naartoe gaan. Misschien mogen we wel een keer mee op een vlucht.'

Aan het eind van de avond verkeerde Donella in een roes, niet alleen door de champagne, maar door al die kansen die plotseling voor het oprapen leken te liggen. Ze opende vol overgave haar lippen toen Hernando haar kuste en nestelde zich genietend in zijn armen. Smoorverliefd.

4

Hoewel ze niet verliefd was, deed Ailis Hay haar best gevoelens te ontwikkelen voor de man die haar al een tijdje het hof maakte. William Henry Pickering, inmiddels al een paar weken op bezoek bij zijn broer en schoonzus, was na aankomst meteen aan haar voorgesteld, en niet zonder bijbedoelingen.

William Henry was ook astronoom. Zijn interesse ging niet zozeer uit naar verre sterrenstelsels als wel naar de maan en naar Mars, maar ook hij maakte in zijn onderzoek gebruik van fotografie. Een paar jaar eerder had hij een observatorium gebouwd in Peru en hij was van plan om er binnenkort nog een te bouwen in de staat Arizona.

Ailis hing aan zijn lippen als hij vertelde over zijn onderzoekswerk met de nieuwste telescopen. Ook zijn pionierswerk in Zuid-Amerika leverde avontuurlijke verhalen op. William Henry was jonger dan de professor en erg knap, zij het dat hij al begon te kalen. Ailis vond hem aantrekkelijker dan ze Cuthbert ooit had gevonden. Hij had een kalme en vriendelijke uitstraling, was beleefd en leek over een innerlijke rust te beschikken. Vanaf het begin toonde hij grote belangstelling voor het werk van de 'Harvard-computers' – de naam was uiteindelijk ingeburgerd voor de volledig uit vrouwen bestaande afdeling op het observatorium – en deed daarmee ook Ailis' onderzoek eer aan.

'Wat jammer dat u ze geen namen mag geven,' zei hij meelevend toen Ailis hem over de laatste door haar ontdekte sterren vertelde. Pickering stond zijn werkneemsters deze 'overdreven eer' niet toe. De sterren die ze ontdekten kregen een nummer en werden gecatalogiseerd – ze werkten nog aan een algemeen systeem hiervoor.

Ailis lachte. 'De arme professor is er al niet blij mee dat hij voortdurend met zijn harem geplaagd wordt. Dadelijk gaan we de sterren nog Sheherazade of Zarah noemen en dan is het hek van de dam. Of we vernoemen onze huisdieren: Lorna had haar eerste ster graag Suzie genoemd, naar haar poedel.'

William Henry sloeg zich op het voorhoofd.

'U hebt uw Saturnusmaan Phoebe genoemd,' wist Ailis. Mannelijke wetenschappers mochten hun ontdekkingen wel een naam geven. 'Naar uw kat?' plaagde ze.

Hij lachte. 'Nee, naar een titaan uit de Griekse mythologie, een godin dus. Het is een mooie vrouwennaam. Net als Ailis trouwens – die naam heb ik nog nooit gehoord.'

Ailis was over het algemeen heel ontspannen in Williams gezelschap, maar voelde zich opeens onzeker. Was hij met haar aan het flirten?

'In Schotland komt hij veel voor,' antwoordde ze. 'Waarschijnlijk is het gewoon een variatie op Alice.'

'Vindt u het goed als ik de volgende maan die ik ontdek Ailis noem?' vroeg hij zacht.

Wat moest ze hier nu op antwoorden? Uiteindelijk zei ze maar eerlijk wat ze dacht. 'Dat zou heel vleiend zijn. Maar aan de andere kant, zo'n maan is ook maar een rotsblok dat om een ander rotsblok draait.'

William Henry glimlachte gekwetst, waarop Ailis zich ongemakkelijk voelde en zichzelf een ondankbaar wezen vond. Deze man was zo aardig, hij zou perfect bij haar passen, zelfs Copper leek geen probleem voor hem. Hij liet de kleine op zijn knie rijden en wees hem voor het slapengaan op de maan aan de hemel. En hoe fantastisch zou het zijn om hem te helpen bij de oprichting van het nieuwe observatorium. Misschien zou ze zelfstandiger kunnen werken dan als Harvard-computer.

In alles had William Henry het voordeel van de twijfel. Maar hoe hard Ailis ook haar best deed, ze voelde niet meer voor hem dan sympathie en dat was, wist ze inmiddels, niet genoeg voor een huwelijk. Ze had zichzelf aan Cuthbert gegeven omdat het erbij hoorde, maar het had haar geen enkel plezier gegeven. Het idee om met een andere man naar bed te gaan stootte haar eerder af. Het leek haar ook een hoop gedoe om haar leven met een man te delen en zich om zijn levensgeluk te bekommeren. De laatste jaren had ze zich aangewend zich heel eenvoudig te kleden, haar haar strak op te steken en langs mannen heen te kijken in plaats van met ze te flirten. Als ze al iets ondernam, waren het uitstapjes met collega-computers met wie ze ook over het werk kon praten. Ze was nog steeds enthousiast over haar baan en genoot van haar successen.

Haar leven voelde zelden eenzaam, ze verlangde niet naar de saamhorigheid van een huwelijk. Hooguit naar een goede vriendin, zoals Donella altijd was geweest. Ze correspondeerde nog regelmatig met haar – het reisgezelschap verbleef al weken in Parijs – maar dat was toch anders. Ailis miste Dona's lach en haar spot, maar ook hun omhelzingen en pogingen om elkaars haar of make-up te doen, wat destijds natuurlijk niet mocht omdat het niet gepast was.

William Pickering kwam dichter bij haar staan. 'U bent geen rotsblok, Ailis Hay,' zei hij warm.

Ailis haalde haar schouders op. 'Ik ben soms bang van wel, doctor Pickering. Alleen draai ik om niks en niemand heen. Of het zou mijn zoon moeten zijn.'

Hij keek haar met een spijtige blik aan. 'Misschien moet iemand een ster voor u ontdekken; een zon om u te verwarmen.'

'Ach,' zei Ailis gelaten. 'Dan zou ik alleen maar een nummer krijgen.'

'Ja, dat zou jammer zijn,' zei William. 'U verdient beter.'

Ailis dacht nooit na over wat ze had en wat ze verdiende – tot zich iemand voordeed om wie ze heen kon draaien. Niet als een maan, maar eerder als een dubbelster.

Ze was meteen enthousiast toen de professor Maureen Tonnell, de eerste afgestudeerde sterrenkundige, aan haar en de andere computers voorstelde als nieuwe collega. Tonnell was cum laude afgestudeerd aan Vassar College, maar daarmee zat ze, zoals vrijwel elke vrouwelijke PhD-student, aan het plafond van haar carrière. Geen enkel instituut was bereid haar te laten promoveren tot PhD of een functie op niveau te geven. In de wereld van de astronomie was Edward Charles Pickering de enige die vrouwen aannam op onderzoeksfuncties. Weliswaar slecht betaald vergeleken met mannen die soortgelijk werk deden, maar nog altijd interessant voor iemand als Tonnell.

Ailis had zich de jonge vrouw voorgesteld als een blauwkous met onopvallende kleding, een bril en een streng kapsel – een jonge versie van juf Lumsden. Ze was dan ook stomverbaasd toen op 1 juni een elegante blondine de afdeling op kwam via de door professor Pickering ridderlijk opengehouden deur. Drs. Maureen Tonnell had haar haar modieus opgestoken met een gekrulde pony. Ze droeg een donkerrode reformjurk met een moderne wijde snit, waaronder geen korset gedragen hoefde te worden. Zelf was Ailis nog niet bezweken voor die verleiding. Het leek haar heerlijk om zonder knellend korset door het leven te gaan, maar ze was bang voor de aandacht die vrouwen in 'hobbezakken' over zich afriepen.

Juffrouw Tonnell leek zich daar niet druk om te maken, net zomin als om haar omvang, waar zelfs een strak aangeregen korset geen wespentaille in zou kunnen persen. Niet dat ze dik was, maar toch wel mollig, met een mooi ovaal gezicht, grote helderblauwe ogen en volle lippen waarop Ailis een vleugje lichtroze ontwaarde. Over de jurk droeg ze een licht jasje, dat ze nonchalant uittrok terwijl Pickering haar voorstelde. Uit haar glimlach sprak oprecht plezier.

'Dus jullie zijn de beroemde Harvard-computers!' riep ze met een heldere stem. 'Ik heb zoveel over jullie gehoord! En ik kan nog steeds niet geloven dat ik nu mee mag doen!'

Ailis beantwoordde haar glimlach hartelijk. 'Wij zijn ook heel blij! En het is ons een eer om met u te mogen werken. Wij kunnen beslist veel van u leren.'

'Ik eerder van jullie,' zei juffrouw Tonnell. 'Vooralsnog heb ik nog niet één ster ontdekt.'

'Dat kan elke dag gebeuren,' zei Ailis bemoedigend. Intussen hadden bijna al haar collega's sterren geanalyseerd die eerder door niemand opgemerkt waren.

'Al zult u arendsogen moeten ontwikkelen om in de buurt van onze mevrouw Hay te komen,' merkte Pickering op. 'U hebt er al wel honderd op de lijst staan, is het niet?'

Ailis geneerde zich. 'Puur geluk,' zei ze.

Juffrouw Tonnell knipoogde naar haar, vreemd vertrouwd voor de paar minuten dat ze haar kende. 'Hoe dan ook sta ik te trappelen om hier aan de slag te gaan!'

'Ik denk dat u minder inwerktijd nodig zult hebben dan de dames die zonder ervaring of opleiding bij ons komen,' zei Pickering. 'Maar toch wil ik mevrouw Hay vragen u een tijdje onder haar hoede te nemen om uit te leggen hoe het hier in z'n werk gaat. We werken sowieso in tweetallen. Ik weet zeker dat juffrouw Brown inmiddels met iemand anders kan werken.'

Ailis' collega tot vandaag knikte trots. Ze was er nog maar een paar weken en vond het leuk dat ze al zonder Ailis' toezicht kon werken.

In de gemeenschappelijke ruimte die de vrouwen hun kleedkamer noemden wees Ailis juffrouw Tonnell op een leeg kluisje. De jonge vrouw hing haar jasje op, trok een schort over haar mooie jurk aan en volgde Ailis naar de ruimte met de lange tafels waaraan de vrouwen over de fotoplaten gebogen zaten.

'U hebt al met astrofotografie gewerkt,' zei Ailis. 'Weet u dat we liever negatieven gebruiken om de sterren te analyseren?'

Juffrouw Tonnell knikte. 'Ik heb die dingen vaak gezien, maar nog nooit zelfstandig geanalyseerd. Ik bedoel, ik weet hoe het moet, maar...'

'Dan begint u daarmee, en zal ik aantekeningen maken,' besliste Ailis. Ze vond haar eerlijkheid verfrissend, vooral omdat ze had verwacht dat de afgestudeerde astronome arrogant zou zijn.

Ailis haalde een fotoplaat, liet haar nieuwe collega plaatsnemen achter een spectrometer en ging er zelf naast zitten met een notitieboekje en een potlood. Juffrouw Tonnell pakte een vergrootglas en de spectrometer en begon te vertellen wat ze zag.

'Ah, dat ken ik, het is een sterrenbeeld dat Ptolemaeus al beschreef: Veulen, oftewel Equuleus. De oude astronomen hadden zulke mooie namen voor de sterrenbeelden. Het zijn vrij kleine sterren, wacht eens, het zijn merendeels dubbelsterren. Dat heb ik nooit geweten!' Juffrouw Tonnell begon met de metingen en was na afloop dolenthousiast over haar nieuwe bevindingen.

Ailis genoot van de samenwerking met haar. Ook tijdens de pauze kletste de nieuwe collega geanimeerd met de andere vrouwen. Ailis merkte tot haar opluchting dat juffrouw Tonnell goed in de groep computers paste. Ze was een scherp waarneemster, en niet alleen van sterren.

'Kijkt u nooit naar uzelf?' vroeg ze Ailis de volgende dag. In de kleedkamer hadden de vrouwen een spiegel neergezet en eigenlijk verliet niemand de ruimte zonder er een blik in te werpen.

Ailis voelde het bloed naar haar wangen stijgen. 'Ik ben niet zo ijdel,' zei ze.

'Maar je bent zo mooi!' riep juffrouw Tonnell uit. 'Oei, tutoyeer ik u nou zomaar? En ik weet uw voornaam niet eens.' Ze glimlachte verontschuldigend.

Ailis zei haar naam. 'We kunnen elkaar bij de voornaam noemen, dat doen we hier allemaal.'

'Ik ben Maureen,' antwoordde de jonge vrouw stralend. 'Vertel eens, Ailis, wat heeft de spiegel je aangedaan?'

Ailis moest lachen. 'Niets, ik ben gewoon niet zo met mijn uiterlijk bezig. Ik weet hoe ik eruitzie, daar hoef ik mezelf niet drie keer per dag van te overtuigen,' verdedigde ze zich.

'Toch zie je er prachtig uit,' hield Maureen vol. 'Of mag alleen je man dat tegen je zeggen? Ben jij zo iemand die haar losse haar alleen aan haar wettige echtgenoot laat zien? De professor noemt je mevrouw.'

'Er is geen echtgenoot,' antwoordde Ailis. 'Ik leef alleen met mijn zoon. De laatste vindt me altijd aardig, de eerste vond dat nooit. Nog meer vragen?' Ze hoopte dat de nieuwsgierigheid van de jonge vrouw hiermee was gestild, maar Maureen lachte alleen maar.

'Nog veel meer!' zei ze. 'Je bent een erkend astronome maar je hebt nooit gestudeerd. Je bent getrouwd maar je hebt geen man. Je bent mooi maar je wilt er niets van weten. Hoe kom je erbij dat andere sterren meer stralen dan jij?'

Ailis was in de war door haar onbeschaamdheid. 'De sterren stralen helderder dan wij allemaal,' zei ze uiteindelijk.

Maureen wierp haar een ondeugende blik toe. 'Maar ze zijn ver weg en jij bent dichtbij. Waarom gaan we niet een hapje eten, dan kun je me over jezelf vertellen. Ik zou ook graag over mezelf vertellen, maar mijn leven is niet half zo spannend.'

Ailis dacht erover na. Ze vond het eigenlijk wel een opwindend idee om een praatje te maken met deze onconventionele vrouw. Maar ze had Copper ook nog. In februari hadden ze zijn eerste verjaardag gevierd. De Pickerings hadden het kereltje een rammelaar gegeven waarop de zon, de maan en de sterren geschilderd waren. De professor vond dat een kind niet vroeg genoeg kon beginnen.

'Ik moet voor mijn zoon zorgen,' zei ze achteloos. 'Mevrouw Pickering wil graag op hem passen, maar na het werk verwacht ze dat ik hem weer overneem.'

Dat argument schoof Maureen meteen van tafel. 'Hij kan gewoon mee! Hoe oud is hij eigenlijk? En hoe heet hij? Ik hou van kinderen!'

Ailis kon niet anders dan toegeven aan deze wervelwind. Een uur later zat ze met Maureen in een café, en voerde ze Copper hapjes van haar omelet. Maureen vond het een schattig jochie, zag direct dat de vader een rossige man moest zijn en vertelde terloops over haar familie en haar studies. Ze kwam uit een rijke familie in Connecticut, haar vader was dokter en ze had twee zussen. Natuurlijk waren haar ouders niet blij geweest dat hun oudste naar de universiteit ging in plaats van te trouwen.

'Maar laten we eerlijk zijn: of je nou een bruidsschat betaalt of collegegeld maakt toch eigenlijk niets uit,' vond ze. 'En dat je automatisch onder de pannen bent als je trouwt, is ook niet zo. Dat zie je wel aan jou.'

'Veel vrouwen willen toch graag een echtgenoot,' bracht Ailis ertegen in.

Maureen haalde haar schouders op. 'Ik niet. Ik sta liever op eigen benen.'

'En ben je niet eenzaam?' Ailis verbaasde zich over haar eigen openheid, vooral omdat ze zich zelf nog nooit alleen had gevoeld. Daar stond tegenover dat ze dit soort ongedwongen gesprekken al heel lang miste. Dus misschien ontbrak er toch iets aan haar leven.

Maureen schudde haar hoofd. 'Ik heb altijd goede vriendinnen gehad.'

In de weken daarna zag Ailis haar nieuwe collega vaker. Ze namen Copper mee uit wandelen, speelden met hem in het park, gingen naar concerten en vergaapten zich aan het vuurwerk op Onafhankelijkheidsdag. Maureen haalde Ailis over om naar het theater te gaan, waarop Ailis maar bekende dat ze nog altijd getrouwd was met de directeur van de Boston Music Hall.

'Dan zou hij je gratis binnen moeten laten,' verklaarde Maureen, die verder niet onder de indruk was. Wel stond ze erop dat Ailis voor de gelegenheid een nieuwe jurk kocht en haar haar wat nonchalanter opstak.

Tijdens hun theaterbezoek kregen de vrouwen Cuthbert Hay helemaal niet te zien. Toch realiseerde Ailis zich dat ze afstand van hem had genomen en haar eigen leven leidde. Ze hoefde hem niet meer uit de weg te gaan, er was niets om zich voor te schamen.

Op de terugweg van het theater gaf Maureen haar een arm. Ailis vond het prettig om haar zo dicht in de buurt te hebben. Terwijl Maureen de muziek zong die ze net had gehoord en er een paar danspasjes bij maakte, liet Ailis zich door haar leiden.

'Ik begeleid je ridderlijk naar huis,' zei Maureen ernstig. 'En dan ga ik je zo direct een afscheidskus geven.'

Ailis keek haar geïrriteerd aan. 'Ik ben een vrouw.'

Maureen lachte. 'En als ik nou eens wilde dat je mijn vrouw werd?'

'Ik ben je vriendin.' Ailis begreep het nog steeds niet. 'Dat is iets anders.'

'Ja, dat is iets anders,' stemde Maureen in, terwijl ze haar armen om Ailis heen sloeg.

Ailis voelde het bonzen in haar keel. En toen ze gekust werd, voelde ze voor het eerst iets dansen in haar buik. Voor het eerst wilde ze niet dat het stopte. Ze verlangde ernaar de ander aan te raken, te strelen, tederheden uit te wisselen.

'Is dit goed?' vroeg ze verdwaasd.

'Voelt het verkeerd?' vroeg Maureen.

Een paar dagen later gingen de twee op zoek naar woonruimte. Maureen zegde haar troosteloze kosthuis op en Ailis verliet eindelijk de bediendenvertrekken van de Pickerings. Als ze hun salarissen samenvoegden, konden ze de huur goed betalen en zich ook een meisje veroorloven om overdag op Copper te passen. Maureen maakte bezwaar, ze vond Alma nog veel te jong, maar Ailis dacht aan Larna en wuifde het weg.

'Alma gaat hem lekker verwennen!' voorspelde ze. 'En dat is het beste wat hem kan overkomen.'

5

Na al die weken in Parijs was Haily Hard nog niet één keer verliefd geworden. Zo langzamerhand begon ze zich zorgen te maken, vooral omdat haar nieuwe vriendinnen haar inmiddels hadden voorgesteld aan hun grote vriendenkring, waar mannen van verschillende leeftijden tussen zaten. Soms trokken ze zelfs op met George en zijn gezelschap van die avond, al keken Marie, Claudette en de anderen veelal neer op deze jonge vrouwen.

'Sloeries,' vond Claudette.

Haily vroeg zich af wat deze vrouwen anders maakte dan haar vrije vriendinnen. Louise, Claudette en Germaine hadden steeds andere liefdespartners en Marie net zo, zij het vrouwelijke. Alleen namen ze geen geld aan, ze voorzagen zelf in hun onderhoud. Natuurlijk maakten ze geen bezwaar als een minnaar de champagne betaalde, maar ze hadden ook vaak jonge kunstenaars bij zich – een schilder, danser of zanger – die meestal geen geld hadden, maar wel aan de maatschappij bijdroegen met hun originele werk en aanwezigheid. Dat kon je van George' prestaties niet zeggen. Zijn gezelschapsmeisjes waren veelal luidruchtige types met een schelle stem. George wisselde bijna dagelijks.

Haily had zich sinds haar avontuur met Marie noch met een man, noch met een vrouw ingelaten. Ze dronk en danste, maar ging met niemand naar bed.

'Ach, je bent de ware nog niet tegengekomen,' zei Claudette troostend toen Haily haar op een dag om raad vroeg. 'De eerste keer word je over het algemeen stapelverliefd en dat is jou nog niet overkomen. Misschien is dat maar goed ook. Zo'n eerste grote liefde loopt meestal niet goed af voor een meisje. Of ze wordt in de steek gelaten, of ze trouwt, krijgt een kind en moet hem dan maar bij zich zien te houden opdat hij haar en de kinderen onderhoudt.'

'Maar waarom zou je met iemand naar bed gaan als je niet verliefd bent?' vroeg Haily.

Claudette schoot in de lach. 'Ach, meisje! Stel dat je zou toegeven aan je familie en je neef tot echtgenoot zou nemen, zou je hem dan weigeren? Er zijn zoveel redenen om je in te laten met een man: geld, carrière, macht... In haar eentje komt een vrouw vaak nergens. En je kan er natuurlijk ook plezier aan beleven! Volgens mij is dat sowieso de beste reden. Jammer genoeg weten maar weinig vrouwen hoe je ervan kan genieten. Omdat de mannen op wie ze verliefd worden meestal niet de beste minnaars zijn.'

'Zit daar dan verschil in?' vroeg Haily naïef.

Claudette schaterde. 'Nou en of, chérie! Zeg, wat denk je ervan om voor de keuze van je eerste minnaar op ons te vertrouwen? Wij kiezen iemand voor je uit die ervaring en passie heeft. Je moet hem natuurlijk wel leuk vinden, maar je hoeft niet verliefd te zijn.'

'Wat als ik zwanger raak?' vroeg Haily nerveus. 'Dat kan toch gebeuren? En dan...'

Claudette sloeg een arm om haar heen. 'In de eerste plaats zal hij jou en zichzelf beschermen, kapotjes zijn er niet voor niets. Verder zullen we je leren hoe je de dagen berekent dat er niets kan gebeuren. Het is maar ongeveer één week per maand gevaarlijk. In die week kun je beter aan onthouding doen. Wat trouwens veel makkelijker is als je niet smoorverliefd bent.'

De dagen daarop overlegden de vriendinnen uitgebreid en met veel lol wie van hun vele vrienden en voormalige minnaars het beste aan Haily gekoppeld kon worden. Ze bespraken de kwaliteiten van de mannen zo open en vrij dat het schaamrood de gewoonlijk zo zelfverzekerde Schotse voortdurend naar de kaken steeg.

Claudette vroeg Haily naar de details van haar menstruatiecyclus en leerde haar hoe ze kon berekenen wat ongeveer haar vruchtbare dagen waren. Haily begon in te zien dat het meer was dan een spelletje en werd nu toch nieuwsgierig. Was haar tot nu toe werkelijk het ultieme genot ontgaan? En kon een beetje ervaring niet mooi van pas komen tegen de tijd dat ze zich zou binden aan een man die haar carrière zou ondersteunen?

Haar nieuwe vriendinnen kwamen uiteindelijk uit bij een danser, een jonge Rus die bij het Bolsjojballet zou hebben gedanst voordat hij naar Parijs was gekomen. Aleksej was lang en donkerharig en een geloofwaardige sprookjesprins op het toneel. In het dagelijks leven was hij zwijgzaam en vriendelijk. Het was Haily wel opgevallen dat hij aanrakerig was. De keren dat hij zijn arm om haar heen had geslagen of haar een formele handkus had gegeven, had ze niet onprettig gevonden.

'Aleksej dus,' besloot Claudette. 'Marie, stel jij je appartement beschikbaar? Er mag natuurlijk niemand binnenkomen als zij net, eh...' De meeste vrouwen deelden hun woning met andere jonge artistieke vrouwen. Bijna niemand kon de toch al schaarse woonruimte in Montmartre in haar eentje betalen.

'Wil hij wel?' vroeg Haily bezorgd.

De anderen lachten. 'Het zal hem een eer zijn,' grapte Germaine. 'Bedenk dat hij een prins is!'

Aleksej stemde niet alleen toe, hij wilde er ook een heel speciale avond van maken voor Haily. Ze spraken af in de Moulin Rouge, waar Marie die avond een goochelact deed en Claudette al een tijdje deel uitmaakte van het ensemble van cancandansers. Aleksej begroette Haily met een glimlach, een boeketje en complimentjes. Ze dronken champagne en uiteindelijk nam hij haar mee naar een bistro om wat te eten en te praten. Haily vertelde over haar geplande en Aleksej over zijn al begonnen carrière, waarbij hij nu en dan haar hand vasthield, een lok haar achter haar oor streelde en haar verzekerde dat al haar dromen zouden uitkomen, als ze er maar hard genoeg in geloofde.

Uiteindelijk leidde hij haar naar Maries appartement. Daar wachtten hun niet alleen gedempt licht, geurkaarsen en nog meer champagne, maar ook een door de vriendinnen met rozenblaadjes bestrooid bed. Zodra ze binnen waren, begon buiten onder het raam een luitspeler liefdesliedjes te zingen.

'Het lijkt wel een sprookje!' zei Haily verrast voordat ze zich door Aleksej liet kussen. Hij kleedde haar langzaam uit, hielp haar dat ook bij hem te doen, nam haar in zijn armen en droeg haar naar het bed. Teder Russische woordjes fluisterend streelde en kuste hij haar tot ze niets anders meer wilde dan dit. Voor het eerst in haar leven ervoer Haily pure extase. Aleksej ging langzaam verder, ze voelde slechts lichte pijn toen hij voorzichtig bij haar binnendrong. Even later bracht hij haar met behulp van zijn vingers tot haar eerste orgasme. Toen ze klaar waren, was ze totaal overtuigd: de lichamelijke liefde zou ze alleen omwille van haar eigen genot moeten bedrijven. Waren alle mannen maar zoals Aleksej!

Terwijl Haily een bijzonder bevredigende nacht doormaakte, werd haar neef George door pech achtervolgd. Weer bezocht hij een casino en weer bracht de nieuwe jonge vrouw aan zijn arm hem geen geluk. Nu had ook hij de afgelopen weken een vriendenkring opgebouwd en tot nu toe had hij bij grote verliezen altijd wel iemand bereid gevonden hem zijn speelschuld voor te schieten. Hij betaalde zelden terug, meestal omdat hij de volgende dag alles vergeten was. Het kwam niet bij hem op dat dit op een dag anders zou zijn. Deze avond was er niemand die bij wilde springen toen hij op een paar duizend francs verlies stond.

'George, ik heb je al vierduizend franc geleend,' zei een jonge Franse edelman. 'En bij Maurice sta je zo'n drieduizend in het krijt. Hoe ga je dat ooit terugbetalen?'

'Komt allemaal goed! Als je me met laten we zeggen nog eens duizend uit de brand helpt, dan kan ik alles terugwinnen,' zei George licht wanhopig.

De Fransman schudde zijn hoofd. 'Zo werkt het niet, George, dat weet jij ook wel. Ik kan je niet helpen. Probeer een regeling te treffen met het casino; misschien kun je je schuld in termijnen aflossen. Je zal niet de enige zijn die hier bankroet raakt.'

George dacht erover na, maar kon geen oplossing bedenken.

Hoe moest hij zijn gokschulden voldoen als hij niet kon gokken om het geld bij elkaar te krijgen? Want nu zou het casino hem natuurlijk verbannen, misschien kreeg hij wel een totaal casinoverbod. Uiteindelijk kon hij maar één ding bedenken.

'Kom, Françoise, we gaan,' fluisterde hij tegen zijn vriendin, die net met een andere speler zat te kletsen. 'We maken ons uit de voeten.'

George wilde zijn hoge hoed en zomerjas in de garderobe laten hangen, maar de jonge vrouw was niet van plan haar spullen zomaar achter te laten.

'George, mijn mantel en paraplu hangen daar. Die heb ik nodig! Waarom gaan we nu al weg? En zo halsoverkop?'

Françoise was niet het type dat haar stem dempte als de situatie daarom vroeg. George raakte in paniek. Sneller dan gepland beende hij richting uitgang en vervolgens bijna op een holletje door de pompeuze entreehal tot hij werd tegengehouden door een van de portiers in hun elegante uniform die de gasten altijd uiterst hoffelijk ontvingen. Françoise zag hij niet meer, die was kennelijk terug het casino in gegaan.

'Wat een haast, monsieur!' zei de man. 'Waar willen we naartoe, zo ijlings zonder hoed en jas? Kan het zijn dat u iets vergeten bent? Wellicht om uw rekening te voldoen? Ik vraag u vriendelijk doch dringend met mij mee te lopen naar de kassa om dit op te lossen.'

Het casino mocht berouwvolle gokkers graag een oplossing bieden, maar voor schuldenaars die ertussenuit probeerden te knijpen kende men geen pardon. George en Françoise hadden in de loop van de avond ook nog twee flessen champagne leeggedronken. George moest zich tot zijn schande door de politie laten afvoeren.

'Hebt u iemand die garant kan staan voor u?' vroeg de gendarme die hem uit het casino meenam naar het bureau. 'Familie misschien?'

George besefte dat hij door de zure appel heen moest bijten. Hij gaf het logeeradres van de Hards.

‘Kunt u hen met spoed inlichten, alstublieft,’ vroeg hij. ‘Want u moet begrijpen, ik ben de erfgenaam. Van de Hards. Als ik in de gevangenis beland…’

De gendarmes waren niet onder de indruk van zijn status, maar een jongen die rondhing op zoek naar een heitje voor een karweitje, ging er meteen vandoor voor de halve franc die George nog op zak had.

De Balincourts schrokken wakker toen er midden in de nacht werd aangebeld. Tegenwoordig sliepen de grootouders en Emily meestal door de thuiskomst van de kinderen heen. Donella, die altijd stipt op tijd thuis werd gebracht door haar Hernando, lag al in bed, dromend van een ballonvaart. George en Haily hadden een sleutel.

‘Als er maar niets met de kinderen is gebeurd.’ Vrouwe Denise sprak de vrees van heer Frederick uit. Het bericht van de loopjongen was een opluchting, maar zette de vrees meteen om in boosheid.

‘En juffrouw Hard?’ vroeg Frederick Balincourt aan de jongen. ‘Zijn nichtje? Is zij ook op het bureau? Ze moeten samen zijn geweest.’

De jongen schudde zijn hoofd. Hij had alleen de delinquent gezien, geen jonge dame.

‘Goed, ik ga het meteen regelen.’ Hij gaf de jongen een franc en de opdracht een koets te halen. Dat was op dat tijdstip in zo’n rustige buurt nog niet zo makkelijk. Toch stond er een rijtuig te wachten toen de oude man de deur uit liep.

Het hoofdbureau van de Parijse politie bevond zich op het Ile de la Cité in een indrukwekkend neorenaissancistisch gebouw. Normaal gesproken zou heer Balincourt de architectuur aandachtig bekeken hebben, maar nu ontstak hij in woede om zijn eigenwijze kleinzoon, die al ongeduldig op hem wachtte. De gendarmes hadden George nog niet in een cel gezet, maar in een verhoorkamer.

Zijn grootvader gunde hem geen blik waardig. Hij verzocht om een gesprek met de prefect, die op dat uur natuurlijk niet aanwezig was. Zijn vertegenwoordiger ontving de Schotse edelman echter beleefd en toen deze toezegde de borgsom van de jongeman te voldoen, was een overeenkomst snel bereikt. Sir Balincourt betaalde en beloofde de volgende ochtend contact op te nemen met de casinoleiding om de schulden van zijn kleinzoon te voldoen. Daarna mocht hij George mee naar huis nemen.

'Ze hadden je in de cel moeten gooien!' zei hij in de koets. 'Wie denk jij eigenlijk dat je bent? Je in de nesten werken en er dan als een crimineel vandoor proberen te gaan! Je bent een schande voor je familie! En waar heb je Haily achtergelaten? Ze zou bij jou moeten zijn. Jij bent verantwoordelijk voor haar. Vanaf nu is het afgelopen met de pret. Jullie gaan je ouders gehoorzamen en je onmiddellijk verloven. Mijn geduld is op!'

Haily en Aleksej hadden hun champagne opgedronken en even in elkaars armen liggen slapen. Maar Aleksej wist wat hem te doen stond. Hij kleedde zich aan, wekte Haily met een kop sterke koffie en bracht haar haar kleren.

'Het was een prachtige nacht,' verzekerde hij haar. Hij hielp haar in haar mantel en maakte aanstalten haar naar huis te begeleiden.

Haily liet de koets stoppen voor de alkoof waar ze altijd met George afsprak, in de hoop dat hij had gewacht. Toen hij er niet bleek te zijn, stapte Aleksej met haar uit.

'Ik kan je hier niet alleen laten. Waar kan je neef zijn?'

Haily wist het niet, maar tot haar opluchting bleek zij de huissleutel op zak te hebben. Ze zou nog een uur op George wachten en hem dan aan zijn lot overlaten. Of zou hij al binnen zijn, nu ze zoveel later was dan gewoonlijk?

'Ga maar gewoon,' zei ze tegen Aleksej. Ze wist dat hij al vroeg in de ochtend naar het operagebouw moest voor zijn ballettraining. 'Ik wacht een paar minuten en ga dan naar binnen. Waarschijnlijk heeft George een of ander excuus bedacht om zonder mij thuis te komen. Daar is hij erg goed in. Hij had natuurlijk geen zin om hier lang te blijven staan.'

Na het mooie weer van de afgelopen weken was het deze

zomeravond in Parijs opeens weer koel en regenachtig.

'Goed dan,' zei Aleksej. 'Maar ik wacht wel tot je binnen bent.'

'Je bent echt een prins,' zei Haily blij en ze tuitte haar lippen om afscheid te nemen. Hij kuste haar teder en lang. Zo stonden ze in alle innigheid toen de koets met haar grootvader en haar neef aan kwam rijden.

6

'Het is niet eerlijk! Ik heb niets verkeerds gedaan. Ik heb Hernando aan jullie voorgesteld, jullie weten altijd waar ik ben. Het is gewoon niet rechtvaardig om mij ook te straffen.' Donella had zelden een grote mond. Zowel door haar moeder als door haar leraressen was haar van jongs af aan ingeprent zich te beheersen en zich als een dame te gedragen, wat er ook gebeurde. Maar nu haar grootouders hun meedeelden dat ze Parijs zo snel mogelijk zouden verlaten en vervroegd de overtocht naar New York gingen maken, kon ze haar teleurstelling niet voor zich houden.

In haar slaap had ze van het nachtelijke drama niets meegekregen. Haar grootvader had zowel George als Haily direct naar bed gestuurd, zonder ook maar een woord vuil te maken aan Haily's gedrag. Zijn woede zinderde nog door toen hij 's ochtends tegen de twee uitvoer zonder naar hun verontschuldigingen te luisteren. De beslissing was genomen.

'Dat klopt, Dona,' zei hij tegen haar. 'Het heeft ook niets met jou te maken. Maar jouw broer en nicht hebben bewezen dat deze stad hun geen goed doet. Ze zoeken slecht gezelschap op en daar moet ik paal en perk aan stellen.'

'Ik ga toch niet met Haily trouwen!' riep George. 'Ze heeft met iemand anders gezoend!'

'Dat moet jij zeggen!' weerkaatste Haily. 'Ik heb jou de laatste tijd wel twintig andere vrouwen zien zoenen.'

Vrouwe Denise hapte naar adem.

'Overigens heb jij ook geen zuiver geweten,' zei grootvader tegen Donella zonder op de wederzijdse beschuldigingen van George en Haily te reageren. 'We hebben je verschillende keren mee op pad gestuurd om ze in de gaten te houden. Ook jou,

Emily! Jullie moeten iets gemerkt hebben. Maar jullie hebben hun de hand boven het hoofd gehouden!'

Emily, die zich in de weken dat Donella met Sánchez-Duboire optrok had teruggetrokken in zichzelf, zonder dat iemand het in de gaten had gehad, zweeg ook deze ochtend. Bijna automatisch verrichtte ze haar taken voor Haily, hielp haar bij het aankleden en kapte haar haar, en verdween in het natuurhistorisch museum wanneer ze maar kon. Soms kwam ze Donella en Hernando tegen. Donella, die zich natuurlijk schuldig voelde dat ze zich nauwelijks nog om het jongere meisje bekommerde, had haar voorgesteld aan Hernando en meegenomen naar de achterkamertjes, waar ze de originele tekeningen van Leonardo da Vinci mochten bekijken. Gelukzalig had ze ze tot in de kleinste details bestudeerd.

Natuurlijk had ook zij niets meegekregen van heer Balincourts nachtelijke confrontaties met Haily en George. Ze was zoals altijd vroeg opgestaan om een bad klaar te maken voor Haily en haar te wekken. Aan Haily, die in een pluizige witte badjas aan de ontbijttafel verscheen, was niets te zien van haar nacht met Aleksej.

Emily voelde zich niet aangesproken door de beschuldiging van heer Balincourt, net zomin als Donella.

'We waren er altijd bij, bij de concerten en de parades en zo,' verklaarde Donella zonder George en Haily te noemen.

'Ik assisteer juffrouw Haily natuurlijk bij het aankleden en de verzorging van haar kapsel,' begon Emily, die sinds ze min of meer gedwongen was geweest mee te gaan als Haily's slaafje een formelere toon aansloeg als ze met de Balincourts over haar sprak.

Donella vroeg zich af of Emily dat ook deed als ze met Haily alleen was. Ze kon het zich niet voorstellen. Al sprak Emily in het openbaar eigenlijk alleen met Donella op een vriendschappelijke manier.

'Ervan uitgaande dat ze met meneer George uitging,' voegde Emily eraan toe.

Frederick Balincourt snoof. 'Ik begrijp dat jij Haily een zekere discretie verplicht bent. Maar als jíj iets wist, Donella, had je het mij en grootmoeder moeten vertellen!'

Donella realiseerde zich dat de Parijse avonturen van Haily en George helemaal aan haar voorbijgingen sinds ze Hernando kende. Ze ging op in haar eigen volle leven. Meestal ging ze 's ochtends naar Hernando's elegante ruime flat in het derde arrondissement, waar ze zich voor de ogen van zijn geamuseerde lijfknecht en misprijzende huishoudster verkleedde als Donald. Zo volgde ze samen met Hernando de hoor- en werkcolleges aan de universiteit. Ze richtte zich voornamelijk op mechanica, maar glipte ook weleens een natuur- of scheikundecollege binnen als ze het onderwerp spannend vond. In de grote auditoriums viel ze de docenten niet op in de menigte, en de studenten waren al gewend aan Donald. Er werd weleens wat gefluisterd, maar de geheime studente werd niet verraden.

Later op de dag troffen Donella en Hernando elkaar vaak in het techniek- of het natuurhistorisch museum, of werkten ze aan hun model van Leonardo da Vinci's vliegmachine in de werkplaats in het souterrain onder zijn appartement. Donella droeg steeds meer ideeën bij en wist de kennis die ze bij professor Barlot opdeed over kinematica en dynamica vrijwel meteen toe te passen.

Ook op het gebied van de romantiek kwam ze niets tekort. Terwijl ze als Donald met Hernando knutselde en leerde, werd ze als Donella volgens de regelen der kunst het hof gemaakt. Hernando nam haar in zijn Benz mee op ritjes door de provincie, waar ze in prachtige kleine herbergen aten, nodigde haar uit voor variétés en cabarets, voor vernissages en modeshows. Ze moest lachen toen hij haar zelfs meevroeg naar een haute-couture-modeshow.

'Ik dacht dat jij dat leuk zou vinden!' Hij verheugde zich erop haar te zien genieten van de kleurrijke stoffen en de uitzonderlijke creaties die op de catwalk werden gepresenteerd.

Komende week stond eindelijk hun tripje naar de ballonfabriek op het programma. Maar het zag ernaar uit dat ze tegen die tijd op weg zou zijn naar Calais.

'Ik vaar niet mee.' Zonder na te denken over de details sprak Donella haar beslissing direct uit. 'Ik kan hier niet weg!'

Haar grootvader fronste. 'Hoe bedoel je, je kúnt niet weg? Ik begrijp dat je je vriend Sánchez-Duboire niet graag achterlaat, maar heeft hij jou al iets verklaard? Of misschien gehint op een verloving? Het zou een beetje overhaast zijn, maar als er iets te voorzien valt...'

'We kennen elkaar pas een paar weken,' zei Donella. 'Geen heer die na zo'n korte tijd al een huwelijksaanzoek doet. En het gaat er niet alleen om dat ik verliefd ben.'

Haar grootouders keken haar met grote ogen aan.

'Wat dan nog meer?' vroeg haar grootmoeder. 'Overigens ben ik van begin af aan van mening geweest dat jij 's avonds nog niet alleen met hem mee uit mag. Misschien heeft hij jouw verliefdheid wel aangemoedigd met eh, nou, laat ik het "tederheden" noemen.'

Donella was niet van plan te zeggen dat Hernando haar vaak en gretig kuste en zelfs, toen ze tijdens het uitstapje naar de provincie in het gras lagen, haar bloes open had geknoopt om haar te liefkozen. Dat zou haar zaak nu niet helpen. Integendeel. Als ze kans wilde maken om hier te blijven, moest ze haar grootvader over Donald vertellen.

'Het is iets heel anders,' zei ze. 'Grootpapa, kunnen we even onder vier ogen praten? Ik wil u al heel lang iets vertellen.'

'Iets wat met Sánchez-Duboire te maken heeft?' vroeg Frederick Balincourt wantrouwend.

Donella beet op haar lip. 'Iets wat met de universiteit te maken heeft,' zei ze zacht en ze hoorde Haily en George opgelucht uitademen. 'Wilt u alstublieft naar me luisteren?'

Toen heer Balincourt zich met zijn kleindochter terugtrok in de salon, konden Haily en George eindelijk rustig ontbijten. Voor geen van beiden was het naderende vertrek een straf. Haily had in Parijs alles geleerd waar ze op gehoopt had. En meer. De nacht met Aleksej was de kers op de taart geweest. Ze wist nu wat een vrouw te wachten stond als ze met een man naar bed ging. Het zou vast niet altijd zo fijn zijn, maar ze hoefde er niet bang meer voor te zijn.

George wist dat zijn spel in Parijs voorbij was. Hij was letterlijk uitgespeeld. Ook al betaalde grootvader zijn schulden, de casino's zouden hem niet meer binnenlaten. Daarvoor in de plaats kwamen de gokfaciliteiten op de luxe stoomschepen die van Calais naar Londen of New York voeren. Interessante vrouwen kon je er vast ook ontmoeten. George was klaar om zijn horizon te verbreden.

Frederick Balincourt wist niet of hij geamuseerd of geschokt moest zijn. Hij had altijd geweten dat Donella nergens voor terugdeinsde om haar verlangen naar kennis te stillen. Hoe ze deze inschrijving als toehoorder aan de Sorbonne voor elkaar had gekregen, had hij echter nooit kunnen bedenken.

'Maar Sánchez-Duboire betaalt dus officieus collegegeld voor jou,' zei hij. 'Daar kan natuurlijk geen sprake van zijn. Ik zal hem terugbetalen, net zoals ik de schulden van George zal voldoen.'

Donella trok een grimas. 'Weet u wel om wat voor bedragen het gaat?' vroeg ze zacht. 'Hernando's vermogen gaat dat van ons ver te boven. Bovendien ging het om een donatie die Hernando toch al van plan was. Ook als Donald niet had bestaan. Maar nu is hij er, grootpapa. Mijn officieuze collegegeld, zoals u het noemt, is voor minstens een semester betaald. En volgens mij mag professor Barlot Donald wel. Als ik niet opval, laat hij me verder studeren. Misschien vind ik daarna een universiteit die me toestaat examen te doen. Daarmee neem ik tenslotte geen man zijn studieplek af. Maar ook al lukt dat niet: de kennis die ik heb opgedaan kan niemand me meer afnemen.' Ze keek haar grootvader smekend aan.

Hij was even stil. 'Je weet dat je vader je wil uithuwelijken, Dona,' zei hij toen langzaam. 'Je zult je moeten aanpassen, net als Haily en eerder Ailis. Als ik je hier gewoon achterlaat, heb ik straks een groot probleem. En hoe stel je je dat eigenlijk voor? Waar ga je wonen?'

Donella onderdrukte een hoopvolle glimlach. 'Hernando heeft een gigantisch appartement, een hele verdieping.'

Grootvader schudde zijn hoofd. 'Dat is onmogelijk, Donella. Je kunt geen woonruimte delen met een ongetrouwde jongeman voor wie je naast het enthousiasme voor hetzelfde vakgebied ook nog eens romantische gevoelens koestert.'

Donella stak haar wijsvinger op. 'Er zijn vast huizen met kamers voor jonge vrouwen die een baan hebben,' zei ze. 'Of waar studentes samenwonen. Er zijn immers al opleidingen die vrouwen toelaten. O grootpapa, laat me blijven, alsjeblieft! Al is het maar voor het zomersemester. Of tot de reis voorbij is. We hebben nog bijna een jaar, is het niet? In die tijd kan ik zóveel leren! En mijn ouders hoeven het helemaal niet te weten. Ik schrijf ze regelmatig een brief die ik naar Boston zal sturen, zodat Ailis hem daar op de post kan doen. Dat doet ze wel voor mij. Alstublieft, grootpapa. Dit is mijn grootste wens – en mijn enige kans. Daarna zal ik me aanpassen. Beloofd!' Ze keek hem trouwhartig aan.

In een jaar kan veel gebeuren, dacht ze intussen. Misschien zou Hernando haar tegen die tijd wel een aanzoek doen. Haar vader zou de zoon van een steenrijke koffiebaron niet afwijzen.

Frederick Balincourt zuchtte. Hij had het altijd moeilijk gevonden Donella iets te weigeren. Het deed hem verdriet dat zijn oogappel zo hard moest vechten voor elke mogelijkheid om te leren.

'Goed dan,' zei hij uiteindelijk. 'Maar je gaat niet in je eentje in een vrouwenhuis wonen. We houden dit appartement aan en ik blijf hier. Bij jou. Jij houdt je fatsoen en maakt het Huis Hard niet te schande. Kan ik erop vertrouwen dat je nog maagd bent als je straks klaar bent met studeren?'

Donella zou hem alles hebben beloofd. 'Natuurlijk, grootpapa. Ik wil alleen maar studeren,' verklaarde ze. 'Denkt u zich toch eens in, misschien ga ik ooit wel vliegen!' Enthousiast vertelde ze over het geplande bezoek aan de luchtballonfabriek.

Frederick Balincourt stelde zichzelf gerust met de gedachte dat zijn kleindochter zich vooralsnog meer voorstelde van de luchtvaart dan van de liefde.

7

Ailis voelde zich als een wervelwind in wat beslist de gelukkigste tijd van haar leven moest zijn. Als Maureen en zij de liefde bedreven beleefde ze hoogtepunten waarvan ze zelfs nooit had gedroomd. Haar geliefde had op verschillende kostscholen en een meisjescollege gezeten en in haar studietijd in vrouwenhuizen gewoond. Ze vertelde dat meisjes hun ontluikende gevoelens en verlangens vaak op andere meisjes projecteerden, of ze nou verliefd waren of niet – of bij gebrek aan jongens die ze vaak maandenlang nergens tegenkwamen.

Ailis herinnerde zich van haar kostschool wel een aantal bijzonder vertrouwde meisjesvriendschappen; vriendinnetjes die elkaar de hele tijd aanraakten, gearmd liepen en met de armen om elkaar heen geslagen zaten. Ze had daar nooit iets achter gezocht, maar Maureen had al sinds haar dertiende zulke vriendschappen. En anders dan veel andere meisjes, die zich op het andere geslacht richtten zodra ze de kans kregen, had zij zich nooit aangetrokken gevoeld tot jongens of mannen.

Nu pas realiseerde Ailis zich dat zij ook zo was. Ze had alleen nooit meisjes ontmoet op wie ze verliefd was geworden. Op kostschool en college was ze alleen met haar nichtjes en Emily omgegaan en vervolgens was ze heel jong getrouwd. Maureen had haar opnieuw ingewijd in de lichamelijke liefde, maar nu met een tederheid en inlevingsvermogen waar Cuthbert niet aan kon tippen.

Bovendien waren er tussen Maureen en haar veel diepere gevoelens gegroeid. Ze hielden van elkaar, bewonderden en begrepen elkaar en deelden dezelfde interesses. Hun gedreven samenwerking bij de Harvard-computers maakte hen allebei gelukkig en leidde tot indrukwekkende resultaten. De sterrencatalogus, de classificatie van sterren waar Pickering allang van droomde, was een serieus project geworden. Maureen bracht de wetenschappelijke kennis mee om het te realiseren en deelde alles wat ze wist met Ailis. Samen puzzelden ze de criteria uit waarmee de hemellichamen in categorieën ingedeeld konden worden. Het ging natuurlijk om grootte, maar ook om helderheid en kleurenspectra. Spectraallijnen gaven informatie over de oppervlaktetemperatuur en de chemische samenstelling van sterren. Ook de leeftijd van een ster konden ze bepalen aan de hand van de analyse van de platen. Ailis' hoofd tolde weleens van de spectraalcategorieën, helderheidsklassen, dubbelsterren, nevels en zwarte gaten. Het systematisch vastleggen van al deze verschijnselen was niet eenvoudig en de criteria aan de hand waarvan sterren werden gerangschikt waren niet altijd zwart-wit. Tot Ailis' verdriet verschilden haar vriendin en haar mentor nogal eens van mening – en bleken beiden nogal onverzettelijk.

Ailis had natuurlijk allang gemerkt dat het ego van Maureen niet onderdeed voor dat van de meeste mannen. Een vrouw moest ook wel over uitzonderlijk veel zelfvertrouwen beschikken om zich staande te houden in de mannenwereld van de wetenschap, maar haar vriendin kon het nogal overdrijven, vond ze. Maureen wilde altijd haar gelijk halen. Thuis had Ailis daar weinig last van, ze vond het vaak juist wel amusant als Maureen haar theorieën over God en de wereld uit de doeken deed of niet van wijken wilde weten, ook al had ze duizend keer ongelijk. Maar professor Pickering was minder toegeeflijk. Aanvankelijk had hij genoten van de levendige discussies met zijn jonge collega, maar als hij op een gegeven moment de knoop wilde doorhakken stuitte hij vaak op Maureens onverzettelijkheid om tot een compromis te komen.

Na ongeveer een jaar grand tour was de stemming van haar familie in Parijs tot een kookpunt gestegen en tegen de tijd dat Ailis de brief van Frederick Balincourt ontving, waarin hij de komst van het aanzienlijk uitgedunde reisgezelschap naar de Verenigde Staten aankondigde, vreesde ze al langere tijd dat de boel zou escaleren – ook hier in Boston. Ze vroeg zich af hoe Maureen verder zou gaan. Zou ze voor Ailis, voor hen kiezen – Copper noemde Ailis mama en Maureen maumi – of voor haar carrière als astronoom? Eigenlijk hoefde ze als jonge wetenschapper alleen maar in te stemmen met Pickerings goed doordachte voorstellen voor de classificatie van de hemellichamen. Zijn argument dat Maureens versie zo uitgebreid was dat de uiteindelijke catalogus in geen enkele bibliotheek zou passen, was terecht.

Maar Maureen kon of wilde daar niet in meegaan. Twee weken voordat Ailis' familie arriveerde, vertelde ze haar vriendin dat ze een baan had geaccepteerd bij het Vassar College Observatory.

'Bij mijn alma mater, zogezegd,' glimlachte ze. 'Het is natuurlijk kleiner dan Harvard, maar ik kan er waarschijnlijk zelfstandiger werken...'

En nieuwe vriendinnen vinden op het vrouwencollege, dacht Ailis meteen. 'Beteken ik dan niets voor je?' vroeg ze zachtjes toen Maureen opgetogen alvast wat spullen begon in te pakken.

Maureen sloeg haar armen om haar heen. 'Natuurlijk wel, heel veel! Het liefst zou ik je meenemen. Zal ik vragen of er een functie voor je is? Je bent al lang een erkend astronoom.'

Dat laatste was waar. Ailis had meer dan honderd sterren ontdekt, waaronder een aantal dubbelsterren en zelfs een stellaire nevel, een ophoping van hemellichamen die samen één lichtgevend geheel vormden. Op het Harvard Observatorium had ze veel aanzien, maar daarbuiten? Zou ze op Vassar meer zijn dan de Schotse huishoudster van Pickering of zelfs de favoriet in zijn zogenaamde harem?

Ailis schudde haar hoofd. 'Ik heb niet gestudeerd, en niet eens de middelbare school afgemaakt. Je weet hoe moeilijk het is om een baan te vinden, zelfs als je, zoals jij, alles cum laude hebt afgerond. Ik kan niet met je mee, Maureen. Maar jij zou hier kunnen blijven...'

Maureen ging verder met inpakken. 'Dat kan ik niet, Ailis, en dat weet je. Ik ben het aan mezelf verplicht om verder te gaan, aan mezelf en aan alle andere vrouwen. We kunnen ons niet blijven onderwerpen aan mannen! Ik ben net zo hoog opgeleid als Pickering.'

Ailis wilde haar tegenspreken – Maureen was nog niet gepromoveerd en Pickering was een oude rot in het vak – maar ze zweeg.

'Ik wil iets neerzetten, Ailis,' ging Maureen door. 'Ik wil me ontwikkelen. Het spijt me, mijn lief, maar hier blijven is stilstaan.'

Ailis zei niets meer. Ze hoorde in Maureens woorden hetzelfde argument als waarmee Cuthbert destijds bij haar wegging. Alsof ze niet openstond voor iets nieuws, geen ambitie had, geen toekomstvisie. Het enige waar ze nu niet van werd beschuldigd was preutsheid, maar wie zei dat Maureen niet op zoek was naar een andere vrouw en een spannender leven?

Het was voorbij, Ailis kon niet anders dan accepteren wat Maureen had besloten. Ze nam koel afscheid en trok zich terug in huis. Copper merkte dat zijn moeder verdrietig was en kwam naar haar toe. Ze streelde zijn haar, nam hem in haar armen en kuste hem op zijn wang. Ze had altijd nog haar zoon. Een groter geluk was misschien niet voor haar weggelegd.

De dag nadat Maureen was vertrokken, sprak Pickering zijn favoriete werknemer aan. 'Ik ben zo blij dat u blijft, mevrouw Hay,' zei hij hartelijk. 'Ik was bang dat ik u zou verliezen.'

Ailis probeerde te glimlachen. 'Er zijn nog zoveel sterren,' zei ze zacht. 'Daar kan ik u toch niet mee laten zitten?'

Pickering beantwoordde haar glimlach.

De komst van haar familie, bestaande uit Denise Balincourt, Haily, George en Emily, bracht haar algauw op andere gedachten. Denise Balincourt had zich op het schip onverwacht stellig op het bij elkaar houden van de kudde gestort. Ze had George van begin af aan verboden naar het casino te gaan en chaperonneerde George en Haily naar de dansavondjes.

Emily, die teleurgesteld was over het abrupte einde aan haar verblijf in Parijs, deed niet mee aan spelletjes op het dek of ander amusement. Ze gebruikte haar tijd om brieven te schrijven, en deed dat bijzonder bloemrijk, alsof haar studie in Parijs haar nieuw zelfvertrouwen had gegeven. Tot nu toe had ze slechts meeondertekend als Donella Ailis verslag deed van de reis. Waarom twee brieven schrijven als ze praktisch hetzelfde meemaakten? Maar nu beschreef ze de belevenissen in Frankrijk zowel aan haar ouders als aan Ailis levendig en gedetailleerd, en ze nam geen blad voor de mond, vooral niet in haar brieven aan Ailis.

Ailis en Donella waren haar vertrouwelingen geweest op kostschool en Emily had Ailis altijd gezien als een soort beschermer. Ze herinnerde zich nog hoe het oudere meisje had geprobeerd een correct verslag te geven van het incident waaraan ze haar ganzenkuiken had overgehouden. Nu vertelde ze Ailis aanzienlijk meer over Haily's activiteiten dan ze ooit aan de Balincourts of zelfs Donella had verklapt. Ze schreef ook dat ze zich verheugde op het Natural History Museum in New York. Ongestoord te kunnen studeren had haar gelukkig gemaakt in Parijs.

Tot Emily's teleurstelling bleef het reisgezelschap slechts kort in New York. Frederick Balincourt had de vrees uitgesproken dat in de opkomende wereldstad dezelfde gevaren op de loer lagen voor de deugdzaamheid van George en Haily als in Parijs. Daarom stond vrouwe Denise erop dat ze zo snel mogelijk door zouden reizen naar Boston. Haar zenuwen hadden haar in hun greep. Ze wilde in geen geval nog een van haar protegés verliezen. Zelfs Emily's wetenschappelijke interesse wekte zoveel argwaan bij haar dat het meisje slechts één keer naar het museum mocht, in gezelschap van Haily, George en haarzelf.

In haar laatste brief voordat ze Ailis terug zou zien leek Emily alle moed verloren te hebben.

Ken je in Boston niet iemand die een dienstmeid nodig heeft? Haily heeft alleen nog maar slechte zin. Tijdens ons verblijf in New York had ze auditie willen doen op Broadway als zangeres of danseres. Er zijn hier altijd audities en iedereen mag meedoen. Maar vrouwe Balincourt verliest haar geen moment meer uit het oog. Ze zou Haily en George waarschijnlijk het liefst met een ketting aan elkaar vastklinken. Maar zelfs dan zouden die twee zich nog niet samen naar het altaar laten dwingen. Ze kijken alleen nog vol haat naar elkaar – allebei geven ze de ander de schuld van het verliezen van hun vrijheid in Parijs. De spanning is niet te harden. Ik hoop dat er wat natuur te vinden is in Boston, waar ik naartoe kan vluchten. Vrouwe Balincourt kijkt uit naar de Indian summer…

De herfstkleuren aan de Amerikaanse oostkust waren schitterend. Ailis hoopte dat de gemoederen van de reizigers wat zouden bedaren door al dat natuurschoon. Maar een baan als dienstmeisje zag ze niet zitten voor Emily, sterker nog, ze had heel andere plannen met de jonge vrouw. Aan Harvard University waren gekwalificeerde studentes welkom, en ze had nog wat tegoed van professor Pickering. Door zijn dankbaarheid voor haar keuze om te blijven toen Maureen wegging was ze gaan inzien hoe belangrijk haar werk was voor de Harvard-computers. Bovendien leidde ze naast haar gebruikelijke werk ook nog steeds nieuw personeel op. Misschien zou de professor haar een gunst willen verlenen en een goed woordje voor Emily doen.

8

'Waar heb je je charmante echtgenoot gelaten?' Haily vroeg meteen naar Cuthbert toen Ailis haar familieleden en Emily van de trein haalde in South Station, waar treinen aankwamen uit New York en andere steden in New England. Ze had haar vrolijke zoontje bij zich, dat gefascineerd naar de drukte op het station keek en opgetogen de knuffel aanpakte die Emily voor hem had meegebracht. Het was een gans waaraan ze geen weerstand had kunnen bieden in de beroemde New Yorkse speelgoedwinkel FAO Schwarz. Natuurlijk had Haily haar uitgelachen en Emily had tegen haar tranen moeten vechten bij de gedachte aan Gooby. Maar toen dacht ze aan Copper, die de gans vast en zeker leuk zou vinden. Niemand anders had eraan gedacht een cadeautje voor hem mee te brengen.

'Goosy!' riep Copper, waarop de tranen Emily alsnog in de ogen schoten.

Ailis keek haar bezorgd aan. Het was duidelijk dat het meisje aan het eind van haar Latijn was.

'Mijn man werpt zijn charmes al twee jaar ergens anders in de strijd,' antwoordde Ailis na een tijdje op Haily's vraag. 'Ik dacht dat het wel bekend was in de familie, aangezien ik het mijn ouders en Donella heb verteld. Maar misschien was jij met andere dingen bezig. Kom mee, dan breng ik jullie naar je hotel. Het is heel dichtbij, we hebben geen koets nodig, alleen een paar kruiers.' Ze wierp een blik op de karrenvracht aan koffers en reistassen die de wereldreizigers meezeulden. Haily wilde haar kleren en hoeden met twee handkarren laten vervoeren, ze moesten met de grootste zorg behandeld worden. 'Als jij daarvoor wilt zorgen, Emily,' beval Haily haar slaafje. 'Zodat straks niet alles verdrukt wordt!'

Met tegenzin draaide Emily zich weg van Ailis en Copper om twee kruiers te instrueren. Vrouwe Balincourt droeg George op om ten minste één van zijn tassen zelf te dragen, alsof ze alsnog had besloten haar eigenzinnige kleinzoon beter op te voeden.

'Als jullie niet te moe zijn van de reis, wil ik jullie graag Boston laten zien,' zei Ailis. 'Ik heb vanmiddag vrij genomen. En morgen mogen jullie het observatorium bekijken waar ik werk!' Dat laatste klonk trots.

Behalve vrouwe Balincourt wilde niemand uitrusten van de reis, dus nam Ailis Haily, George en Emily eerst mee naar haar appartement, waar ze Copper achterliet bij zijn kindermeisje, om hen daarna de bezienswaardigheden te laten zien. Zoals in bijna elke grote stad bestonden de toeristische hoogtepunten voornamelijk uit overheidsgebouwen, kerken en monumenten, waarbij in Boston alles te maken had met de onafhankelijkheidsbeweging in de Verenigde Staten. Ailis vertelde over de Boston Tea Party, die begonnen was in het Old South Meeting House. Beduidend meer interesse had vooral George in een oorlogsschip uit 1812 dat in de haven lag. En toen ze langs de studio van Whipple and Black liepen, merkte Haily op: 'Werkte Cuthbert hier niet?'

Ailis' bruidegom moest op de bruiloft grote indruk op haar hebben gemaakt.

'Of nee,' ging Haily verder, 'iemand vertelde dat hij nu zijn eigen fotostudio heeft. Misschien moet ik hem eens opzoeken. Een paar goede foto's zouden me verder kunnen brengen...'

'Verder waarin?' vroeg Ailis afwezig. Het gebouw bracht allerlei herinneringen in haar naar boven. Hoe leuk had ze het niet gevonden om hier te werken! 'Cuthbert fotografeert niet meer,' zei ze. 'Hij heeft een theater...'

'Wat?' onderbrak Haily haar. 'Leidt Cuthbert een theater? Vertel! Met muziek, of Shakespeare of zo? Waar is het? Je moet het ons laten zien! Wij...'

Ailis had geen zin om al te veel over Cuthbert en zijn onderneming te vertellen. Het zou de scheiding weer oprakelen. Ze wilde zichzelf niet opnieuw confronteren met de herinnering aan hoe vernederd en berooid hij haar en hun zoon had achtergelaten. Niet dat Haily aandacht had voor Ailis' geschiedenis met Cuthbert. Ze was uitsluitend geïnteresseerd in de Boston Music Hall, het programma en het ensemble. Ze zeurde net zo lang tot Ailis het theater uiteindelijk in de stadswandeling opnam.

Haily haastte zich onmiddellijk naar de kassa om kaartjes te kopen voor een matinee de volgende dag: een door Cuthbert zelf geschreven zangspel.

'Voor mij en George en vrouwe Denise,' verklaarde ze. 'Je bent niet geïnteresseerd, toch, Ailis?' Emily vroeg ze niet eens.

'Ik moet morgen werken,' zei Ailis. 'Ik wilde jullie eigenlijk laten zien wat we doen. Wij Harvard-computers zijn best beroemd.'

Het was George en Haily aan te zien dat ze daar nog nooit van hadden gehoord. Emily kende de vrouwenafdeling natuurlijk uit de brieven van Ailis en Donella.

'Ik wil graag mee,' zei ze meteen.

Ailis glimlachte naar haar. Eigenlijk kwam het wel goed uit om alleen met Emily naar het instituut te gaan.

Die avond nam ze haar familie mee naar een bekend visrestaurant en was opgelucht dat vrouwe Balincourt de rekening betaalde. Natuurlijk moest ze zich verantwoorden voor haar mislukte huwelijk, maar vrouwe Balincourt stond volledig aan haar kant.

'Ik heb meteen gezegd dat er geen zegen rust op de rare sprongen die Charles Hard maakt. Zie wat ervan komt: zijn verstoten wettige dochter wordt gedwongen om met eigen handen in haar onderhoud te voorzien, en zijn tweede vrouw is net bevallen van het derde meisje op rij.'

Ailis had niets gehoord over haar derde halfzus, net zomin als over de tweede. Haar vader vond het kennelijk niet nodig om de geboorte van een dochter bekend te maken, noch om contact te houden met zijn oudste dochter.

'Ik hou van mijn werk,' legde Ailis uit aan de bezorgde grootmoeder van Donella. Het deed haar verdriet dat haar nicht en beste vriendin in Parijs was gebleven, hoe goed ze haar ook begreep.

'Niet alle meisjes dromen van een huwelijk,' voegde Haily eraan toe. 'Er zijn meer mogelijkheden.'

'Maar niet voor een Hard!' reageerde vrouwe Balincourt meteen. 'En ik ben het niet met mijn man eens dat we onze Donella haar gang moeten laten gaan. Die studie van haar onder een valse naam en die man van wie niemand weet hoe serieus zijn bedoelingen zijn...'

Ailis glimlachte. Donella had haar uitgebreid geschreven over haar geluk met Hernando. Ze was weliswaar enthousiaster over de universiteit dan over de jongeman, maar natuurlijk was ze verliefd op hem.

'In elk geval heeft ze mijn man beloofd dat ze aan alle wensen van haar vader tegemoet zal komen wat betreft een geschikt huwelijk in de toekomst, op voorwaarde dat hij haar nu haar zin geeft,' voegde vrouwe Balincourt eraan toe.

Opnieuw moest Ailis een glimlach onderdrukken. Donella had alles uit de kast getrokken om maar naar de universiteit te kunnen gaan, daarvan was ze vast overtuigd.

Emily was een uur te laat op haar afspraak met Ailis op het instituut. Ze had Haily moeten helpen met aankleden en opmaken voor het theater. Emily wist zeker dat Haily iets in haar schild voerde, maar ze had gezwegen en de nodige diplomatie in acht genomen.

Ailis was natuurlijk ook al op dat idee gekomen, maar Haily's plannen lieten haar koud. In plaats daarvan begroette ze Emily hartelijk bij het observatorium en stelde haar aan de andere vrouwen voor als oud-klasgenoot.

'Emily was de jongste van onze hele school, maar ze kwam ervan af met bijna de beste cijferlijst!' zei ze enthousiast toen ze zag dat professor Pickering aanwezig was en zich over het werk van een van haar collega's boog. Meteen daarna feliciteerde hij haar met de ontdekking van een nieuwe ster.

'Klasse C, of wat denkt u, mevrouw Hay? U moet er beslist ook eens naar kijken! Dan krijgt uw bezoeker meteen een indruk van hoe spannend het hier is. Is dit de jongedame over wie we eerder spraken?'

Met een glimlach begroette hij Emily, die een beetje geïntimideerd door de ontspannen werksfeer naast Ailis stond. 'Ik heb nog niet met mijn collega's van de andere faculteiten gesproken, ik wilde haar eerst leren kennen. Geeft u haar eerst maar een rondleiding in het instituut, dan komt u daarna naar mijn kantoor.'

Toen de professor weg was, wendde Emily zich geschrokken tot Ailis. 'Heb je met hem over mij gesproken? Waarom? Heeft zijn vrouw een dienstmeid nodig?'

Ailis schudde haar hoofd. 'Jij bent veel te pienter om een betrekking als dienstmeid te ambiëren. Net zoals ik te pienter was om slechts de huishoudster te zijn bij professor Pickering thuis. Ik weet hoe wanhopig graag je weg wilt bij Haily, maar ik denk dat je liever studeert dan in een huishouden werkt.'

Emily keek haar vol ongeloof aan. 'Studeren?' vroeg ze zachtjes. 'Ik... Dat kan ik helemaal niet betalen.'

'Precies, daarom moet je straks een zo goed mogelijke indruk maken op professor Pickering. Misschien kan hij je aan een beurs voor hoogbegaafde studenten helpen. Maar kom eerst maar eens een paar sterren bekijken.' Ailis glimlachte haar bemoedigend toe.

Terwijl Emily haar eerste ster opmat, zat Haily met de matig geïnteresseerde George en vrouwe Balincourt in opperste concentratie te kijken naar wat er op het toneel gebeurde. Zoals ze had gehoopt, werd hier van de artiesten niet half zoveel verwacht als in de vaudevilletheaters van Parijs. De zangers en dansers waren niet slecht, maar het stuk stelde geen hoge eisen aan hun kunnen.

Haily was ervan overtuigd dat ze de hoofdrol van Cindy, een dorpsmeisje dat de dochter van een miljonair blijkt te zijn en moet leren overleven in de high society, zó over zou kunnen nemen. De actrice, ene Angèle Frevert, met een niet bepaald subtiel Frans accent, zag er niet beter uit dan zij en ze danste niet sierlijker. Eigenlijk vond Haily haar nogal een kluns. Haar zelfvertrouwen groeide met elke scène die zich voor haar ogen afspeelde. Ze moest alleen maar een opening zien te vinden. Hopelijk zou de naam Hard genoeg zijn.

George was direct bereid zijn grootmoeder na de voorstelling naar het hotel te begeleiden toen Haily aangaf dat ze Ailis wilde bezoeken bij het observatorium.

'Ze wil het ons zo graag laten zien! Ze is vast erg teleurgesteld als niemand zich voor haar werk interesseert!'

Vrouwe Balincourt knikte toegeeflijk. Ze realiseerde zich niet dat Cuthbert aan de Boston Music Hall verbonden was, Ailis had de naam niet genoemd. Haily had haar neef gisteren haar plannen al uit de doeken gedaan. Hij steunde haar, opgelucht als hij was dat hij zo van haar af kon komen.

Haily wachtte tot hij met hun grootmoeder was vertrokken voordat ze terugkeerde naar het theater. De foyer werd net afgesloten, maar ze stapte op een van de medewerkers af die aan het opruimen en schoonmaken was.

'Ik zou graag de heer Cuthbert Hay willen spreken,' zei ze. 'Is hij aanwezig?'

'Wat voor zaken wilt u met hem bespreken?' onderbrak een man in elegante livrei haar die eerder de aankomende gasten had begroet. 'Gaat het om een auditie?'

'Het gaat om een familiekwestie,' beweerde Haily. 'Ik ben de nicht van zijn vrouw.'

'Ik wist niet dat meneer Hay getrouwd was.' De man keek Haily even doordringend voordat hij kennelijk besloot dat het geen kwaad kon haar aan zijn baas voor te stellen. 'Ik zal hem laten weten dat u er bent. Wat is uw naam?'

'Haily Hard. De laatste keer dat we elkaar zagen was op zijn bruiloft... waar we uitvoerig hebben gedanst. Dat zal hij zich nog wel herinneren.'

Ze was net bezig haar haar en het hoedje dat ze op had te schikken in de spiegels van de foyer toen de man in livrei een paar minuten later terugkeerde met Cuthbert Hay, die een stralende glimlach op zijn gezicht had.

'Nicht Haily! Wat een leuke verrassing!'

Haily sloeg koket haar ogen neer. 'Ik wist niet of u me nog zou herkennen,' beweerde ze.

Cuthbert wuifde haar woorden weg. 'Het meisje dat op de trouwdag zelfs mijn bruid overtrof?' paaide hij. 'Hoe zou ik u kunnen vergeten? Jóú kunnen vergeten, nichtje.'

Haily was net zo van haar stuk door zijn begroeting als door zijn uitstraling. Hij droeg zijn rossige krullen nog steeds kort, zijn bakkebaarden waren netjes getrimd en zijn elegante pak paste perfect.

'Wat denk je ervan om onze reünie te vieren met een glas champagne?' vroeg hij galant. 'Laten we naar mijn kantoor gaan, daar kunnen we het ons comfortabel maken.'

Haily volgde hem naar de eerste verdieping. Vanuit zijn kantoor had hij uitzicht op het podium en de foyer. Haily was onder de indruk.

'Heb je de voorstelling gezien?' vroeg hij terwijl hij een fles ontkurkte. 'Vond je het leuk?'

'Absoluut, een zeer aansprekend stuk. Alleen... wat je hoofdrolspeelster betreft, ja, weet je, ik kom uit Parijs, daar zijn we natuurlijk een beetje verwend...'

'Kom jij uit Parijs?' Cuthbert was verrast en onder de indruk. 'Heb je daar gewoond? Wat betreft Angèle, onze Cindy: zij presteert wat minder de laatste tijd. Ik zal eens met haar praten. Maar alsjeblieft, vertel me over Parijs!'

Haily nipte van haar champagne zonder haar ogen van Cuthbert af te wenden. Ze wist hoe ze naar mannen moest kijken om ze het gevoel te geven dat ze het middelpunt van de wereld waren. En bij een type als Cuthbert hoefde dat gevoel alleen maar bevestigd te worden.

'Ik heb in Parijs gestudeerd,' beweerde ze. 'Zang en dans.' Ze noemde de namen van docenten en voegde er nog een paar aan toe over wie Claudette en Louise het hadden gehad. Intussen haalde ze langzaam, schijnbaar achteloos het chique etui tevoorschijn waarin ze haar lange, lichtbruine lievelingssigaren bewaarde.

'Heb je een vuurtje voor me?' vroeg ze toen ze klaar was met opsommen. Terloops schoof ze de sigaar tussen haar lippen.

'Dus jij hebt daar op het podium gestaan?' Cuthbert pakte de zilveren aansteker van zijn bureau en gaf Haily vuur.

Ze inhaleerde diep tot de sigaarpunt opgloeide. Toen zuchtte ze. 'Ik had de aanbiedingen voor het uitkiezen,' loog ze. 'Moulin Rouge, Folies Bergère... Maar ik krijg van mijn familie geen steun voor mijn artistieke ambitie. En mijn vader is nogal invloedrijk...'

Welke invloed een Schotse lord zou kunnen uitoefenen op de impresario van de Moulin Rouge of een ander beroemd Parijs etablissement kon Haily niet bedenken, maar ze hoopte dat Cuthbert zo ver niet doordacht.

Hij vulde haar glas nog een keer en vroeg, toch een beetje sceptisch: 'Hoe heb je daar dan überhaupt kunnen studeren?'

Haily vertelde over haar wereldreis en het plan dat haar familie voor haar en George had bedacht en beweerde dat de Balincourts vooral vanwege Donella zo lang in Parijs waren gebleven.

'Het derde nichtje dat zo huilde op de bruiloft?'

'Ja, die kleine met dat slordige haar. Een saaie studiebol! Maar nu schijnt ze verliefd te zijn, op een geschikte man zowaar. Dat moedigen haar grootouders graag aan en daardoor lieten ze mijn lijn een beetje vieren.' Ze glimlachte ondeugend.

'En die lijn,' merkte Cuthbert op, 'zou je eigenlijk helemaal willen verbreken?'

'Met een beetje hulp zou dat te doen zijn,' zei Haily. 'Een ander land, misschien een verloving... Ik ben eenentwintig.'

'En de grootmoeder van je nicht heeft sowieso niet veel over je te zeggen,' stelde Cuthbert grijnzend vast. 'Laat je haar eens zien?' Met vaardige handen nam hij haar hoed af en bekeek Haily's blonde vlechten. 'Heel mooi.' Hij pakte een loshangende lok en draaide hem om zijn wijsvinger. 'Wil je iets voor me zingen?'

Haily knikte. Ze koos voor *Je te veux*, een chanson in driekwartsmaat waarin de ik-persoon droomt van een man aan wie ze haar ziel en zaligheid wil geven en fantaseert over de genoegens van die liefde. Tijdens het zingen fixeerde Haily met haar ogen de blik van Cuthbert. Ze herkende de lust in zijn ogen en wist dat hij haar zou geven wat ze maar wilde.

'Wanneer tekenen we het contract?' vroeg ze. Het zou niet lang duren of hij was de zangeres met de naam Angèle Frevert vergeten.

Emily deed haar best om niet ongemakkelijk heen en weer te schuiven op haar stoel in het kantoor van professor Pickering toen hij haar vriendelijk naar haar toekomstplannen vroeg. Ze probeerde kalm te blijven terwijl ze antwoordde dat haar interesse uitging naar de biologie, vooral de ornithologie, en vertelde over haar afstudeerproject op kostschool en haar studie in Parijs. Toen ze uit de doeken deed hoe ze samen met Donella en Hernando de tekeningen van Leonardo da Vinci had mogen bekijken, lichtten haar ogen op en verloor ze haar nervositeit. Uiteindelijk noemde ze zelfs Gooby en haar pogingen om het gedrag van het dier te begrijpen.

'Dat is wat ik uiteindelijk echt wil,' bekende ze. 'Mensen en dieren begrijpen; hun handelingen, hun gevoelens... Juffrouw Lumsden, de directrice van St. Leonards, zegt dat je dat kan studeren. Ze noemt het psychologie.'

Pickering knikte. Ailis had hem al veel verteld over het hoogbegaafde dienstkind dat 'geadopteerd' of beter gezegd in bezit genomen was door Ailis' verwende nicht Haily. Het meisje kwam pienter en ernstig op hem over, precies zoals Ailis haar had beschreven; een intelligent wezen, maar te jong en te timide om zich te kunnen verdedigen tegen de tirannie.

'Dan ga ik met mijn collega's van de faculteit Psychologie praten. En met de biologen. Vooral de eersten zouden open moeten staan voor veelbelovend talent. Bovendien willen we vrouwen aanmoedigen om te studeren. Alleen... zelfs als we een beurs voor u kunnen regelen, moet u ook nog uw brood verdienen, nietwaar?' Pickering knikte naar Emily, wier gezicht openbrak in een glimlach van oor tot oor.

'Ik dacht dat ze misschien bij ons kon komen werken,' zei Ailis, die tot nu toe had zitten luisteren. 'Ze heeft een scherpe blik en haar wiskunde is uitstekend.'

Emily knikte. Ja, daar zou ze zich goed in kunnen vinden.

'In dat geval: welkom bij de Harvard-computers!' Pickering schudde haar de hand.

Emily zweefde zowat het kantoor uit, naast Ailis. Pas bij het verlaten van het instituut stond ze weer met beide voeten op de grond.

'Maar hoe vertel ik het Haily?' vroeg ze zachtjes.

9

Donella was opgewonden en voelde zich gelukkig. Ze zat naast Hernando op de bok van de Benz met zijn arm lichtjes om haar heen terwijl ze Parijs uitreden in de richting van Vaugirard. Hun bestemming was de luchtballonfabriek van Henri Lachambre.

'Verwachten ze ons echt?' vroeg ze opnieuw.

Hernando antwoordde geduldig: 'Natuurlijk, ik heb ons bezoek aangekondigd. En mijn eventuele koopintentie uitgesproken. Dus ze gaan ons met alle egards ontvangen. En als ik om een proefvlucht vraag, neem ik aan dat ze een luchtwaardige ballon hebben.'

Donella kon het bijna niet geloven. Maar toen ze het rustige voorstadje van Parijs achter zich lieten en het fabrieksterrein op reden, stond daar inderdaad een al gevulde luchtballon, hemelsblauw met kleurige wijnranken, die met touwen aan de grond werd gehouden.

'Wat een enorm gevaarte!' fluisterde ze ademloos.

Uit het platte fabrieksgebouw stapten een man van een jaar of vijftig met een stevig postuur en een slanke, maar net zo breed gebouwde man die wat jonger leek. Beiden glimlachten vriendelijk; de jongere man keek Donella bijna bewonderend aan. Ze beantwoordde de glimlach en de rustige, sympathieke blik in zijn gezicht dat nog enigszins zachte trekken had, maar vast net zo hoekig en verweerd zou worden als dat van de oudere man.

'Monsieur Sánchez-Duboire?' De oudere man wendde zich tot Hernando. 'Ik ben Henri Lachambre. En dit is mijn neef, Armand Machure.'

De jongeman maakte een lichte buiging en Hernando stelde Donella voor. Ze had stilletjes gehoopt dat hij haar 'mijn verloofde' zou noemen, maar hij zei alleen haar naam.

‘Mademoiselle Hard brandt van nieuwsgierigheid naar de constructie van de luchtballon,’ voegde Hernando eraan toe. ‘Net als ik studeert ze mechanica en natuurkunde.’ Met die woorden won hij Donella’s hart onmiddellijk terug.

‘De ballon is fantastisch!’ zei ze. Ze kon haar blik nauwelijks losmaken van de hemelsblauwe bol die majestueus boven de binnenplaats zweefde.

Henri Lachambre knikte. Als hij zich al verbaasde over de interesse van de jonge vrouw liet hij dat niet merken. ‘Dit model kan met gemak zes passagiers vervoeren. Het heeft zelfs een zeker volume nodig. Komt u mee? Dan laten we u de fabriek zien,’ zei hij uitnodigend tegen Donella en Hernando, terwijl zijn neef de deur opendeed.

‘We stijgen straks samen op, als u wilt,’ zei Armand Machure. Hij leek wel gefascineerd door haar verschijning.

Ze keek hem stralend aan. ‘Er is niets wat mij tegen kan houden!’

Lachambre begon zijn rondleiding met uitleg over de verschillende typen luchtballonnen die in zijn fabriek werden gemaakt. ‘We bouwen zowel heteluchtballonnen als gasballonnen. Vaker die laatste, omdat het risico op ongelukken kleiner is. Gas is natuurlijk ook brandgevaarlijk, maar in de lucht komt er, anders dan in een heteluchtballon, geen open vuur aan te pas. Met de gasballon kunnen bovendien grotere afstanden worden afgelegd – en op termijn hopen we een effectief besturingssysteem in te bouwen. Daarmee zou het een luchtschip worden en dat zou natuurlijk heel aantrekkelijk zijn voor passagiersvervoer.’

In de fabriekshal bewerkten mannen met zware naaimachines relatief lichte stoffen.

‘Zijde met een luchtdichte coating,’ legde Lachambre uit. ‘Zoals u ziet hebben we ze in allerlei kleuren, waarvan de buitenkant ook nog beschilderd kan worden. De naden worden dubbel gestikt met speciale machines, meestal in een bolvorm, maar u kunt ook een andere vorm bestellen. Om de bol komt een net dat hem stabiliteit geeft en waaraan de draaglijnen van de mand worden bevestigd. De manden weven we zelf uit een zo licht mogelijk en tegelijk stabiel materiaal, zoals bamboe. Riet is natuurlijk ook geschikt.'

Met z'n vieren liepen ze naar de volgende productiefase. 'Hier wordt het vulventiel gemaakt, een van de zwaarste onderdelen van de ballon. En hier zie je de ring waar de mand onder hangt. Aan de mand zelf zitten bevestigingen voor zandzakken, die je kunt loslaten om de gasballon te laten stijgen. Dit is de ventiellijn waarmee je gas kunt laten ontsnappen zodat de ballon daalt.'

'Maar het gas ontsnapt toch aan de bovenkant, en niet door het vulventiel?' vroeg Donella.

'Dat klopt,' beaamde Lachambre. 'Er zit een ventiel aan de bovenkant van de ballon. Dat kun je hier zien.' Hij wees naar een ballon die nog in de maak was en waarin het ventiel al was aangebracht. 'De techniek is helemaal niet zo ingewikkeld. Het is belangrijk om zorgvuldig te werken en alle veiligheidsprocedures te doorlopen.'

'Daardoor storten onze ballonnen eigenlijk nooit neer,' voegde Armand Machure eraan toe. 'We laten het jullie graag in de praktijk zien.' Nu nam hij de rondleiding over. Ze verlieten de fabriekshal om alle technische details nog eens in de voltooide, zwevende ballon te bekijken.

'Vrouwen zouden zo'n ballon ook prima kunnen maken,' merkte Donella op, terwijl ze de gestikte naden met een ervaren blik bekeek.

'Waarschijnlijk zouden de ballonnen dan originelere vormen krijgen.' Machure glimlachte. 'De moderne ballonnen hebben alle kleuren van de regenboog maar nog altijd dezelfde saaie vorm. Vergeleken met de montgolfière, bijvoorbeeld.'

Donella knikte. 'Ik was diep onder de indruk toen ik die voor het eerst zag,' bekende ze. 'Mijn grootvader heeft een gravure waarop de eerste vlucht te zien is. Sindsdien droom ik ervan om te vliegen.'

Hernando glimlachte naar haar. 'Vandaag gaan we jouw droom waarmaken. Mag ik sturen, meneer Machure?'

'Dat mag, voor zover we een ballonvaart kunnen beïnvloeden,' antwoordde de jonge man. 'Zoals mijn oom al zei: we kunnen het opstijgen, de hoogte tijdens de vlucht en het dalen beïnvloeden. Maar de richting wordt bepaald door de wind.'

Donella maakte het niets uit waar ze naartoe voeren, als het maar hoog door de lucht was. Armand Machure hielp haar galant aan boord, waarna Hernando zich met een behendige sprong bij haar voegde.

'Trossen los!' riep hij vrolijk toen Machure ook aan boord was.

Henri Lachambre bleef op de grond. Verderop waren een paar mannen al bezig met het aanspannen van paarden voor een koets en een wagen waarmee de ballonvaarders en de ballon straks teruggebracht zouden worden.

Op dat moment kwam de ballon los van de grond. Langzaam steeg hij de lucht in. Donella had het gevoel dat ze opgetild en zachtjes verder gedragen werd; het was een ervaring die nergens mee te vergelijken was. Stralend pakte ze een van de touwen vast en liet haar blik dwalen.

Armand Machure keek naar haar. 'Hebt u echt nog nooit ballongevaren?' vroeg hij.

Donella lachte. 'Natuurlijk niet, dit is de eerste luchtballon die ik zie, de eerste die ik aanraak. Al weet ik inmiddels wel zo'n beetje alles van ballonvaren. O mijn god, we vliegen! Dit is zo fantastisch! Hernando, is het niet ongelooflijk?' Dolgelukkig draaide ze zich om naar haar vriend, die het ook prachtig vond, maar minder euforisch was en zich op de aansturing concentreerde.

'Wachten we af of hij uit zichzelf verder stijgt of gooien we wat ballast af?' vroeg Hernando. 'Hoe beslis je dat?'

'De baan en de hoogte worden bepaald door thermiek en dynamiek in de atmosfeer. Als je de luchtstromingen op verschillende hoogtes kent, kun je de route zelfs vrij nauwkeurig voorspellen,' legde Machure uit. 'Zo weet mijn oom al waar hij ons ongeveer moet oppikken.'

'Puur op ervaring?' vroeg Hernando door.

'Ervaring plus meteorologische metingen,' antwoordde Machure, 'zoals van windsnelheden, thermische veranderingen...' Zelfs als hij met Hernando in gesprek was, keek Armand Machure uitsluitend naar Donella.

Donella merkte het. Waarschijnlijk vond hij haar gelukzaligheid onnozel, maar ze kon zich er nu niet toe brengen de ballonvaart te analyseren. Misschien later, als deze ongelooflijke ervaring wat gewoner werd. Natuurlijk wilde ze graag weten hoe ze de wind te slim af konden zijn, maar niet nu; deze eerste vaart was puur geluk.

Gaandeweg werden de huizen en de velden onder haar kleiner en kwamen de wolken dichterbij. Ze voelde hoe de wind de ballon voortstuwde en liet toe dat haar haar onder haar hoed vandaan en langs haar gezicht waaide, net als toen ze vroeger als kind een heuvel af rende. Destijds fantaseerde ze al dat ze op een wolk sprong en weg zou vliegen.

'Vrouwen zijn de eerste keer vaak wat angstig,' zei Armand Machure toen hij haar uiteindelijk weer aansprak. 'Weliswaar zijn er een paar beroemde vrouwelijke ballonvaarders, maar over het algemeen...'

'Ik ben niet bang,' zei Donella eenvoudig. 'Ik vind het schitterend. Ik heb me nog nooit zo licht gevoeld – jij, Hernando? Heb je ooit zo gemakkelijk gereisd? De automobiel is al iets wonderbaarlijks, maar dit...'

Ze moest zich inhouden om niet tegen de mand aan te gaan hangen en de wereld haar overweldigende gevoel van vrijheid toe te gillen.

Machure lachte haar toe. 'Soms kan ik wel zingen, van puur geluk,' zei hij, 'van het gevoel gewichtloos te zijn.'

Voor het eerst zei hij iets wat haar trof. 'Hebt u dat ook?' vroeg ze. 'Ik dacht...'

'Zou niet iedereen dat hebben?' vroeg Machure. 'Daarvoor doen we dit toch, wij allen die zo graag willen vliegen. Of het nu met een zweefvliegtuig of een luchtballon is of straks met een luchtschip of een vliegmachine.'

Hernando knikte. 'Vliegen is een ware beleving, verslavend

misschien zelfs. Ik denk dat ik een ballon ga bestellen, meneer Machure. En er gaat een moment komen dat ik hem zelfs kan besturen!'

Donella kon haar geluk niet op. Een eigen luchtballon! Om de nog eenvoudige techniek verder te ontwikkelen! Zij ging dit avontuur meemaken, samen met Hernando.

Na ongeveer een uur was de ballonvaart afgelopen. Armand instrueerde Hernando hoe hij de ballon rustig kon laten dalen tot de mand zachtjes neerkwam in een weiland. Ingespannen keek Donella naar de benodigde handelingen. Het was niet moeilijk, zij had het ook wel voor elkaar gekregen. Ze verheugde zich op de eerste vlucht met Hernando.

Tot haar teleurstelling hoorde ze haar vriend na het bespreken van de details een eenpersoonsgasballon bestellen. Ze wilde hem niet ter plekke tegenspreken, maar haar ergernis groeide toen hij haar wel liet meebeslissen over de kleur.

'Wat vind je van donkerrood?' vroeg hij.

'De kleur van de liefde?' vroeg ze koeltjes.

'Of misschien van de zonsondergang,' kwam Armand tussenbeide. Haar teleurstelling was hem niet ontgaan. 'Rood, goudkleurig en blauw.' Die kleuren hadden ze vanuit de koets terug naar de ballonfabriek zitten bewonderen. 'Daarmee zult u altijd herinnerd worden aan uw eerste ballonvaart,' voegde hij eraan toe.

Donella slikte haar woede in. 'Wat een mooi idee,' zei ze. 'Dat doen we.'

Hernando leek zich van geen kwaad bewust toen ze uiteindelijk de fabriek verlieten. 'Dat was een mooie dag!' Hij wilde zijn arm weer om haar heen slaan.

Donella ontweek hem. 'Een ballon voor één persoon!' zei ze. 'En ik dan?'

Hernando lachte. 'Maar Dona, we hebben hem toch niet om romantische tochtjes mee te maken? Ik dacht dat het jou om de techniek ging, om wat er aan zo'n windafhankelijk ding ontbreekt om er een bestuurbaar luchtschip van te maken. En dan is het makkelijker om te experimenteren met een lichte variant.'

Dat begreep Donella ook wel, maar daar verdween haar teleurstelling niet mee. 'Wat is er mis met romantische tochtjes?' vroeg ze uitdagend.

Hernando gaf haar een kus op de slaap. 'Dat vind ik zo leuk aan jou,' zei hij vertederd. 'Jij hebt zoveel te bieden. Hersens, maar ook dromen. Wij gaan het ver schoppen, Donella. Wacht maar af!'

Het romantische dinertje waarvoor hij haar vervolgens uitnodigde stelde Donella weer gerust. Toen ze later die avond weer thuiskwam bij haar grootvader vertelde ze hem emotioneel over haar eerste ballonvaart.

'En dat heb ik allemaal aan jou te danken!' verklaarde ze ten slotte. Ze gaf hem een kus op de wang, ook om zijn humeur te verbeteren. Hij had al ongeduldig op haar staan wachten. 'Als jij destijds die gravure niet voor oom Charles had gekocht...'

Daar reageerde Frederick Balincourt niet op. Hij maakte zich al een tijdje zorgen om haar. Zou zijn enthousiaste aanmoediging van haar jeugdige nieuwsgierigheid en inventiviteit haar niet juist in het ongeluk storten?

10

'Wij blijven hier,' zei Haily botweg tegen Emily toen ze terugkwam uit het theater. 'Ik ben bij de Boston Music Hall aangenomen als zangeres en actrice.'

'Bij de man van Ailis?' vroeg Emily verbluft.

'Is daar iets op tegen?' snoerde Haily haar de mond.

'N-Nee,' zei Emily, al was haar eerste gedachte: verraad. Als Ailis' nicht zou Haily solidair met haar moeten zijn. Aan de andere kant maakte het Ailis waarschijnlijk niets uit wat Cuthbert en Haily uitvoerden. Inmiddels was ze een befaamd astronome en natuurlijk allang over het verlies heen.

'Het punt is alleen... Ik ga voor professor Pickering werken. Bij de Harvard-computers.' Emily had al haar moed verzameld om te vertellen dat ze een baan had. Ze wilde eraan toevoegen dat ze geen kamermeisje meer kon zijn, maar Haily onderbrak haar.

'Dus daarom drong Ailis zo aan op die rondleiding bij de sterrenwacht. Jij wilt hier blijven. En ik dan? Wie moet dan mijn haar doen, ikzelf soms? Nou ja, dat is nu dus meteen opgelost. We blijven allebei in Boston. En als jouw taken er verder niet onder lijden, heb ik er niets op tegen dat jij een paar uur gaat sterrenkijken. Er zal toch minder te doen zijn. Je hoeft me alleen maar te helpen aankleden en mijn haar te doen. Het grootste deel van de dag zal ik in het theater zijn.'

Emily keek haar recht aan. 'Jij hebt daar niets over te zeggen,' zei ze zonder haperen. 'Ik ben niet van jou, Haily. En we hebben geen officiële overeenkomst. Jouw moeder had het voor ons vertrek over een maandelijkse toelage voor mij als kamermeisje, een kleine vergoeding... Die heeft vrouwe Balincourt mij uitbetaald. Als ze daarmee stopt omdat jij nu zelfstandig wordt, hoef ik niet meer voor jou te werken.'

'En de kost en inwoning dan?' vroeg Haily. 'Ik weet niet of het je opgevallen is, maar ik zorg voor jou. Al bijna je hele leven. En denk eens aan al die kansen die je dankzij mij –'

'Vanaf nu zorg ik voor mezelf,' onderbrak Emily haar. 'Zoals gezegd werk ik bij het instituut.'

Haily lachte honend. 'Wat verdien je daar dan wel? Genoeg om niet dood te gaan, maar te weinig om van te leven.'

'En jij dan?' kaatste Emily de bal terug. 'Kun jij je van jouw gage een huis veroorloven én een hulp?'

Haily vertrok haar mond. Zo ver had ze nog niet doorgedacht, maar het was waar: van haar eerste gage kon ze niet eens het hotel betalen.

'Ik denk erover om een poosje bij Ailis in te trekken,' bedacht ze ter plekke. 'Zij deelde haar appartement toch met die vrouw? Ze kan de huur vast niet in haar eentje opbrengen.'

Emily perste haar lippen op elkaar. Ook zij had een tijdje bij Ailis willen logeren zodat ze tijd had om een studentenhuis te zoeken. Ze had nog niet uitgezocht of er op de Harvardcampus ook een vrouwenhuis was. Maar de helft van de huur zou ze niet kunnen opbrengen. Haily kon dat misschien wel. En dan zou ze erop staan dat ook Emily bij haar nicht kwam wonen. Stel dat Haily echt niet meer van haar verlangde dan hulp in de ochtend... Langzaam brokkelde Emily's vastbeslotenheid om eindelijk voor zichzelf te kiezen af.

'Denk je dat Ailis dat goedvindt?' antwoordde ze. 'Zou ze echt haar huis met ons willen delen? Heb je het trouwens al aan George verteld? En aan vrouwe Balincourt?'

Die avond in een restaurant ontvouwde Haily haar plannen aan haar neef en zijn grootmoeder. Zoals ze verwacht had, nam George het kalm op, misschien zelfs opgelucht.

'Dat heb je goed voor elkaar, nichtje,' zei hij.

'Maar dát was niet de bedoeling!' riep vrouwe Balincourt. 'Jullie vaders hebben een huwelijksplan voor jullie. Daar kun je je niet zomaar aan onttrekken.'

Haily trok een wenkbrauw op en stak demonstratief voor de

ogen van de oude dame een sigaar op. 'En wat gaat hij eraan doen? Komt hij hiernaartoe om me van het podium te trekken en door het middenpad mee te sleuren? Het spijt me, vrouwe Denise, maar dit is een vrij land. En ik ben meerderjarig. Nou ja, bijna.' Tegen Cuthbert had ze beweerd dat ze haar eenentwintigste verjaardag al gevierd had. 'In elk geval zal ik het zijn voordat hij hier te vuur en te zwaard kan verschijnen. Ik ben niet meer zomaar een Hard. Ik ben Haily Hard! Binnenkort kent iedereen die naam.'

'Bovendien heeft ze geen bruidegom,' viel George haar bij. 'De toekomstige vrouwe van Thorgale zal iemand zijn die ik zelf ga uitkiezen.' Hij grijnsde. 'Hoewel ik je steeds leuker begin te vinden, nichtje. Zoveel lef had ik niet achter je gezocht.'

'Dank je,' zei Haily. 'Wilt u een brief aan mijn ouders sturen, vrouwe Denise, of zal ik het zelf doen? Of misschien kunnen we er beter allebei een schrijven. Ach, mijn vader zal uit zijn vel springen van woede. Maar mijn moeder is altijd trots op me geweest. Wie weet komt ze op een dag hiernaartoe om me op het toneel te zien.'

'Maar waar ga je dan wonen?' vroeg vrouwe Balincourt. 'Je zult toch ondanks alles wel je eer bewaren?'

'Ik denk dat ik voorlopig bij Ailis ga wonen,' zei Haily. 'Emily is daar nu om onze intrek te bespreken.'

Ze wist dat vrouwe Balincourt onder de indruk was van Ailis' deugdzaamheid, nu de jonge vrouw er ver van huis in was geslaagd een bestaan op te bouwen, met een kind nog wel, en zelfs zonder de regels van fatsoen te schenden. Haily nam aan dat ze geen bezwaar zou hebben tegen hun verblijf bij Ailis. Maar voordat iemand nog iets kon zeggen, kwam Emily het restaurant binnen.

Na een beleefde begroeting vertelde Emily met een rood hoofd hoe Ailis tegenover hun verzoek stond.

'Mevrouw Hay wil ons niet bij haar onderbrengen,' zei ze formeel. 'We zitten niet meer op school, zegt ze. Destijds waren we nu eenmaal op elkaar aangewezen, nu heeft ze de huurders voor het uitkiezen.'

Dat laatste was niet helemaal waar, had Ailis eerlijk aan Emily toegegeven. Bijna niemand van de Harvard-computers zou zich de helft van de huur van haar appartement kunnen veroorloven. De meesten woonden ook niet alleen, maar hadden een gezin. In plaats van de helft van het appartement kon Ailis wel kamers verhuren aan studenten, maar meerdere vrouwen in huis leek haar geen gezonde situatie voor haar kind. En Haily kwam al helemaal niet in aanmerking. Mensen met een onstuimig karakter zouden niet alleen Ailis' rust maar ook die van haar zoon en zijn kindermeisje verstoren.

'De onbeschaamdheid!' reageerde Haily. 'Ik ga zelf wel met haar praten, ik –'

Resoluut vouwde vrouwe Balincourt haar servet op, legde het opzij en stond op. Ze scheen haar eetlust verloren te zijn. Met een waardige stem zei ze: 'Ik zal met Ailis Hay praten. Dat is waarschijnlijk het enige wat ik nog kan doen om mijn plichten als jullie chaperonne te vervullen. Dan kan ik in elk geval tegen je ouders zeggen dat je fatsoenlijk bent ondergebracht en dat de eer van de familie bewaard is gebleven.'

Haily sloeg haar blik ten hemel.

'Emily, wil jij me de weg wijzen, alsjeblieft?'

Emily knikte. Het was nergens voor nodig, dat wist ze, maar ze schaamde zich voor Haily. Het was prima dat Haily de droombaan had gevonden waar ze al een poosje met veel ambitie naar streefde. Maar ze had de oude dame op een diplomatiekere manier kunnen inlichten over de nieuwe situatie. Bijvoorbeeld door een fatsoenlijk onderkomen te zoeken alvorens het grote nieuws naar voren te brengen.

Ailis woonde in een goede buurt niet ver van de universiteit. De bebouwing bestond merendeels uit oude herenhuizen, die bewoond werden door de eigenaars of opgesplitst waren in ruime etages die veel huur opbrachten. Huurders die de maandlasten niet meer konden opbrengen, verhuurden een deel van hun appartement of een paar studentenkamers onder.

Ook Ailis had moeite om de eindjes aan elkaar te knopen nu

Maureen weg was, vooral omdat ze het kindermeisje had aangehouden dat tijdens werkuren voor Copper zorgde. Het meisje hield het huis een beetje bij, maar Ailis deed, zoals ze vrouwe Balincourt had verteld, het meeste zelf na haar werk.

Omdat ze wist dat Ailis' financiële situatie niet rooskleurig was, toonde Donella's grootmoeder zich verrast toen ze het appartement voor de eerste keer zag. Het meubilair was niet luxe, maar er hing een prettige sfeer. Vrouwe Balincourt had de indruk dat Ailis een goed functionerend, stabiel huishouden had, en kon zich voorstellen dat Haily er goed zou passen. Nadat Ailis haar en Emily beleefd had uitgenodigd in de woonkamer te komen zitten, bracht ze meteen haar voorstel naar voren.

'Dit verzoek valt me behoorlijk zwaar, Ailis,' verklaarde ze, nadat ze haar vraag om een onderkomen voor Haily nog eens toegelicht had. 'Jij –'

Ailis onderbrak haar met een klein handgebaar en wendde zich tot Emily.

'Emily, zou jij thee willen zetten in de keuken? En misschien wil je eerst even bij Copper kijken? Daarnet sliep hij nog, maar het kindermeisje is vanavond vrij, en –'

Emily stond al op.

Vrouwe Balincourt keek Ailis dankbaar aan. Het was attent van haar om te voorkomen dat Haily's kleedster haar in deze deemoedige rol zou zien.

'Kijk, Ailis – mag ik je nog steeds bij je voornaam noemen?' Vrouwe Balincourt ging verder toen Ailis knikte. 'Mijn man en ik, wij hadden nooit verwacht dat het zo moeilijk zou worden. Het leek ons een dankbare en aangename taak om de jonge Hards te begeleiden op hun grand tour. Met name Frederick. Hij hoopte iets van zijn liefde voor cultuur over te brengen op de kleinkinderen, enig ontzag voor wat Europa allemaal tot stand heeft gebracht, en hen te laten kennismaken met al het nieuwe wat hier in Amerika zou kunnen ontstaan. Hoe hadden we kunnen weten dat ze alle drie niets anders van plan waren dan hun eigen gang te gaan? Ook hadden we nooit kunnen bedenken hoe diep George en Haily zouden zinken als we de teugels ook maar een beetje lieten vieren. George... nou ja, ik weet niet of Donella het heeft geschreven, maar uiteindelijk heeft Frederick hem uit de gevangenis moeten halen. En Haily is een lief kind, maar ook zij kwam al snel in slecht gezelschap terecht.'

Ailis glimlachte. Zij kon de woorden 'een lief kind' niet aan Haily Hard koppelen, zelfs niet aan baby Haily in de wieg.

'En nu is Donella verliefd geworden op Parijs en studeert ze. Hoe zij de dingen ook aanpakt! Mijn man steunt haar, wat ik bepaald geen goed idee vind en wat weleens uit zou kunnen lopen op een kleine ramp. Met die dromen van haar over vliegen en met die jonge Braziliaan...' Donella's grootmoeder slikte en haar ogen glinsterden. Ailis wilde bemoedigend zeggen dat ze best wat meer vertrouwen in Donella kon stellen, maar vrouwe Balincourt begon, handenwringend, opnieuw over Haily. 'Ik denk niet dat het in Parijs zo uit de hand zou zijn gelopen als Haily meer toezicht had gehad. George heeft geen verantwoordelijkheid genomen en wij hebben gefaald in onze taak om haar te behoeden.'

Ailis wilde haar tegenspreken. Er was niets wat ze had kunnen doen om Donella en Haily ervan te weerhouden hun dromen waar te maken.

'Over een paar dagen vaar ik terug naar Schotland,' ging de dame verder. 'In mijn eentje en met lege handen. Ik heb gefaald, ik heb mijn taak niet naar behoren volbracht. Haily gaat hier in het theater optreden. Vertel eens, het is toch hopelijk niet waar dat iedere actrice een losbandige vrouw is?'

'Natuurlijk niet,' zei Ailis geruststellend, al kende ze behalve Haily maar één actrice en dat was Felice Roberts, met wie Cuthbert haar bedrogen had.

'Dus als ik haar tenminste in een veilige omgeving zou kunnen achterlaten... Als ik William en Mairead zou kunnen verzekeren dat ze bij haar nicht in een fatsoenlijk huis woont, en dat jij een oogje in het zeil houdt... Dat zou zoveel voor me betekenen.' Denise Balincourt keek Ailis bijna smekend aan. 'Zou je over je hart willen strijken? Ook al heb je niet zoveel op met Haily? Jij hebt de familie-eer altijd hoog gehouden.'

Opnieuw hield Ailis zich in. Op het puntje van haar tong lagen een paar bittere waarheden over Haily Hard, maar moest ze vrouwe Balincourt daarmee belasten? Per slot van rekening was haar loyaliteit aan haar familie haar leven uiteindelijk ten goede gekomen. Wie zou er van haar liefde voor astronomie zijn gekomen als ze in Schotland was gebleven en St. Leonards had afgemaakt?

Natuurlijk had ze begrip voor vrouwe Balincourts zorgen om Haily. Sterker nog, ze kon zich vrij goed voorstellen wat Haily zou doen als ze zelf op zoek moest naar geschikte woonruimte. Waarschijnlijk zou ze zich tot Cuthbert wenden, die er zeker zijn voordeel mee zou doen. Als Haily bij Ailis kon verblijven, zou ze in elk geval minder afhankelijk van hem zijn.

'En met Emily heb je extra hulp in huis,' ging vrouwe Balincourt verder. 'Zij kan voor het kind zorgen.'

Ailis schrok op uit haar gedachten. 'Emily gaat voorlopig voor niemand anders zorgen dan zichzelf,' legde ze uit. 'Ze gaat aan Harvard University studeren en ze heeft een baan als Harvard-computer. Of ze daarnaast tijd overhoudt om Haily te ondersteunen is aan haar. Maar het is goed, ze kunnen hier tijdelijk komen wonen. Tot ze in rustiger vaarwater komen. En bovendien' – ze pakte een brief die voor haar op tafel lag – 'is uw missie ten einde, vrouwe Balincourt. Of George en Haily trouwen of niet maakt voor de toekomst van de familie niet meer uit.'

Ailis reikte de oude dame een op geschept papier gedrukte aankondiging aan. 'Dit kwam vandaag binnen.'

Lord Charles Hard van het Huis van Thorgale
en vrouwe Muriël Hard
kondigen de geboorte aan van hun eerste zoon:
Charles Thomas Thaddeus Hard

Vrouwe Balincourt keek haar een tijdje ongelovig aan. Toen glimlachte ze. 'Een troonopvolger! Het is ze gelukt. Natuurlijk keur ik het gedrag van Charles niet goed, zeker niet tegenover jou, zijn dochter. Maar het is een pak van mijn hart dat George de titel niet zal erven.'

11

De levering van de luchtballon liet op zich wachten tot het einde van de zomer – meneer Lachambre had over bestellingen duidelijk niet te klagen. Maar het was niet erg. Donella en Hernando hadden de handen vol aan hun studie, vooral aan Hernando's werkstuk over Leonardo da Vinci's luchtschroef.

De twee knutselden aan een model van dit luchtvaartuig. De productspecificaties die Da Vinci destijds had bedacht waren nu geen probleem meer. Ze waren vierhonderd jaar verder; alle benodigde materialen waren inmiddels verkrijgbaar. Maar de stuwsnelheid was een probleem. Da Vinci was ervan overtuigd geweest dat de kegelvormige constructie zou opstijgen als de rotor maar hard genoeg rond werd geduwd. Tot nu toe was het niemand gelukt om de benodigde snelheid te genereren, en ook Donella en Hernando kregen het niet voor elkaar. Uiteindelijk kwam zij op het idee om een trekkoord te gebruiken, zoals bij opwindbaar speelgoed. Daarmee lukte het hun een miniatuurversie de lucht in te krijgen. Niet voor lang, maar het was wel een bewijs: het principe van de zestiende-eeuwse uitvinding werkte!

Het tweetal vierde het succes met een dinertje in een van de chique hotel-restaurants in Parijs en ze nodigden Frederick Balincourt uit om erbij te zijn. Helaas verpestte Donella's grootvader de feestelijke stemming door keer op keer naar Hernando's plannen met Donella te vragen.

Donella vond het gênant. Ze voelde zich gelukkig, en dat had ze aan Hernando te danken. Ze wilde hem niet onder druk zetten of de indruk wekken dat ze meer van hem verwachtte. Het ouderwetse gedoe van haar grootvader zette de situatie op scherp en het etentje was vroeg afgelopen.

Hernando slaagde cum laude voor zijn examens. Professor Barlot leek het spijtig te vinden dat hij Donald Hard geen examen kon laten doen. Hij was onder de indruk van Donella's scherpe geest en zou haar het volgende semester beslist niet weer uitsluiten.

En eindelijk was Hernando's gasballon er! Toen Donella aankwam stond de ballon al gracieus te deinen in de enigszins verwaarloosde tuin van het herenhuis waarin Hernando een appartement had. In het souterrain had hij direct nadat hij er zijn intrek had genomen een werkplaats ingericht, grenzend aan de tuin. Zo kon hij de ballon vullen met waterstofgas en oplaten.

Net als de grote ballon voor de fabriek van Lachambre, stond de kleinere in de tuin aan de touwen te trekken alsof hij niet kon wachten om op te stijgen. Donella was onmiddellijk compleet in de ban. De bediening zag er net zo eenvoudig uit als die van de grote. Verlangend streek ze over de mand. Ze wilde maar één ding: de eerste vaart meemaken.

'Je had even moeten wachten met vullen,' zei ze tegen Hernando. 'Ik had graag willen helpen.'

Hernando wuifde het weg. 'Dat zul je nog vaak genoeg kunnen doen. Het is niet heel boeiend. Stap je in?'

Ongelovig keek ze hem aan. 'Ik?' vroeg ze. 'Maar het is jouw ballon, je hebt hem voor jezelf gekocht...'

Hernando straalde. 'Voor ons!' verbeterde hij haar. 'En jij bent de eerste die ermee gaat vliegen. Spring maar aan boord, neef Donald. Of is het juffrouw Donella die ik zal helpen instappen?'

Donella omhelsde hem onstuimig. 'Jij weet waar je juffrouw Donella blij mee maakt!'

Omdat ze een jurk droeg, zij het een eenvoudige middagjapon, hielp Hernando haar galant aan boord. Maar ze wist meteen weer hoe je de ballon in toom moest houden. Intussen hadden ze allebei de voorspelde windrichtingen in Parijs op verschillende momenten van de dag onderzocht, en hoe de huidige zomerse temperaturen de verschillende luchtlagen beïnvloedden. Natuurlijk hadden ze bij lange na niet de ervaring van Machure, maar Donella wist vrij zeker dat haar reis vandaag naar het westen zou gaan en niet in een van de andere richtingen.

'Probeer in een park te landen als dat er is, of nog beter in een weiland of een open veld,' drukte Hernando haar op het hart. 'Ik volg je met de Benz, en ik heb al een wagen besteld om de ballon op te halen. Goede vlucht!'

Donella voelde haar hart bonzen toen hij de lijnen losmaakte en de ballon langzaam opsteeg. Opnieuw genoot ze van het zweven en het grootse vrijheidsgevoel. Ze gaf zich eraan over en keek verwonderd naar de stad onder haar, de parken en standbeelden die steeds kleiner werden in de diepte. Parijs veranderde in een speelgoedstad. Donella kreeg het gevoel dat ze erover heerste; heel even was de hele wereld van haar.

Al barstte ze zowat uit elkaar van geluk, Donella hield de richting van de ballon goed in de gaten. Hopelijk zaten ze er niet te ver naast met hun berekeningen. Ze keek omhoog naar de enorme ballon boven haar, genoot van de felle kleurencombinatie die Armand Machure haar had aangeraden. Haar gedachten gingen terug naar de sympathieke man die haar had uitgelegd hoe de gasballon werkte. Hij straalde net zo als zij.

Na ruim een uur werd het tijd om te landen en Donella, die Parijs net achter zich had gelaten, koos een braakliggende akker om bij het dalen op aan te sturen. Ze opende het ventiel om gas te laten ontsnappen, maar ondanks haar behoedzaamheid verliep de landing hobbeliger dan de eerste keer met Machure. Wel kwam de mand netjes in de akker tot stilstand; de ballon zakte ernaast in elkaar en niet veel later verscheen Hernando met de Benz.

Donella was ondanks haar lange rok al uit de mand geklommen en sloeg haar armen stevig om hem heen.

'Dat was fantastisch, Hernando. Wat een geschenk! Zoiets groots zal ik jou nooit kunnen geven.'

Hernando glimlachte. 'Zeker wel, Dona, elke dag met jou is een geschenk voor mij.'

De wagen om de ballon op te halen kwam er ook al aan. Samen met Hernando vouwde Donella de ballon op volgens de instructies van Machure. Daarna volgden ze het transport terug naar Hernando's huis, zagen erop toe dat de ballon netjes op zijn plek terechtkwam en toen de wagen vertrokken was keken ze elkaar blij aan.

'En wat nu?' Ergens in haar achterhoofd wist ze dat ze een afspraak met haar grootvader had, maar die was al bijna vergeten.

'We gaan het vieren!' Hernando gaf haar een kus en nam haar mee naar een exclusief restaurantje een paar straten verderop, waar ze al eens hadden gedineerd. Nu zag het er heel anders uit. Het restaurant was helemaal leeg, op één gedekte tafel na, met een ober die toen ze binnenkwamen toevallig net een fles champagne openmaakte.

'Bent u niet open vandaag?' vroeg Donella verbaasd.

De ober boog. 'Vandaag zijn we alleen voor u geopend, mademoiselle. En voor uw *cavalier.*'

Hernando liet Donella plaatsnemen aan hun tafel. Er werden oesters en andere specialiteiten gebracht, die perfect smaakten bij de champagne. Donella kon niet stoppen met vertellen over haar avontuur. Toen ze uiteindelijk overging op ideeën voor een mogelijke besturing van de ballon, schudde Hernando zijn hoofd en vulde haar glas bij.

'Vandaag wordt er niet gewerkt,' zei hij met een lachje. 'Vandaag wil ik Donella om me heen. Donald laten we lekker slapen, goed?'

Donella nam een slok. 'Donella slaapt ook bijna.' Ze lachte. 'In elk geval heeft ze het gevoel dat ze droomt!'

Hernando kuste haar hand. 'Misschien is het zo'n dag waarop dromen uitkomen – of zo'n nacht...'

Donella stond toe dat hij haar kuste, lang en gretig, en ze genoot ervan. Ook dit voelde alsof ze wegzweefde.

Toen ze uiteindelijk hand in hand het restaurant verlieten, liep ze met hem mee naar zijn voordeur.

'Weet je zeker dat je dit wilt?' vroeg hij schor. 'Ik wil niets doen wat jij niet wilt.'

Donella wilde niet dat er een einde zou komen aan deze heerlijke dag. Ze wilde Hernando zoenen, haar lichaam tegen het zijne drukken, hem net zo'n gelukkig gevoel geven als ze vandaag van hem had gekregen.

'Ik wil het!' zei ze ferm en ze drukte haar lippen nog eens op zijn mond. Daarna opende hij de deur en leidde haar door de elegante gang naar zijn vertrekken. Daar stond nog meer champagne in een koeler en de kamers waren versierd met bloemen en lampionnen.

'Dan heb je nog iets om te laten vliegen,' zei hij lief. 'Er moeten nog wel ergens kaarsen zijn.'

Donella liet hem haar haar losmaken en opende nerveus het bovenste knoopje van haar jurk.

'Laat mij maar,' fluisterde Hernando.

Ze gaf zich over aan zijn handen tot ze opnieuw tot grote hoogte kwam.

De volgende ochtend stond Hernando op om een zijden kamerjas aan te doen en Donella in een tweede te wikkelen. Daarna bracht de huisbediende koffie en croissants op bed met een onberispelijke hoffelijkheid en een gezicht waar niets van af te lezen viel.

Donella voelde zich loom, tevreden en gelukkig, tot haar schuldige geweten opspeelde en haar stemming verstoorde. Hoelang zou haar grootvader de vorige avond op haar gewacht hebben? Van alles wat er met haar gebeurd kon zijn, vreesde hij waarschijnlijk het ergste.

'Ik moet naar huis,' zei ze spijtig. 'Als het kan, kom ik later vandaag nog even langs. Ga jij vandaag ballonvaren?'

Hernando knikte. 'Zeker. Want ik heb niet veel gelegenheid komende tijd. Mijn familie verwacht me in Saint-Tropez. Ik zal een paar dagen bij hen moeten doorbrengen.'

Donella's blije gevoel maakte plaats voor teleurstelling. 'Wil je mij alleen achterlaten? Nu?'

Hernando trok haar in zijn armen. 'Ik heb niets te willen, *querida*. Mijn vader staat erop dat ik aanwezig ben als hij met de hele familie zo'n grote reis maakt. En zelf kijk ik er ook naar uit om mijn zus te zien. Ach, je moet het maar zo zien, liefste: de ballon is zolang van jou!'

'Serieus?' vroeg Donella. 'Bedoel je dat ik ermee mag varen?'

'Natuurlijk,' zei Hernando. 'Je vervoer terug is al betaald. Je hoeft alleen maar een tijd af te spreken met de koetsier, dan zal hij je volgen en jou en de ballon terugbrengen. Hij kan je ook helpen met het vullen van de ballon; het gas brengt wel wat risico's met zich mee. Daar wil ik je voor behoeden.'

Donella had een verontwaardigd antwoord op het puntje van haar tong liggen. Dacht hij nou echt dat ze niet in staat was om voorzichtig met het waterstofgas om te gaan? Maar ze zweeg. Het was aardig van hem om dit allemaal voor haar te organiseren. En wie de ballon uiteindelijk zou vullen, hoefde hij nu nog niet te weten.

'Ik had eigenlijk gedacht dat jij mij vandaag zou volgen met de Benz,' zei Hernando. 'Zodat we ook mijn eerste vlucht zouden vieren. Maar je hebt veel uit te leggen aan je grootvader, dat begrijp ik natuurlijk.'

Donella beet op haar lip. 'Ja, dat moet echt, daar kan ik niet omheen. Al heb ik eerlijk gezegd nog geen idee wat ik moet zeggen. Ik kan hem absoluut niet vertellen dat ik...' Ze stokte. 'Dat wij –'

Hernando glimlachte. 'Hij zal het toch wel aan je zien.'

Donella hoopte heel erg dat hij het mis had, maar toen ze thuiskwam in hun appartement in het tweede arrondissement zag ze aan het grimmige gezicht van Frederick Balincourt meteen hoe laat het was.

'Grootpapa!' zei ze met haar onschuldigste lach. 'Het spijt me dat ik u gisteren heb laten zitten. Maar de gasballon is gearriveerd. Ik heb gevlogen, grootpapa, en het was hemels. Alles was hemels, ik –'

'Ik denk dat je gisteravond je belofte hebt gebroken,' stelde de oude heer vast. 'Ik heb het zien aankomen. Ik had er veel eerder een eind aan moeten maken. Ga je koffer maar pakken, we nemen de eerste trein naar Calais.'

'Maar grootvader!' Donella was onthutst. Op zo'n strenge reactie had ze niet gerekend. 'Ik kan toch niet –'

'En of jij dat kunt! Dit ging al vanaf het begin de verkeerde kant op. Ik zal het moeten herstellen.' Hij speelde met een brief die op tafel lag. Donella herkende het briefpapier en het handschrift van haar grootmoeder.

'Je tegendraadse nicht Haily heeft zich onttrokken aan het gezag van je grootmoeder. Ze schijnt een aanstelling te hebben en vanaf nu zelf in haar levensonderhoud te willen voorzien. Bij de revue! Met zang en dans!' Frederick Balincourt verfrommelde de brief en smeet hem op de vloer. 'Dat gaat me met jou niet gebeuren. Ik breng je naar huis. Al zal het waarschijnlijk niet ongedeerd zijn!' Zijn stem klonk bitter.

Donella had het gevoel dat haar wereld instortte. 'Maar, grootvader! Juist nu, nu de ballon er is. En ik mag – Hernando is de komende weken niet eens thuis. Hij moet naar Saint-Tropez, een familiereünie...'

Haar grootvader keek haar vermoeid aan. 'En dat zegt toch alles, Donella! Deze jongeman heeft geen serieuze bedoelingen met jou. Anders zou hij je wel uitgenodigd hebben. Een man van eer zou daar een kamer voor je boeken en jou de komende dagen formeel aan zijn familie voorstellen. Desgewenst had ik je met liefde vergezeld. Dan was het een beschaafde aangelegenheid geweest die wellicht tot een verloving onder de palmen had kunnen leiden. Die groeien daar toch, palmbomen?' Hij onderbrak zijn betoog en dacht even na. 'Hoe dan ook, die toch niet zo verfijnde meneer Sánchez-Duboire heeft daartoe geen aanstalten gemaakt. Hij gaat niet met je trouwen, Donella. Hij gebruikt je!'

'Hij houdt van me,' slingerde Donella hem toe. 'Dat heeft hij gisteravond wel bewezen.'

'Hij heeft je onteerd!' baste haar grootvader. 'Laten we hopen dat het geen ongewenste gevolgen zal hebben. En nu inpakken!'

Donella schudde haar hoofd. Zo kon het niet eindigen. Ze ging haar geluk hier niet opgeven om terug te gaan naar Schotland en daar te trouwen met een of andere provinciaalse edelman met wie ze de rest van haar leven in een koud en donker kasteel zou doorbrengen.

'Ik ga niet terug!'

'Je hebt het me beloofd. Het was de voorwaarde waarop je hier mocht blijven. Ik heb altijd aan jouw kant gestaan, Donella Hard. Ga je mij nu in de steek laten?' Haar grootvader keek haar teleurgesteld aan.

Haar hart brak.

Maar haar besluit stond vast.

'Ik heb geen keuze, grootpapa. Als het alleen om Hernando ging, nou, dan zou ik er misschien nog wel op terugkomen. Maar het gaat om mijn leven! Misschien vraagt Hernando me niet ten huwelijk, nog niet in elk geval. Maar het duurt niet lang of hij kan niet meer zonder mij. We hebben dezelfde doelen, een gezamenlijke toekomst. En hij heeft me beloofd, nee, gegarandeerd dat ik ga vliegen. We gaan een luchtschip bouwen, ballonnen bestuurbaar maken. En wie weet... andere aeronauten zijn al bezig met gemotoriseerd vliegen. Dat kan ik toch niet allemaal opgeven? Dat gaat gewoon niet! Het spijt me!'

Met een betraand gezicht draaide ze zich om en rende het huis uit, de straat op. Ze nam niet de moeite om een koets aan te houden. Ze rende half Parijs door, helemaal naar Hernando's huis. Voor het huis stond een paard ingespannen voor de wagen waarmee de ballon gisteren terug was gebracht. De ballon was alweer gevuld en wachtte op Hernando's eerste vaart.

Hernando, die net de zandzakken aan het controleren was, keek stralend naar haar op. 'Donella! Heb je het toch voor elkaar? Ga je me volgen met de Benz?'

Donella wierp zich in zijn armen. 'Ik volg je,' fluisterde ze. 'Waarheen je ook gaat.'

12

Vrouwe Balincourt wilde in Boston blijven tot Haily en Emily bij Ailis introkken. Daarna zou ze het eerste schip terug naar Schotland nemen en ongeveer tegelijk met haar man thuiskomen. Op verbitterde toon had hij haar geschreven dat Donella haar belofte had geschonden en hun afspraak niet nakwam. Op haar brief over de geboorte van Charles' zoon, de Hard-erfgenaam, had hij helemaal niet gereageerd. Hij was alleen maar zwaar teleurgesteld in zijn kleindochter en verweet zichzelf nu dat hij haar hoogdravende plannen altijd had aangemoedigd.

Ailis was juist blij voor haar lieve nicht. Wat ze van Donella's relatie met Hernando Sánchez-Duboire moest denken wist ze niet – in de juichende brieven van de verliefde Donella stonden geen feiten over de relatie. Maar ze hoopte heel erg dat Donella het voor elkaar zou krijgen verder te studeren en haar onderzoek voort te zetten. Ook al leek het voor Hernando tot nu toe meer liefhebberij, Donella, daar was Ailis van overtuigd, zou slagen in welk luchtvaartproject dan ook.

George zag de terugkeer naar Schotland niet met enthousiasme tegemoet. Het reizen was hem de afgelopen maanden uitstekend bevallen, hij had geen zin om zijn wereldreis af te breken. Al helemaal niet nu zijn leven in Schotland in duigen was gevallen nog voordat het goed en wel begonnen was. Geen clanhoofd worden betekende geen macht, geen rijkdom, geen status. Natuurlijk zou hij ooit Cliff Tower erven, maar kasteel en bijbehoren leverden meer werk dan genot op. Als lord moest hij het landgoed en de pachtgronden beheren en het bezit zo mogelijk uitbreiden door een goed huwelijk aan te gaan, waarbij het onbelangrijk was of hij zijn bruid leuk vond.

George wist dat zijn leven nauwelijks zou verschillen van dat van zijn vader. Hij zou zijn dagen slijten met papierwerk en vergaderingen met pachtboeren en uitvoerders, slechts af en toe onderbroken door een banket of een jacht, dat hij niet alleen uit eigen zak moest bekostigen maar ook helemaal moest organiseren. De hele clan zou hem bespotten en uitlachen als daar niet de complete Schotse adel bij aanwezig zou zijn.

George was zo zeker van zijn zaak geweest. En nu was er opeens een andere nakomeling die als een koningszoon zou worden grootgebracht. Onder zijn neus, als hij terug zou gaan naar Schotland. Hij had nog geen nieuw toekomstplan bedacht, zoals Haily en Donella, maar aan zijn verplichtingen en beperkingen als arme Schotse edelman moest hij zich zien te ontworstelen.

Een paar dagen nadat Ailis de geboorteaankondiging had ontvangen, stond vrouwe Balincourt onverwacht voor haar deur, helemaal overstuur. Het was zondag, dus Ailis was vrij. Ze was zich mentaal aan het voorbereiden op de komst van haar nieuwe huisgenoot. Samen met Emily zou ze plaats moeten maken voor de uitgebreide bagage van Haily. Maureen was ook modebewust geweest, maar ze had niet half zoveel jurken en hoeden gehad.

'George is weg!' Het had niet veel gescheeld of vrouwe Balincourt had zich aan Ailis' borst gedrukt. De gewoonlijk beheerste dame verfrommelde een zakdoek in haar handen en vocht tegen haar tranen. 'En h-hij h-heeft...' snikte ze.

Ailis leidde haar naar een leunstoel en uit de pot thee die ze net had gezet schonk ze een kop in voor Donella's grootmoeder.

'Drink maar even wat, vrouwe Denise. En vertel me dan eens rustig wat er aan de hand is. Wat heeft George gedaan?'

'Mijn geld gestolen!' riep de dame uit. 'Al mijn contanten.'

'Dat zal toch niet zoveel zijn geweest?' vroeg Ailis. Het was gevaarlijk om veel contant geld op zak te hebben. Daarom hadden wereldreizigers meestal reischeques bij zich, die ze bij een bank konden wisselen tegen bankbiljetten van de ter plekke geldige valuta.

'Tweehonderd dollar!' zei vrouwe Balincourt. 'Ik had er de overtocht van willen betalen.'

Ailis streek over haar voorhoofd. Dat was inderdaad een hoog bedrag, al zou het de Balincourts heus niet aan de bedelstaf brengen. Vrouwe Denise had vast nog wel cheques om in te wisselen en anders kon haar familie vanuit Schotland geld overmaken.

'In geval van nood kan ik u wat lenen,' zei Ailis met tegenzin, in een poging de oude dame te troosten.

'Ach! Het gaat niet om het geld!' Nu waren de tranen niet meer te stoppen. 'Het is de schande! Hij is een Hard! De tweede in de lijn van opvolging van de clan. En nu, nu is hij niets meer of minder dan een ellendige dief!'

Geen karaktereigenschap van George, hoe slecht ook, kon Ailis nog verbazen. Het verwonderde haar alleen maar dat zijn grootouders hem keer op keer een nieuwe kans boden om zich van zijn goede kant te laten zien.

'Hij is nooit zo'n gentleman geweest,' zei ze zonder omhaal. 'De familie mag blij zijn dat ze van hem af is. Waar denkt u dat hij naartoe is gegaan?'

Vrouwe Balincourt haalde haar schouders op. 'Hij heeft het weleens over Texas gehad. Maar ook over Californië en New Orleans.' Ze wrong haar handen.

'Dan zal het dat laatste zijn,' veronderstelde Ailis. 'Ik kan me hem niet voorstellen als een cowboy of een goudzoeker. Hij is meer een gokker. Stil maar, vrouwe Denise. Er is niets wat u had kunnen doen.'

'Nee, maar hoe vertellen we het Connor en Winifred? Hun dochter is ervandoor met een Braziliaan en hun zoon eindigt als gelukszoeker.' Daar kwamen de tranen alweer.

Ailis stond op om een schone zakdoek te pakken. 'Wacht het maar even af, vrouwe Denise, misschien komt het wel weer goed!' zei ze geruststellend. 'Haily groeit vast uit tot een ster, zoals ze hier in Amerika zeggen als iemand succes heeft als artiest. Donella gaat een revolutie teweegbrengen in de luchtvaart. En George keert misschien wel terug als een rijk man. Dat is al meer mensen gelukt.'

'Denk je dat echt?' Er klonk alweer wat hoop in haar stem.

Ailis legde haar hand op de schouder van de oude dame. Opeens herinnerde ze zich haar diepe gelovigheid. 'Gods wegen zijn ondoorgrondelijk,' zei ze troostend.

Persoonlijk vertrouwde ze meer op de personen zelf. Donella had haar eigen pad al gekozen, Haily ging door roeien en ruiten om het hare te verwezenlijken. Als iemand hulp van boven nodig had, was het George, maar Ailis kon zich niet voorstellen dat hij geliefd was bij de hogere machten.

'Ik ga nu met mijn zoon naar het park,' zei ze uiteindelijk. Copper was in zijn kamer met het kindermeisje, dat zich nu vast afvroeg wanneer haar vrije zondagmiddag eindelijk zou beginnen. 'Dan kunt u een brief aan uw man schrijven, vrouwe Denise. Morgen zal Haily u vergezellen naar New York en de bootreis voor u boeken. En anders zal ik dat doen.' Ze zuchtte toen ze aan de smoezen dacht die Haily zou verzinnen om maar in Cuthberts theater te kunnen blijven, en haar tijd niet aan vrouwe Denise en New York te hoeven verspillen. Zelf zou ze vrij moeten vragen en het kindermeisje bij Copper, en dus ook bij Emily en Haily, moeten achterlaten. Ze hoopte maar dat Alma niet zou afhaken als Haily ook haar zou gaan commanderen zoals ze nu eenmaal gewend was.

Ailis kon het niet helpen. Op deze dag wenste ze haar familie naar de verdoemenis.

Zielsverwanten

Boston, herfst – winter 1889
Parijs, herfst 1889 – zomer 1890

1

Eindelijk vertrok vrouwe Balincourt. Ailis vergezelde haar naar New York en hielp haar met de boeking van de bootreis naar Londen, waar haar man haar opwachtte om samen door te reizen naar Schotland. In tranen omhelsde ze Ailis bij het afscheid.

'En jij dan?' vroeg ze. 'Had jij niet met me mee willen reizen? Om je vaderland weer eens te zien? Destijds ben je slecht behandeld, maar thuis zou je zoveel andere mogelijkheden hebben. Een tweede huwelijk misschien wel. Je familie zou je kunnen helpen. Of in elk geval de rest van de familie, als je vader het laat afweten.'

Ailis maakte een afwerend gebaar. 'Cuthbert is niet dood,' bracht ze in herinnering. 'En Schotland?' Er was in het regenachtige, koude Schotland niets waarnaar ze verlangde. In Boston was het 's winters ook koud, maar hier viel tenminste echte sneeuw; komende winter ging ze voor Copper zijn eerste slee kopen. En de familie? Ja, misschien zou haar stiefmoeder haar met open armen ontvangen – als gratis kindermeisje!

'Misschien zoek ik mijn moeder een keer op in Zuid-Frankrijk,' zei ze, hoewel ze niets gaf om rozen of honden.

Vrouwe Balincourt knikte. 'Dat zou ze fantastisch vinden!'

Ailis was blij toen het stoomschip zich eindelijk losmaakte van de kade. Opgelucht zwaaide ze Donella's grootmoeder uit en reisde terug naar Boston, waar ze haar huis aantrof zoals ze had verwacht. Overal hing sigarenrook. Haily leek alle kamers te bewonen en liet haar spullen overal slingeren. Ze klaagde dat Copper lawaai maakte. Emily ruimde achter haar op, zoals ze ook op kostschool altijd had gedaan, en dook weg als ze beledigingen naar zich toe geslingerd kreeg.

Gelukkig begonnen al snel de repetities voor Cuthberts nieuwe toneelstuk, waarmee het theaterseizoen zou worden geopend. Daarnaast traden de artiesten in de zomer geregeld op in parken of op openluchtpodia. Haily zong chansons en operetteliedjes, en bij football- en dressuurwedstrijden het Amerikaanse volkslied. Gelijk had ze, vond zelfs Ailis. Haily was mooi en kon goed zingen, meer had ze niet nodig voor een carrière in de kleinkunst. Ze veroverde al snel de harten van haar toehoorders, werd Bostons publiekslieveling en het leek wel of iedereen uitkeek naar haar eerste echte hoofdrol. Cuthbert had een stuk voor haar geschreven onder de titel *The young cousin*, over een jonge vrouw die zou trouwen met een oudere arts, maar verliefd werd op de aanstaande echtgenoot van haar nicht, een stijve, onaantrekkelijke jonge vrouw. Na allerlei verwikkelingen vond uiteindelijk iedereen het geluk. De dokter liet het nichtje uiteindelijk gaan nadat hij ervan overtuigd was geraakt dat ze haar gebroken hart niet zou overleven. Het liedje 'Die of a Broken Heart' had alles in zich om een hit te worden.

Ailis hoorde van Emily waarover het stuk en het liedje gingen en vond het allemaal behoorlijk smakeloos. Afgezien daarvan vond ze het niet erg dat de relatie tussen Haily en Cuthbert al snel meer behelsde dan werk. Alleen toen ze hem op een dag in haar huis aantrof, wachtend op Haily, ontplofte ze. Ze gooide hem eruit.

'Dit huis is verboden toegang voor deze man!' zei ze nadrukkelijk tegen Haily. 'Nog nooit is hij hier geweest om zijn zoon te leren kennen, laat staan dat hij iets bijdraagt aan de huur zodat Copper hier kan opgroeien. Ik sta niet toe dat hij binnenkomt om zijn... Ik zal het woord niet uitspreken, Haily, ik wil niet dat Copper het leert. Maar hou die man uit onze buurt!'

Haily was zwaar beledigd, maar hield zich aan het verbod. En misschien bleef Cuthbert zelf wel weg na Ailis' uitbarsting, om niet het risico te lopen dat ze alimentatie van hem zou gaan eisen.

Emily deed het goed als Harvard-computer en daarnaast moest ze Haily vaak vergezellen naar haar optredens. Cuthbert huurde geen visagist in; de artiesten moesten zich zelf opmaken. Dat weigerde Haily, Emily moest het bij haar doen. Algauw viel het Haily's collega's op hoe goed het Schotse meisje hierin was. Emily had veel geleerd van Haily's vriendinnen in Parijs en was altijd goed geweest in tekenen. De ene na de andere artiest vroeg haar hun make-up, kapsel of allebei te verzorgen en zo verdiende ze een beetje bij. Ze spaarde het geld op voor haar studie. Ze was zowaar toegelaten en begon na de zomervakantie.

Tegen haar eigen verwachtingen in vond Emily het leuk in het theater. Alle toneelspelers, zangers en dansers waren jonge mannen en vrouwen, die blij waren met hun aanstelling bij de Boston Music Hall. De meesten van hen behandelden iedereen als een gelijke. Toneelknechten, bodes en garderobemedewerkers hoorden er net zo goed bij als hun collega's die op de planken stonden. Ook Emily werd vanzelfsprekend in hun midden opgenomen als ze met elkaar zaten te dollen of een feestje bouwden. Voor het eerst begon Emily, die van nature nogal op zichzelf was en altijd in de schaduw van Haily had gestaan, meer naar buiten te treden. Haily stond haar niet in de weg; net als bij de toneelgroep op kostschool hield ze afstand van iedereen. Ze gedroeg zich als een ster, die hooguit een woordje wisselde met de tweede hoofdrolspeler, maar in principe alleen met de impresario sprak.

Haar affaire met Cuthbert was al snel het gesprek van de dag. Vooral nadat hij tot ieders verbijstering zijn ster tot dan toe, Angèle Frevert, zonder met zijn ogen te knipperen opzijschoof. Angèle besloot haar contract niet te verlengen en nam wraak door op het allerlaatste moment af te zeggen, nadat ze haar rol in het toneelstuk voor het volgende seizoen al had ingestudeerd.

Cuthbert had zo snel mogelijk een vervanger nodig en promoveerde een jonge koorzangeres die ook kon dansen. Gevolg was dat het meisje voortdurend de verbale vijandigheid van de jaloerse Haily moest incasseren. Emily trof de jonge artieste verschillende keren huilend achter de coulissen aan.

Uiteindelijk probeerde Cuthbert de orde in het ensemble te herstellen door Haily ten overstaan van iedereen uit te leggen dat hij niets bijzonders in de kleine Sabina zag en dat haar talent nog niet in de buurt kwam van dat van Haily. Daarmee trof hij Sabina pas echt tot in het diepst van haar ziel. Het zou tijd gaan kosten om een en ander heel voorzichtig weer op te bouwen.

Ook Emily kreeg weer te maken met de jaloezie van Haily. Danser Leo nodigde haar uit voor een kop koffie. Het was mooi weer, dus ze gingen op het terras voor het café zitten praten over Emily's toekomstige studies en Leo's carrièreplannen. Het was gezellig totdat Haily langsliep. Ze was op weg naar een modehuis, maar stelde haar plan onmiddellijk uit, kwam bij hen zitten en begon met Leo te kletsen en te lachen. Ze roemde zijn talent en vroeg zich hardop af of ze misschien een goed woordje voor hem zou doen bij Cuthbert. De jonge man trapte erin en was vanaf dat moment helemaal in haar ban. Nog dagen later zag Emily hoe hij aan Haily's lippen hing en steeds net genoeg bevestiging van haar kreeg om geen oog meer te hebben voor welke andere vrouw in het gezelschap dan ook.

Emily raakte pas echt geïrriteerd toen het een tijdje later opnieuw gebeurde. Deze keer vroeg een lichttechnicus Emily mee naar een dansavond in het theater. Cuthbert opende de Boston Music Hall wel vaker voor dit soort evenementen. Iedereen was welkom tegen betaling van een kleine entree. Het toneelorkest verzorgde de dansmuziek en speelde af en toe een meezinger om een nieuw zangspel te promoten.

Voor Emily was het de eerste keer dat ze de danslessen die ze op school had gehad in praktijk ging brengen. Uitvoerig besprak ze alle details met Alma. Coppers kindermeisje was een goede vriendin geworden en liet haar enthousiast een paar nieuwe danspassen zien. Ailis werd er vrolijk van en droeg af en toe bij aan de eindeloze discussies van de meisjes over de mooiste jurk en de juiste hoed. Tegen de tijd dat ze werd opgehaald droeg Emily haar lichtblauwe jurk met een fleurige sjaal van Ailis en de lievelingshoed van Alma.

Stralend liep ze aan de arm van Teddy, zoals ze hem meteen noemde, de foyer van het theater in en liet zich op punch trakteren voordat hij haar onwennig de dansvloer op leidde voor een eerste dans. Teddy deed zijn naam eer aan, vond Emily, hij was als een vriendelijke beer: klunzig maar lief. Ze genoot van de dansavond totdat Haily in een uitdagende jurk op het podium verscheen en 'Die of a Broken Heart' begon te zingen, terwijl ze met haar zwoele blik een man uit het publiek fixeerde: Teddy. De jonge man was niet in staat zijn blik van de zangeres los te maken, en toen Haily na haar optreden ook nog bij hen aanschoof, verloor hij zijn aandacht voor Emily. Hij bestelde een drankje voor Haily en voorzag haar van vuur.

'Jij bent de eerste die weet hoe je een sigaar moet aansteken,' fleemde Haily. 'Jij verzorgt toch ook de podiumbelichting? Je ziet eruit alsof je ook wel weet wanneer je het licht moet dimmen...' Toen de volledig betoverde Teddy het aandurfde om de ster van het ensemble de dansvloer op te leiden, en alle aanwezigen vol ontzag naar het paar keken, liep Emily het theater uit.

Emily voelde geen verdriet om de jongens – verliefd was ze niet geweest op Teddy of Leo – maar ze was wel boos op Haily. Niet alleen ergerde ze zich aan haar jaloezie, ze vreesde dat het alleen maar erger zou worden. Wat als ze een volgende keer wel verliefd zou zijn? Zou Haily dan opnieuw alles uit de kast halen en haar hart breken?

Emily verzamelde al haar moed om Haily er de volgende ochtend op aan te spreken.

'En, had je een leuke avond?' vroeg ze terwijl ze Haily's haar opstak. 'Hoe ver ben je gegaan opdat Teddy mij helemaal zou vergeten: was een beetje met je wimpers knipperen genoeg of heb je de nacht met hem doorgebracht?'

Haily lachte. 'Hoor ik jaloezie in je stem? Omdat ik een beetje contact maak met de toneelknechten? Ik kan je geruststellen, Cuthbert vroeg of ik dat wil doen. Hij vindt dat ik te koel ben tegenover het personeel.'

'Je sprak niet zomaar een toneelknecht aan,' zei Emily. 'Dat kun je elke dag doen als je vriendelijker wilt zijn. Jij had maar één doel toen je plotseling opdook gisteravond: de jongen versieren die mij mee uit dansen had gevraagd. En dat is je gelukt. Hij zag me niet meer staan. Waarschijnlijk heeft hij niet eens gemerkt dat ik wegging.'

Haily lachte schel. 'Morgen werpt hij het je voor de voeten,' voorspelde ze. 'Het was geen slimme zet, sorry dat ik het zeg. Als je handig bent, blijf je glimlachen en wacht je je kans af. Óf je gaat met iemand anders flirten, dan komt hij vanzelf weer naar je toe. En zo niet... Eigenlijk zou je me dankbaar moeten zijn, Em. Ik heb nu twee keer aangetoond wat zo'n jongen echt voor je voelt. Niets, dus.' Ze nam een trekje van haar sigaar. 'Ik moet mijn schatje toch beschermen?'

Emily bleef sprakeloos achter toen Haily glimlachend opstond, haar een kus gaf en wegliep. Nu kon ze helemaal niet meer wachten tot haar studie begon. Op de universiteit zou Haily haar hopelijk niet stalken.

Na de onrustige zomer hervond Ailis in de herfst haar rust. Ze genoot nog steeds van haar werk en was apetrots toen ze haar tweede sterrennevel ontdekte. Alleen al het spectrum ervan bewonderen gaf haar een intens gelukkig gevoel.

Omdat het nog steeds mooi weer was, ging ze in haar vrije tijd vaak met Copper naar het park. Daar liet ze hem lekker in de fontein poedelen en genoot ze van zijn vrolijke geklets. Soms nam ze hem 's avonds laat mee naar buiten om hem de maan en de sterren te laten zien. Of ze organiseerde een picknick voor hem, Alma en Emily en deed haar best niet de hele tijd aan Maureen te denken. Ze treurde nog steeds om haar verloren liefde. Ze schreven elkaar wel af en toe, maar Ailis las tussen de regels door dat Maureen al een nieuwe liefde had gevonden. Zij had dat geluk nog niet gehad, maar ze troostte zich ermee dat ze verder een vol leven leidde.

Ze had een verdrietige brief van Donella gekregen. Haar nicht was in de pen geklommen toen ze was weggelopen van haar grootvader, en Hernando naar zijn familie in Saint-Tropez was vertrokken.

Ik voel me erg alleen op dit moment. Al is het heerlijk om in Hernando's huis te logeren en alleen maar met de luchtballon bezig te zijn. Maar zelfs vliegen is minder leuk zonder Hernando. En grootpapa mis ik ook. Waarschijnlijk ook uit schuldgevoel. Want hij heeft natuurlijk gelijk: ik heb mijn belofte gebroken. Maar ik kan toch niet mijn hele leven hier opgeven? Was hij de ballon maar eens komen bekijken. Eén blik was genoeg geweest om overstag te gaan. Dan zou hij het begrijpen. Maar hij is alleen maar bezig met wat er tussen Hernando en mij speelt. Het is altijd hetzelfde liedje, over deugdzaamheid en fatsoenlijk trouwen. Het is zó oneerlijk! Ik had zó gehoopt dat hij me zou begrijpen.

Met een zucht liet Ailis de brief zakken. Waarom was er zo weinig begrip voor vrouwen die meer of iets anders wilden dan trouwen en kinderen krijgen, zelfs bij mannen die vrouwen wel voor vol aanzagen? Zelf had ze dat toch ook ervaren. Pickering nam vrouwen wel serieus, hij had het voor de Harvard-computers mogelijk gemaakt om onderzoek te doen. Maar hoeveel succes ze ook boekten, ze bleven anoniem. In de sterrencatalogus zou alleen Pickerings naam worden vermeld.

Dat hij ervoor gekozen had om vrouwen in te zetten voor de specialistische spectraalanalyses had ook te maken met het feit dat ze genoegen namen met een lager salaris dan mannelijke specialisten. De vrouwelijke analisten verdienden tussen de vijfentwintig en vijftig dollarcent per uur. Zelfs vrouwen die afgestudeerd waren in de astronomie kregen niet meer betaald dan de vrouwen die Ailis opleidde. Zo kon Pickering van zijn onderzoeksbudget meer mensen in dienst nemen en sneller resultaat boeken. Hoe dankbaar Ailis hem ook was, hier kon ze haar ogen niet voor sluiten.

Ze verlangde ernaar met Donella te praten en hun ideeën over al deze onderwerpen met elkaar te delen. Ze hield van de sterke wilskracht van haar nicht, voor wie liefde en wetenschap nauw met elkaar verweven waren. Ze pakte haar brief weer op.

Gelukkig is Hernando anders. Hij accepteert me echt als een gelijke. Ik kan niet wachten tot hij weer thuis is. En heus niet alleen omdat ik weer hartstochtelijk gekust wil worden! Het is en blijft fascinerend om met de ballon de lucht in te gaan, en ik wil mogelijkheden voor de besturing onderzoeken en daarmee experimenteren. Volgens mij hangt het allemaal van de voortstuwing af. Tot nu toe gebruiken we alleen de wind. Ik denk dat we een motor nodig hebben, eentje die krachtig genoeg is om tegen de wind in te gaan. Er zijn natuurlijk al experimenten gedaan met elektromotoren en stoommachines, maar die zijn heel zwaar. Ik denk niet dat die de oplossing bieden. Een benzinemotor ligt meer voor de hand. Dus nu zat ik te denken: waarom demonteren we niet gewoon de motor van de Benz, Hernando's automobiel dus, en gebruiken we die om ons luchtschip aan te drijven? Dit is een veel kleinere en lichtere motor. En als we de ballon dan beter stroomlijnen, zou het kunnen werken. Alleen weet ik niet of Hernando bereid is om zijn geliefde wagen uit elkaar te halen. O, lieve Ailis, ik kijk reikhalzend uit naar zijn terugkeer!

2

Donella en Hernando pakten hun relatie na zijn terugkomst gewoon weer op, met dat verschil dat ze vanaf nu samenwoonden. Sinds zijn thuiskomst had Hernando steeds laten blijken dat hij het fijn vond dat zij er was, dus was ze gebleven. Al snel dacht Donella niet meer aan verhuizen en Hernando begon ook nergens over. Integendeel, de twee waren het liefst dag en nacht samen, en gebruikten hun wakkere uren zo veel mogelijk om aan hun luchtschip te sleutelen.

Over het verblijf bij zijn familie vertelde Hernando weinig. Donella had het idee dat hij zich verveeld had in Saint-Tropez. Hij was wel gebruind van de zon en toen ze daarnaar vroeg, vertelde hij dat hij had getennist en gezeild. Zijn familie had natuurlijk eigen faciliteiten en een zeiljacht. Hernando had deze sporten van jongs af aan beoefend en heel wat toernooien en zeilraces gewonnen.

'Voor mijn vader is dat heel belangrijk,' besloot hij zijn verhaal over een recente zeilrace waarin hij ook weer als eerste over de finish was gekomen.

Donella was graag bereid om hem te complimenteren, maar daar was het Hernando niet om te doen. Liever luisterde hij naar haar ideeën om de gasballon om te bouwen tot een luchtschip. Bereidwillig stemde hij in met haar voorstel om een nieuwe gondel te laten maken, met een aerodynamische vorm.

Opnieuw reden ze naar Vaugirard, waar ze Armand Machure troffen. De jonge ballonbouwer begroette hen vriendelijk, zij het met een bezorgde blik.

'Monsieur Sánchez-Duboire en mademoiselle Hard! Wat brengt u beiden zo snel bij ons terug? Er is toch niets mis met de ballon?'

'De ballon is fantastisch!' stelde Donella hem direct gerust en ze zag zijn ogen oplichten. De jongeman keek haar misschien iets te lang aan, maar er lag niets onfatsoenlijks in zijn blik. Hij vond haar enthousiasme leuk, besloot ze.

'Dus u hebt ballongevaren, mademoiselle?'

Donella knikte. 'O ja, bijna elke dag. Ik kan er gewoon geen genoeg van krijgen! En nu –'

'Nu zijn we van plan een bredere vaarcabine aan te schaffen,' onderbrak Hernando haar zakelijk.

Donella hoorde een lichte ergernis in zijn stem en begreep opeens dat hij het niet gewend was dat iemand zijn metgezellin aansprak. Hij was erbij, dus hij voerde het gesprek. Ze had het eerder niet gemerkt, maar nu besefte ze dat Machures gedrag hem niet aanstond.

'Maar dan voor twee.' Machure glimlachte en leek Hernando's toon niet op te merken. 'Ballonvaren is nog aangenamer als je kunt delen in elkaars plezier.'

Hernando's gezicht vertrok. 'Het is niet voor de lol, meneer Machure, het gaat om de aeronautiek. Ik werk aan de verdere ontwikkeling van de gasballon en dat vraagt om een andere vorm.'

Donella haalde het plan uit haar tasje en bedacht dat ze het eerder aan Hernando had moeten geven, zodat hij het aan de ballonmaker had kunnen laten zien.

Machure boog zich even over de tekening. 'Ah, een luchtschip,' zei hij meteen. 'Komt u binnen, dan kunnen we het samen bekijken.' Hij begeleidde ze naar een van de fabriekshal afgescheiden kantoortje.

Donella kon vanaf haar stoel de fabriekshal in kijken. Vol interesse volgde ze de werkzaamheden van de arbeiders aan de ballonnen, terwijl Machure hun plannen bestudeerde.

'De vorm van de ballon is makkelijk aan te passen,' zei hij. 'En de gondel... In uw ontwerp hangt deze vrij hoog, dicht bij het drijflichaam.'

'Dat is voor de aandrijfmotor,' kwam Donella tussenbeide. 'Als die te ver van de ballon af staat, wordt de besturing onnauwkeurig.'

Machure keek haar bewonderend aan, Hernando met tegenzin.

'Hebt u dit getekend?' vroeg Machure.

Donella knikte. 'Onder begeleiding, hoor' jokte ze. 'We hebben het samen ontworpen.'

'En wat voor aandrijving had u in gedachten?'

'Een propeller.' Ze wilde zich inhouden, maar het lukte gewoon niet. 'Twee propellerbladen om een as die door een motor aangedreven wordt. Zoals scheepsschroeven. Het is ooit al eens gedaan. Met kinderspeelgoed in het oude China. En Leonardo da Vinci...'

Machure knikte. 'De luchtschroef. Alleen weet niemand of hij echt zou opstijgen...'

'Zeker wel,' zei Hernando afgemeten. 'Ik heb hem in het klein nagebouwd als eindwerkstuk.'

'Het was gewoon een kwestie van opwinden,' voegde Donella er enthousiast aan toe. 'Dus nu... Hernando is bereid zijn automobiel ervoor op te offeren. We willen de propeller aandrijven met de brandstofmotor van de Benz.'

'Wat een ingenieus plan!' Machure was onder de indruk. 'Ik ben benieuwd of het werkt! Goed, dan moeten we een bepaalde grootte hebben.' Hij begon al te rekenen. 'Twee mensen plus de brandstofmotor in de gondel. En dan de propeller: misschien van hout?'

'Eén persoon,' zei Hernando. 'Want we weten nog niet hoeveel kracht de motor gebruikt om de propeller aan te drijven.'

Machure trok even een wenkbrauw op, Donella opende haar mond om iets te zeggen, maar sloot hem weer. Haar vriend vond duidelijk dat zij genoeg had gezegd.

Op weg naar huis sprak Hernando haar vermanend toe. 'Donella, we zijn iets nieuws aan het uitvinden. Dit is onontgonnen terrein. Dan ga je toch niet rondbazuinen wat we van plan zijn?'

Geïrriteerd keek Donella opzij. 'Hoezo? En Armand Machure is niet zomaar iemand; hij gaat ons luchtschip bouwen. Hij moet weten hoe we te werk willen gaan.'

'Jij hebt zeker nog nooit van handelsgeheim gehoord.'

Donella lachte nerveus. 'Hebben wij een bedrijf? Ons product is nog bij lange na niet rijp om in de markt te zetten. En trouwens, als dat het doel is, lijkt het me niet heel handig om een luchtschip voor één persoon te bouwen. Uiteindelijk willen we toch dat het gebruikt wordt om mensen en ladingen sneller te vervoeren. Als iedereen een eigen luchtschip nodig zou hebben, zou het heel ingewikkeld worden. Veel te duur ook.'

'Het gaat om het principe,' vond Hernando. 'Het gaat erom dat we de eersten zijn die iets bouwen dat kan vliegen en bestuurbaar is.'

'Dat heeft Charles Renard toch al gedaan?' zei Donella om hem uit te dagen. De ingenieur van de Franse luchtmacht had een paar jaar eerder furore gemaakt met de *La France*, een elektrisch aangedreven 'oorlogsballon'.

'Dan is het aan ons om een betere te maken: een luchtschip dat sneller is en grotere afstanden kan afleggen. De benzinemotor heeft de toekomst – ik denk dat de elektrische aandrijving het op termijn niet gaat halen.' Bruusk gaf Hernando gas.

Geschrokken greep Donella de armleuning van de Benz vast. Het idee om een record te breken met haar luchtschip was zelfs nooit in haar opgekomen. Het was gewoon leuk om dingen uit te vinden, en Hernando zou er zijn volgende werkstuk van kunnen maken. Een zelf ontworpen luchtschip zou nog spectaculairder zijn dan de luchtschroef van vorig semester. Jammer genoeg zou Donald er geen officiële rol in mogen spelen. Maar hij was er wel weer bij! Het nieuwe semester was een paar dagen geleden begonnen en ze had professor Barlot er niet van op zien kijken dat Hernando's neef weer in de collegezaal zat.

'Dat gaat ons heus wel lukken,' zei ze verzoenend. Ze wilde geen ruzie met Hernando. Tenslotte had ze alles aan hem te danken. Bovendien hield ze van hem.

Ook in Boston was het nieuwe studiejaar begonnen, net als het theaterseizoen 1889-1890. *Het nichtje* ging in première voor een uitverkochte zaal. Haily schitterde in haar eerste rol en kreeg een staande ovatie. Stralend nam ze uit handen van Cuthbert een enorm boeket aan. Haar droom was uitgekomen.

Dat gevoel had ook Emily toen ze met bonzend hart door de poort van het eerbiedwaardige Harvard liep om zich in te schrijven als student. Een paar dagen daarvoor was ze op gesprek geweest bij zowel de decaan van de vakgroep Psychologie als die van de vakgroep Zoölogie. Pickering had haar bij beiden aanbevolen als een jonge, veelbelovende studente, en ze wilden het meisje dat een beurs zou krijgen persoonlijk leren kennen voordat ze aan haar studie begon.

'Daar hebben we het wonderkind van professor Pickering!'

Emily voelde haar wangen rood worden toen professor Munsterberg van Psychologie haar een beetje spottend begroette.

'Ik ben geen wonderkind,' zei ze rustig maar beslist. 'Als ik dat was, zou ik hier niet als student, maar als proefpersoon zijn.'

Professor Munsterberg schoot in de lach. 'Gevat bent u in elk geval wel. En wat trekt u zo aan in onze jonge wetenschap?'

Emily vertelde dat ze geïnteresseerd was in het gedrag van mensen en dieren.

'Aha, vandaar de uitdagende combinatie met zoölogie. Nu betreft onze studie, zoals de naam al zegt, natuurlijk de leer van de ziel. Kent u dieren ook een ziel toe?'

Emily dacht even na voordat ze antwoord gaf. 'Dat hangt ervan af hoe men de ziel definieert. Op de zondagsschool waar ik als kind naartoe ging, vertelde de dominee dat we godvruchtig en goed moesten leven, opdat onze ziel later naar de hemel zou gaan om harp te spelen of zoiets. Ik had een gans, en dat was beslist een godvruchtig en goed dier. Toch ben ik bang dat ik haar daarboven niet terug zal zien.'

'Zo bezien zouden we hier beneden meer harplessen moeten aanbieden... al zouden ganzen ook daarvan buitengesloten worden.' Munsterberg keek haar met een geamuseerde glimlach aan. 'En hoe definieert u goed en kwaad, juffrouw Coxwold?'

Emily beet op haar lip. 'Tja, dat is eigenlijk wat ik hier zou willen leren. Tot nu toe kan ik die begrippen nog niet definiëren, hooguit... ondervinden.'

'Een kwestie van perceptie dus. Daar gaat u hier ongetwijfeld mee te maken krijgen. Ik kijk al uit naar uw bijdrage. Professor Pickering had gelijk, u bent beslist veelbelovend.'

Professor Roberts van Zoölogie was minder streng; hij vroeg alleen naar haar interesses en ervaringen met dieren. Emily vertelde enthousiast over haar gans, hoe ze het gedrag van de vogel en haar onvermogen om te vliegen had geobserveerd, en over haar onderzoek naar het vliegen van vogels in het algemeen.

'Mensen kunnen geen vleugels bewegen,' sloot ze haar verhaal af. 'Tenminste niet met spierkracht. Dat is wat vogels, en natuurlijk ook vliegende zoogdieren zoals vleermuizen en vliegende honden, bijzonder maakt. Ik wil weten hoe het vermogen om te vliegen zich heeft ontwikkeld en hoe de...' Ze slikte het woord 'ziel' weer in. 'Hoe de perceptie van een wezen verandert als het kan vliegen.'

Professor Roberts glimlachte waarderend. 'Dan zou u wellicht ook op uw plek zijn in de luchtvaart. Tenslotte is de mensheid overal ter wereld op zoek naar mogelijkheden om een effectieve vliegmachine te ontwikkelen.'

Emily vertelde over haar vriendin Donella en de luchtballon. 'Zij zegt dat er iets bijzonders met haar gebeurt wanneer ze over alles heen zweeft. Het verandert haar perceptie van de wereld, alles wordt kleiner, alles waar een mens zich druk over maakt. Misschien maakt het vliegen iemand wel een beter mens.'

'Daar kunnen we alleen maar op hopen,' verzuchtte Roberts. 'Het is ook mogelijk dat hij deze nieuwe vaardigheid gebruikt om mensen van bovenaf met bommen te bestoken. Behoud uw vertrouwen in de mensheid, juffrouw Coxwold, voor zover de psychologiestudie dit niet aan het wankelen brengt. We kijken ernaar uit u hier op de basisopleiding te begroeten, er is vooralsnog geen specialisatie. Maar ik heb wel een contact voor u, als uw interesse speciaal uitgaat naar vogels. Mijn vriend William Brewster, geen academicus maar toch een erkend ornitholoog, heeft zijn landgoed in Concord omgebouwd tot een zeer interessant vogelreservaat. Hij ontvangt daar elke maand een groep jonge mensen voor het bestuderen van vogels, gemeenschappelijke lezingen en discussies over ornithologische literatuur. Ik weet zeker dat hij u graag in deze kring zou verwelkomen. Wacht, ik geef u zijn adres. Schrijf hem een goede brief en noem mij als referentie, dan zal hij u zeker uitnodigen.'

Blij verheugd had Emily het adres aangenomen en sindsdien dacht ze na over hoe ze deze 'goede brief' zou formuleren.

Maar eerst moest ze zich inschrijven. Emily liep het betreffende kantoor binnen en zag daar tot haar verbijstering Haily, die tussen het personeel en de studenten opviel als een exotische vogel tussen de mussen.

'Wat doe jij nou hier?' liet ze zich ontvallen – een vraag die waarschijnlijk meer aanwezigen op de lippen lag. De meeste studenten waren eenvoudig gekleed, Emily droeg haar dienstjurk, maar dan zonder schort en in plaats van haar kapje een kapothoedje, dat haar mooie gelaatstrekken omlijstte zonder al te veel aandacht te trekken. Verreweg de meeste aankomende studenten waren jongens in een eenvoudig pak, dat niet altijd even goed paste, alsof het van hun broer was geweest. Haily droeg de prachtige kanten jurk die Emily haar de ochtend voor de theaterrepetitie had helpen aantrekken en een zwierige hoed.

'Wat denk je dat ik hier doe, schatje?' schalde Haily's podiumstem door de ruimte. 'Ik kom me inschrijven. Wat jij laatst vertelde over psychologie, dat vond ik zó boeiend. Voor mij beroepsmatig ook zeer interessant.'

'Om nog beter te leren hoe je andere mensen kunt beïnvloeden? Zodat jij ze precies krijgt waar je ze wilt hebben?' vroeg Emily. Zelden had ze haar woede zo onomwonden de vrije loop gelaten, maar door de bemoedigende gesprekken met de decanen had ze meer zelfvertrouwen gekregen. Ze voelde zich welkom in de academische wereld, en keek ernaar uit hier haar eigen weg in te slaan. Nu drong Haily opnieuw haar leven binnen.

'Jij hebt helemaal geen tijd om te studeren,' zei Emily. 'Met je werk bij het theater en waar je je verder allemaal mee bezighoudt.' Intussen hadden ze de volle aandacht van de studenten en de universiteitsmedewerkers, maar Emily kon niet stoppen. 'Als je maar niet denkt dat ik jouw scripties wel zal schrijven, zoals alle werkstukken vroeger op school. Hier heb je niets meer te zeggen over mij.'

Haily glimlachte. 'Dat vraagt toch ook niemand? Waarom ben je zo emotioneel? Kijk maar uit dat ze je niet aannemen als proefpersoon in plaats van als student.'

Emily staarde haar aan, zich opeens zeer bewust van het schouwspel dat ze hier boden. 'Ik kom later terug,' zei ze kalm tegen de medewerkster die haar net een inschrijfformulier wilde overhandigen. Met een vriendelijke groet draaide ze zich om.

Toen ze naar buiten liep, voelde ze het papiertje van professor Roberts in de zak van haar jurk. Ze zou William Brewster meteen schrijven, en thuis met geen woord over het vogelparadijs reppen. Haily mocht haar daar niet ook nog volgen.

3

Het verraste Emily hoe snel ze een brief terug kreeg van William Brewster. Ook hij heette haar als studente aan Harvard University van harte welkom. Zelf had hij om gezondheidsredenen moeten stoppen met zijn academische studie, waarna hij zich als autodidact verder ontwikkeld had. Uiteindelijk had hij op zijn geërfde landgoed, niet ver van Boston, een vogelkundig museum opgericht en een uitgebreide ornithologische bibliotheek opgebouwd. Hier kwam de Nuttall Ornithologische Club elke maand bij elkaar en Brewster nodigde haar uit om lid te worden.

Emily kreeg veel voor haar kiezen. Niet alleen wilde ze naast haar colleges ook lezingen en seminars bezoeken, ze moest ook een verhuizing regelen.

Haily had er genoeg van dat ze zich moest 'onderwerpen' aan Ailis' huisregels en moest laten 'terroriseren' door haar levendige zoon. Beide waren voor haar redenen om te verhuizen, maar Ailis wist wel beter. Haar nicht wilde haar minnaar Cuthbert Hay natuurlijk binnen haar eigen vier muren ontvangen, zeker nu de winter voor de deur stond.

Haily vond woonruimte in een herenhuis in de buurt van het theater en belastte Emily met de inrichting en de organisatie van de verhuizing. Het meubilair en de kleuren koos ze zelf, maar het was aan Emily om toezicht te houden op de werklieden die de kamers volgens haar specificaties moesten inrichten. Emily stemde toe. Het gaf haar meer mogelijkheden bij Haily uit de buurt te blijven.

'Jij kunt natuurlijk hier blijven wonen,' zei Ailis na Haily's verhuisaankondiging. 'Als je met haar meeverhuist naar Tremont Street, zal ze je gewoon blijven gebruiken. Misschien wil je haar

haar en make-up blijven doen, zolang zij ervoor betaalt. Maar voor het schoonmaken van haar huis moet ze maar iemand anders vragen.'

Emily nam het aanbod natuurlijk met beide handen aan, ook al reageerde Haily afwisselend met woede-uitbarstingen en huilbuien. Maar omdat ze slechts een klein deel van de huur kon betalen, bereidde Ailis haar erop voor dat ze misschien nog een kamer moest verhuren, en er dus niet veel ruimte overbleef. Uiteindelijk besloot Emily een kamer te delen met Alma. Ze was blij met elke oplossing waarmee ze niet dag en nacht beschikbaar zou zijn voor Haily.

Haar studie verliep goed. De basiscursus zoölogie ging haar gemakkelijk af, omdat ze veel van de lesstof al op St. Leonards had gehad. Psychologie vond ze moeilijker, maar razend interessant. Er waren raakvlakken met filosofie, maar ook met natuur- en wiskunde. Men vond het belangrijk om erkend te worden als harde wetenschap en gebruikte navenant ingewikkelde evaluatiemethoden.

Haily was vrijwel nooit aanwezig bij de hoorcolleges, maar als ze zich eens liet zien maakte ze veel indruk. Soms vroegen studenten in de gangen van de universiteit om haar handtekening. Emily vond het vreselijk en deed haar best om Haily te ontlopen. Al snel kende ze elke doorgang naar laboratoria en bibliotheekzalen. Daarnaast zocht ze geen contact met mannelijke studenten, zodat Haily haar nooit meer kon betrappen in een vertrouwelijk gesprek met een medestudent. Ze wilde Haily geen reden geven om achter haar aan te komen.

'En toch duikt ze soms opeens op,' vertelde Emily op een keer briesend aan Ailis. 'Alsof ze steekproeven neemt. Ik gun haar het plezier mij met iemand aan te treffen gewoon niet.'

'Zolang je niet verliefd wordt...' zei Ailis met een glimlach.

Emily zuchtte.

Eindelijk vond Emily tijd voor haar eerste bijeenkomst met de Ornithologische Club. Ze bedankte Brewster nogmaals en schreef zich in voor 30 oktober. Probleem was wel dat Brewsters landgoed bij Concord moeilijk te bereiken was vanuit Boston.

'Het is een mijl op zeven,' klaagde ze. Het was maar een paar haltes met de trein, maar vanaf het station zou ze nog bijna vijf kilometer moeten lopen. 'Ik ben de halve dag onderweg!'

Ailis had geen oplossing, maar wees erop dat andere clubleden toch ook op de een of andere manier naar Brewsters landgoed moesten reizen. 'Misschien kun je in elk geval een lift krijgen voor de terugweg. Kijk even rond en maak je eigen keuze.' Ailis adviseerde haar ook om een elegantere outfit te kiezen dan wanneer ze naar college ging. 'Clubleden die met een eigen koets of misschien zelfs een automobiel reizen zijn welgestelde mensen. Zorg dat je niet opvalt omdat je geen gepaste kleding draagt.'

Emily had de jurken, rokken, blouses en mantels voor het uitkiezen sinds Haily haar wintergarderobe bij Ailis had achtergelaten omdat ze zich in het nieuw wilde steken. Een actrice kleedde zich nu eenmaal anders dan een jongedame van de lagere Schotse adel, vond ze.

Aanvankelijk wilde Emily de kledingstukken niet aan, ze wilde eigenlijk niets meer aannemen van Haily. Maar Alma vond dat ze zich niet moest inhouden.

'Je bent gek als je er geen gebruik van maakt. Je hebt goede kleren nodig voor de universiteit en wie weet waarvoor je nog uitgenodigd wordt. Dan neem ik mee wat ik kan vernaaien voor mezelf.' Dat was niet veel, Alma was veel steviger gebouwd dan Haily. Emily was juist tengerder en kon kledingstukken innemen, wat meestal beter ging dan naden uitleggen.

Uiteindelijk koos Emily een olijfgroen reiskostuum met een lichte, met kant afgezette blouse en Alma's lievelingshoed voor haar uitstapje naar de provincie. Stevige schoenen waren natuurlijk een must; ze had een lange wandeling voor de boeg die misschien niet helemaal over verharde wegen zou gaan, en mogelijk zou het gezelschap ook het reservaat in wandelen om vogels te kijken.

Hoewel het al bijna november was, werkte het weer mee. De nazomerzon lichtte de herfstkleuren op en Emily genoot van de wandeling vanaf station Concord richting Brewsters landgoed. Maar gaandeweg begon ze de terugreis te vrezen. Het werd alweer vroeg donker en dan zou het pikkedonker worden op de onverlichte veldweg die deels door het bos leidde. Hoe langer ze erover nadacht, hoe liever ze de hele onderneming wilde opgeven en terug wilde keren naar het station. Dan kon ze voor het vallen van de avond terug zijn in Ailis' flat. Dan maar geen Ornithologische Club. Terwijl ze liep te piekeren, hoorde ze hoefslagen achter zich die snel dichterbij kwamen. Het was een bruin paardje dat een sjees voorttrok. Het was kleiner dan de paarden die ze uit Schotland kende, maar fier en met een opvallend sierlijke pas. Emily stapte opzij om de kar te laten passeren, maar het paard werd halt gehouden.

'Ik wil u beslist niet lastigvallen, juffrouw, maar kan het zijn dat u op weg bent naar de bijeenkomst van de Ornithologische Club?'

Op de bok zat een slanke jongeman in een modieus driedelig pak. Een dikke bril sierde zijn ovale gezicht en daarachter keken blauwe ogen haar vriendelijk vragend aan. Hij had gelijkmatige gelaatstrekken en droeg een hoge hoed.

'Hoe komt u daarbij?' vroeg Emily verdedigend.

Lachend wees de jongeman naar het boek over trekvogels dat niet meer in Emily's tas had gepast: *Bird Migration* van William Brewster zelf.

Emily bloosde.

'U had het natuurlijk niet mee hoeven slepen, William heeft een exemplaar in zijn bibliotheek.'

Opgelucht constateerde Emily dat er geen spot in zijn glimlach lag.

'Peyton is de naam,' zei hij. 'Advocaat van beroep, woonachtig in Boston, en een fervent vogelaar in mijn vrije tijd. U moet dat haast ook wel zijn, als u zo'n eind te voet aflegt om bij het landgoed van Brewster te komen. Mag ik u misschien een lift aanbieden?'

Emily moest dat even overwegen. Het was totaal ongepast voor een jonge vrouw om in te stappen bij een man die ze helemaal niet kende. Aan de andere kant had ze nog een flink stuk te gaan en leek deze meneer Peyton volkomen ongevaarlijk.

'Ik weet niet of...' mompelde ze voordat ze besloot haar twijfels overboord te gooien. Ailis had haar toch ook al aangeraden om een lift te zoeken? Nou dan.

'Juffrouw Coxwold,' stelde ze zich uiteindelijk voor. 'Meneer Brewster heeft me uitgenodigd voor de club, op aanbeveling van mijn professor op Harvard. Ik word verwacht,' voegde ze eraan toe.

Peyton lachte. 'Wíj worden verwacht, juffrouw Coxwold. Reken maar dat meneer Brewster u laat opsporen als u niet aankomt of als ik u onderweg ook maar een haartje zou krenken.'

Emily werd nog roder. 'Ik zeg niet dat ik u niet vertrouw.'

Peyton wuifde het weg. 'Een vrouw kan niet voorzichtig genoeg zijn als ze door vreemden wordt benaderd. Niet elke overvaller of moordenaar ziet er als zodanig uit, zoals ik ook in mijn werk heb gezien. Dus ik vat het niet persoonlijk op. Stapt u maar in. We willen niet te laat komen.'

Emily overhandigde hem haar boek en klom naast hem op de elegante kleine tweezitter. Peyton spoorde het paard aan en opeens vloog het landschap aan Emily voorbij.

'Wat is het hier mooi!' riep ze uit.

Peyton knikte. 'En dan hebt u het landgoed van Brewster nog niet gezien. Een waar paradijs! Daar is al twintig jaar niet meer gejaagd. Bovendien probeert hij roofdieren zo veel mogelijk buiten te houden, het hele gebied is omheind. De vogels leven dus ongestoord – afgezien van een paar nieuwsgierige ornithologen die het niet kunnen laten om achter ze aan te gaan met hun camera. Ik ben ook amateurfotograaf. Weet u iets van belichte beelden?'

Emily antwoordde ontkennend, maar vertelde dat ze astronomische beeldopnamen analyseerde voor professor Pickering.

'U bent een van de Harvard-computers. Respect, juffrouw Coxwold! Maar uw ornithologische interesse is een teken dat u ook nog stevig verankerd bent in de atmosfeer van de aarde. Wat vindt u zo interessant aan onze gevleugelde vrienden?'

Peyton verstond de kunst om een ontspannen gesprek te voeren en Emily verloor al snel haar schroom. In een mum van tijd reden ze door een indrukwekkende poort, versierd met vogelsculpturen, die voor hen werd geopend en achter hen weer gesloten. Over een goed onderhouden weg draafde het paard in de richting van een mooi lichtgeel geschilderd landhuis. In de tuin stonden de laatste herfstbloemen nog te bloeien, het gras was weelderig groen, alles zag er uitnodigend uit.

'Daar zijn we dan!' verklaarde Peyton. 'De Brewsters wonen hier, maar het huis is vooral een museum. Vroeger schoot Brewster zelf vogels om ze op te zetten voor onderzoek. Tegenwoordig observeert en fotografeert hij ze liever in levenden lijve, maar zijn collectie opgezette vogels is indrukwekkend en hij heeft een zeer uitgebreide bibliotheek. Daar vinden ook onze bijeenkomsten plaats.' Galant hielp hij Emily van de bok.

Het paard hinnikte naar een paar soortgenoten, die voor koetsjes stonden te wachten tot hun eigenaar straks terug zou keren. Bij de meeste liep een koetsier. Peyton nam zijn paard bij de halster om een plek te zoeken waar hij de vos veilig vast kon zetten.

'Gaat u gerust naar binnen, juffrouw Coxwold,' zei hij tegen Emily. 'Ik moet nog een paar dingen uitladen. En Traveller moet ook nog van voer en water worden voorzien.'

Onzeker stapte Emily door de openstaande deur naar binnen. In de hal was het al een drukte van belang. Een stuk of twaalf mensen, mannen maar ook vrouwen, ontdeden zich van hun mantel en kletsten wat met elkaar. Iedereen kende iedereen. Wat moest ze doen? Ze had nooit zomaar vreemde mensen aangesproken, het was altijd Haily geweest die contacten gelegd had.

'Zal ik uw mantel aannemen?' Een rustige, lage stem.

Emily draaide zich om en ontmoette de vriendelijke blik van een jongeman met een donkere huid. Ze was verrast. Voor de reis naar Amerika had ze alleen in een Parijse variétéshow mensen met een andere huidskleur gezien. Hier had ze weleens een piccolo of bediende ontmoet, maar meer dan een paar woorden hadden ze niet gewisseld. Zelfs in Boston leken mensen met verschillende achtergronden nauwelijks met elkaar om te gaan.

Ze beantwoordde zijn glimlach en liet zich uit haar jas helpen.
'U bent hier voor het eerst, is het niet?' vroeg hij.

'Dat klopt, op uitnodiging van de heer Brewster. Ik ben juffrouw Coxwold. Emily. Ik studeer biologie aan Harvard.'

De jongeman knikte naar haar. 'En u bent geïnteresseerd in de vogelwereld? Het doet me deugd dat u de weg hiernaartoe gevonden hebt. Meneer Brewster heeft een waar paradijs gecreeerd voor vogels. En voor ornithologen dus.'

'Bent u ook –' begon ze, maar ze werd onderbroken.

'Ronald, kun jij deze platen van me overnemen? Ik heb bij zonsopgang een paar opnames van een donsspecht kunnen maken, ze moeten nog ontwikkeld worden.' Het was Peyton die binnenkwam met een paar fotografische platen in zijn hand.

'Ik ga er morgen meteen mee aan de slag, meneer Peyton. Ah, en daar is juffrouw Dover.' De jongeman wendde zich van Emily af om nieuwe gasten te verwelkomen. Daarna leidde hij iedereen naar een zaal in het museum, waar een grote tafel stond met voldoende stoelen. Emily voegde zich samen met Peyton bij de groep.

De muren waren bedekt met boekenkasten en ingelijste daguerreotypen van vogels. Op de tafel lagen een paar boeken en al ontwikkelde foto's van een piepklein vogeltje.

'Is dat een mangrovezanger, Ronald?' vroeg een jonge vrouw.

De man-vrouwverhouding was ongeveer gelijk in deze groep, viel Emily op. En het leken haar niet alleen maar studenten te zijn. De club stond dus open voor iedereen die geïnteresseerd was. Al was behalve Ronald niemand van kleur. Hij serveerde koffie en thee. William Brewster kwam naar de tafel toe, begroette iedereen en heette vooral Emily als nieuwkomer welkom. Daarna begon hij aan de hand van de afdrukken op tafel te vertellen over de mangrovezanger en de bedreiging door broedparasieten, terwijl Ronald in de buurt bleef om waar nodig te helpen. Brewster vroeg regelmatig iets.

'Waar hebben we hem ook alweer gefotografeerd, Ron, aan de westelijke rand van het bos, toch, of was dat die andere? In elk geval vonden we in het nest van dit broedpaar een ei van een bruinkopkoevogel.'

Ronald gaf aan welke foto bij welk nest hoorde. Brewster kende alle vogels in het reservaat en hield de locatie van vogelnesten jaarlijks bij op kaarten. Zo kon hij zien in hoeverre de populatie van de verschillende soorten groeide of afnam.

Geïnspireerd volgde Emily zijn verhaal en de discussie na afloop. Wel voelde ze zich ongemakkelijk over het feit dat Ronald, die keer op keer belangrijke bijdragen aandroeg, zich niet bij het gezelschap aan tafel voegde en zichzelf ook niet van koffie en andere traktaties voorzag. Toen Brewster belangstellenden uitnodigde om een door een broedparasiet overgenomen nest te bezoeken van het themavogeltje van vandaag, wendde ze zich tot Ronald, die haar ook weer in haar jas hielp.

'Waarom zit u niet gewoon bij ons aan tafel, net als meneer Brewster?' vroeg ze zacht. De bijeenkomst was haar meegevallen, ze was opgelucht dat ze als vanzelfsprekend in de kring van vogelvrienden opgenomen was. Maar met de positie van Ronald had ze moeite. William Brewster ging met zijn assistent om alsof het zijn zoon was, maar de clubleden leken hem niet als een van hen te beschouwen. Ze vond het opmerkelijk dat sommigen, zoals Peyton, hem aanspraken alsof hij een bediende was.

'Bent u de assistent van meneer Brewster?'

Ronald glimlachte. 'De Brewsters hebben mij heel erg geholpen. En nu help ik William bij zijn onderzoek en alles. Ik ben fotograaf. U bent zeker geen Amerikaanse?'

'Nee, ik kom uit Schotland,' zei Emily terwijl ze met hem naar buiten liep. 'Maar ik ben niet blind. Ik zie dat mensen zoals u hier anders worden behandeld dan witte mensen. En natuurlijk weet ik van de slavernij.'

'Die vierentwintig jaar geleden is afgeschaft,' zei Ronald. 'Tenminste in de zuidelijke staten; hier in het noorden een paar jaar eerder. Toch zouden de meeste aanwezigen in deze groep het vreemd vinden als ik aan tafel kwam zitten. En William wil ze geen reden geven om zich te ergeren.'

'Mijn ouders zitten nooit met de lords aan een tafel,' mijmerde Emily. 'En ik denk ook niet dat zij en de Hards elkaar veel te vertellen hebben. Mijn moeder werkt in de keuken van het kasteel, moet u weten, ze bakt brood en taarten, en mijn vader is butler.'

Ronald keek haar verbaasd aan. 'Hoe bent u dan op Harvard terechtgekomen? Het collegegeld is onbetaalbaar! Verdient huispersoneel zoveel in Schotland?'

Emily schudde haar hoofd en vertelde over de bemiddeling van professor Pickering. Ze wilde graag verder praten, maar stokte toen ze het weidse uitzicht in zich opnam. Brewsters landgoed was van een haast magische schoonheid. Natuurlijke velden grensden aan beboste heuvels en in de verte schitterde een meer in het licht van de laatste zonnestralen. Overal om hen heen klonken vogelgeluiden.

Na een korte wandeling nam Brewster weer het woord. Hij wees hun de plek in een boom waar zich het nest bevond en liet de bezoekers om de beurt een kijkje nemen. Inderdaad zag een van de vier eieren er anders uit dan de andere. Een bruinkopkoevogel had het tussen het broedsel gelegd.

'Merken de vogels dat niet?' vroeg Emily verbaasd aan Ronald, die ze als enige van de groep durfde aan te spreken.

'Blijkbaar niet,' zei hij. 'Misschien zijn ze kleurenblind.'

Emily glimlachte. 'Misschien nog niet zo'n slechte eigenschap.'

Voordat Ronald daarop kon ingaan leidde Brewster de vogelliefhebbers terug naar het huis. De bijeenkomst was afgelopen.

Toen de clubleden even later afscheid namen kwam Ronald naar haar toe. 'Het was een genoegen met u te praten, juffrouw Coxwold.'

'Emily,' reageerde ze spontaan. Ronald was niet veel ouder dan zij. Het klopte niet dat hij haar beleefd met 'juffrouw' aansprak, terwijl zij alleen zijn voornaam kende. 'En het lijkt me een nog groter genoegen als we er de volgende keer bij gaan zitten.'

Ronald lachte. Het zou nog drie maanden duren voordat hij Emily durfde te vragen een kopje koffie met hem te drinken.

4

Peyton stelde zich voor als Archibald 'zeg maar Archie' en bood Emily een lift aan naar het station of rechtstreeks naar de stad.

'Dat maakt mij helemaal niet uit,' verklaarde hij. 'Integendeel, de reis is een stuk aangenamer als er wat te kletsen valt. En als u vandaag niet meteen genoeg van ons hebt gekregen, haal ik u voor de volgende clubbijeenkomst graag op.'

Emily nam het aanbod aan. Haar terughoudendheid jegens de jonge advocaat was verdwenen. Archibald Peyton had zich actief in de discussie gemengd en een aantal eigen opnames van vogels laten zien. Hij bleek een van de enthousiastste clubleden te zijn.

Niet voor niets spraken ze de halve reis over vogels en Brewsters reservaat voordat Peyton vroeg waar hij Emily eigenlijk moest afzetten in Boston. De rest van de reistijd probeerde hij haar meer informatie over zichzelf en haar achtergrond te ontlokken. Als cultuurliefhebber kwam hij veel in het theater dus hij wist wie Haily Hard was.

'Het moet interessant zijn geweest om voor haar te werken,' meende hij. 'Waarom bent u overgestapt naar de Harvard-computers? Ik heb gehoord dat het loon niet al te best is.'

Emily hield haar lachen in. Uiteindelijk vertelde ze dat Pickering, in tegenstelling tot de Hards, tenminste een salaris uitbetaalde.

'Nu Haily met haar familie gebroken heeft, krijg ik helemaal niets meer,' legde ze uit. 'Mijn zogenaamde zakgeld kreeg ik altijd van haar moeder, vrouwe Mairead.'

Peyton keek haar ongelovig aan. 'Dat kunt u toch niet accepteren, juffrouw Coxwold? Integendeel, u moet uw geld opeisen of stoppen met werken. Zal ik eens een woordje wisselen met juffrouw Hard, in mijn hoedanigheid als advocaat? Vergeef me als ik u beledig, maar u lijkt zich een beetje ondergeschikt te maken aan die dame.'

'Helemaal niet!' zei Emily. 'Maar als u namens mij met haar gaat praten, zal ze u onmiddellijk proberen te...' Ze werd rood. 'Laat ik zeggen: om haar vinger proberen te winden. Vervolgens nodigt u haar uit voor de Ornithologische Club, waar ze beslist op in zal gaan, om zich daar ook weer op de voorgrond te dringen.'

Peyton keek haar verbaasd aan. 'Zo makkelijk ben ik niet om welke vinger dan ook te winden, juffrouw Coxwold. En de enige die mensen uitnodigt voor de clubbijeenkomsten is meneer Brewster. Maar vertelt u eens, zou het kunnen dat juffrouw Haily Hard u angst aanjaagt?'

Emily gaf geen antwoord en bracht het gesprek op een ander onderwerp. Toen hij voor Ailis' huis halt hield, bedankte ze hem hartelijk. Ze gaf aan de volgende keer graag met hem mee te rijden naar Concord, als hij maar geen contact met Haily opnam. Maar ze was er niet gerust op toen ze afscheid namen.

Het liet Archibald Peyton niet los. Hij was onder de indruk van de jonge Schotse die zich duidelijk in een ongezonde afhankelijkheidssituatie bevond en wilde haar graag helpen. Bovendien was hij nieuwsgierig naar de kennelijk intrigerende actrice en zangeres.

De volgende ochtend – Emily had hem verteld dat ze op de universiteit zou zijn – ging hij naar het theater, stelde zich formeel met volledige naam en titel voor en verzocht om een onderhoud met juffrouw Hard. Men moest haar maar uit de repetitie roepen. Het gesprek zou niet lang duren, zei hij erbij, maar het ging om een urgente en niet zo aangename kwestie.

Haily liet niets blijken van haar ongerustheid toen ze de onbekende man aantrof in het kantoor van Cuthbert waar men hem naartoe had verwezen. Cuthbert was op het podium druk bezig met de repetitie.

'Wat kan ik voor u doen?' vroeg ze toen de jonge advocaat zich had voorgesteld.

'Welnu, het gaat om een gevoelige zaak, juffrouw Hard,' begon

Peyton. 'Mij is iets ter ore gekomen wat u, als het in de openbaarheid komt, in een kwaad daglicht zou stellen.'

Haily zette een verveelde glimlach op. 'Mocht u zinspelen op mijn relatie met meneer Hay: kijk, ik ben een actrice. Iemand die door het publiek graag als een vrijgevochten –'

'Het gaat niet om meneer Hay,' zei Peyton. 'Uw verhouding met hem is algemeen bekend, of zal niemand die hem kent verbazen. Naar ik heb gehoord onderhoudt hij met zijn sterren graag een innige werkrelatie. Nee, het gaat om uw verhouding met uw medewerkster, juffrouw Emily Coxwold.'

'Wat wilt u insinueren?' vroeg Haily scherp.

Peyton glimlachte. Een affaire van een artieste en een impresario was tot daaraan toe, maar een relatie met iemand van hetzelfde geslacht zou in het conservatieve Boston het einde van juffrouw Hards carrière betekenen.

'Het betreft uw werkrelatie,' lichtte hij toe. 'Als ik het goed heb, is er geen formeel arbeidscontract tussen u en juffrouw Coxwold. In dit land is dat illegaal, juffrouw Hard, u moet daar zo snel mogelijk voor zorgen.'

Haily's verontrusting maakte plaats voor zelfverzekerdheid. 'Ach, dat. Nou ja, Emily en ik hebben ook feitelijk geen werkrelatie. Wij zijn vriendinnen, ziet u.'

Peyton fronste. 'Is juffrouw Coxwold niet enkele uren per dag voor u werkzaam als kleedster, kapster en visagiste? Moet zij niet 's ochtends een omweg maken via uw woning voordat ze naar haar werk in het observatorium kan en maakt zij 's avonds niet nog uren hier in het theater? Wellicht hebben u en ik een verschillende opvatting van vriendschap. Wat mij betreft is een vriend iemand met wie ik ga wandelen of vissen of eens een biertje drink in het café. Het zou niet in ons opkomen elkaar in bad te doen of elkaars kleding te strijken. En als mijn vriend toevallig kapper was, zou hij mijn haar niet gratis knippen, net zomin als ik hem gratis zou vertegenwoordigen in een rechtszaak.'

'Bij ons ligt dat anders,' zei Haily licht nerveus. 'Wij vlochten als kind elkaars haar al.'

'Mag ik u er ten eerste op wijzen dat jullie geen kinderen meer zijn maar volwassen vrouwen, en dat ieder haar eigen beroep uitoefent en daarvoor uiteraard betaald wordt? Ten tweede legt u nu de nadruk op wederkerigheid. Verzorgt u het haar van juffrouw Coxwold?' Peyton hield haar blik even vast.

Haily trok een grimas. 'Goed, meneer Peyton, we gaan ons aan de wet houden en een contract afsluiten. Ik neem aan dat u dit al hebt voorbereid?'

'Inderdaad,' stemde Peyton in. 'We moeten alleen nog juffrouw Coxwolds salaris vaststellen.'

'Mijn moeder betaalde haar twee dollar per week zakgeld,' zei Haily.

Peyton trok een wenkbrauw op. 'Het gaat om de salariëring van een kleedster met jarenlange ervaring. Zakgeld geeft men hooguit aan een leerling. Vijftien dollar per week lijkt mij redelijk.'

'Vijftien!' snoof Haily. 'Bent u wel goed wijs?' Ze maakte haar tot dan toe gespannen schouders los en zakte ontspannen, bijna zwoel neer in een leunstoel.

'Het lijkt erop dat mijn kleine Emily inmiddels heeft geleerd hoe ze haar charmes moet inzetten. Ze komt stijfjes over, maar de realiteit is dat ik haar al verschillende keren uit situaties heb moeten redden die compleet uit de hand dreigden te lopen.' Ze streelde een lok uit haar gezicht.

Peyton legde een vinger tegen zijn kin. 'Dat lijkt me niet uw verantwoordelijkheid; juffrouw Coxwold is geen onmondig kind,' zei hij. 'Ze is mijn cliënte. Een andere relatie hebben wij niet, en zou door de maatschappij ook niet – eh, hoe zal ik het zeggen – geaccepteerd worden, zoals die van u en de heer Hay.'

Haily bleek een taaie onderhandelaar. Ze trok alle registers open, bracht elke vriendelijke geste van haar familie uit het verleden naar voren, de kleren die ze onlangs grootmoedig aan Emily geschonken had. 'Zij kreeg een ruim loon in natura,' besloot ze.

Peyton werd niet warm of koud van haar betoog. 'Dat zal best in orde zijn geweest toen jullie beiden nog kinderen waren. Alle eer voor de vrijgevigheid van uw ouders. Maar het verleden doet helemaal niet ter zake. U profiteert van de diensten van juffrouw Coxwold. U moet daar gewoon voor betalen, juffrouw Hard.'

Uiteindelijk kwamen de twee overeen dat de werktijd maximaal drie uur per dag zou zijn, en het weekloon tien dollar. Na het tekenen van het contract bedankte Peyton Haily vriendelijk voor haar medewerking. Koeltjes zei ze hem gedag voordat ze het kantoor uit liep.

De tranen schoten Emily in de ogen toen Peyton haar het contract overhandigde. Tot haar verrassing had hij haar buiten bij het observatorium staan opwachten toen ze aan het eind van haar werkdag naar buiten kwam. Hij wilde het haar geven voordat ze eventueel naar het theater zou gaan om Haily te assisteren bij de voorbereiding op een optreden.

'Werd ze niet boos?' vroeg Emily een paar keer. 'En heeft ze niet geprobeerd om u te...' Ze haalde diep adem. 'Om uw hoofd –' Nee. Ze kreeg de woorden voor Haily's valse verleidingstrucjes niet uit haar mond.

Peyton lachte. 'Met een geschikt wapen had ze me onmogelijk kunnen missen. Natuurlijk was ze boos, juffrouw Coxwold. Niemand betaalt graag meer als het niet hoeft, en u hebt het haar heel makkelijk gemaakt om misbruik van u te maken. Stopt u daarmee, alstublieft. Ik heb drie werkuren per dag voor u uitonderhandeld. Bent u langer nodig, herinner juffrouw Hard dan aan het overwerktarief van vijftig cent per uur. Dat is nog altijd veel te laag, in een theater wordt vaak tot diep in de nacht gewerkt. En mocht juffrouw Hard u niet uit zichzelf betalen, schrijft u de uren dan op en geef ze aan mij door, dan stuur ik haar eind van de maand een factuur.'

'Hoe kan ik u bedanken?' vroeg Emily. 'Stuurt u mij ook maar een rekening.'

Peyton schudde zijn hoofd. 'Nee, juffrouw Coxwold. Maar u zou mij gelukkig maken als u mij wat van uw tijd teruggeeft. Zou u er iets voor voelen om een keer met mij uit eten te gaan?'

5

Emily leerde Archibald Peyton kennen als een gentleman. Hij was attent en geduldig, overvroeg haar niet en probeerde haar niet te kussen of aan te raken. Toch merkte Emily wel dat zijn interesse in haar meer dan vriendschappelijk was en op haar beurt vond ze hem prettig gezelschap. Ze praatte graag met hem over haar studie, haar reizen en andere veilige onderwerpen. In het restaurant waar hij haar mee naartoe had genomen had ze voortreffelijk gegeten; de volgende keer zouden ze naar een klassiek concert gaan.

Toch hield Emily de boot een beetje af, al was het maar omdat ze telkens wanneer hij zich vriendelijk naar haar toe boog, een ander gezicht voor zich zag. Ronald Gardener, de assistent van William Brewster, had dingen in haar losgemaakt die ze nooit eerder gevoeld had, al hield ze er rekening mee dat haar onstuimige gedachten en gevoelens zouden verdwijnen tijdens een volgende ontmoeting.

Sneller dan verwacht zou ze hem weer zien. Professor Roberts organiseerde voor zijn studenten een tweedaagse excursie naar Concord; niet om vogels te kijken, maar om kennis te maken met fotografische technieken waarmee in het wild levende dieren konden worden afgebeeld.

'Op dit moment kunnen nog maar weinig mensen uit de voeten met deze ingewikkelde apparatuur. Maar gelooft u mij, gedurende uw loopbaan zal deze mogelijkheid om uw onderzoek te documenteren steeds belangrijker worden. Het zou goed zijn als u er zo snel mogelijk mee vertrouwd raakt. Brewster heeft met zijn assistent meneer Gardener een specialist in huis.'

In elk college maakte Roberts reclame voor de excursie,

maar Emily had zich tot nu toe niet aangemeld. Ze had geen geld voor de reis, de maaltijd en de cursus, waarvoor William Brewster een paar dollar per student vroeg. 'Donaties voor het natuurreservaat,' had haar docent uitgelegd, wat Emily heel terecht vond. Haar studiebeurs voorzag echter niet in dergelijke extra's, dus was ze ervan uitgegaan dat ze de cursus niet zou kunnen volgen.

Maar nu het eerste geld van Haily op haar rekening stond, kon ze geen betere besteding bedenken dan de excursie. Ailis moedigde haar aan. Haily verklaarde op scherpe toon dat ze de twee niet gewerkte dagen natuurlijk zou inhouden op het loon. Maar Emily had al in de eerste week zoveel overuren gemaakt dat het haar niet kon schelen. Ze had het zelfs aangedurfd Haily een factuur te overhandigen. Haily had hem met tegenzin aangenomen, maar het bedrag toch overgemaakt.

Als enige vrouwelijke student stapte Emily op de trein met tien jongemannen en professor Roberts. In Concord werden ze opgewacht door Ronald Gardener. Hij had een grote kar bij zich, die getrokken werd door twee stevig gebouwde trekpaarden.

'Kunnen de heren hier genoegen mee nemen?' vroeg hij. 'Het is een werkkar die we bijvoorbeeld bij het bosbeheer gebruiken om stammen te vervoeren. Maar we hebben er zitplaatsen in gemaakt.' Hij maakte een uitnodigend gebaar naar de ruwhouten banken en zag toen pas Emily tussen de studenten staan. Op zijn gezicht brak een brede lach door.

'Juffrouw Coxwold! Ja, natuurlijk, u behoort ook tot professor Roberts' studentenkorps. Meneer Brewster zal blij zijn u te zien.' Even keek hij een beetje beteuterd van haar naar de leuningloze banken. Toen zei hij: 'Mag ik de dame vragen om plaats te nemen op de bok? Ofschoon natuurlijk de professor...' De comfortabele plek naast de menner was eigenlijk bedoeld voor de excursieleider. 'Weet u wat? Neemt u alstublieft beiden plaats op de bok. Ik kan ook mennen op de rug van een van de paarden.' Was hij zo opgetogen over de oplossing die hij had bedacht, of ook om haar te zien, vroeg Emily zich af.

'Zijn deze paarden wel gewend aan een ruiter?' vroeg ze bezorgd.

Ronald knikte. 'Ja zeker, ik berijd ze allebei geregeld.'

Toen iedereen een plek had gevonden sprong hij lenig op een paardenrug. Het leek hem niets uit te maken dat daar geen zadel maar dikke leren leidsels lagen. Ondanks het extra gewicht zetten de paarden er flink de pas in.

Emily zat naast de professor, die haar vriendelijk naar de voortgang van haar studies en lidmaatschap van de Ornithologische Club vroeg. Hij knikte instemmend toen ze vertelde dat ze een betrouwbare lift naar het landgoed en terug had gevonden. Hoewel hij aangenaam gezelschap was, kon ze zich maar met moeite op het gesprek concentreren. Haar ogen waren gericht op de jonge ruiter, die kaarsrecht en toch soepel op de brede rug zat en het paardenspan met lichte hand bestuurde. Af en toe keek hij om naar zijn passagiers en glimlachte breed. Professor Roberts knikte hem vriendelijk toe.

'De kleine Ronald is goed terechtgekomen,' zei hij tegen Emily. 'De Brewsters ontmoetten hem tijdens een excursie in Alabama toen hij een jaar of twaalf was. Hij leefde met zijn gezin in grote armoede maar hij had een opmerkzame blik. Uiteindelijk hebben de Brewsters hem, uiteraard met de zegen van zijn ouders, verder grootgebracht en naar school gestuurd. Hij bleek zeer geïnteresseerd in Williams vogelkennis en heeft met een camera leren omgaan. Ronald is een uitzonderlijk goede fotograaf – wat zeker ook te danken is aan het engelengeduld waarmee hij wacht tot een vogel echt goed voor zijn lens zit.'

De vijf kilometer van Concord naar het reservaat waren snel afgelegd. William Brewster verwelkomde zijn gasten en wees naar het veld waar ze hun tenten konden opzetten. De jongemannen gingen enthousiast aan de slag. Ze hadden duidelijk zin om een kamp te bouwen. Daar had Emily niet op gerekend. Ze had geen tent en geen slaapzak.

'Juffrouw Coxwold, voor u hebben we een slaapplek in het

huis,' ging Brewster verder. 'Mijn vrouw zal u uw kamer laten zien. Ron, wil jij de jongedame naar haar toe brengen?'

Ronald had de twee merries afgetuigd en naar de wei gebracht en stond alweer klaar om Brewster bij te staan.

'Komt u maar mee, juffrouw Coxwold. Mevrouw Brewster is een sympathieke dame, u zult het goed met haar kunnen vinden,' zei hij glimlachend.

Emily volgde hem het huis in via een andere deur dan de museumingang waar ze de vorige keer naar binnen was gegaan. Nu kwam ze in de entree van de typisch Amerikaanse boerderij, waar werklaarzen en jassen werden achtergelaten voordat mensen de woning betraden. Daarachter lag de ruime woonkeuken met een eettafel waar een vrouw aan het werk was. Emily rook versgebakken koekjes.

De vrouw draaide zich om en keek hen vriendelijk aan. Ze was stevig gebouwd, had een rond gezicht en grote blauwe ogen.

'Wie hebben we daar?' vroeg ze. 'Heb je een vriendinnetje, Ron?'

'Een vriendin van het huis. Juffrouw Coxwold is een nieuw lid van de club en een studente van professor Roberts. Ze is hier voor de cursus,' somde hij op, zonder in te gaan op mevrouw Brewsters grapje.

'Zegt u maar Emily,' zei Emily spontaan. Ze mocht de vrouw des huizes meteen, met haar warme glimlach.

'Dat doe ik graag, kind, en jij mag me gewoon Caroline noemen. We zijn hier niet zo van het formele, hè, Ron? Hier, neem een koekje, vers uit de oven. Maar niks zeggen tegen die hele horde studenten, hoor, die worden geacht hun eigen potje te koken. En anders gaan ze maar naar de pub in Concord.'

Emily nam een hap van het koekje en dacht aan haar moeders baksels in de kleine keuken thuis en in de grote van Old Lane Manor. Ze voelde zich direct thuis in Caroline Brewsters gezellige woonkeuken. Ook de logeerkamer waar ze even later naartoe werd gebracht voelde huiselijk aan. Op het bed lag een kleurrijke quilt en de lampetset was van fleurig keramiek.

Ze keek uit op de paardenweide en de kampeerplek waar haar medestudenten druk waren met het opzetten van tentjes. Het was duidelijk dat sommigen dit voor het eerst deden. Emily vermaakte zich een tijdje met toekijken. Vooral toen Ronald erbij kwam om ze te helpen. Hij bleek erg handig te zijn en zette de tenten in een vloek en een zucht op. De jonge mannen maakten er dankbaar gebruik van en legden hun slaapspullen al binnen terwijl hij nog met stokken en haringen bezig was.

Waar had hij dat toch allemaal geleerd, vroeg Emily zich af voordat ze zich realiseerde dat dit waarschijnlijk niet het eerste kampement ooit was op het landgoed.

Later die middag heette Brewster de nieuwkomers welkom en daarna gaf Ronald een korte introductie over de camera, waarbij hij uitlegde hoe het apparaat in elkaar stak. Door haar werk voor Pickering wist Emily al wel hoe plaatfotografie werkte, maar het nieuwe type fotocamera dat Ronald daarna liet zien, waarin een lange opgerolde reep film geplaatst werd, was nieuw voor haar.

'Dit is een bijzonder geschikte camera voor natuurfotografie, omdat hij makkelijk mee te nemen is. Wilde dieren komen nu eenmaal niet poseren in een studio en ze blijven niet lang genoeg stilstaan om de platen te belichten. Met deze nieuwe camera is men mobieler, en kunnen vogels zelfs tot in de bomen gevolgd worden.'

'Als een aap! Oe oe!' grapte een student. 'Sommigen zijn daar beter voor toegerust dan anderen.'

William Brewster riep de student onmiddellijk tot de orde. Wie zich nog eens aan zo'n uitspraak bezondigde, zou van het terrein worden gestuurd.

Na een knikje van de ornitholoog ging Ronald Gardener verder. Hij vertelde over het belichten van fotografisch papier en platen, het voorbereiden en het ontwikkelen. Het was een levendig verslag van de vernieuwingen die in de wereld van de fotografie waren doorgedrongen sinds de dagen van de daguerreotypie. Tot slot liet hij zien hoe de film in de camera werd geplaatst en zou hij als voorbeeld een foto maken van een van de studenten.

'Misschien van u, juffrouw Coxwold?' vroeg hij schijnbaar achteloos, maar Emily zag een flits in zijn ogen die ze zelf ook niet kon onderdrukken.

'Graag,' zei ze. In tegenstelling tot de Hard-kinderen was zij nooit geportretteerd op een foto of schilderij, behalve toen ze nog klein was, samen met de vier jaar oudere Haily. Ze kon de foto van Ronald mooi aan haar ouders sturen.

Op zijn aanwijzingen nam Emily een pose aan en keek ernstig in de camera. Hij keek door de lens.

'Als ik een suggestie mag doen, misschien kunt u een klein stukje draaien en over uw schouder in de lens kijken? Dat ziet er natuurlijker uit.' Emily deed wat hij vroeg en toen ze hem eindelijk aankeek, kon ze niet anders dan glimlachen. Op dat moment drukte Ronald af.

'Dat wordt een goede foto,' zei hij tevreden. 'Nog iemand? U bent welkom om zelf achter de camera te komen staan. Als we de hele filmrol belichten, kan ik de foto's vanavond ontwikkelen.'

Natuurlijk verdrongen de studenten zich voor en ook achter de camera, poseerden onhandig en leerden hoe de camera bediend moest worden. Ronald liet zien hoe ze de lichtinval en de belichtingstijd konden instellen. Hij was een ervaren leraar en beantwoordde geduldig alle vragen. Toen Emily eindelijk een plekje achter de camera had bemachtigd, riep iemand: 'En wie van ons kiest onze enige studente als onderwerp?' Het was een knappe jonge student die al tijdens de treinreis met Emily had proberen te flirten.

Emily bloosde. 'Ik... eh, ik wil een foto maken van meneer Brewster. Als herinnering. Het is nu toch ook mogelijk om van een foto-opname meerdere positieven te maken, meneer Gardener?'

'Zeker, meerdere afdrukken noemen we dat,' bevestigde Ronald.

William Brewster poseerde voor de lens en trok tot Emily's verrassing zijn assistent naast zich.

'Als het een herinnering aan de cursus moet zijn, mag onze Ron niet ontbreken!' Hij sloeg een arm om de schouders van de jonge man.

Op Ronalds gezicht verscheen een glimlach, en Emily drukte af. Nauwelijks merkbaar haakten hun blikken even in elkaar.

6

Emily had heerlijk geslapen in haar eentje in de rustige logeerkamer en toen ze wakker was, nodigde Caroline Brewster haar uit voor het ontbijt. Ze twijfelde. 'Ik vraag me af of ik me niet buiten bij de anderen moet voegen. Dadelijk denken ze nog dat ik me te goed voel voor hen.'

Ze had de avond ook al niet bij haar medestudenten doorgebracht, maar bij de open haard van de Brewsters, samen met Ronald Gardener en professor Roberts. De mannen hadden het over wilde ganzen gehad, wat Emily natuurlijk razend interessant vond, maar haar gastvrouw had haar bestookt met vragen nadat ze gehoord had dat Emily bekend was met Haily Hard en zelf ook in het theater werkte. Toch was het een leuke avond geweest, terwijl haar medestudenten het buiten om hun kampvuurtje behoorlijk koud moesten hebben gehad. Overdag mocht het dan nog volop nazomeren, 's nachts zakte de temperatuur al tot onder het vriespunt.

Caroline Brewster wuifde haar twijfel weg. 'De professor ontbijt ook mee, en Ron komt er zo aan. Hij is al vroeg aan de slag gegaan met het ontwikkelen van de filmrol, zodat jullie de afdrukken straks mee kunnen nemen.'

Het leek Emily helemaal niet vervelend om met de studenten te ontbijten zonder de professor erbij, maar toch bevond ze zich even later aan de ontbijttafel, waar ze een huisgebakken broodje besmeerde met honing van Brewsters eigen bijen. Ook insecten werden beschermd in het reservaat, al was het maar om als voedsel voor bepaalde vogels te dienen. Alleen roofdieren werden actief uit het gebied geweerd, en ook honden en katten waren streng verboden. De omheiningen waren zo ontworpen dat zelfs katten zelden binnenkwamen.

Ronald kwam pas binnen toen ze al uitgegeten waren. Hij pakte een broodje met honing en een kop koffie en liep toen samen met Brewster, Roberts en Emily naar buiten.

'Hoe zijn de foto's geworden?' wilde Emily weten.

'Wisselend.' Hij grijnsde. 'Niet iedereen blijkt overal evenveel talent voor te hebben. Sommigen kijken scheel.'

Emily giechelde. Ze wist niet hoe het kon, maar haar verlegenheid tegenover Ronald was verdwenen. Ze had het gevoel dat ze net zo vrij met hem kon praten en lachen als met Ailis en Alma.

'Ik laat ze zo rondgaan,' beloofde Ronald terwijl ze naar de groep rond het vuur liepen, van wie de meesten beide handen om een dampende koffiebeker klemden. Pas toen zag Emily dat Brewster en Roberts hen niet gevolgd waren maar naar de stal liepen. Bij het ontbijt hadden ze het over zwaluwen gehad; misschien was er nog iets te zien.

Een pestkop zag zijn kans schoon.

'Kijk wie we daar hebben, Miss Em en Mr Ron,' begon Ted Rand, die gisteren ook al het hoogste woord had gehad. Het zat hem en anderen in de groep natuurlijk dwars dat ze door William Brewster waren aangesproken op hun fatsoen jegens de Afrikaans-Amerikaanse docent, dacht Emily. Zelf was ze verbaasd geweest omdat Brewster de leden van de Ornithologische Club wel toestond dat ze zijn assistent als enige bij de voornaam aanspraken, terwijl Ronald ook daar als docent optrad.

'Zou er iets gaande zijn?' Gegrinnik in de groep.

'Onze Miss Em is tenslotte niet zo van de fatsoensregels,' ging Rand verder. 'Een meisje dat wil studeren... En ik heb gehoord dat u ook in het variété werkt, klopt dat?'

Emily's gezicht gloeide als vuur. Eén keer had ze, op verzoek van Haily, in het theater geholpen als zaalwacht en zich doodgeschaamd toen ze was herkend door een paar medestudenten in het publiek. Niet dat het oneervol was om theaterbezoekers naar hun zitplaats te begeleiden. Maar het werd haar, een meisje dat zich vrij voelde om te studeren, toch aangerekend, zo bleek nu. Toevallig was het een variétéavond geweest, met artiesten die veel flamboyanter en losser waren dan de acteurs in de brave muzikale komedies die Cuthbert Hay gewoonlijk op de planken bracht.

Ronald stond naast Emily. Ze voelde de nerveuze spanning in zijn lijf. Maar hij beheerste zich en ging niet in op Rands uitlokking. Hij vervulde zijn rol als docent en vroeg rustig om stilte. Toen haalde hij een stapel afdrukken tevoorschijn en begon de fotografische technieken te analyseren. Elke foto kwam aan bod.

'Deze fotograaf weet ons te boeien met een slechts licht onscherpe focus op de broekspijp van de heer Tremlow,' merkte hij droogjes op toen de foto van Rand aan de beurt was. 'En de heer Tremlow heeft de haarlijn van de heer Rand goed weten te treffen. Dit is het resultaat als men de camera op en neer beweegt bij het indrukken van de sluiter, heren. Fotografie vereist een vaste hand.'

De studenten gaven de foto's door en maakten elkaars fouten belachelijk. Maar toen hield Tremlow, Rands beste vriend, de foto omhoog die Ronald van Emily had gemaakt. Het was een betoverend beeld. Verbluft keek Emily naar de zachte belijning van haar iets opzijgebogen gezicht. Deze fotograaf verstond het spel van licht en schaduw in de binnenvallende avondzon. En dan dat minuscule glimlachje in haar mondhoeken.

'Onze Miss Em!' spotte Tremlow. 'Kijk hoe ze naar hem kijkt, haar volgende vlam... Allemachtig! En waar is haar foto van hem?'

Tot Emily's opluchting voegden Roberts en Brewster zich weer bij de groep. Er kwamen geen bijtende opmerkingen meer over haar en Ronald, noch over hun foto's. Integendeel, William Brewster loofde haar portret van hem en Ronald, dat scherp was omdat ze de camera stil had gehouden.

'In alle opzichten een geslaagde foto,' zei ook professor Roberts.

Daarna verdeelde hij de studenten in twee groepen die allebei een camera meekregen om in het reservaat op zoek te gaan naar een motief. Emily kwam in de groep met wat oudere studenten terecht, die het fotograferen aardig goed af was gegaan. Een van hen had al wat meer ervaring en nam de leiding in de groep.

Tremlow en Rand zaten bij Ronald in de groep, waar tot Emily's opluchting ook de professor zich bij aansloot. Onder zijn toezicht kon het tweetal zich geen grove opmerkingen veroorloven.

Emily genoot van de wandeltocht door Brewsters vogelparadijs. Het landschap was juist nu, met zijn herfstkleuren, overweldigend mooi. Het was jammer dat de verschillende vogels die ze vastlegden alleen in saaie grijstinten afgedrukt konden worden. Jammer genoeg zag ze geen wilde ganzen in het gebied dat zij vandaag verkenden. De andere groep was naar het waterrijke deel van het reservaat gestuurd.

's Middags besloot Ronald de voltallige groep in te wijden in de geheimen van het ontwikkelen van de foto's.

'De meesten van u zullen dat waarschijnlijk niet zelf gaan doen; er komen steeds meer ontwikkelcentra waar u uw camera of zelfs alleen de filmrol naartoe kunt sturen. De ontwikkelingen op het gebied van de fotografie gaan razendsnel. Over niet al te lange tijd zal iedereen zijn eigen camera hebben om eenvoudige foto's te kunnen maken. Wie zich serieus met wetenschappelijk onderzoek naar dierfotografie bezig gaat houden, zou zich intensiever in de materie moeten verdiepen. Juffrouw Coxwold, u werkt bij de Harvard-computers. Weet u hoe de platen die u analyseert tot stand zijn gekomen?'

Zijn onverwachte vraag verwarde haar. Ze had hem niets van haar werk bij het observatorium verteld. Zou Roberts of Brewster hem over haar verteld hebben?

'Wij werken met negatieven,' zei ze toen ze zichzelf hersteld had. 'En met spectrometers. Hoe de platen ontwikkeld worden, weet ik van mijn vriendin Ailis, die dat ooit bij een fotostudio hier in Boston heeft gedaan. In feite gaat het bij de Harvard-computers niet om het fotograferen zelf of om het ontwikkelen van de platen, maar om de analyse van de geschoten beelden.'

Ronald ging aan de slag met het ontwikkelen van de films

en even later hingen de opnamen aan een lijn te drogen in de donkere kamer. Daarmee kwam er een einde aan de tweedaagse cursus.

Toen Emily achter Roberts en Brewster richting het huis liep, sprak Ronald haar aan.

'Juffrouw Coxwold, het spijt me dat u vandaag mikpunt van spot van uw medestudenten werd. Dat ging natuurlijk niet over u, maar over mij, en –'

Emily wuifde het weg. 'Ach, ik ben wel wat gewend, meneer Gardener. Niet alleen vanwege mijn afkomst, maar ook omdat ik als een van de weinige vrouwelijke studenten in mijn vakgebieden een uitzondering ben. Maakt u zich om mij geen zorgen.'

'Wilt u morgenochtend meedoen aan een kleine expeditie? Ook al haalt u zich mogelijk nog meer spottende opmerkingen op de hals?'

'Met u?' vroeg Emily verrast. Ze had niet verwacht dat hij zo direct het initiatief zou nemen.

'Ook,' zei Ronald. 'Maar onze ervaren Brewster en Roberts hebben de leiding. Ik zorg voor het vervoer en ik maak de foto's. Het lijkt erop dat de ganzen morgen naar het zuiden trekken. Ze hebben gebroed in de draslanden langs de rivier de Concord, en het is magnifiek om ze te zien opstijgen.'

Emily lachte naar hem. 'Dat wil ik voor geen goud missen,' riep ze. 'Als de heren er niets op tegen hebben.'

Ronald schudde zijn hoofd. 'Ze verheugen zich er juist op.'

'U had het al gevraagd!'

Hij glunderde.

De volgende dag vertrokken ze voor dag en dauw richting de draslanden. Caroline Brewster had de veldwerkers voorzien van een voorraad koffie en broodjes waarmee ze het wel drie dagen zouden kunnen uithouden.

Ronald spande een van de merries voor een lichtgewicht terreinwagen en stapte op de bok. Brewster en Roberts, zoals gewoonlijk in een diepgaande discussie verwikkeld, klommen op de achterbank. Ze keken niet op of om toen de jonge studente naast de koetsier ging zitten.

Emily genoot van haar hoge plek op de bok. Met Ronald naast haar had ze het gevoel door een sprookjeswereld te rijden. Berm en bladeren waren bedekt met dauw, misschien zelfs rijp, en boven het donkere meer hing mist. Koud was het wel. De twee oudere mannen hadden dekens om zich heen geslagen en Ronald gaf Emily er ook een. Ze sloeg hem om en zorgde ervoor dat de koetsier deelde in de warmte.

De meeste vogels waren nog in rust op dit nachtelijke uur, in de bomen was geen beweging te zien of te horen. Maar toen ze na een tijdje de drassige uiterwaarden van de Concord naderden, klonk het aanzwellende geluid van snaterende ganzen. Het moesten er honderden, zo niet duizenden, zijn. Het was alsof ze allemaal door elkaar kletsten over hun naderende vertrek en de vliegroute naar het zuiden.

Ronald lachte toen Emily haar vermoeden uitsprak en bedacht een vertaling van een ganzenpaar dat de jongen voorbereidt op hun eerste trektocht naar het zuiden. 'Schuin achter je voorvlieger blijven, kinders! Nooit de snelste willen zijn! De reis duurt lang.'

'Mijn gans heeft helaas nooit leren vliegen,' vertelde Emily even later toen ze aangekomen waren. Ronald legde dekens over de rug en hals van het paard en hing de leidsels met een lus om een tak. Brewster en de professor waren al op weg naar de observatiehut. Emily vertelde hem over Gooby en haar mislukte pogingen om het ganzenkuiken te laten vliegen.

'En waarom lukte het niet, denkt u?' vroeg Ronald geïnteresseerd. 'Mankeerde ze iets?'

'Nee. Het kwam doordat ik niet kan vliegen. Ze deed me in alles na, zoals elk ganzenkuiken het gedrag van zijn ouders kopieert,' legde Emily uit. 'Dus het was mijn schuld.'

'U hebt haar leven gered! En zo te zien veel om het beestje gegeven,' zei hij er zachtjes achteraan. Voor emoties was bij het verrichten van onderzoek geen plaats, zoals hij van Brewster en Emily van Roberts had geleerd.

Emily knikte alleen maar. Ze kon nog steeds verdrietig worden als ze aan de gans dacht. Snel pakte ze samen met Ronald de camera en het statief om de twee oude rotten de draslanden in te volgen. Toen ze over een waterstroom moesten stappen, stak Ronald zijn hand uit naar Emily – en verontschuldigde zich voor zijn automatisme, hoewel zij zijn hand gretig had aangenomen.

'Zullen we daarmee stoppen?' vroeg ze toen ze weer naast elkaar liepen. 'Met misplaatste schuldgevoelens en overbodige excuses, bedoel ik?'

'O sorry!' flapte Ronald eruit en ze lachten allebei.

Uiteindelijk vonden ze een geschikte plek om de vogels te observeren en te fotograferen in de buurt van de observatiehut waar Brewster en Roberts zaten. In de beschutting van het riet vielen ze niet op, terwijl ze zelf een weids uitzicht hadden over de velden en plassen waar ze in het eerste ochtendlicht enorme groepen ganzen ontwaarden.

'De vogels zijn sowieso niet heel angstig,' vertelde Ronald. 'Omdat ze hier niet worden bejaagd. Als ze schichtig gedrag vertonen, komt dat door ervaringen op eerdere pleisterplaatsen gedurende de trek. Jagers komen daar vaak naartoe om ganzen te schieten voor Thanksgiving of het kerstdiner.'

Inderdaad lieten de ganzen zich niet van de wijs brengen. Ze gingen onverstoorbaar door met het voorbereiden, wat dat dan ook precies inhield, van de zes maanden lange reis weg van hun broedgebied.

'Hebben al deze ganzen hier hun nest gehad?' vroeg Emily. Het was een flink gebied, maar toch niet groot genoeg voor zoveel nesten.

Ronald schudde zijn hoofd. 'Nee, hier verzamelen ze zich voor vertrek. Dat maakt het ook zo spectaculair, ze komen uit heel Massachusetts en ongetwijfeld ook uit aangrenzende staten.'

Gefascineerd en met een lichte weemoed keek Emily naar de massa ganzen, die er allemaal uitzagen als broertjes en zusjes van Gooby. Intussen was de ochtendmist opgetrokken. Ronald stelde zijn camera op en Brewster kwam broodjes uitdelen.

Na ongeveer twee uur zag Emily opeens hoe een groep ganzen zich luid snaterend in de lucht begon te formeren om even later in een slordige V-vorm weg te vliegen.

'Zo controleren ze of hun groep compleet is, of er niemand achterblijft en iedereen zijn plekje inneemt,' zei Ronald terwijl hij foto's nam. 'Ze vliegen in familiegroepen.'

'Dat zijn dan flinke clans,' zei Emily glimlachend. De formerende groepen bestonden soms uit wel honderden vogels.

Niemand zei nog iets. Emily tuurde in de lucht, vergat alles om haar heen en had het gevoel deel uit te maken van de zwermen. Ze voelde de wind om haar heen en de krachtige vleugelslagen van degenen die links en rechts van haar door de lucht dansten. In haar hoofd jubelde ze met ze mee: 'Hier ben ik! Horen jullie me? Hier ben ik en ik ben vrij!'

Toen ze zich even van de dieren afwendde, kruiste haar blik die van Ronald. Het was alsof hij precies hetzelfde had gehad. Nu de ganzen uit het zicht verdwenen, liet hij de camera zakken en kwam naast haar zitten. In gedachten verzonken keken ze de laatste V-vormige formaties na.

'Wat zou ik graag met ze meevliegen,' droomde ze hardop, zonder erover na te denken hoe raar dat misschien overkwam.

Tot haar verrassing legde hij zijn hand in de hare. 'We vliegen in onze dromen,' zei hij zacht.

Ze gaf hem een kneepje. 'En we zijn vrij,' voegde ze eraan toe. Ze wist dat zij noch hij redenen had om dat te geloven, maar dit moment was van hen. In hun hart vlogen ze.

7

De excursie naar Concord had positieve maar ook negatieve gevolgen voor Emily's universiteitsleven. Het goede was dat professor Roberts helemaal in zijn nopjes was met zijn veelbelovende student. Zowel haar toegewijde deelname aan de ganzenobservatie als haar fotografie had hem overtuigd van haar talenten. Hij prees haar cameratechniek en vroeg haar om een presentatie te geven over de dieren die ze had gefotografeerd. Emily moest wel wat overwinnen om in het middelpunt van de belangstelling te gaan staan en haar medestudenten toe te spreken, maar Ailis, die inmiddels wel vaker presentaties gaf over haar werk, moedigde haar aan.

'Niemand van hen weet meer over je onderwerp dan jij,' zei ze. 'Als het goed is, zijn ze geïnteresseerd en willen ze graag naar je luisteren. Soms vervelen ze zich of gaan ze met je in discussie. De ervaring leert dat mannen niet graag horen dat vrouwen hetzelfde kunnen als zij als het om wetenschappelijk onderzoek gaat. Als ze me onderuit proberen te halen, heb ik talloze voorbeelden om hun ongelijk aan te tonen. Jij weet gegarandeerd meer over vogels dan welke dierkundestudent dan ook. Je hebt antwoord op elke inhoudelijke vraag die zij kunnen bedenken, wees maar niet bang!'

Ailis had haar echter niet kunnen voorbereiden op de lelijke persoonlijke opmerkingen die Emily naar haar hoofd kreeg, niet alleen op de dag van de presentatie, maar steeds als ze een collegezaal betrad. Studenten die ook mee op excursie waren geweest vertelden – uit afgunst dat uitgerekend zij, de enige vrouwelijke student, zich had weten te onderscheiden – de wildste verhalen over Emily's levensstijl. Er werd geroddeld dat ze haar graad had behaald in het theater en zich schaamteloos op professor Roberts,

William Brewster en Ronald had gestort. Vooral om de laatste werd ze geminacht. Gesuggereerd werd dat Ronald een bediende was in plaats van de fotograaf die de cursus had gegeven.

'Ze kan haar lusten niet bedwingen,' beweerden Rand en zijn vrienden.

Emily deed haar best alle opmerkingen te negeren. Ze wist haar presentatie te geven zonder blikken of blozen. Niemand stelde vragen of ging in discussie, maar de zogenaamd onschuldige plagerijen gingen door. Ook op de afdeling Psychologie werd ze steeds vaker gekleineerd. De docenten, die veel waardering hadden voor de nog jonge studente, berispten haar kwelgeesten als ze iets hoorden, maar dat gebeurde niet vaak. Emily wilde ze ook niet steeds in vertrouwen nemen. Hun steun hielp haar niet, integendeel, die maakte haar alleen maar impopulairder.

Des te troostrijker waren de incidentele uitstapjes met Archie Peyton, die nog steeds niet te dichtbij kwam, zich beperkte tot complimentjes en oprechte pogingen deed haar hart te winnen met romantisch samenzijn. Hij verkende met haar de omgeving van Boston, nam haar mee naar cafés en restaurants, probeerde op de kermis een teddybeer voor haar te schieten en bedacht leuke plannen zoals een roeitochtje over het meer in de Public Garden.

Emily was zich bewust van zijn bedoelingen en deed vriendelijk tegen hem, maar als ze hem stiekem met Ronald Gardener vergeleek... Ronald, met wie ze moeiteloos kon zwijgen terwijl Archie altijd maar doorpraatte. Al vroeg ze zich soms af of ze zich de betovering tussen haar en Ronald alleen maar had ingebeeld.

Ook naar de tweede clubbijeenkomst ging ze samen met Archie Peyton. Ronald bejegende haar net zo beleefd als de andere clubleden. William Brewster had Emily gevraagd of ze de presentatie die ze voor het college van professor Roberts had voorbereid ook aan de clubleden wilde geven, en ze oogstte veel succes. Archie Peyton leek wel trots op haar te zijn. Hij kon zijn ogen niet van haar afhouden toen ze later het reservaat in liepen om de vogels te spotten waar Emily het over had gehad. Jammer genoeg vonden ze er niet een. De winter was ingevallen, het wachten was op de eerste sneeuw, en de paar vogels die niet naar zuidelijke streken waren getrokken lieten zich niet zien.

Deze keer verliet Emily het landgoed teleurgesteld en een beetje verdrietig en dat kwam niet alleen doordat ze geen dieren had gezien. Des te blijer opende ze twee dagen later een envelop met een brief erin.

Geachte juffrouw Coxwold,
Hopelijk neemt u het mij niet kwalijk dat ik zo vrij ben u door middel van deze brief te laten weten dat ik onder de indruk was van uw presentatie en van uw talent als fotograaf. U zou me een groot genoegen doen als ik u volgende zomer meer zou mogen leren over de techniek.

Voor altijd tot uw dienst,
Ronald Gardener

PS: Wilt u de heer Peyton mijn hartelijke groeten doen? Het verheugt me dat u een vriend en zielsverwant hebt gevonden.

Na haar eerste blije reactie las Emily de brief nog eens en nog eens, om erachter te komen wat hij nou eigenlijk echt wilde zeggen. Na een slapeloze nacht besloot ze het aan Ailis voor te leggen.

'Ik weet niet of je bij mij aan het goede adres bent als het om liefdesbrieven gaat,' grapte haar vriendin voordat ze zich aandachtig over Ronalds schrijven boog.

'Hij schrijft een beetje plechtig, vind je niet?' vroeg ze even later. 'Alsof hij elk woord op een weegschaaltje heeft gelegd. Hij probeert vooral niet de indruk te wekken dat hij in jou als vrouw geïnteresseerd is. Die groeten aan Peyton irriteren me zelfs. Het lijkt wel alsof hij je in Peytons armen wil duwen.'

Emily beet op haar lip. Ze vertelde over Ronalds huidskleur. En nu het eerste woord eruit was, kwam de rest ook, alle afschuwelijke opmerkingen die haar medestudenten bleven maken. Uiteindelijk lag ze snikkend in Ailis' armen. 'Wat moet ik nou doen?' vroeg ze wanhopig.

Ailis dacht na. 'Als je het mij vraagt, is deze brief een soort test. Hij probeert uit te vissen hoe het zit. Hij kan niet zomaar zeggen wat hij voor je voelt, dat is ondenkbaar hier in Amerika. Maar hij kan je niet vergeten. Hij wil weten of je hem leuk vindt.'

Emily keek met betraande ogen op. 'Hij schrijft nergens dat hij me leuk vindt!'

'Ach Emily, de hele brief is een teken dat hij smoorverliefd op je is. Ondanks alle tegenwerking die jullie te wachten staat. Hij weet hoe hoog de prijs kan zijn die jullie moeten betalen. Jij hebt daar op de universiteit nog maar een klein voorproefje van gezien. Ik moet er niet aan denken hoeveel minachting en haat je over je heen krijgt als jullie echt een stel zouden worden. Vind je hem leuk?'

Emily knikte, opnieuw in tranen. 'Heel erg leuk.'

Ailis zuchtte. 'Dan kun je maar beter stoppen met het aanmoedigen van je meneer Peyton. Een jaloersemannenruzie is het laatste wat je kunt gebruiken, en die Peyton... Tja, hij zal zeker een gentleman zijn. Maar na wat je me hebt verteld over de manier waarop hij Haily heeft behandeld, zou ik hem niet als vijand willen hebben.'

Nog diezelfde avond beantwoordde Emily Ronalds brief.

Geachte heer Gardener,
Ik denk dat ik bereid ben alles van u te leren, als u bereid bent te stoppen met uw verontschuldigingen. Niemand hoeft zich waar dan ook voor te schamen. Hartelijk dank voor uw lof, die ik zeer waardeer, en ik kan u verzekeren dat ik mijn mogelijkheden op het gebied van fotografie graag verder wil onderzoeken.

Sinds ik lid ben van de Ornithologische Club heb ik veel vrienden en gelijkgestemden leren kennen, onder wie de heer Peyton. Ik voel echter geen zielsverwantschap met hem. Om zoiets voor iemand te voelen, zou ik met hem moeten vliegen. Al was het maar in een droom.

Met vriendelijke groet,
Emily Coxwold

8

De nieuwe ballon werd vier weken na de aftrap van het nieuwe semester geleverd en vanaf dat moment besteedden Donella en Hernando elke vrije minuut aan het voorbereiden van hun volgende vliegavontuur. In de lente moest het luchtschip niet alleen kunnen stijgen en varen, maar ook bestuurbaar zijn. Toch wel nerveus en met spijt in het hart demonteerden ze de motor uit de Benz. Ze konden er toch niet met de automobiel op uit. Het luchtschip nam alle tijd en energie in beslag, afgezien van de uren die ze op de universiteit doorbrachten en de nachten waarin ze de liefde bedreven. Hernando was een goede minnaar, Donella een snelle leerling. Zij was behendig en fantasierijk, hij kende geen taboes. Alleen al met zoenen en strelen konden ze elkaar tot grote hoogten brengen, en Donella had weleens het gevoel dat ze tussen de sterren zweefde. Maar als ze haar gevoelens van liefde en geluk met Hernando wilde delen, hield hij haar tegen.

'Wat wij voelen is niet in woorden uit te drukken,' vond hij. 'Onze gevoelens zijn vrij. Woorden maken er ketenen van.'

Donella dacht na over de betekenis van zijn woorden en vermoedde dat hij de huwelijksgeloften bedoelde die mensen aan elkaar aflegden. Maar wat had hun relatie daarmee te maken? Donella stelde zich eerder een zijden lint voor dat Hernando en haar met een strik bij elkaar hield.

Eindelijk was het zover! Net voor het begin van de lente was het luchtschip klaar voor de start. De motor functioneerde en was niet te zwaar, de ballon steeg moeiteloos op. Donella was nog niet helemaal tevreden over de besturing, die ze niet nauwkeurig genoeg vond. Ze had hem liever aan de achterkant dan aan de voorkant van het luchtschip gehad. Maar Hernando wilde niet langer wachten. Hij kondigde de maidentrip van de *Estrella* aan op de universiteit en in de pers. Als eerbetoon aan de eerste montgolfières plande hij een landing in de Tuilerieën. Het startpunt was een parkje aan de noordkant van Parijs.

Donella woonde het evenement bij als Donald; tenslotte was professor Barlot ook aanwezig. Na de landing wilde Hernando hem uitleg geven over het luchtschip en daarmee een verbeterde versie van zijn scriptie afleveren. Het was vreemd als Donald er niet bij zou zijn om hem te helpen. En nog vreemder als de professor of anderen Donald zouden herkennen in een vrouwelijke assistent. Hoe dan ook wilde ze de vlucht en de landing onder geen beding missen.

In het parkje controleerde ze de motor en de besturing nog een keer en hielp Hernando met het vullen van de waterstoftank. Even later keek ze met een trotse lach hoe het luchtschip zich uit de touwen losmaakte, opsteeg en zonder op de juiste wind te wachten naar het zuiden draaide.

Het was een zondag, de kranten hadden de gebeurtenis aangekondigd en mensen waren naar buiten gekomen om naar de ballon te kijken en naar de bestuurder te zwaaien.

Donella klom op de wagen die het luchtschip straks terug naar huis zou brengen. Ze hadden de mogelijkheden van een rondvlucht nog wel besproken, maar Donella vond de besturing nog niet geavanceerd genoeg.

'Ik wil niet het risico lopen dat het mislukt,' hield ze Hernando voor, die het er wel op wilde wagen. 'Dat zou een vreselijke afgang zijn. Bovendien zijn de Tuilerieën een veel mooiere achtergrond voor de landing dan onze verwaarloosde tuin of het parkje waar we opstijgen. Er zullen natuurlijk foto's worden gemaakt, van jou en onze Sterre,' zoals ze de *Estrella* liefkozend noemde. Op de een of andere manier beschouwde ze het luchtschip toch een beetje als haar geesteskind en de naam die Hernando had gekozen klonk haar zakelijk en hoogdravend in de oren.

Hernando had uiteindelijk ingestemd en nu voer hun uitvinding over Parijs heen. Langs de weg stonden mensen te juichen en ze had er graag aan meegedaan als ze niet als Donald op de kar had gezeten, op weg naar de Tuilerieën.

Vandaag was een van haar grootste dromen waargemaakt. Dat alle eer naar Hernando zou gaan was niet erg. Zij en Hernando waren samen één. Ze gunde hem de wereld, en als ze hem al ooit iets kwalijk nam duurde dat nooit lang. Ze twijfelde er niet aan dat hij haar, ondanks zijn bindingsangst, ooit zou vragen met hem te trouwen. Misschien als ze allebei afgestudeerd waren. Voor nu was het belangrijk dat zij aan de universiteit bekend bleef als Donald.

Beter weer hadden ze niet kunnen treffen voor de maidentrip van de *Estrella*. Hernando wist het luchtschip op het gras voor een kleurrijk bloeiende border te laten landen. Het was honderd meter van de plek die Donella had gepland, maar dat wisten de enthousiaste toeschouwers natuurlijk niet. Ze begroetten de gedurfde, knappe, jonge luchtvaartpionier met langdurig applaus en champagne.

Hernando hield een geestige toespraak waarin hij voor professor Barlot handig de technische details aanstipte en in algemene bewoordingen uitlegde hoe hij de *Estrella* in de lucht had gekregen.

'Het is een mijlpaal in de luchtvaart dat we hier in Frankrijk vandaag de tweede bestuurbare ballon hebben kunnen lanceren,' verklaarde hij trots. 'Ik ben ervan overtuigd dat gemotoriseerd vliegen de overhand zal krijgen, hetzij met luchtschepen, hetzij met andere vliegmachines, waaraan al wordt gewerkt. De elektrische motor waarmee de heren Renard en Krebs werkten, zal op den duur onvoldoende kracht hebben om grotere afstanden af te leggen.'

'Maar die twee zijn opgestegen én geland in Chalais-Meudon,' onderbrak een jonge verslaggever hem. 'Wanneer zien we uw eerste rondvlucht?'

Hernando glimlachte zelfverzekerd. 'Natuurlijk maak ik de volgende keer een rondvlucht. Mogelijk deze maand nog. Dan wil ik opstijgen vanaf Montmartre, naar de Arc de Triomphe vliegen, dan over het Louvre, de Opéra – en we eindigen de avond in de Moulin Rouge.'

Donella schrok. Wat kletste hij nou? Hier hadden ze het nog nooit over gehad, laat staan dat het binnen een of twee maanden gerealiseerd kon worden!

'Mogen we u citeren?' vroeg de jonge man. Een paar collega's van hem waren al druk in hun boekje aan het krabbelen.

'Natuurlijk! Met de *Estrella* begint een nieuw tijdperk in de luchtscheepvaart. Gaat u er maar van uit dat op zeker moment iemand helemaal rondom de aarde zal vliegen.'

'Geweldig dat je het over volgende maand had en niet pas over twee maanden,' zei Donella met hoorbaar sarcasme toen ze samen in de werkplaats de gondelhoes opvouwden. 'Hernando, er gaat nog heel veel werk in die besturing zitten. Je bent niet op de goede plek geland. Professor Barlot heeft ook gezien dat er van de geplande route is afgeweken. Wedden dat hij je daar de volgende keer op aanspreekt? En dan heb je nog geluk gehad dat het bijna windstil was vandaag. Anders was je nog verder afgedreven.'

Hernando wuifde het weg. 'Dan zou ik nog steeds in de Tuilerieën zijn geland,' zei hij. 'Het kon niet misgaan.'

'Maar die rondvlucht wel,' hield Donella vol. 'Vandaag hoefde je alleen maar in een rechte lijn naar het zuiden, en had je een groot doelgebied om te landen. Maar Montmartre is een volgebouwde wijk, je moet heel nauwkeurig navigeren om op de landingsplek te komen. Ook bij het opstijgen kan er iets misgaan, en dan moet je tussen die gebouwen uit zien te komen. We moeten de besturing nog verplaatsen, of daar in elk geval mee experimenteren. En ik denk dat de vorm van de ballon aerodynamischer kan –'

Hernando fronste. 'Ben jij wel goed bij je hoofd? Dat betekent dat we een hele nieuwe ballon moet bestellen. Tegen de tijd dat die klaar is en jij je nieuwe stuursysteem hebt getest, is de zomer voorbij. Wie weet wie ons dan voor zal zijn, nu ik het volgende doel zo gedetailleerd heb vrijgegeven.'

'Dat had je ook nooit moeten doen!' riep Donella uit. Ze kon zich niet herinneren ooit zo boos en bezorgd te zijn geweest.

'Ach, misschien is het gewoon een kwestie van vliegvaardigheid,' zei Hernando sussend. 'En ligt het dus aan mij. Als ik wat meer oefen, krijg ik de besturing heus wel onder de knie.'

Donella schudde haar hoofd. 'Waarom vergeet jij steeds dat ik net zo vaak heb gevlogen als jij en dat ik tegen dezelfde dingen aanliep? We moeten aan de slag, Hernando, dat moet gewoon!'

Hernando was de rest van de avond niet aanspreekbaar en trok zich vroeg terug, zonder dat ze hun succes gevierd hadden. Zelden had ze hem zo ontevreden gezien. Als ze al eens meningsverschillen hadden, maakten ze het altijd goed voor het slapengaan. Deze keer wisselden ze geen woord meer en toen Donella de volgende ochtend wakker werd, zat Hernando al in de huiskamer. De huishoudster had koffie voor hem gezet en hij was verdiept in een van de ochtendkranten die klaarlagen.

Toen ze er ook een opensloeg, besefte Donella dat ze een verloren strijd voerde. *Le Figaro* kondigde in grote letters de volgende baanbrekende prestatie aan van Hernando Sánchez-Duboire, 'onze man in de lucht'. 'Waarschijnlijk al binnen een maand,' schreef de redacteur enthousiast, waarmee hij hen erop vastpinde. Het was nu maart. Uiterlijk in april moest de *Estrella* opnieuw laten zien hoe vernuftig haar maker was. Voor die tijd zou Hernando niet meer dan kleine, snel realiseerbare veranderingen aan de techniek toestaan.

In de avondkrant stond een nieuw sensationeel bericht: een grote industrieel, die in heel Europa im- en exporteerde en hoge verwachtingen had van de nieuwe technologie, loofde een prijs uit. Wie als eerste zonder ongelukken de rondvlucht boven Parijs zou voltooien, kreeg van hem honderdduizend franc.

'Die zijn voor mij!' zei Hernando enthousiast.

Donella schudde haar hoofd. 'Hernando, je hebt dat geld niet nodig. Je vader is onmetelijk rijk, honderdduizend franc is zakgeld voor jullie. Daarvoor zou hij beslist niet zijn zoons leven op het spel willen zetten.'

Hernando trok een grimas. 'Dan ken je hem nog niet. Mijn vader wil dat zijn zoon een winnaar is. Het gaat niet om geld, het gaat om de eer. Hij verwacht dat ik de beste ben, in wat ik ook doe. Ik kan hem niet teleurstellen.'

Maar mij teleurstellen is kennelijk geen probleem, dacht Donella. Het was niet alleen zijn leven waarover ze zich zorgen maakte. Als het luchtschip beschadigd uit de strijd zou komen, kon zij haar kans om zich aan Parijs te presenteren als de eerste vrouwelijke aeronaut ook wel vergeten. Want dat was Hernando's plan voor háár, Donella – later, als hij successen had geboekt en als hij en Donald klaar waren met hun studie. Maar later was later en nu was nu: er moest een wedstrijd gewonnen worden. Tegen de hoge verwachtingen van zijn vader kon zij niet op.

Verdrietig ging ze naar de werkplaats. Misschien kon ze nog iets aan de vorm van de stuurstang verbeteren. Of zou hij iets korter moeten? Na een poosje logisch nadenken en technisch sleutelen verdwenen haar sombere vooruitzichten. Als er een oplossing voor het probleem bestond, zou zij die vinden.

9

Hernando koos de eerste april voor zijn eerste rondvlucht, en toen Donella de ballon met waterstof vulde op een speciaal afgezet terrein in Montmartre, vlak bij de Moulin Rouge – een heikele situatie, ze hield er niet van om het licht ontvlambare gas in zo'n drukke omgeving te gebruiken – had ze het gevoel dat heel Parijs in rep en roer was. Het was opnieuw een heldere, zonnige dag, waarop mensen graag naar buiten gingen. De straten langs de route zouden drukbevolkt zijn. Als er iets misging was er geen plek voor een veilige noodlanding, maar daar maakte Hernando zich niet druk om. Hij straalde, zag er knap uit in zijn leren jack en pet en was al bezig met zijn eerste interviews. De controle van alle techniek liet hij aan Donella over.

'Alles in orde?' vroeg hij kort terwijl hij onder gejuich van omstanders in de gondel klom.

'Alles werkt,' verklaarde Donella. 'Maar vaar verstandig, alsjeblieft! Zorg dat de ballon flink op hoogte komt. Er staat een sterke wind daarboven, tegenwind dus ook, maar daar hebben we vaak genoeg op geoefend...' Donella was misschien wel twintig keer opgestegen om de besturing van de gasballon bij verschillende windrichtingen boven Parijs uit te proberen. Hernando had al gemopperd dat ze elke dag vervoer huurde om de ballon terug te brengen, om nog maar te zwijgen over het hoge gasverbruik. 'Als je onvoldoende stijgt, moet je om kerktorens en hoge gebouwen heen sturen. Het zou er spectaculair uitzien, mensen zouden wat meemaken, maar het is natuurlijk levensgevaarlijk. De bestu–'

'Donella! Genoeg nu!' voer hij tegen haar uit. 'De besturing is onnauwkeurig. Maar ik ben eraan gewend. Al weken. Het zal heus goed gaan. En kijk nu niet als een bezorgde echtgenote, je maakt Donald ongeloofwaardig. Over een halfuur sta ik weer hier. Vreet jezelf niet op in de tussentijd!'

Donella liet het losmaken van de touwen over aan enkele enthousiaste hoogwaardigheidsbekleders uit Parijs, die elkaar bijna verdrongen om dit te mogen doen. Onder het gejuich van toegestroomd publiek kwam de *Estrella* los van de aarde en steeg eerst loodrecht op, maar moest al voor het bereiken van de geplande hoogte een hotelgebouw ontwijken. Donella haalde opgelucht adem toen Hernando er met voldoende afstand omheen wist te sturen. Ze volgde het luchtschip tot het uit het zicht verdween.

Een paar toeschouwers stelden voor het luchtschip te volgen, tot ze zich realiseerden dat het lastig zou zijn om hun weg te vinden door de drukke straten. Het was beter om hier bij het vertrekpunt te wachten op Hernando's terugkeer. Donella, die als logisch denker niet in goden of geesten geloofde, merkte dat ze aan het bidden was. Als deze vaartocht goed verliep, zou Hernando zichzelf hopelijk niet meteen een volgend al te ambitieus doel stellen.

Aan het aanzwellende gejuich van de toeschouwers kon ze horen dat de *Estrella* in aantocht was. Sinds het opstijgen waren er vijfentwintig minuten verstreken, dus Hernando had zijn tijdsplanning goed ingeschat. Zelf zou Donella een grotere hoogte hebben gekozen en de tijd hebben genomen om de tocht veilig en rustig af te ronden, maar het was zo toch ook allemaal goed gegaan. Ze keek hoe Hernando gas liet ontsnappen om de daling in te zetten. Hij zou opnieuw om het hoge hotelgebouw heen moeten manoeuvreren.

Ze schreeuwde het bijna uit toen de *Estrella* te kort door de bocht ging. Het hotelgebouw werd net niet geschampt, maar langs de hele gevel waren balkons die vol stonden met publiek en waarop vlaggenmasten bevestigd waren. Tot haar ontzetting zag Donella hoe een mast de ballon doorboorde. Door de scheur begon gas te lekken, waardoor het luchtschip veel sneller naar beneden kwam. Dat was misschien nog niet eens het ergste. Donella vreesde dat zich onder de toeschouwers rokers bevonden.

Eén smeulend asdeeltje zou voldoende zijn om het waterstofgas te doen ontvlammen. Meteen zag ze een steekvlam uit de ballon schieten. Op het balkon doken mensen gillend in elkaar.

De zijkant van de ballon vloog in brand, de gondel begon te kantelen en ramde een balkon op een lagere verdieping. Met ingehouden adem zag Donella hoe Hernando op de rand dook en met een gewaagde sprong op het balkon neerkwam. Hij was veilig! Ze lachte en huilde tegelijk, terwijl een mensenmenigte zich uit de voeten maakte om niet geraakt te worden door het neerstortende luchtschip.

De volgende dag schreven de kranten dat het een wonder was dat er geen doden en gewonden waren gevallen; de mensen op het geramde balkon waren er met enkele verschroeide wenkbrauwen en lichte brandwonden vanaf gekomen. Hernando werd een heldhaftige aeronaut en een koene held genoemd. Donella kon niet één artikel vinden waarin iemand zich afvroeg of het wel slim was om midden in de stad een luchtschip te laten opstijgen en landen. Dat Donald noch Donella de krant had gehaald, was te danken aan professor Barlot. Hij had zijn studente op het nippertje in de kraag gegrepen voordat ze zich in de armen kon storten van student Sánchez-Duboire, die als een held in de hoofdingang van het hotel verscheen.

'In godsnaam, laat dat, Donald, of hoe uw echte naam ook luidt. Dat ontbreekt er nog net aan, dat in de publiciteit komt hoe uw vriend de universiteit jarenlang voor de gek gehouden heeft door zijn geliefde op te voeren als neef. Hij is een charlatan, maar wij docenten zijn niet achterlijk.'

Donella, wier opgestoken haar losgeraakt was en onder Donalds pet uit kwam, keek hem betrapt aan. 'Ik ben ervan uitgegaan dat u dat wist,' zei ze. 'Maar nu moet ik naar hem toe.'

'Blijft u liever hier staan alsof u niets met de hele onderneming te maken hebt,' zei Barlot. 'Dat is toch ook zo? U had deze rondvlucht niet gewaagd.'

Donella keek hem strak aan. 'Wat weet u daarvan?'

Barlot zuchtte. 'Weten doe ik het niet, maar bedenken kan ik het wel. Sánchez-Duboire heeft een goed stel hersens, maar hij denkt de dingen niet altijd goed door. In tegenstelling tot zijn neef Donald, de beste student die ik ken. U gaat dit experiment ongetwijfeld ooit verbeteren. Voor nu is het beter dat u zich terugtrekt. Gaat u naar huis, hij komt vast achter u aan. En dan zet u hem met beide benen op de grond, voordat hij gaat aankondigen dat hij het nog eens dunnetjes over zal doen in een kortere tijd. De motor werkt perfect. Maar de besturing is nog lang niet nauwkeurig genoeg. Bovendien zou de...'

'...vorm wel wat aerodynamischer kunnen.' Donella lachte door haar tranen heen. 'Ik heet trouwens Donella, professor, Donella Hard.'

Professor Barlot stond erop haar naar huis te begeleiden. Ze was nog steeds bleek en trillerig. Bij een café liet hij de koets stoppen en nodigde haar uit voor koffie met cognac om haar bloedsomloop weer op gang te brengen. Haar bezwaar dat zij het luchtschip – of wat ervan over was – moest helpen opruimen, wuifde hij weg.

'Laat hem dat zelf maar doen, onze held. Hoewel ik moet toegeven: die sprong op het balkon was grandioos. Ik heb al veel gehoord over zijn sportieve prestaties, maar zo'n stunt als deze had ik van hem niet verwacht.' Barlot bestelde ook gebak en leek de verwarde blik van de bediening op zijn gezelschap – Donella's haar hing nu los, maar ze droeg nog steeds mannenkleren – niet eens te zien.

'Hij heeft ontzettend veel geluk gehad,' zei Donella zachtjes. 'Misschien moet ik vaker bidden.'

Ze praatte veel langer met professor Barlot dan ze van plan was geweest, en toen ze thuiskwam was Hernando er al. Hoewel het behoorlijk warm was, had hij zijn bediende gevraagd het vuur aan te steken. Hij zat er rillend voor en nipte eveneens van een cognac. De huishoudster keek Donella beschuldigend aan, alsof zij iets aan de toestand van de baas had kunnen doen, maar Donella begreep wat er aan de hand was: Hernando was direct aan het feesten gegaan en realiseerde zich nu pas dat hij de dood in de ogen had gekeken. Hij verkeerde in een shock.

Donella ging bij hem zitten, vroeg de huishoudster om een pot thee en liet na een tijdje een heet bad vollopen. Rustig en zo zakelijk mogelijk vertelde ze over haar ontmoeting met Barlot, en dat dit helaas het einde van Donalds universitaire studie betekende.

'Ik ga ook stoppen,' zei Hernando. 'Ik wil dit voorjaar toch de laatste tentamens maken, dan kan ik in het najaar afstuderen.'

Donella produceerde een glimlach. 'Prima. Dan hebben we alle tijd voor ons nieuwe luchtschip. Ik heb het met professor Barlot besproken en hij kwam ook met een paar goede ideeën. Wat vind je, bestellen we een nieuwe motor of repareren we de oude? En wanneer gaan we naar Vaugirard voor een nieuwe ballon?'

Hernando nam een slok cognac. 'Binnenkort. Heel snel. Ik moet me alleen... Ik denk dat ik een paar dagen nodig heb om bij te komen van deze toestand.'

Donella knikte. 'Ik ook,' bekende ze. 'Ik dacht dat ik je kwijt was. Het was een nachtmerrie, met al die mensen, al dat geschreeuw. Toen ik zag dat je veilig was, nou, ik ben van mijn leven nog niet zó opgelucht geweest. O Hernando, als je eens wist hoeveel ik van je hou!'

'Zeg dat nou niet,' zei hij zacht. 'Je weet toch... Wij tweeën laten het elkaar zien. Ons gevoel verdraagt geen woorden.'

10

Vanaf dat moment gaven ze elkaar alle kans om het te laten zien. Nog diezelfde nacht beminde Hernando haar alsof morgen niet bestond, en de weken daarop stortte hij zich met haar in het zwierige Parijse uitgaansleven. Ze feestten in de Moulin Rouge, gingen naar de opera en genoten van het vuurwerk op 14 juli. In plaats van een nieuwe automobiel kocht Hernando een span elegante paarden en een sjees om mee uit rijden te gaan nadat hij voor Donella een passende garderobe had aangeschaft in een chic damesmodehuis.

Donella was het er eigenlijk niet mee eens. Ze had geen dure jurkencollectie nodig, verlangde niet naar dansavondjes in exclusieve balzalen en dagelijks champagne drinken begon haar ook te vervelen. Ze was veel liever aan het nieuwe luchtschip gaan sleutelen. Maar Hernando maakte geen aanstalten om de motor van de gasballon te repareren, noch om een nieuwe ballon te bestellen.

'Wil je soms niet meer vliegen?' vroeg ze op een avond toen ze na een aantal glazen wijn de moed had gevonden om er op weg naar huis over te beginnen. 'Hoef je die prijs niet meer te winnen?'

Hernando zuchtte. 'Jawel, natuurlijk wel. Maar op dit moment voel ik de noodzaak niet zo, *querida*. Ik heb het gevoel dat ik iets moet inhalen, van het leven moet genieten, nu ik zo dicht bij de dood ben geweest.'

Donella wist niet hoe ze daarop moest reageren. Zelf genoot ze het meest van het leven als ze in een ballon of luchtschip de hemel doorkruiste.

'Is vliegen dan niet jouw leven?' vroeg ze zachtjes.

Hernando haalde zijn schouders op. 'Daar moet ik nog achter zien te komen,' bekende hij. 'Ik weet wel dat ik mijn leven niet in een werkplaats wil doorbrengen om wekenlang aan iets te knutselen wat uiteindelijk kan mislukken. Zeker als zo'n mislukking me zo duur komt te staan.'

Ben je bang om het risico te nemen? De vraag lag op het puntje van haar tong, maar ze sprak hem niet uit. Hernando was altijd voor niets en niemand bang geweest. Zijn laatste avontuur had iets nieuws in hem losgemaakt. Als ze hem hardop liet toegeven dat hij angsten had, zou hij misschien helemaal instorten.

'De volgende keer gaat het je lukken,' zei ze met een kalme, overtuigende stem. 'Ik zal er hoogstpersoonlijk op toezien.'

Een paar dagen later zei ze dat ze naar de kapper moest, spande de paarden voor de sjees en reed naar Vaugirard. Armand Machure had het elegante span kennelijk zien aankomen, want hij kwam al naar buiten toen ze nog rondkeek waar ze de leidsels vast kon maken.

'Mademoiselle Hard,' riep hij verrast. 'Zelfs paarden mennen gaat u goed af!'

Donella lachte. Ze vond het leuk om hem te zien en verheugde zich op haar bezoek aan de fabriek. Het veelvuldige uitgaan van de laatste tijd gaf haar het gevoel onder een stolp van nepgeluk en dansmuziek te leven, terwijl hier de mogelijkheid openlag om haar toekomstdroom te verwezenlijken.

'Ik ben opgegroeid op een Schots landgoed,' zei ze opgewekt. 'Ik heb leren mennen, rijden en de meeste vrouwen in mijn familie kunnen ook met een jachtgeweer omgaan. Ik ben het zwarte schaap, ik wil niet schieten maar vliegen.'

Machures gezicht brak helemaal open toen hij haar lach beantwoordde. 'Dan bent u hier aan het juiste adres,' zei hij. 'Hoe gaat het met de heer Sánchez, na zijn ongeval?'

'Hij is gelukkig ongedeerd,' antwoordde ze. 'Hooguit een beetje aangeslagen –' Verschrikt brak ze haar zin af. 'Laat alstublieft nooit merken dat ik dit gezegd heb!'

Machure stak twee vingers op en zwoer het. 'Het zou hem in

zijn eer aantasten, dat begrijp ik natuurlijk. Goed, mademoiselle, wat kunnen wij voor u betekenen?'

'Ik wil een gasballon bestellen,' zei ze. 'Uit zijn naam, natuurlijk. Ik wil een luchtschip bouwen. Maar dat kan ik niet in mijn eentje. Daar heb ik uw hulp bij nodig.'

'Ons bedrijf fabriceert alleen ballonnen en gondels.' Er klonk spijt door in zijn stem. 'In luchtschepen is geen interesse – bij mijn oom. Hij is meer een kleermaker en een mandenmaker dan een technicus.'

Donella keek hem aan. 'Dat geloof ik niet. Wel dat uw oom weinig opheeft met techniek, maar u? Ik denk dat u het wel kunt.'

Uit zijn gezichtsuitdrukking kon ze niet opmaken wat hij dacht. Hij leek zich een beetje betrapt te voelen, maar Donella kon niet peilen of hij gewoon loyaal aan zijn oom wilde blijven of dat hij geen kennis wilde voorwenden die hij niet had.

'Ik heb niet gestudeerd,' zei hij uiteindelijk.

Donella wuifde het weg. 'Ik maar twee semesters. Ik wil wedden dat u zo'n beetje alles hebt gelezen wat er de laatste jaren over luchtvaart geschreven is.'

Nu bloosde hij zowaar. 'Dat heb ik wel geprobeerd, ja. En ik ben vrij handig.'

'Dus u kunt lassen en dichtschroeven, metaalsnijwerk en montage op u nemen, alles wat Hernando tot nu toe deed? Ik wil dat allemaal ook leren, ik ben ook heel handig. Ik vertrouw het mezelf alleen niet toe om de motor in mijn eentje te repareren en een nieuwe besturing in te bouwen. Ik weet wel hoe die eruit moet zien. Kijk maar. Eh... zullen we naar binnen gaan?'

In het kantoor liet ze haar ontwerpen zien, die opnieuw grote indruk maakten.

'Weet meneer Sánchez dat u hier bent?'

Ze schudde haar hoofd. 'Het is een verrassing voor hem. Als het luchtschip er eenmaal is, zal hij niets anders meer willen dan ermee vliegen.'

'Weet u zeker dat hij het ons niet kwalijk zal nemen?' Machure had Hernando, een van zijn grootste klanten, niet leren kennen als iemand die belangrijke beslissingen graag aan anderen overliet.

'Niet als het om zijn eigen luchtschip gaat,' legde Donella uit. 'Wij bouwen het alleen maar voor hem. Het hele plan komt toch eigenlijk uit zijn koker.'

Armand fronste. Ze had hem al eerder verteld dat haar tekeningen voortborduurden op zijn ideeën, maar toen had hij haar ook niet geloofd.

'Waar zouden we het kunnen bouwen?'

Donella beet op haar lip. Dat was een probleem. Ze konden het luchtschip niet in de fabriekshal of de werkplaats bouwen zonder toestemming van meneer Lachambre of Hernando. Maar wacht eens. Onbewust had Hernando een paar dagen geleden zelf al een oplossing aangedragen. Hij maakte nieuwe plannen om naar het huis van zijn familie in Saint-Tropez te gaan. Zijn oudere broer, die hij al heel lang niet had gezien omdat die de plantage van hun vader in Brazilië bestierde, zou een paar weken overkomen met zijn vrouw. Ook deze keer had hij Donella niet uitgenodigd om met hem mee te gaan. 'Je zou je stierlijk vervelen, en geen woord verstaan. Lucinda spreekt alleen maar Portugees.'

Dat was natuurlijk een smoes. Alsof hij en zijn broer niet zouden kunnen vertalen. Het ging er natuurlijk om dat *senhorita* Lucinda uit een rijke, vooraanstaande familie stamde en aristocratische normen en waarden aanhing. Donella nam aan dat Hernando haar niet aan zijn broer en schoonzus wilde voorstellen voordat hij met zijn vader over haar gesproken had. Wat dat betrof had haar grootvader gelijk: Hernando zou de formele weg bewandelen, ook al woonden ze al meer dan een jaar samen.

Ze nodigde Armand Machure uit om bij haar in de werkplaats te komen werken.

'Alleen kan ik u helaas niets betalen en ook geen huisvesting aanbieden.' Terwijl ze dit zei, vroeg ze zich af waarom de jongeman in hemelsnaam op zo'n aanbod in zou gaan. Hij moest kosten maken, kreeg er geen geld voor, en iemand anders zou met de eer gaan strijken. 'Ik begrijp het natuurlijk als...'

Machure schonk haar een warme glimlach. 'Ik wil dit heel

graag voor u doen. Voor u beiden, bedoel ik. Ik heb de ontwikkeling van deze technieken altijd met grote interesse gevolgd. Door hierbij te helpen leer ik ook weer bij.'

Donella gaf hem een hand. 'Wij kunnen veel van elkaar leren,' stemde ze in. 'En als dit luchtschip straks precies vliegt waar wij het naartoe willen hebben, zullen we allebei meer kennis hebben vergaard.'

Ze waren het eens. Samen bogen ze zich over haar ontwerpen voor de nieuwe ballon, de gondel en de technische inrichting van het luchtschip.

'Voor één persoon?' vroeg hij.

Donella knikte. 'Als het groter wordt, past het niet meer in de tuin en wordt het ook te groot om in Montmartre op te stijgen en weer te landen.'

Machure rolde met zijn ogen, en zweeg.

Toen Hernando naar Saint-Tropez vertrokken was, waar hij hopelijk zijn lef en moed terug zou vinden door zeil- en tenniswedstrijden te winnen, en Machure een slaapplaats had gevonden bij een kennis in Parijs, begon Donella met haar nieuwe medewerker aan de bouw van het luchtschip. De gondel, die met lichte en toch sterke touwen onder het luchtschip moest komen te hangen, liet ze aan Machure over. Zelf concentreerde ze zich op de motor, waarvan ze elk onderdeeltje kende, en ontdekte al snel dat deze nauwelijks beschadigd was bij de botsing met het balkon. Ze kon hem zonder problemen repareren. De vele experimenten met de besturing en met de propeller – een met linnen doek bespannen bamboeframe – deden ze samen.

Als ze pauze namen omdat hun hoofd tolde, gingen ze vaak naar een van de bistrootjes in de buurt en dronken sterke koffie of goedkope rode wijn. Ze lachten veel en deelden stoutmoedige dromen over toekomstige vliegreizen. Donella vertelde over haar ontdekking van de montgolfière op een ets en hoe ze zich meteen had afgevraagd waarom koetsen niet allang vervangen waren door veel praktischer heteluchtballonnen.

'Je was zeker te lui om de paarden te verzorgen,' antwoordde hij plagerig. Toen ze elkaars zinnen gingen afmaken waar het ideeën voor het luchtschip betrof, waren ze elkaar als vanzelfsprekend gaan tutoyeren.

'Dat had goed gekund,' stemde Donella in. 'Dat hoefde ik vroeger thuis niet te doen, anders was het beslist een valide argument geweest.' Op dit moment was er behalve haar niemand in huis die voor de prachtige paarden zorgde. De stalknecht was niet betaald – Donella vermoedde dat Hernando het gewoon vergeten was, tenslotte had ook niemand voor zijn automobiel hoeven zorgen tijdens zijn afwezigheid –, de huisknecht vond het beneden zijn stand en de huishoudster was bang voor paarden. Dus was het aan Donella om de dieren te voeren, hun stal uit te mesten en ervoor te zorgen dat ze wat beweging kregen. Meestal liet ze ze gewoon los in de tuin lopen.

'Om eerlijk te zijn wilde ik wegvliegen van mijn broer die me altijd pestte,' vertrouwde ze Armand toe. 'Heb jij broers of zussen?'

Armand had één zus met wie hij goed kon opschieten. Toen die hem in Parijs kwam opzoeken met haar man, leidde Donella hen rond in Montmartre en nam het gezelschap niet mee naar de Moulin Rouge, maar naar uitgaansgelegenheden die Armand en zijn zwager zich konden veroorloven. Maar iedereen was in een goede stemming en na een avond waarin ze de cancan niet alleen op het podium hadden gezien, maar ook zelf hadden geprobeerd op de ritmes te dansen, moest Donella toegeven dat ze zich zelden zo had vermaakt. Blijkbaar was ze ook in de kringen van haar vriend een zwart schaap; van de geneugten van het gewone volk genoot ze veel meer dan van de luxe chic van de rijken.

Ten slotte kwam er een eind aan hun samenwerking. De gondel was af, de motor zat erin en het nieuwe stuursysteem, dat via een soort zeil werkte, was ook geïnstalleerd. Eindelijk werd de ballon geleverd. Armands oom verstond zijn vak; hij had hem perfect naar Donella's ontwerp laten maken.

Het luchtschip was klaar voor zijn eerste testvlucht. Hernando zou binnenkort thuiskomen. Donella kon haar opwinding nauwelijks bedwingen toen Armand de ballon voor de eerste keer met gas vulde. Het was een indrukwekkend gezicht om het langwerpige zwevende object omhoog te zien komen tot het alleen nog door de touwen op de grond werd gehouden.

'Ga je gang!' Armand maakte een uitnodigend gebaar naar de gondel. 'Wacht, ik help je instappen met die onhandige lange jurk van je.'

Donella lachte en wilde net voorstellen dat ze Donalds kleding aan zou doen toen ze zich realiseerde wat hij bedoelde. 'Ik? Wil je dat ik hem ga testen?'

Armand gaf haar een knipoog. 'Jij gaat vliegen, dan ga ik haar dopen,' stelde hij voor.

Donella schudde haar hoofd. 'Nee, nee, Hernando moet het luchtschip dopen. Hij...'

'...zal haar hopelijk *Donella* noemen,' zei Armand. 'Of *doña Dona*.'

Doña Dona Sánchez-Duboire Hard... Even verloor Donella zichzelf in een dagdroom over haar toekomstige naam, tevens die van het luchtschip. Armand had gelijk, Hernando moest het wel naar haar vernoemen. Maar eerst ging ze er eindelijk mee vliegen!

'Ben je niet bang?' vroeg Armand.

'Om te vliegen? Nooit!' Ondanks haar lange jurk klom Donella behendig in de gondel, startte de motor en riep naar Armand dat hij de touwen los kon maken.

Daar stegen ze al op, haar luchtschip en zij! Ze was trots en gelukkig tegelijk. Toen ze merkte dat het luchtschip precies haar stuurbewegingen volgde, raakte ze helemaal buiten zichzelf van vreugde. Ze klom tot grote hoogte zodat ze vanaf de grond niet herkend zou worden en niet om gebouwen heen hoefde te manoeuvreren. Hier stond een sterke wind, maar ook die jaagde haar geen angst aan. De motor was sterk en het luchtschip stabiel. Donella genoot van de maidentrip, tot ze met een schok besefte dat ze geen landingsplaats had afgesproken met Armand. Ze kon niet in de tuin landen, daar had ze onvoldoende speling. Maar waar dan wel? Ze had ook geen vervoer geregeld om vanaf een andere landingsplek weer naar huis te gaan. Armand verwachtte haar terug in de tuin. Ze moest het erop wagen. Ze zou heel, heel nauwkeurig moeten sturen.

Toen de tuin weer in zicht kwam, liet Donella met bonzend hart een beetje gas ontsnappen om de landing in te zetten. In opperste concentratie hanteerde ze het stuur en het gasventiel. Ze naderde de huizen van het derde arrondissement, zeilde soepel om een hoog gebouw heen en daalde toen heel langzaam verder af tot het luchtschip in de tuin tot stilstand kwam.

Dolgelukkig omhelsde ze Armand. 'Het werkt! Het stuurt uitstekend, net zo precies als een paard, een perfect afgericht paard!' Ze gilde van opwinding. 'Wat zal Hernando opkijken! Het is precies geworden wat we hadden bedacht.'

Armand maakte zich zachtjes los uit haar omhelzing. 'Zou je het wel aan hem overlaten? Heb je niet ten minste één keer overwogen zelf aan die wedstrijd mee te doen? Jij zou het geld wél goed kunnen gebruiken. En geef toe: minstens negentig procent van het ontwerp is gebaseerd op jouw ideeën en jouw berekeningen. Maximaal vijf procent is toe te schrijven aan Sánchez en mij.'

'Sánchez-Duboire,' corrigeerde Donella hem. Armand moest echt leren de naam correct uit te spreken. 'Nee, dat heb ik nooit overwogen. Tenminste niet serieus.' Ze dacht na. 'Weet je wat het is? Ik heb alles aan hem te danken. Zonder hem zou ik hier niet zijn.'

'En je houdt nog steeds van hem,' stelde Armand vast. 'Ook al mag je dat niet eens uitspreken.'

Dat ontkende Donella. 'Dat heeft niets met mogen te maken. We hebben gewoon afgesproken het niet te zeggen. Omdat woorden... Nou ja, het betekent in elk geval niet dat we niet van elkaar houden. We gaan heus –'

'Trouwen, ja? Denk je dat echt?'

Donella schrok van zijn sceptische toon. 'Twijfel je daaraan, Armand? Hoe kom je daarbij?'

Armand streek over de verzorgde snor die hij sinds kort liet staan. 'Ik heb het hem gevraagd,' bekende hij. 'Lang geleden al. Of hij niet met je wilde trouwen. Nee dus. Jullie zijn gelijkgestemde zielen, zei hij. En ook geliefden, toch?'

Donella bloosde. 'Dat gaat jou niks aan.'

'Het spijt me,' mompelde Armand en hij keek naar de grond. 'Het ontglipte me. Ik wil je niet kwetsen, nooit, op geen enkele manier. Het punt is alleen dat –'

Met een opgestoken hand legde Donella hem het zwijgen op. 'Niet zeggen! Ik mag je graag. Ik wil je niet als Hernando's rivaal zien of zelfs als intrigant. Doe dat niet, want je maakt geen kans. Hernando en ik zijn samen één!'

Ze zag iets flitsen in zijn ogen. Was het woede, teleurstelling of misschien zelfs medelijden?

'Dan vraag ik me toch af waarom hij steeds een eenpersoonsgasballon bestelt, voor zichzelf,' zei hij. 'Denk daar eens over na!'

Een gemengd huwelijk

Boston, winter 1889 – zomer 1890
Parijs, zomer 1890 – winter 1890

1

Het viel Emily zwaar, maar ze had het Ailis beloofd en het was ook beter om Archie Peyton geen valse hoop te geven. Daarom reageerde ze de weken daarop terughoudend als hij een afspraakje met haar wilde maken, en toen ze weer samen naar Concord reden sneed ze het onderwerp aan.

'U bent erg aardig voor mij, meneer Peyton,' begon ze.

Hij glimlachte breed naar haar. 'Het is altijd een groot plezier om met u samen te zijn, juffrouw Coxwold.'

Emily zuchtte. 'Ik ben ook graag in uw gezelschap. Maar u moet wel weten dat er tussen ons alleen vriendschap kan bestaan. Ik ben al gebonden.'

Peyton fronste. 'Sinds wanneer dan? Bent u in Schotland aan iemand beloofd? Dat kan toch opgelost worden. U bent daar al meer dan een jaar weg.'

'Hij woont niet in Schotland,' zei Emily. 'En het is nog pril. Ik kan er verder niets over zeggen. Maar het leek me wel zo eerlijk om het u te laten weten.'

'Dit komt voor mij als een donderslag bij heldere hemel,' sprak Peyton. 'Ik wist niet beter of er lag voor ons een gezamenlijke toekomst in het verschiet. Wat heeft deze nieuwe onbekende dat ik niet heb? Heeft hij u meer te bieden dan ik? Hoe kunt u hem verkiezen boven mij?' Elke zin klonk bozer dan de vorige.

Emily verzamelde al haar moed en legde haar hand sussend op de zijne. Ze voelde er niets bij.

'Hij is niet beter dan u, meneer Peyton. Het is alleen... Ik wil ook naar mijn hart luisteren.'

Archie Peyton begon te lachen. 'U bent nog jong, juffrouw Coxwold, en vol van dwaze dromen. U hebt spontaan uw oog laten vallen op de hemel mag weten wie. Gebeurde het tijdens de excursie? Is het een medestudent? Zulke verliefdheden gaan vanzelf weer over. Terwijl een op wederzijds respect en waardering gebaseerde verbintenis veel meer zekerheid biedt en op den duur tot ware, diepe liefde leidt. Ik heb dat wel te bieden, juffrouw Coxwold. Ik zal u beschermen, ik kan voor u zorgen. O Emily' – hij probeerde haar naar zich toe te trekken – 'ik wil alles voor u doen.'

Emily weerde hem af. 'Nee, meneer Peyton, ik wil vrij zijn.' Zachtjes voegde ze eraan toe: 'En ik wil vliegen.'

De hele clubbijeenkomst lang bleef Archie Peyton koel en afstandelijk tegen haar, terwijl Ronald Gardener zich zoals altijd onberispelijk en hoffelijk gedroeg. Het viel haar op dat hij zich niet één keer verontschuldigde, noch bij haar, noch bij een van de andere clubleden.

'En, heb ik aan uw verwachtingen voldaan?' vroeg hij toen hij haar later in haar jas hielp. De vorige keer had Peyton dat gedaan, maar die stond demonstratief met andere jonge vrouwen te praten.

'Helemaal perfect,' zei Emily met een glimlach. Toen zijn hand achteloos langs de hare streek, schoot de warmte door haar lichaam.

'Staat u mij toe dat ik vannacht van u droom?' Zijn ogen glansden als fluweel.

'Dat doe ik allang,' fluisterde ze. 'Van u dromen, bedoel ik.'

Hij gaf haar haar sjaal. 'Dan zien we elkaar vannacht in een droom.'

Emily ontmoette Ronald niet alleen 's nachts in haar dromen, ook overdag was hij voortdurend in haar gedachten, terwijl ze hem in werkelijkheid bijna nooit zag en tijdens bijeenkomsten van de Ornithologische Club nauwelijks een woord met hem kon wisselen. In de zomer, als de vogelaars na de discussie het reservaat in gingen om dieren te observeren, was het makkelijker geweest. In deze tijd van het jaar liet alleen het sneeuwhoen zich af en toe zien; Boston en de wijde omgeving lagen onder een dik pak sneeuw.

Emily had er bijna spijt van dat ze zich had uitgesproken tegen Peyton. Ze miste hun uitstapjes en de evenementen in de stad waar jonge vrouwen met hun verloofde en vrienden naartoe gingen. Natuurlijk ging ze er wel op uit met Ailis of soms met Copper, als Alma met haar vriend had afgesproken om te schaatsen en een bisschopswijntje te drinken. Copper gaf haar veel plezier, maar ze had het sneeuwlandschap graag samen met haar zielsverwant beleefd.

De astrofotografen in het observatorium maakten opnamen van de winterhemel waar de Harvard-computers opgetogen op reageerden, omdat de beelden bijzonder helder waren. Ailis had twee voorheen onbekende dubbelsterren gespot, Emily ontdekte tot haar trots haar eerste ster. Zij was nu degene die nauw samenwerkte met professor Pickering aan de laatste criteria voor de catalogisering van de sterren.

Op een middag, toen ze zich even oprichtte van haar werk omdat de deur openging, keek ze tot haar verbazing in de ogen van Ronald Gardener, die meteen begonnen te stralen toen hij haar zag. Hij was samen met William Brewster en professor Pickering, die duidelijk in een vrolijke stemming was.

'Dames,' kondigde hij aan, 'we hebben bezoek. Dit zijn meneer Brewster en zijn assistent meneer Gardener, allebei ornitholoog en pionier op het gebied van dierfotografie. Brewster is ervan overtuigd dat nieuwe technologie net zo'n revolutie teweeg zal brengen in het documenteren van waarnemingen van wilde dieren als de astrofotografie voor ons vakgebied. Zij hebben gisteravond onze fotografen aan het werk gezien bij de telescopen. Nu zouden ze ook graag wat meer willen weten over de analyse van de platen. Het stoort toch niet als zij even over een paar schouders meekijken, mevrouw Hay?'

Zoals altijd wanneer er bezoekers kwamen die de Harvard-computers in het echt wilden zien, riep hij Ailis, die de heimelijke blikken tussen Emily en Ronald al opgevangen had. Emily deed verwoede pogingen om zonder spiegel haar haar goed te doen. Ronald keek naar haar met een zachte uitdrukking op zijn gezicht die niet zou veranderen, wat ze ook aan haar haar zou doen.

'Van harte welkom,' zei Ailis. 'Komt u maar, meneer Brewster, dan laat ik u een sterrennevel zien. We kenden deze al, maar bij helder winterweer is het beeld zoveel scherper! En meneer Gardener, u kunt bij juffrouw Coxwold meekijken, als u wilt. U kent elkaar al van de Ornithologische Club, toch, Emily?'

Emily, die het plotseling erg warm had gekregen, nodigde Ronald aan haar werktafel uit die ze met collega Rose deelde. Emily bestudeerde de plaat en dicteerde haar bevindingen aan Rose, die alles opschreef. Toen Ronald zich over Emily's schouder boog, schoof Rose een eindje van hem weg. Emily merkte het wel, maar besloot zich er niets van aan te trekken. Geestdriftig deed ze Ronald voor welke metingen ze uitvoerde en hoe ze de spectrale kleuren van de sterren interpreteerde. Ze legde hem uit dat ze informatie gaven over de grootte en chemische samenstelling van elke ster.

'En de oppervlaktetemperatuur,' voegde ze eraan toe. 'Normaal gesproken is die erg hoog. Sterren zijn eigenlijk zonnen – om sommige draaien planeten, net zoals de aarde om de zon.'

'Wilt u zeggen dat u op zoek bent naar een tweede aarde?' vroeg Ronald. 'Een planeet die misschien zelfs bewoond is?'

Emily keek glimlachend naar hem op. 'Zo ver reikt onze technologie nog niet. Wie weet over honderd jaar? Maar de meeste sterren zijn heel ver weg. Het zou jaren duren om erheen te vliegen.'

'Ik denk dat ik mijn tijd zou nemen,' zei Ronald. 'In een andere wereld zouden de dingen waarschijnlijk anders zijn en misschien zelfs beter.'

'Of slechter,' merkte Rose chagrijnig op. 'Schiet eens op, Em, anders krijgen we die platen nooit af.'

Emily begon weer te dicteren, maar liet zich deze kans om Ronald zo veel mogelijk te vertellen en te laten zien niet ontgaan.

'Wat ik ook nog niet helemaal begrijp,' zei hij uiteindelijk, 'is waarom u met negatieven werkt. Een ster is toch een schitterend lichtje aan de donkere hemel. Hier is het een zwarte stip tegen een grijze achtergrond. Haalt dat de magie niet weg?'

Rose lachte spottend. Emily keek niet op. Moest ze echt uitleggen dat ze hier niet romantisch zaten te mijmeren, maar serieus onderzoek pleegden, en dat negatieven het analyseren gewoon makkelijker maakten? Maar toen schoot haar een andere gedachte te binnen.

'De magie van een ster is niet voor iedereen toegankelijk,' peinsde ze hardop. 'Maar als de hemel voor je opengaat als je er een ziet, maakt het helemaal niet uit of hij zwart of wit is.'

Rose keek haar aan alsof ze gek was geworden, maar Ronald grinnikte begrijpend. Toen de klok twaalf sloeg en een paar vrouwen borden tevoorschijn haalden voor de lunch, waagde hij de eerste stap van iets wat niet meer terug te draaien zou zijn. Niet door hem en ook niet door Emily.

'Juffrouw Coxwold, de heren Brewster en Pickering gaan zo samen lunchen. Daar hoef ik niet bij te zijn. Zullen wij in plaats daarvan... Ik bedoel, mag ik u uitnodigen voor een kop koffie?'

Emily had kunnen kiezen voor een onopvallend cafeetje in een zijstraat, maar ze wilde zich niet verstoppen. Daarom ging ze met Ronald naar een populaire *diner* in de buurt van de universiteit, waar ze een zitje aan het raam kozen.

'Heb jij ook zo'n honger?' Opeens leek het vanzelfsprekend om 'je' te zeggen. Ze bestelde koffie en een omelet en Ronald nam hetzelfde. De verwarde blik van de serveerster op de enige klant van kleur negeerden ze.

'Wat vind je van mijn werk?' vroeg Emily, en binnen de kortste keren waren ze zo druk in gesprek dat ze niet doorhadden dat ze pas als laatsten hun omeletten kregen en dat de serveerster onvriendelijk bleef. Integendeel, Ronald gaf een royale fooi en verzekerde haar dat hij zelden zo lekker had gegeten.

'Moet je terug naar je werk?' vroeg Ronald toen ze buiten stonden.

Emily schudde haar hoofd. 'Nee, ik heb vanmiddag college psychologie. Maar je kunt me brengen. Als William Brewster niet op je staat te wachten.'

'Ik heb nog wel even tijd, denk ik,' zei Ronald, en de twee maakten het nog spannender door gearmd over de besneeuwde campus van de universiteit naar de afdeling Psychologie te wandelen. Ze kusten elkaar niet bij het afscheid, maar konden elkaar nauwelijks loslaten.

'Ik zie je in Concord,' zei Emily uiteindelijk. 'Maar mocht je eens, nou ja, als je in het weekend naar Boston wilt komen, heb ik er niets op tegen om nog eens koffie te drinken.'

Ronald lachte. 'Of misschien een glaasje bisschopswijn.' Hij wees naar de kraam bij de ijsbaan waar ze net langs waren gekomen. 'Maar ik kan niet schaatsen, hoor.'

'Ik ook niet,' zei Emily. In tegenstelling tot hem had ze er die dag nog geen idee van hoe dun het ijs was waarop ze zich begaven als ze samen op pad gingen.

2

Al na een paar dagen kreeg Emily hier voorproefjes van. Aan de universiteit werd over haar en Ronald gefluisterd. Bij het observatorium ging Rose met iemand anders samenwerken.

'Is het waar dat jullie samen uit eten zijn geweest?' wilde Sally, de roddelaarster van de Harvard-computers, weten. 'Ben je echt verliefd op hem? Ik kon het bijna niet geloven.'

Emily twijfelde of ze daar eigenlijk wel antwoord op wilde geven, maar besloot toen toch te verklaren: 'Ik ken meneer Gardener al langer, van de Ornithologische Club.'

'Daar had je toch ook die aardige advocaat ontmoet?' vroeg Sally door. 'Met hem ben je helemaal niet meer gesignaleerd.'

Inderdaad liet Peyton zich niet meer zien. Hij was haar niet komen ophalen voor de volgende clubbijeenkomst en ook de keren daarna niet, waardoor Emily noodgedwongen thuisbleef bij Ailis en Copper. Daarom kwam Ronald af en toe op bezoek. Ook vandaag stond hij in een nis te wachten toen ze het observatorium uit kwam lopen. Zodra ze hem zag, wenkte Emily hem.

'Heb je spijt van onze afspraakjes?' vroeg Ronald zacht toen de bediening in de tearoom waar ze deze keer naartoe waren gegaan allesbehalve vriendelijk op hen reageerde. Ook op weg ernaartoe hadden ze de nodige blikken van andere voetgangers moeten weerstaan.

'We zouden ons niet meer verontschuldigen.' Emily was geïrriteerd. 'Waar gaat dit over, kun jij me dat uitleggen? Het schijnt ongepast te zijn als witte en zwarte mensen bevriend raken. Maar jeetje, men vindt het al ongepast om een middagjurk te dragen naar een avondevenement. Dan krijg je geklets, er worden een paar domme opmerkingen gemaakt en daarna wordt het weer vergeten. Maar wat ik nu over me heen krijg, zowel op de universiteit als op mijn werk, is onbegrip en afwijzing. Om niet te zeggen: pure haat! Weet je nog, die twee studenten tijdens de excursie met hun stomme opmerkingen? Nou, die vielen me gisteren lastig in een gang, ze probeerden me de weg te versperren.'

Ronald werd woest. 'Ik sla ze in elkaar!'

Emily trok haar wenkbrauwen op. 'Dat gaat ons niet helpen,' zei ze droogjes. 'Leg me liever uit wat er aan de hand is in dit land. Wat hebben die mensen tegen jou?'

Ronald wreef over zijn voorhoofd. 'Nou ja, je weet dat mijn voorouders tot slaaf werden gemaakt. Ze zijn gewoon gevangengenomen in Afrika, onder afschuwelijke omstandigheden naar Amerika verscheept en aan het werk gezet. Vooral op de grote katoenplantages in de zuidelijke staten. Ze werden niet behandeld als mensen maar als vee. Witten dachten dat zwarten dom waren en vonden dat ze geen onderwijs hoefden te krijgen. Zelfs op zich goedbedoelende burgers dachten werkelijk dat ze superieur waren aan zwarte mensen, afgezien misschien van hun lichamelijke kracht. Toen de noordelijke staten de slavernij wilden afschaffen, in 1861, wilden de zuidelijke die juist uitbreiden en brak de Burgeroorlog uit. Na vier jaar moesten de zuidelijke staten zich overgeven en werden zwarten gelijkwaardig aan witten. Op papier tenminste. Zelfs nu, bijna vijfentwintig jaar later, gelden er nog allerlei beperkingen in het zuiden: zwarten en witten mogen niet uit dezelfde fonteinen drinken, niet dezelfde restaurants bezoeken, niet trouwen.'

'Hè?!' riep Emily vol afschuw. 'Je bedoelt dat jij en ik...'

Hij glimlachte. 'Hier in Massachusetts zijn die segregatiewetten een aantal jaren geleden ingetrokken,' stelde hij haar gerust. 'Maar sommige mensen hebben diepgewortelde racistische overtuigingen. En daar word jij nu helaas mee geconfronteerd, zelfs in de hogere en goedopgeleide kringen waarin je verkeert.'

Emily staarde naar de tafel. Haar hoofd tolde en er ging een wirwar van gevoelens door haar heen.

'Maar ze kunnen ons toch gewoon met rust laten?' vroeg ze

uiteindelijk. 'We doen ze toch niets aan?'

Hij trok een grimas. 'Nou, jij onttrekt je aan de witte huwelijksmarkt. Dat kan een man als Peyton woedend maken. Als je verliefd was geworden op een witte medestudent had hij ermee kunnen leven. Maar op mij? Nu ben ik een duivelse verleider die het op onschuldige witte meisjes gemunt heeft, die hij met lieve woordjes in het verderf stort.'

'Op de universiteit praat inmiddels niemand meer met me,' zei Emily met een zucht. 'Zelfs professor Roberts maakte een eigenaardige opmerking.'

'Dat ken ik van hem.' Ronald knikte. 'Meestal is hij beleefd, maar soms lijkt hij opeens verbaasd dat iemand als ik überhaupt kan praten.'

Emily kon het bijna niet geloven. 'En de Brewsters, heb je hun over ons verteld?' Ze herinnerde zich opeens de niet kwaad bedoelde maar toch kwetsende verbazing van mevrouw Brewster: *Heb je een vriendinnetje, Ron?*

Ronald knikte. 'Hij stond niet te juichen, maar het kan hem niet zoveel schelen, denk ik. Zij is wel een beetje van de kaart. Ze denkt dat gemengde koppels Gods toorn over zich afroepen en waarschuwde voor de gevolgen.' Hij legde zijn hand op de hare. 'Ze maken zich zorgen om ons.'

'En hoe was het op de club, de laatste keren?' vroeg Emily.

'Er gingen stemmen op om jou als lid te royeren,' zei hij zachtjes. 'Men vindt dat je niet voldoet aan de fatsoensnormen die ze van een jongedame verwachten.'

Emily keek hem aan. 'En jij dan?'

'Mij hebben ze nodig,' zei hij. 'Bovendien heeft William ze duidelijk gemaakt dat hij niet doorgaat zonder mij. Over de royering is ook nog niet beslist, maar als ik jou was zou ik de eer aan mezelf houden en deze dames en heren niet meer willen eren met mijn aanwezigheid.'

'Wat een nachtmerrie!' riep Emily uit. 'En dat terwijl met het vogelreservaat en de club juist een droom uitkwam.'

'Wil je dan gewoon lid blijven?'

Bij wijze van antwoord tilde Emily zijn hand naar haar lippen. Het kon haar geen bal schelen wat andere bezoekers en de bediening ervan vonden.

'Zo makkelijk kom je niet van me af!' zei ze met een glimlach. 'Het is heel vervelend allemaal, maar ik laat me niet kisten. Het enige waar ik me een beetje zorgen over maak is wat Haily allemaal teweeg gaat brengen als ze van ons hoort.'

Haily had nog niets gehoord over Emily's relatie met Ronald Gardener. Dat was ook geen wonder, want ze leefde in haar eigen wereldje waarin ze een gevierde ster was. De jonge zangeres genoot van haar roem. Het winterseizoen was net zo succesvol geweest als de eerste optredens in het voorjaar. Als een spons zoog ze de bewondering van de mensen om haar heen op en ze maakte graag gebruik van alle privileges die daarbij hoorden. Ze verscheen op elk dansevenement, eerst aan de arm van Cuthbert Hay, daarna ook met andere bewonderaars. Cuthbert deed geen moeite haar voor zichzelf te houden. Hij wist ook wel dat de notabelen van de stad, met wie Haily graag uitging, haar meer te bieden hadden dan hij.

Emily bleef vaak tot laat in het theater om Haily na de voorstelling opnieuw op te maken en in steeds mooiere avondjurken te helpen. Waar en met wie Haily tot diep in de nacht uitging wist ze niet, maar vaak kwam ze de onbekende 's ochtends tegen als ze naar Haily's flat kwam om haar weer toonbaar te krijgen voor de repetities van die dag. Na een nacht doorhalen viel dat vaak niet mee.

Emily haatte het als zo'n vrouwenversierder net met veel bombarie afscheid stond te nemen wanneer zij de trap op kwam. Het waren stuk voor stuk oudere, welgestelde, ongetwijfeld getrouwde mannen. Wat zag Haily daar toch in? Zou ze zich bewust op de dierbaren van andere vrouwen richten? Ze profiteerde ook nog van haar minnaars; haar juwelenkist puilde uit van de diamanten oorbellen en halskettingen. Door dit alles had Haily minder oog voor Emily. Als haar kleedster er maar was wanneer ze haar nodig had. Haar humeur en pestneigingen bewaarde ze voor haar collega's tijdens de repetities. Emily gruwelde van dat gedrag als ze er ongewild getuige van was. Ze vroeg zich af waarom Cuthbert Hay niet ingreep, maar kennelijk kon de ster die de kassa van het theater liet rinkelen zich alles veroorloven.

Ondanks alles kon het slechts een kwestie van tijd zijn voordat Haily achter haar 'gemengde affaire' zou komen, zoals er over haar relatie met Ronald werd gesmiespeld. En ja hoor.

Toen Emily op een zondag Haily's haar en make-up deed voor de matinee bracht Haily het ter sprake.

'Ik hoorde dat je een vriend hebt,' zei ze met een vriendelijke stem. 'En nog wel iemand die, laat ik zeggen, buiten de norm valt?'

Emily kon een huivering niet onderdrukken; hopelijk had Haily het niet gemerkt. Zo kalm als ze kon ging ze door met het borstelen van het weelderige blonde haar.

'Ik geloof niet dat jij veel recht van spreken hebt,' zei ze. 'Alsof de mannen met wie jij uitgaat fatsoenlijk zijn. Is er ook maar eentje bij die niet getrouwd is?'

'Doe niet zo stekelig!' Haily lachte en reikte Emily een nieuwe sigaar aan. Ze was een kettingroker geworden, en als Emily in de buurt was, moest zij de lange, elegante sigaren aansteken terwijl Haily inhaleerde.

'Ik stel alleen maar vast dat mijn kindje volwassen wordt. Al is ze nog niet rijp om uit te vliegen. Ik ben niet van plan om je met een zwarte te laten trouwen.'

'Dat kun jij ook helemaal niet. We hebben het er al vaker over gehad: jij bent niet mijn moeder en niet mijn baas. Met wie ik ooit ga trouwen, beslist niemand anders dan ikzelf,' zei Emily.

Haily glimlachte. 'En daarbij richt je je op een man wiens familieleden een paar jaar geleden misschien nog slaven op een plantage waren? Geeft dat jou niet te denken, Emily? En wat denk je dat de jongeman in jou ziet? Een toekomstige echtgenote? Kan hij je wel onderhouden? Voor zover ik weet, zit hij bij die Brewsters in dezelfde positie als jij bij mij.'

Emily klemde haar lippen op elkaar. Haily was zoals altijd goed geïnformeerd, en ze had niet helemaal ongelijk. Ronald was op zijn dertiende door de Brewsters in huis genomen, en had tot dan toe inderdaad met zijn ouders op de plantage gewoond van de voormalige slavenhouder. Maar William Brewster wilde de jongen een betere toekomst geven. Hij had hem eerder als pleegzoon dan als bediende in de familie opgenomen. Naast zijn bijverdiensten als fotograaf werd Ronald betaald voor zijn werk, terwijl zijn band met de Brewsters eigenlijk geen werkrelatie was. Anders dan Emily, die een hekel had aan Haily, was Ronald juist graag bij de Brewsters. Over hoe het zou zijn om werkelijk met elkaar te trouwen, hadden ze het nog nooit gehad.

'Ik ben bang dat dit opnieuw iemand is die alleen maar met je speelt, mijn lieve Emily,' zei Haily neerbuigend. 'Maar geen zorgen. Ik pas op jou.'

Emily wilde antwoord geven, maar zweeg. Er hing iets dreigends in de lucht, voor haar en haar vriend. En die dreiging was groter dan die van kerels als Rand en zijn vrienden of zelfs van bijeenkomsten met de snobistische types op de Ornithologische Club. Als Haily haar zin niet kreeg, kon ze knap lastig worden. Ze zou haar 'kindje' niet zonder slag of stoot laten gaan.

3

Wat een mooie man is het toch, dacht Donella toen Hernando thuiskwam. Bruin van de zon en goed gespierd moest hij wel de hele zomer in Saint-Tropez hebben getraind. Hij bleek twee zeilwedstrijden te hebben gewonnen. Ze was blij dat hij haar liefdevol begroette.

'Wij gaan mooi weer een luchtschip bouwen,' zei hij. 'Het zou belachelijk zijn als deze prijs aan ons voorbij zou gaan!'

Donella grijnsde. 'Dan heb ik een verrassing voor je. Maar je moet wel blij zijn. Je mag niet mopperen dat ik het in mijn eentje heb gedaan. Voor je vertrek leek het wel of je alle moed verloren had.'

Hernando trok een wenkbrauw op. 'Wat heb je gedaan dan, nieuwe ontwerptekeningen gemaakt? Heel goed! Dan kunnen we ze samen uitwerken en –'

Donella schudde haar hoofd. 'Veel meer dan dat.' Ze pakte zijn hand. 'Kom maar mee!' Op weg naar de tuin werd ze opeens nerveus. Zou hij haar haar eigengereidheid kwalijk nemen? Ze had er geen moment aan gedacht dat hij zich weleens buitengesloten zou kunnen gaan voelen als ze gewoon aan de slag ging.

Ze zag hoe zijn ogen groot werden toen hij het luchtschip in de tuin zag staan.

'Heb jij dat... In je eentje?' Hij stapte ernaartoe om in de gondel te kijken. 'Nee, dat kan niet.'

Donella drukte zich tegen hem aan. 'Eerst zeggen of je het mooi vindt.'

'Je hebt de stuurinrichting veranderd. En de propeller.' Hernando viel van de ene verbazing in de andere.

'Kleine dingetjes maar,' jokte Donella. 'En ik heb wat hulp

gehad bij het vakwerk. Maar het ontwerp hadden wij natuurlijk samen al besproken.' Ook dat was niet waar. Het verbeterde stuursysteem was een nieuw ontwerp en in feite waren de meeste innovaties ontstaan tijdens het samenwerken met Armand. Maar ze wilde Hernando's trots niet krenken.

Hij klom in de gondel en inspecteerde het nieuwe systeem. Enthousiast wees Donella hem op een paar slimme toepassingen, maar Hernando maakte een afwerend gebaar.

'Zie ik toch zelf ook wel,' zei hij. 'Ja, ik dacht ook aan zo'n verbinding.'

Donella lachte haar gekwetstheid weg. 'Waarschijnlijk heb je mijn verbeeldingskracht telepathisch bestuurd,' zei ze. 'Wil je niet iets eten?' Eigenlijk had ze het luchtschip pas na het eten willen laten zien, als hij bijgekomen was van de reis, maar het liep allemaal anders dan ze had gedacht.

'Eten? Nu? Heb je er al mee gevlogen?'

'Nee,' loog Donella.

'Nou, maak de touwen maar los! Ik ga hem testen.' Hij greep naar het stuur.

'Nu meteen?' Donella wilde hem graag van tevoren een paar dingen uitleggen. Bovendien droeg hij zijn reiskleren nog in plaats van zijn gebruikelijke vliegoutfit met leren jas en pet.

'Ja, natuurlijk! Als hij net zo goed vliegt als hij eruitziet, kunnen we morgen een nieuwe recordpoging plannen – deze herfst nog.' Hij keek haar opgewonden aan. 'Dan kan niemand me meer vóór zijn. Nou, hup met die touwen!'

Teleurgesteld deed Donella wat hij haar opdroeg. Natuurlijk was het leuk dat hij zo enthousiast was, maar ze had zich dit moment heel anders voorgesteld. Hij toonde geen greintje dankbaarheid of erkenning voor wat ze voor elkaar gekregen had. Hopelijk kon hij goed met haar geesteskind overweg. Ze betrapte zich erop dat ze zich meer zorgen maakte om het luchtschip dan om hem.

Opgelucht zag ze hoe Hernando bij het opstijgen de gebouwen in de straat behendig omzeilde. Natuurlijk, hij had jarenlange ervaring met het besturen van boten en automobielen, en het luchtschip was ongeveer net zo groot als de *Estrella*. Hernando steeg tot een grotere hoogte dan tijdens zijn laatste vlucht met de *Estrella*. Hij wilde natuurlijk niet gezien worden, net zoals zij tijdens haar testvluchten. Ingespannen volgde ze de ballon tot ze zenuwachtig constateerde dat hij uit het zicht verdween en ze haalde opgelucht adem toen hij weer tevoorschijn kwam en zich klaarmaakte om te landen. Na een paar pogingen lukte het hem bijna net zo precies als Donella.

'Hij is geweldig!' riep Hernando al bij het uitstappen, waarna hij haar eindelijk omhelsde, en ze eindelijk het stralende gezicht zag waar ze zo van hield. 'Hoe kan ik je bedanken? Je hebt mijn droom waargemaakt. Hij is precies zoals ik dacht dat de *Estrella 2* zou zijn!'

De *Estrella 2*? Het was alsof ze een klap in het gezicht kreeg. Het lumineuze idee om het nieuwe luchtschip naar haar te vernoemen was niet in Hernando opgekomen.

'*Estrella 2*?' vroeg ze toonloos. 'Zou dat geen ongeluk brengen?'

Hernando trok haar lachend in zijn armen. 'We zijn toch niet bijgelovig, querida! Maak je geen zorgen. De zeilboot waarmee ik net twee wedstrijden heb gewonnen heet ook *Estrella*. En nu laten we een fles champagne brengen, jij mag haar dopen!'

Zonder vreugde sloeg Donella even later een fles mousserende wijn kapot tegen de gondel van het luchtschip, net hard genoeg om niets te beschadigen. Hernando opende een tweede fles om samen te proosten op de volgende recordpoging.

'Deze keer gaat het lukken!'

De eerste kou was al ingevallen in Parijs en de herfstkleuren van de bomen leken het plein in Montmartre in lichterlaaie te zetten toen de *Estrella 2* drie weken later klaarstond om op te stijgen voor een rondvlucht boven Parijs. Hij zou er minder dan dertig minuten voor nodig hebben, beloofde Hernando de journalisten die verslag kwamen doen. Zoals altijd stond hij ze charmant en zelfverzekerd te woord, zonder Donella ook maar één keer te noemen.

Bij elk interview kreeg Donella het opnieuw te kwaad. Ze dacht aan Armand en kon wel bedenken hoe hij op Hernando's praatjes had gereageerd. Deze keer zou ze hem niet tegenspreken. Bij de eerste vlucht van de *Estrella* was zij nog als Donald aanwezig geweest en had ze het slim gevonden dat Hernando de aandacht niet op haar gevestigd had. Maar nu? Waarom noemde hij niet trots de naam van de vrouw aan zijn zijde en erkende hij haar medewerking niet?

Donella betrapte zich erop dat ze in de menigte naar het gezicht van Armand zocht. De toeschouwers hadden zich weer in groten getale verzameld, maar dit keer op veilige afstand van het luchtschip en van het hotel waar de vorige recordpoging was gestrand. De massa was niet te overzien. Armand had beter een afspraak met haar kunnen maken om het spektakel samen te aanschouwen. Maar misschien was hij nog steeds een beetje boos.

Hernando riep nog iets tegen het publiek, maar Donella stond te ver weg om hem te verstaan. Opnieuw bleken hoogwaardigheidsbekleders graag bereid om de touwen los te maken en zo een beetje deel te nemen aan het vliegavontuur. Donella hield haar adem in toen haar luchtschip bevrijd opsteeg. Vandaag kon ze het lange tijd volgen. De lucht was helder en Hernando vloog laag. Jammer genoeg kon ze hem niet om de Eiffeltoren zien sturen, wat later als 'spectaculair' werd beschreven. De koene aeronaut vloog deze keer ruim om het hotel dat hij de vorige keer had geraakt, zwaaide naar de mensen op de balkons en liet het luchtschip na achtentwintig vliegminuten landen op de plek waar hij was opgestegen.

Uit duizenden kelen steeg gejuich op. Heel Parijs bejubelde Hernando Sánchez-Duboire. Er knalden champagnekurken, er werden toespraken gehouden en Donella wachtte tot hij haar eindelijk bij zich zou roepen en aan zijn bewonderaars zou voorstellen. Maar dat gebeurde niet. Het was alsof ze niet meer bestond voor hem. Terwijl hij feestvierde in de Moulin Rouge, hield zij doodongelukkig toezicht op het inpakken en vervoeren van het luchtschip.

Toen Armand Machure opdook, net voordat ze naar huis zou gaan, wist ze niet of ze zich blij genoeg toonde met de succesvolle vlucht of dat de teleurstelling overheerste. Maar ze hoefde Armand niets te vertellen. Alsof hij het al had voorzien, overhandigde hij haar een rozet van ballonstof die vergelijkbaar was met de prijs in de kleuren van de Franse vlag die Hernando opgespeld had gekregen.

'Gefeliciteerd,' zei hij zacht. 'Het is je gelukt!'

'Niemand die het weet,' mompelde Donella. 'Hernando...'

'Iedereen weet het!' wierp Armand tegen. 'Jij wilde dat Sánchez dit record zou vestigen. Zijn naam zal hier voor altijd aan verbonden zijn.'

Donella zuchtte. 'Als je het zo ziet.'

'Ik heb het je nog voorgelegd. Je had dat record makkelijk kunnen vestigen voordat hij terugkwam. Dan had iedereen geweten wie het luchtschip had gebouwd. Maar jij wilde Hernando zien winnen. Gefeliciteerd!'

Armand had gelijk. Ze had gekregen wat ze wilde. Maar het lukte haar niet om blij te zijn, integendeel. Ze voelde zich gebruikt en opgebrand.

'Zullen we het vieren?' vroeg ze mat.

'Dat doen we!' Hij lachte haar bemoedigend toe. 'En het is niet waar dat niemand weet wie het luchtschip heeft gebouwd. Ik weet het!'

Donella toverde een scheef glimlachje tevoorschijn. 'En jij hebt er ook een grote rol in gespeeld. Gefeliciteerd!'

Terwijl Hernando in de Moulin Rouge de ene na de andere champagnekurk liet knallen, bestelden Donella en Armand goedkope wijn in hun favoriete bistro waarmee Donella uiteindelijk toch op de *Estrella 2* proostte.

4

Ook in de dagen daarna zag Donella Hernando nauwelijks. Hij ging van het ene onthaal na het andere, gaf inmiddels ook interviews aan grotere kranten en gaf zijn visie op de toekomst van de luchtvaart. Hij kreeg veel extra aandacht door zich steeds in de *Estrella 2* te laten vervoeren. Als hij op de plek van bestemming was, bond hij het luchtschip gewoon aan een boom of paal zodat mensen het van dichtbij konden bewonderen.

'Ik denk dat de zegetocht van het luchtschip nog maar net begonnen is,' verklaarde Hernando in een grote Parijse krant. 'Er zullen grotere en krachtiger luchtschepen gebouwd worden die de Atlantische Oceaan zullen oversteken en de continenten met elkaar zullen verbinden. Maar ik denk dat dit slechts een tussenfase is. De toekomst is aan het gemotoriseerde vliegen, met een vliegmachine die zich uitsluitend op motorvermogen in de lucht houdt, zonder een zweeflichaam zoals de gasballon. De eerste onderzoeken hiernaar zijn al gaande en ook ik ga me op deze techniek richten. Ik heb mijn bijdrage aan de ontwikkeling van het luchtschip geleverd. Nu is het tijd voor nieuwe doelen.'

Donella maakte geen deel uit van zijn volle dagen, maar de avonden en nachten brachten ze samen door. Naar restaurants gingen ze niet meer. In plaats daarvan liet Hernando de meest uitgelezen gerechten bij hen thuis opdienen. Ze dronken champagne en deden tedere spelletjes. Donella leefde helemaal op. Ondanks de grote teleurstelling van de recordvlucht bruiste ze van de ideeën voor het doorontwikkelen van het luchtschip.

Op de ochtend dat de Parijse krant met Hernando's interview op de ontbijttafel lag, liep ze eerst de tuin in om een instelling aan de motor te veranderen, waardoor hij nog soepeler zou lopen.

Ze had een heerlijke nacht achter de rug en begon toen ze weer binnen was tevreden en opgetogen over haar technische ingeving aan tafel de krant te lezen.

'Dus we gaan een vliegmachine bouwen.' Ze schonk zichzelf een kop koffie in. 'Dan moeten we verhuizen. Ik heb begrepen dat die dingen pas de lucht in gaan na een lange aanloop op een zo hoog mogelijke snelheid. Dus we hebben een startbaan nodig, misschien met een lichte helling erin.'

Hernando schudde zijn hoofd. 'Geen probleem, we hebben meer dan genoeg land. Trouwens, ik heb het prijzengeld op jouw rekening gestort. Als bedankje. Ik heb het geld niet nodig en jij hebt er tenslotte je hart en ziel in gelegd.'

Donella was verrast. Voor het eerst sinds ze het luchtschip aan hem overgedragen had, kreeg ze een blijk van waardering. Ze beloonde hem met een stralende glimlach.

'Dat had helemaal niet gehoeven,' zei ze. 'Maar wat bedoel je met "meer dan genoeg land"? Hier in Parijs is er hooguit in de parken zoveel ruimte. Maar dan nog is het iets heel anders om een luchtballon op de laten stijgen in de Tuilerieën dan een vliegmachine op wielen een heuvel af te laten rollen om hem vaart te geven. En het gras zou het niet overleven.'

Hernando lachte. 'Dat zie ik nog niet gebeuren. Ik denk dat er op den duur speciale voorzieningen aangelegd zullen worden, verharde of betonnen stroken waar vliegmachines kunnen stijgen en landen. Stel je voor dat ooit elke grote stad zo'n start- en landingsplaats zal hebben.'

'Ja, dan hebben we eindelijk geen koets meer nodig. Maar waar gaan wij onze vliegmachine dan laten opstijgen, misschien ergens buiten de stad?'

'In Brazilië,' zei Hernando alsof het de gewoonste zaak van de wereld was. 'Daar ga ik mijn vliegmachine bouwen. We hebben daar meer dan genoeg land.'

'Brazilië?' vroeg ze verbijsterd. Hoorde ze hem nou echt 'mijn vliegmachine' zeggen?

Hernando knikte. 'Ja, helaas wel, querida. Ik vertrek later deze week. Niet dat ik graag wegga uit Parijs, ik heb hier met plezier gewoond. Maar het was van begin af aan alleen bedoeld voor mijn studie. Nou ja, en ietsje langer om het record te vestigen. Daarvoor mocht ik van mijn vader een paar maanden langer blijven. We hadden natuurlijk geen idee dat jij al zo ver was met de bouw van mijn luchtschip. Ik ben je heel veel dank verschuldigd!'

'Maar ik... Bedoel je dat ik meega naar Brazilië?' Donella liet de croissant waar ze net een hap van wilde nemen weer zakken. Ze voelde zich totaal overrompeld, zo niet in shock, door zijn aankondiging.

Hernando schudde zijn hoofd. 'Nee nee, het spijt me, querida, maar ik kan jou niet meenemen. Een vrouw die een vliegmachine wil bouwen zou daar niet geaccepteerd worden.'

Nu vlamde er iets in haar op. 'Nee? Terwijl het hier de gewoonste zaak van de wereld is, bedoel je? Het zou ook hier in Frankrijk een ware sensatie zijn geweest als jij open en eerlijk was geweest over mijn bijdrage aan het luchtschip. In plaats daarvan heb jij alle eer en roem naar jezelf toe getrokken.'

'Querida, zo simpel ligt het niet. Ik had de eer van mijn familie geschonden als ik had toegegeven dat ik met een andere vrouw samenwerk.'

Een ándere vrouw? Donella moest dit even verwerken voordat ze antwoord kon geven, maar Hernando sprak onaangedaan verder.

'Nu ik terugga naar huis zal mijn vader willen dat ik trouw.'

'Wat is erop tegen om te trouwen?' Opeens besefte Donella dat ze deze vraag veel eerder had moeten stellen. 'Je weet dat ik uit een adellijke familie kom. Ik ben een goede partij voor jouw familie. En ik denk dat ook mijn vader toestemming zou geven als een koffiebaron hem om mijn hand zou vragen. Hij zou me een mooie bruidsschat meegeven.'

Hernando keek haar verbaasd aan. 'Bedoel je dat ik met jóú moet trouwen? Maar Dona, daar is toch nooit sprake van geweest?'

'Dan bespreken we het toch alsnog?' riep Donella. 'We wonen al meer dan een jaar samen. We werken samen, we hebben dezelfde dromen, dezelfde doelen, dezelfde interesses. Waarom zouden we niet trouwen?'

Hernando haalde zijn hand door zijn haar en keek van haar weg. 'Nou ja, bijvoorbeeld vanwege het feit dat ik beloofd ben aan Estrella Gutiérrez-Váldoz. Al toen ze veertien jaar was. Vorig jaar in Saint-Tropez was de verloving. Ik kan het Estrella niet aandoen om me terug te trekken. Om nog maar te zwijgen van haar familie en die van mij.'

Het was alsof ze een vuist in haar maag kreeg. Ze hapte naar adem.

'Vorig jaar in Saint-Tropez,' herhaalde ze. 'Toen waren wij toch ook al samen?'

Hij zuchtte. 'Dat tussen ons is meer een samenwerking, toch? We bleken het goed te kunnen vinden, op allerlei vlakken. Dat liep gewoon zo. Voor een andere vriendin zou ik helemaal geen tijd hebben gehad. Maar om eerlijk te zijn, heb ik me de toekomstige mevrouw Sánchez-Duboire nooit voorgesteld als iemand met rouwranden en motorolie in haar haar.' Hij wierp een vluchtige blik op haar. 'Hoe lief je er ook uitziet in je besmeurde werkkleding, Dona.' Ze had niet de moeite genomen om zich voor het ontbijt om te kleden.

'In deze outfit heb ik het luchtschip gebouwd waarmee jij beroemd bent geworden!' Haar wangen gloeiden, haar hart ging tekeer, haar handen waren klam van het zweet. Wat gebéúrde hier?

Hernando haalde zijn schouders op. 'Excuus, ik had het niet opgevat als een ochtendcadeautje. Maar je hebt toch ook plezier beleefd aan al die dingen die we samen ondernomen hebben, Donella. Ik heb je nooit iets beloofd, dat weet je. Jij hebt altijd veel meer fantasie dan ik.'

Donella realiseerde zich wat ze voor hem opgeofferd had. 'Was ik zelf maar met het luchtschip gaan vliegen. Ik had het record kunnen vestigen toen jij nog in Saint-Tropez was. Want natuurlijk had ik er al mee gevlogen. Natuurlijk heb ik tests gedaan, uit angst om wat jou zou kunnen overkomen. Maar jij... Ik was zo dom om te dromen dat jij je terug zou trekken om mij een kans te geven. Dat je zou zeggen: Dona, het is jouw luchtschip, de eerste vlucht is aan jou! Maar nee, jij dacht alleen maar aan jezelf.'

'Nou goed, daar heb je nu dan het geld voor,' antwoordde hij kalm. 'Doe ermee waar je gelukkig van wordt. En schreeuw niet zo tegen me, alsjeblieft. Ik had er juist nog een fijne week van willen maken, samen. En de tijd willen nemen voor het afscheid. Maar als jij ruzie gaat maken...'

Donella keek hem verbijsterd aan. 'Wat! Gooi je me eruit?'

Hernando schudde zijn hoofd. 'Zo kleinzielig ben ik niet. Ik denk dat ik de laatste dagen in een hotel ga doorbrengen. Je kunt hier gerust nog een tijdje blijven en een plan bedenken voor wat je gaat doen. Wees niet boos op me, alsjeblieft. Ik vond het echt heel, heel prettig om met je samen te zijn.'

Hij stond op en liep de kamer uit. De naar hem toe geslingerde koffiekan viel in stukken tegen de sluitende deur.

5

'Wil je daar echt naartoe? Samen, als een paar?' Ailis draaide de geparfumeerde uitnodiging die net voor Emily was bezorgd om en om in haar handen. Haily had juffrouw Emily Coxwold 'met cavalier' uitgenodigd voor een van haar soirees. Een net in mei aangenomen zangeres zou een optreden verzorgen, en natuurlijk zou de champagne rijkelijk vloeien.

'Ze heeft me verzekerd dat Ronald van harte welkom is,' zei Emily. 'En we hebben toch ook niets te verbergen?'

'Zij voert iets in haar schild,' peinsde Ailis. 'Dat kan haast niet anders. Maar wat? Natuurlijk zal iedereen naar jullie kijken en zijn mening klaar hebben. Maar dat gebeurt ook wanneer jullie samen de stad in gaan, en daar zijn jullie niet op uitnodiging. Ze zal geen rel willen uitlokken. Misschien dat een paar gasten rechtsomkeert maken als ze jullie zien, en –'

'Dat lijkt me onwaarschijnlijk,' zei Emily. 'Haily's uitnodigingen zijn zeer gewild. Theaterbezoekers doen er alles voor. De burgerij schijnt niets zo interessant te vinden als in de artistieke theaterwereld gezien te worden. Misschien wil ze wel met ons pronken, zo van: kijk eens hoe modern ik ben!'

Ailis keek vertwijfeld. 'Ik zou niet gaan, Emily. En al helemaal niet blijven tot iedereen dronken is. Hoe komen jullie eigenlijk thuis? Je weet dat de meeste koetsiers Ronald niet mee zullen nemen.'

's Avonds over straat gaan was sowieso een slecht idee voor een gemengd stel. In andere steden waren onlangs nog mensen aangevallen, enkele met dodelijke afloop.

'Ronald kan de koets van de Brewsters meenemen,' zei Emily.

'Heel goed.' Ailis knikte. 'Dan kunnen jullie doen alsof Ronald de koetsier is.'

'Ailis!' Emily deed verontwaardigd, maar ze wist dat Ailis Ronald graag mocht en niets tegen zijn afkomst had. Ailis stond verrassend open voor mensen die afweken van de norm, en Emily vond het troostend dat er meer mensen waren zoals zij. 'We zullen heus geen rel ontketenen, wij –'

'Jullie gaan gewoon naar Haily's soiree. Misschien vallen jullie niet eens op.' Ailis gaf haar de uitnodiging. 'Ik ben heel benieuwd.'

Haily begroette Emily en Ronald uitbundig nadat een speciaal voor de gelegenheid ingehuurde butler de deur voor hen open had gedaan. Ronald voelde zich een beetje geïntimideerd door het indrukwekkende gebouw, dat een van de oudste van Boston was. Degene die het had laten bouwen moest een vermogen in de architectuur hebben gestoken.

Emily, die inmiddels alle verhalen en feiten over de slavernij in de Verenigde Staten kende, twijfelde er niet aan dat de eerbiedwaardige man en zijn bouwmeester tot slaaf gemaakte Afrikanen hadden ingezet bij de bouw. Ze was ontzet geweest toen ze had gelezen dat zelfs Thomas Jefferson, de geestelijk vader van de Verenigde Staten die had geschreven dat alle mensen gelijk zijn, honderden mensen als slaven had laten werken op zijn plantages.

Haily was zich daar waarschijnlijk niet van bewust. Ze droeg een prachtige rode zijden jurk en omhelsde Emily hartelijk.

'Je ziet er betoverend uit!' riep ze. 'In tegenstelling tot mij. Lena's kapkwaliteiten halen het niet bij de jouwe.'

Verbaasd realiseerde Emily zich dat Haily haar niet had gevraagd om haar haar en make-up te komen doen. Haar dienstmeisje Lena had het opgestoken in een stijl die je met een beetje goede wil plagerig zou kunnen noemen.

'En die jurk heeft mij nooit zo goed gestaan als jou!'

Het was waar dat de olijfgroene jurk met kant heel mooi bij Emily's haar en huidtype paste. Het moest een miskoop zijn geweest die Haily zich cadeau had laten doen toen ze met een van haar vermogende minnaars door de stad flaneerde.

'En dat is dus je vriend, meneer Gardener. Of mag ik Ronald

zeggen? U moet weten, Emily en ik zijn net zussen, we zijn wars van elke formaliteit. Leuk om eindelijk kennis met u te maken.'

Ronald was zo overrompeld dat hij zich bijna liet meeslepen in Haily's amicale houding, maar hij haastte zich haar te verzekeren dat hij er net zo over dacht en dat Haily een prachtige, sprankelende gastvrouw was die beslist niet te bescheiden moest zijn. 'Alle mannen in deze zaal liggen aan uw voeten. Alleen ik moet bekennen dat mijn hart bij de aanblik van uw vriendin harder gaat kloppen dan bij welke andere vrouw ook.' Hij glimlachte naar Emily.

'En u bent dus fotograaf?' informeerde Haily op gemoedelijke toon. Ze hield een bediende met een vol dienblad aan om haar gasten en zichzelf van champagne te voorzien. 'En geef me even vuur, Fred!' beval ze de man terwijl ze haar sigarenetui uit haar tasje pakte. 'Of zou u zo vriendelijk willen zijn, Ronald?'

Snel pakte Emily Haily's aansteker die ze al in een wandmeubel had zien liggen en stak de sigaar aan.

'U rookt niet?' wendde Haily zich opnieuw tot Ronald.

Ronald gaf toe dat hij in gezelschap weleens rookte als Brewster hem een sigaar aanbood, maar zelf kocht hij ze nooit. Eigenlijk vond hij roken niet lekker. En het idee dat de mensen die de tabaksplanten verbouwden en oogstten weliswaar geen slaven meer waren maar nauwelijks rond konden komen van hun loon, stond hem verschrikkelijk tegen. Maar dat hield hij nu voor zich.

'En u werkt voor de heer Brewster?' vroeg Haily door. 'Emily geeft altijd hoog op over hem.'

Emily, die de Ornithologische Club nooit zelfs maar had genoemd als Haily in de buurt was, vroeg zich af hoe ze aan deze informatie kwam.

'Hij is een vooraanstaand ornitholoog,' antwoordde Ronald. 'En hij heeft mij van jongs af aan veel geleerd. Omdat mijn talent daar ligt, heb ik me gespecialiseerd in dierfotografie, in het bijzonder die van vogels.'

Haily keek beduusd. 'Ik dacht dat u ook portretfoto's maakte?'

Emily had direct spijt dat ze in een zwak ogenblik de foto had laten zien die Ronald tijdens de excursie van haar gemaakt had.

'Zeker,' zei Ronald. 'Ik verdien wat bij met particuliere opdrachten. Tenslotte wil ik ooit een eigen zaak beginnen, dus ik probeer daarvoor te sparen. Met instemming van William Brewster, natuurlijk. Overigens gaat het vaker om foto's van paarden of honden dan van kinderen of bruidsparen.'

'Dus ik kan u inhuren voor een fotosessie?' informeerde Haily.

Ronald twijfelde. 'Juffrouw Hard, een vrouw als u wordt al door beroemde fotografen geportretteerd. U moet tientallen uitstekende foto's hebben.'

Haily glimlachte. 'Toch zoek ik een fotograaf die mijn sterke en zwakke kanten met een frisse, open blik zou benaderen. Een ander perspectief misschien. Het portret dat u vorig jaar herfst van Emily hebt gemaakt – de lichtinval, die uitdrukking, dat subtiele zijaanzicht... Uw lens vangt de persoonlijkheid. Dat talent is niet iedereen gegeven.'

Ronald voelde zich gevleid, maar vond haar loftuitingen ook een beetje pijnlijk. Aan de lichtinval had hij helemaal niet gedacht toen hij de camera spontaan op Emily had gericht. En de truc om het model een beetje van opzij in de lens te laten kijken in plaats van recht vooruit had hij niet zelf bedacht. Wat had dat met persoonlijkheid te maken? Maar goed, als deze dame per se wilde... Ze zag er niet uit of ze slecht betaalde.

'Ik zou uw persoonlijkheid graag op de gevoelige plaat vastleggen,' zei hij met vriendelijke spot. 'Al kan ik niet garanderen dat ik haar zal vangen. En waarvoor ook? Het zou weleens lastig kunnen zijn om al uw schoonheid en charme recht te doen, maar ik kan het allicht proberen. U hebt mij tenslotte nu al weten te betoveren.'

Haily's mondhoeken krulden als die van een spinnende kat. 'Ik kom erop terug,' zei ze. 'Als u mij wilt excuseren, ik krijg nieuwe gasten. Ah, meneer en mevrouw Winyard, wat aardig van u om te komen.' Stralend begroette ze een stijfjes gekleed echtpaar van in de veertig. 'Mag ik u voorstellen aan mijn vriendin Emily Coxwold en haar, eh...' Ze giechelde. 'Aanstaande verloofde meneer Gardener?'

Na een blik op Ronald bleef het echtpaar stokstijf staan. Na Haily's introductie van Ronald en Emily als stel verhardde hun blik.

'Als u mij wilt excuseren, ik zie daar een vriendin,' zei mevrouw Winyard. Ze haalde haar arm uit die van haar man en spoedde zich naar ander gezelschap.

'Ik denk dat ik eerst maar eens naar de bar ga,' zei meneer Winyard voordat ook hij zich uit de voeten maakte.

Haily haalde schijnbaar verbaasd haar schouders op, maar moest Emily en Ronald ook achterlaten om de volgende gasten te verwelkomen.

Ronald nam een slok champagne. 'Wel een wervelwindje, hè?' zei hij terwijl hij Haily nakeek. 'Wat heb je eigenlijk tegen haar? Ze gedraagt zich wat overdreven, maar dat kun je ook verwachten van een toneelspeelster. Ze leek oprecht moeite te doen om ons in dit gezelschap te introduceren.'

Emily trok een gezicht. 'Ze heeft iedereen juist extra voer om te roddelen gegeven. Tot zojuist heeft men zich misschien afgevraagd wat een zwarte man op haar soiree komt doen. Nu staat hier een gemengd, bijna verloofd stel in de zaal. Er wordt ongetwijfeld al over gekletst aan de bar; zie je die roddeltantes daar niet?' Ze knikte naar mevrouw Winyard, die druk met andere vrouwen stond te praten en steeds naar hen omkeek.

Ze zag hoe Ronald rondkeek en de aanwezigen in zich opnam. Zou hij overwegen zich terug te trekken en weg te gaan? Maar toen draaide hij zich naar haar toe met een glimlach zo open en stralend dat hij niemand kon ontgaan.

'Weet je wat? We negeren het gewoon. Ik ga naar het buffet om wat eten voor ons te halen. Als mensen me uit de weg gaan, prima, dan kan ik in alle rust wat lekkers voor ons uitzoeken. We eten wat, drinken een glaasje champagne, genieten van de muziek en na afloop breng ik je meteen naar huis. We zijn niet met een list binnengekomen, we zijn uitgenodigd. Wie zich eraan stoort, moet het maar zeggen.'

Even later hadden ze een plekje gevonden aan een van de

statafels die her en der neergezet waren. Tussen hen in stond een bord met verrukkelijke lekkernijen. Emily kon er alleen niet van genieten. Ze schaamde zich zo voor de blikken die ze van alle kanten op zich gericht voelde dat ze het liefst door een luikje in de vloer wilde zakken. Pas na een tijdje realiseerde ze zich dat ze nu eens niet het muurbloempje was, het onopvallende meisje in de schaduw van Haily. Voor het eerst in haar leven stond ze in het middelpunt van de belangstelling. Niet als een ster, zoals Haily, maar meer als een enfant terrible. Dat beviel haar eigenlijk wel.

Na een tijdje klapte Haily in haar handen, opende met een weids gebaar een deur naar een belendende zaal en sprak de gasten toe met haar welluidende toneelstem.

'Beste Bostonians, lieve vrienden en vriendinnen! Het is me een groot genoegen het bijzondere muzikale optreden te mogen aankondigen van een nieuwe ster aan het Bostonse firmament: Evangeline Ashton!'

Uit de andere zaal stapte een jonge vrouw met speels opgestoken rossig blond haar naar voren. Ze droeg een opvallende lichtblauwe avondjurk met ruches en een wijde hals die een deel van haar sneeuwwitte schouders bloot liet. Een paar pijpenkrulletjes langs haar smalle bleke gezicht gaven haar een jonge onschuldige uitstraling. Met grote bruine ogen keek ze verwachtingsvol de zaal in, en ze werd niet teleurgesteld. Het publiek verwelkomde de veelbelovende zangeres met een enthousiast applaus.

Emily vond Evangeline Ashton eruitzien alsof ze uit een ouderwetse daguerreotype of zelfs een schilderij was gestapt. Waarom schoof Haily, die altijd het middelpunt van de belangstelling wilde zijn, deze potentiële rivale naar voren? Zou Evangeline niet kunnen zingen? Dan zou Haily vanavond de poten onder haar stoel vandaan zagen. Maar Cuthbert Hay zou natuurlijk geen zangeres zonder talent inhuren.

De jonge vrouw sprak warme woorden van dank in een Amerikaans accent dat Emily niet kende. Het klonk niet onaangenaam en deed haar een beetje aan Ronalds accent denken, ofschoon dat bijna nooit te horen was omdat hij het zichzelf afgeleerd had.

Toch bekroop haar een ongemakkelijk voorgevoel. Ze wendde zich van de zangeres af en keek naar Ronald. Zijn gezicht vertoonde geen emotie, maar ze voelde de spanning in zijn lichaam.

'Die vrouw komt uit Alabama,' fluisterde hij haar toe. 'Ze heeft die typische volkomen witte schoonheid die sommigen in de zuidelijke staten nastreven.'

De zangeres wandelde naar een salonvleugel en de pianist speelde de eerste paar maten. Het eerste lied was een bitterzoete ballade: 'Annabel Lee'. Niet alleen raakte Evangeline elke noot, ze vertolkte het lied met zoveel expressie dat veel mensen tranen in hun ogen kregen. Daarop volgde 'Sally Gardens'. De zangeres begon zich duidelijk zelfverzekerder te voelen en liet tijdens het zingen haar blik over de enthousiaste luisteraars glijden. Even haperde ze toen ze Ronald zag, maar ze herpakte zich onmiddellijk en zong engelachtig verder.

Emily wist niet veel van muziek, maar het was haar snel duidelijk dat de stem van Haily qua timbre en zuiverheid niet in de buurt kwam van die van de jonge artieste. Ze pakte Ronalds hand toen Evangeline het concert besloot met een paar liefdesliedjes. De door de ruimte glijdende klanken maakten meer gevoelens in haar los dan ze voor mogelijk had gehouden.

Toen ze na een halfuur pauze nam, werd Evangeline Ashton omringd door bewonderaars. Haily liet haar even genieten en baande zich toen een weg door de menigte met twee glazen champagne.

'Evangeline, kom even mee, alsjeblieft. Ik wil je aan iemand voorstellen, hij komt uit dezelfde streek als jij.'

Emily en Ronald waren te laat om tussen het publiek te duiken toen Haily met de zichtbaar verwarde zangeres naar hen toe liep.

'Juffrouw Evangeline Ashton, meneer Ronald Gardener. Eveneens een aanstormend talent, maar dan op het gebied van de fotografie.'

In de grote ogen van de zangeres was te lezen dat ze de kennismaking niet op prijs stelde. De segregatiewetten die in de zuidelijke staten de omgang tussen de bevolkingsgroepen regelden waren in Alabama strenger dan waar ook. Dit kon alleen maar uit de hand lopen.

Toen Ronald zich uit zijn verdoving bevrijd had, maakte hij een beleefd buiginkje en zei: 'Aangenaam kennis te maken.'

De zangeres wendde haar engelengezichtje af om de gastvrouw te manen: 'Juffrouw Hard, wat heeft dit te betekenen?' en vervolgens tegen Ronald uit te varen. 'Wat doet u hier? Hoe durft u zich aan dit gezelschap op te dringen? Is er nog niet genoeg kapotgemaakt? Heeft het slavenprobleem ons land niet tot op het bot verdeeld, ja, zelfs een burgeroorlog veroorzaakt? Ons katoen rotte weg omdat jullie het niet meer plukten! Ons huis werd in brand gestoken uit jullie naam, onze plantage met de grond gelijkgemaakt! Wij moesten vluchten! We raakten aan de bedelstaf!'

Evangeline ging steeds harder tekeer, tot ze uiteindelijk de aandacht van de hele zaal op zich gevestigd had. Hoewel veel aanwezigen vooroordelen koesterden tegen de zwarte man in hun midden, ging de tirade van de zangeres hun duidelijk te ver.

Emily luisterde naar het gedempte gemompel om haar heen en vroeg zich af waarom de jonge vrouw zo van streek was over een oorlog die vele jaren geleden was afgelopen. Als juffrouw Ashton de oorlog al had meegemaakt, was het als baby of hooguit als peuter geweest.

Zonder in de gaten te hebben hoe de stemming omsloeg, vervolgde de zangeres: 'Ik zie jullie nog staan bij ons hek. Lachend om de teloorgang van mijn familie. Mijn zus en ik moesten in onze gemeenschap liedjes zingen op straat om een paar centen bij elkaar te sprokkelen. Het brak mijn moeders hart. Tot op de dag van vandaag sta ik het volk te vermaken als een of ander... dansmarieke. Mijn toekomst lag aan het hoofd van een plantage, met een welgestelde erfgenaam aan mijn zijde. In plaats daarvan leid ik een leven als een kermisattractie die zingt en danst en betastingen op de koop toe moet nemen. Ik, verdomme, een Ashton! Wij hadden de grootste plantage in de wijde omtrek van Montgomery!'

Nu kwam Cuthbert Hay aangesneld om de artiest te kalmeren en haar tirade te stoppen. Zijn veelbelovende jonge ster had al haar kinderlijke onschuld verloren. Maar ze was niet stil te krijgen en nu ze het hele publiek begon te beledigen, greep een vertegenwoordiger van de notabelen van Boston in.

'Juffrouw Ashton, het spijt me als u zich beledigd en gebruikt voelt door uw toehoorders,' zei de man beleefd. 'Laat mij u verzekeren dat ons applaus oprecht was. Wij gaven blijk van onze vreugde over uw prachtige stem en uw betoverende verschijning. We konden niet weten dat u uw talent als een vloek beschouwt in plaats van een zegen. En evenmin dat u zoveel haat koestert ten aanzien van de noordelijke staten en de onterecht tot slaaf gemaakte Afrikanen op uw plantage. Misschien kunt u voortaan beter afzien van optredens in New England. U moet weten dat dit een bolwerk was en is van quakers, die veel slaven hielpen ontsnappen.'

Cuthbert had Evangeline bij de arm gepakt en hield haar stevig vast.

'Ik weet zeker dat juffrouw Ashton het allemaal niet zo serieus bedoelde,' probeerde hij te sussen. 'De ontmoeting met meneer Gardener was wellicht een beetje onverwacht.'

'Dat had ze toch kunnen verwachten?' sprak een jonge vrouw van achter uit de zaal. 'In Massachusetts is elke burger, met welke huidskleur dan ook, vrij om muziekevenementen bij te wonen.'

'En zoals het publiek respect toont voor de artiest, mogen we van de artiest verwachten dat eventuele wrok in toom wordt gehouden,' voegde een oudere heer hieraan toe.

'Mag ik u uit naam van de artieste onze verontschuldigingen aanbieden? Meneer Gardener' – Cuthbert richtte zich tot de zaal en tot Ronald – 'ik denk dat juffrouw Ashton zich nu graag terug wil trekken. Drinkt u allen gerust nog een glas champagne of whisky. Misschien zal juffrouw Hard de muzikale avond afsluiten. Een medley van hoogtepunten uit onze laatste zangspelen, Haily?'

'We kunnen nu beter gaan,' fluisterde Ronald tegen Emily, terwijl het publiek luisterde naar een triomferende Haily. 'Mijn hemel, wat een optreden was dat! Een prinsesje uit een door de oorlog verarmde zuidelijke familie die de hele wereld de schuld geeft. Wie had zoiets kunnen vermoeden?'

'Wat een meesterlijke zet van Haily,' zei Ailis toen Ronald en Emily haar in de woonkamer hadden verteld wat er gebeurd was. Het was nog vroeg en beiden hadden behoefte om met Ailis te praten. Ronald was nog steeds bereid te geloven dat het toeval was, maar Emily was er zeker van dat Haily de zuidelijke zangeres opzettelijk had geprovoceerd.

'Alleen, hoe heeft ze het allemaal kunnen voorzien?' vroeg ze zich af. 'Ik bedoel, dat Evangeline een racist is, was te verwachten. Maar dat ze zoveel haat koestert tegen haar werk en haar publiek...'

'Dat kon Haily natuurlijk niet weten,' zei Ronald.

Emily knikte van wel. 'Ze moet het geweten hebben. Op de een of andere manier heeft ze Evangeline haar zielenroerselen ontfutseld. Waarschijnlijk heeft ze zich voorgedaan als een goede vriendin bij wie die vrouw haar hart kon uitstorten. Ze voorzag de gevolgen van een confrontatie tussen Evangeline en Ronald. En ze calculeerde in dat een artiest na een publieke tirade niet langer houdbaar is voor het theater. Als ze alleen Ronald had beledigd – sorry Ron! – had Cuthbert Hay het nog door de vingers kunnen zien. Maar Haily's doel was niet de racist Evangeline te laten zien, ze wilde van haar af.'

'Daar is ze dan uitstekend in geslaagd!' Inmiddels kon Ailis wel lachen om Haily's coup.

'En dat vind jij grappig?' vroeg Emily boos.

Ailis legde sussend haar hand op Emily's arm. 'Kom op, Emily, natuurlijk is het verwerpelijk en achterbaks dat ze jou gebruikt om een rivale te ontmaskeren. Maar je gaat me toch niet vertellen dat je medelijden hebt met die raciste! Haily heeft een list bedacht om die vrouw haar eigen afgang te laten bewerkstelligen. Wat we verder ook van haar vinden, vindingrijk is ze wel.'

'Toch kan ik me niet voorstellen dat zij alles gepland heeft,' hield Ronald vol. 'Dit is toch niet voor te bereiden?'

'Haily is een gewiekste konkelaar,' verklaarde Ailis. 'Dat was ze op school al. Toen Donella en ik eens een microscoop uit elkaar hadden gehaald om te zien hoe hij werkte, verraadde zij ons. Toen zij daarvoor werd berispt, zorgde ze er bij ons volgende kattenkwaad voor dat de huismoeder het zelf ontdekte. En vanaf die tijd heeft ze talloze rivalen uit de weg geruimd.'

'Ze is niet te vertrouwen, Ronald,' zei Emily dringend. 'Geloof me. Ik denk niet dat je haar moet fotograferen.' Ze vertelde Ailis over Haily's verzoek om een fotosessie met Ronald.

'Waar ben je bang voor?' vroeg Ailis, eerder geamuseerd dan bezorgd. 'Dat ze met haar hekserij de camera laat ontploffen? Zoveel talent heeft ze nou ook weer niet.'

Emily keek haar aan. 'Nou, Gooby heeft ze in koelen bloede vermoord.'

Ailis wreef over haar voorhoofd. 'Als ik het goed heb begrepen uit Donella's brief destijds heeft ze van het moment geprofiteerd en de honden op haar losgelaten. Dat was ontzettend gemeen maar misschien ook een beetje onbezonnen. Het zou me niet verbazen als ze er achteraf spijt van heeft gehad. Het was geen moord met voorbedachten rade.'

'Ik zie Haily voor alles aan!' verklaarde Emily. 'Na wat ik allemaal met haar heb meegemaakt.'

'Je moet ophouden bang voor haar te zijn.' Ailis gaf haar een kneepje in haar hand. 'Ze heeft geen macht meer over jou. Je hoeft haar haar niet meer te doen als je dat niet wilt. Net zomin als je naar deze soiree had hoeven gaan.'

'En Ronald hoeft ook die fotoshoot niet te doen!'

'Lieverd,' zei Ronald. 'Ik zie er geen gevaar in, maar als jij het niet wilt en als je je zorgen maakt, dan zeg ik het af.'

Emily keek hem ongelovig aan. 'Zou je haar afzeggen? Om mij?'

'Jouw woord is mijn bevel!' zei hij en hij lachte.

Emily lachte niet. Ze had zich zelden zo opgelucht gevoeld.

6

Haily Hard was niet het type dat zomaar een nee accepteerde. Nadat ze een bepaalde datum in juni had voorgesteld voor de fotosessie waar hij zich vanwege verplichtingen op zijn werk onderuit had gepraat, ontvingen William en Caroline Brewster een hemelsblauwe, beschaafd geurende envelop van haar. Caroline, die hem nieuwsgierig opende, vond een kaartje met een kort briefje en twee vrijkaartjes voor een optreden van haar in de Boston Music Hall. Vriendelijk verzocht Haily ze de vrijkaarten aan te nemen als blijk van dank voor een vrije middag voor de heer Gardener om een paar foto's van haar te maken. De brochure voor het nieuwe theaterseizoen zou binnenkort gedrukt worden, en ze had nieuwe portretten nodig.

'Hoe komt zij nou bij jou uit, Ron?' vroeg Brewster zijn pupil nadat zijn vrouw hem enthousiast de brief had laten zien. 'En hoezo moet ik jou daarvoor vrij geven? Het is hier helemaal niet druk en bovendien gaat het mij niets aan of jij een boeking aanneemt.'

Ronald was weliswaar niet eerder als portretfotograaf gevraagd, maar af en toe vroeg een lid van de Ornithologische Club hem de fotografie te verzorgen tijdens een expeditie. Hij vertelde Brewster dat Haily hem tijdens haar soiree gevraagd had, en dat hij de afspraak omwille van Emily had afgezegd met een smoesje over zijn werk.

'Om een of andere reden maakt ze zich zorgen om mij,' zei hij.

Brewster trok zijn wenkbrauwen op. 'Als jou al iets overkomt, is het niet tijdens een fotosessie met juffrouw Hard, maar eerder om je verkering met juffrouw Emily. Je weet hoezeer ik jullie allebei waardeer, maar jullie relatie is vragen om moeilijkheden.

Als ik dit zo hoor, lijkt Emily me een beetje overspannen. Is ze misschien erg jaloers? Ik kan juffrouw Hard alleen maar antwoorden dat ik jou vrij zal geven als je mij daarom vraagt. En je kunt de wagen meenemen om je apparatuur te vervoeren. Maar goed, als je haar wilt schofferen...'

'Ik vind het echt vervelend, Emily, maar ik kan er eigenlijk niet meer onderuit.' Na de volgende bijeenkomst van de Ornithologische Club vertelde Ronald Emily over Haily's verzoek aan de Brewsters.

Emily had erop gestaan om naar de bijeenkomsten te blijven gaan, dus haalde Ronald haar voortaan op van het station. Ze probeerde zich niets aan te trekken van de soms wat gespannen sfeer. Dankzij William Brewster escaleerde het nooit. Als iemand een beledigende opmerking maakte, greep hij in en zette hij de zaak op een vriendelijke maar duidelijke manier recht. Hij betrok hen allebei actief bij de gesprekken en zorgde ervoor dat discussies beleefd en feitelijk bleven.

Helemaal op haar gemak voelde Emily zich nooit, maar ze genoot des te meer van de wandelingen daarna met Ronald door het reservaat. De Brewsters leken hun verdwijning niet op te merken, of deden alsof, en de andere clubleden waren meestal al naar huis tegen de tijd dat ze het bos in liepen.

'Dus je gaat haar toch fotograferen,' zei Emily nerveus. 'Zal ik misschien met je meegaan?'

'Het is overdag, dan ben jij naar college, toch?' vroeg Ronald. 'En wat voor indruk maakt het als ik alleen onder begeleiding naar juffrouw Hard durf te gaan? Misschien vraagt ze jou wel om haar haar en make-up te komen doen.'

'Is het bij haar thuis?'

Ronald knikte. 'Ze wil gefotografeerd worden in haar eigen omgeving en aan haar vleugel. Het idee is dat het publiek een kijkje in haar leven krijgt.'

Emily rolde met haar ogen. 'Ik waarschuw je alleen maar,' zei ze.

Voor het eerst sinds hun ontmoeting zat hij niet met Emily op één lijn. Zou dat precies zijn wat Haily voor ogen had? Of nam hij nu Emily's achterdocht over?

Hij moest toegeven dat hij wat gespannen was toen de conciërge van de prestigieuze villa de voordeur opende en een piccolo riep om hem te helpen met de fotoapparatuur. De jongen liep mee tot aan het appartement van Haily, waar een jonge vrouw opendeed. Ronald herinnerde zich haar van de soiree. Toen had ze een dienstuniform gedragen, nu was ze gekleed op een afspraak buiten de deur.

'Meneer Gardener is er, juffrouw Hard!' riep ze nadat ze hem beleefd had begroet. 'Kan ik gaan?'

'Laat hem eerst even binnen, Lena,' klonk Haily's stem.

Het meisje deed wat haar werd opgedragen en hielp hem de apparatuur naar de salon dragen. De actrice zat aan de vleugel en droeg een omslagjurk die soepel om haar lichaam viel. Ze droeg subtiele make-up en haar haar was losjes opgestoken. Tussen haar vingers balanceerde de eeuwige sigaar.

Ronald maakte een hoffelijk buiginkje. 'Ik zal de apparatuur even opbouwen, juffrouw Hard, dan kunnen we meteen beginnen,' zei hij vriendelijk toen hij het meisje de deur achter zich dicht hoorde trekken.

'Maar, maar, Ronald! We gaan toch niet beginnen zonder een toost uit te brengen op ons project?'

Nu pas zag hij de champagnekoeler staan op een dressoir. Op de piano stonden een vol en een halfleeg glas.

'Voor mij niet, juffrouw Hard, dank u. Ik heb een helder hoofd nodig voor mijn werk.'

Ronald vouwde zijn statief uit en liet bijna de camera uit zijn handen vallen toen de actrice opstond en daarbij nonchalant de ceintuur lostrok, zodat de jurk openviel. Ze presenteerde zich aan hem in een korset dat haar borsten nauwelijks bedekte.

'Juffrouw Hard, alstublieft.' Ronald probeerde de andere kant op te kijken. 'U wilt toch niet echt bijna ontkleed poseren?'

'Waarom niet?' De jurk viel op de vloer en de actrice wandelde naar een chaise longue waar ze zich op uitstrekte. Glimlachend nam ze verschillende wulpse poses aan.

Ronald had zijn apparatuur opgesteld, maar aarzelde om af te drukken.

'Nou, komt er nog wat van? Anders krijg ik het koud.' De actrice speelde met haar sigaar en het champagneglas en trok het snoer van het korset een beetje los zodat er nog meer van haar borsten te zien was. Ten slotte haalde ze de spelden uit haar haar en liet het over haar schouders vallen.

Ronald maakte de ene foto na de andere, en belichtte zowel filmrolletjes als platen. Hij stelde zich voor dat hij naar niets anders keek dan naar een pauw die zijn staart opzette om indruk te maken op een hen.

Haily Hard bleek niet alleen op zijn fotografie uit te zijn. Toen hij aanstalten maakte om de sessie te beëindigen, stond ze op, kwam naar hem toe en drukte zich tegen hem aan.

'Ik ben er nog niet helemaal achter wat mijn kleine Emily zo leuk aan je vindt,' fluisterde ze. 'Kun je me dat eens laten zien? Kom!' Ze pakte zijn hand en probeerde hem naar de chaise longue te trekken. Met haar andere hand greep ze in zijn kruis.

Ronald maakte zich resoluut van haar los. 'Juffrouw Hard, doet u dat nou niet! Deze foto's zijn al op het randje. U hebt van tevoren niets gezegd over erotische fotografie. En wat u nu van mij wilt zou helemaal onprofessioneel zijn. En het druist in tegen alle goede manieren. Wat moet Emily er wel niet van denken?' Hij trok zich terug en hoorde haar lachen toen hij controleerde of zijn broek nog wel dichtzat.

'Emily weet hoe graag ik speel. En dat tussen jou en haar is sowieso voorbij. Kijk, Ronny, ik heb de touwtjes in handen. Stel dat ik nu ga gillen omdat jij mij probeert aan te raken. De conciërge houdt alles in de gaten. Hij weet dat ik hier alleen ben met een man. Als hij nu binnen zou komen...' – ze stootte haar champagneglas om en probeerde het inmiddels loshangende korset om zich heen te trekken – 'wie zou hij dan geloven: de gerespecteerde bewoonster of de hitsige vreemdeling?'

Ronald deinsde naar achteren op het moment dat de deurbel rinkelde. Hij hoopte en vreesde tegelijk dat het Emily was, maar een paar tellen later stond er een man in de deuropening. Hij herkende de theaterdirecteur. Cuthbert Hay had zijn jasje al uit en liep de salon in alsof hij thuis was.

'Haily dear, je moet je deur op slot doen,' zei hij vermanend. 'Niet iedereen heeft zulke goede bedoelingen als ik.' Toen pas zag Hay hem. De kleine ogen vernauwden zich toen hij het tafereel in zich opnam. 'Wat is hier aan de hand?'

Ronald wist dat het geen zin had om zich te verantwoorden. Hij griste de belichte films en platen bij elkaar. De camera lag te ver weg; met bloedend hart liet hij hem achter. Toen beende hij het appartement uit en de trap af. Het paard stond vlakbij op hem te wachten met de wagen. Hij legde zijn spullen erin, maakte de leidsels los en spoorde Meta al aan voordat hij goed en wel op de bok zat.

Onderweg dacht hij koortsachtig na. Hij moest met iemand praten! Emily was naar college, Ailis op haar werk, dus hij kon alleen maar naar de Brewsters, ook al was het een lange reis naar huis. Hij hitste de gemoedelijke merrie op zoals ze niet van hem kende en ze draafde sneller naar huis dan ooit.

Tegen de tijd dat hij het huis binnenstormde, was hij uitgeput. Gelukkig waren beide Brewsters thuis. William werkte aan een tekst, Caroline had net thee gezet. Ze zag meteen dat er iets mis was.

'Mijn hemel, Ronald, je ziet eruit of je een spook hebt gezien.' Ze schonk snel een kop thee voor hem in.

Ronald gooide het hele verhaal eruit. Zijn stem trilde. 'Als ze beweert dat ik haar verkracht heb, sluiten ze me op,' fluisterde hij tot slot. 'Ik had naar Emily moeten luisteren. Ze had gelijk dat ze me waarschuwde voor die vrouw.'

Brewster wuifde het weg. 'Nou nou nou, niemand wordt zomaar opgesloten,' zei hij geruststellend. 'Deze Hay kwam net op tijd binnen en heeft gezien dat jij volledig gekleed was. Bovendien bewijzen jouw foto's dat juffrouw Hard vrijwillig voor je geposeerd heeft. Halfnaakte foto's zullen niet noodzakelijkerwijs in het voordeel van haar deugdzaamheid spreken. Bovendien kan een vrouw die een jonge man in huis haalt terwijl ze alleen thuis is, een zekere mate van medeplichtigheid niet worden ontzegd als de situatie uit de hand loopt.'

'Ik denk niet dat ze een aanklacht zal indienen,' voegde mevrouw Brewster eraan toe. 'Het zou bijzonder gênant voor haar zijn als dit voor de rechter kwam. Ze doet dit alleen maar om jou te intimideren, en natuurlijk ook juffrouw Emily. Als je haar nu ontrouw zou zijn geweest...'

'Haar wereld zou zijn ingestort.' Ronald sloeg zijn handen voor zijn gezicht. 'Wat doe ik haar aan met mijn liefde? Ik moet er een eind aan maken. Morgen maak ik het meteen uit.'

7

Emily had een psychologiecollege maar kon zich niet concentreren. Ze maakte zich zorgen om Ronald en probeerde te bedenken wat Haily van plan kon zijn. Na afloop van het college probeerde ze zo snel mogelijk de universiteit te doorkruisen naar de uitgang, zonder te letten op wie ze tegenkwam. Om andere studenten te ontlopen nam ze vaak de minst gebruikte gangen. Sinds ze een doelwit was van Rand en zijn vrienden was ze extra voorzichtig.

Ook deze keer haastte ze zich door een lege gang van de faculteit Psychologie. Meestal waren de collegezalen en werkcollegeruimtes hier leeg om deze tijd, maar net op het moment dat zij langsliep ging er een deur open. Het was professor Rutherford, die zijn college beëindigd had. Terwijl hij direct in tegenovergestelde richting wegbeende, hadden zijn studenten haar al gezien. Een paar liepen langs zonder aandacht aan haar te schenken, maar een groep van zes jonge mannen bleef staan zodat ze er niet langs kon.

'Wie hebben we daar? De lieve juffrouw Emily, onze zoölogie-ster.'

Iedereen wist dat Emily zoölogie en psychologie studeerde om later vergelijkende studies te kunnen doen naar menselijk en dierlijk gedrag. De docenten vonden dit interessant, maar medestudenten mochten er graag de draak mee steken. Dieren waren zielloze wezens, argumenteerden ze, dus hoe zou je de wetenschap van de ziel op ze kunnen toepassen?

Emily's ideeën werden vaak belachelijk gemaakt tijdens werkcolleges, meestal met bijdragen die op zich niet onintelligent waren, maar niets met dieren te maken hadden. Verder was het hetzelfde als bij zoölogie: de enige vrouw op de faculteit werd benijd om haar uitstekende cijfers en grote waardering van de docenten.

'En, juffrouw Emily, hoe gaat het met uw verhouding? Hebt u al enige verwantschap kunnen ontdekken in twee compleet verschillende zielen?' plaagde dezelfde student die haar had aangesproken.

'Laat me met rust!' riep Emily toen een ander zijn hand naar haar uitstak.

'Misschien moeten wij de ziel van onze juffrouw Emily zelf eens bestuderen. Waar zou die kunnen zitten?' Met beide handen begon hij haar lichaam te bevoelen terwijl twee anderen haar vastpakten en in bedwang hielden om de betasting mogelijk te maken. 'Of pakken we meteen haar misleide hart aan?' De student begon met één hand haar jurk los te knopen terwijl hij met de andere in haar borst kneep.

Emily vocht om zich los te wurmen, met als gevolg dat haar jurk scheurde en de studenten hun greep versterkten.

'Alsjeblieft, stop! Stóp!' riep ze. 'Hou hiermee op! Laat me los!' Ze huilde van onmacht en afschuw. Haar haar hing los voor haar gezicht. Ze proefde bloed op haar stukgebeten lip.

'Misschien moet juffrouw Emily eens onderzoeken of wij haar niet gelukkiger kunnen maken dan die kerel met wie ze omgaat.' De student begon zijn broek open te knopen.

'Kom op, jongens, help me even!' riep hij tegen de drie studenten die gefascineerd toekeken. 'Kleed haar uit!'

Voordat het zo ver kon komen, bulderde een zware stem door de gang. Emily meende professor Rutherford te herkennen. Misschien was hij iets vergeten en daarom teruggekomen naar de studieruimte.

'Wat is hier aan de hand?' riep de professor. Pas toen hij dichterbij kwam, zag Emily dat hij haar herkende tussen de drie jonge mannen die haar met geweld aanrandden terwijl drie anderen toekeken.

Emily werd onmiddellijk losgelaten en viel snikkend op de vloer terwijl de zes studenten zich uit de voeten maakten. Opkijkend zag ze het geschokte gezicht van professor Rutherford, die niet in staat was de vluchters tegen te houden.

'Juffrouw Coxwold! Wat een toestand! Hebben die onverlaten u pijn gedaan?' Hij boog onhandig voorover, alsof hij niet wist of het wel fatsoenlijk was om dichterbij te komen en haar te helpen of dat hij afstand moest houden.

Emily probeerde zich te bedekken met wat er over was van haar jurk.

'Ze hebben me...' Ze probeerde te stoppen met snikken. 'Ze wilden me...'

'Met z'n zessen tegen één meisje! Ze moeten zich schamen! Dit blijft niet onbestraft. Bent u verwond, juffrouw Coxwold? Hebt u een dokter nodig?' Professor Rutherford deed zijn jasje uit en gaf het aan haar.

Dankbaar trok Emily het aan en trok de voorpanden over elkaar. 'Nee, dank u wel,' zei ze. 'Een paar blauwe plekken, dat is alles.' Ze probeerde te glimlachen. 'Wij vrouwen klagen vaak over het korset, maar vandaag heeft dat ding het ergste voorkomen.'

'Ik ga het melden bij de decaan,' kondigde professor Rutherford aan. 'Nu meteen. We moeten deze lui aangeven. Weet u wie het zijn?'

'Ik zou ze wel herkennen. Zeker de drie die me vasthielden.' Opeens begon Emily over haar hele lichaam te beven. 'Zou u een koets voor me willen aanhouden? Ik kan zo niet naar huis lopen.' Onvast op haar benen zocht ze steun tegen de muur.

'Natuurlijk,' zei Rutherford. 'Komt u maar, ik zal uw spullen meenemen.' Hij raapte haar hoedje en tas op. 'Het lijkt me beter dat ik u zelf naar huis breng. Waar woont u?'

Emily twijfelde even. Professor Rutherford was nog jong, zeker voor een docent aan Harvard. Kon ze weigeren? Maar hij was beleefd en behulpzaam. Uiteindelijk besloot ze hem te vertrouwen. Nadat ze hem Ailis' adres had gegeven, begeleidde hij haar naar de hal, zocht een stoel voor haar en vroeg een schoonmaakster een oogje in het zeil te houden zodat hij buiten een koets kon aanhouden. De oudere vrouw begreep meteen wat er was gebeurd. Snel haalde ze een glas water voor Emily uit een van de drinkfonteinen bij de ingang.

Met beide handen vanwege het beven nam Emily het glas aan, en dronk kleine slokjes tot professor Rutherford terugkwam om haar naar een koets te begeleiden.

'De jongedame heeft een ongeluk gehad,' legde hij uit aan de koetsier terwijl hij haar hielp instappen.

Ailis was nog op haar werk, maar Alma was thuis. 'Mijn hemel, Emily! Wat is er gebeurd? Kom, ik help je,' zei ze toen ze de deur opendeed. 'Wie heeft dat gedaan? Toch niet Ronald?'

Emily schudde heftig haar hoofd. Ze beefde nog steeds. Rutherford legde snel uit wat er was gebeurd. Daarna nam hij afscheid – een beetje opgelucht, zag Emily.

'Ik vind het verschrikkelijk voor u, juffrouw Coxwold,' zei hij toen ze hem bedankte. 'En zoals gezegd, ik ga met de decaan praten.'

Tegen de tijd dat Ailis thuiskwam, was Emily alweer aardig bijgekomen. Alma had een bad voor haar vol laten lopen en was niet zuinig geweest met badschuim. Daarna had ze melk met honing opgewarmd en er een flinke scheut whisky in gedaan. Emily lag in haar badjas op de bank, genoot van Alma's speciale mix en speelde wat met Copper. Alsof hij aanvoelde dat ze troost nodig had, had hij tot haar ontroering zijn knuffelgans naar haar toe gesleept.

Alma liep naar de voordeur om Ailis in te lichten over wat er was gebeurd. Ze kon het niet laten om haar onbehagen over de band tussen Emily en Ronald erbij te halen. 'Dat komt er nou van!'

Ailis negeerde het. Ze nam Emily in haar armen en bleef zo zitten. Copper kroop ertussen met de gans.

'Laat niemand je wijsmaken dat jij hier zelf ook schuldig aan bent,' zei ze. 'Noch jij, noch Ronald. Waar is hij eigenlijk? Moest hij vandaag niet naar Haily toe? Ik had verwacht dat hij op de terugweg wel even langs zou komen om te vertellen hoe het gegaan is.'

Na nog twee bekers melk met honing en whisky had Emily Ailis alles tot in detail verteld. Voor nu was ze het kwijt. Hoe het verder moest zou ze morgen wel zien. Nu kon ze alleen nog maar slapen. Ailis pakte een deken en stopte haar in op de bank. Daarna sloot ze zachtjes de deur van de woonkamer achter zich om naar bed te gaan.

De volgende ochtend was Emily vroeg op. Ze kleedde zich zorgvuldig aan en maakte ontbijt, terwijl ze nadacht over wat haar vandaag te wachten stond.

'Moet ik die kerels echt aangeven?' vroeg ze aan Ailis. 'Professor Rutherford vindt van wel, maar ik weet het niet. Ik ben bang.'

Ook Ailis zag weinig heil in een aangifte. In haar jaren bij de Harvard-computers had ze over zoveel lotgevallen van vrouwen gehoord dat ze geen hoop op gerechtigheid koesterde. 'Waarschijnlijk zal de politie besluiten dat er eigenlijk niets gebeurd is, en de aangifte niet eens in behandeling nemen,' zei ze pessimistisch. 'Misschien kun je beter doorgaan alsof het niet gebeurd is en voortaan nog voorzichtiger zijn.'

'En professor Rutherford dan?' ging Emily verder. 'Hij wil het rapporteren aan de decaan.'

'Misschien overweegt hij dat,' zei Ailis. 'Hij was duidelijk erg geschrokken. Maar misschien zal hij het achteraf gezien relativeren. Probeer het te laten rusten, Emily. Misschien moet je een dagje thuisblijven. Mannen willen dit soort dingen nogal eens snel vergeten. Waarom zou het met deze Rutherford anders zijn?'

Emily zat nog te twijfelen of ze naar het werkcollege zoölogie zou gaan waarin professor Roberts vandaag een belangrijk onderwerp behandelde, of dat ze Ailis' advies zou opvolgen, toen Ronald langskwam. Hij zag er net zo troosteloos uit als Emily zich voelde. Toen ze hem vertelde wat er gebeurd was, sloeg hij zijn handen voor zijn gezicht.

'Dan moet het,' fluisterde hij. 'Dan ga ik zeggen wat ik me had voorgenomen. We moeten uit elkaar, Emily. Ik hou van je, maar er is geen toekomst voor ons samen. Het wordt alleen maar gevaarlijker.'

Met toenemende woede luisterde Emily nu naar zijn verslag van de fotosessie bij Haily. Bij het vertellen van haar eigen verhaal waren de tranen toch weer tevoorschijn gekomen. Maar nu verhardde er iets in haar.

'Geen sprake van!' riep ze toen Ronald herhaalde dat ze moesten stoppen met hun verhouding. 'Wij laten ons niet klein krijgen! Deze actie van Haily is de laatste druppel. Ik ga het voor eens en voor altijd rechtzetten met haar. Ik ben lang genoeg haar voetveeg geweest. Voorbij!'

Resoluut stond ze op en pakte de foto's die Ronald al had ontwikkeld.

'Wacht,' zei ze. 'Ik kleed me even om.' Ze trok een elegant kostuum aan, eveneens een afdankertje van Haily.

'Dat je die kleding nog draagt,' begon Ronald verwonderd toen ze terugkwam, maar toen rinkelde de deurbel. Een loopjongen bracht een boodschap van Harvard University. Juffrouw Emily Coxwold werd vriendelijk verzocht zich om drie uur in het kantoor van de president te vervoegen.

'De hoogste baas van de universiteit?' vroeg Ronald bezorgd. 'Ik had verwacht dat ze dit binnen de faculteit zouden afhandelen.'

'Dit ga ik ook regelen,' zei Emily resoluut. Ze liep naar de spiegel om haar hoed vast te zetten en bekeek zichzelf in het kostuum. De lichtgrijze stof werd verlevendigd door donkere spiralen. De mantel was lang en had lichte pofmouwen. De rok reikte tot op de grond. De bijpassende hoed was versierd met bloemen, maar stond niet te frivool op haar opgestoken haar. Ze zag er mooi uit. Dit was de perfecte jurk voor wat ze van plan was. Ze vroeg Ronald op haar te wachten en ging naar het kantoor van Archibald Peyton.

Haar hart bonsde in haar keel toen Emily de jonge assistent die de deur opendeed verzocht om meneer Peyton te spreken.

'Ik maak graag een afspraak voor u,' bood hij ijverig aan, maar Emily schudde haar hoofd.

'Ik moet hem nu spreken, het is dringend. Zeg hem alstublieft dat juffrouw Emily Coxwold er is.'

Als Peyton haar naam hoorde, zou hij haar meteen ontvangen of helemaal niet. Gespannen wachtte ze tot de jongeman terugkeerde.

'Meneer Peyton verwacht u.' Hoffelijk hield hij de deur van het kantoor voor haar open. Het was een eenvoudig ingerichte ruimte met in het midden een enorme tafel. Daarachter zat de advocaat in een zware stoel. Ervoor stonden twee fauteuils voor cliënten. De wandkasten waren gevuld met boeken, maar ze zag ook een paar ingelijste foto's van vogels. Ze gaven de kamer een beetje persoonlijkheid. Emily voelde zich meteen meer op haar gemak.

'Dank je, Jack,' zei Peyton tegen de assistent, die onzeker was blijven staan en zich misschien afvroeg wat er van hem verlangd werd. Toen hij de deur achter zich sloot, wendde Peyton zich tot Emily. 'Juffrouw Coxwold! Wat brengt u hier? Ik dacht dat u nooit meer iets van mij wilde horen.'

Emily slikte iets weg. 'Dat heb ik nooit gezegd,' verklaarde ze. 'Ik heb u hoog zitten. Juist daarom vond ik dat ik u eerlijk moest zeggen dat het geen zin had om mij het hof te maken, omdat mijn hart al bezet was.'

'En is dat nog steeds zo?'

Emily klemde haar lippen op elkaar. 'Ik ben niet zo wispelturig, meneer Peyton. En ook niet oppervlakkig,' zei ze licht vermanend. 'Bovendien ben ik hier niet om het over mijn hart te hebben. Ik ben hier omdat ik een advocaat nodig heb. Tenminste, dat denk ik. En u bent de enige advocaat die ik ken.'

Peyton glimlachte. 'Een ietwat diplomatiekere dame zou gezegd hebben dat ik de beste ben die ze kent.'

'Het een impliceert het ander,' zei Emily ernstig.

Hij maakte een uitnodigend gebaar naar de fauteuils. 'Gaat u zitten, juffrouw Coxwold, en vertel me waarmee ik u kan helpen.'

Emily beschreef zo feitelijk mogelijk wat haar overkomen was en hoe Ronalds bezoek bij Haily was verlopen.

'Ik weet dat u mijn relatie met meneer Gardener afkeurt – net als iedereen, zelfs de Brewsters. Dus als u ons niet gelooft... Want ik vrees dat de meeste mensen hem niet zullen geloven. En mij zullen ze, in elk geval deels, verantwoordelijk houden voor wat me is overkomen. Dus als u onze kant niet kunt kiezen...'

Ze maakte haar zin niet af. Tenslotte was de advocaat haar enige hoop. Anders zouden ze alle vijandigheden helemaal zelf het hoofd moeten bieden.

Peyton schudde zijn hoofd en maakte een geruststellend gebaar.

'Juffrouw Coxwold, of ik u geloof of niet speelt helemaal geen rol. Als ik het mandaat aanvaard, sta ik automatisch aan uw kant. En aan de heer Gardeners kant waar het zijn zaak betreft, waar ik me overigens geen zorgen over maak. Hebt u zijn foto's van juffrouw Hard bij u?'

Emily haalde ze uit haar tas. Zij had plaatsvervangende schaamte gevoeld toen ze Haily's foto's zag, maar Archie Peyton bekeek ze met een glimlach.

'Ze is echt een mooie vrouw,' merkte hij op. 'En ze weet haar lichaam in te zetten. Maar ze kan niet zeggen dat Ronald Gardener haar gedwongen heeft om voor deze foto's te poseren. Dat zal zelfs meneer Hay met me eens zijn.' Hij glimlachte sardonisch. 'Wie van hen zal ik als eerste bezoeken? Hm, ik denk juffrouw Hard. Per slot van rekening heb ik slechts aangename herinneringen aan onze eerste ontmoeting. En u, juffrouw Coxwold, zie ik vanmiddag om drie uur op de universiteit. Ik zal zien wat ik daar voor u kan doen.'

8

Na lang wikken en wegen besloot Emily haar elegante kostuum niet te verwisselen voor een van de eenvoudige jurken die ze gewoonlijk naar college droeg. Misschien was het strategisch onhandig – Ailis had haar geadviseerd om bescheiden voor de dag te komen – maar Emily had er genoeg van om zich klein te maken.

Toen ze tegen drieën aankwam bij het kantoor van de president van Harvard University stond Archie Peyton haar al triomfantelijk toe te lachen. Hij stond te popelen om verslag uit te brengen van zijn bezoekjes aan Haily en Cuthbert.

'De hartelijke groeten van de lieftallige juffrouw Hard,' begon hij opgewekt. 'Ze vraagt u haar verontschuldigingen over te brengen aan uw vriend. En of hij zijn camera wil laten ophalen. Ze vindt de foto's erg goed gelukt, maar we zijn het erover eens dat ze meer geschikt zijn voor privégebruik dan voor publicatie, ook al zouden diverse bladen de heer Gardener graag een klein vermogen betalen om er een of twee te mogen afbeelden. Dit is trouwens zijn honorarium, juffrouw Hard heeft het me gelijk meegegeven.' Hij gaf haar een envelop aan. 'Ze heeft er een mooi rond bedrag van gemaakt.'

Opgelucht, en blij voor Ronald, stak Emily de envelop in haar tas.

'En dan meneer Hay,' ging Peyton verder. 'Die heeft helemaal niets gezien. Zijn interesse gaat vooral uit naar het bestaan van de foto-opnamen... Hij zou de hele zaak in de doofpot willen stoppen. In tegenstelling tot juffrouw Hard, die blij was dat ik de afdrukken aan haar wilde overhandigen, beseft hij dat er ook negatieven bestaan. Meneer Hay heeft er een aanzienlijk bedrag voor over als meneer Gardener bereid zou zijn de negatieven af te staan.'

Emily lachte breeduit tegen Archie Peyton. Ze keek op tegen het gesprek met de directeur, maar het belangrijkste was dat Haily's valse list mislukt was.

'Haar fout was dat ze compromitterende foto's liet maken,' vatte de advocaat het nog eens samen. 'Dat meneer Hay binnenkwam was pech. Daardoor kon meneer Gardener ontsnappen. Maar anders had hij met de negatieven voldoende tegenbewijs gehad, dat haar ervan weerhouden zou hebben een aanklacht tegen hem in te dienen.'

'Ze zou alles hebben gedaan om hem de negatieven af te troggelen,' zei Emily. 'Ronald was in alle staten vanochtend, ook al meende meneer Brewster eveneens dat hij met die foto's alle troeven in handen had. Hoe dan ook bedankt, meneer Peyton, heel erg bedankt!'

'Het genoegen was geheel aan mijn kant,' zei Peyton, en hij leek het nog te menen ook. 'En dan gaan we nu eens luisteren naar wat men van u zou willen.'

Alsof hij het codewoord had gezegd, ging de deur van het kantoor open en nodigde een assistent Emily uit om binnen te komen. Hij was verbaasd dat ze een advocaat bij zich had, maar daar trok Emily zich niets van aan, en Archie Peyton liet zich al helemaal niet afwimpelen. Samen liepen ze het kantoor in, waar vier heren achter een tafel zaten te wachten. Emily herkende de professoren Roberts, Rutherford en Munsterberg.

De president stelde zich voor als professor Charles W. Eliot. Het was een kalende man van middelbare leeftijd in een bruin driedelig pak. Hij had een smal gezicht, een rond brilletje en een niet onvriendelijke blik waarmee hij Emily van top tot teen opnam.

'Zo, zo, daar hebben we de steen des aanstoots,' begon hij terwijl hij speelde met een Harvard-vlaggetje dat op zijn bureau stond. 'Juffrouw Coxwold, vertelt u mij eens precies wat er gisteren gebeurd is. En waar deze aanval volgens u vandaan komt.'

Archie Peyton nam direct het woord. Uit naam van zijn cliënt verzocht hij de president de uitdrukking 'steen des aanstoots' niet te gebruiken. 'Ook kan juffrouw Coxwold niets zeggen over de oorzaak van de aanranding, aangezien die volledig onduidelijk is. De aanval werd niet gemotiveerd en kwam voor juffrouw Coxwold volkomen onverwacht.'

'Werkelijk?' vroeg de president. 'Kijk, we zijn het er natuurlijk over eens dat deze aanval ongerechtvaardigd en onvergeeflijk is. Geheel ongemotiveerd lijkt hij mij echter niet te zijn. Zou het kunnen, juffrouw Coxwold, dat u door uw ietwat, laten we zeggen onconventionele levenswandel een steen des aanstoots bent geworden?' Zelfgenoegzaam herhaalde hij de verboden woorden.

Emily bloosde. 'Niemand hoeft aanstoot te nemen aan mijn levenswandel,' verdedigde ze zich.

'En al was het waar, dan zou dat de studenten van uw universiteit nog niets aangaan,' voegde haar advocaat daaraan toe. 'Er doen zich gevallen voor van ernstig moreel of crimineel wangedrag die een universiteit dwingen een student weg te sturen, zoals wanneer een medestudent in de gang van de faculteit Psychologie met geweld wordt vastgehouden en aangerand. Bovendien zal de decaan van de faculteit of u, als president, toch erkennen dat eigenrichting verboden is, in het universiteitsrecht net zo goed als in het burgerlijk recht. Tot slot heeft juffrouw Coxwold zich aan geen enkel vergrijp schuldig gemaakt.'

'Mij is ter ore gekomen dat u openlijk een uiterst ongepaste relatie onderhoudt,' zei de president. 'En voordat u "bezwaar!" gaat roepen, wil ik ter overweging meegeven dat juffrouw Coxwold geen reguliere student is aan deze universiteit. Wettelijk kan zij geen aanspraak maken op de haar toegekende beurs, die dan ook op elk moment kan worden ingetrokken.'

Emily verstijfde. Ze had verwacht dat de zaak tegen haar kwelgeesten geseponeerd zou worden, en dat zou al heel erg zijn. Zouden ze nu in plaats van de daders het slachtoffer van de universiteit sturen?

'Ik ben van mening dat daar geen reden voor is,' onderbrak professor Roberts hem. 'Juffrouw Coxwold –'

'Dat zou schandalig zijn,' voegde professor Rutherford er geemotioneerd aan toe. Hij leek het zich persoonlijk aan te trekken, tenslotte had hij het vergrijp gemeld. 'Ik heb met eigen ogen gezien wat er gebeurd is. Deze jonge studente is al een slachtoffer, het kan niet zo zijn dat zij nog meer gestraft wordt!'

'Juffrouw Coxwold is een van onze meest veelbelovende studenten,' voegde professor Munsterberg toe aan de argumenten van zijn collega's. 'Ze is briljant en origineel – precies wat de psychologie nodig heeft.'

'Wat elk vakgebied nodig heeft, collega!' bevestigde professor Roberts.

De president beval hen allen te zwijgen. 'Dat mag allemaal zo zijn. En er bestaat geen twijfel over dat juffrouw Coxwold hier bedreigd is. Of hier min of meer begrijpelijke redenen voor waren, laten we even in het midden. Want we hebben ook te maken met een nogal boze studentenpopulatie. Moet ik alle heren die juffrouw Coxwold niet in hun gelederen dulden van de universiteit verwijderen?'

'U zou kunnen beginnen met de drie...' – Emily slikte – 'héren die me gisteren vasthielden, me onfatsoenlijk betastten en mijn jurk lostrokken. En vervolgens de drie die toekeken en me niet hielpen.'

In haar ooghoek zag ze Archie Peytons bewonderende blik. 'Precies!' voegde hij eraan toe. Ook de drie professoren die op Emily's hand waren knikten.

'Daar komen we later op terug,' zei de president. 'Voor het moment zult u het met me eens zijn dat de rust op uw faculteiten hersteld dient te worden. De eenvoudigste manier om dit te bewerkstelligen is het verwijderen van de steen des aanstoots. Ook en vooral om juffrouw Coxwold zelf te beschermen, aangezien we haar moeilijk een lijfwacht kunnen geven.'

'Dit is ongelooflijk!' Professor Roberts sprong bijna uit zijn vel.

'Dat vraagt om een aanklacht,' verklaarde Peyton.

De president glimlachte. 'U doet maar!'

Emily dacht koortsachtig na. Archie Peyton kon haar hier niet helpen. De pleidooien van de drie docenten hadden ook geen effect. De president was vastbesloten niet nog meer incidenten te riskeren. Een beschuldiging van een poging tot verkrachting kon hij nog van tafel vegen. Zou zich een nog ernstiger vergrijp tegen een studente door medestudenten voordoen en het zou uitkomen dat hij niets had gedaan om haar te beschermen, dan...

'Ik weet misschien iets.' Ze sprak door voordat de president haar kon tegenhouden. 'Als mijn aanwezigheid hier op de universiteit onwenselijk is...'

'Daarvan is al helemaal geen sprake!' zeiden Peyton en de professoren in koor.

'...dan zou ik mijn studie buiten de campus kunnen voortzetten,' ging Emily verder. 'Misschien kunt u mijn studiebeurs omzetten in een onderzoeksbeurs.'

'Dat is in principe een goed idee, maar wat voor onderzoek hebt u voor ogen? U rondt binnenkort uw tweede semester af, als ik het goed heb,' zei professor Roberts.

'Nou, iemand als meneer William Brewster is niet academisch opgeleid, maar heeft toch belangrijke bijdragen geleverd aan wetenschappelijk ornithologisch onderzoek,' legde Emily uit. 'En wat mijzelf betreft, professor Roberts en professor Munsterberg zijn al op de hoogte van mijn onderzoek naar mijn gans Gooby. En van de boeiende vragen die het grootbrengen van deze vogel heeft opgeroepen. In het vogelreservaat van Brewster broeden jaarlijks honderden paren wilde ganzen. Die kan ik observeren en ik wil het Gooby-experiment herhalen met meer kuikens. Als meneer Brewster het toestaat.'

'Tjongejonge!' De president moest lachen, maar Emily's docenten knikten geïnteresseerd.

'Dit gaat over de ontwikkeling van het leren, nietwaar,' vroeg Munsterberg aan zijn collega.

Roberts knikte. 'Interessant voor beide faculteiten,' zei hij. 'Voorwaarde is natuurlijk dat William Brewster erachter staat en dat hij juffrouw Coxwold wil ondersteunen. Overigens zou ze eerst de theoretische grondslagen van dergelijke onderzoeksprojecten moeten uitwerken.'

'Maar is het bij dergelijke veldstudies niet zo dat de onderzoekers vrijwel voortdurend in de buurt van hun studieobject verblijven?' vroeg Munsterberg. 'Hoe zou dat in zijn werk gaan?'

Emily knikte naar Archie Peyton. 'Zoals meneer Peyton kan bevestigen, zijn er twee observatiehutten in het reservaat van meneer Brewster. Misschien mag ik er eentje inrichten als onderzoeksverblijf, dan zou ik praktisch tussen de ganzen wonen.'

De president schudde zijn hoofd. 'Een vrouw alleen, in een hut in de wildernis? Onverantwoord.'

Emily glimlachte. 'Ik weet niet of ik alleen zou zijn...'

'Ik moet bekennen dat ik dit niet achter u had gezocht.' Archie Peyton keek haar met hernieuwde belangstelling aan. De twee hadden het universiteitsgebouw pas verlaten toen Emily het verdere verloop van haar studie tot en met het afstuderen had besproken met haar docenten. Aan het einde van het huidige semester zou ze haar examens afleggen en daarna zou ze zich met een onderzoeksbeurs op veldonderzoek storten.

'Had u dit idee vanochtend al of kwam het spontaan bij u op?'

'Nee, ja, op het laatst pas.' Ze was moe van het urenlange onderhandelen, maar voelde zich alsof ze een historische veldslag had gewonnen. 'Ik realiseerde me dat een aanklacht tegen de universiteit me niet verder zou brengen. Als we al kans maakten om te winnen zou het jaren hebben gekost. Met deze onderzoeksbeurs zijn alle partijen goed af. Ik hoop maar dat Ronald meedoet.'

Peyton keek haar verbaasd aan. 'U wilt me toch niet vertellen dat hij u nog niet ten huwelijk heeft gevraagd?'

Emily grimaste. 'Vanochtend vond hij nog dat we uit elkaar moeten gaan.'

Archie Peyton schudde lachend zijn hoofd. 'U bent beslist de verbazingwekkendste cliënte die ik ooit heb gehad.'

Ronald had de rest van de dag allerlei boodschappen gedaan voor Brewster en keerde daarna terug naar Ailis' huis om op Emily te wachten. Omdat Ailis nog niet thuis was, zat hij daar met Alma en Copper. Alma leek een hartverzakking te krijgen elke keer als hij iets tegen haar zei, dus richtte hij zich op Copper. Het jongetje was nieuwsgierig naar de man die hij de laatste tijd vaker zag. Hij wees naar Ronalds haar.

'Krullen!' zei hij en hij wees naar zijn eigen haar. 'Ik ook krullen.'

Ronald lachte. 'Nu ik.' Hij trok aan zijn oor.

'Oor!' riep Copper.

Nadat ze elkaars voeten hadden vergeleken, keek het joch hem peinzend aan.

'Alles zelfde,' zei hij. 'Maar niet mijn vel. Als ik groot ben word ik ook bruin.'

'Nee nee,' zei Alma. Gegeneerd probeerde ze het kind op andere gedachten te brengen, maar Ronald lachte om Coppers opmerkzaamheid.

'Ik word zoals jij,' hield hij vol.

'Waarom dan?' vroeg Ronald.

'Dan win ik met verstoppertje,' zei Copper.

Ronald deed alsof hij nadacht. 'Dat is waar. Als je bruin bent en je verstopt je achter een bruine boom, dan win je. Maar wie zou er winnen tussen de rode herfstbladeren?' Hij gaf Copper een aai over zijn krullenbol.

Copper schaterde. 'Ikke!'

'En waar zou juffrouw Alma winnen?'

Copper keek naar Alma's stroblonde haar. 'In mais!' Hij klauterde overeind. 'Stoppertje spelen.'

Ronald glimlachte. 'Wil je verstoppertje spelen? Hier? Daar zijn juffrouw Alma en ik toch veel te groot voor. Je zou ons meteen vinden.'

'Jullie moeten mij zoeken.' Copper rende gillend weg. 'Niet kijken!'

Ronald keek tussen zijn vingers door even naar Alma. Het ijs was gebroken, gelukkig. Allebei gingen ze op zoek naar het jongetje dat zogenaamd nergens te vinden was.

'Ik had niet gedacht dat jij zo lief met kinderen kon zijn,' bekende Alma toen ze allebei onder de bank keken of Copper daar zat. 'Ik was een beetje bang voor je.'

Op dat moment kwam Emily binnen. Er verscheen een brede glimlach op haar gezicht toen ze hem en Alma op handen en knieën aan weerszijden van de bank zag zitten. Ze zag er prachtig uit in dat elegante kostuum en de spanning van vanochtend was uit haar lijf verdwenen. Haar ogen fonkelden – zoals altijd wanneer ze hem zag. Stralend haalde ze een envelop uit haar tas en zwaaide ermee.

'Uw honorarium van de u eeuwig dankbare juffrouw Hard!' verkondigde ze vrolijk.

'Meneer Ronald moet even met juffrouw Emily praten,' zei Alma tegen Copper, die met zijn gans in zijn armen stond toe te kijken. 'Ga je mee? Dan gaan we thee maken voor ze.'

Emily schudde haar hoofd. 'Gaan jullie maar even naar de kruidenier om te kijken of hij mousserende wijn verkoopt. Liefst champagne, maar ja...' Het winkeltje aan de overkant had geen grote sortering.

'Is er iets te vieren?' vroeg Alma.

Emily kon alleen maar glimlachen. 'Ja,' zei ze. 'Een verloving, hoop ik.' Ze zakte theatraal op één knie voor Ronald, die nog steeds op handen en knieën stond.

'Meneer Ronald Gardener, wilt u met me trouwen?'

9

Donella wist niet meer wanneer ze voor het laatst het huis uit was geweest. Van de lange dagen en nachten die achter haar lagen herinnerde ze zich slechts het moment van Hernando's vertrek: hoe hij de deur achter zich dicht had getrokken zonder nog een laatste keer naar haar om te kijken. De voetstappen van de huisknecht in Hernando's kleedkamer. De twee grote koffers waarmee de man zijn baas was gevolgd naar het hotel. Al die tijd had Donella aan de ontbijttafel voor zich uit zitten staren en af en toe in de koud geworden koffie geroerd. Verdoofd was ze geweest.

Pas veel later, toen ze de pijn begon te voelen, was ze overeind gekomen om verblind door tranen naar de bank te waggelen. In elkaar gerold had ze liggen huilen. Ze herinnerde zich het gevoel dat haar hart eruit was gerukt. De jankgeluiden die uit haar waren gekomen. De misselijkheid. Op zeker moment moest ze in slaap gevallen zijn. Om bij het wakker worden meteen weer overvallen te worden door de allesomvattende pijn van het verlies. Het besef dat niets ooit meer hetzelfde zou zijn. Ze had geprobeerd weer in slaap te vallen, te vluchten voor het verdriet, maar ze had het koud.

Bibberend had ze zich naar de badkamer gesleept die, ultramodern, was voorzien van een boiler, die de bediende altijd op temperatuur had gehouden. Er was genoeg warm water voor een vol bad. Donella ontdeed zich van haar kleren, liet zich in het water zakken en probeerde iets anders te voelen dan kou en pijn. Met hoofd en al onder water probeerde ze alles waar ze zo van had gehouden van zich af te wassen.

Toen het water afgekoeld was, had ze zich in een zachte badjas gewikkeld. Het liefst was ze onder de dekens gekropen, maar het bed rook naar Hernando. Hadden ze daar echt de vorige nacht nog de liefde in bedreven?

Donella pakte een deken, ging terug naar de bank en begon opnieuw te huilen. Op een ochtend, misschien de tweede of derde dag sinds Hernando was weggegaan, begon de scherpte van de pijn af te nemen. Er kwam een doffe, sombere onrust voor in de plaats. Wat had ze fout gedaan? Hoe had ze Hernando zo verkeerd in kunnen schatten? Zou het anders zijn gelopen als ze dat vermaledijde luchtschip niet voor hem had gebouwd?

Nee, moest ze uiteindelijk toegeven. Ze zouden er een paar maanden samen aan hebben gewerkt, maar na zijn recordvlucht zou Hernando haar alsnog hebben verlaten. Alles was allang in kannen en kruiken geweest, zijn jonge verloofde wachtte op hem.

Toch bleef Donella op de bank zitten piekeren totdat ze uiteindelijk merkte dat ze het alweer koud had. Waarom was de huishoudster eigenlijk niet meer komen opdagen? Had Hernando haar ingelicht of had ze zelf besloten de minnares van haar baas niet te willen dienen? In elk geval moest ze in beweging komen als ze wilde eten en drinken. Ze verlangde hevig naar koffie. Ondanks haar bonkende hoofd en haar bloedende hart werd het tijd om de dingen voor zichzelf op een rijtje te zetten.

Donella maakte sterke koffie en hoorde hoe eerst de bakker en later de melkboer hun gebruikelijke bestelling bij de voordeur zetten. Ten slotte haalde ze de boodschappen binnen, en ze kon de geurende croissants niet weerstaan. Maar toen ze wat in haar maag had, voelde ze opnieuw hoe moe ze was.

De dagen daarop verliepen volgens hetzelfde patroon. Donella huilde en verloor zich steeds opnieuw in de maalstroom van kwellende gedachten. Toen ze een keer de tuin in liep om naar het luchtschip te kijken, moest ze vaststellen dat het verdwenen was. Ook de paarden en de sjees waren weg.

Voor het eerst werd ze boos. Waarom had hij het luchtschip niet bij haar achtergelaten? Zij had het ontworpen, eigenhandig gebouwd, het behoorde haar toe. Pas na een tijdje kon ze accepteren dat het van hem was. Een waardevol bezit, dat hij of een gemachtigde verkocht moest hebben. Ze besefte dat dit ook met het appartement zou gebeuren. Ze kon hier niet blijven wonen en haar maag vullen met croissants, koffie en melk. Al was het maar omdat die na een tijdje niet meer werden bezorgd. Kennelijk had iemand de bakker en de melkboer opgezegd.

In plaats daarvan ontdekte ze de wijnvoorraad. Hernando bewaarde een groot aantal voortreffelijke wijnen. Misschien wilde hij ze verkopen, maar een flesje meer of minder zou niemand opvallen. Vanaf dat moment dronk ze zich 's avonds in slaap met twee of drie glazen rode wijn.

Na een paar weken kreeg ze bezoek van een goedgeklede heer, die zich hoffelijk voorstelde als advocaat Cassirand.

'Ik heb opdracht gekregen om het appartement te verkopen,' vertelde hij terwijl hij zijn blik door de salon liet gaan. 'Niet op stel en sprong, hoor. Als u wat tijd nodig hebt, zal meneer Sánchez-Duboire de woning zolang ter beschikking stellen. Ik moet u wel vragen hoeveel dagen u nodig denkt te hebben.'

Donella volgde zijn blik en zag de lege open haard, het vuile serviesgoed en de etensresten op tafel. Geen wijnfles, gelukkig. Ze zou zich doodgeschaamd hebben.

'Ik weet het niet,' zei ze zachtjes.

In de blik van Cassirand las ze zowel verachting als medelijden.

'Juffrouw Hard, dit appartement is op den duur te groot voor één persoon. Zou u zich niet willen heroriënteren op woonruimte?'

Donella had plotseling de neiging om tegen hem te schreeuwen. Alsof zij degene was die alles kapot had gemaakt met die volkomen onverwachte 'heroriëntering'! Maar ze was te netjes opgevoed en de man kon er tenslotte ook niets aan doen.

'Mijn kantoor zou u kunnen helpen om iets kleiners te vinden. Tenslotte heeft mijn cliënt u voldoende financiële armslag gegeven. Misschien in Montmartre?'

De man liet er geen twijfel over bestaan wat hij van haar vond.

Montmartre was niet alleen de kunstenaarswijk, maar ook het centrum van prostitutie.

Donella keek hem strak aan.'Ik ben een Hard,' zei ze.'Ik behoor tot een Schotse adellijke familie. Mijn broer zal waarschijnlijk de titel van clanhoofd erven. Er is geen sprake van dat ik in Montmartre ga wonen om me te heroriënteren op een andere man!'

De advocaat verontschuldigde zich onaangedaan.'Wellicht kunt u terugkeren in de schoot van uw familie, als men u met open armen zou ontvangen.'

Vanbinnen kookte Donella van woede, maar uiterlijk bleef ze kalm.'Wellicht kunt u uw kaartje achterlaten, monsieur,' zei ze.

Toen hij weg was, ontkurkte ze opgelucht een fles wijn. Het was nog vroeg, maar ze moest tot rust komen en serieus nadenken. Als ze maar eens aan iets anders kon denken dan aan Hernando en zijn bruid. Het meisje moest nu zestien zijn, kennelijk een geschikte leeftijd om te trouwen in Brazilië. Zou ze Hernando opwinden? Zou hij verliefd op haar worden? Wat hadden die twee gemeen? Ze trok zich terug op de bank met haar wijn en haar gedachten. Ze was niet meer in de slaapkamer geweest sinds Hernando was vertrokken. Net toen ze naar een boek wilde grijpen – een in de keuken gevonden stuiverromannetje, waarschijnlijk het geheime tijdverdrijf van de huishoudster – ging opnieuw de deurbel.

Was de advocaat iets vergeten? Donella zette wat losgeraakte haarlokken vast terwijl ze opstond om open te doen. Eigenlijk had de advocaat wel goed gezien dat ze geen normaal leven leidde.

Tot haar verrassing stond niet Cassirand maar Armand Machure voor de deur, vergezeld door de portier.

'Deze jongeman komt u opzoeken,' zei de portier.'Maar wilt u hem wel ontvangen, mademoiselle?'

Donella knikte. Sprakeloos keek ze Armand aan.

'Is het wel oké?' vroeg hij toen ze stokstijf bleef staan nadat de portier was vertrokken.'Ik dacht...'

Het liefst had Donella haar armen om hem heen geslagen, maar ze hield zich in. Ze wilde geen vals signaal geven. En ze had niet de eerste de beste man nodig. Wat ze wel nodig had, meer dan wat ook, was een vriend. Ze liet hem binnen, ook al was het een chaos in huis.

'Hoe ben je het te weten gekomen?' vroeg ze ten slotte.

Armand kwam voor haar staan en legde troostend zijn armen om haar heen, even maar, want ze verstijfde.

'Ach Dona, ik lees de kranten toch ook. Hernando's nieuwe plannen zijn overal breed uitgemeten. Ik hoop maar dat jij het niet uit de krant hoefde te vernemen.'

Donella schudde haar hoofd. 'Nee, hij heeft het me verteld. Tussen neus en lippen door, alsof het de normaalste zaak van de wereld was.' Ze keek hem argwanend aan. 'Als je zegt dat je me gewaarschuwd hebt, kun je meteen weer gaan.'

Armand lachte en wees op de geopende wijnfles op tafel. 'Ik zeg niks voordat je me een stoel en een glas wijn aanbiedt,' verklaarde hij.

Donella pakte nog een glas en schonk hem in. 'Het is nog wel een beetje vroeg,' zei ze ter verontschuldiging.

Armand ging zitten en nam een slok.

Na een tijdje vroeg ze: 'Ben je speciaal langsgekomen om hier te gaan zitten zwijgen?'

'Eigenlijk kom ik alleen maar even kijken hoe het met je is,' zei hij. 'En wat je zoal doet.'

Donella zuchtte en herpakte zich. Het had geen zin om zich tegenover Armand voor te doen als de tragische heldin die aan de fles was gegaan.

'Tot nu toe doe ik helemaal niets,' bekende ze. 'Behalve piekeren. Ik heb honderdduizend franc.' Ze vertelde dat Hernando haar het prijzengeld had gegeven. 'Nu moet ik bedenken wat ik ga doen. En wel zo snel mogelijk, als het aan Hernando en zijn advocaat ligt.'

Armand lachte. 'Een fourniturenwinkeltje openen, of zo? Dat zie ik jou nog niet doen.'

Ze moest lachen toen ze zich probeerde voor te stellen hoe ze zich dagelijks met garens en naalden zou bezighouden. 'De advocaat stelde voor dat ik woonruimte in Montmartre zou zoeken,' verduidelijkte ze. 'Waar zich misschien wel een opvolger voor Hernando zou voordoen, als ik me succesvol zou presenteren als rijkeluisliefje.'

'Jij?' Armand schoot in de lach.

Donella wierp hem een boze blik toe. 'Denk je dat ik dat niet kan?'

Armand schudde zijn hoofd. 'Nee, nee, met de beste wil van de wereld niet. Niet dat jij qua schoonheid niet boven alle andere vrouwen in Montmartre uitstijgt. Maar Donella, de aeronaute, de ontwerper van een luchtschip, die op mannenjacht moet gaan? Dat overweeg je toch zeker niet serieus?'

Ze keek in zijn onderzoekende groenbruine ogen en besefte nu pas dat zijn vriendelijke, doordringende blik haar aan haar grootvader deed denken. Ze voelde een steek van wroeging over de teleurstelling die ze Frederick Balincourt had bezorgd.

'Natuurlijk niet!' Voor het eerst kwam er een gedachte in haar op die niets met Hernando of zijn bruid te maken had. 'Ik denk eerder aan een ballon. Ik zou mensen die dat leuk vinden mee kunnen nemen op ballonvaarten. Of reclamebanners op de ballon laten schilderen en daarmee gaan vliegen. En jij, jij zou die voor me kunnen bouwen.'

Armand schudde zijn hoofd. 'Bouwen kun jij zelf. In elk geval het ontwerpen, en dan moet je een fabriek vinden of zelf een werkplaats inrichten. Of nog beter: luchtschepen gaan bouwen. Jij hebt te veel talent voor constructietechniek om je zomaar door de wind ergens naartoe te laten brengen in de toekomst.'

Donella zuchtte. Eigenlijk was dat precies wat ze de afgelopen weken had gedaan.

'Is er bij jullie geen plek vrij?'

Armand schudde zijn hoofd. 'Je weet hoe mijn oom denkt over vrouwelijke ballonvaarders. En dan ook nog als ontwerper? Nee, je zult zelf iets moeten opbouwen.'

'Om met jullie te concurreren?' vroeg ze.

Armand haalde zijn schouders op. 'Het hoeft misschien niet hier te zijn.'

Opeens viel alles samen in haar hoofd. Op tafel lag nog de laatste brief uit Boston, waarin Ailis schreef over haar recente ontdekkingen aan de hemel, de sterrenstatus van Haily en vooral de succesvolle studie van Emily. Terloops had ze vermeld dat Harvard sinds een paar jaar een opleiding in de luchtvaart aanbood.

'Ik ga studeren!' riep ze uit. 'In Amerika. Ballonnen en luchtschepen zijn prachtig, maar misschien heeft Hernando gelijk en ligt de toekomst in gemotoriseerd vliegen.'

Armand grinnikte. 'Dan hoef je alleen maar eerder met een vliegmachine op te stijgen dan hij. De perfecte wraak. Maar...' Zijn blik betrok. 'Moet dat echt aan de andere kant van de Atlantische Oceaan?'

Donella knikte. 'Ja,' zei ze zacht. 'Ik kan het hier in Europa niet studeren, tenminste niet aan een van de beste universiteiten ter wereld. En ik voel dat ik afstand moet nemen. Hier gaat het me niet lukken om opnieuw te beginnen.'

'Maar Donella, Hernando zit helemaal in Brazilië,' wierp Armand tegen. 'Je hoeft niet bang te zijn dat je hem tegenkomt.'

'Maar Parijs blijft Parijs, hier doet alles me aan hem denken.'

'En niets aan mij?'

Donella liet haar hoofd zakken. 'Jawel, ook jij was een nieuw begin.'

'Waarvoor je nog niet klaar bent.' Armand begreep het. 'Zul je dat ooit zijn?'

'Dat weet ik niet,' fluisterde Donella. 'Op dit moment voel ik me als een ballon die... Maar vanaf nu gaan de touwen los.' Ze glimlachte. 'Jíj hebt die touwen losgemaakt. Ik weet alleen niet waar de wind me zal brengen.'

Armand legde zijn hand op de hare. 'Ik kan wachten,' zei hij. 'Op een dag zul jij je eigen luchtschip bouwen. En zelf vliegen!'

Studeren

Boston, winter 1890 – november 1891

1

Een paar maanden nadat Archie Peyton haar en Ronald als advocaat had vertegenwoordigd bij de universiteit en bij Haily, ging Emily opnieuw bij hem op bezoek.

'Juffrouw Coxwold!' zei hij toen hij de deur voor haar opendeed. Zijn assistent had kennelijk een vrije dag. Aan de bewonderende glimlach op zijn gezicht zag ze dat het elegante groenfluwelen pakje een goede keuze was geweest. Hoffelijk liet hij haar voorgaan naar zijn kantoor.

'Ik heb u gemist bij de laatste clubbijeenkomst. De afkeuring van de leden jegens uw verloving is u toch niet te veel geworden?'

Emily schudde haar hoofd. 'Die kan ik wel aan,' zei ze. 'Maar Ronald en ik hebben het de laatste tijd erg druk gehad. Ik heb hard gewerkt voor mijn examens – in mijn eentje omdat ik had beloofd niet meer naar college te gaan. Daarna hebben we de vogelkijkhut bij de rivier bewoonbaar gemaakt. Ronald heeft verbouwd, ik heb gordijnen en kussens genaaid voor warmte en gezelligheid. De kachel produceerde meer rook dan warmte, daar hebben we een schoorsteenbouwer voor laten komen. Er moest ook een goede keuken ingebouwd worden. Ronald heeft zelf meubels getimmerd, een beetje schots en scheef, maar met veel liefde.' Ze glimlachte als ze eraan terugdacht. Niet alleen aan al het samen verrichte werk, vooral ook aan de weekenden die ze nu vaak samen doorbrachten bij de Brewsters. Ze hadden uren met z'n tweeën door het reservaat gezworven en als kinderen door de sneeuw gerold, sneeuwengelen en sneeuwpoppen gemaakt, sneeuwballen naar elkaar gegooid en eindeloos gelachen.

'We hadden er meteen na de bruiloft in willen trekken,' voegde ze er serieuzer aan toe. 'Voordat de wilde ganzen terugkomen uit Afrika.'

'Dus de trouwdatum staat vast?' vroeg Peyton. 'Komt u me de uitnodiging brengen?'

Emily beet op haar lip. 'Als u wilt komen, zou dat ons zeer verheugen. Maar voorlopig hebben we nog geen datum. De vrederechter steekt er een stokje voor.'

Archie fronste. 'Hoe bedoelt u?'

'De vrederechter weigert ons te trouwen. In de kerk hebben we het niet eens geprobeerd. Ik ben katholiek, Ronald is baptist. Dat zou sowieso moeilijkheden opleveren.' Emily wreef over haar voorhoofd.

'Maar de vrederechter is wettelijk verplicht om jullie verzoek tot huwelijksvoltrekking in te willigen. Er is in Massachusetts geen verbod op een huwelijk zoals dat van jullie. U moet bezwaar aantekenen!' Hij hield even in, alsof hij moest kalmeren. 'Ach, daarom bent u hier natuurlijk.'

'Het doet me deugd dat u het zich aantrekt,' merkte Emily op. 'Ik was een beetje bang dat u het niet eens zou zijn met het opheffen van het verbod.'

'Wat ik persoonlijk van een wet vind, doet helemaal niet ter zake!' Peyton begon een omstandig betoog over zijn positie als advocaat dat – tot zijn eigen verbazing, leek het wel – uitmondde in kritiek op de weigerende vrederechter. Daarna was het even stil.

'Nu begrijp ik uw houding,' gaf hij toe. 'Mijn afwijzing van uw omgang met... Nou ja, ik moet toegeven dat er een zekere jaloezie meespeelde. Ik was beledigd dat u meneer Gardener verkoos boven mij. Het is een geschikte vent, we zijn samen op verschillende ornithologische excursies geweest, en wat ik weet over fotografie heb ik van hem geleerd.'

Emily knikte. Ze besloot nu niet te vragen wie de uitrusting had versjouwd en de tenten had opgezet tijdens de excursies, noch of Ronald betaald was voor de lessen.

'Het spijt me,' zei Peyton. 'En ik ga meteen achter die vrederechter aan. Een brief van een advocaat zal hem wel bij zinnen brengen. Welke redenen geeft hij op?'

Emily zuchtte. 'Ten eerste heeft hij natuurlijk niets tegen zwarte mensen zolang ze onder elkaar blijven. Bij een huwelijk met een witte moet men echter aan de kinderen denken, die immers voor het leven getekend zijn.' Ze glimlachte. 'En we willen voorlopig niet eens kinderen.'

Peyton lachte. 'Alsof de ooievaar daar rekening mee houdt.'

'Nou, die ooievaar is wel op afstand te houden, hoor,' zei Emily. 'Waarom denkt u dat Haily Hard nog geen kinderen heeft?'

Tot haar vermaak begon hij te blozen. 'U bedoelt, eh...'

'Of denkt u dat Haily puur en onbevlekt is als verse sneeuw?' vroeg ze. 'Er zijn mogelijkheden om een zwangerschap te voorkomen. Als de man wil meewerken, tenminste. En als hij zich gedurende de vruchtbare dagen niet wil inhouden, dan...'

Archie Peytons gezicht en hals waren nu vuurrood. 'Ik hoef dit niet allemaal zo precies te weten, juffrouw Coxwold,' prevelde hij.

'U zou het wel moeten weten,' zei ze resoluut. 'Dan kunt u uw toekomstige vrouw veel ellende besparen.'

Archie Peyton begon te beseffen dat Emily Coxwold misschien niet de lieve, onschuldige bruid was waarop hij eerder zijn zinnen had gezet. In zijn dromen van het huwelijk had hij haar omringd gezien met minstens vier schattige kinderen.

'Ik ga eerst mijn studie afmaken, en dan met name dit onderzoeksproject,' legde Emily uit. 'Ronald steunt me daarin. En we hebben nog zoveel plannen! We zijn allebei jong, die kinderen komen later wel. Tijden veranderen.'

Terwijl Archie Peyton een niet mis te verstane brief schreef aan de vrederechter die had geweigerd Emily en Ronald te trouwen, worstelde Donella aan de andere kant van de Atlantische Oceaan om haar leven weer op te pakken. Dit hield ook in dat ze eindelijk haar post van de afgelopen weken opende en beantwoordde. Van Ailis kreeg ze opnieuw een lange brief over de verloving tussen Emily en Ronald. Donella vond dat het niet beter had kunnen lopen voor die twee. Ze schreef Ailis onmiddellijk terug dat Hernando bij haar weg was en dat ze nieuwe toekomstplannen had.

Ik ga het geld gebruiken voor een opleiding in Amerika. Het liefst aan Harvard, bij jullie in Boston. Als Emily binnenkort uit huis gaat, zal ik dan bij jou komen wonen? Ik betaal natuurlijk mee aan de huur. En ik kan je beloven dat ik voorlopig niet met een man thuis zal komen. Ik heb even helemaal genoeg van de liefde. Maar met jou een huis delen is een droom die uitkomt! Wat vind je ervan als we ons kamergenootschap uit de kostschooltijd weer oppakken? Maar dan zonder Haily.

De volgende brief stond minder snel op papier. Pas na lang wikken en wegen ging ze zitten om haar grootvader te schrijven. Nu pas voelde ze hoe erg ze het contact met hem had gemist in de periode met Hernando. Ze was te trots geweest om hem te schrijven, zeker nadat een paar brieven aan haar ouders ongeopend retour waren gekomen. Van Ailis, die een spaarzaam briefcontact met haar moeder in Frankrijk had, die op haar beurt juist veelvuldig contact had met haar voormalige schoonzussen in Schotland, wist ze dat haar ouders teleurgesteld waren nu zowel George als zij na hun grand tour niet terug naar huis kwamen. De schuld was natuurlijk, in elk geval voor een deel, in de schoenen van haar grootouders geschoven, en Donella was bang dat ze met haar opstand tegen grootpapa de goede familieverhoudingen in Cliff Tower voorgoed had verstoord.

Nu schreef ze haar grootvader dat ze was verlaten, dat elk woord dat hij over Hernando had gezegd waar was gebleken, en hoeveel pijn het haar nog altijd deed dat ze zijn vertrouwen had beschaamd. Desondanks had ze geen spijt dat ze in Parijs was gebleven.

Hoe zwaar het ook was om te aanvaarden dat Hernando niet echt van mij hield, ik had deze periode met hem niet willen missen. Als ik de wijze raad van mijn grootvader had opgevolgd, was ik allang terug geweest in Schotland en misschien al getrouwd met een man die niets van mij zou begrijpen. Hier kon ik studeren aan de universiteit en heb ik leren vliegen, precies waar ik altijd van heb gedroomd! In het leven dat voor me ligt, wil ik dat blijven doen. Ik ben u dankbaar dat u met mij in Parijs bent gebleven, waardoor ik de kans kreeg een pad in te slaan dat in eerste instantie vol valkuilen zat, maar voor mij toch het juiste is. Vergeef me alstublieft mijn fouten, grootpapa!

Donella stuurde ook een brief naar Harvard University om zich in te schrijven voor het volgende studiejaar. Daarna reisde ze naar Vaugirard en haalde Armands onwillige oom over om haar een paar weken als vrijwilliger in de luchtballonfabriek te laten werken en over de schouders van de mannen aan de naaimachines te kijken. Ze was nieuwsgierig hoe het snijden en naaien van de ballonnen in zijn werk ging – ze had immers geen ervaring op dit gebied.

'Naaien is toch ook een vrouwelijke bezigheid,' beweerde ze, in de hoop dat ze met Henri Lachambre niet in discussie hoefde over het kleermakersberoep. 'Of het nu een ballonhoes is of een kinderjurkje, uiteindelijk komt het op hetzelfde neer.'

Lachambre was van nature een brombeer, maar deze vergelijking amuseerde hem genoeg om geen nee meer te kunnen zeggen. Bovendien had hij allang door dat zijn neef haar leuk vond. Hij stelde wel een paar voorwaarden.

'Ik wil dat u een fatsoenlijk onderkomen zoekt, juffrouw Hard, en dat u Armand niet in verleiding brengt. Ik weet niet hoe uw verhouding met meneer Sánchez-Duboire was, maar u leek me nogal vertrouwd met hem. Er zal niet altijd een chaperonne aanwezig zijn geweest bij uw gezamenlijke ondernemingen. Dus als u geen deugdzame vrouw blijkt te zijn, vliegt u er meteen uit!'

Donella glimlachte om zijn woordspeling en knikte. Ze vond een kamer bij een weduwe en liet zich niet door Armand Machure overhalen om dingen samen te doen. Natuurlijk spraken ze elkaar in de fabriek, maar aan het eind van de werkdag ging Donella naar haar pension, schreef brieven en tekende ballonontwerpen. Ze zou haar kostbare opleiding onder geen beding in gevaar brengen.

Ailis kon haar vreugde nauwelijks bedwingen toen ze Donella's brief las. Het was niet zo dat ze zich eenzaam voelde, daarvoor was ze veel te druk met haar werk; de sterrencatalogus begon nu echt vorm te krijgen. Met de andere Harvard-computers ging ze op bezoek bij observatoriums in buurstaten van Massachusetts en ze werd vaak gevraagd voor lezingen. Zelfs als haar hartenwens om sterrenkunde te studeren destijds in vervulling was gegaan, had ze nu geen beter gekwalificeerde professionele positie kunnen bereiken.

Daarbij had ze Copper natuurlijk ook nog. Haar zoon ontwikkelde zich tot een slim ventje aan wie ze graag veel tijd besteedde. Alma zorgde goed voor hem en hij was dol haar, maar op de vele vragen die hij stelde had ze vaak geen antwoord.

Ailis was blij met haar volle leven, maar toch miste ze sinds Maureens vertrek een vertrouweling, een zielsverwant – en natuurlijk een geliefde. Dat laatste verwachtte ze niet van Donella, maar het zou fijn zijn om weer een vriendin dichtbij te hebben om over van alles en nog wat te praten. Zelfs over de vrouwenliefde zou ze het met Donella kunnen hebben. Ja, ze keek reikhalzend uit naar de komst van haar nicht.

Het toeval wilde dat Donella's schip op de ochtend van Emily's bruiloft in New York aanmeerde. Als verrassing stormde ze Ailis' huis in en voegde zich bij de vrouwen die Emily hielpen aankleden. Haar komst zette de bruid zelfs even in de schaduw omdat Ailis alleen maar oog had voor haar vriendin die ze jarenlang niet had gezien. Alma had wat argwanend gereageerd bij het opendoen voor haar toekomstige huisgenoot. Caroline Brewster was de enige die rustig met de bruid bezig bleef. Donella's tranen kwamen opnieuw los toen ze Ailis om de hals vloog, maar het was niet erg want mensen huilen nu eenmaal op bruiloften.

Emily had afgezien van een dure trouwjurk en droeg in plaats daarvan een lichtblauwe kanten jurk tot op de vloer. Ook dit was een kledingstuk van Haily geweest, maar Emily had het opgefleurd met een sjerp en een brede witte riem en er een delicaat sluiertje bij gemaakt, dat op zijn plaats werd gehouden door een hoofdbandje met kunstige bloemetjes.

Copper had zich zorgen gemaakt omdat er nog nauwelijks bloemen bloeiden in maart. Eerst had hij, na het bekijken van foto's van koninklijke bruiloften, de sleep willen dragen. Nu Emily geen sleep had, was hij vastbesloten om bloemen te strooien. Hij kwam binnen gerend met een mandje vol bloesem en jong groen blad.

'Jij moet Copper zijn!' zei Donella en ze hurkte om haar neefje te begroeten. 'Is Haily er niet?' vroeg ze daarna. 'Ik kan me niet voorstellen dat zij vrijwillig zou afzien van haar aanwezigheid op de bruiloft van haar kindje.'

Emily rolde met haar ogen. 'Het is eigenlijk vanwege haar dat we in kleine kring in het trouwkapelletje van de vrederechter trouwen, ook al moet hij weinig van ons hebben. Sinds die toestand met de fotosessie van Ronald hebben we niets meer van haar gehoord. Ik help haar ook niet meer met haar kleding en make-up voor haar optredens. Dat betekent wel dat ik afgelopen weken veel inkomsten ben misgelopen, want ik moest natuurlijk ook stoppen met het opmaken van de andere actrices. Maar het was het waard. Ik moest dringend afstand nemen van Haily Hard! Op deze manier hebben we voorkomen dat ze zonder uitnodiging op de ceremonie zou verschijnen en alsnog alle aandacht opgeëist zou hebben.'

'Waarschijnlijk met een zwerm verslaggevers achter zich aan waardoor jullie bruiloft morgen in alle kranten had gestaan,' voegde Ailis eraan toe. '*Bij twijfel over de liefde, Haily Hard steunt het gemengde huwelijk!* Heel Boston in rep en roer. Maar mocht je haar missen: je kunt haar bijna elke avond zien optreden in de Boston Music Hall. Als je 's ochtends een kijkje neemt bij de repetitie, krijg je waarschijnlijk een vrijkaart.'

'Dat zal ik doen,' zei Donella, die alles wist over Haily's escapades in Boston. 'Ik ben heel nieuwsgierig. Ze is het type diva geworden dat ze wilde zijn. Ik moet haar op het podium zien!'

De bruid en de genodigden werden door William Brewster met de passagierswagen naar het huis van de vrederechter gebracht. Caroline Brewster had de wagen versierd met slingers en de twee schimmels met kleurrijke veren.

'We lijken wel een rondtrekkend gezelschap,' merkte Ailis op. 'Onopvallend is anders.'

Maar het was niet ver en toen ze aankwamen bij het statige huis van de vrederechter stond de bruidegom daar al te wachten. Ronald zag er gedistingeerd uit in zijn zwarte pak en Donella vond hem buitengewoon knap. Vooral toen ze zag hoe zijn ogen vol warmte en liefde oplichtten toen hij Emily zag, haar uit de wagen hielp en een handkus gaf.

De jonge bruid liep aan de arm van de bruidegom naar de trouwkapel. Geen van hun ouders kon aanwezig zijn, en ze wilde geen vervangende vader. Archie Peyton maakte trouwfoto's en ze wist dat haar ouders er reikhalzend naar uitkeken. Ze waren dolblij dat hun dochter met de medewerker van een bekende ornitholoog zou trouwen, zoals ze hadden geschreven bij de schriftelijke toestemming die de autoriteiten van hen hadden verlangd. Voor hen betekende dit huwelijk sociale vooruitgang. Misschien zouden ze verrast zijn door Ronalds huidskleur, waarover Emily niet had geschreven, maar ze ging ervan uit dat dit hun, net als haarzelf, niet uitmaakte.

Copper stapte resoluut voor het bruidspaar uit om de inhoud van zijn mandje uit te strooien, en ontlokte een hysterische reactie aan de vrouw van de vrederechter, die nieuwsgierig stond te kijken.

'Kijk toch uit voor die kostbare tapijten! Daar kun je toch geen vuil overheen smijten!'

Het was waar dat zich tussen Coppers buit ook plantjes met wortel en kluit bevonden.

'We zullen het laten schoonmaken,' suste Ailis, terwijl Alma achter het joch aan rende om hem op te vangen en Donella alleen maar kon lachen. 'Daar komt de bruid' kwam uit een grammofoon omdat niemand van het gezelschap een bruiloftsmars aan de beschikbare vleugel zou kunnen ontlokken.

'Wat jammer nou, dat Haily er niet is,' grapte Donella.

De vrederechter hield het kort. Bij wijze van trouwceremonie sprak hij een paar woorden over een gelukkig huwelijk waar hij enkele halfhartige gelukwensen aan toevoegde voordat hij overging tot de trouwgelofte. Emily en Ronald herhaalden de plechtige woorden vol overtuiging en straalden toen ze elkaar het jawoord gaven. Peytons sluiter klikte, Caroline Brewster huilde en William Brewster snoot zijn neus. Alma had aan rijst gedacht en Copper schudde enthousiast de rest van zijn mandje uit over het tapijt, de schoenen van het bruidspaar en die van de aanwezigen. Ook de vrederechter kreeg zijn deel.

'Laten we ervandoor gaan!' riep Donella. 'Dit was de beste trouwerij die ik ooit heb meegemaakt: kort maar krachtig en erg grappig!'

Terug bij Ailis thuis sneed Caroline Brewster haar bruiloftstaart aan en even later werd het bruiloftsmaal bezorgd door het goede restaurant waar Ailis had besteld. Algauw ging het gesprek van het bruidspaar over op de broedparen van de wilde ganzen die binnenkort werden verwacht. Bruid en bruidegom, Brewster en Peyton bespraken uitvoerig hoe het verder moest met Emily's onderzoeksproject. Alma en Copper aten gretig van de taart. Donella en Ailis hadden elkaar van alles te vertellen, en Caroline Brewster luisterde gefascineerd toe. De levens van de twee jonge vrouwen waren tot nu toe allesbehalve conventioneel verlopen.

'Misschien maar gelukkig dat onze Emily geen Hard is,' fluisterde Caroline Brewster tijdens de terugreis naar Concord tegen haar man. Ze zaten samen op de bok, terwijl Emily en Ronald achter hen tegen elkaar aan kropen, vol verwachting over hun eerste nacht samen in hun vogelkijkhuis. Tot nu toe had Emily altijd in de logeerkamer geslapen als ze bij de Brewsters was. Ook in de vele, vele uren die ze overdag samen doorbrachten, hadden ze geen voorproefje op de huwelijksnacht genomen.

Haily's vrije seksuele moraal stootte haar af. Zelf wilde ze alles goed doen in de liefde.

'Ze zijn allemaal een beetje vreemd in die familie,' ging Caroline Brewster zachtjes verder toen haar man niet antwoordde. 'Hoewel onze Emily natuurlijk ook een beetje eigenaardig is. De mooiste dag van haar leven, en het enige waar ze over praat zijn ganzen.'

2

Donella kreeg het lesrooster voor het komende trimester in handen en besloot zich in te schrijven voor alle exacte vakken uit de natuurkunde en de luchtvaart die Harvard aanbood.

'En wat ga je dan de volgende semesters nog studeren?' plaagde Ailis haar. 'Als je deze vakken allemaal haalt, kun je in de zomer afstuderen.'

Donella zette ook nog een mechanicacollege op haar lijst.

'Ik heb zóveel in te halen,' zei ze. 'Als je eens wist hoe ik hiernaar uitgekeken heb!'

Nadat ze Ailis en Emily had opgezocht bij het observatorium was ze naar het theater gegaan om Haily te zien. De actrice had haar nichtje enthousiast aan het hele gezelschap voorgesteld, al was niemand bijzonder in haar geïnteresseerd, behalve misschien Cuthbert Hay, die zijn charmes op elke aantrekkelijke jonge vrouw uitprobeerde. Donella was diep onder de indruk van het optreden van Haily die avond.

'Ze staat echt met hart en ziel op het podium. Ik had nooit gedacht dat ze zo fanatiek zou zijn.'

'Misschien een beetje te fanatiek,' zei Ailis, verwijzend naar Haily's intriges en gekonkel. 'Je weet dat haar ego geen grenzen kent. Zorg dat je haar niet in de weg loopt!'

Donella lachte. 'Ik zou niet weten hoe. We willen allemaal een ster worden, maar op ons eigen vakgebied. Gaan we zondag echt met de trein naar Concord of kunnen we misschien met meneer Peyton meerijden? Ik kijk uit naar de wilde ganzen!'

Emily en Ronald hadden de liefde gevierd tijdens de huwelijksnacht en daarmee hun intrek genomen in het huisje. Tot hun blijdschap arriveerden een paar dagen later al de eerste trekvogels, en al snel ook de eerste ganzen. Het broedgebied was een moeras aan de rivieroever van de Concord, overgroeid met riet en grassen waar duizenden amfibieën, slakken en insecten leefden. Voor de ganzen moest dit wel hun land van melk en honing zijn. Het huisje lag een eindje verder op een heuvel, waar het niet zou overstromen wanneer de rivier veel water moest afvoeren en buiten haar oevers trad.

Emily had het gebied in de winter al verkend en ging nu op zoek naar de nesten om ze op een kaart te markeren. Ze had ook twee tamme ganzen gekocht, een mannetje en een vrouwtje die Ronald Adam en Eva had genoemd. Tenslotte moest iemand de eieren van haar toekomstige proefpersonen uitbroeden.

'Op deze manier kunnen we ook mooi de verschillen in gedrag tussen tamme en wilde ganzen observeren,' zei Emily terwijl ze de nieuwkomers vrolijk voederde. Bij al die theoretische studies had ze het gemist om pluimvee om zich heen te hebben.

Ronald begon te lachen toen de gent al snel zijn territorium begon te verdedigen door uit volle borst te snateren en te sissen. 'Wie van ons twee meldt zich vrijwillig om eieren van een wilde gans te stelen? Als ze hun nest met eieren ook zo agressief verdedigen, staat ons nog wat te wachten!'

Toen de wilde ganzen gearriveerd waren, besteedden Emily en Ronald het grootste deel van de dag aan het observeren en nauwkeurig vastleggen van het gedrag – zowel schriftelijk als met de camera. Ze observeerden hoe eenjarige ganzen partners kozen, baltsten en paarden en hoe oude broedparen zonder oog voor het spektakel van de jongeren om hen heen direct na aankomst op zoek gingen naar een geschikte plek om hun nest te bouwen.

'Oude echtpaartjes...' Ronald glimlachte. 'Ze verliezen een beetje hun interesse in elkaar.'

'Dat zal ons nooit overkomen!' bezwoer Emily hem en ze wees naar een gans in het water, die duidelijk een gent uitnodigde om met haar te paren. 'En trouwens, de liefde laait toch altijd weer op? Is in de literatuur beschreven of ze elk jaar een nieuwe plek zoeken of trouw zijn aan hun nestelplaats?'

Er kwamen elke dag wel vragen in Emily op waar de wetenschap nog geen antwoord op had. Hoe wilde ganzen leven was nog amper onderzocht.

Ronald fotografeerde de vogels tijdens het baltsen en paren en grapte dat zijn werk toch niet zo anders was dan een fotoshoot met Haily Hard. 'Zeer pikante poses...'

Emily ontdekte dat ganzen soms iets met elkaar begonnen wat op een proefhuwelijk leek. Dan waren koppels een paar weken samen en gingen ze later weer uit elkaar.

'En paren ze dan ook?' vroeg Donella tijdens een van de zondagse bezoekjes. Archie Peyton kwam vrijwel al zijn vrije dagen naar Concord om mee te werken aan het onderzoeksproject van de Gardeners en op zondag reden Donella, Ailis en Copper vaak met hem mee voor een dag op het platteland. Het was Ailis al opgevallen dat Archie ook een soort baltsgedrag vertoonde als Donella in de buurt was. Misschien was hij eindelijk over Emily heen.

'Nee, dat heb ik nog niet gezien,' antwoordde Emily. 'Als ganzen eenmaal paren, blijven ze bij elkaar. Ze zijn heel trouw. Maar het is interessant om te volgen wat er gebeurt als een van de twee doodgaat. Een volwassen gans is hier alleen aangekomen, we nemen aan dat de gent dood is. Nu probeert ze aan te haken bij andere koppels. Als tweede vrouw, lijkt het wel. De genten lijken wel geïnteresseerd, maar de ganzen jagen haar weg.'

'Dat verbaast me niets.' Archie Peyton leek het gedrag vanzelfsprekend te vinden, maar Ailis vroeg zich af of deze gans op zoek was naar een gans die een driehoeksverhouding aan zou willen gaan. Waarom zouden er geen ganzen zijn die niet alleen van genten maar ook van ganzen hielden?

De aanleiding voor Ailis om hier eens grondig over na te denken, was dat er onlangs een nieuwe collega op het observatorium was gekomen voor wie haar hart onmiddellijk sneller was gaan kloppen. Net als Maureen destijds was Molly Peak Justin een afgestudeerd astronome, en door Pickering aangenomen om te helpen bij het catalogiseren. De blondine had grote lichtblauwe ogen in een rond, vriendelijk gezicht en was een beetje mollig. Op het eerste gezicht leek ze wat onnozel, maar ze bewees al snel dat ze scherp van geest was. Net als bij Maureen was Ailis even bezorgd dat Pickering haar een hogere functie zou geven, maar ook nu klikte het meteen tussen haar en de hooggekwalificeerde nieuwe collega. Molly droeg overtuigende ideeën aan voor de catalogus en zorgde met haar onderzoek voor de broodnodige frisse wind. Bovendien zorgde ze voor een vrolijke noot in de altijd wat gewijde stemming onder de Harvard-computers. Ze had altijd goede zin, om haar volle roze mond speelde altijd een glimlach. Ze bracht vaak wat lekkers mee zoals chocola en bonbons en vergeleek de sterren met kerstkransjes.

'Duidelijk een kaneelkrans,' beweerde ze in alle ernst toen ze bij de analyse van een plaat haar eerste onbekende ster ontdekte. 'En deze ziet eruit alsof een godin er steranijs overheen heeft gestrooid.' Er werd gelachen en Ailis merkte dat die simpele opmerkingen juist voor een lichtere sfeer zorgden. In de tijd van Maureen was de spanning soms te snijden geweest vanwege haar meningsverschillen met Pickering en sinds haar vertrek was het nog lang onrustig gebleven. Nu leek iedereen weer tevreden. Het viel Ailis op dat Molly met eenzelfde blik naar de vrouwen keek als Maureen destijds, en dat ze anderen tijdens een gesprek makkelijk aanraakte. Ailis vond het prettig als Molly contact maakte met haar zachte handen. Uiteindelijk besloot ze het erop te wagen en haar uit te nodigen voor een kop koffie, wat Molly graag aannam. De twee kletsten over ditjes en datjes, maar tussendoor noemde Ailis de naam Maureen een paar keer en ook Molly had het over vriendinnen die ze had gehad. Het waren toespelingen waarmee ze elkaar aftastten. Geen van beiden wilden ze het risico lopen dat ze het verkeerd inschatten. Toen ze weer aan het werk gingen, had Ailis het gevoel dat ze een veelbelovend begin hadden gemaakt.

'Dat moeten we vaker doen,' zei ze, en Molly knikte.

'Absoluut. En misschien zouden we nog wel meer kunnen doen?' vroeg ze omzichtig. 'Ik ken hier nog niemand.'

Ailis werd verliefd en Donella begon te lachen toen ze haar erover vertelde. Ze was eerst wat terughoudend geweest, maar had haar nicht toen toch over de bijzondere band tussen haar en Maureen verteld. Voor Donella, die in Parijs vaak met Hernando naar nachtclubs en theaters was geweest, was het bestaan van de vrouwenliefde niet nieuw.

'Het heeft iets opstandigs,' vond ze. 'Vooral als ze ermee te koop lopen, zoals ik in Parijs heb gezien. Maar ik kan me voorstellen dat ook gewone vrouwen zo zijn, en met hun vriendin samenwonen zonder dat het echt opvalt. Tenslotte hoeft niemand aan de grote klok te hangen wat er in de slaapkamer gebeurt.'

'Hoe bedoel je: zó zijn?' vroeg Ailis verward. 'Is er een woord voor?'

Donella dacht even na. 'Een paar van die Parisiennes zeiden dat ze van Lesbos waren, maar ik geloof niet dat ze bedoelden dat ze van het Griekse eiland kwamen. Het is eerder een soort codewoord. Als je het me in die tijd had geschreven, had ik het voor je nagevraagd. Deze vrouwen waren er in elk geval heel open over. Misschien weet die Molly het. Wanneer stel je haar aan me voor?'

Zo ver was Ailis nog niet. Ze moest eerst nog maar zien of het met Molly meer zou worden dan collegiaal contact. De twee gingen intussen regelmatig samen lunchen en spraken dan over hun werk, en over Molly's inspanningen voor vrouwenrechten. Ze had zich aan de universiteit al ingezet voor vrouwenkiesrecht en gelijke betaling voor gelijk werk door mannen en vrouwen.

'Het is een schande wat wij hier verdienen,' verklaarde ze. 'En het ergste is dat ik eerlijk gezegd zelfs bereid zou zijn om nog bij te leggen om onderzoek te kunnen doen ook. Pickering is de enige man die vrouwen deze mogelijkheid geeft. Verder wil niemand je aannemen als astronoom.'

'Ook de vrouwenuniversiteiten niet?' Ailis moest meteen aan Maureen denken.

'Daar wordt nauwelijks wetenschappelijk onderzoek gedaan,' wist Molly. 'Je bent er in feite een hoger opgeleide docent, zij het met een goed salaris. En wat ik zo van andere faculteiten hoor, waar bijvoorbeeld vrouwelijke medici toonaangevend wetenschappelijk onderzoek doen, worden de papers meestal gepubliceerd op naam van de hoogleraar; de leidinggevende die zelf niets aan het onderzoekswerk bijgedragen heeft.'

Ailis vond het prikkelend en soms opwindend om met Molly te praten. Door hun gesprekken bekeek ze de wereld met andere ogen, en begon ze verbanden en onrechtvaardigheden vanuit een vrouwelijk perspectief te herkennen. Bovendien streken Molly's vingers soms even over haar arm en durfde Ailis zowaar Molly's schouder te strelen terwijl ze haar in haar jas hielp. Ze wisselden een bijna samenzweerderige glimlach uit. Het verliep allemaal veel langzamer dan met Maureen. Het leek erop dat Molly zich niet direct wilde binden en eerst de kat uit de boom wilde kijken. Ailis vond het prima, ze had de tijd.

Toen gebeurde er iets vreemds. Van de ene dag op de andere had Molly opeens iets anders te doen toen Ailis haar op de koffie vroeg. Ook de afspraak om samen naar de kermis te gaan zei ze af. Toen Ailis en Copper in plaats daarvan met Donella naar de kermis gingen, zagen ze, terwijl ze giebelend van een suikerspin zaten te snoepen, opeens Molly langslopen. De blondine wierp hun een uitdrukkingsloze blik toe en beantwoordde Ailis' verbaasde groet niet. Ze was met twee jonge vrouwen, eveneens collega's van het observatorium. Dus daarom had ze afgezegd. Ailis was stomverbaasd, maar durfde haar er niet op aan te spreken. Misschien was ze van gedachten veranderd of was haar aanvankelijke interesse in Ailis verdwenen. Voor zover ze wist, kwam geen van de andere collega's van Lesbos.

Zou Molly zich vergissen? Of had Ailis zich in haar vergist? Ze besloot de zaak te laten rusten en het op een gewone vriendschap te houden. Hoewel ze elke keer pijnlijk getroffen werd als Molly koeltjes reageerde op een vriendelijk gebaar of woord, deed Ailis haar best om een collegiale vriendschap op te bouwen.

Donella, met wie ze haar verdriet deelde, wist ook niet hoe ze Molly's gedrag moest uitleggen. 'Want het is wel een leuke vrouw. Ik was laatst bij jullie op het observatorium om jou iets te brengen, of nou ja, eigenlijk omdat ik nieuwsgierig was naar juffrouw Peak Justin.' Ze giechelde. 'En toen hebben we heel leuk staan praten. Jij was bij de tandarts.'

'Als ze niet leuk was, was ik niet verliefd op haar geworden.' Ailis haalde haar schouders op. 'Nou ja, het heeft niet zo mogen zijn. Gaan we nog even met Copper naar het park?'

Professor Pickering maakte het Ailis niet makkelijk om over haar liefdesverdriet heen te komen. Met z'n drieën werkten ze zo intensief samen aan de catalogus dat Ailis nauwelijks tijd had voor haar favoriete taak: nieuwe negatieven onderzoeken op nog onontdekte sterren. Ze besloot 's ochtends vroeger te beginnen om ten minste één plaat te analyseren voordat Pickering arriveerde. Zonder meeschrijvende collega was het meer werk, maar Ailis genoot van de stilte op de nog lege afdeling. Het was bijna alsof ze zelf naar de verre uithoek vloog van het sterrenbeeld Orion waarop ze zich concentreerde om de sterren te verkennen.

Zo deed ze op een ochtend een ontdekking die alles wat ze eerder had gezien overschaduwde. Tussen de sterren tekende zich een lichte, grillige vorm af op het negatief, wat op een ontwikkelde foto weer donker zou worden. Het leek zomaar op te lichten in de leegte. Ailis pakte meer platen waarop hetzelfde gebied van het sterrenbeeld vanuit een ander perspectief te zien was. Ook daarop was het verschijnsel te zien. Met bonzend hart begon ze te meten en te analyseren, zonder zelfs maar te merken dat de andere vrouwen binnendruppelden. Ze zat nog steeds gefascineerd over de platen heen gebogen toen Molly arriveerde.

'Wie heeft er zin in een chocoladecroissant?' hoorde ze haar roepen. 'Ik zag ze liggen bij de bakker, ik móést gewoon naar binnen!'

Ailis keek niet op. 'Molly!' riep ze. 'Kom eens kijken! Wat is dit?'

Molly rook naar haar lichte bloemige parfum en verse croissants toen ze bij Ailis kwam zitten om naar de fotografische platen te kijken.

'Een eekhoorntje,' zei ze.

Ailis zuchtte, al moest ze toegeven dat de vorm inderdaad wat weg had van een eekhoorn. 'Nou even serieus!' riep ze. 'Wat zou het kunnen zijn? Een nevel?'

'Ja, vermoedelijk een gasnevel,' zei Molly. 'De rand is scherp begrensd. En er zijn geen sterren, terwijl die elders veelvuldig voorkomen in Orion, hè?'

'Ja, in heel verschillende formaten. Het kan zijn dat deze eekhoorn uit niet-lichtgevend gas bestaat en het licht van de zwakkere sterren absorbeert.' Ailis pakte de spectrometer. 'Hij staat tegen de achtergrond van een emissienevel,' stelde ze vast. 'Kijk dan, die straalt een roodachtig licht uit.'

'Ik zou het meteen aan professor Pickering laten zien,' zei Molly enthousiast. 'Dit zou weleens een heel interessant fenomeen kunnen zijn. De analyse is stof voor een publicatie.'

Intussen waren ook andere vrouwen nieuwsgierig geworden. Ze dromden om hen heen om het silhouet van de eekhoorn tussen de sterren te bekijken. Ook Pickering kwam binnen.

'Zo, juffrouw Peak Justin en mevrouw Hay, geen zin in de sterrencatalogus vandaag?' vroeg hij vriendelijk terwijl hij een chocoladecroissant pakte. Normaal zaten de twee vrouwen al op hem te wachten in zijn kantoor.

'Ailis heeft iets ontdekt,' zei Molly. 'Iets wat we nog nooit eerder hebben gezien.'

Pickering propte de rest van de croissant in zijn mond en boog zich kauwend over de platen.

'Kijk, het is te zien op elke goed belichte plaat,' zei Ailis. 'Is het een gasnevel?'

'Daar lijkt het wel op,' beaamde Pickering. 'Meet u het eens heel nauwkeurig op. Fascinerend! Daar moet u over schrijven, mevrouw Hay. Voor zover ik weet, is zoiets nog nooit eerder waargenomen.'

'Kan ik dan, ik bedoel, de catalogus...' Ailis wilde graag bij haar nevel blijven, zelfs als ze verder moest met de catalogisering.

'Natuurlijk!' riep Pickering uit. 'De catalogus loopt niet weg. Terwijl dit hier morgen door iemand anders kan worden ontdekt.

Neem uw tijd hiervoor. Het resultaat bespreken we nog. Maar ik denk dat we u nu al kunnen feliciteren, mevrouw Hay! Dit zou weleens een heel belangrijke ontdekking kunnen zijn!'

3

Emily observeerde geboeid hoe de wilde ganzen nesten bouwden en zag tot haar grote vreugde dat Adam en Eva ook aan het paren waren. Kort daarna begon Eva een ei per dag te leggen. Emily en Ronald spraken af dat ze haar twee eieren van haarzelf zouden laten uitbroeden. De andere eieren aten ze op, vechtend tegen hun schuldgevoel.

De wilde ganzen waren nu ook aan de leg, op min of meer toegankelijke plaatsen, dus het werd tijd om actie te ondernemen voor de start van het onderzoek. Op een zondag spraken Emily en Ronald af met Archie Peyton en Donella om eieren te stelen. William Brewster was toezichthouder. De bedoeling was om de oudervogels zo min mogelijk van streek te maken. Ze spraken af dat ze nooit meer dan één ei uit een legsel zouden halen, zodat de ganzen niet belemmerd werden in hun natuurlijke broedgedrag.

Zelfs het uithalen van een enkel ei was niet makkelijk. De verdediging van hun nest leek wel een levensdoel van de ganzen. Ze voerden moedige en soms levensgevaarlijke aanvallen uit en maakten daarbij zoveel kabaal dat Ronald meende dat ze tot in Concord te horen moesten zijn.

Donella en Archie betoonden zich niet minder moedig. Ze leidden de vogels af en weerstonden de aanvallen, om Emily de kans te geven een nest te besluipen om een ei te pakken. Ronald fotografeerde en documenteerde nauwgezet de bereidheid van de vogels om zichzelf te verdedigen en hun interactie als paar.

Aan het eind van de dag keerde de rust terug onder de ganzen. De jonge vogelonderzoekers zaten alle vier onder de modder en waren nat tot op het bot. Ze moesten wat lichte verwondingen verzorgen; schrammen en snijwonden van hun veldslagen in het riet. Emily had drie eieren weten te bemachtigen. Meer had ze voor dit eerste fundamentele onderzoek niet nodig.

Eva deed niet moeilijk toen Emily drie gemarkeerde eieren van wilde ganzen bij de twee van haarzelf legde. Toen de mensen weggingen, zat zij alweer op het nest. William Brewster, die alles in ogenschouw had genomen, was zeer tevreden.

'Nu is het zaak in de gaten te houden dat je erbij bent als de kuikens uitkomen,' zei Donella terwijl ze een diepe snee op Archies arm verbond die hij had opgelopen tussen het scherpe riet. 'Hoe ga je dat voor elkaar krijgen? Gaan jullie naast Eva's nest slapen?'

'Nou,' zei Ronald met een schalks lachje, 'wij zijn natuurlijk bereid om grote offers te brengen voor het onderzoek, maar we zijn ook net getrouwd. We weten hoelang ganzen ongeveer broeden. Als we het nest extra observeren gedurende de laatste paar broeddagen zijn we er vast op tijd bij als de eerste barstjes ontstaan en de snaveltjes tevoorschijn komen.'

'Krijgen de kuikens alleen Emily te zien of ook jou, Ronald?' vroeg Archie.

'Alle drie wilde kuikens krijgen mij ingeprent,' zei Emily. 'Ronald gaat alles op camera vastleggen. We zijn vooral benieuwd of ze zullen gaan vliegen. Volgens de literatuur doen ze dit instinctief, maar Gooby was het tegenvoorbeeld. Als deze alle drie op de grond blijven, bewijzen we dat vliegen geen aangeboren eigenschap of instinct is, maar een vaardigheid die ze leren van hun ganzenouders.' Ze lachte. 'Weet je nog op kostschool, Dona? Hoe we Gooby probeerden te leren vliegen? Hoe jij met haar in een boom klom om haar te stimuleren naar die andere boom te vliegen – doodeng!'

Donella rolde met haar ogen. 'Het leek me een goed idee. Maar jij dan... Hoe jij die baltsdans deed op het gras met kartonnen vleugels! Je ging steeds hoger springen en met die vleugels klapperen. Dat zag er zo grappig uit! Gooby keek je aan alsof je niet goed wijs was.'

'Ik verheug me nu al op de foto's als ze dat hier herhaalt,' zei

Archie Peyton met een grijns. Hij ging intussen ongedwongen en vriendschappelijk met Emily en Ronald om en was duidelijk geïnteresseerd in Donella. Nu nodigde hij háár uit voor dinertjes in de chique restaurants van Boston of evenementen zoals salons, paardenraces en concerten.

Donella ging graag met hem mee. Hoe boeiend en uitdagend haar studie ook was, ze kon moeilijk de klok rond studeren. Ze had Archie ook verteld over haar noodlottige liefde, waarbij ze Hernando haar verloofde noemde. Achteraf gezien was ze blij dat hij destijds bijna niemand had verteld dat hij met haar samenwoonde. Zelfs als de advocaat een paar onderzoekjes instelde, zoals ze vermoedde, zou hij niets compromitterends vinden.

'De leeftijd dat ik met zelfgemaakte vleugels probeerde te vliegen ben ik ontgroeid,' zei Emily. 'De ganzenkuikens kunnen zich oriënteren op hun soortgenoten, die hier immers wel zijn, terwijl Gooby...'

'...bij ons op kostschool is opgegroeid,' beweerde Donella. 'Tot groot plezier van de huismoeder, kun je wel zeggen. Daar leerde ze natuurlijk niet om te vliegen, alleen lezen.'

'Ze was een heel slimme gans!' beweerde Emily. 'Wil er nog iemand roerei?'

Ailis besteedde haar dagen aan metingen en analyses van haar 'eekhoornnevel' en de omringende sterren. Ze besprak haar bevindingen met professor Pickering, maar ook met Molly. Na een week vond Pickering dat ze haar resultaten op papier moest zetten en een paar platen moest selecteren waarop het fenomeen het beste te zien was, en die geschikt waren om af te drukken. Hij zou de resultaten bekijken en ze aanbieden aan een paar wetenschappelijke tijdschriften.

Ailis werkte een dag en een nacht aan haar artikel. Steeds weer streepte ze passages door om ze te herschrijven en daarna bleef ze werken aan de zinsbouw. Ze formuleerde haar resultaten en hypotheses zorgvuldig maar overtuigend. Ze lette op een goede onderbouwing en een correcte weergave van citaten. Uiteindelijk durfde ze de resultaten aan Pickering te presenteren.

Slechts een paar uur later presenteerde hij zijn beoordeling aan de hele groep Harvard-computers. Hij had niets aan het artikel gecorrigeerd en geen woord doorgehaald.

'Een geweldige prestatie, mevrouw Hay!' verklaarde hij. 'Ik ben ervan overtuigd dat ze het paper zullen publiceren en dat het beroemd zal worden. Ik ben bijzonder trots op u!'

De andere vrouwen en vooral Molly applaudisseerden. Ailis stond te trappelen om naar huis te gaan en het aan Donella te vertellen.

Thuis trof ze bezoek aan. In het kantoor van Archie Peyton was onlangs telefoon aangelegd, net als bij de Brewsters thuis. Daarom had Archie als eerste gehoord dat er een piepklein grijs gansje uit een ei was gekropen. Dat was voor hem natuurlijk een prachtige gelegenheid geweest om even bij Donella langs te gaan.

'Het is precies gegaan zoals ze hadden gepland,' wist hij te melden. 'Emily heeft ervoor gezorgd dat het kuiken haar als eerste zag, in plaats van de moedergans. Ronald heeft alles gefotografeerd. Met nu al een sensationeel resultaat. Na ongeveer een uur probeerde Emily het kuiken terug te zetten in het nest. De gans wilde het jong meteen voeren, net als haar eigen twee kuikens. Maar Goo-one wilde niets van haar weten, waggelde op Emily af en begon te snateren.'

'Goo-one?' Donella lachte.

'Ja, de volgende worden Goo-two en Goo-three genoemd,' zei Archie.

'Enorm fantasievol,' merkte Ailis op. 'Geven ze hun eigen kinderen straks ook nummers?'

'Dan heet ik Copper-one!' riep haar zoon en hij danste door de kamer.

'Dat ventje is zijn leeftijd ver vooruit,' zei Archie. Hij had nooit veel met kinderen op gehad, maar Copper vond hij leuk.

'Het is een heel slim kind,' zei Ailis en ze vroeg zich af waarom Donella en Archie opeens begonnen te lachen.

4

Om een of andere reden voelde Haily zich niet zo goed. Zij en Cuthbert waren allang uit elkaar gegroeid, al sliepen ze nog steeds af en toe met elkaar. De samenwerking was nog altijd goed, maar Haily hield zichzelf niet voor de gek. Het aannemen van Evangeline Ashton was een duidelijke waarschuwing geweest. Het was een kwestie van tijd voordat Cuthbert een nieuwe zangeres zou ontdekken en ze moest nog maar zien of ze de volgende concurrente net zo makkelijk van het toneel kon laten verdwijnen.

Aan bewonderaars had ze geen gebrek. De mannelijke elite van Boston stond onverminderd te trappelen om een praatje of een dansje met de beroemde actrice te maken, en wie weet waarvoor nog meer uitgenodigd te worden als ze haar maar lang genoeg het hof probeerden te maken. Het was jammer dat het meestal saaie piefen waren. Daarom hield ze er naast Cuthbert meestal twee of drie tegelijk op na. Maar sinds het voorjaar begonnen ze haar steeds meer te vervelen. Bovendien was ze vaker moe en zelfs een beetje ziek. Haar borsten voelden gespannen aan en voor het eerst in haar leven moest ze op haar gewicht letten.

Ze begon er pas serieus over na te denken toen ze na twee maanden zonder man weer iets wilde afspreken en haar kalender raadpleegde om de gevaarlijke en minder gevaarlijke dagen uit te rekenen. Voorheen had Emily dit altijd voor haar gedaan, omdat Haily niet goed met cijfers overweg kon. Tot haar schrik ontdekte ze dat ze al enkele maanden geen bloeding had geregistreerd. Nu overkwam haar alsnog wat ze drie jaar lang met strenge discipline had weten te voorkomen: een zwangerschap.

Van het besef alleen al werd ze misselijk. Ze rende naar de badkamer om over te geven. Was dat niet een teken van zwangerschap? Met trillende vingers stak ze een sigaar aan. Wie zou de vader kunnen zijn?

Na een tijdje moest Haily concluderen dat er drie gegadigden waren, onder wie Cuthbert, en dat ze allemaal getrouwd waren. Misschien kon Cuthberts huwelijk met Ailis ontbonden worden. Maar was hij daar klaar voor? Bovendien wist hij dat Haily haar bed ook met anderen deelde. Hij zou het vaderschap niet zomaar aanvaarden.

Eigenlijk wilde zij ook helemaal geen kind.

Ze had gehoord dat er manieren waren om de zwangerschap af te breken. Uit het gesmiespel van koorzangeressen en danseressen had ze opgemaakt dat deze of gene het met succes had gedaan. Voor het eerst speet het Haily dat ze nooit moeite had gedaan om bevriend te raken met collega's van het ensemble. Nu was er niemand, althans geen vrouw, die ze in vertrouwen kon nemen en die haar misschien goede raad kon geven. Even overwoog ze Ailis of Donella. De eerste verwierp ze meteen, die was veel te degelijk voor dit soort dingen. En Donella? In Parijs had ze misschien adressen gekend of via via iets te weten kunnen komen. Maar in Boston? Ze was hier nog niet eens aan een nieuwe relatie begonnen.

Bleef over Cuthbert. Hopelijk wist hij raad. Mogelijk had hij zelf al eens een meisje zwanger gemaakt. Haily dronk een glas wijn en besloot hem in vertrouwen te nemen. Ze pakte de telefoon van de haak – wat een ongelooflijk handig apparaat had ze toch aangeschaft – en vond Cuthbert bereid nog diezelfde avond met haar af te spreken. Ze wist niet of hij werkelijk niets anders te doen had of dat hij aan haar stem had gehoord hoe dringend het was.

'Is dit jouw nieuwe stijl?' vroeg hij ongelovig toen hij zich bij haar voegde in het goedkope eethuis dat ze als ontmoetingsplek had opgegeven. Ze had zich in de verste hoek verstopt. Hij gaf haar een kus op de wang en ging naast haar zitten. 'Je hebt geen financiële problemen, toch? Dat kan haast niet.'

Haily schudde haar hoofd. 'Nee, maar wel existentiële. Cuthbert, ik ben zwanger.' Het leek haar het beste er maar meteen mee voor de dag te komen.

Cuthbert floot tussen zijn tanden. 'Je gaat me toch niet zeggen dat ik de vader ben?'

Haily nam een trekje van haar sigaar. Als ze nerveus was, rookte ze nog meer.

'Jij bent de verwekker. Maar maak je geen zorgen, ik ga niet proberen je over te halen met me te trouwen. Ik wil het niet, Cuthbert. Hoe kom ik ervan af?'

Cuthbert pakte haar wijnglas en nam een flinke slok. 'Je maakt er in elk geval geen toestand van,' zei hij waarderend. 'Het punt is alleen: ik kan niemand noemen die geen risico met zich meebrengt.'

Haily wuifde het weg. 'Kinderen krijgen en geen kinderen krijgen is allebei even risicovol,' vond ze.

'Ik weet in Boston twee mensen die het doen,' bekende Cuthbert. 'Een van hen is een voormalige arts die altijd dronken is. Carry is er vorig jaar geweest.'

'De Carry die nu dood is?' riep Haily. 'Dat blonde meisje uit het koor?'

Hij knikte. 'Dat was dus geen blindedarmontsteking, zoals de officiële lezing luidde. Ze is doodgebloed. Na de behandeling door dokter Field. Je begrijpt dat ik je daar niet naartoe wil sturen.'

'En die andere?' Haily klemde haar lippen op elkaar.

'Dat is een vrouw. Een engeltjesmaker. Ik ken, of kende, twee meisjes die bij haar zijn geweest. Allebei hebben ze het ternauwernood overleefd. Een van hen heeft zichzelf van het leven beroofd daarna, misschien omdat ze nog steeds zwanger was. De ander is wel min of meer genezen, maar een schim van wie ze vroeger was. Doe het maar niet, Haily. Althans niet hier. Misschien zijn er meer mogelijkheden in New York.' Cuthbert keek haar bezorgd aan. Hij leek werkelijk om haar te geven.

Haily dacht na. De gedachte aan New York stond haar tegen. De stad was te groot en ze had er geen contacten. Wie kon ze daar om hulp vragen?

'In welke maand zit je eigenlijk?' vroeg Cuthbert, terwijl zijn blik over haar nog slanke lichaam gleed. Haar korset was onbarmhartig strak aangesnoerd.

'Welke maand?' vroeg Haily afwezig.

'Mijn hemel, Haily! Dat moet jij toch weten! Wanneer was –' Hij maakte zijn vraag niet af.

Haily had sinds Emily weg was geen maandstonde meer genoteerd. Sinds die middag met Ronald dus. Dat moest ongeveer vijf maanden geleden zijn. Had ze sindsdien niet meer gebloed of was ze het gewoon vergeten op te schrijven?

'Ik weet het niet, misschien in de vierde,' zei ze onzeker.

Cuthbert greep naar zijn voorhoofd. 'Dan is het sowieso te laat. Je kunt het alleen in de eerste drie maanden weg laten halen, anders wordt het te gevaarlijk. Bijna niemand durft zich daaraan te wagen.'

'Je bent goed op de hoogte,' vond Haily en ze stak een nieuwe sigaar op.

'Ik heb een uitstekende relatie met mijn vrouwelijke werknemers,' zei Cuthbert onaangedaan terwijl hij haar een vuurtje gaf. 'Ze vertrouwen me hun geheimen toe.'

'Wat moet ik dan doen?' vroeg Haily.

Cuthbert haalde zijn schouders op. 'Het kind laten komen. Er zit niets anders op. We moeten even bekijken hoe we het regelen.'

Een week later gaf Cuthbert een persconferentie voor een paar grote kranten van Boston waarin hij vertelde dat Haily zich had aangesloten bij een rondreizend theatergezelschap dat een aantal maanden door de Verenigde Staten en Canada ging touren.

'Ze spelen een van mijn eerdere stukken, de eerste premièrevoorstelling van juffrouw Hard. De impresario, een goede vriend van me, vroeg of ik juffrouw Hard wilde overhalen om in te vallen voor zijn hoofdrolspeelster, die plotseling moest afzeggen. Nou ja, u allen weet dat Haily, juffrouw Hard, bekendstaat om haar collegialiteit en behulpzaamheid. Dus zij aarzelde niet. Inmiddels is ze op weg naar New Orleans. Volgend winterseizoen is ze terug om Boston te vereren met haar stem en charme.'

Cuthbert ging ervan uit dat de verslaggevers zijn verhaal geloofden, al voorzag hij dat enkelen zouden vragen waarom er nergens berichten over die tournee te vinden waren. Hij moest er dus voor zorgen dat de kranten hun voorpagina's konden vullen met ander nieuws. Na een korte zoektocht huurde hij een jonge zangeres en actrice in. Clarisse Derrieux stond in de theaterwereld en ver daarbuiten bekend om haar voorliefde voor schandaaltjes. Ze kon Haily in elk geval vervangen als voer voor de roddelpers. Hoe hij het volgende seizoen zou programmeren zag hij dan wel weer.

In New York vond Haily een kamer in een pension dat werd gerund door een weduwe. Ze gaf de naam Emily Coxwold op, beweerde dat haar man overzee was en dat ze hem binnenkort zou volgen. Tot het zover was zou ze hier zijn berichten afwachten. Ze gaf haar pogingen om haar uitdijende buik te verbergen op en kocht zwangerschapskleding. Als ze naar buiten ging, droeg ze een bril en een ouderwetse hoed die ze laag over haar gezicht trok. Ze verliet haar kamer echter zelden en eigenlijk alleen om naar een openbare bibliotheek of boekwinkel te gaan. Voor het eerst in haar leven las Haily niet alleen toneelstukken, maar ook dikke boeken met echte interesse. Ze probeerde meer te weten te komen over zwangerschap en bevalling, maar daar bleken alleen een paar medisch-wetenschappelijke boeken over te bestaan waar ze niet doorheen kwam. Ze vond wel toegankelijker informatie over babyverzorging en kinderopvoeding, maar na een paar uur lezen wist Haily genoeg. Dit wilde ze in elk geval niet. Het wezentje in haar buik riep geen enkel gevoel in haar op, en voor kinderen op straat had ze nooit enige belangstelling. Het idee een baby borstvoeding te moeten geven of de luier te moeten verschonen maakte haar ronduit misselijk. En een ouder kind dat aan haar rokken zou hangen, kon ze echt niet gebruiken. En zo stond haar besluit al snel vast: ze zou dit onfortuinlijke kind ter wereld brengen, maar daarna moest ze ervan af zien te komen. Het liefst voordat het zich aan haar ging hechten.

Haily begon te informeren naar mogelijkheden om een ongewenst kind ergens op te laten nemen, en die vraag leidde haar uiteindelijk naar een biechtstoel. De priester van de katholieke kerk in de buurt sprak lang met haar, deed een beroep op haar geweten en wees op de ernstige zonde van ontucht. Pas toen gaf hij haar een adres waar hulp werd geboden aan zowel alleenstaande moeders als hun kinderen.

KLINIEK EN TEHUIS VOOR VONDELINGEN stond er boven het portaal van het grote en beschaafd aandoende huis in Manhattan. Er waren twee ingangen, waarvan er één open was en naar een kamer met daarin een witte wieg leidde. Een bordje op de deur gaf aan dat moeders in nood hun baby hier anoniem konden achterlaten zonder vervolgd te worden. De deur stond altijd open en nadat de baby in de wieg was gelegd, hoefde de moeder alleen maar op een belletje te drukken voordat ze wegging. De vondeling werd dan meteen opgehaald en kreeg de juiste verzorging en een christelijke opvoeding.

Haily vond dit een aantrekkelijke oplossing, al voelde ze zich niet behoeftig en was ze niet bepaald berooid. Maar eerst moest ze nog zien te bevallen van het kind en daar had ze hulp bij nodig. Daarom nam ze de andere ingang en kwam in een hal met een non achter de receptie. Er zaten zwangere vrouwen en moeders met kinderen te wachten, sommigen met betraande ogen. Haily was niet van plan daarbij te gaan zitten.

'Ik zou graag met de overste spreken,' zei ze tegen de jonge zuster. De Zusters van Barmhartigheid droegen een donkere jurk en kap, geen echt habijt met een sluier, wat Haily wel beviel. De non nam haar aandachtig op en trok een afkeurende blik toen ze Haily's buik zag.

'Gaat het om zorg bij een buitenechtelijke zwangerschap?' vroeg ze zakelijk. 'Daar hoeft u de overste niet voor lastig te vallen. Gaat u zitten, dan komt iemand u ophalen om u naar de kliniek te brengen. Daar wordt u onderzocht en kunt u zo nodig opgenomen worden in ons tehuis voor ongehuwde moeders.'

Haily antwoordde met een hooghartige blik. 'Het gaat over een donatie,' verzon ze. 'Ik zou me hier inderdaad graag inschrijven, maar ik heb geen armenhuis nodig.'

Het woord 'donatie' toverde een heel andere gezichtsuitdrukking tevoorschijn. Ze nam de moeite om vriendelijk te glimlachen en stond op.

'In dat geval mag u mij volgen. Ik weet zeker dat moeder Iseult u meteen zal willen ontvangen.'

Twee ruimtes verderop verwees ze Haily naar een andere zuster, die haar via verschillende gangen naar het kantoor van de overste leidde. In de wachtkamer stonden uitnodigende leunstoelen. Haily nam plaats, maar werd al snel binnengevraagd.

Moeder Iseult, een vijftiger met een strenge blik, die net zo gekleed was als de zusters, begroette haar vriendelijk. 'Wat kan ik voor u doen, mevrouw...?'

'Miss,' corrigeerde Haily. 'En voordat we verder praten: u bent gehouden aan het beroepsgeheim, toch?'

De overste trok een wenkbrauw op. 'Niet per se,' legde ze uit. 'Wij zijn geen artsen of priesters. Desondanks kan ik u verzekeren dat wij onszelf de grootst mogelijke vertrouwelijkheid en geheimhouding hebben opgelegd. Wellicht weet u dat we zelfs moeders accepteren die anoniem willen bevallen.' Wat ze daar persoonlijk van vond, stond echter op haar gezicht geschreven.

'Juffrouw Hard,' stelde Haily zich voor. 'Haily Hard, een vrij bekende actrice en zangeres. En dit hier' – ze wees naar haar buik – 'was een ongelukje.'

Moeder Iseult grimaste. 'Over het algemeen blijven de betrokkenen bij dit soort ongelukjes niet geheel en al afzijdig,' antwoordde ze.

Haily knikte. 'Dat zal ik niet ontkennen. Ik heb een fout gemaakt en ben daarvoor te biechte gegaan. Ik ben van Schotse adel, katholiek opgevoed. Alleen ben ik niet van plan de rest van mijn leven te laten bepalen door deze ene fout. Daarom ben ik van plan u de opvoeding en het onderwijs van het kind toe te vertrouwen.'

De overste slikte. 'Wij zijn geen dienstverlenende organisatie,' zei ze streng.

'Nee?' Haily fronste. 'Hoe moet ik u dan zien? Het lijdt geen twijfel dat u diensten verleent, zij het op liefdadige basis.'

'Wij dienen God!' zei de non stijfjes.

'Dat is mooi,' antwoordde Haily. 'Maar u aanvaardt wel donaties?'

'Natuurlijk! De kinderen moeten gevoed en gekleed worden. U –'

'Goed, dan kunnen we misschien afspreken dat ik honderd dollar per maand doneer uit naam van mijn kind, net zo lang tot u een gezin hebt gevonden dat het wil adopteren. Als u ervoor kunt zorgen dat ik hier kan bevallen zonder behandeld te worden als een gevallen meisje of een lichtekooi die haar bastaard anders in een of andere steeg had gebaard, dan doneer ik nog eens vijfhonderd dollar.'

De overste keek haar verbijsterd aan. 'En u eist daarvoor?'

'Dat ik niet lastiggevallen word als er iets, wat dan ook, met het kind aan de hand is. Het mag wel Hard heten, dat is een heel gewone achternaam waar niemand conclusies uit zal trekken. Maar u moet mij verzekeren dat het kind nooit op mijn stoep zal staan om iets op te eisen. Kunt u dat?' Haily keek haar rustig aan.

Moeder Iseult had er zichtbaar moeite mee haar kalmte te bewaren. 'U hebt nog tijd om erover na te denken,' zei ze toen. 'De meeste vrouwen... Als ze het kind voor het eerst in hun armen houden –'

'Ik ben niet zoals de meeste vrouwen, en ik ga het kind ook niet in mijn armen nemen. Ik wil niet dat het zich aan mij hecht.' Haily dacht aan Emily's gans.

De overste trok haar wenkbrauwen op. 'Juffrouw Hard, een pasgeboren kind kan nog niet eens scherp zien...'

Haily haalde haar schouders op. 'Dan herkent het mij sowieso niet. Afijn, kunnen we het zo afspreken? Anders wend ik me net zo lief tot een ander tehuis.'

Moeder Iseult liet haar twijfel varen. 'Als dat is wat u wilt.'

Haily knikte. 'Precies dat wil ik. En vergeet u alstublieft de zorgzame behandeling tijdens de bevalling niet. Van wat ik erover heb gehoord, is die al onaangenaam genoeg, ook zonder dat ik me aan een slechte begeleiding moet ergeren.'

Twee maanden later bracht Haily in de kliniek van het vondelingentehuis een dochter ter wereld. Ze lag in een eenpersoonskamer en werd verzorgd door twee welopgevoede jonge vrouwen in verpleegstersuniform die duidelijk waren opgeleid tot vroedvrouw, maar uit een welgesteld milieu leken te komen. Ze deden wat ze konden om Haily's bevalling te verlichten. Alleen haar wens om te roken tijdens de bevalling werd niet ingewilligd.

Een van hen, zuster Katherine, liet haar de baby zien toen ze gewassen en in schone doeken gewikkeld was.

'Ziet u toch eens hoe vertederend ze is!'

Haily wierp een blik op het rode, rimpelige gezichtje van haar dochter en het blonde pluizige hoofdhaar. Cuthbert was waarschijnlijk niet de vader. Ze herinnerde zich het rossige haar van Ailis' zoontje.

'Heel mooi. Zorgt u alstublieft goed voor haar.' Haily liet zich weer in de kussens zakken. 'Ik moet slapen.'

'Ze heeft haar niet eens een naam gegeven,' zei de jonge zuster later stomverbaasd. 'En het is de liefste baby die hier ooit geboren is! Als haar moeder haar echt niet wil, weet ik zeker dat ze snel adoptieouders zal vinden.'

'We noemen haar Mary Ann,' zei de overste. 'En ze wordt niet aan adoptieouders aangeboden. Dit kind levert ons honderd dollar per maand op. We houden het een tijdje bij ons!'

5

Emily genoot van elk uur dat ze met het gansje doorbracht. Het was gewoon te schattig hoe het in het begin onhandig naar haar toe waggelde en achter haar aan kwam, maar soms ook luid snaterde om mama niet kwijt te raken. Als het de verbinding verloor, veranderde het gesnater van toon en werd het veel dringender.

Emily vond het jammer dat ze de geluiden niet kon opnemen. Er bestond al wel apparatuur voor, maar geen van hen wist nog hoe ermee om te gaan. Wel leerde ze al snel de meeste geluiden na te doen. Hoe ze de geluiden in de presentatie van het onderzoek zou verwerken zonder dat het gênant werd wist ze nog niet, maar vooralsnog vonden haar vrienden haar gesprekken met de ganzenkinderen erg vermakelijk. Ronald deed ook zijn best het ganzentaaltje te leren. Hij had minder succes bij de ganzen dan zijn vrouw, maar beweerde dat ze nu een geheime taal hadden die niemand begreep, behalve zij.

'Ik vrees dat we in die taal geen intelligente gesprekken kunnen voeren,' zei Emily lachend. '"Ik ben hier! Waar ben jij?" Veel dieper gaat het niet.'

Natuurlijk documenteerde ze ijverig elk aspect van het gedrag van haar gansjes en ze vergeleek het met het gedrag van de natuurlijk opgroeiende kuikens van een koppel wilde ganzen dat in de buurt broedde. Adam en Eva en hun kuikens waren naar een ren op het erf van de Brewsters verhuisd en werden liefdevol verzorgd door Caroline. Ronald begeleidde Emily en haar kuikens met zijn camera. Beiden stelden vast dat de drie al snel een hiërarchie onder elkaar begonnen te vormen. Goo-one, een kleine gent, bleek veel sterker dan zijn nestzusjes en intimideerde ze soms zo erg dat ze onder Emily's rok vluchtten.

Ronald observeerde vergelijkbaar gedrag bij het kroost van de wilde ganzen en noteerde dat de ouders dit niet corrigeerden. Wel kreeg een zwaar belaagd gansje bescherming van de moeder. Emily voedde haar kuikens ook niet op en liet ze hun ruzies onderling oplossen.

'Professor Munsterberg luisterde heel aandachtig naar mijn bevindingen over de ganzentaal en de communicatie tussen ouders en jongen,' vertelde ze haar man nadat ze de psycholoog in zijn spreekkamer had opgezocht om hem op de hoogte te brengen van de status van het onderzoek. 'Hij vindt dat de betekenis van de verschillende geluiden in verband met de ontwikkeling van de kleintjes intensiever onderzocht moet worden. Eigenlijk zouden we dat moeten doen met een vergelijkingsgroep die aan de automatische voeding zou zijn gezet. Maar dat vind ik harteloos! Tegen wie moeten de kleintjes zich dan aanvlijen?' Hun eigen ganzenkuikens waren al net zo aanhalig als Gooby was geweest. Als ze moe werden, kropen ze bij Emily op schoot of gingen ze half over elkaar heen op haar voeten liggen. Elk kuiken probeerde het beste plekje te bemachtigen.

Ronald, of beter nog Donella, had een voederautomaat kunnen bouwen – en Archie vond dat je de jongen ook wel een kussen kon geven om tegenaan te kruipen. Emily wees dit resoluut van de hand. Zij wilde het opgroeien bij mensen vergelijken met de natuurlijke situatie, niet meer en niet minder. Uiteindelijk formuleerde ze als doel van haar onderzoek aan te tonen dat ganzenjongen zich altijd oriënteren op degene die ze als hun ouder beschouwen. Met als voorbeeld het bewijs dat haar kuikens het water niet in zouden gaan voordat Emily het ze had voorgedaan. Net zoals hun wilde soortgenootjes hun ganzenmoeder volgden.

'Zwemmen kunnen ze van nature,' vertelde Emily aan Donella, Archie en Ailis. Archie verbleef nu elk weekend op Concord om de kuikens te observeren en nam Donella, Ailis en Copper graag mee. Alma keek altijd uit naar een vrije dag om met haar vriend af te spreken. Ailis vreesde dat ze binnenkort een nieuwe nanny zou moeten zoeken. Ze vermoedde dat Alma van plan was om te gaan trouwen.

'En met vliegen gaat het net zo. Zodra ze opvliegen, kunnen ze het. Maar uit zichzelf doen ze het niet. Dat zagen we toen al bij Gooby. Ik zou het ze voor moeten doen, op de een of andere manier.'

Emily maakte zich wel een beetje zorgen, want de jonge ganzen begonnen hun vleugels te strekken en ermee te klapperen. Het gele dons was uit hun veren verdwenen; ze waren nu grijs en hun nek werd al langer. Er werden sprongetjes gemaakt, ondersteund door klapperende vleugels. De tussen de wilde ganzen opgroeiende kuikens zouden binnenkort hun eerste testvluchten maken. Maar Goo-one, -two en -three waren niet georiënteerd op hun soortgenoten. Zelfs aan het water hadden ze onverschillig toegekeken hoe hun wilde soortgenoten hun moeder volgden, het water in. Ze hadden net zo lang gewacht tot Emily ze voorging.

'Ik kan een luchtschip voor je bouwen,' merkte Donella kalm op. 'Als je ermee durft te vliegen.'

Emily en de anderen keken haar ongelovig aan.

'Een luchtschip dat echt kan vliegen?' vroeg Emily. 'Kun jij dat helemaal zelf bouwen?'

Donella lachte. 'Wat denk je dat ik de afgelopen jaren heb gedaan?'

'Maar daar had je hulp bij, Donella,' zei Archie. 'Je kunt toch onmogelijk in je eentje –'

Donella rolde met haar ogen. 'Archie! Ik kan dat. Je gelooft het misschien niet, maar ook een vrouw kan met gereedschap omgaan. Zeker heb ik hulp gehad en ook nu zou ik een paar plaatselijke vakmensen inschakelen. Al was het maar omdat ik niet het nodige gereedschap heb, om nog maar te zwijgen van een werkplaats. Maar ik teken het ontwerp aan de hand waarvan zij aan de slag kunnen, en ik hou toezicht op de voortgang van het werk. Niet dat iemand iets meent te moeten veranderen en dat het dan misgaat!'

‘Is dat niet heel duur?’ vroeg Emily. ‘De universiteit gaat hier vast niet aan meebetalen.’

‘Dat hoeft ook niet,’ zei Archie. ‘Ik weet zeker dat de Ornithologische Club het wil financieren en William Brewster kan ook nog de Amerikaanse Ornithologen-Unie inschakelen. Ganzen die leren vliegen door een mens in een luchtschip, dat zou een sensatie zijn! Ook al kan ik het nog steeds niet geloven, Donella. Ik denk toch dat je jezelf een beetje overschat. En Emily, tja, als de kuikens de lucht in begeleid moeten worden, dan hadden ze beter ingeprent kunnen worden met Ronald.’

Donella zuchtte en had voor de zoveelste keer spijt dat ze de vlucht boven Parijs niet zelf had gemaakt. ‘Ik zal het je bewijzen, Archie,’ zei ze. ‘Als Emily wil meedoen. Want zij moet het luchtschip besturen. Een tweepersoons zou te groot worden en een duurdere motor nodig hebben. Het moet wel hanteerbaar blijven.’ Ze glimlachte. ‘Hernando had de zijne vastgebonden aan een boom voor de Moulin Rouge...’

Emily straalde. ‘Natuurlijk doe ik mee! Je bent het toch met me eens, Ronald? Jij moet het fotograferen, je wordt beroemd!’

Ronald glimlachte. ‘Eerst en vooral zal het jou beroemd maken. En natuurlijk zeg je geen nee! Archie heeft gelijk: het zou een sensatie zijn.’

Donella ging meteen op zoek naar geschikte vakmensen en sloeg daarvoor zelfs een van haar geliefde colleges aan de universiteit over. Het was relatief gemakkelijk om mensen te vinden die haar konden helpen bij het bouwen van de gondel, en toen Archie eenmaal financiering van de club had geregeld, kon de nieuwste en lichtste motor worden besteld.

In Chicago was een fabriek die ballonstof maakte, maar Donella kon niemand vinden die de ballonhoes volgens haar ontwerp wilde naaien. Ze besloot het zelf te gaan doen, op basis van de ervaring die ze had opgedaan in Vaugirard. Het moeilijkste bleek het vinden van een geschikte naaimachine. De lappen waren veel te groot voor een huishoudnaaimachine, maar voor een zadelmakersmachine was de stof niet dik genoeg. Uiteindelijk vond ze een fabriek die dekzeilen voor koetsen maakte. De eigenaar stemde ermee in dat Donella een paar dagen gebruikmaakte van een van de naaimachines. In ruil daarvoor wilde hij zijn reclamelogo erop. Donella beloofde het.

Ronald legde de hele bouw van het luchtschip vast. Archie vond de reclamebanner zo'n goed idee dat hij ook met andere meewerkende bedrijven speciale financiële afspraken maakte als ze wilden dat hun naam genoemd werd in verband met het luchtschip.

Naarmate de kuikens opgroeiden en floreerden, groeide ook Emily's opwinding. Zouden de jonge ganzen het luchtschip volgen? Ze oefende bijna obsessief de lokroep waarmee de ganzenmoeders hun jongen aanspoorden om haar te volgen, zelfs in onveilige situaties. Daarnaast bestudeerde ze de bouw en de werking van motoren en van luchtschepen. Ze zou zichzelf niet voor gek zetten als aeronaut! Ronald studeerde mee en moedigde haar aan.

William Brewster en de hoogleraren van Harvard volgden het gebeuren met de nodige scepsis. Een vrouw die een luchtschip bouwde? Een andere vrouw die ermee ging vliegen?

'Nog even en jouw Harvard-computers willen de ruimte in,' spotte Brewster tegen Pickering toen hij hem kwam opzoeken in het observatorium. De twee hadden lol in elkaars gezelschap gekregen.

Pickering keek even peinzend naar Ailis, die aan een tweede bureau in zijn kantoor zat te werken, en zei: 'Aan bepaalde Schotse huishoudsters zou ik dat gerust toevertrouwen.'

6

Het was onrustig op de afdeling van de Harvard-computers toen Ailis op een ochtend binnenliep, vroeg in het najaar van 1891. Ze was een beetje laat, omdat Copper haar had opgehouden. Sinds Donella hem over luchtschepen en ballonnen had verteld, tekende hij elke dag kleurige kabelballonnen. Ailis was van plan er een voor hem te maken van een stuk rijstpapier en boven een kaarsvlam te laten vliegen. Verbaasd zag ze dat al haar collega's zich over Molly's werkplek bogen om een glimp van iets op te vangen.

'Wat is er aan de hand?' vroeg Ailis. 'Heb je de man in de maan ontdekt?'

Molly keek op. Ze lachte niet. 'Die mag van mij doodvallen vandaag!' riep ze. 'De vrouw in de maan zou misschien nog gaan. Ik ben laaiend, Ailis! Dit is schandalig!' Haar gezicht was vertrokken van verontwaardiging.

Toen pas zag Ailis waar haar collega's zo gebiologeerd naar keken. Voor Molly lag het nieuwe nummer van *Scientific America* met daarop een foto van de nevel die Ailis had ontdekt.

TRIOMF DER ASTROFOTOGRAFIE

EDWARD PICKERING ONTDEKT GASNEVEL IN STERRENBEELD ORION

Ailis' hart sloeg over. Ze griste het tijdschrift van tafel en bladerde door naar het artikel. Haar tekst was van begin tot eind opgenomen, met uitzondering van haar naam. Als auteur werd professor Edward Pickering vermeld.

'Wat!?' wist ze ten slotte uit te brengen. 'Dit is onvoorstelbaar!' Ze had nooit gedacht dat Pickering haar zo brutaal opzij zou schuiven.

Molly lachte bitter. 'Het is helaas niet uitzonderlijk, dat weet je, we hebben het er vaker over gehad. Maar dit is toch ongelooflijk grof! Onze zogenaamde mentoren veranderen meestal hier en daar wat woorden voordat ze een artikel als hun eigen paper publiceren. Hoe dan ook komt het altijd op hetzelfde neer. Wij vrouwen doen het werk en de mannen strijken met de eer.'

'Je moet bezwaar maken!' Een van de andere vrouwen wendde zich tot Ailis. 'Dit is jouw nevel, die kan hij niet zomaar aan zichzelf toeschrijven.'

Ailis probeerde te glimlachen, maar dat lukte niet. Ze was verschrikkelijk teleurgesteld en gekwetst. 'Tja, helaas kan ik geen eigendom claimen.'

'Niet van de nevel, maar wel van jouw intellectuele eigendom. Jij hebt deze nevel ontdekt en onderzocht. Jij alleen! Dus jij moet vermeld worden als auteur van het artikel. Je kunt dit niet accepteren. Ga naar Pickering en confronteer hem ermee!' Molly keek haar uitdagend aan. De andere vrouwen waren het roerend met haar eens.

Ailis schudde haar hoofd. 'Dat kan ik niet doen. Pickering heeft me altijd gesteund, zonder hem zou ik niet zijn wie ik ben. Als ik dat een beetje goed kan maken door hem de eer te gunnen –'

'Dan is het nog steeds schandalig!' riep Molly. 'Hoe moet ooit erkend worden dat wij net zo slim en vakbekwaam zijn, als we altijd toegeven? Ik kan dit niet laten gebeuren. Ik ga ernaartoe, en wel nu meteen.'

'Molly, nee!' Aan de ene kant vond Ailis het hartverwarmend dat de jongere vrouw voor haar opkwam en daarmee haar eigen baan op het spel zette. Aan de andere kant was ze bang dat haar eigen werk in gevaar zou komen. Nerveus wachtte ze af en toen ze even later bij Pickering moest komen, klopte haar hart wild.

Molly zat nog in de in verschillende bruintinten ingerichte ruimte met de grote ramen. Voor het ene raam stond een telescoop, op het tafeltje ernaast lagen de nieuwste publicaties op het gebied van de astronomie. Langs de muren stonden natuurlijk boekenkasten, maar daartussen was voldoende ruimte voor een aantal spectaculaire voorbeelden van astrofotografie. Ailis had het van begin af aan een prettige kamer gevonden, maar nu zag ze op tegen de gespannen sfeer.

Bij binnenkomst werd ze verrast door het tegendeel. Pickering en Molly waren in een geanimeerd gesprek verwikkeld.

'Mevrouw Hay!' Pickering glimlachte naar haar. Hij was nooit van de formele aanspreekvorm voor zijn voormalige huishoudster afgestapt. 'Gaat u zitten! Ik had u al de hele ochtend bij me willen roepen vanwege deze rampzalige publicatie van uw artikel. En nu is juffrouw Peak Justin me voor. U hebt een uitstekende woordvoerder aan uw collega, al weet ik niet of het haar alleen om u gaat of om vrouwen in het algemeen.'

Ailis bloosde. 'Mij gaat het sowieso om het laatste,' verklaarde ze. 'IJdelheid speelt bij mij geen rol, mijn werk als astronome des te meer.'

Pickering stak zijn hand op. 'Ik ken uw verdiensten en heb u verschillende malen geprezen. Al lijkt u de loftuitingen nauwelijks te horen. Bent u weleens trots op uzelf, mevrouw Hay? Persoonlijk bedoel ik; ik zou het nooit als ijdelheid zien.'

Ailis rechtte haar rug. 'Nou, eh...'

Haar leidinggevende schudde zijn hoofd. 'U bent een bijzondere vrouw: hoog intelligent en zeer succesvol, zonder ooit uw hoofd boven het maaiveld uit te willen steken. Waarom is mij een raadsel. Maar die tijd is voorbij. U hebt gezien dat *Scientific America* mij ten onrechte de ontdekker van uw gasnevel noemt. Dat kon ik niet laten gebeuren. Dus ik heb ze meteen gebeld en geëist dat het wordt gecorrigeerd.'

'U hebt wat?' vroeg Ailis geschrokken.

'Ik heb mijn beklag gedaan. En de hoofdredacteur toonde berouw. Terecht, natuurlijk. Hij staat erop een interview met u te doen, en dan komt er een groot artikel over het werk van de vrouwen in ons instituut. Ik hoop dat daarmee ook de praatjes over "de harem van Pickering" verleden tijd zullen zijn. Bovendien wil hij een foto van u op de voorpagina van het tijdschrift.' Pickering keek Ailis even afwachtend aan voordat hij verder sprak: 'En zou u alstublieft niet willen poseren als een grijze muis of een verschrikte gouvernante? Het spijt me dat ik dat zo brutaal tegen u zeg, mijn beste mevrouw Hay. U mag gerust eens iets moois aandoen. Ik heb juffrouw Peak Justin gevraagd en vrij gegeven om u te assisteren. Tenslotte vertegenwoordigt u ons instituut, mevrouw Hay. U bent de vrouw die naar de sterren reikt! Best een goede titel, trouwens. Dus stel me niet teleur... Ailis.'

Molly nam haar speciale opdracht serieus. Ze nam Ailis mee om kleding te kopen, in winkels waar alleen modieuze vrouwen als Haily Hard naartoe gingen. Ailis vond alles te duur en veel te extravagant, maar Molly wuifde het weg.

'Je hebt het gehoord van de professor. Ik moet de mooiste Ailis tevoorschijn toveren. En dat ga ik ook doen, hij zal je niet herkennen. En daar hebben we natuurlijk je vriendin bij nodig, die met die eenden in Concord. Je zei toch dat zij als dienstmeisje en ook als visagiste heeft gewerkt?'

'Ja, maar Emily heeft op dit moment belangrijker dingen aan haar hoofd,' wierp ze tegen en ze vertelde over het ganzenonderzoek.

'Ach, een paar uur zal ze die beestjes toch wel met rust kunnen laten,' zei Molly. 'Anders moet ze d'r kuikens maar meebrengen. Het belangrijkste is dat ze laat zien hoe je jezelf een beetje kunt opmaken. Jeetje, Ailis, het hoeft geen toneelmake-up te zijn, dat zou er onnatuurlijk uitzien. Maar een beetje kleur...'

Gewillig bracht Ailis een hele middag door in die eerste modezaak op het plein om de meest uiteenlopende creaties te passen. Uiteindelijk koos ze voor een groene middagjurk met een hooggesloten hals in twee andere groentinten. De taille en de rok waren geaccentueerd met een goudbruin gevlochten band waarin de kleur van Ailis' ogen terugkwam.

'Op de foto zie je geen kleuren,' zei Ailis toen Molly en de winkelbediende haar erom prezen.

'O nee, jammer,' zei Molly, 'maar de lichtere en donkere tinten zie je wel. En misschien kleuren ze de foto wel in. Maar hoe dan ook, deze jurk staat je geweldig! Nemen we hem?'

Ailis stemde toe, maar stond perplex toen ze de prijs zag. 'Zoveel geld geef ik nooit uit aan kleding.'

Molly keek haar ongelovig aan. 'Ik dacht dat jij van adel was? Dan moet je er toch ook representatief uitzien? En die meisjes worden toch ook aan de koningin voorgesteld? Hoe dan ook, koop deze jurk nou maar! Wie weet wat voor onderscheidingen je als astronoom nog gaat winnen. Dan heb je iets om aan te doen tijdens de uitreiking.'

Ook Emily aarzelde niet om zich te laten gelden als ervaren kleedster. 'Ik vond het altijd al jammer dat je je als een grijze muis kleedde,' bekende ze toen de drie vrouwen samenkwamen in Ailis' appartement voor de afspraak met de journalist en de fotograaf. Emily had Ailis al in haar nieuwe jurk geholpen en borstelde haar haar om het mooi op te kunnen steken.

'In deze jurk heb je een heel andere uitstraling. Besef jij wel hoe mooi je bent, Ailis Hard? Geen van de actrices die ik heb opgemaakt kan tegen jou op.'

'Cuthbert vond me niet mooi,' zei Ailis zachtjes.

'Zou je dat dan hebben gewild?' vroeg Molly, terwijl ze Emily's professioneel uitgeruste make-upkoffer bekeek. 'Was dat belangrijk voor je? Of heeft die vent gewoon je trots gekrenkt toen hij je liet zitten?'

'Ik moet iets verkeerd hebben gedaan,' zei Ailis. 'Dat schreef mijn moeder tenminste. Mijn vader kon het eigenlijk niet schelen, zolang ik maar een Hay bleef en geen onrust zou stoken in zijn nieuwe gezin.' Nog nooit had Ailis hierover gesproken, maar ze voelde zich nog steeds close met Molly, en Emily vertrouwde ze blindelings.

'Wat heb je dan verkeerd gedaan? Als ik het goed begrijp, is deze meneer Hay alleen met je getrouwd voor je bruidsschat.

Die heeft het hem mogelijk gemaakt te emigreren en zijn eigen theater te beginnen. Toen het geld op was, heeft hij je laten vallen als een hete aardappel!' Molly gebruikte graag zelfverzonnen beeldspraak.

'Zo gaat het nou eenmaal met meisjes van mijn stand,' hield Ailis vol. 'We worden uitgehuwelijkt zoals het onze ouders uitkomt. Ik heb nog geluk gehad dat ik niet met mijn vreselijke neef George ben getrouwd. Destijds was hij de eerste keus van mijn ouders, maar hij wilde me niet.'

Natuurlijk had zij George noch Cuthbert echt gewild. Toch had ze nog steeds het gevoel dat ze keer op keer was afgewezen.

'Mijn moeder ziet het als een plicht van de vrouw om ondanks alles van haar man te houden,' vervolgde ze. 'En om ervoor te zorgen dat hij die liefde uiteindelijk gaat beantwoorden.'

Molly keek haar verbijsterd aan. 'En nu denk je dat je gefaald hebt? Ailis, heb je ooit van een man gehouden? Of een man begeerd?'

Blozend schudde Ailis haar hoofd. Dus Molly wist het, ze had zich niet in haar vergist. Toch had de jongere vrouw haar afgewezen, en kennelijk niet de behoefte gevoeld met Ailis samen te zijn.

'Als de ware voorbijkomt, word je vanzelf verliefd,' meende Emily, die niets van Ailis' voorkeur voor vrouwen wist. Ze glimlachte. 'Ook al denkt verder iedereen dat hij niet de ware is.'

'In elk geval is niemand verplicht om van iemand anders te houden,' verklaarde Molly, wat Ailis eerder als terechtwijzing dan als bijval opvatte. Molly moest haar verliefdheid hebben bemerkt en maakte haar op deze manier duidelijk dat ze Ailis' gevoelens niet kon beantwoorden. Resoluut slikte ze een opkomende huilbui weg. De mensen van *Scientific America* konden elk moment voor de deur staan. Ze wilde hen met een lachend, triomfantelijk gezicht ontvangen. Niet voor niets was zij de vrouw die een sensatie had veroorzaakt in de astronomie!

Deze gedachte luchtte haar op. En vervolgens vergat ze sowieso al het andere toen ze, net zo gefascineerd als Molly, toekeek hoe

Emily te werk ging. Haar rossige haar werd losjes opgestoken waardoor het er vederlicht uitzag, alsof ze een aura van zachte krullen had. Ze kreeg make-up die haar lichte teint ophaalde en een beetje rouge om haar fijne, aristocratische trekken te benadrukken. Na een paar penseelstreken op haar oogleden en wenkbrauwen leken haar bruingroen gespikkelde ogen groter en expressiever.

Tot haar verrassing zag Ailis geen vreemde in de spiegel, maar eerder de jonge vrouw die in St. Andrews op de trein was gestapt om naar huis te gaan en met haar vader te praten. Ze herkende de lichte uitstraling van destijds, en het hoopvolle vertrouwen in de toekomst die ze voor zich zag – hoe ze naar de sterren zou reiken. Haar vader had die dromen met een paar woorden kapotgemaakt. En vervolgens had Cuthbert haar als zijn echtgenote voor gek gezet en uitgebuit toen ze had geprobeerd de stukjes aan elkaar te lijmen.

Maureen had iets nieuws in haar losgemaakt, maar haar ook weer verlaten om haar eigen pad te volgen. Door dat alles was Ailis, een geboren Hard, iemand anders geworden…

En nu zag ze de Ailis van toen terug in de spiegel. Emily had haar innerlijke zelf van toen terug weten te toveren. Nu was het aan Ailis om te sprankelen met haar intellect en charme. Ze glimlachte.

'Ongelooflijk!' riep Molly uit. 'Wat ben je mooi!'

Dus Molly zag het ook. Meteen voelde ze een sprankje hoop. Zou Molly misschien toch verliefd worden op deze nieuwe Ailis?

Emily pakte rustig haar spullen in terwijl Donella, haastig als altijd, de kamer in liep en hen terloops groette.

'Wat zijn jullie hier allemaal aan het doen? O ja, Ailis heeft vandaag haar grote interview. Ik duim voor je, Ailis! Wees vooral niet te bescheiden. Je moet indruk op ze maken, denk aan Hernando.'

Molly viel haar stralend bij. 'Dat doet ze sowieso, kijk dan naar haar!'

Nu pas zag Donella het. 'Je ziet er fantastisch uit, Ailis! Helaas moet ik nu weg. Groet je kuikens van me, Emily. Ze moeten nog even geduld hebben, maar binnenkort gaan ze vliegen. En natuurlijk ook de groeten aan Ronald,' zei ze bij het naar buiten gaan. Ze moest naar haar vakmensen, wier werk ze regelmatig inspecteerde. Emily volgde haar. Zij had nog wel duizend vragen over de voortgang van het werk.

Verbaasd draaide Molly zich naar Ailis om. 'Is je lieve vriendin Donella altijd zo enthousiast?' vroeg ze licht verwijtend. 'Ik had wel wat meer aandacht en een mooi compliment verwacht. En misschien een succeswens.'

'Mijn lieve nicht,' corrigeerde Ailis, die nog altijd naar haar spiegelbeeld zat te kijken. Donella's korte verschijning had ze nauwelijks opgemerkt. 'Dona en ik zijn nichtjes. Op kostschool deelden we een kamer. Ze heeft net als ik duizend keer gezien hoe Emily ons andere nichtje Haily mooi maakte. Dus ze is niet zo snel onder de indruk alleen maar omdat ik een nieuwe jurk draag en mijn haar mooi opgestoken is.'

Even leek Molly totaal in de war. Toen leek er iets hoopvols in haar blik te verschijnen. 'Betekent dat dat jullie, ik bedoel jij en zij, niet samen zijn? In de zin van, eh, je weet wel.'

Ailis schudde haar hoofd. 'Natuurlijk niet. We zijn beste vriendinnen, dat wel –' Toen pas drong het tot haar door. 'Dacht je dat Dona en ik een stel waren? Was dat de reden dat je je toen terugtrok?'

Molly knikte en pakte haar hand. 'Ze kwam in het observatorium en we maakten een praatje. Ik merkte aan haar hoe close jullie met elkaar zijn. En toen ik jullie op de kermis zag, met die kleine jongen van jou, leken jullie echt een gezinnetje met z'n drietjes. Ik had natuurlijk wel gemerkt dat je mij leuk vond. Maar ik zou nooit een relatie kapot willen maken.' Ze beet op haar lip. 'Ik was heel erg teleurgesteld. In jou, omdat ik dacht dat je Donella wilde bedriegen. Maar ook omdat ik eigenlijk al, eh... ja, in vuur en vlam stond.'

Ailis keek haar aan. 'Zou dat vuurtje weer aangestoken kunnen worden?'

Molly glimlachte. 'Het is nooit gedoofd. Waarom denk je dat ik hier ben?' Ze pakte ook Ailis' andere hand. 'Ik ben heel graag met je samen, Ailis Hay,' zei ze teder.

Ailis stond op en wilde haar tegen zich aan drukken, maar Molly trok zich terug uit haar omhelzing.

'Als wij nu gaan zoenen,' waarschuwde ze, 'zit jouw lippenstift straks overal.'

Ailis zweefde zowat door de fotoshoot en het interview met meneer Smith, de journalist van *Scientific America*. Ze was al haar zenuwen kwijt en sprak met veel enthousiasme over haar werk, professor Pickering en de andere computervrouwen. In antwoord op een vraag vertelde ze geanimeerd over haar kinderlijke fascinatie voor de nachtelijke hemel. De journalist lachte om de uitleg van nanny Peterson dat elke ster de ziel van een goed meisje was, en verbaasde zich over Ailis' start als huishoudster van de professor.

Ailis sprak ook over haar prachtige zoontje en verwierp de bewering dat moederschap een vrouw aan huis zou moeten binden.

'Moederschap en een carrière zijn alleen onverenigbaar als de vrouw te slecht betaald wordt om zich een kindermeisje te kunnen veroorloven,' legde ze uit. 'Helaas is dit bijna altijd het geval; zelfs veel van onze vrouwelijke wiskundigen verlaten ons als ze trouwen. Dat is een verlies voor de wetenschap en dus voor ons allemaal!'

'Wilt u zeggen dat we met meer vrouwen in het onderzoek eerder naar de sterren zouden reizen?' vroeg de journalist glimlachend.

Ailis gaf hem een charmante glimlach terug. 'Op den duur, meneer Smith, komen wij vrouwen overal waar we maar naartoe willen.'

De meegekomen fotograaf nam nog een paar foto's, en hoewel ze serieus wilde kijken, wist hij haar hoop, vreugde en optimisme vast te leggen.

Pas toen de twee mannen vertrokken waren, vielen Ailis en Molly elkaar in de armen voor een gezamenlijke nachtreis naar de sterren.

7

Emily had reikhalzend uitgekeken naar de dag dat het luchtschip eindelijk in Concord arriveerde. Ronald had de twee schimmels voor de wagen gespannen om het, onder begeleiding van Donella natuurlijk, in Boston op te halen. Ze moesten een paar keer heen en weer rijden om de ballonhoes, de gondel en de motor naar de wetlands in het reservaat te vervoeren. Alle onderdelen in één keer laten bezorgen met een grotere, zwaarbeladen wagen zou te veel inbreuk maken op het rustgebied van de ganzen. Bovendien waren de twee merries bekend met het terrein en de ganzenkolonie.

'Het wordt toch al gevaarlijk als we dat kolossale ding met gas vullen en de motor starten,' zei Emily. Ze was niet alleen bezorgd om haar kuikens, maar ook om de wilde ganzen. Het plan was om de jongen een stukje te begeleiden tijdens hun vertrek naar het zuiden totdat ze zich bij een groep wilde ganzen aan zouden sluiten, en dan hopelijk hun pleegmoeder achter zouden laten. 'Niet dat ze voortijdig wegvliegen.'

'Welnee, de jonge vogels zijn nog niet zover.' Donella en Archie zaten met verrekijkers op het terras achter het huisje van Emily en Ronald en keken naar de wilde ganzen. De jonge vogels deden vliegoefeningen en sommige wisten al even in de lucht te blijven, maar beslist nog geen kilometers. Ronald serveerde ijsthee. Emily was aan haar stoel gekluisterd omdat de jonge vogels een dutje deden op haar voeten.

'Zo gauw het luchtschip gemonteerd is, zullen we de ballon vullen om de vogels tijd te geven eraan te wennen,' zei Archie, die zich, tot Donella's misprijzen, het project steeds meer leek toe te eigenen. 'En dan kun je de motor elke dag een paar minuten laten lopen,' ging hij onverstoorbaar verder.

'Ik zal een lier installeren,' bedacht Donella ter plekke, 'waarmee jullie het luchtschip een stukje kunnen laten opstijgen en weer terug kunnen halen. Misschien zou die zelfs motorisch aangedreven kunnen worden!' Donella liep direct warm voor het idee. 'Dan zweef je een eindje boven de grond en zullen de Goo's misschien ook de lucht in gaan.'

'Als ze dat doen, hebben we meteen een mooie vliegoefening,' zei Emily enthousiast. 'Dat zou geweldig zijn. Dan is het probleem met de aanloop opgelost.'

Dit probleem hadden ze al uitvoerig besproken. Het luchtschip steeg verticaal op, terwijl de ganzen een aanloop en meer tijd nodig hadden om op vlieghoogte te komen.

'En als je nou op een tafel gaat staan,' stelde Ronald voor, 'en ze bij je roept?'

'Jij wilt belachelijke foto's van mij maken?' zei Emily. 'Zal ik ook een paar engelenvleugels aantrekken?'

'Goed idee! Vooral de combinatie van die twee.' Donella's ogen sprankelden. 'We gaan het meteen proberen. Kom op, Emily, schud die ganzen wakker en ga op tafel staan!'

Alsof hij het verstaan had, hief een van de kuikens zijn kop en maakte zachte snatergeluidjes tegen Emily.

'Hij moet eerst wat doen,' zei ze. 'Ik maak snel even een rondje met ze. Opstaan Goo-one, -two, -three, Donella wil jullie zien vliegen.' Ze had al verschillende voorbereidende oefeningen gedaan en de gansjes bijvoorbeeld geleerd haar te volgen over een omgevallen boomstam. Soms fladderden ze wat en soms klauterden ze eroverheen, voor zover hun zwemvliezen dat toelieten. Emily liet lokgeluidjes horen en de vogels kwamen zachtjes kwetterend achter haar aan.

'Ze is zelf een halve gans geworden,' grapte Donella. 'Kan ze het wel aan als haar jongen straks naar het zuiden vertrekken? Of gaat ze straks snateren in haar dromen?'

Ronald glimlachte mysterieus. Hun slaapkamergeheimen hield hij voor zich, maar uit zijn blik was op te maken dat Emily zich

’s nachts niet bezighield met welke gans dan ook.

Toen Emily terugkeerde was het tijd voor de oefening met de tafel. Emily klom erbovenop en verbood Ronald en Archie, die hun camera’s aan het voorbereiden waren, onder haar rok te richten. Intussen rekten de gansjes hun nek en maakten angstige snaterpiepjes naar haar. Emily wapperde met haar jas alsof ze vleugels had en moedigde ze net zo lang aan tot Goo-one zomaar opfladderde en op de tafel landde, waarop ook de andere twee opvlogen.

‘Vliegen zou ik het nog niet noemen, maar het begin is er!’ zei Emily blij. ‘Blaas die ballon maar op, Dona!’

Ook het vervoer van de gascontainers had nog wel wat voeten in de aarde gehad, maar Ronald had het in een paar dagen toch voor elkaar gekregen. Nu stond de gondel op een veld bij het huisje en bereidde Donella alles voor om de ballonhoes te vullen. De anderen hielpen haar door alles naast de gondel in het gras te leggen en de touwen vast te maken die het luchtschip aan de grond moesten houden. Het vullen van de ballon met waterstof deed Donella alleen. Het gas was licht ontvlambaar en moest met de grootste zorgvuldigheid worden getransporteerd.

Vanaf een veilige afstand keken Emily, Ronald en Archie ademloos toe hoe de slappe ballonhoes zich ontvouwde en opblies. De jonge ganzen snaterden opgewonden, een paar wilde ganzen vlogen weg. Maar de meeste dieren reageerden er nauwelijks op. Ronald legde hun gedrag vast met zijn camera terwijl Archie foto’s maakte van de groeiende ballon. Toen die eenmaal trots boven de gondel zweefde, kwamen de Brewsters om het experiment van dichtbij mee te maken. Zij hadden de bovenkant van de ballon vanuit hun huis gezien.

‘En dat gevaarte moet door een tengere vrouw als Emily in bedwang worden gehouden?’ vroeg Caroline Brewster ongelovig.

Donella knikte. ‘Jazeker, het is heel gemakkelijk. Vergeet niet dat de ballon, de drager van het luchtschip, nog lichter is dan lucht. Het is dat ik de vogels niet wil verstoren, anders zou ik het u even laten zien.’ Ze had in Boston al een eerste testvlucht gemaakt met de *Gooby 1*, zoals ze het luchtschip had genoemd, voor de verbaasde blikken van de werklui die eraan hadden meegewerkt. Natuurlijk was er meteen pers op afgekomen, maar Donella had ze afgewimpeld met de belofte ze uit te nodigen voor een vlucht in het kielzog van de wilde ganzen.

'Houdt u er wel rekening mee,' had ze ze op het hart gedrukt, 'dat het een wetenschappelijk experiment betreft. De ganzen mogen niet verstoord worden. Mevrouw Gardener zal de vluchten in haar eentje uitvoeren.'

Emily, die steeds meer zin had gekregen in haar drieste actie, had de vlucht met engelengeduld voorbereid. Eerst had ze haar kuikens de gondel laten zien en ze op de bodem gezet, waar ze wat voer had gestrooid. Later had Ronald de motor gestart om ze te laten wennen aan het dreunende geluid en de geur. Het door Emily grootgebrachte drietal had zich er niets van aangetrokken, al waren de wilde ganzen in de buurt toch wat onrustig geworden. Toen het monster begon te bewegen waren ze geschrokken opgevlogen. Ronald had het luchtschip een stukje laten stijgen en weer laten landen. Dat bleek met de motor heel makkelijk te gaan, al had hij de lier ook met de hand aan kunnen halen. Toen ze een stukje boven de grond zweefde, riep Emily de gansjes bij zich, en warempel: Goo-one steeg onhandig flapperend op om wankelend over de rand te landen, waarop ook de anderen volgden en ze alle drie in de gondel beloond werden voor hun inspanningen.

'Dit moeten we niet te vaak zo oefenen,' zei Emily. 'Als we willen dat ze zich straks bij de trekganzen aansluiten, moeten ze niet leren om hier te landen.'

'Nee, daar moeten we op letten,' zei Ronald. 'Het gaat erom dat ze gaan vliegen. Ik zou zeggen: volgend weekend, als Donella en Archie er weer zijn, dan vlieg jij!'

Ailis, Molly en natuurlijk Copper kwamen met Donella en Archie mee naar het reservaat om Emily's vlucht en het uitvliegen van de ganzen mee te maken. Archie mopperde dat hij een groter rijtuig had moeten huren om zoveel passagiers mee te kunnen nemen. Iedereen begreep dat hij liever alleen met Donella reisde. Inmiddels had hij haar duidelijk laten merken dat hij meer wilde dan een gewone vriendschap. Maar Donella wist het nog niet. Ze vond Archie een interessante man, en zeker niet onaantrekkelijk, maar van zielsverwantschap was geen sprake. Ze stond toe dat hij haar welterusten kuste als hij haar thuisbracht na een avondje uit, in de hoop dat ze iets van de opwinding en tinteling zou voelen die ze eerder met Hernando had ervaren. De kussen van Archie waren best aangenaam, maar de extase waarnaar ze verlangde bleef uit.

Wellicht bouw je met deze jongeman een gezondere relatie op.

Dat had haar grootvader geschreven. Tot Donella's grote opluchting had hij haar verontschuldigende brief uit Parijs vriendelijk beantwoord en sindsdien onderhielden ze een levendige correspondentie. Ze had hem verteld over Emily en Ailis, en dus ook over Archie Peyton, de nieuwe man die naar haar gunsten dong.

Dus tot nu toe maakt hij geen aanstalten je te verleiden? Misschien vind je in hem wel een prettige, betrouwbare levenspartner.

Dat laatste zou Archie beslist zijn, dacht Donella. Maar ze verlangde er juist naar hartstochtelijk verleid te worden.

Emily plande dat haar eerste vlucht met het luchtschip en hopelijk de ganzen één keer heen en weer over het drasland zou gaan om op het veld bij hun huisje weer te landen. Ze was zenuwachtig, maar niet voor het vliegen. Donella had haar geleerd hoe het roer werkte en ze had er al mee geoefend voordat de motor gemonteerd werd.

'Het is niet moeilijk, er staan geen gebouwen in de weg en op dit traject ook geen bomen,' zei Donella rustig. 'Je kunt het!'

Emily hoopte vooral dat haar ganzentrio het kon. Haar nervositeit had te maken met het grote publiek, al had ze de komst van haar professoren Roberts en Munsterberg uit weten te stellen. Als het vandaag allemaal goed ging, mochten ze volgende week komen kijken. Maar Donella en Archie, de Brewsters, Ailis met Copper en Molly had ze er niet van kunnen weerhouden te komen. Tot haar ergernis had Archie zijn mond niet kunnen houden en kwamen er ook nog drie leden van de Ornithologische Club kijken.

'Laat maar gaan, Emily, ik hou ze wel op afstand,' zei Donella bemoedigend. Het losmaken van de touwen die het luchtschip aan de grond hielden, was Ronalds werk omdat de ganzen hem kenden.

'De drie Goo's zijn de enigen die niet nerveus zijn,' merkte Ailis op.

Naast haar sprong Copper opgewonden heen en weer terwijl hij met grote ogen toekeek hoe de jonge ganzen achter Emily aan naar het luchtschip waggelden. Voordat ze in de gondel klom, riep ze ze bij zich en beloonde ze door wat brandnetels op de grond te strooien. Daarna startte ze de motor en liet Ronald de touwen losmaken. Direct steeg de *Gooby 1* op. Emily maakte lokgeluiden, waarop Goo-one opvloog en meteen zijn doel voorbij schoot omdat het luchtschip recht omhoog ging terwijl hij naar voren vloog. Maar hij wist een mooie bocht te maken en de andere twee deden hem precies na. Toen Emily het luchtschip langs haar huis manoeuvreerde en over het drasland stuurde, vlogen de ganzen achter haar aan. Het was dat ze haar lokroep moest blijven herhalen, anders had Emily het uitgegild van opwinding en blijdschap. Het was gelukt, de ganzen vlogen!

Voor haar triomfantelijk snaterende drietal uit maakte ze een U-bocht, zette de daling in en liet het luchtschip weer landen op het gras. Ook de ganzen streken neer en stormden op haar af toen ze uit het luchtschip klom.

Ronald omhelsde haar en kreeg jaloerse beetjes van Goo-one in zijn been. Lachend weerde hij het jonge mannetje af.

'Staat het erop?' vroeg Emily blij. 'Heb je goede platen geschoten?'

Ronald knikte. 'En ik ga er nog veel meer maken. Het is een fantastisch gezicht.'

'Ik denk dat ik droom,' fluisterde Emily. 'Ik kan gewoon niet geloven dat dit echt gebeurd is!'

'Dat komt vanzelf,' zei Donella, die net zo straalde als Emily toen ze haar en Ronald feliciteerde. 'Morgen herhalen we de presentatie exclusief voor je professoren, en daarna kunnen we de pers niet langer laten wachten. Wanneer de sensatie losbarst, kom je vanzelf terug in de werkelijkheid.'

'Verwacht je negatieve reacties?' vroeg Ronald. 'Omdat Emily en ik hier –'

'O, nee,' zei Donella met een brede lach. 'Eerder het tegendeel. Dit nieuws zal juist een lans breken voor echtparen zoals jullie. Maar het wordt... Nou ja, jullie zullen het wel merken. Ik heb het een paar keer zien gebeuren met Hernando, na een mislukking net zo goed als bij succes. Jij hebt zelf meegemaakt, Emily, hoe graag de pers op Haily dook. Dan stonden alle kranten weer vol. Deze keer zijn jullie de nieuwe sensatie!'

8

Emily had zich nooit kunnen voorstellen hoeveel mensen geïnteresseerd zouden zijn in haar vliegles aan de jonge ganzen. Eerst schreven de lokale kranten over haar, vervolgens kwam de nationale pers, en na een tijdje stond ze in de grote Amerikaanse dagbladen. Tijdschriften wilden fotoreportages opnemen, kwamen haar interviewen en stuurden hun schrijvende en fotoverslaggevers eropaf als ze met de ganzen ging vliegen.

William Brewster had zijn handen vol aan het in goede banen leiden van de dagelijks toestromende menigte in het reservaat. Emily's vluchten met de vogels werden steeds langer en al snel konden mensen haar vanaf andere plekken in de omgeving voorbij zien vliegen. Bewoners van Concord lieten geen gelegenheid voorbijgaan om haar te zien en in het weekend werd het plaatsje overstroomd door belangstellenden uit Boston en omgeving. Soms moest Brewster, die normaal gesproken graag bezoekers rondleidde, het reservaat dagenlang sluiten en oppassen dat het slot van het hek niet geforceerd werd door mensen die de start en de landing van dichtbij wilden zien.

Donella stond in de schaduw van Emily's roem, maar het feit dat het luchtschip was ontworpen door een vrouw was toch ook zeer nieuwswaardig. Haar naam werd in bijna alle artikelen vermeld. Als ze echt een fabriek was gestart, had ze de bestellingen voor gas- of heteluchtballonnen nauwelijks aangekund. Maar uit het vooronderzoek dat ze intussen had verricht, bleek dat de atmosferische omstandigheden boven Massachusetts niet geschikt waren om met reclameballonnen te vliegen of pleziertochten te maken. Het risico dat de slechts door de wind aangedreven vaartuigen in zee zouden landen was gewoon te groot.

'Ik zou luchtschepen kunnen bouwen,' vertelde ze een verslaggever. 'Maar die zijn veel kostbaarder, en veel mensen hebben angst voor de motor. Door de wind gedragen worden vinden ze romantischer, maar is ook riskanter.'

Emily was inmiddels een zelfverzekerde piloot geworden. Ze genoot niet alleen van de vogels die met haar meevlogen – haar uitgevlogen kuikens kregen gezelschap van vele andere nieuwsgierige ganzen – maar ook van het uitzicht over Brewsters vogelparadijs, de rivier en de plaatsen waar ze overheen vloog. Ze herkende Donella's passie voor vliegen nu ook in zichzelf, het gevoel van vrijheid als je boven de wereld zweefde en de ongelooflijke beelden die zich aandienden.

De nazomer brak aan en vanuit het luchtschip was de verkleurende natuur nog indrukwekkender. Emily begon foto's te maken vanuit de lucht en besloot ze in te kleuren. Ook fotografeerde ze de ganzen zelf. Het perspectief vanuit het luchtschip was geweldig en ongekend. Niemand had vliegende vogels ooit op die hoogte van zo dichtbij meegemaakt. Ze kon er stralend over vertellen, en de verslaggevers vielen over elkaar heen met complimenten over haar uitstraling en haar originaliteit.

Emily was eindelijk uit Haily's schaduw getreden. Trots stuurde ze krantenknipsels naar Schotland, waar haar ouders zich verwonderden over de huidskleur van hun schoonzoon. Ze hadden nog nooit iemand van kleur ontmoet en in hun brieven stelden ze vragen die Emily eerder van Copper zou hebben verwacht. Het was niet zo dat ze twijfelden aan Ronalds persoonlijkheid, intelligentie of sociale status. Hun Emily was getrouwd met de assistent van een beroemd ornitholoog en dat maakte hen trots en gelukkig.

Brewster stelde rigoureus een persstop in toen de eerste wilde ganzen uit andere gebieden neerstreken om zich te verzamelen voor hun vertrek naar het zuiden. Hij wilde geen verstoring van de vogels en liet alleen streng door hem geselecteerde vogelkenners toe.

Emily keek uit naar het experiment dat de bekroning van haar onderzoek en haar leven met de ganzen zou moeten worden. Ze was van plan om met haar drietal tussen de trekganzen te gaan vliegen en zich op een gegeven moment te laten zakken om terug te keren naar huis, in de hoop dat haar ganzen door zouden vliegen. Zo zou ze ze vrijlaten in het wild.

'Nu ze hebben leren vliegen, zijn ze in staat om zich zonder mij te redden,' legde ze professor Roberts uit. 'De vraag is of ze daarnaar zullen handelen; of hun trekvogelinstinct en hun aandrang om met soortgenoten mee te vliegen de overhand zullen krijgen, of dat ze al te veel aan mensen zijn gehecht. In dat geval hebben we drie wilde ganzen gedomesticeerd, net als mijn Gooby destijds. Ik denk dat dat verkeerd zou zijn.'

De verdrietige gedachte dat Gooby aan de honden had kunnen ontsnappen als ze had leren vliegen kwam nog regelmatig in haar op.

En toen brak de vertrekdag aan. De wilde ganzen vlogen rond om groepen te formeren waarmee ze naar het zuiden zouden trekken en het luchtschip stond klaar voor vertrek. De gondel met de deinende ballon stond zo dicht bij het broedgebied dat de ganzen helemaal gewend waren geraakt aan de grote vreemde vlieger.

Emily klom in de gondel en startte de motor. Ronald maakte de touwen los en stak beide duimen naar haar op. Ze was nog niet opgestegen of de drie Goo's volgden haar.

Plotseling bevond ze zich tussen de ganzen. Ze vlogen voor, achter en naast haar, boven en onder, waar ze ook keek. Het moesten er honderden zijn. Kennelijk hadden ze zich nog niet in de kenmerkende V-vorm geformeerd. Inmiddels kon ze haar eigen vogels nauwelijks nog onderscheiden van de andere.

Om botsingen te voorkomen hield ze zo veel mogelijk de richting en de snelheid van de vogels aan. Intussen wist ze met haar camera een aantal schitterende, nooit eerder vertoonde beelden vast te leggen. Pas daarna kon ze zich overgeven aan de roes van de beleving. Horen en zien verging haar. De ganzen snaterden allemaal door elkaar heen, en tegelijk hoorde ze hun krachtige vleugelslagen die de lucht deden trillen.

Al snel had Emily het gevoel dat zij en haar luchtschip één met de groep waren. Als ze toch eens mee kon vliegen naar het zuiden, de winter in hun midden zou doorbrengen en nog meer over hun leven kon leren. Met moeite keerde ze terug naar de harde werkelijkheid die eruit bestond dat de brandstof van haar luchtschip op zou raken. Het was tijd om rechtsomkeert te maken. Met spijt in haar hart verminderde ze de snelheid en de hoogte van het luchtschip. Ze liet zich inhalen door de ganzen die inmiddels een V vormden en bleef foto's maken tot ook de achterhoede voorbij was.

Even wachtte ze af of de Goo's terug naar de ballon zouden komen, maar de afstand tussen haar en de V werd steeds groter, het gesnater stierf weg in de verte. Uiteindelijk stopte ze met volgen. Ze draaide het luchtschip met een wijde lus terug richting Concord, vloog over het reservaat en landde in het veld bij haar huis.

Lachend en huilend tegelijk viel ze Ronald in de armen. 'Het is gelukt!' zei ze snikkend. 'Maar ze zullen ons toch wel herkennen als ze terugkomen, volgend jaar?'

Dagenlang voelde Emily een grote leegte. Ze miste het gesnater van de ganzenkolonie en het grootbrengen en observeren van haar drie proefganzen. Natuurlijk hield ze ook van Adam en Eva en hun twee jonge ganzen, die rond het huis van de Brewsters scharrelden, maar dat was toch anders. Terwijl ze wat brandnetels voor ze plukte en met een bezem hun uitwerpselen van het terras veegde, dacht ze na over het komende studiejaar. Samen met Ronald en haar professoren moest ze beslissen of ze terug zou gaan naar de universiteit. Nu ze een bekende vogelonderzoeker was en haar huwelijk met Ronald algemeen geaccepteerd was, hoefde ze niet meer te vrezen voor pesterij of erger. Veel kranten en tijdschriften erkenden haar werk, sommige prezen haar om haar moed. Vaak werden er foto's van Ronald bij geplaatst, dus zijn naam werd ook genoemd.

Nu werd Emily verscheurd door twijfel. Aan de ene kant had ze zich, voordat ze onderwerp van haat was geworden, heel gelukkig gevoeld op de universiteit. Aan de andere kant vond ze het heerlijk om haar dagen in de natuur door te brengen, en samen met Ronald in het prachtige vogelreservaat te werken. William Brewster was in feite ook een gepassioneerd docent en op het gebied van ornithologie deed zijn bibliotheek niet onder voor die van Harvard.

Terwijl ze haar aantekeningen uitwerkte tot een paper dat ze binnenkort wilde insturen voor publicatie bleef ze wikken en wegen. En toen, zo'n anderhalve week na het vertrek van de ganzen, kwam Ronald thuis met bijzondere post.

'Niet één maar twee brieven van uitgevers,' zei hij verbaasd. 'Eentje is gericht aan ons beiden, de andere alleen aan jou. Wat zouden ze willen?'

Emily opende haar brief. 'Ze vragen of we een boek willen schrijven. Over het grootbrengen van ganzen. Een geïllustreerd boek. Daar zit Archie achter, die heeft de uitgever natuurlijk op het idee gebracht. Ha! De Goo'tjes maken ons nog rijk!'

Ronald ritste de andere brief open. 'Nog een aanbod,' kondigde hij aan. 'Dit is van de uitgeverij waar William zijn werk uitgeeft. Ze nodigen ons uit om over een boek te komen praten.'

'Oké,' zei Emily triomfantelijk. 'Dan ben ik benieuwd wie het meeste biedt. Kun jij schrijven?'

Ronald grinnikte. 'Serieus?'

'Ik bedoel natuurlijk of je verhalend kunt schrijven,' legde Emily uit. 'Ik was op school best goed in opstellen.'

'Op mijn school in Alabama lag de lat niet zo hoog,' zei Ronald. 'Ik heb wel veel geleerd van de Brewsters. Maar ik draag de foto's toch al bij. En jij bent al aan het schrijven voor je studie. Waarom maak je daar geen boek van?'

'Omdat dat veel te saai is,' redeneerde Emily. 'Wetenschappelijke teksten horen droog en feitelijk te zijn. Een boek daarentegen –'

‘Laten we er gewoon naartoe gaan,’ stelde Ronald voor. ‘Een gesprek kan nooit kwaad. Dan weten we wat ze in gedachten hebben. We schrijven ze allebei een brief met een voorstel voor een afspraak op een en dezelfde dag. Ze zitten allebei in New York.’

Ronald droeg zijn beste pak en Emily had het elegante kostuum gekozen dat ze bij de kennismakingsgesprekken met haar toen aanstaande professoren had gedragen. William Brewster had aangeboden met hen mee te gaan en ook Archie Peyton wilde hen graag vertegenwoordigen, maar dat leek Ronald en Emily niet nodig.

‘Zij willen met ons samenwerken, dus moeten ze ook maar met ons onderhandelen,’ zei Ronald ferm.

‘We laten ons heus geen oor aannaaien,’ voegde Emily eraan toe.

Brewster moest lachen om hun vastberadenheid. ‘Ik ben benieuwd wat eruit komt!’

Ronald grimaste naar Emily toen ze met z’n tweeën naar het station liepen. ‘Alsof hij zo’n goede zakenman is! Hij was altijd al blij als zijn uitgever een volgend boek wilde uitgeven. Veel exemplaren zijn er nooit verkocht. Van zoiets als een voorschot kon hij alleen maar dromen.’

‘Heb jij dat allemaal uitgezocht?’ vroeg Emily verwonderd. ‘Hoe komt het dat je zoveel van de uitgeverswereld weet?’

Ronald vertelde dat hij na de ontvangst van de brieven contact had opgenomen met een verslaggever die haar had geïnterviewd, Richard Terrence van de *New York Times,* met wie hij bij die gelegenheid uitgebreid had gesproken. Nu had hij Terrence gevraagd hoe het onderhandelen tussen schrijver en uitgever in z’n werk ging.

‘Meestal gaat het anders dan bij jou,’ vertelde hij aan Emily. ‘Meestal biedt de schrijver zijn boek bij een uitgever aan. Dat geeft hem een slechtere onderhandelingspositie. Als een uitgever jou benadert om een boek te schrijven, is hij meestal bereid daar goed voor te betalen. Dan kun je ook een voorschot vragen, zodat je tijdens het schrijven in je levensonderhoud kunt voorzien.'

Uitgeverij Harper & Brothers was gevestigd in een imposant gebouw aan Cliff Street. De geüniformeerde portier gaf het goedgeklede, maar toch wat ongewone paar een argwanende blik, maar de jongeman bij de receptie wist meteen wie ze waren.

'Meneer Chandler verwacht u al,' zei hij vriendelijk en hij verzocht een medewerker hen naar de eerste verdieping te brengen. Hier hielden de uitgevers kantoor en het leek erop dat Chandler een belangrijke functie had, want zijn kantoor was zo groot als het hele huis van Emily en Ronald.

'Meneer en mevrouw Gardener!' Chandler begroette hen hartelijk en bood thee, koffie en gebak aan. 'Waar hebt u meneer Peyton gelaten?'

'Waar hebben we meneer Peyton voor nodig?' vroeg Emily. 'We weten dat hij zo aardig was om u te benaderen en ons aan te bevelen, maar verder?'

Chandler keek haar verbaasd aan. 'Ik dacht dat het om een gezamenlijk project ging. De heer Peyton heeft ons een aantal fascinerende foto's van zijn hand gestuurd en een eerste stukje tekst.'

Emily fronste. 'Dat verbaast me. Mijn man en ik hebben het ganzenexperiment samen opgezet, het is ons project. Meneer Peyton maakt mooie foto's, hoor, we kunnen er misschien wel een paar –'

'Nee,' zei Ronald. 'Daar komt niets van in. Jij schrijft het boek, wij tweeën leveren het beeldmateriaal. Meneer Peyton wil natuurlijk als coauteur vermeld worden?'

De uitgever knikte. 'Natuurlijk, waarom niet? Hij is een gerespecteerd man in Boston.'

Ronald knikte, maar zijn ogen fonkelden. 'Dat is zeker zo. Ik hoop alleen dat u daarmee niet wilt suggereren dat wij minder respectabele mensen zijn. Hij is ook een gehaaide advocaat.'

'Maar meneer Gardener!' Chandler speelde met zijn ganzenveerpen. Het gesprek verliep niet zoals hij verwacht had.

'Meneer Chandler, denkt u hier eens over na,' ging Ronald verder. 'We hebben een vrouw, een zwarte man en een witte man. Wie zou met de eer gaan strijken, denkt u?' Na een korte pauze zei hij: 'Op deze manier hoeven we niet verder te praten. De schrijver van ons boek, mocht dat er komen, is Emily Gardener. Fotografie: Ronald en Emily Gardener.'

Chandler trok een pruimenmondje. 'Dat zal ik hier intern moeten bespreken. We gingen ervan uit dat meneer Peytons medewerking aan het boek gunstig zou zijn voor de promotie. Hij is een indrukwekkende persoonlijkheid, en –'

Ronald en Emily stonden tegelijk op.

'Ik hoop dat we u niet ontrieven als we nu vertrekken,' zei Emily. 'Zou u onze welgemeende spijt aan meneer Peyton willen overbrengen?'

Ronald vervolgde: 'Het had u en ons veel tijd en moeite bespaard als meneer Peyton zijn ideeën met ons had besproken voordat hij contact met u opnam.'

'We wensen u nog een prettige dag,' besloot Emily en met die woorden verlieten ze het kantoor.

Eenmaal buiten zei Ronald quasistreng: 'Mevrouw Emily Gardener, u bent hard op weg om een diva te worden. U doet me denken aan een beroemde actrice!'

Ze schoten in de lach, al waren ze allebei behoorlijk teleurgesteld.

'Dat liep wel heel snel stuk,' zei Ronald. 'Maar dankzij die verrassende wending hebben we wel tijd om een hapje te eten voor onze volgende afspraak. Ik hoop alleen dat William Brewster niet ook als coauteur genoemd wil worden.'

'Als dat zo is, weigeren we om dezelfde redenen,' verklaarde Emily. 'Het is al erg genoeg dat professor Roberts als auteur op mijn scriptie komt te staan bij publicatie. Misschien professor Munsterberg ook nog wel. In de academische wereld is dat gebruikelijk. In de uitgeefwereld hopelijk niet.'

Meneer Putnam van Wiley & Putnam had met ze afgesproken in een goed hotel. Zijn uitgeverij was net buiten de stad gevestigd in New Rochelle, Westminster County, maar dat betekende niet dat deze in omvang of bekendheid onderdeed voor Harper & Brothers. En het Fifth Avenue Hotel, waar hij de Gardeners wilde ontvangen, was veel chiquer dan de uitgeverij van Harper & Brothers.

Emily voelde zich niet op haar gemak toen ze bij binnenkomst een keurige rij bagage-afhandelaars en liftjongens aantrof. Ze was blij dat ze geen koffers bij zich hadden omdat ze straks de nachttrein van New York naar Boston zouden nemen. Ze gaf Ronald een arm en groette vriendelijk. Hij deed hetzelfde, maar bij de andere gasten kon er nauwelijks een knikje af. De receptionist keek alsof hij in de war was, maar vond wel hun namen op een gastenlijst.

'De heer Putnam is er nog niet,' zei hij. 'U wordt naar een kamer gebracht waar u hem kunt verwachten.'

Emily en Ronald keken elkaar even aan. Ze hadden verwacht dat de afspraak met de uitgever in het restaurant of de 'tearoom' zou plaatsvinden. De receptionist wilde hen uit het zicht van de andere gasten houden. De vergaderzaal waar ze naartoe werden geleid was uitgesproken ongezellig.

'Dat begint al goed,' mompelde Emily. 'Ik denk niet dat ze hier thee serveren.'

Gelukkig liet Putnam niet lang op zich wachten. Het was een kleine, beweeglijke man die hen met sprankelende ogen begroette. Zonder enige terughoudendheid schudde hij Ronald hartelijk de hand.

'Ik heb veel over u gehoord van William Brewster,' begon hij meteen. 'Hij is vol lof over uw vaardigheden als fotograaf. En de ontwapenende mevrouw Gardener heb ik natuurlijk al uitgebreid op foto's in de pers mogen bewonderen. Het doet me buitengewoon veel plezier dat u bereid bent met onze uitgeverij samen te werken. Overigens heeft de heer Brewster al ingestemd met een voorwoord van zijn hand. Dat zal beslist helpen bij de boekpromotie.'

Emily's vriendelijke gezicht veranderde in een ijzig masker. 'Bedoelt u dat u zijn naam op de cover wilt zetten?'

Putnam keek haar verbaasd aan. 'Lijkt u dat niet terecht? We dachten aan uw beider namen als auteurs en daaronder in een bannertje: "Met een voorwoord van William Brewster". We denken dat dit verkoopbevorderend werkt bij vooralsnog minder bekende auteurs.'

Emily en Ronald keken elkaar aan.

'Volgens mij bedoelt u ook nog dat dit behulpzaam en aardig van hem is, niet?' vroeg Ronald voorzichtig.

Putnam lachte. 'Natuurlijk is dat wel een eer voor u. Hij is een erkend ornitholoog. Als zo iemand uw boek aanbeveelt –'

Emily dacht even na. 'Maar het is toch ons boek?'

'Natuurlijk,' zei Putnam. 'Wat hebt u eigenlijk voor ogen, mevrouw Gardener? Een wetenschappelijk georiënteerd boek, zoals de uitgaven van de heer Brewster? Of meer in de vorm van een verhaal? De foto's zullen natuurlijk veel ruimte in beslag nemen...'

'Het moet een boek worden dat mensen laat dromen,' zei Emily. 'Een boek dat iedereen begrijpt, en dat iedereen mooi vindt.'

Putnam lachte stralend. 'Dat zou een geweldig project zijn! Hebt u een paar foto's bij u? En misschien een voorbeeldfragment?'

Ronald opende de map met foto's die hij bij zich had en Emily rommelde blozend in haar tas.

'Ik heb inderdaad al een paar bladzijden geschreven, maar ik weet het niet...'

'Niet zo verlegen, hoor,' zei Putnam. 'Hebt u ook al een idee voor een titel?'

Emily knikte. '*De zomer van de grauwe ganzen*,' zei ze terwijl ze een keurig geschreven leesexemplaar over de tafel naar hem toe schoof.

In de zomer van 1891 bestond ons gezin uit een witte vrouw, een zwarte man en drie grauwe ganzen. Maar alles was kleurrijk, zonnig en vrolijk zoals alleen een zomer in Massachusetts kan zijn...

Een paar uur praten en onderhandelen later zetten ze alle drie hun handtekening onder een contract. *De zomer van de grauwe ganzen* door Emily en Ronald Gardener zou een jaar later verschijnen bij Wiley & Putnam, en de wereld laten dromen.

9

De terugkeer naar Boston verliep allesbehalve bevredigend voor Haily. Na de bevalling bracht ze nog twee weken in New York door, waar ze zich met ijzeren discipline uithongerde om haar taille weer slank te krijgen. Het scheelde dat ze tijdens haar zwangerschap niet te veel was aangekomen. Ze was in staat om verleidingen, hongerklop en flauwtes te weerstaan. Nu kon ze zich weer insnoeren tot haar oude tailleomvang, al kostte het wat moeite om de dag door te komen in een te strak korset.

Toen ze de trein terug naar Boston wilde nemen, vernam ze al op New York Grand Central, toen ze kranten en tijdschriften insloeg voor onderweg, over de zojuist verworven roem van haar nichten en voormalige kleedster. Ailis stond op de cover van *Scientific America*. Emily stond in bijna alle andere tijdschriften, soms samen met Donella en een keer zelfs met haar man erbij, Ronald. Haily kocht alle uitgaven waarin iets over hen werd geschreven en daarnaast een van de belangrijkste kranten van Boston, om Cuthberts theaterprogramma te achterhalen. Het theaterseizoen was al begonnen, dus ze was een paar dagen te laat, maar zonder haar kon hij toch geen nieuw stuk opvoeren.

De krant kondigde een revue aan voor de komende dagen en Haily schrok toen ze de naam Clarisse Derrieux las. De jonge Française werd aangekondigd als een van de sterren van de revue, waarin ze chansons en blues ten gehore zou brengen. Haily schuimbekte van ergernis. Hoe had Cuthbert een vervanger voor haar kunnen inhuren? Ze zou al haar energie nodig hebben om van dit nieuwe meisje af te komen. Clarisse Derrieux was haar niet onbekend. De artieste werd beschouwd als een enfant terrible in de theaterwereld. Ze zou zich vast niet zo makkelijk laten afserveren als Evangeline Ashton.

Haily probeerde zichzelf af te leiden door alle artikelen over haar nichten en Emily te lezen. Niet dat ze daar vrolijk van werd. Het interview met Ailis kon ze nog wel hebben. Die had weer eens iets ontdekt wat met sterren te maken had, maar dat zou over een paar dagen niemand meer interesseren. Emily was een ander verhaal. Een schitterend verhaal zelfs over de ganzen en het luchtschip. Met prachtige foto's ook nog! Knarsetandend van woede en jaloezie bladerde ze de tijdschriften door. Hoe was het mogelijk dat uitgerekend de kleurloze Emily, die vroeger bij het minste of geringste begon te brullen, opeens de lieveling van Amerika was? Zelf was ze ondanks al haar successen nooit verder dan Boston gekomen.

Morgenochtend zou ze meteen Cuthbert aanspreken en die Clarisse Derrieux aan de tand voelen, vandaag was ze te moe. Die vermaledijde baby ook! Gelukkig was ze daarvan af. Spijt voelde ze niet.

Die avond bleef ze thuis. Nadat ze haar dienstmeisje de les had gelezen – ze had het huis zullen bijhouden in Haily's afwezigheid maar in de open kast had het stof zich opgestapeld – voelde ze zich wat beter. De volgende ochtend sliep ze uit. Nadat het meisje haar korset had aangesnoerd – de kastijding ging het kind een stuk makkelijker af als ze boos was op haar bazin – kleedde ze zich zorgvuldig aan en ging op weg naar het theater. De ochtendrepetities waren net afgelopen, dus ze zou Cuthbert in zijn kantoor moeten aantreffen.

Haily doorkruiste de foyer, groette in het voorbijgaan een schoonmaakster en zag uit haar ooghoek vanaf de andere kant een opvallende verschijning aankomen. Het was een donkerharige vrouw in een opvallende rood met donkerblauwe jurk onder een open blauwe mantel. Ze droeg een hoed waarvoor de hoedenmaker een hele fruitmand leek te hebben geplunderd. Haily had in de tijdschriften al gelezen over deze nieuwe herfstmode. Bij het zien van de schoonmaakster brak het smalle, subtiel opgemaakte gezicht van de vrouw open in een vriendelijke glimlach, al deden de azuurblauwe ogen niet mee.

'Jean!' riep ze. 'Alweer aan het werk? Wat is alles weer glanzend en fris! Heb je met je zus genoten van de vrijkaartjes vorige week?' De vrouw sprak met een lieve, warme stem alsof ze het tegen haar beste vriendin had. De schoonmaakster straalde.

'O ja, juffrouw Clarisse, nogmaals heel erg bedankt! We konden bijna niet geloven dat we hier als hoge piefen in de loge mochten zitten.'

Clarisse Derrieux glimlachte nog steeds. 'Vanzelfsprekend! We zijn hier toch allemaal min of meer één grote familie. Dan doe je graag iets goeds voor elkaar!'

Haily was stomverbaasd. Het zou nooit in haar opkomen om het personeel vrijkaartjes te geven voor een toneelstuk. De nieuwe probeerde zich kennelijk bij iedereen populair te maken, terwijl Haily altijd liever had dat mensen tegen haar opkeken en haar vreesden. Ze stapte om een zuil heen en schonk Clarisse een betoverende glimlach.

'Wat heerlijk om u hier te mogen verwelkomen als onze nieuwe collega!' zei ze.

De glimlach van Clarisse Derrieux verstarde even, maar keerde onmiddellijk terug.

'U moet Haily Hard zijn. Wat fijn dat u terug bent! We waren allemaal buiten onszelf van opwinding toen we hoorden dat u al terug zou keren. Was de tournee een succes? Ik heb er niets over gelezen.'

'Volle zalen, schat,' beweerde Haily. 'En de recensenten, ach, die waren druk bezig u de hemel in te schrijven, denk ik.'

Clarisse glom van trots, maar hield haar triomf in. 'Dat was niets vergeleken met alle lovende kritieken die u altijd kreeg. Ik kijk er enorm naar uit om eens met u samen te werken.'

Haily wist hoe ze de opmerking moest interpreteren. Clarisse was niet aangesteld voor enkele weken of maanden, maar zou op z'n minst een seizoen bij de Boston Music Hall volmaken.

'Cuthbert, ik bedoel meneer Hay is een nieuw stuk aan het

schrijven,' vertelde Clarisse, daarmee geen twijfel latend over haar relatie met de theaterbaas. 'Ik ben zó benieuwd! Maar nu moet ik helaas gaan. Het is me een grote eer u ontmoet te hebben, Haily. Ik mag toch Haily zeggen?' Met een groet naar de schoonmaakster schreed Clarisse naar de uitgang.

Haily bleef achter met het gevoel dat ze zich weliswaar goed had verweerd, maar in Clarisse een geduchte tegenstander zou vinden. Ze liet haar handen over haar slanke taille gaan en liep naar Cuthberts kantoor. Ook zij brandde van nieuwsgierigheid naar het nieuwe stuk.

'Je hebt niet lang nodig gehad om me te vervangen door een nieuwe vlam!' zei ze bij wijze van groet. 'Clarisse Derrieux kwam me zojuist in de foyer tegemoet. Alle respect! Dus nu schrijf je een stuk voor haar?'

'Haily!' Cuthbert trok zijn mondhoeken ter verwelkoming in een brede glimlach. 'Je ziet er geweldig uit! Fijn dat je terug bent.' Toen werd hij ernstig. 'Ik hoop dat je reis naar New York volgens planning verlopen is?'

Haily knikte. Ze wilde het over het nieuwe stuk hebben.

'Waar is het kind?' vroeg Cuthbert. 'Leeft het?'

'Het is in goede handen,' zei Haily. 'Ik wil er niet meer aan denken. Wat is dat met die Clarisse Derrieux, wil je haar houden?'

Cuthbert keek net langs haar heen. 'Natuurlijk, waarom niet? We hebben in het ensemble genoeg ruimte voor twee naïeve solisten.'

'Waarbij we spreken van een eerste en een tweede naïeve solist?' Haily ging zitten en pakte haar zilveren sigarendoosje. 'Welke plek heb je voor mij in gedachten en welke voor juffrouw Derrieux?'

Cuthbert schudde zijn hoofd en gaf haar een vuurtje. 'Klim nou niet meteen in de gordijnen, Haily. Ik denk dat jij beter geschikt bent voor de ene rol en zij voor de andere. Jullie stemmen hebben een verschillend timbre, dus er liggen ook mogelijkheden voor duetten.'

'Dus in het nieuwe stuk neem je twee grote vrouwenrollen

op?' ging Haily verder. 'Ik heb de eerste keuze, neem ik aan?'

Cuthbert haalde zijn schouders op. 'De casting is aan mij, Haily. Je mag natuurlijk altijd je wens kenbaar maken, maar –'

'Hoever ben je ermee?'

Cuthbert overhandigde haar een map met een tekst en bladmuziek. 'Hier, kijk er maar eens naar. Het moet nog georkestreerd worden, maar de opzet geeft misschien een beetje een idee.'

Haily opende de map en begon te lezen terwijl ze stevige trekken van haar sigaar nam. Met *De vrouw met de ballon* had Cuthbert een onderwerp opgepakt dat aansloot bij de tijdgeest. Sinds alle publiciteit rond Emily en Donella stond het ballonvaren in het middelpunt van de belangstelling, vooral in Boston. Cuthbert had zich hierdoor laten inspireren.

Zoals al zijn werken was het een vrij oppervlakkig stuk, deze keer over een fabrikantenzoon en twee vrouwen. *Michael*, las ze in de synopsis, *is tot over zijn oren verliefd op zijn aanstaande verloofde Constance. Maar tijdens het verlovingsfeest in de tuin zweeft er een luchtballon over met een betoverende dame aan boord die een lied zingt met een zo verlokkende stem dat Michael als een blok voor haar valt en achter haar aan gaat. Tijdens zijn zoektocht laat hij zich meeslepen door alle verleidingstrucs van de ballonvaarster, Miss Sterre. Hij wil zijn verloving verbreken, maar Constance vecht voor hun liefde. Uiteindelijk zingt Constance een ontroerend duet met de mysterieuze Miss Sterre, waarna Michael uit de betovering wordt bevrijd. Aan het slot omhelzen de verloofden elkaar en hernieuwen ze hun liefdesgeloften, terwijl Miss Sterre zingt dat er voor haar maar één ware liefde is: de maan aan wie ze ooit beloofd was. Ze zweeft omhoog en verdwijnt in het licht van de volle maan.*

Haily onthield zich van commentaar op de inhoud en analyseerde in plaats daarvan de vrouwelijke rollen. Constance had meer tekst. Maar de meest uitdagende rol, de ster van het stuk, was natuurlijk Miss Sterre.

'Geweldig! Hoe kom je erop?' Ze wist dat ze Cuthbert stroop om de mond moest smeren voordat ze ter zake kwam.

Glimlachend schoof hij een stuk papier over de tafel naar

haar toe. Het was een tekening, waarschijnlijk uit een tijdschrift geknipt, van een feeërieke jonge vrouw in een witte jurk met wapperende haren en sluiers aan de touwen van een luchtballon.

'Dat was Sophie Blanchard,' vertelde hij. 'Een zangeres en toneelspeelster. Zeventig, tachtig jaar geleden stal ze de show met haar optredens vanuit de gondel van een heteluchtballon in Parijs. Fascinerend!'

Haily begreep het meteen. Ook zij werd gegrepen door het beeld. Dit was haar moment.

'Ik zal de rol van Miss Sterre wel op me nemen,' zei ze resoluut. 'Dan kan jouw Clarisse de grotere rol van Constance spelen. Daar ben ik heel coulant in.'

Cuthbert wreef over zijn voorhoofd. 'Ik had gedacht te beginnen met het instuderen en repeteren van beide rollen en alle liedjes met jullie allebei. Dan zien we vanzelf welke rol beter bij welke zangeres past.'

'En uiteindelijk beslis jij, zeker,' zei Haily spottend. 'Kom me nu niet aan met zogenaamd objectieve criteria. Op dit moment ben jij als was in de handen van de lieftallige Clarisse. En dat is je gegund. Maar ik heb oudere rechten. Ik speel Miss Sterre!'

Cuthbert zuchtte. 'Dat is geen beslissing voor hier en nu, Haily. Voor nu ben ik blij dat je terug bent. Laten we het hier even bij laten. Morgen starten de eerste repetities. Ik laat Clarisse om elf uur komen, jij komt om tien uur. Ik begeleid jullie zelf aan de piano, voorlopig zonder toehoorders. Niemand weet wie welke rol krijgt tot het besloten is. Kun je je daarin vinden?'

Haily wist dat ze geen andere keuze had. Ze nam kil afscheid, vastbesloten om Clarisse de volgende dag van het toneel af te zingen.

De vrouw met de ballon

Boston, november 1891 – lente 1892

1

Zoals verwacht kostte het Haily weinig moeite om de door Cuthbert gecomponeerde liedjes te leren. Cuthbert schreef melodieën die makkelijk in het gehoor lagen van het weinig kritische publiek. Weinig Bostonians hadden verstand van muziek. Ze gingen naar het theater om zich te vermaken, beschaafd te converseren en gezien te worden in de nieuwste avondkledij. Cuthberts composities en Haily's interpretaties daarvan voldeden helemaal aan de wensen van de bezoekers.

Maar nu was daar het probleem Clarisse. Nadat Haily voorgezongen had, was ze blijven hangen om te luisteren. De repetitieruimte was bijna geluiddicht, maar Haily had voldoende opgevangen om te horen dat haar concurrente het niet slechter deed dan zij. Misschien was Clarisses uitvoering zelfs sprankelender. Haily wist dat haar voortdurende sigarenconsumptie haar stem geen goed deed, maar ze kon en wilde niet stoppen.

In gedachten verzonken ging ze naar huis. Ze zon op een mogelijkheid om zo'n overweldigende indruk op Cuthbert te maken dat hij haar de hoofdrol wel moest geven. Ze wist dat ze er niet op hoefde te hopen dat Clarisse uit eigen beweging voor de rol van de brave Constance zou kiezen in plaats van die van Miss Sterre. De voorstelling *De dame met de ballon* kende met de titelrol maar één grote ster.

Haily zag daarbij steeds voor zich hoe de feeërieke Française boven Parijs vloog. Dat kon onmogelijk moeilijk zijn, want ze had dit al vele tientallen jaren geleden gedaan. En ook zag ze Emily in haar luchtschip duidelijk voor zich. Gisteren was haar duidelijk geworden dat dit beeld bij iedereen die het had gezien op het netvlies stond gebrand. Opeens kwam er een geweldig idee in

Haily op. Als ze dat kon realiseren, zou ze Clarisse in de schaduw stellen – en Emily tegelijkertijd! Ze had daarvoor alleen nog een afbeelding nodig van deze Française, van deze Sophie nog wat.

Haily ging op weg naar de stadsbibliotheek. Met een beetje geluk vond ze daar iets. Daarna zou ze Donella een bezoekje brengen. Misschien stond zij toch open voor nieuwe opdrachten.

'Precies zo een wil ik!' Haily had Donella in de woning van Ailis aangetroffen. Het wintersemester was begonnen en Donella had haar studie weer fanatiek opgepakt. Enthousiast was ze niet geweest toen ze Haily voor de deur zag staan, maar ze had haar thee aangeboden en vriendelijk gevraagd waarmee de actrice zich zoal bezig had gehouden. Maar Haily was niet geïnteresseerd in een gesprek over ditjes en datjes. Al snel reikte ze Donella de bladzijde aan die ze even daarvoor zonder pardon uit een encyclopedie had gescheurd. Het was een plaatje van een dame in een elegante witte jurk die onder een zilver- en goudkleurige ballon in een gondelachtige mand door de lucht zweefde.

Donella herkende haar meteen. 'Dat is Sophie Blanchard,' zei ze. 'Ze was rond 1812 in Frankrijk actief als een soort kunstenares. Dat ding heeft ze zelf ontworpen. Ze is daarmee zeker zestig keer opgestegen, haalde er allerlei capriolen mee uit en stak ook vuurwerk af, wat zeer riskant was.'

'Kun jij zoiets maken?' Het levensverhaal van Sophie Blanchard interesseerde Haily totaal niet.

'Natuurlijk,' antwoordde Donella. 'De gondel gaat aardig wat werk kosten en dat kan alleen een meubelmaker doen, maar de ballon is geen probleem. Je weet toch dat Sophie Blanchard uiteindelijk is neergestort en dat ongeluk niet heeft overleefd?'

'Lag dat aan de ballon?' voeg Haily achterdochtig terwijl ze een trek van haar sigaar nam.

Donella schudde haar hoofd. 'Nee, eerder aan het vuurwerk dat ze afstak. De ballon vloog in brand. De precieze oorzaak is nooit duidelijk geworden, maar die ligt voor de hand.'

'Het doet er ook niet toe, want ik ben niet van plan vuurwerk af te steken,' zei Haily. 'Ik wil alleen opstijgen, er schitterend en ongrijpbaar uitzien en zingen. Gaat je dat lukken?'

Donella lachte. 'Dat mooie en ongrijpbare moet je zelf doen, maar zo'n ballon maak ik nog met mijn ogen dicht. Wil je hete lucht of gas? En moet de ballon bestuurbaar zijn of niet?'

Haily trok een wenkbrauw op. 'Wat is het verschil tussen hete lucht en gas?'

'Met gas blijf je langer in de lucht en kun je de vlieghoogte en de landing beter controleren. Met hete lucht stijg je op en land je weer, maar je moet afwachten waar je dan precies terechtkomt,' lichtte Donella toe. 'En gas is wat duurder.'

Haily dacht even na. 'Ik hoef alleen maar boven het theater te zweven en het titelnummer van Cuthberts musical te zingen. Dan kom ik in alle kranten en maak ik meteen ook reclame voor de voorstelling. Ik kan meerdere keren de lucht in, toch?'

Donella knikte. 'Zo vaak als je wilt. En de ballon kan later overgeschilderd worden en dan opnieuw als reclamemateriaal dienen.'

Haily haalde opgelucht adem. Ze was tevreden met zichzelf. Dit was haar beste idee in lange tijd. 'Aan de slag dan maar!' riep ze. 'Zo snel als je kunt!'

Donella bestelde zilver- en goudkleurige ballonzijde en maakte de bouwtekening voor de gondel, die zo veel mogelijk op de gondel op de illustratie met Sophie Blanchard moest lijken. Een meubelmaker die hem uit licht hout kon vervaardigen had ze zo gevonden. Bleef alleen nog de zadelmaker over, die ze ditmaal niet zou kunnen overhalen met de belofte van zijn naam op de ballon. Maar de eigenaar bleek nog altijd dolblij te zijn met het succes van zijn reclame op het luchtschip en was ook een groot bewonderaar van Haily Hard. Hij stelde zijn atelier en naaimachine dan ook graag ter beschikking, waarna Donella alleen nog hoefde te wachten op de zijde voor de ballon zelf. Ze beleefde veel plezier aan dit project, hoewel al haar vrije uren erin gingen zitten. Archie Peyton klaagde dat ze helemaal geen tijd meer voor hem had en leek het haar kwalijk te nemen dat ze deze opdracht had aangenomen.

'Als je met hem trouwt, is het helemaal voorbij met je vrijheid,' voorspelde Ailis. 'Hij zegt wel dat hij trots op je is, maar hij zou je het liefst in een glazen kooitje zetten en je daar alleen uit halen als hij met je kan pronken.'

Donella lachte hierom. Momenteel dacht ze totaal niet aan trouwen en Archies gemopper negeerde ze gewoon.

Haily bestelde een jurk en een bijpassende hoed met sluier bij een bekende kleermaakster in Boston die ook hoeden maakte. Haily was ervan overtuigd dat ze er fantastisch uit zou zien. Ze maakte zich echter wel zorgen over de juiste make-up. Ze zou een stuk verder van haar publiek verwijderd zijn dan op een podium. Om dan toch duidelijk herkenbaar te zijn, zou ze bijzonder goed geschminkt moeten worden.

Dit probleem was nog niet opgelost toen ze even bij Donella langsging om te zien of het project een beetje wilde vlotten. In Ailis' woning stuitte ze op Emily. De twee vrouwen keken elkaar even onthutst aan; sinds de kwestie met Ronald hadden ze elkaar niet meer gezien

'Wat doe jij hier?' vroeg Haily verbijsterd.

Emily zag er goed uit, vond ze. Voor het eerst zag ze haar vroegere kleedster in een jurk die niet van haar was geweest. Het leek erop dat Emily haar jurken tegenwoordig zelf uitzocht, en het was duidelijk dat ze een heel andere smaak had dan Haily. De eenvoudige jurk met bloemmotief gaf haar iets jongemeisjesachtigs.

'Ik studeer hier,' antwoordde Emily. Ze had een oplossing gevonden voor haar dilemma dat ze haar studie wilde vervolgen, maar ook met Ronald aan hun boek wilde werken. Op maandagochtend reisde ze met de trein naar Boston om daar 's middags colleges te volgen. Dan bleef ze om op de dinsdag en woensdagochtend naar college te gaan, waarna ze 's middags de trein terug naar Concord nam. Als ze in Boston was, logeerde ze bij Ailis, die een bed over had sinds Alma het huis had verlaten om te trouwen. Copper ging sinds kort naar de kleuterschool, en als hij thuis was zorgden Ailis en Molly afwisselend voor hem.

Af en toe bracht hij de middag in het observatorium door, waar hij hemellichamen tekende.

Emily had het zwaartepunt van haar studie inmiddels verlegd van zoölogie naar psychologie. Als ze meer over vogels wilde weten, kon ze altijd bij Brewster terecht en andere dieren hadden eigenlijk nooit haar interesse gehad.

'En hoe gaat het met jou?' vroeg ze Haily. 'Ik heb begrepen dat je boven iedereen uit wilt stijgen.'

Haily was blij met dit onschuldige gespreksonderwerp en begon te vertellen over Cuthberts nieuwe zangspel en haar aanstaande ballonvaart. Ze vertelde er niet bij dat Clarisse haar concurrente was, want ze wilde Emily het idee geven dat al vaststond dat ze de hoofdrol kreeg.

'Ik draag dan een prachtige jurk,' vertelde ze enthousiast, waarna ze Emily op de hoogte stelde van het probleem wie haar moest opmaken. 'De nieuwe grimeuse van het theater doet haar best, maar ze is natuurlijk niet zo goed als jij.'

Emily glimlachte, maar liet zich duidelijk niet zo makkelijk om Haily's vinger winden als bijvoorbeeld Cuthbert of Clarisse.

'Ik ben nu Ronalds foto's aan het inkleuren,' vertelde ze. 'De uitgeverij die ons boek uitbrengt, heeft het voor elkaar gekregen dat Ron een rondreizende tentoonstelling mag samenstellen die aansluit bij het boek. Als het boek dan uit is, kunnen we het op de tentoonstelling aanprijzen en verkopen. Een aantal foto's willen we inkleuren.'

'Ik ben enorm onder de indruk van de foto's die ik in de tijdschriften heb gezien,' vleide Haily verder. Nu had ze wel succes.

'Ik vind het prima om je op te maken,' merkte Emily bijna terloops op. 'Ron en ik wilden toch al op jouw grote dag naar de stad komen om het spektakel te zien.'

'Wil je dat echt doen?' Haily keek haar stralend aan. 'Ben je... Je bent dus niet meer boos vanwege, eh...'

'Vanwege alle onvergeeflijke dingen die je hebt gedaan?' vroeg Emily. 'Boos is hier niet het juiste woord. Ik was niet zozeer boos. Ik was verdrietig. Gekwetst. Woest, dat ook – ik voelde haat als ik aan jou dacht. Maar over dat alles ben ik nu heen. Ik ben heel gelukkig, Haily. En dat heb ik ook een klein beetje aan jou te danken. Als ik jou met een beetje make-up kan helpen om je dromen waar te maken, waarom niet?'

Emily hoorde Haily's woorden van dank aan en stelde gefascineerd vast dat het de actrice zelfs lukte om er enkele tranen uit te persen van zogenaamde ontroering. Ze wist dat Haily, nog voor haar hopelijk succesvolle ballonvaart, nog een grote belediging te wachten stond. De *Boston Herald* had met kerst een extra editie gepland over 'Personen van het jaar'. Daarin werd aandacht geschonken aan inwoners van Boston die in 1891 met een bijzondere prestatie de aandacht hadden getrokken.

Een van hen was Ailis. En ook Emily en Donella behoorden ertoe. En Clarisse Derrieux. Emily was er nog niet uit in hoeverre het een bijzondere prestatie was om met wat optredens in de Boston Music Hall zoveel indruk te maken op het weinig kritische publiek daar, maar waarschijnlijk was de uitgever van de krant een bewonderaar van de zangeres. Haily was niet uitgenodigd voor de gezamenlijke portretfoto, ook al zou ze met haar bijzondere ballonvaart, die voor begin december gepland stond, misschien alsnog de speciale uitgave halen. Het kleine gala waarin de uitverkorenen bekend werden gemaakt, vond echter eind november al plaats.

2

Zoals verwacht was Haily woest toen ze hoorde dat de krant haar rivale had uitverkoren. Ze sloeg meteen terug door haar ballonvaart aan te kondigen voor de eerste volle maan in december.

Cuthbert Hay reageerde enthousiast. Hij had de hoofdrol eigenlijk al aan Clarisse toebedeeld. De Française had op dit moment meer invloed op hem dan Haily en bovendien vond hij haar stem beter, maar gezien de reclame die de ballonvaart het theater en het stuk zou opleveren, kon hij niet anders dan voor Haily kiezen. Nadat ze hem op de hoogte had gesteld van haar plan, liet hij alle kranten erover berichten, waarmee hij ook de rolverdeling bekendmaakte.

Een geheimzinnige verschijning zal niet alleen haar opwachting maken op ons podium, maar op 15 december ook boven Boston. Juffrouw Haily Hard, die in ons nieuwe zangspel *De vrouw met de ballon* de rol van Miss Sterre vertolkt, zal dan 's avonds opstijgen in een luchtballon om daarmee een voorproefje te geven van wat u in de tweede helft van dit seizoen in de Boston Music Hall kunt verwachten.

Haily was helemaal in haar nopjes, want Clarisse Derrieux uitte tegen Cuthbert meteen haar ongenoegen over zijn beslissing. Tijdens het 'Personen van het jaar'-gala sprak Clarisse ook Emily aan over haar gemiste kans. Emily, die in haar eentje was gekomen omdat Ronald nog altijd niet voor belangrijke sociale gebeurtenissen werd uitgenodigd, had verveeld de toespraken aangehoord en het uitschenken van de champagne gadegeslagen. Tot het geplande groepsportret kon ze niet weg, waardoor het kon gebeuren dat

Clarisse haar in een gesprek over luchtschepen en ballonvaarten betrok, om al snel over te stappen op het onderwerp Haily Hard.

'Dat loeder kost me mijn carrière!' zei Clarisse op een volume dat meer aandacht trok dan goed was voor haar reputatie. 'En als Cuthbert nou bij zijn keuze bleef, maar nee hoor, hij moedigt haar gekonkel alleen maar aan. Het enige wat hem dwarszit, is dat hij niet zelf op het idee is gekomen. En terecht. Als hij een beetje had nagedacht, had hij zelf een ballon laten maken en mij boven de stad laten zweven. Klopt het dat jullie elkaar van vroeger kennen? Weet jij wie haar op dit idee heeft gebracht?'

Emily haalde haar schouders op. Ze was absoluut niet van plan om zich uitspraken over haar verleden met Haily te laten ontlokken door Clarisse en volstond daarom met: 'Haily liep altijd over van de ideeën. Bovendien is ze totaal niet bang! Zo'n kwetsbare ballon en zo'n kleine gondel, waarin ze dan ook nog eens wil staan! Ik kan je verzekeren dat het ín de gondel van een luchtschip al een wankele bedoening is. Maar Haily is natuurlijk danseres, dus haar evenwichtsgevoel zal beter ontwikkeld zijn dan het mijne. Ik was in elk geval blij om in een goed afgesloten gondel te zitten waarin ik mij stevig kon vasthouden. En ik kon hem zelf besturen! Haily is daarentegen helemaal aan de wind en het toeval overgeleverd. Maar ja, bij Sophie Blanchard is dat ook heel lang goed gegaan.'

'Gaat het ook weleens mis?' vroeg Clarisse geïnteresseerd.

'Sophie Blanchard is uiteindelijk neergestort,' vertelde Emily haar. 'Ze heeft de ballon per ongeluk in vlammen laten opgaan. Maar zoiets kan Haily niet overkomen, want ze zal niets brandbaars bij zich hebben. De maan is de enige lichtbron.'

'O ja? Ik heb gehoord dat ze een krantenknipsel bewaart waarin staat dat zij een natuurlijk licht uitstraalt en dat er in liefdesscènes vonken uit haar ogen springen,' zei Clarisse suggestief.

Emily lachte. 'Die recensent was net als zoveel anderen verliefd op haar. Je zou ook kunnen zeggen dat ze haar hele leven al met vuur speelt. Maar haar ballon zal niet exploderen. Ik heb alle vertrouwen in Donella Hard, de maakster.'

Donella was al verschillende keren met Haily's ballon opgestegen om hem te testen en bereidde zich nu voor op de laatste proefvlucht. Het was bijna volle maan en de volgende dag wilde ze het bouwwerk aan Haily overdragen. Ze liet voorzichtig hete lucht in de ballon stromen, die volgens het boekje omhoogkwam en zich in volle pracht aan de man openbaarde die zojuist de binnenplaats betrad.

'Wel heb ik ooit!'

Die stem! Donella draaide zich met een ruk om en herkende de gestalte van Armand Machure in de opening van de poort naar de bedrijfsbinnenplaats waar ze haar constructie had mogen bouwen. Haar oude vriend was nauwelijks veranderd. Verrast constateerde ze dat er geluksgevoelens door haar heen stroomden bij de aanblik van zijn ronde gezicht, de argeloze uitdrukking in zijn groenbruine ogen, zijn lachrimpeltjes en volle lippen. Hij had zijn baard afgeschoren!

'Jij hier?!' riep ze.

Hij keek haar stralend aan. 'Ik verras jou en jij verrast mij! Je bent weer een ballon aan het maken. Dus je laat je nog steeds door de wind leiden. Ik had nooit gedacht zo'n gondel als die daar in je werkplaats aan te treffen. Wil je terug naar je oorsprong, een heteluchtballon? Om in de voetsporen van Sophie Blanchard te treden?' Vol verbazing liep hij naar de ballon en bespaarde Donella zo de beslissing of ze hem ter begroeting zou omhelzen of dat een hand zou volstaan. 'Ik had gedacht dat je inmiddels alleen nog geavanceerde luchtschepen zou bouwen.'

Donella schudde haar hoofd. 'Niet voor mijn nicht Haily,' verklaarde ze. 'Voor haar moet het juist iets heel eenvoudigs zijn. Dan voldoet hete lucht prima. De ballon stijgt en daalt weer. En doordat hij klein is, gaat dat relatief snel. Precies wat ze nodig heeft.'

'Wat is ze van plan dan? Wil ze net als Sophie Blanchard allerlei capriolen uit gaan halen? Vuurwerk afsteken is haar fataal geworden.' Net als iedere andere ballonvaarder kende Armand het levensverhaal van de Franse ballonartieste.

'Nee, ze gaat zingen!' zei Donella met een glimlachje. Ze moest zo zachtjes aan in de gondel stappen, anders zou de lucht in de ballon afkoelen, maar ze wilde en kon Armand hier niet zomaar laten staan.

'Laat ik je eerst eens fatsoenlijk begroeten,' zei ze en toen ze op elkaar af stapten, leek het haar plotseling niet meer dan vanzelfsprekend om hem te omhelzen en als een Française op beide wangen te kussen.

'Je bent op precies het juiste moment gekomen! Ik moet deze ballon nog een laatste keer testen, daarna kunnen we praten. Help je me opstijgen?'

Armand zette zich aan de touwen die het gevaarte op de grond hielden terwijl Donella in de gondel op zoek ging naar houvast.

'Je moet natuurlijk ook even zingen,' zei hij plagend. 'Anders weet je niet of de ballon geluidsbestendig is.'

Donella grinnikte. 'Dat wordt dan een heftige test, want ik zing verschrikkelijk vals.'

Toch barstte ze bij het opstijgen uit in een vrolijk kinderlied over vliegen als een vogel.

'Zo goed?' vroeg ze toen ze weer geland was. De ballon was ook ditmaal maar enkele minuten in de lucht gebleven en daarbij, doordat er bijna geen wind stond, nauwelijks afgedreven. Donella landde op het terrein voor de fabriek, waarvandaan het gevaarte makkelijker naar Hamilton Place te vervoeren was. Op dit plein voor de Boston Music Hall zou Haily morgen opstijgen.

Armand trok een weifelend gezicht. 'Nou, ik had eerlijk gezegd iets romantischers verwacht; een liefdesliedje of zo.' De hartelijke begroeting had hem moed gegeven. 'Om het weerzien te vieren van twee goede vrienden die elkaar uit het oog waren verloren.'

Donella rolde met haar ogen. 'Uit het oog,' zei ze met een glimlach. 'Armand, ik kan voor jou een ballon maken of een luchtschip bouwen of zelfs een zweefvliegmachine, waar ik me nu in mijn studie mee bezighoud. Maar voor een liefdeslied moet je niet bij mij zijn. Jij niet en niemand niet.'

'Oké, dan neem ik genoegen met een luchtschip. Dat is nou eenmaal jouw manier om je liefde te tonen.' Hij gaf haar een knipoog.

Donella reageerde niet. Opeens realiseerde ze zich dat Archie Peyton nog nooit blijk had gegeven van belangstelling voor haar luchtschepen.

Een uur later zaten Donella en Armand in een restaurantje in Boston en was het bijna alsof ze terug waren in Parijs en elkaar over hun dromen en projecten vertelden. Donella schetste voor hem de bouw van het luchtschip voor Emily en constateerde dat hij hiervan al op de hoogte was. Ook de Franse tijdschriften bleken in hun kolommen aandacht te hebben besteed aan de jonge zoölogiestudente die haar ganzen per luchtschip vooruit gevlogen was naar het zuiden.

Toen Armand vervolgens in Boston op zoek was gegaan naar Donella hadden de foto's hem op het juiste spoor gezet. Hij verbleef nu in de Verenigde Staten op uitnodiging van generaal-majoor Adolphus Greely, de bevelhebber van het Signal Corps van het Amerikaanse leger. De generaal had in Frankrijk een ballon voor verkenningsdoeleinden laten fabriceren. Armand en zijn oom hadden hem samen gebouwd. Nu waren de Amerikanen van plan deze ballon zelf te gaan maken en Armand had zich daarvoor in dienst laten nemen. 'De verantwoordelijke eenheid is gelegerd in Fort Logan, Colorado,' zei hij. 'Daar moet ik binnenkort naartoe, maar eerst wil ik weten hoe het jou in Boston is vergaan.'

Donella vertelde hem over haar studie en ten slotte over Haily's bijzondere opdracht.

'Zou jij die ballon niet ook voor haar gemaakt hebben?' vroeg ze, nadat ze nogmaals over Sophie Blanchard en haar avonturen gesproken hadden. 'Daarstraks reageerde je nogal merkwaardig.'

Armand schudde zijn hoofd. 'Nee, ik zou hem uiteindelijk ook hebben gemaakt. Ik moest even omschakelen. In Parijs wordt Sophie Blanchard nog altijd vereerd. Het plan om haar in zekere zin weer tot leven te wekken zou bij het Parijse publiek niet goed gevallen zijn.'

Donella haalde haar schouders op. 'Hier heeft nog niemand van haar gehoord. Ik heb geen idee hoe Cuthbert, de schrijver van het stuk, op dit idee gekomen is. Maar Haily zal een sensationele verschijning zijn, alle plaatselijke kranten zullen over haar schrijven, en dat is haar enige doel.'

'Dat hebben er wel meer,' zei Armand bijna verbitterd. 'Heb je nog iets van Hernando gehoord?'

Donella ontkende. 'Niet sinds hij naar Brazilië is vertrokken. Als hij zich echt met vliegmachineconstructies is gaan bezighouden, vermoed ik dat hij tot nu toe weinig succes heeft geboekt.'

'Ben je nog verdrietig over hem?' vroeg Armand aarzelend. 'Niet dat ik zout in de wond wil wrijven.'

Donella schudde haar hoofd. 'Dat doe je niet. Ik ben eroverheen en er zelfs dankbaar voor. Zonder Hernando was ik niet degene geworden die ik nu ben. Van zulke dingen als studeren en mijn eigen luchtschepen bouwen had ik nooit durven dromen.'

Armand vatte wat meer moed. 'En is er ook een man in je leven? Ben je, eh, ga je...'

'Ik spreek regelmatig met een bepaalde man af, ja,' antwoordde Donella. Ze vond zijn vragen weliswaar zeer persoonlijk, maar had ergens ook het gevoel dat haar antwoorden hem toekwamen. 'Een goede en betrouwbare man. Een man die er altijd voor me zal zijn.' Ze streek over haar voorhoofd.

Armand keek haar onderzoekend aan. 'Wil je altijd hier blijven, Donella?' vroeg hij zacht. 'Wil je dan niet verder komen in het leven?'

Donella had die vragen niet beantwoord, maar ze gingen nog steeds door haar hoofd toen hij haar naar huis had gebracht en ze de deur van Ailis' woning had geopend. Ailis en Molly dronken een glas wijn in de woonkamer. Copper was allang naar bed.

Ailis gebaarde haar bij hen te komen zitten. 'Waar bleef je zo lang? We begonnen al te denken dat er iets mis was met de ballon.'

Donella schudde haar hoofd en vertelde over Armand en zijn nieuwe werk voor het Amerikaanse leger. 'Maar morgen is hij er nog en komt hij naar Haily's stunt kijken.' Ze glimlachte. 'Hij is heel erg onder de indruk van de ballon.'

Ailis en Molly keken eerst haar aan en vervolgens elkaar, waarna ze begonnen te lachen.

'Ik denk eerder dat hij heel erg onder de indruk van jou is,' zei Molly. 'En dat dit misschien al veel langer aan de hand is.'

'We zijn gewoon goede vrienden,' verklaarde Donella. 'En hij gaat in Colorado werken.'

'Een mooie staat,' zei Ailis. 'Ik ben er ooit geweest voor een voordracht. Het is ook weer niet de andere kant van de wereld.'

Wil je altijd hier blijven, Donella? Wil je dan niet verder komen in het leven? De vragen bleven haar door het hoofd spoken totdat ze in slaap viel.

3

De volgende dag liet Donella de ballon en de gondel naar het theater brengen, maar om niets te verklappen legde ze er zeilen overheen. Zoals Haily had gehoopt, ontpopte haar ballonvaart zich tot een happening van heb ik jou daar. Al in de middag verschenen de eerste bezoekers, om zich van de beste plaatsen te verzekeren. In de huizen rond het plein werden 'ballonfeesten' gehouden. De bewoners en hun gasten keken vanaf de balkons uit op de plek waar Haily zou opstijgen.

Cuthbert was helemaal de kluts kwijt en had Armand, die al vroeg op de avond gekomen was om Donella te helpen, bijna weggestuurd. Om de ballon had hij een rechthoek afgezet om te voorkomen dat iemand de zangeres kort voor het opstijgen nog lastig zou vallen met het verzoek om een handtekening. Ronald en Emily kwamen ook vroeg. Emily liep meteen het theater in om Haily op te maken. Ronald zou helpen bij de voorbereiding en het opstijgen van de ballon. Donella stelde Armand Machure voor aan Archie Peyton en stelde opgelucht vast dat de twee elkaar vriendelijk bejegenden.

Ze had Emily eerder die week voorzichtig gevraagd of Ronald genegen zou zijn Haily te fotograferen en zag tot haar opluchting dat hij allerlei apparatuur had meegebracht. 'Is het niet moeilijk om foto's te maken in het donker?'

Hij glimlachte. 'Minder moeilijk dan de astrofotografische platen die Ailis analyseert. Ik ga even experimenteren met de belichting en ik zal een statief gebruiken in verband met de lange sluitertijd, maar ik verwacht dat het wel gaat lukken om het gedenkwaardige optreden van juffrouw Hard vast te leggen voor het nageslacht. Op voorwaarde dat ze zich niet weer gaat uitkleden.' Hij trok een grappig gezicht. 'Hoewel die foto's toen ook gelukt waren.'

Archie, die bij hen stond en inmiddels uitgebreid kennis had gemaakt met Armand, grinnikte. 'Ik denk dat de heer Hay daar nog altijd met plezier aan terugdenkt.'

Armand had de ballon inmiddels opgeblazen met behulp van een pomp. De lucht in de ballon hoefde alleen nog verhit te worden. 'Je geeft haar toch geen brander mee naar boven?' vroeg hij Donella enigszins bezorgd.

'Nee,' antwoordde ze. 'Het leek me geen goed idee om Haily de lucht in te sturen met open vuur dat ze moet controleren. We verhitten de lucht en laten haar omhooggaan. Wanneer de lucht afkoelt, komt ze langzaam weer naar beneden. Ze heeft hooguit vijf minuten nodig om haar lied te zingen. Zo lang blijft de lucht wel warm, dat hebben we immers gisteren nog getest.'

Ze bracht de gasbrander in gereedheid en verhitte de lucht voldoende om de ballon omhoog te laten komen. De toeschouwers slaakten nu al kreten van bewondering en verbazing. Vervolgens verscheen Haily, die onder daverend applaus van de menigte naar haar ballon liep. Cuthbert had vanaf de trappen van het theater naar de opstijgplek een rode loper laten leggen waar ze glimlachend overheen schreed. Ze bood een adembenemende aanblik in haar wit-met-zilverkleurige jurk met aan de mouwen voiles die met behulp van linten waren vastgemaakt. Als ze haar armen optilde, bolden de voiles op als engelenvleugels. De bijpassende hoed die op haar blonde haar prijkte, was eveneens van voiles voorzien die nu nog vastgespeld zaten. Zodra het begon te waaien, wilde Haily de voiles losmaken en de tere stof rond haar gezicht laten dansen. Via een trappetje stapte ze in de gondel en ging op de rand zitten. Emily, die haar gevolgd was, schikte Haily's jurk tot hij volmaakt viel.

Haily nam nog snel een paar halen van de sigaar die Emily voor haar aangestoken had. Donella, die nog in de gondel stond om met de brander de lucht verder te verwarmen, vertrok haar gezicht.

'Stop toch met dat roken!' viel ze uit tegen Haily. 'Kun je nog geen paar minuten zonder zo'n ding? Zelfs Hernando kon dat. Aan boord kun je niet roken, Haily!'

Voordat ze uit de gondel stapte, trok ze resoluut de sigaar uit Haily's hand en trapte het ding op de grond uit. Inmiddels waren de touwen waarmee de gondel aan de ballon vastzat strakgespannen. Daar zou Haily zich bij het opstijgen met beide handen aan vast moeten houden.

Cuthbert Hay was begonnen aan zijn toespraak, en Donella, die de ballon meteen had willen laten opstijgen, luisterde ongeduldig toe. En terwijl ze daar nerveus stond te trappelen, kwam Clarisse Derrieux met een betoverende glimlach op de gondel af gelopen.

'Veel succes, lieve Haily,' zei ze en ze verschikte Haily's sluier nog een beetje. 'Vanaf vandaag sta ik voorgoed bij jou in de schaduw, maar dat is niet meer dan terecht.' Ze kuste haar rivale op beide wangen en zette zich af tegen de rand waarop Haily nog steeds zat. Toen de gondel wiebelde, verloor ze haar evenwicht en moest ze de touwen vastgrijpen om niet te vallen.

'Ach, wat dom van mij! Je kunt wel zien dat ik niet voor de luchtvaart in de wieg ben gelegd!' Ze wierp Haily een kushand toe en liep glimlachend weg.

Donella en Armand maakten de ballon los, waarna die zich onder luid applaus van de menigte in de lucht verhief. Haily stond nu rechtop in de mand en zag er bovenaards mooi uit toen ze omhoog zweefde. Toen ze ook nog eens begon te zingen, kende het enthousiasme van de toeschouwers geen grenzen meer.

Zelfs Ailis, Donella en Emily stonden als betoverd omhoog te kijken. Ronald en Archie en de door de kranten afgevaardigde fotojournalisten bleven aan één stuk door foto's nemen.

'Als je van plan bent om hierna nog een ballon te vervaardigen, dan zul je je de opdrachtgevers van het lijf moeten slaan,' zei Ailis tegen Donella. 'En Haily heeft de rollen vanaf nu voor het uitzoeken. Elk theater wil de vliegende zangeres op het programma hebben staan.'

Donella reageerde niet. Ze keek ingespannen omhoog. Natuurlijk had ze de constructie vaak genoeg getest, maar ze was er toch niet helemaal gerust op, hoewel er eigenlijk niets meer kon gebeuren. Haily had haar lied gezongen en hoefde nu alleen nog glimlachend het moment af te wachten waarop de ballon langzaam op aarde terugkeerde. Ze leunde licht op de rand van de gondel en maakte de voile om haar gezicht los. De in een bries opwaaiende sluier versterkte het sprookjesachtige effect.

Het publiek liet opnieuw zijn bewondering blijken, maar opeens, schijnbaar uit het niets, schoot er een vlam omhoog die Haily's sluier in brand zette. Ze rukte de hoed van haar hoofd en wierp hem van zich af, maar hij bleef tussen de touwen van de ballon hangen.

De mensenmassa schreeuwde ontzet toen de vlammen langs de touwen een weg omhoog vonden en uiteindelijk de ballon bereikten. De stof begon te branden en Haily zweefde opeens onder een bal van vuur. Een windstoot gaf de brandende ballon nog een zwaai, maar toen was de stof helemaal verbrand en stortte de gondel omlaag.

'O nee, Haily! Mijn god, kan ze zoiets overleven?' riep Ailis onthutst uit. Met Donella en Emily baande ze zich snel een weg door de schreeuwende, opgewonden massa in de richting van de plek waar de gondel was neergestort, terwijl Ronald in trance doorging met het fotograferen van het ondenkbare.

'Alleen als ze in een boom is geland,' reageerde Donella buiten adem. 'De ballon was al aan het dalen, maar zweefde nog altijd hoog in de lucht. En de gondel is van hout. Daar blijft bij een val niets van over.'

Ze hadden maar één blik op de verwoeste gondel en het levenloze lichaam van de neergestorte Haily nodig om vast te stellen dat niemand deze val had kunnen overleven. Inmiddels had ook de gondel vlamgevat. Een paar mannen probeerden het vuur al te blussen en Haily uit de gondel te halen.

Donella, Ailis en Emily zagen een arts zich over Haily heen buigen en het hoofd schudden. Haar witte jurk zat onder het bloed en de brandsporen. Emily begon te huilen, waarop Ailis een arm om haar heen sloeg. Donella wilde de resten van de gondel en de ballon onderzoeken, maar de politie, die juist op dat moment ter plaatse kwam, hield haar tegen.

'Bent u niet de vrouw die dat ding gebouwd heeft?' vroeg een agent. 'Naar mijn idee hebt u het een en ander uit te leggen.'

'En u heb ik zojuist nog in het gezelschap van juffrouw Hard gezien,' voegde een andere agent Emily toe.

Een ziekenwagen drong door de enorme menigte nieuwsgierigen die inmiddels naar de plek van het ongeluk was gestroomd. Donella keek om zich heen, op zoek naar Armand en Archie, maar die hadden beiden kennelijk geen doorkomen kunnen vinden. Een agent pakte haar aan een arm vast.

'We nemen u even mee naar het bureau om een paar vragen te beantwoorden,' verklaarde hij. 'Heet u niet ook juffrouw Hard? Bent u familie? Speelde er wellicht een kwalijke kwestie tussen u en het slachtoffer?'

Donella keek de agent wezenloos aan. 'Ben ik... Arresteert u mij nu?'

De man schudde zijn hoofd. 'Nee, u gaat vrijwillig met ons mee. Net als de andere bij dit voorval betrokken dame. Of wilt u hier de confrontatie met de menigte aangaan?'

Enkele toeschouwers hadden Donella inmiddels herkend en bejegenden haar vijandig.

Als in trance liet ze zich naar het rijtuig voeren waarmee de twee agenten gekomen waren. Inmiddels arriveerden er nog meer manschappen, die de plek van het ongeluk begonnen af te zetten. De broeders droegen Haily naar de ziekenwagen. Iemand had een jas over haar gezicht gelegd.

Tijdens de hele rit naar het politiebureau zat Emily te snikken.

'Ik heb haar zo vaak van alles toegewenst,' huilde ze zacht met haar hoofd tegen Donella's schouder. 'En dan nu dit.'

'Wat een onzin!' fluisterde Donella. 'Alsof je dit ooit hebt gewild. En ook al had je dat wel, dan ga je dat nu niet zeggen, Emily! Jij hebt niets verkeerd gedaan en ik ook niet. Had ik maar enig idee van wat er gebeurd kan zijn!'

Na aankomst op het bureau ontfermde rechercheur Sommerland zich over de twee jonge vrouwen. Nadat hij zich had voorgesteld, zei hij dat ze hem naar de verhoorkamer moesten volgen.

'Ik wil u vragen eerst uw familieband met de overleden juffrouw Hard toe te lichten en mij daarna te vertellen wat er naar uw idee precies is gebeurd.'

Donella verklaarde dat zij en Haily nichten waren en ontkende dat ze problemen hadden gehad. 'Ze kon heel lastig zijn, maar we waren geen vijanden en ook geen vriendinnen. Ze vroeg mij die ballon voor haar te maken en dat heb ik gedaan. Ze heeft me ook een kleine vergoeding betaald. Gisteren ben ik zelf nog met de ballon de lucht in gegaan en dat was niet voor het eerst. Ik snap totaal niet wat er gebeurd kan zijn. Daarvoor moet ik alles nauwkeuriger onderzoeken.'

Emily vertelde nog altijd snikkend dat ze tot haar huwelijk Haily's kleedster was geweest.

De rechercheur keek haar achterdochtig aan. 'Bent u niet degene met dat eh... onconventionele huwelijk? Daar heeft onze vrederechter zich nog mee bemoeid, toch? O, wacht even, u bent ook die vrouw met die ganzen. Juffrouw Donella Hard heeft voor u ook een luchtschip gebouwd. Hoe waren de verhoudingen precies? Tussen u als kleedster en de nichten?'

Donella vatte de geschiedenis van Haily, Emily, Ailis en zichzelf kort samen. 'Op kostschool deelden we een kamer en wij drieën zijn nog altijd vriendinnen. Ik neem aan dat Haily door Emily's luchtschip op het idee van de luchtballon is gekomen.'

'En was juffrouw Hard een goede werkgeefster?' vroeg Sommerland vervolgens aan Emily. 'Of koesterde u wrok tegen haar?'

Emily begon opnieuw te huilen, maar Donella bleef rustig. 'Als ze wrok koesterde, had ze zich vanavond niet ingespannen om juffrouw Hard zo mooi te maken.'

'Dat gaf haar juist de gelegenheid de ballon te saboteren,' meende de rechercheur. 'Ze zal de benodigde kennis hebben opgedaan tijdens haar reis met het luchtschip.'

Donella wilde juist gaan uitleggen dat er tussen een luchtschip en een ballon aanzienlijke verschillen zaten toen er op de deur werd geklopt. Nog voordat de rechercheur 'Binnen!' kon roepen, betrad Archie Peyton de verhoorkamer.

'Ik verzoek u dringend mijn cliënten alleen nog in mijn aanwezigheid te ondervragen,' zei hij met klem. 'Het is absurd om aan te nemen dat ze een aandeel hebben gehad in wat juffrouw Hard is overkomen. Het was een of ander ongeluk. Iets anders kan het niet zijn geweest.'

Donella onderbrak hem. 'Archie, het kan niet zomaar een ongeluk zijn geweest! Een ballon vliegt niet in brand als er geen vuur aan boord is. Wat er precies is gebeurd, moet grondig onderzocht worden!'

'Dat onderzoek heb ik al in gang gezet,' zei Archie, die de rechercheur opnieuw niet aan het woord liet komen. 'Het toeval wil,' zei hij tegen hem, 'dat momenteel een ervaren Parijse ballonbouwer hier in de stad op bezoek is. Zijn naam is Armand Machure. Hij reist binnenkort naar Fort Logan om onze legerleiding van advies te dienen bij de toekomstige bouw van een ballon die inzetbaar is in de strijd. Zijn onpartijdigheid is dus net als zijn deskundigheid boven elke twijfel verheven. Hij heeft zich ook al bereid verklaard om de resten van de ballon en de gondel morgenochtend aan een grondig onderzoek te onderwerpen.'

'Daar wil ik bij zijn!' riep Donella uit.

De rechercheur maande iedereen tot stilte en prees de advocaat. 'Dat is een uitstekend idee, meneer Peyton, maar ik geef er doorgaans de voorkeur aan mijn eigen deskundigen in te schakelen. Dit aan de verdediging overlaten, dient niet altijd de waarheidsvinding.'

'Ach, Armand doet dat meteen voor mij,' bracht Donella in. 'Hij...'

Archie wierp haar een vernietigende blik toe, want hij had Armand zojuist nog getypeerd als een onpartijdige deskundige.

De rechercheur grijnsde veelbetekenend terwijl Donella doorging en verklaarde dat zij en Armand de ballon gisteren nog samen getest hadden en dat hij ongetwijfeld zou bezweren dat er niets aan de constructie had gemankeerd en dat die beslist niet gevaarlijk geweest zou zijn.

'Ik heb Haily nooit iets aangedaan!' wierp Emily eindelijk op, bij wijze van verdediging. 'Ach, wat zag ze er prachtig uit in die jurk en hoe mooi heeft ze gezongen...'

Archie Peyton schudde theatraal zijn hoofd. 'Natuurlijk heeft mevrouw Gardener haar vroegere werkgeefster niets aangedaan. Hoe had ze dat ook kunnen doen? Met tovenarij?'

'Ik wil naar huis,' zei Emily toen een agent de verhoorkamer betrad en Sommerland iets in het oor fluisterde.

Archie viel Emily bij: 'Ik eis dat u mijn cliënten onmiddellijk laat gaan.'

Rechercheur Sommerland zuchtte. 'Ik zou uw verzoek graag inwilligen, meneer de advocaat, te meer omdat we pas morgenochtend meer zullen weten en er naar mijn idee bij deze dames niet het gevaar bestaat dat ze zullen vluchten of onderduiken. Dat ik hen niettemin hier wil houden, is een geval van... laat ik het preventieve hechtenis noemen. Ik kreeg zojuist te horen dat het zeer onrustig is in de stad. De mensen zijn flink van slag door wat er is gebeurd. Juffrouw Hard was per slot van rekening zowel bekend als geliefd. De menigte is nu op zoek naar een schuldige, of beter gezegd de veroorzaker van haar dood. Daarbij wordt ook uw huwelijk genoemd, mevrouw Gardener, aangezien juffrouw Hard hierover onvriendelijke opmerkingen zou hebben gemaakt in de krant. En ook zijn veel mensen opeens van mening dat vrouwen geen luchtschepen zouden mogen bouwen. Kijk maar even naar buiten en beslis dan of u alle drie niet liever hier blijft.'

Emily, Donella en Archie gehoorzaamden en zagen voor het bureau een mensenmassa staan die erop los schold en hen riep. 'Geef ons die moordwijven! Aan de galg met die twee!'

'Ze zijn dronken,' zei de rechercheur vergoelijkend. 'De meesten zullen hier morgen spijt van hebben, maar ik kan u nu niet naar huis sturen. Met politiebescherming zou u het misschien overleven, maar mijn manschappen bewaken de plaats delict en proberen de rust terug te brengen in de stad.'

Archie wilde iets zeggen, maar Donella was hem voor.

'We moeten voorkomen dat de meute ons naar Ailis' huis volgt en dat gaat belegeren. Copper zou zich doodschrikken. Het is goed, meneer Sommerland, we blijven hier. Hopelijk hebt u een enigszins behaaglijke cel voor ons, en een kop thee.'

4

Donella en Emily kregen uiteindelijk beide: een cel met twee bedden die rijkelijk voorzien waren van dekens en schoon beddengoed, en een pot thee.

'Dat is onze ontnuchteringscel,' deelde een vriendelijke, wat oudere agent hun mee. 'Doorgaans slapen onze bezoekers hier prima.'

De twee vrouwen daarentegen deden die nacht geen oog dicht. Donella bleef maar piekeren over de oorzaak van het ongeluk en Emily maakte zich zorgen over Ronald. Het leek haar goed mogelijk dat een groepje dronkaards hun woede op hem had gericht.

'Wat een nachtmerrie is dit!' zei Donella toen het licht werd. Voor zover ze uit een hoog tralieraampje kon zien was de menigte voor het bureau verdwenen. De stad leek nog in diepe slaap. Armand had zich waarschijnlijk in alle vroegte naar de plek van het ongeluk gehaast om de brokstukken te onderzoeken. Eigenlijk moest Haily's lichaam door een patholoog onderzocht worden, hoewel Donella niet wist wat die zou kunnen vinden. Omdat er totaal geen aanknopingspunten waren, was ze bereid zich aan alles vast te klampen.

'Ik moet op zoek naar Ronald,' zei Emily herhaaldelijk. Ze vond haar echtgenoot duidelijk belangrijker dan Haily's doodsoorzaak. Die kon aan de feiten sowieso niets veranderen. Archie Peyton had haar gisteravond nog verzekerd dat zolang er geen belastend bewijs werd gevonden ze onmogelijk aangeklaagd kon worden.

Met 'Als Ronald iets overkomen zou zijn, dan hadden ze dat ons wel laten weten' probeerde Donella haar gerust te stellen. 'Hij is vast en zeker teruggegaan naar Concord. Hij zal op zoek zijn gegaan naar de Brewsters om hen naar huis te brengen, weg uit die doorgedraaide menigte. En nu zit hij net zo erg over jou in als jij over hem. Tenzij Archie de tegenwoordigheid van geest heeft gehad om hem te bellen en in te lichten.'

Ondanks Donella's pogingen om haar moed in te spreken kreeg Emily geen hap naar binnen van het karige ontbijt dat ze om zeven uur in hun cel opgediend kregen. Daarna begon het wachten opnieuw. Juist toen Donella hun bewaarders eraan wilde herinneren dat ze vrijwillig in de cel zaten en inmiddels zonder problemen naar huis konden, liet Sommerland hen roepen.

In dezelfde verhoorruimte als de avond ervoor werden ze opgewacht door Armand Machure en Archie Peyton, die er weer helemaal klaar voor was om zich over alles op te winden.

'De dames zien er doorwaakt uit. Had u mijn verloofde vannacht niet ergens anders kunnen onderbrengen dan in een ontnuchteringscel?' vroeg hij op kwade toon aan de zojuist binnengekomen rechercheur Sommerland.

Donella wierp hem een woedende blik toe en zag vanuit haar ooghoeken de teleurgestelde blik van Armand. Ze had de precieze aard van haar relatie met de advocaat in haar leven verzwegen, maar kon hem wel een klap verkopen omdat hij haar zijn verloofde noemde.

De rechercheur schonk geen aandacht aan de advocaat. Hij had meer belangstelling voor de bewijsstukken die Armand in een linnen doek gevouwen op tafel legde.

'Hebt u iets gevonden?' vroeg Sommerland gespannen nadat hij de deskundige had begroet en bedankt voor zijn inspanningen. 'En hebt u al een idee hoe de ballon in vlammen opgegaan kan zijn?'

Armand knikte. 'Om precies te zijn is het vuur niet in de ballon begonnen, maar in de gondel, zoals te zien is op de foto's van de heer Gardener. Hij was zo vriendelijk ze afgelopen nacht meteen voor mij te ontwikkelen. De resten heb ik vanochtend nauwkeurig onderzocht. Van de ballon zelf is niets over. Het is niet onmogelijk dat hierin kleine fabricagefouten zaten. Er kan een naad losgelaten hebben, waardoor de hete lucht sneller aan de ballon kon ontsnappen. Als zo'n lek maar groot genoeg is, kan een ballon neerstorten. Een ballon van zijde kan echter niet spontaan in brand vliegen. Daarvoor is ten minste één vonk nodig. En er zijn meerdere dingen die dit veroorzaakt kunnen hebben. Kijkt u eens wat ik gevonden heb.' Hij pakte uit de linnen doek een aangeschroeide, maar niet opgebrande sigaar. 'Juffrouw Hard moet geprobeerd hebben hem op te steken.'

'In de lucht, bij zoveel wind?' vroeg Emily. Ze had vaak genoeg een sigaar voor Haily aangestoken en wist dat dit nooit makkelijk ging. 'Dat kan haast niet!'

'Toch heeft ze het voor elkaar gekregen,' zei Armand. 'Wellicht heeft ze in plaats van haar sigaar haar sluier in brand gestoken. Dat kon heel makkelijk gebeuren, want kijkt u eens wat ik nog meer heb gevonden. Dit lag op de bodem van de gondel. Het moet daar terecht zijn gekomen toen juffrouw Hard opstond om te zingen.'

Iedereen bestudeerde de gelige korreltjes die hij op tafel legde.

'Dat is...' De rechercheur maakte zijn vinger met wat speeksel nat, depte daarmee een paar korrels op en hield ze vlak voor zijn neus. 'Zwavel!'

'Inderdaad,' zei Armand. 'Anorganische zwavel, een brandversneller. Het moet zich in de sluier hebben bevonden... Dan heb je aan één vonkje voldoende om de hele ballon in vlammen op te laten gaan.'

Emily was lijkbleek geworden. 'Hoe kan dat nou! Toen ik haar sluier schikte, was die helemaal schoon. En ze had ook geen sigaar bij zich, want dat zou ik gezien hebben toen ik haar jurk gladstreek. Ik heb echt niks –'

'Niemand gaat ervan uit dat jij iets gedaan hebt,' stelde de inmiddels gekalmeerde Archie Peyton haar gerust.

Armand sprak verder. 'Waar de sigaar en lucifers zich aan boord hebben bevonden, heb ik ook ontdekt.' Hij pakte een deel van de verwoeste mand uit de linnen doek. 'Hier zien jullie lijmresten en daaraan plakt nog wat tabaksblad en een deel van een luciferdoosje. Het is een gebogen stuk hout –'

'Dat is een deel van de rand van de gondel,' zag Donella meteen. 'Het is daaronder vastgeplakt, wat je niet meteen ziet. Toch had ík het moeten zien, want ik heb het hele ding zeker tien keer gecontroleerd. Vooral vanwege Haily's... zeg maar voorliefde voor rookwaren.'

'Juffrouw Hard zou de sigaar ook zelf aan boord gesmokkeld kunnen hebben,' zei de rechercheur nadenkend, 'om hem op te steken bij de afdaling.'

'Maar ze heeft natuurlijk niet haar sluier geprepareerd,' bracht Donella in.

'En ze zou een aansteker hebben meegenomen,' voegde Emily eraan toe, 'want een sigaar aansteken met lucifers is bijna onmogelijk. Bovendien heeft – hád ze een heel mooie, moderne aansteker. Daarom zal ze zich beslist niet alleen op lucifers verlaten hebben.'

'Dan moeten die aan boord zijn gesmokkeld door iemand zonder verstand van sigaren,' concludeerde Armand. 'Vlak voordat ze opsteeg, kwam er nog iemand naar haar toe, toch? Een vrouw.'

'Juffrouw Clarisse!' herinnerde Emily zich. 'Ach natuurlijk, juffrouw Clarisse! Ze kwam Haily succes wensen en kuste haar op de wangen. Daardoor verschoof haar hoed ook iets.'

Ook Donella herinnerde zich het tafereel. 'En dat loeder heeft zwavelpoeder op Haily's sluier aangebracht toen ze die zogenaamd recht deed! U moet haar meteen aanhouden, rechercheur! Deze toneelspeelster heeft Haily Hard vermoord!'

'Niet zo snel!' In Archie werd de advocaat weer wakker. 'Bedenk eerst goed van welke feiten juffrouw Derrieux beschuldigd kan worden en of daar ook bewijs voor is. Misschien heeft ze inderdaad zwavelpoeder in de sluier van haar rivale aangebracht, maar dat geldt in het beste geval als opzettelijke beschadiging. En ze kan ook een sigaar en wat lucifers in de mand hebben verborgen, maar ik weet niet onder welk wetsartikel dat valt. Zoiets wordt ook niet nadrukkelijk verboden.'

'Maar ze wist –', begon Emily, en Donella maakte haar zin af.

'Clarisse Derrieux heeft Haily willens en wetens in de verleiding gebracht!' zei ze verontwaardigd. 'Zij wist dat Haily het niet zou kunnen laten om die sigaar op te steken.'

'Juffrouw Derrieux heeft hem echter niet aangestoken,' verklaarde Archie. 'Volgens mij kan ze onmogelijk aangeklaagd worden voor moord.'

De rechercheur vertrok zijn gezicht. 'Ik laat die dame in elk geval komen. Benieuwd wat ze dan te zeggen heeft.'

'Ik ga in de apotheken van Boston navragen of ze daar zwavel heeft gekocht,' deelde Armand mee. 'Dat zou dan in elk geval een aanwijzing zijn. Misschien dat ik ook navraag doe in wat sigarenwinkels... Is het een bijzonder merk?' Hij wees naar het restant van de sigaar.

'Het is Haily's merk,' antwoordde Emily. 'Iedereen wist welke sigaren ze rookte.'

'Ik niet,' zei Donella. 'Laat dat een aanwijzing zijn dat ik hem niet heb achtergelaten. Mogen we dan nu gaan, rechercheur?'

Sommerland knikte. 'Natuurlijk. En ik dank u allen voor uw medewerking. En u ook gecondoleerd met uw verlies, juffrouw Hard, ook al stonden u en uw nicht niet op heel goede voet met elkaar.'

Donella bedankte hem. 'Het is natuurlijk toch een zeer ingrijpende gebeurtenis,' zei ze. 'Op een bepaalde manier waren onze levens altijd met elkaar verweven. We gaan Haily allemaal missen, ook al was ze een lastig mens.'

Voor het politiebureau werden ze opgewacht door Ronald, die Emily meteen in zijn armen nam. Donella wilde noch op Archie, noch op Armand wachten – Armand moest zijn verklaring nog ondertekenen – en vroeg Ronald of hij haar bij Ailis' huis wilde afzetten. Hij was met de koets gekomen en wilde Emily mee naar huis nemen. Ze was nog altijd van slag en had dringend rust nodig.

Donella voelde geen enkele vermoeidheid. Natuurlijk wilde ze zich heel graag opfrissen en omkleden en moest ze Ailis en Molly vertellen wat er op het politiebureau was gebeurd, maar daarna ging ze zo snel mogelijk naar de loods achter het theater, waar de resten van Haily's ballon naartoe waren gebracht. In deze loods was voldoende plek om alle grote rekwisieten op te slaan en waren ze goed beschermd tegen het winterweer en eventuele souvenirjagers. Donella wilde alles zelf nog een keer nauwkeurig onderzoeken, ook al dacht ze niet dat Armand iets belangrijks over het hoofd had gezien. Zijn conclusies over de toedracht van het ongeluk hadden haar ook aannemelijk in de oren geklonken.

Toen ze de loods betrad, bleek er al iemand te zijn. Armand vond het na zijn eerste onderzoek die ochtend kennelijk ook nodig om alle brokstukken nog eens goed te bekijken. Hij was al begonnen met sorteren. Toen hij Donella zag, begroette hij haar niet en toen ze hem wilde omhelzen, weerde hij haar af.

Donella begreep wat hij dacht. 'Archie Peyton en ik zijn helemaal niet verloofd,' deelde ze hem mee.

Armands bedrukte gezicht veranderde nauwelijks. 'Alles wijst erop dat hij jou zeer binnenkort om je hand zal vragen. En hij lijkt niet te twijfelen aan het succes van zijn aanzoek. Ben je van plan ja te zeggen?'

Donella zuchtte en wilde hem nog altijd graag omhelzen. 'Dat denk ik niet, Armand. Ik weet niet eens of ik ooit wil trouwen. Nu in elk geval nog niet. Mijn huidige leven bevalt me prima. Mijn studie vraagt veel van me, maar stimuleert me ook. Zoiets heb ik altijd al gewild. En wat ik daarna doe, ik zou het niet kunnen zeggen.'

'Als je van een van ons zou houden, zou je geen twijfel kennen,' zei Armand zacht.

'Een van jullie? Bedoel je... Doe jij mij nu ook een aanzoek? Wil je dat ik –' Donella wankelde. Ze voelde al haar krachten wegvloeien.

'Ik heb altijd van je gehouden, Donella, vanaf het moment dat je samen met Hernando bij ons opdook; zo slim, zo dapper, zo dol op vliegen. Maar je hebt dat nooit gezien. Je dacht altijd alleen aan hem.'

'En aan luchtschepen,' vulde Donella aan.

Armand glimlachte flauwtjes. 'En aan luchtschepen. Maar nu heb je je van Hernando verlost, dus ik hoopte dat je in je leven ook een plaatsje vrij had voor mij, naast die luchtschepen.'

Donella liep op hem af en voordat hij haar kon afweren, kuste ze hem op beide wangen. 'Ik zal erover nadenken, Armand. Dat beloof ik je. Gun jij mij de tijd daarvoor?'

Armand knikte. 'Zoveel als je nodig hebt, Dona. Maar laten we nu verdergaan met waarmee ik bezig was. Morgen vertrek ik naar Colorado.'

'Een mooie staat,' mompelde ze.

Twee uur lang sorteerden ze zelfs het kleinste overblijfsel van de gondel en onderzochten alles nauwkeurig, maar naast nog wat zwavelsporen leverde dit niets bijzonders op. Juist toen ze wilden stoppen, kwam Cuthbert Hay de loods binnen.

'Juffrouw Hard, Donella,' begon hij, niet goed wetend hoe hij haar zou aanspreken. Ze hadden elkaar voor het laatst gesproken op zijn bruiloft met Ailis, in Schotland. 'De bewaker buiten zei dat ik u hierbinnen kon vinden.'

'Zeg maar Donella, hoor,' zei ze fijntjes. 'We zijn immers nog altijd familie.'

Hij glimlachte schuldbewust. 'Ik had dat beter moeten regelen met Ailis,' zei hij zonder duidelijk te maken wat hij anders had willen doen. 'Om te beginnen: gecondoleerd met jullie verlies.'

'Jij ook, Cuthbert,' reageerde Donella. 'Als ik het goed heb begrepen, was je intiemer met Haily dan Ailis en ik.'

Cuthbert begon te blozen. 'Dat zou weleens kunnen, ja. Niettemin, nu ze dood is, moet er veel geregeld worden. Ik neem de begrafenis op me. Of zou ze in Schotland begraven hebben willen worden?'

Donella schudde haar hoofd. 'Laten we haar hier begraven. In Boston heeft ze haar fans. De halve stad zal bij haar begrafenis willen zijn, precies wat ze zou hebben gewild.'

'En laat een grafsteen plaatsen,' voegde Armand eraan toe. 'De Fransen gaan nog altijd op bedevaart naar het graf van Sophie Blanchard in Parijs.'

Cuthbert knikte. Vergiste Donella zich of stonden er echt tranen in zijn ogen? 'Het klopt dat ze dat gewild zou hebben. Maar daarnaast moet haar familie op de hoogte worden gebracht en moet haar erfenis geregeld worden: haar woning, al haar jurken en persoonlijke eigendommen. Misschien willen jullie daar iets van hebben. Of anders Emily. In elk geval wilde ik haar vragen het leegruimen van de woning op zich te nemen. Niet nu meteen, maar na de begrafenis. Dat moet hoe dan ook iemand van de familie doen.'

Donella legde haar hand op zijn arm. 'Natuurlijk doen we dat. Ailis was al van plan om vandaag nog Haily's ouders aan te schrijven. Moet haar huis verkocht worden?'

'Dat ga ik regelen,' zei Cuthbert. 'Ze laat ongetwijfeld ook nog wat geld na. De erven –'

'Dat moeten haar ouders en broers maar regelen,' zei Donella. 'Heb je nog iets van Clarisse Derrieux gehoord?'

Cuthbert haalde een hand over zijn voorhoofd. 'Stel dat de beschuldigingen kloppen! Ik kan het niet geloven! Ik weet dat de concurrentie bij het krijgen van een bepaalde rol soms groot is. Haily was in dat opzicht ook geen heilige, maar om iemand daarom van het leven te beroven? Ik moet nu eerst op zoek naar vervangsters. Voor beiden.'

'*The show must go on*!' zei Ailis toen Donella haar later op de hoogte bracht van haar gesprek met Cuthbert. 'En wat die tranen betreft: het zou me niet verbazen als die brave Cuthbert van tevoren een ui geschild heeft. En dat hij zo begaan is met het leegruimen van Haily's woning… Ik weet zeker dat hij die al doorzocht heeft op waardevolle spullen. En op gevaarlijke geheimen. We vinden er vast en zeker geen liefdesbrieven meer van hem aan haar of omgekeerd. Dat is eigenlijk wel jammer, want die kunnen nog van pas komen bij de scheiding.'

'Wil je die dan nu eindelijk doorzetten?' vroeg Molly. Ze drong daar al heel lang op aan bij Ailis, misschien een beetje ingegeven door jaloezie.

Ailis haalde haar schouders op. 'Zolang hij geen belangstelling heeft voor Copper is er naar mijn idee geen haast bij. Je moet geen slapende honden wakker maken. Stel dat hem plotseling te binnen schiet dat hij een zoon heeft die hij kennis wil laten maken met het geweldige showbizzbestaan.'

'Archie Peyton zou nu zeggen dat hij meer verdient dan jij, en gedwongen kan worden mee te betalen aan Coppers levensonderhoud,' zei Donella. 'Aan de andere kant, zolang je niet van hem gescheiden bent, ben jij zijn belangrijkste erfgenaam, vooropgesteld dat hij eerder sterft dan jij. Dat is misschien een nog groter voordeel.'

'Als hij op een dag samen met zijn theater in vlammen opgaat, sta ik boven aan het lijstje verdachten,' zei Ailis. 'Nee, wat mij betreft mag alles blijven zoals het nu is. Natuurlijk ruimen we de woning leeg. Als de ophef wat is geluwd.'

'En Emily niet meer om de vijf minuten in huilen uitbarst,' voegde Donella eraan toe. 'Ik vraag me af of ze nou heel erg dol op Haily was of haar juist heel erg haatte.'

De voorspelling van Donella kwam uit: de begrafenis van Haily Hard was een grootse gebeurtenis waarbij half Boston zich op de begraafplaats had verzameld. Het koor en de solisten van het theaterensemble zongen een vereenvoudigde versie van Mozarts *Requiem,* waarin de hand van Cuthbert Hay duidelijk te herkennen was.

Clarisse Derrieux verscheen zwaar gesluierd in gezelschap van haar advocaat. Tot ieders verrassing had Archie Peyton haar als cliënte aangenomen. Donella vroeg zich af of het hem om de roem ging of, zoals Emily dacht, om de principiële overtuiging dat iedereen recht had op een goede verdediging, ongeacht de aard van de misdaad. Donella nam aan dat hij Clarisse aangeraden had om de begrafenis bij te wonen omdat ze bij het verhoor door de politie elke betrokkenheid bij Haily's dood ontkend had. Het gerucht dat ze vervolgd zou worden had zich niettemin al breed verspreid. Niemand sprak nog met haar of wilde in haar nabijheid gezien worden.

Emily had Ronalds camera meegenomen en nam foto's van de menigte. Ze dacht dat vrouwe Mairead veel troost zou ontlenen aan de aanwezigheid van zoveel vrienden en fans bij de begrafenis van haar dochter. Cuthbert had inmiddels opdracht gegeven tot de vervaardiging van een pompeuze grafsteen, en een uit het koor afkomstige, zeer jonge en knappe zangeres zong een solo.

THE SHOW MUST GO ON, kopte een krant de volgende dag.

'Zei ik toch,' merkte Ailis op.

5

Niet veel later troffen Ailis, Molly, Donella en Emily elkaar in Haily's voormalige woning om de nalatenschap uit te zoeken. Cuthbert had het dienstmeisje meteen ontslagen. Het huis was rommelig en stoffig, en vreemd leeg zonder de bewoonster.

'Zullen we dan maar?' zei Ailis met een zucht, waarna ze de taken verdeelde.

Donella en Molly ruimden de kasten leeg en pakten Haily's kleding in, om aan het armenhuis te schenken. De meeste van haar spullen waren goed genoeg om te kunnen verkopen. De liefdadigheidsorganisatie zou verrukt reageren. Ondertussen namen Ailis en Emily Haily's papieren door.

'Dat zijn alleen maar kranenknipsels,' verklaarde Emily toen ze op een dikke map stuitten. 'Ze bewaarde alles wat over haar geschreven werd.'

Ailis volstond met een korte blik op de map om vervolgens Haily's kasboek door te nemen.

'Dat is vreemd.' Ze keek verbaasd op. 'Wisten jullie dat ze een weeshuis in New York ondersteunde?'

De drie anderen schudden hun hoofd.

'Met honderd dollar per maand; een flinke som.' Ailis bladerde door het boek. 'Andere uitgaven kom ik niet tegen.'

Emily bekeek de datum van de eerste betaling. 'Dat was in november, toen ze nog op tournee was. Misschien heeft ze toen opgetreden bij een liefdadigheidsbijeenkomst en voelde ze zich gedwongen om een gift te doen.' Emily herinnerde zich vergelijkbare avonden tijdens vroegere tournees waarop ze Haily soms had begeleid.

'Dan zou het een eenmalige post zijn geweest, maar deze keert maandelijks terug,' wierp Ailis tegen.

'Neem anders de krantenknipsels even door,' suggereerde Donella. 'Misschien vind je daarin een aanwijzing. Ik heb hier haar sieraden.' Ze liet de twee vrouwen een met rood fluweel gevoerd kistje van ebbenhout zien. 'Misschien moeten we dit aan haar moeder sturen. Als aandenken.'

Ailis wiep een blik in het kistje. 'Oké, maar misschien alleen de wat minder extravagante sieraden. In mijn herinnering heeft vrouwe Mairead een beschaafde en dure smaak. Die gekleurde stenen komen protserig over en zijn vast en zeker namaak.'

'Dat is vreemd!' Emily had ondertussen de map met krantenknipsels opengeslagen en was op zoek gegaan naar knipsels van Haily's tournee door het zuiden. 'Er zit geen enkel artikel uit die periode in. En wat deed ze in New York? Je denkt bij het zuiden eerder aan Alabama en Louisiana.' Ze keek met een peinzend gezicht op.

Ailis had een vermoeden. 'Kan Haily zwanger zijn geweest? Zou ze het kind in New York gebaard hebben en in een tehuis achter hebben gelaten?'

'Dat doet toch niemand!' riep Donella ontzet uit. 'Wie laat zijn eigen kind nou in een weeshuis achter? Iedereen weet hoe het er daar aan toegaat!'

Ailis haalde een papier tevoorschijn. 'Het is een katholiek weeshuis, waarschijnlijk door nonnen geleid. Misschien heeft ze het eerst bekeken en is ze er toen van overtuigd geraakt dat het kind het daar goed zou hebben.'

'Of ze wilde er gewoon vanaf en dit weeshuis bood zich aan,' opperde Emily hardvochtig. 'Kinderen hebben het in geen enkel tehuis goed.'

'In de meeste tehuizen is het afschuwelijk!' Molly's moeder was bij verschillende liefdadigheidsinstellingen actief geweest. Als meisje was Molly zo nu en dan met de vrouwen meegegaan en had ze het een en ander gezien. 'We moeten contact opnemen met het tehuis en als er inderdaad een kind van Haily opgroeit, zullen wij ervoor moeten zorgen.'

'Moeten we dat?' Donella kwam overeind. 'Wat heeft Haily ooit voor ons gedaan? Ze heeft Emily als een slavin behandeld. Met Ailis en mij heeft ze nooit iets te maken willen hebben. Ik vind dat we haar helemaal niets verschuldigd zijn!'

'Daar kan dat kind toch niets aan doen,' wierp Molly tegen.

Ailis gaf haar gelijk.

'Maar wie zou dan voor het kind moeten zorgen?' vroeg Emily. 'Ron en ik zouden het absoluut in huis willen nemen, maar de autoriteiten zullen nooit toestaan dat wij een wit kind adopteren.'

'Ze zullen het ook niet toekennen aan twee samenwonende vrouwen.' Ailis klonk niet alsof ze dat heel erg vond. Ze was voor Copper een liefdevolle moeder en legde bijna al haar geld opzij om hem later naar de beste scholen te kunnen sturen, maar het moederschap was geen roeping voor haar. Ze verdiepte zich veel liever in de astronomie dan dat ze luiers verschoonde.

'En ik...' Donella speelde met een van de fraaiere sieraden.

'Archie zal het kind niet willen hebben,' voorspelde Emily, die hem het beste van iedereen kende. Hij was ook niet erg op Haily gesteld geweest en had er ongetwijfeld geen zin in om zijn eventuele huwelijk met Donella met een adoptiekind te beginnen.

'Ik weet ook helemaal nog niet of ik met Archie...' mompelde Donella. 'En kinderen? Daarbij komt –'

'Ik weet wat we moeten doen.' Ailis kwam overeind. 'We sturen alles, haar kasboek, de krantenknipsels en een brief waarin we onze vermoedens uiten, naar vrouwe Mairead. Haar ouders zijn haar erfgenamen. Twee van haar drie broers zijn getrouwd en minstens een van de twee heeft kinderen. Er moet een plek in de familie te vinden zijn. Daarmee voorkomen we dat wij ons een of andere dwaasheid op de hals halen. In elk geval kan vrouwe Mairead net zo makkelijk navraag doen als wij. Haar zal het alleen wat meer tijd kosten.'

'Jullie kunnen het weeshuis hoe dan ook Haily's laatste geld sturen, of de maandelijkse betaling nog een tijdje handhaven,' stelde Molly voor. 'Dan krijgen de nonnen in elk geval het geld om het kind goed te kunnen verzorgen totdat de grootouders zich melden.'

De andere vrouwen knikten opgelucht. Ze konden het kind – als dat er inderdaad was – niet aan zijn lot overlaten, maar in hun eigen leven hadden ze vooralsnog geen ruimte voor een adoptiekind.

Ailis beloofde het weeshuis aan te schrijven. In haar brief vertelde ze over Haily's tragische dood en ze voegde een foto bij waarop ze betoverend mooi en triomfantelijk opsteeg in haar ballon. Ze verzekerde de moeder-overste dat de maandelijkse betaling voorlopig doorliep en informeerde voorzichtig of in het weeshuis misschien een kind van haar nicht verbleef.

6

Geachte mevrouw Hay,
We zijn allen zeer getroffen door het nieuws van de dood van juffrouw Haily Hard, een begunstiger van ons tehuis. Gods wegen zijn ondoorgrondelijk. Onze welgemeende condoleances aan u.

Na een bezoek aan ons tehuis ondersteunde juffrouw Hard ons op regelmatige basis. We danken u hartelijk voor het feit dat u in haar geest daarmee door wilt gaan. Wij hebben juffrouw Hard steeds in onze gebeden herdacht en zullen dat blijven doen. Wij bidden ook voor u en uw familie, beste mevrouw Hay. Moge God u bijstaan in uw verdriet en pijn.

U zij gezegend.

Moeder-overste Iseult Latisse,

Klooster van de Zusters van Barmhartigheid, New York

Moeder Iseult dicteerde het antwoord op Ailis' brief aan de jonge zuster Katherine, die het in steno opschreef.

'U wilt niets over de kleine zeggen?' vroeg ze verbaasd.

De overste schudde haar hoofd. 'Ik kan mijn belofte niet verbreken,' zei ze op plechtige toon. 'Juffrouw Hard heeft er geen misverstand over laten bestaan dat niemand mag weten dat ze een dochter heeft.'

'Maar toen wist ze natuurlijk nog niet dat ze snel zou overlijden,' wierp de zuster tegen. 'En misschien willen verwanten graag voor Mary Ann zorgen.'

De overste maakte een afwijzend gebaar. 'Dat doet niets af aan mijn belofte,' stelde ze. 'En ook wij kunnen altijd en overal door de dood overvallen worden en daarom dienen we ervoor te zorgen dat we onze Heer met een zuiver geweten tegemoet kunnen treden. Dat gold ongetwijfeld in onvoldoende mate voor juffrouw Hard, dus het is voor haar zielenheil beter als de giften uit haar naam ons tehuis ten goede blijven komen.'

'Maar dat hoeft dan niet op te houden,' hield zuster Katherine vol. 'Haar familie is immers niet arm en kan ons blijven ondersteunen.'

Moeder Iseult keek haar bijna medelijdend aan. 'In welke wereld leef jij, zuster? Zodra Mary Ann ons verlaat om naar Schotland, Boston of waar dan ook te gaan, is het afgelopen met die maandelijkse gift.'

'Maar Mary Ann heeft familie... Ze hoeft helemaal niet als wees op te groeien,' voerde zuster Katherine opnieuw aan.

'Mary Ann zal het lot dat God haar heeft toebedeeld waardig dragen,' zei de overste. 'Ze zal een goede christelijke opvoeding krijgen en hopelijk opgroeien tot een beter mens dan haar verdorven moeder. Ga die brief schrijven, zuster Katherine. Hij moet vandaag nog verstuurd worden.'

Toen de jonge zuster klaar was met de secretariële werkzaamheden die de overste haar regelmatig toevertrouwde, liep ze zoals bijna elke dag naar het slaapvertrek van de kinderen. Ze was gehecht geraakt aan Mary Ann, de beeldschone baby die ze had geholpen ter wereld te brengen. Zuster Katherine mocht zelden helpen bij bevallingen. Ze had Haily mogen bijstaan omdat ze uit een zeer goede familie afkomstig was, altijd beleefd bleef en ook bij lastige mensen haar geduld bewaarde.

Ze keek aandachtig naar het slapende meisje met haar blonde donshaar en lieve gezicht.

'Je hebt op z'n minst recht op een moeder,' fluisterde ze en ze bevestigde de foto van Haily boven het bedje. Morgen wilde ze de foto laten inlijsten om te voorkomen dat hij zou vergelen. 'Je moeder waakt vanuit de hemel over jou,' zei zuster Katherine, en ze hoopte dat het waar was.

Vrouwe Mairead Hard wees de suggestie dat haar aanbeden dochter een buitenechtelijk kind op de wereld had gezet en in een weeshuis had achtergelaten boos van de hand.

Ailis, hoe kun je zoiets denken van mijn overleden dochter? Mijn dochter was een door en door liefdevol wezen! Ik denk nog weleens terug aan hoe teder ze als kleuter baby Emily onder haar hoede nam. We waren het weliswaar niet helemaal eens met haar latere carrière als zangeres, maar de foto's van haar begrafenis en de krantenknipsels maken ons duidelijk dat ze met haar kunst veel mensen vreugde heeft geschonken. Misschien heeft ze dan toch het juiste gedaan, en misschien was mijn eerste impuls om haar te ondersteunen in haar verlangen naar een kunstzinnige carrière succesvoller afgelopen als ik haar niet had toegestaan om alleen naar een vreemd land te reizen en daar haar door God gegeven talent in te zetten. En nu wordt er deze kwaadaardige interpretatie gegeven aan haar grootmoedige wens om een weeshuis op regelmatige basis financieel te ondersteunen. Ik verzoek je dringend om zulke verdachtmakingen in de toekomst achterwege te laten. Haily's nagedachtenis mag niet bezoedeld worden! We kunnen ons helemaal vinden in de voortzetting van de steun aan het weeshuis uit haar naam. Wellicht kan met haar nalatenschap ook een stichting worden opgericht die middels andere daden van naastenliefde de herinnering aan Haily levend houdt.

Ailis legde de brief hoofdschuddend weg.

Cuthbert Hay, de enige in Haily's omgeving die van het bestaan van het kind afwist, had even overwogen om Ailis en Donella in te lichten. Hij wist echter niet waar het zich bevond en Haily had hem zelfs niet verteld of ze een meisje of een jongetje had gekregen. Wel wist hij vrij zeker dat het kind niet van hem was. Als Haily een kind op de wereld had gezet met rossig donshaar dat net zo erg op hem had geleken als Copper bij zijn geboorte, zou ze dat zeker gebruikt hebben om hem af te persen. Misschien was ze dan ook niet op dat idiote idee met die ballon gekomen...

Cuthbert onderdrukte deze gedachte. Hij had over enkele minuten een afspraak met Shirley Anderson, die hij tot de nieuwe ster van zijn show wilde laten uitgroeien. Ze zou hem vast willen laten zien hoe erkentelijk ze hem daarvoor was. Dan zou hij Haily's kind vanzelf weer vergeten.

7

Een paar weken later begon het proces tegen Clarisse Derrieux, waarbij Archie Peyton zich opnieuw als een briljante advocaat manifesteerde.

Clarisse speelde in de rechtbank de vermoorde onschuld. Ze kleedde zich ingetogen en de tranen stroomden over haar wangen toen ze vertelde hoe blij ze was geweest met haar contract bij het theater van Cuthbert Hay en hoe verrijkend ze de samenwerking met Haily had gevonden.

'Ik kon haar de rol van ballonvaarster onmogelijk misgunnen. Mijn rol was duidelijk groter, want de held van het stuk kiest uiteindelijk voor mijn personage. Niettemin had ik het idee dat Haily een bepaalde wrok tegen mij koesterde. Maar daar heb ik nooit aanleiding toe gegeven!'

Archie liet diverse acteurs en actrices opdraven en hen zeggen dat ze nooit getuige waren geweest van een tweestrijd tussen de vrouwen.

'Juffrouw Derrieux heeft daarvoor simpelweg een te evenwichtige persoonlijkheid,' beweerde een van hen. 'Ze is tegen iedereen altijd even vriendelijk en beleefd, tegen medeacteurs en garderobemedewerkers. Clarisse wordt aanbeden! Juffrouw Hard daarentegen... Afijn, over de doden niets dan goeds en het staat buiten kijf dat ze een uitstekende actrice was die zeker gemist zal worden. Maar ze was aan de ongeduldige kant, opvliegend – vaak ten onrechte. We namen haar dat natuurlijk niet kwalijk, maar toch hadden we het idee dat ze juffrouw Derrieux als concurrente zag.'

Ailis en Molly, die op de tribune zaten, konden elkaar alleen maar sprakeloos aankijken. Emily en Donella waren ook bij het proces aanwezig, maar moesten een verklaring afleggen en daarom in het getuigenvertrek wachten.

Iedere getuige sprak de waarheid over Haily's sigarenverslaving. 'Ze rookte gewoon aan één stuk door,' verklaarde de grimeuse. 'Het leek alsof ze geen moment zonder kon. Zodra ze van het podium kwam, moest er iemand klaarstaan met een sigaar.'

'Denkt u dan ook dat juffrouw Hard tijdens haar ballonvaart niet zonder een sigaar had gekund?' informeerde Archie Peyton.

'Ze zal deze triomf absoluut met een sigaar hebben gevierd,' antwoordde de vrouw. 'Zoals al haar optredens.'

Emily bevestigde Haily's sigarenverslaving. 'Ze gedroeg zich nerveus als ze er niet een binnen handbereik had. Bij haar ballonvaart had ze er echter geen bij zich. Haar jurk bevatte geen zakken.'

Donella verklaarde dat ze het Haily ten strengste had verboden om sigaren mee te nemen in de gondel. Ze had haar meerdere keren op het gevaar van roken gewezen en haar de laatste sigaar eigenhandig afgepakt. 'Bovendien heb ik voordat Haily instapte de gondel geïnspecteerd,' verklaarde ze. 'Daarin was toen niets verstopt.'

'Juffrouw Hard kan de sigaar op haar lichaam gedragen hebben,' opperde Archie.

'Waar komen die lijmsporen dan vandaan?' kaatste Donella terug.

Archie had zijn weerwoord klaar. 'Maar die zouden toch ook achtergelaten kunnen zijn door de meubelmaker of van iets anders afkomstig kunnen zijn, juffrouw Hard? Dat is geen overtuigend bewijs.'

Toen de aanklager met het bewijsstuk inclusief lijmsporen op de proppen kwam, redeneerde Archie dat de sigaar ook door iemand anders achtergelaten kon zijn. 'Zeer waarschijnlijk door juffrouw Hard zelf en misschien ook vlak voordat ze opsteeg. Juffrouw Donella Hard moet hem simpelweg over het hoofd hebben gezien.'

Donella snoof van woede, maar de rechter leek met de advocaat in te stemmen. Voor het zwavelpoeder werd geen geloofwaardige verklaring gegeven, maar hoe dan ook kon niet worden aangetoond dat juist Clarisse het poeder op Haily's sluier had aangebracht.

'Misschien had juffrouw Hard de zwavel gewoon bij zich,' veronderstelde Archie Peyton in zijn slotpleidooi. 'Anorganische zwavel geldt ook als een probaat reinigingsmiddel voor de darmen. Veel mensen nemen het regelmatig, onder wie actrices omdat het ze – heb ik mij laten vertellen – helpt slank te blijven. Misschien lag het op straat en is het aan de zolen van juffrouw Hards schoenen blijven plakken. Het is immer ook op de bodem van de verwoeste gondel gevonden. Daarnaast hielden voor het opstijgen van de ballon nog anderen zich in de nabijheid van juffrouw Hard op. Ook zij kunnen, vanzelfsprekend zonder kwade opzet, het zwavelpoeder in de gondel achtergelaten hebben.'

'Hoe kan iemand per ongeluk zwavelpoeder in een gondel achterlaten?' stelde Donella verontwaardigd toen ze samen met Emily, Ailis en Molly het gerechtsgebouw verliet.

De rechtbank had Clarisse Derrieux op alle punten van de aanklacht vrijgesproken.

Archie, die zich op dat moment samen met zijn cliënte door een journalist liet interviewen, wenkte Donella, maar ze keurde hem geen blik waardig. Het had haar bijzonder onaangenaam getroffen dat hij Clarisse niet alleen had verdedigd, maar zelfs had geopperd dat het Donella zelf of Emily was geweest die de brandversnellende zwavel had achtergelaten.

'Heb jij altijd zwavelpoeder bij je, Emily? Nou, ik niet. Maar zelfs als ik dat wel zou hebben, dan liet ik dat niet zomaar uit mijn handen vallen. Dat spul is echt niet toevallig in de gondel terechtgekomen. En ik weet honderd procent zeker dat ik die sigaar ontdekt zou hebben.'

'Maar zijn belangrijkste argument klopt wel,' bracht Ailis in. 'Haily heeft zelf die lucifer afgestreken – of misschien zelfs drie of vier lucifers, omdat één meestal niet voldoende is om een sigaar aan te kunnen steken. En dat ondanks alle waarschuwingen. Het was nalatigheid en daarmee was ze zelf verantwoordelijk voor haar dood.'

'Ze deed altijd precies wat ze wilde,' benadrukte Emily.

'En meestal kwam ze daarmee weg,' voegde Ailis eraan toe. 'Totdat ze op iemand stuitte die nog gewetenlozer was dan zij.'

'Denken jullie dat ze op haar beurt tot hetzelfde in staat was geweest?' vroeg Donella.

Emily haalde haar schouders op. 'Ze heeft met Ron een heel gemeen spel willen spelen en zeer kwalijke dingen over mij rondgebazuind. En ze heeft destijds mijn gans gedood...'

'Maar voor zulke geniepige daden als die van Clarisse Derrieux was ze niet doortrapt genoeg,' zei Ailis. 'Ze wilde altijd per se haar zin krijgen. Een verwend kind. Zonde eigenlijk.'

'En die Derrieux komt er zonder enige straf vanaf,' zei Donella nog altijd kwaad.

'Cuthbert zal haar ontslaan,' vermoedde Emily. 'Hier in Boston twijfelt niemand aan haar schuld. Hij kan haar niet langer een podium geven.'

Ailis haalde haar schouders op. 'Daar zou ik niet zo zeker van zijn. Cuthbert weet hoe een schandaal in de praktijk uitpakt. Ik sluit zelfs niet uit dat hij een nieuwe ballon laat bouwen om het hele spektakel opnieuw op te voeren, en dan met Clarisse in de gondel. Maar ook als hij haar toch op straat zet, zal haar reputatie van femme fatale door de hele variétéwereld snellen. De theaters zullen om haar vechten.'

'En wat ga jij nu doen?' vroeg Emily aan Donella, om van onderwerp te veranderen. 'Ga je met Archie trouwen of heb je de verloving verbroken?'

'We zijn nooit verloofd geweest,' verklaarde Donella nogmaals. 'Dat suggereerde hij toen wel, maar ik heb hem daar een flinke uitbrander voor gegeven.' Donella stak haar kin in de lucht. 'Inmiddels heeft hij inderdaad gevraagd of ik met hem wil trouwen om dan uitsluitend nog mevrouw Peyton te zijn. Zijn kantoor levert voldoende op voor een herenhuis in de stad en misschien ook een huis in de provincie, waar we vogels kunnen spotten, aangezien hij veronderstelt dat ik net als hij een zwak voor vliegend gedierte heb. Er wacht mij een volstrekt zorgeloos bestaan.'

'Zij het dat daar ook nog ene Armand Machure is,' zei Ailis met een glimlachje. 'Ook al is hij inmiddels afgereisd. Zou het kunnen zijn dat je hem leuker vindt?'

Donella ging niet op Ailis' suggestie in. Ze moest het hoofdstuk Archie nog afronden. 'Archie is een aantrekkelijke partij, hij is aardig en een gentleman. Net als Hernando, mijn eerste liefde. Hij straalt, hij draagt mij op handen, hij wordt bewonderd en doet ook veel om die bewondering te verdienen. Dit proces bijvoorbeeld. Ik begrijp zijn redeneringen en natuurlijk treft Haily zelf ook schuld, maar de verdediging van haar moordenares gaat mij te ver. Dit had ik graag met hem besproken, maar hij heeft mij niet één keer naar mijn mening gevraagd. Die interesseert hem simpelweg niet.' Donella schudde haar hoofd. Na een stilte zei ze: 'Ik ben bang dat als Archie Peyton een ballon zou laten maken, dit er niet een voor twee personen zou zijn.'

De anderen keken haar niet-begrijpend aan.

'Hernando wilde een vrouw met wie hij zijn veelbewogen leven kon delen en die hem steunde bij alles wat hij deed. En dat alles – allemaal dingen die hem roem en eer opleverden – deed hij in zijn eentje. Archie verlangt naar een vrouw die zijn rustige leventje met hem deelt en die hem steunt in alles wat hij daarvan hoopt. Maar met even weinig medezeggenschap. Zouden onze dromen overeenkomen, dan was alles in orde. Maar hoe moet het met mijn eigen dromen en verlangens? Intussen vraag ik me af of Hernando me wel echt kende, maar Archie kent mij zeer zeker niet. Mijn verlangen om te vliegen zegt hem niets.'

'En hoe zit dat met Armand Machure?' probeerde Ailis nog een keer.

Donella's gezicht klaarde op. 'Armand kent mij. Hij weet wat ik kan en wat ik wil. Hij was er kapot van toen Archie mij zijn verloofde noemde. Misschien moet ik een luchtschip voor hem bouwen om hem ervan te overtuigen dat hij degene is van wie ik hou. Dat hij van mij houdt, heeft hij al gezegd. Ik weet dat hij graag wil dat ik ook naar Colorado ga. Nu meteen of later, als ik klaar ben met mijn studie. We kunnen heel goed samenwerken, dus waarom zouden we niet samen een ballon voor de luchtmacht kunnen maken? En luchtschepen en vliegmachines en wie weet wat er nog gaat komen. Wij delen meer dan liefde. Met Armand blijft het avontuur in mijn leven, het avontuur dat vliegen heet.'

'En dat ons misschien ooit naar de andere kant van de oceaan brengt, net als de trekvogels,' riep Emily stralend.

'Of naar de sterren,' zei Ailis dromerig.

Nawoord

De geschiedenis van mijn wereldvrouwen is volstrekt fictief, maar ik heb mij wel door historische gebeurtenissen en personen laten inspireren om een beeld te geven van de ontwikkelingen binnen de astronomie, de ornithologie en de luchtvaart aan het eind van de negentiende eeuw.

Een kort overzicht van wat in mijn boek feit is en wat fictie:

De *Montgolfière*, de eerste heteluchtballon waarvan de afbeelding zoveel enthousiasme opriep bij Donella, steeg op 4 juni 1783 voor de eerste keer op. Hij dankte zijn naam aan zijn uitvinders, de broers Joseph en Jacques Montgolfier. Het ballonomhulsel bestond uit linnen en was gevoerd met een dunne laag papier. Niet veel later koos ook de eerste gasballon het luchtruim.

Lampions, zoals Donella bedenkt tijdens het tuinfeest op Thorgale House, bestaan al zo'n tweeduizend jaar. Een Chinese generaal zette ze als communicatiemiddel in. Het zijn fraaie dingen, maar per definitie brandgevaarlijk. In veel landen geldt dan ook een algeheel verbod op deze lampions, die ook wel vuurballon of wensballon worden genoemd.

De landgoederen waarop mijn hoofdpersonen opgroeien, zijn grotendeels fictief, maar St. Leonards School werd opgericht in 1877 en Louisa Lumsden, het dappere hoofd ervan, heeft werkelijk bestaan.

De hoofdpersonen Ailis, Donella, Haily, Emily, Cuthbert, Hernando, Armand en Ronald zijn grotendeels aan mijn fantasie ontsproten. Enkelen van hen zijn echter gemodelleerd naar personen die werkelijk geleefd hebben.

Als eerste van hen moet ik Williamina Fleming (1857-1911) noemen, die als voorbeeld voor Ailis Hay heeft gediend. Williamina, net als Ailis een Schotse, kwam in 1878 in Boston aan in het gezelschap van haar man, die haar verliet toen ze zwanger was. Hij heeft zich daarna nooit meer laten zien; naar haar zeggen was hij overleden. Zij trad daadwerkelijk als huishoudster in dienst van Edward Pickering (1846-1919), de directeur van het observatorium van Harvard University. Toen hij haar belangstelling voor astronomie en haar grote talent voor wiskunde opmerkte, vertrouwde hij haar als eerste vrouw de analyse van astrofotografische platen toe. Na haar volgden vele andere vrouwen, die als de 'Harvard-computers' (en ook wel schertsend aangeduid als 'Pickerings harem'), wereldwijd opzien baarden. ('Computer' betekende toen nog simpelweg 'rekenaar'; het huidige apparaat moest nog ontwikkeld worden.) Fleming ontdekte 59 gasnevels, 310 veranderlijke sterren en tien nova's. Williamina ontwikkelde samen met Pickering een systeem voor de catalogisering van sterren, dat daarna is uitgebreid door Annie Jump Cannon (1863-1941), die model stond voor Molly in het boek. De samenwerking tussen Annie en Pickering en zijn team verliep goed, in tegenstelling tot de samenwerking met Antonia Maury (1866-1952), de eerste afgestudeerde vrouwelijke astronoom die als voorbeeld voor Maureen heeft gediend. Vanwege de slechte samenwerking verliet ze het observatorium van Harvard, waar ze echter in 1908 terugkeerde om zich verder verdienstelijk te maken op het terrein van de astronomie. Annie en Williamina gingen vriendschappelijk met elkaar om, maar daar is het waarschijnlijk bij gebleven. Ailis' liefdesrelaties met Maureen en Molly zijn aan mijn verbeelding ontsproten.

Als voorbeeld voor Donella's geliefde Hernando diende Alberto Santos Dumont, de zoon van een schatrijke koffieplantagebezitter en bouwer van luchtschepen. Zijn eerste auto was een Peugeot Type 2, die in 1890 op de markt kwam. Omdat in mijn roman Hernando en Donella elkaar al in 1889 leren kennen, moest ik hem een Benz laten importeren. De twee automobielen leken echter sterk op elkaar. De Peugeot beschikte over een onder licentie van Daimler gefabriceerde V2-viertaktmotor en de wagen werd ook als driewieler geleverd.

Net als Hernando studeerde Alberto scheikunde, natuurkunde en astronomie in Parijs, maar pas vanaf 1898 begon hij zich voor de ballonvaart te interesseren. Geprikkeld door een boek dat hij had gelezen, bezocht hij de ballonmaker Henri Lachambre en zijn neefje Alexis Machuron – op wie Armand Machure is geïnspireerd – om bij hem zijn eerste ballon te bestellen. Later bouwde hij luchtschepen, waarmee hij de Deutsch-Preis in de wacht sleepte voor een recordvlucht die ik ook in dit boek heb verwerkt. Alberto had wel drie pogingen nodig, en bij de tweede schampte hij het dak van het Trocadéro-hotel waardoor het schip in brand vloog en Alberto zich redde door op een vensterbank te springen. In oktober 1901, aanmerkelijk later dan in mijn verhaal, lukte het hem eindelijk zijn vlucht tot een goed einde te brengen. Het prijzengeld van honderdduizend franc verdeelde hij onder de arbeiders en bedelaars van Parijs. Vanaf 1906 legde hij geslaagde vluchten in gemotoriseerde vliegtuigen af. In 1932 pleegde hij zelfmoord. Hij was niet getrouwd en van zijn liefdesleven is niets bekend.

William Brewster (1851-1919) en zijn vrouw Caroline hebben werkelijk bestaan. Brewster legde, zoals ik heb beschreven, op hun landgoed bij Concord een vogelreservaat aan, waar de leden van de Nuttal Ornithological Club elkaar regelmatig troffen. Iedere geïnteresseerde kon zich bij deze club aansluiten. Ronald, Emily's echtgenoot, is gemodelleerd naar Brewsters Afrikaans-Amerikaanse vriend en medewerker Robert Alexander Gilbert (1870-1942). Deze pionier van de dierfotografie, die ten onrechte in de vergetelheid is geraakt, heeft Brewster tot diens dood bijgestaan. Hij was getrouwd; over een relatie met een vrouwelijk lid van de ornithologieclub is niets bekend.

Waar ik me bij de geschiedenis van Ailis en Donella zeer nauwkeurig aan de tijd heb gehouden en aan de gebeurtenissen die eraan ten grondslag liggen, heb ik me bij het onderzoek van Emily een grotere sprong in de tijd veroorloofd. Weliswaar deed Otto Lilienthal (1848-1896) als scholier al een onderzoek naar hoe vogels vliegen dat te vergelijken was met het onderzoek van Emily en Donella op kostschool, maar dat ganzenkuikens zich kunnen hechten aan het eerste wat ze zien als ze uit het ei komen, werd pas bekend door het onderzoek van Konrad Lorenz (1903-1989) in de jaren vijftig van de vorige eeuw. In zijn onderzoek richtte hij zich vooral op de communicatie tussen ganzen en hield hij ze aan de grond. Latere onderzoekers die de door de mens grootgebrachte vogels weer in het wild wilden uitzetten, maakten (en maken) gebruik van lichtgewicht vliegtuigen om ze de lucht in te lokken. Zoiets is nooit met een luchtschip gedaan, dus Emily's experiment is puur een product van mijn verbeelding. Daarbij ben ik er echter van overtuigd dat er ook al vóór Konrad Lorenz sprake moet zijn geweest van inprenting door ganzenkuikens met een mens als ouder, alleen werd daar toen nog geen systematisch onderzoek naar gedaan. Overigens heeft ook de zeer bezienswaardige speelfilm *Fly Away Home* (Canada, 1995-1996) bijgedragen aan mijn kennis van ganzen en het verschijnsel inprenting.

Het verhaal van Haily is volledig verzonnen, maar haar ballonvlucht is geïnspireerd op de kunstzinnige, sprookjesachtige optredens van Sophie Blanchard (1778-1819). Haar vluchten in een gondel onder een heteluchtballon leven nog altijd in de herinnering voort en haar Parijse graf wordt in ere gehouden.

Misschien heb je je als lezer geërgerd aan Haily's sigarenconsumptie, maar sigaretten of cigarillo's bestonden in die tijd nog niet. Een mondaine Parisienne greep toen echt naar de sigaar, hoe vreemd dat ons nu ook voorkomt.

Er is ook historisch bewijs voor het bestaan van een weeshuis van de Zusters van Barmhartigheid, de Sisters of Mercy in New York, waar de kleine Mary Ann terechtkomt. Het was daar echt mogelijk om anoniem te bevallen en het kind voor adoptie in het weeshuis achter te laten of anoniem een baby achter te laten.

Dankwoord

‘Waarom schrijf je niet een keer over luchtvaartpioniers of een vrouwelijke astronoom?’ vroeg mijn redacteur Melanie Blank-Schröder mij, waarmee ze de aanzet tot dit boek gaf. Het is dus aan haar te danken dat ik mij daarna tot over mijn oren in onderzoek verdiepte en heel veel leerde over tal van sterrenstelsels die ik tot dan toe alleen onder leiding van kapitein Kirk en Mr Spock had bezocht ☺. Voor de ballonvaart gold min of meer hetzelfde: ik hou ervan om dingen uit te zoeken, en ik wilde per se weten hoe ballonvaren precies in zijn werk gaat. Melanie heeft daarmee baanbrekend werk verricht bij mijn verdere scholing als auteur. Mijn dank daarvoor is groot, evenals voor haar eerdere, spannende ideeën.

Ook veel dank aan mijn tekstredacteur Heike Brillmann-Ede, die vol inzet met mij de balanceeract heeft voltooid om ook de laatste gebeurtenis juist en op tijd in het verhaal in te passen. Ik verheug me nu al op ons volgende boek samen. In dit verband wil ik graag ook nog Margit von Cossart noemen, mijn vorige tekstredacteur. Hartelijk dank, Margit, voor onze constructieve samenwerking al die jaren!

Zoals altijd hebben ook mijn ijverige proeflezers zich verdienstelijk gemaakt en daarnaast hebben Nelu en Anna Puscas mij enorm ontlast door mijn paarden te verzorgen, mijn post op te halen, boodschappen te doen, het huis schoon te houden, benzine te tanken en nog veel meer, zodat ik mij helemaal aan het schrijven kon wijden. Ik durf te beweren dat ik zonder de hulp van hen beiden hooguit de helft van het aantal boeken had kunnen schrijven dat ik nu heb geschreven. Duizendmaal dank!

Daarnaast moet ik iedereen bedanken die achter de schermen

zijn best doet om mijn boeken aantrekkelijk vorm te geven en de verkoop ervan te bevorderen door mijn werk in prospectussen en op internet op een wervende manier te presenteren. Niet te vergeten alle boekhandelaren die mijn boek aanprijzen en de nijvere schrijvers van internetrecensies. Ik ben blij met alle steun die ik van jullie krijg.

Maar mijn dank gaat toch vooral uit naar jou als mijn lezer en al mijn andere lezers. Ik hoop dat ik je met mijn boek opnieuw uitstekend heb vermaakt!

Sarah Lark